苏州大学文学院学术文库

江苏高校优势学科建设工程项目资助

中国现当代文学研究论集

王 尧 刘祥安 房 伟 / 主编

苏州大学出版社
Soochow University Press

图书在版编目(CIP)数据

中国现当代文学研究论集 / 王尧,刘祥安,房伟主编. —苏州:苏州大学出版社,2020.9
(苏州大学文学院学术文库)
ISBN 978-7-5672-3325-6

Ⅰ.①中… Ⅱ.①王… ②刘… ③房… Ⅲ.①中国文学—现代文学—文学研究②中国文学—当代文学—文学研究 Ⅳ.①I206.6

中国版本图书馆 CIP 数据核字(2020)第 178802 号

| 书　　名：中国现当代文学研究论集 |
| ZHONGGUO XIANDANGDAI WENXUE YANJIU LUNJI |
| 主　　编：王　尧　刘祥安　房　伟 |
| 责任编辑：薛华强 |
| 装帧设计：刘　俊 |
| 出版发行：苏州大学出版社(Soochow University Press) |
| 社　　址：苏州市十梓街1号　邮编:215006 |
| 网　　址：www.sudapress.com |
| 邮　　箱：sdcbs@suda.edu.cn |
| 印　　装：苏州工业园区美柯乐制版印务有限责任公司 |
| 邮购热线：0512-67480030　销售热线:0512-67481020 |
| 网店地址：https://szdxcbs.tmall.com/(天猫旗舰店) |
| 开　　本：700 mm×1 000 mm　1/16　印张:23.75　字数:439 千 |
| 版　　次：2020年9月第1版 |
| 印　　次：2020年9月第1次印刷 |
| 书　　号：ISBN 978-7-5672-3325-6 |
| 定　　价：85.00 元 |

凡购本社图书发现印装错误,请与本社联系调换。服务热线:0512-67481020

"苏州大学文学院学术文库"系列丛书
学术委员会

主　任

王　尧　　曹　炜

委　员

（按姓氏笔画排序）

马亚中　　刘祥安　　汤哲声　　李　勇
季　进　　周生杰　　徐国源

总　序

苏州，江左名都，吴中腹地，自古便是"书田勤种播"之地。文人雅士为官教谕之暇，总爱闭户于书斋，以留下自己若干卷丹铅示于时贤后人自娱。这种风雅传统至今依然延续在苏州大学文科院系，自其他大学文学院调至苏州大学文学院执教的前辈学者不免感叹"此地著书立说之风甚浓"了。

苏州大学文学院"中国语言文学"为省优势学科，建设的内容之一是高水平学术著作的出版，"苏州大学文学院学术文库"（以下简称"文库"）便是学科建设的成果。出版文库的宗旨是：通过对有限科研资助经费的合理调配使用，进一步全面地展示与总结文学院教师的学术研究成果，以推进和强化学科建设，特别是促进学院新生学术力量的成长——这些目前尚属于"雏鹰"的新生学术力量便是文学院的未来。

文库的组织运行工作自2019年9月启动，第一批文库书籍在三个月内已先后同苏州大学出版社签订了出版协议。由于经费有限，在张罗文库之初，文库学术委员会明确：学术委员会成员的学术成果暂不列入文库出版阵容；首批出版的学术文库向副教授、青年讲师以及刚入职的青年教师倾斜，教授的学术研究成果往后安排。文库的组织出版应该是一项常态工作，每年视经费情况，均会推出一批著作。为贯彻本丛书出版宗旨，扩大我院学术影响，学院将对本丛书中已出版的各种成果加强宣传，推荐评奖，并对获得重大奖项者予以奖励。

为加强对文库出版工作的组织和领导工作，文库学术委员会设立了初审和复审小组，遴选学术著作。孙宁华、杨旭辉、王建军、吴雨平、王耘和张蕾等参加初审工作，王尧、曹炜、马亚中、汤哲声、刘祥安、季进、徐国源、李勇和周生杰等参加复审工作，袁丽云、陈实、周品等参与了部分具体事务。现在,经学院上下一起努力,文库第一批书籍付梓在即,这无疑是所有参与者心血的结晶。我们希望,借助这个平台,进一步激发文学院教师的科研热情,并为所有研究人员学术成果的及时面世创造条件。

为了文库出版工作的持续顺利运行,为了文学院学术影响力的不断提升,让我们全体同人携起手来!

王尧　曹炜

2020 年 4 月 28 日

目　录

《冰心评传》（选辑）　　范伯群/001
高晓声论　范伯群/037
逃、撞、捐、问——对悲剧命运的徒劳挣脱
　　——论《祝福》　范伯群/047
鲁迅和非理性主义
　　——《鲁迅全集》卷10修订一得　徐斯年/056
试论鲁迅的《科学史教篇》　徐斯年/070
鲁迅和中国传统文化　徐斯年/079
论九十年代报告文学的批判退位　范培松/087
论京派散文　范培松/098
华语文学的学科边界与名称再议
　　——兼与几位同行对话　曹惠民/117
论中国当代文学史的"过渡状态"　王　尧/125
重读汪曾祺兼论当代文学相关问题　王　尧/146
中国当代文学批评的生成、发展与转型　王　尧/168
别一抒情话语
　　——论戴望舒诗歌的意义　刘祥安/182
《骆驼祥子》故事时代考　刘祥安/195
新型知识者的"震惊"经验
　　——论《一件小事》　刘祥安/205

"再读"的焦虑
　　——关于《再读张爱玲》及其他　　陈小明/216
远去的"王朝"　　陈小明　谷　鹏/222
版本行旅与文体定格
　　——谈《京华烟云》的中译本　　张　蕾/228
归乡人·故事·革命
　　——吴组缃小说论　　张　蕾/244
"五四"前后对古代"第一流小说"的选定　　张　蕾/255
平衡的探索与经典的可能
　　——论新世纪的苏童长篇小说创作　　臧　晴/260
从启蒙思者到自然之子
　　——张炜90年代小说与当代文学史　　房　伟/274
文学史接受视野的《围城》问题研究　　房　伟/288
"炸裂"的奇书
　　——评阎连科的小说创作　　房　伟/305
当代文学生态中的两种"青春"书写
　　——以《上海宝贝》和《1988我想和这个世界谈谈》为例　　李　一/319
中国现代文学书写中的青春象征　　李　一/334
汉语新诗的"百年滋味"
　　——以来自旧体诗词的责难为讨论背景　　朱钦运/352
新诗的"百年孤独"与"万古愁"
　　——新诗时间尺度与历史视域在新世纪的生成　　朱钦运/363

《冰心评传》（选辑）

范伯群

第一章　在海隅、书林奔游的孤寂的孩子

（一）

冰心，原名谢婉莹。1900年10月5日（农历庚子年闰八月十二日）诞生于福州市，原籍福建长乐县。这位"世纪同龄人"在1919年步上文坛。在很短的时期内，就以她出众的才华和独特的风格，成为当时首屈一指的女作家。到20世纪80年代，她已在文学园圃中辛勤耕耘了60多个春秋，为我国人民创造了宝贵的艺术财富，而且以她的丰饶的文学硕果，成为世界读者瞩目的知名人物。冰心之所以能成为我国现代文学史上最享盛名的作家之一，原因是多方面的。其中包括时代的哺育、环境的陶冶……但早在她并未立志要成为作家的童年时代，她已作了许多"不自觉的努力"。这些努力虽然只能说是"不自觉"的，但与时代的哺育和环境的陶冶相糅合相融合，就成为一位独具风致的作家的最丰富的"原始积累"。那么就让我们先从探索她童年的原始积累的珍贵宝藏，来作为我们这本评传的开端吧……

冰心是这样回顾她诞生时，我们祖国和人民所遭受的屈辱和艰苦的岁月的："我呱呱坠地，就坠在帝国主义所造成的创痕斑驳的中国大地上！我是1900年生的，这是八国联军进逼北京的一年，中国人民的生命和财产，遭到了空前的浩劫……"[1]帝国主义入侵的炮火，中华民族危亡的灾难，在冰心的家庭中也打下了深深的烙印，那就是冰心的父亲谢葆璋先生在甲午海战中几遭阵亡的惨痛经历。甲午中日海战之役，她的父亲是威远舰上

---

[1] 冰心. 最痛快的一件事//樱花赞[M]. 北京：百花文艺出版社，1962.

的枪炮二副,参加了海战。这艘军舰在大东沟决战时被击沉了。她的父亲泅水到了大东沟,赤足走到刘公岛,从那里又回到了福州。冰心的母亲常常对她谈到那一段忧心如焚的生活:

> 甲午海战爆发后,因为海军里福州人很多,阵亡的也不少,因此我们住的这条街上,今天是这家糊上了白纸的门联,明天又是那家糊上白纸门联。母亲感到这副白纸门联,总有一天会糊到我们家的门上!她悄悄地买了一盒鸦片烟膏,藏在身上,准备一旦得到父亲阵亡的消息,她就服毒自尽。祖父看到了母亲沉默而悲哀的神情,就让我的两个堂姐姐,日夜守在母亲身旁。家里有人还到庙里去替我母亲求签,签上的话是:
> 筵已散,
> 堂中寂寞恐难堪,
> 若要重欢,
> 除是一轮月上。
> 母亲半信半疑地把签纸收了起来。过了些日子,果然在一个明月当空的夜晚,听到有人敲门,母亲急忙去开门时,月光下看见了辗转归来的父亲!母亲说:"那时你父亲的脸,才有两个指头那么宽!"[1]

当冰心还没有出生之前,时代的大波已使这个家庭掀起了惊涛骇浪。她父亲谢葆璋被帝国主义炮击落水泅海返回祖国大地时的一腔仇恨,她母亲杨福慈买了鸦片痛下自尽决心时的满怀怨愤,在冰心的幼小的心灵上布下这民族危亡、生灵涂炭的种子,她的心田中萌发的是爱国主义的幼芽。

在冰心诞生时,谢葆璋先生已从昔日"威远号"上的枪炮二副升迁为"海圻"巡洋舰的副舰长。但是这位海军军官给冰心的不仅仅是爱国思想,而且还培育了冰心的怜念贫苦的善良心地,那是因为谢葆璋原本也是出身于一个家徒壁立的贫寒之家。翻开他们的家史,就知道他们是一位受欺侮的农民裁缝的后代。冰心曾叙述过这个贫寒的家世:

> 原来我的曾祖父以达公,是福建长乐县横岭乡的一个贫农,

---

[1] 冰心. 我的故乡[J]. 福建文艺, 1979 (4-5) 合刊.

因为天灾，逃到了福州城里学做裁缝。

....

  那时做裁缝的是一年三节，即春节、端午节、中秋节，才可以到人家去要账。这一年的春节，曾祖父到人家要钱的时候，因为不认得字，被人家赖了账，他两手空空垂头丧气地回到家里。等米下锅的曾祖母听到这不幸的消息，沉默了一会，就含泪走了出去，半天没有进来。曾祖父出去看时，原来她已在墙角的树上自缢了！他连忙把她解救了下来，两人抱头大哭；这一对年轻的农民，在寒风中跪下对天立誓：将来如蒙天赐一个儿子，拼死拼活，也要让他读书识字，好替父亲记账、要账。但是从那以后我的曾祖母却一连生了四个女儿，第五胎才来了一个男的，还是难产。这个难得出生的男孩，就是我的祖父谢子修先生，乳名"大德"的。[1]

  冰心曾经带着浓厚的感情成分来叙述这段惨痛的家史。她说："假如我的祖父是一棵大树，他的第二代就是树枝，我们就都是枝上的密叶；叶落归根，而我们的根，是深深地扎在福建长乐横岭乡的田地里的。我并不是'乌衣门第'出身，而是一个不识字、受欺凌的农民裁缝的后代。"[2] 幼小的冰心是从她祖父和父亲的口中，知道横岭乡是极其穷苦的。农民世世代代在田地上辛勤劳动，过着蒙昧贫困的生活，只有被卖去当"戏子"，才能逃出本土。后来，在1920年，冰心就根据她父亲在1911年到1912年还乡祭祖的事实，写成小说《还乡》，小说中的怜念贫苦的思想就是她父亲给她的一笔精神遗产。

  冰心诞生后7个月就离开故乡福州，来到了上海。其时是1901年5月。她的母亲事后曾向冰心回溯过这段婴儿的生活：

  母亲凝想地，含笑地，低低地说：
  "不过有三个月罢了，偏已是这般多病。听见端药杯的人的脚步声，已知道惊怕啼哭。许多人围在床前，乞怜的眼光，不望着别人，只向着我，似乎已经从人群里认识了你的母亲！"

---

[1] 冰心. 我的故乡 [J]. 福建文艺，1979（4-5）合刊.
[2] 冰心. 我的故乡 [J]. 福建文艺，1979（4-5）合刊.

....

  浓睡之中猛然听得丐妇求乞的声音，以为母亲已被她们带去了。冷汗被面地惊坐起来，脸和唇都青了，呜咽不能成声。我从后屋连忙进来，珍重地揽住。经过了无数的解释和安慰。自此后，便是睡着，我也不敢轻易地离开你的床前。

  这一节，我仿佛记得，我听时写时都重新起了呜咽![1]

  冰心度过的是病弱的婴儿时代，但也是一个享受着最富足的母爱的幸福童年。1903—1904年，她父亲奉命到山东烟台去创办海军军官学校，他们全家搬到了烟台。

  烟台芝罘，这是冰心成为著名作家的一只摇篮。蔚蓝的大海是冰心的保姆。金钩寨农民的孩子六一姊是冰心的伴侣。营房、旗台、炮台、码头，和周围的海边山上，是冰心童年活动的舞台。

  这是我童年活动的舞台上，从不更换的布景。我是这个阔大舞台上的"独脚"，有时在徘徊独白，有时在抱膝沉思。我张着惊奇探讨的眼睛，注视着一切。在清晨，我看见金盆似的朝日，从深黑色、浅灰色、鱼肚白色的云层里，忽然涌了上来；这时，太空轰鸣，浓金泼满了海面，泼满了诸天……在黄昏，我看见银盘似的月亮，颤巍巍地捧出了水平，海面变成一道道一层层的，由浓墨而银灰，渐渐地漾成闪烁光明的一片……

  这个舞台，绝顶静寂，无边辽阔，我既是演员，又是剧作者。我虽然单身独自，我却感到无限的欢畅与自由。[2]

  童年的冰心就以海洋为师，以星月为友，受着海的女神的陶冶。海，赋予冰心以最丰富最神奇的想象力；海，赠予冰心以最灵动的画意，最华美的诗情；赐予冰心以博大宽阔的心胸和广袤无边的智能。在她的心灵的慧眼中，海是有生命有感情的，这女神"住在灯塔的岛上，海霞是她的扇旗，海鸟是她的侍从；夜里她曳着白衣蓝裳，头上插着新月的梳子，胸前

---

[1]　冰心. 寄小读者·通讯十∥寄小读者 [M]. 北京：开明书店，1933.
[2]　冰心. 海恋 [J]. 人民文学，1962（10）.

挂着明星的璎珞；翩翩地飞行于海波之上……"[1] 海，她温柔沉静；海，她超绝威严；海，她神秘有容；海，她虚怀广博。海的陶冶使冰心希望长大后成为一个"海化"的青年；在青年时代，又使她决心做一位"海化"的诗人。她作为一个作家，"每次拿起笔来，头一件事忆起的就是海"[2]。即使是在祖国受到空前浩劫的"史无前例"的岁月中，"当我忧从中来，无可告语的时候，我一想到大海，我的心胸就开阔了起来，宁静了下去！"[3]

面对烟台的大海，冰心的父亲告诉她："我们的北方大港，不止一个烟台呵，但是你看——"父亲指着地图给她看："大连是日本的，青岛是德国的，秦皇岛是英国的，都被他们强占去了。现在只有……只有烟台是我们自己的了！"冰心后来说："因此，我从小，只知道热爱童年所在地，'我们自己的烟台'……"[4] 烟台的大海啊，不仅使冰心成为一位"海化"的诗人，而且是一位爱国主义的诗人。

正因为冰心的父母有爱国思想，也比较开明，所以当她长大成人后，他们也从不阻止她参加学生运动。即使在创作中，冰心的父母也曾给她以帮助："我的父亲对于抗日救国尤其热心，有时还帮我修改词句。例如在我写的《斯人独憔悴》里，那个爱国青年和他的顽固派父亲的一段对话，就有好几句是我父亲添上的！我们是一边写，一边笑，因为那个老人嘴里的话，都是我所没有听到过的，我觉得很传神。"[5]

烟台的大海，不仅给幼年的冰心以爱国主义的教育，而且还让幼小的冰心朦胧地看到当时的残酷的现实——海边的渔民的毫无保障的苦难的生活。有时，傍晚还是白帆点点，渔舟出海，但夜半忽起大风，挟着暴雨，海上白浪滔天。

……海边上那座小小的、门上贴着"群生被泽，四海安澜"的龙王庙，不断的有哭哭啼啼的妇女们出来进去。过了几天，几乎整个村里人家的门上都糊上白纸，那一夜翻了有一二百只的渔船！不久以后，我在海边玩耍，看见退潮的沙滩上有个头颅骨，一只小小的螃蟹，在雪白空洞的眼眶间出入……那一两个月中，

---

[1] 冰心. 往事·十四 [J]. 小说月报，1922-10-10 (13-4).
[2] 冰心. 海恋 [J]. 人民文学，1962 (10).
[3] 冰心. 我的童年//晚晴集 [M]. 北京：百花文艺出版社，1980.
[4] 冰心. 人民坐在"罗圈椅"上//樱花赞 [M]. 北京：百花文艺出版社，1962.
[5] 冰心. 回忆"五四"[J]. 文艺论丛，1979，9 (8).

我们一家人都吃不下鱼鲜去！[1]

作为在甲午海战中坠水不死，泅回岸上的海军军官的女儿，难道不对这些死难的渔民深表沉痛悼念吗？自己的母亲，看到邻里贴上白门联，就买了鸦片烟，准备一旦听到丈夫阵亡的噩耗就自尽；那么，幼小的冰心难道不将心比心，对死难者的家属深表无限同情吗？冰心曾说，她从父亲口中"得知横岭乡是极其穷苦的。……我联想到我所熟悉的山东烟台东山金钩寨的穷苦农民来，我心里涌上了一股说不出来难过的滋味！"[2] 福建家乡故土父老的贫困，东山金钩寨渔民的苦难，在冰心幼小的心灵里汇成了对劳动人民深厚的同情心！

海，不仅是冰心的保姆，而且是冰心的循循善诱的教师，而且还是与冰心耳鬓厮磨的童年友伴。海，是丰富想象力的发源地；海，是爱国反帝思想的媒介；海，是翻腾着的劳苦渔民的泪水……大海对作家冰心的恩赐是太巨大而充裕了。

（二）

从四岁起，冰心便跟着母亲认字片，也缠着母亲和乳娘讲"老虎姨""蛇郎""牛郎织女""梁山伯祝英台"。五岁的时候，她的舅舅每天晚上给她讲《黑奴吁天录》，黑奴的惨痛命运，使冰心在每天晚上听毕故事，"总是紧握着眼泪湿透的手绢，在枕上翻来覆去，久久不能入寐"[3]。后来，她的舅舅又给她讲《三国演义》，听得她晚上舍不得睡觉。她舅舅公务一忙，讲书便常常中断，冰心便急得热锅上的蚂蚁一般，天天晚上，在舅舅的书桌边徘徊，然而舅舅并不接受她的"暗示"。"至终我只得自己拿起《三国志》来看，那时我才七岁。""我囫囵吞枣，一知半解的，直看下去。许多字形，因为重复呈现的关系，居然字义被我猜着。我越看越了解，越感着兴趣，一口气看完《三国志》，又拿起《水浒传》和《聊斋志异》。"[4] 童年的冰心，除了接受家长的教育和大海的陶冶之外，很早地闯进说林书海，手不释卷，博览群书。在海天无际的小说传奇的汪洋中航行遨游，她简直看得入了迷，"头也不梳，脸也不洗；看完书，自己嘻笑，自己流泪。母亲

---

[1] 冰心.《海市》打动了我的心[N]. 文艺报，1961（6）.
[2] 冰心. 我的故乡[J]. 福建文艺，1979（4-5）合刊.
[3] 冰心. 悼杜波依斯博士[J]. 世界文学，1963（9）.
[4] 冰心. 自序//冰心全集[M]. 北京：北新书局，1933.

在旁边看着，觉得忧虑；竭力地劝我出去玩，我也不听。有一次母亲急了，将我手里的《聊斋志异》卷一夺了过去，撕成两段。我越趄地走过去，拾起地上半段的《聊斋》来又看，逗得母亲反笑了"[1]。冰心沉醉于书籍中，接受着文艺女神的熏陶。优美的文学作品使幼小的冰心感到它与大海一样奇丽多姿，波澜迭起。这些书中的各式人物，在她童年的海隅山陬的舞台上交错混杂地活动开了，《水浒》中的人物跑进了《三国》，《聊斋》中的鬼魅又和《三国》中的人物发生了瓜葛……这种仰天遐想，抱膝凝思的生活，激发了冰心的最初的创作欲望，她把脑海中编纂的神奇故事，搬到了纸页上：

> 这时我自己偷偷的也写小说。第一部是白话的《落草山英雄传》，是介乎《三国志》《水浒传》中间的一种东西。写到第三回，便停止了。因为"金鼓齐鸣，刀枪并举"重复到几十次，便写得没劲了。我又换了《聊斋志异》的体裁，用文言写了一部《梦草斋志异》。"某显者，多行不道"，重复的写了十几次，又觉得没劲，也不写了。[2]

这是后来成为著名作家的冰心的最早的创作"演习"。童年岁月的这种"预演"，不过是孩提时代的一种"摹仿"而已。在文艺女神的熏陶下，童年的冰心也学会在文艺领域中"摆小人家家"了。这种创作不可能期望她成功，但确实可以钦佩她的勇敢的尝试精神。日后，"五四"时代风暴的激励和这种勇敢的尝试精神的结合，就是一位女作家的诞生。

文艺之神的感化不仅借着说林书海的魔力，而且也通过戏剧的魅力。在山巅水涯的孤寂的童年中，冰心看戏的机会是屈指可数的。在《六一姊》中，冰心忆及童年在金钩寨看社戏的情景，但是，"实话说，对于社戏，我完全不感兴味，往往看不到半点钟，便缠着要走……"不过冰心确也有看戏看得忘却自我，进入角色的时候。那是逢年过节，她父亲带她到烟台市上去，参加天后宫里海军军人的聚会演戏。她曾神采飞扬地回叙她的一次看戏的经过：

---

[1] 冰心. 自序//冰心全集 [M]. 北京：北新书局, 1933.
[2] 冰心. 自序//冰心全集 [M]. 北京：北新书局, 1933.

  我小时候住在天连海、海连天的一个寂静的山角——烟台东山；因为没有游伴，看书的时候就很多，我七岁就开始看《三国演义》……把书中人物记得逼真，故事也记得烂熟。有一次，父亲的一位朋友请我们到烟台市去看戏，从一个久住山沟的孩子看来，上市是一件多么大的事啊！这次看戏，给我的印象极深。我还记得这座戏园叫做"群仙茶园"，那天正好是演全本《三国志》，从《群英会》《草船借箭》起，到《华容道》止，正是《三国演义》中最精彩最热闹的一段！看到我所熟悉所喜爱的人物，一个个冠带俨然地走上台来，我真是喜欢极了。我整整地伏在栏杆上站了几个钟头，父亲从后面拍我肩头和我说话，我也顾不得回答。[1]

  这些与冰心神交已久的书中人物，今天与她直面相逢，使仰慕已久的冰心，能亲睹他们的风采。这些典型形象将更活跃于她的心灵的排练场上。冰心就是这样看书看戏，看了就偷偷地练着写——按照她童稚天真、无边无垠的幻想，去打扮他们，驱使他们……在她的锣鼓喧天的心灵的排练场里。写得写不下去了，她就"又尽量的看书"。到了11岁时，"我已看完了全部《说部丛书》，以及《西游记》《水浒传》《天雨花》《再生缘》《儿女英雄传》《说岳》《东周列国志》等等"[2]。

  冰心从一般的小说到偷读"禁书"。她的小舅舅每次来过暑假，都带来一些书，有些书是不让她看的。越是不让看，她就越想看，于是就偷来看，原来都是《天讨》之类的"同盟会"的宣传册子。她偷偷地看了之后，又偷偷地赶紧送回原处。冰心在20世纪40年代曾回顾道：

  母亲对于政治也极关心。三十年前，我的几个舅舅，都是同盟会的会员，平常传递消息，收发信件，都由母亲出名经手。我还记得在我八岁的时候，一个大雪夜里，帮着母亲把几十本《天讨》，一卷一卷的装在肉松筒里，又用红纸条将筒口封了起来，寄了出去。不久收到各地的来信说："肉松收到了，到底是家制的，美味无穷。"我说："那些不是书吗？……"母亲轻轻的捏了我一

---

[1] 冰心. 京戏和演京戏的孩子//我们把春天吵醒了 [M]. 北京：百花文艺出版社，1960.
[2] 冰心. 自序//冰心全集 [M]. 北京：北新书局，1933.

把，附在我的耳朵上说："你不要说出去。"[1]

在冰心的家庭中，那种"驱除鞑虏，恢复中华"的民族运动、爱国革命的氛围已经是很浓郁了。不久，海军军官学校中长期蕴积的满汉学生之间的矛盾也爆发了，发生了很猛烈的风潮。有人向清政府密告谢葆璋是"乱党"。证据是海校学生中有许多同盟会员，图书室中订阅《民呼报》之类为同盟会宣传的报纸。有人好意劝谢葆璋主动辞职，免得落个"撤职查办"。这样，谢葆璋等递了辞呈，告别了自己一手创办的海军军官学校。冰心也告别了朝夕相对、耳鬓厮磨的大海，回到故乡福州。冰心，就在这样的家庭遭遇下，在返回故乡的仆仆风尘中，迎来了辛亥革命。"辛亥革命时，我们正在上海，住在租界旅馆里。我的职务，就是天天清早在门口等报，母亲看完了报就给我们讲。她还将她所仅有的一点首饰，换成洋钱，捐款劳军。我那时才十岁，也将我所仅有的十块压岁钱捐了出去，是我自己走到申报馆去交付的。"[2]"收条的上款还写有'幼女谢婉莹君'字样。"[3]

回到福州，冰心最心爱的乐园是她祖父的书房。她祖父谢子修老先生是个教书匠，在城内的道南祠授徒为业。这位农民裁缝的儿子是谢家第一个读书识字的人。冰心祖父的书房里满屋满架的书，吸引着她一得空就钻进去翻书看。冰心十分有兴趣地读着祖父的老友林琴南翻译的线装的法国名著《茶花女遗事》，这也是冰心阅读西方文学作品的开始。

1912 年，冰心考上了福州女子师范学校预科。这是她第一次过学校生活，开始接触了种种浅近的科学知识。她的祖父常常摸着她的头说："你是我们谢家第一个正式上学读书的女孩子，你一定要好好地读呵。"冰心在福州女子师范学校预科，读了两个学期。

回到福州的冰心，由于环境和友伴的改变，她的性格也发生了一些变化。她曾说过："因着幼年环境的关系，我的性质很'野'，对于同性的人，也总是偏爱'精爽英豪'一路。小时看《红楼梦》，觉得一切人物，都使我腻烦，其中差强人意的，只有一个尤三姐，所谓是'冰雪净聪明，雷霆走精锐'者，兼而有之。"[4]冰心曾男装到 10 岁，跟随父亲身畔的五六年生活，无意中将她训练得颇像一位矫健的小军人。她穿着黑色带金线的军服，

---

[1] 冰心. 我的母亲//关于女人 [M]. 北京：开明书店，1945.
[2] 冰心. 我的母亲//关于女人 [M]. 北京：开明书店，1945.
[3] 冰心. 我的童年 [J]. 时论月刊（第一卷），1942（8）.
[4] 冰心. 二老财 [J]. 青年界，1936，1（9-1）.

佩着一柄短短的军刀,骑在高大的白马上,在海岸边缓辔徐行。父亲的朋友们都以为她是男孩,夸奖她是"好英武的一个小军人!"现在,她告别了青郁的山,无边的海,蓝衣的水兵,灰白的军舰,嘹亮的口令,晨昏的喇叭。有生以来,第一次和这个大家庭中的十来个姊妹接触。

> 这调脂弄粉,添香焚麝的生活,也曾使我惊异沉迷。新年,元夜,端午,中秋的烛光灯影,使我觉得走入古人的诗中![1]

10岁回到故乡,她换上了女孩子的衣服,在姊妹群中,学到了女儿情性。她觉得这也是很新颖、很能造就她的环境,将她从"性质很'野'"的小军人,蜕变成细腻、温柔的小姑娘。直到成为作家后,冰心还在忆恋着"横刀跃马"的烟台生活,她吁叹自问:"童年,只是一个深刻的梦么?"

民国成立后,当时的海军部长黄钟瑛来了电报,要谢葆璋去北京任职。1913年,他们全家跟着父亲来到北京。从此冰心与北京结下了不解之缘,除了抗日内迁或身在异域,北京就是她的定居之地了。

刚到北京的一年,她没有正式读书。她母亲订阅的《妇女杂志》《小说月报》之类的书刊,就成了冰心的"课本"。

> 等到弟弟们放了学,我就给他们说故事。不是根据着书,却也不是完全杜撰。只是将我看过的新旧译著几百种的小说,人物布局,差来错去的胡凑,也自成片段,也能使小孩子们,聚精凝神,笑啼间作。
> 一年中,讲过三百多段信口开河的故事。写过几篇从无结局的文言长篇小说——其中我记得有一篇《女侦探》,一篇《自由花》,是一个女革命家的故事——以后,1914年的秋天,我便进了北京贝满女中。[2]

孩提时的冰心,是个饥渴地要听故事的人,每天急得像热锅上的蚂蚁似的在舅舅书桌前徘徊。但到了十三四岁,冰心已从听故事的人一变而为说故事的人,她扮演着"舅舅"的角色,把弟弟们置于她昔日的地位。她

---

[1] 冰心. 自序//冰心全集 [M]. 北京:北新书局,1933.
[2] 冰心. 自序//冰心全集 [M]. 北京:北新书局,1933.

听舅舅讲悲惨的故事时，总是眼泪湿透手绢；现在她竟也能令弟弟们"笑啼间作"。当然，这种故事仅仅是一种"拼凑"。但是它毕竟不是"照本宣读"，因为"拼凑"中有着"塑造"的因素，也有着"虚构"的成分。鲁迅曾说他的"模特儿不用一个一定的人，看得多了，凑合起来的"[1]。拼凑与缀合，杂取和合成，的确是进行创作的人的一种本领。但作家是从生活中杂取种种，而少年时的冰心还缺乏比较丰富的生活，她还只是杂取书本上的种种人物，作为她的故事的原料。但在一年间讲了三百多段故事的事实告诉我们，少年的冰心正在不自觉地勤奋地为她今后的创作做着准备工作。我们曾将她童年时偷偷地写小说称之为"演习"和"预演"，那么，她少年时代的编纂故事，对今后的创作说来，简直像是"实弹射击"了。一旦冰心的生活比较充实，能用心灵的耳朵听到伟大时代的召唤，这种经过"实弹射击"训练的初生之犊，就会跃出壕堑，进入冲锋搏斗的实战阶段。少年的冰心已经走到了文学创作的大门前了，只待时机成熟，她就要伸手去叩文学的大门。

进了贝满女中的冰心，由于课程的繁重，读课外书的机会少了，"家庭故事会"的时间也被整天做功课的重负所侵占。但是贝满女中时期的冰心受到了两方面的重要影响，一方面是她初次参加了爱国学生运动。她回忆道：

> 我记得当1915年，日本军国政府向正想称帝的袁世凯，提出二十一条要求之后，那时我还是中学一年级的学生，我和贝满女中的同学们列队到中央公园（现在的中山公园）去交爱国捐，我们的领队中，就有李德全同学，那时她是四年级生，她也上台去对大家演讲。那天，社稷坛四围是人山人海，我是第一次看到那样悲壮伟大的场面……[2]

另一方面，冰心也曾告诉我们，中学四年之中，"因着基督教义的影响，潜隐的形成了我自己的'爱'的哲学"[3]。这两个方面，在她今后的作品中也常"差来错去"，此起彼伏；有时甚至汇流在一起，构成了一个作

---

[1] 鲁迅. 答北斗杂志社问//鲁迅全集（第四卷）·二心集［M］. 北京：人民文学出版社，1956.

[2] 冰心. 回忆"五四"［J］. 文艺论丛，1979, 9 (8).

[3] 冰心. 自序//冰心全集［M］. 北京：北新书局，1933.

品的两个侧面。

从冰心呱呱坠地到进贝满女中的15个年头中，正是八国联军进逼北京到日本军国政府提出"二十一条"的日子，冰心的童、少年时代是中国人民浴血于屈辱的深渊的苦难岁月，也是旧民主主义革命进入高潮，先驱者期望在民族民主斗争中创造一个新局面的时日。那时，冰心正告别了她的孤独而又富足的童少年时代，并且带着她在童少年时代所攒积的思想财富跨进了人生最充满希望的青年时代，冰心是肩负着神圣的责任感的。

童年的冰心在海隅山陬中终日奔游的生活也许是单调的，但是这种孤寂单调的生活，并没有将她与时代隔断。冰心的童年与海结为莫逆，而海这位神秘的朋友却首先使她感到时代的波涛与潮汐。

像甲午海战这样的祖国的奇耻大辱，像祖国的海港一个个被帝国主义所鲸吞，都是海所带来的讯息，使冰心的反帝爱国思想成为童年时代蕴蓄凝集的最宝贵的财富。在这方面，她童年所得的教养可说是富足的。她对帝国主义列强是痛恨的，特别是对日本帝国主义，更是切齿。青年时代的冰心为祖国前途忧心如焚："我们的日历上一年到头有许许多多的国耻纪念日"，如果再不扑灭列强侵略的凶焰，"将来我们的日历上，有国耻的日子将多于没有国耻的日子了"[1]。这就是来自童年的宝库中的神圣的责任感。

海风给冰心吹来了渔妇们惨痛的哭号，金钩寨的穷苦渔民的生活，使童年的冰心产生了同情劳动人民际遇的人道主义思想的萌芽。在大海边，冰心也结识了像六一姊那样的农民的孩子，这种童年的友谊使冰心喊出了"乡下孩子也是人呀"[2]的真挚可贵的声音。帝国主义列强的侵略和中国人民的苦难，使跨进青年时代的冰心脑海里产生了一个个带有时代色彩的问号，她的神圣的责任感要她去探究人生的底蕴。这些是冰心的"问题小说"之所以会诞生的最初的动力。

海，还给冰心以神奇多彩的想象力。这种文学家的素质与冰心的另一个童年的良友相结合，为将冰心造就成一个杰出的作家，做了许多的悉心的准备工作。那另一位友伴就是"书"。"书"给"海"的教育与陶冶又加上了一味强化剂。《黑奴吁天录》《天讨》等书籍强化了冰心在民族民主革命的大义方面的感性知识；《三国》《水浒》《聊斋》一类书籍使海赋予她的奇幻想象，附丽于最生动真切的形象之上。冰心在孤寂的童年中之所以

---

[1] 冰心. 最痛快的一件事//冰心全集[M]. 北京：北新书局，1933.
[2] 冰心. 六一姊//冰心选集[M]. 北京：人民文学出版社，1979.

富足,是因为除了家庭的教养之外,还有两位看不见的乳娘,那就是海的女神与文艺的女神。冰心在她们的哺育下成长;这两位乳娘循循善诱地教冰心做各种有益的游戏,而其中最好的一种"模拟游戏"就是"偷偷的也写小说",以及"差来错去的胡凑""信口开河"地讲故事。

当冰心刚跨进青年时代,她心胸中的许多人生"问题"在开始蕴积,而她编撰"小说"的本领也渐次熟习。它们就是冰心即将登上文坛的"问题小说"的胚芽。只等时代的召唤,它们就会像各带正负电荷的云朵在祖国的上空撞击,发出耀眼的光彩,于是一位杰出的作家即刻降生。而这时,祖国地平线的天边正滚动着"五四"风暴的隆隆雷声。

第二章 "五四"惊雷"震"上文坛的新星

(一)

冰心曾不止一次说过:"五四运动的一声惊雷把我'震'上了写作的道路。"[1] 的确,没有伟大的五四运动,中国就不可能有一位笔名叫作冰心的作家,或许,却有一位名叫谢婉莹的"名医"。冰心的初志是希望自己成为一个医生。她回顾道:

> 那时知识女子就业的道路很窄,除了当教师,就是当医生。我是从入了正式的学校起,就选定了医生这个职业,主要的原因是我的母亲体弱多病,我和医生接触得较多,医生来了,我在庭前阶下迎接,进屋来我就递茶倒水,伺候他洗手,仔细地看他诊脉,看他开方。后来请到了西医,我就更感兴趣了,他用的体温表、听诊器、血压计,我虽然不敢去碰,但还是向熟悉的医生,请教这些器械的构造和用途。我觉得这些器械是科学的,而我的母亲偏偏对于听胸听背等诊病方法,很不习惯,那时的女医生又极少,我就决定长大了要学医,好为我母亲看病。父亲很赞成我的意见,说:"古人说,'不为良相,必为良医',东亚病夫的中国,是需要良医的,你就学医吧!"[2]

---

[1] 冰心. 从"五四"到"四五"[J]. 文艺研究, 1979 (1).
[2] 冰心. 从"五四"到"四五"[J]. 文艺研究, 1979 (1).

为要实现当医生的志愿，冰心在贝满女子中学毕业后，就进了北京协和女子大学理预科。五四运动时期，她正是这个女子大学理预科的一年级生。是伟大的五四运动把冰心"卷出了狭小的家庭和教会学校的门槛"，使她与社会接触，使她呼吸到新潮中的时代气息，又使她走上了文学的道路，从而改变了她的初志。她回忆五四运动爆发对她的生活道路的巨大影响时说：

> 在"五四"的头几天，我已经告假住在东交民巷德国医院，陪着我的二弟为杰——他得了猩红热……黄昏时候又有一个亲戚来了，兴奋地告诉我说北京的大学生们为了阻止北洋军阀政府签订出卖青岛的条约，聚集起游行的队伍，在街上高呼口号撒传单，最后涌到卖国贼章宗祥的住处，火烧了赵家楼，有许多学生被捕了。我听了又是兴奋，又是愤慨，他走了之后，我的心还在激昂地跳……
>
> 第二天我就同二弟从医院回家去了，到学校销了假。学生自治会里完全变了样，人人站在院子里激昂地面红耳赤地谈话，大家都投入了紧张的工作。我被选做了文书。我们学生会是北京女学界联合会之一员。……
>
> ……一向修道院似的校院，也成了女学界联合会代表们开会的场所了。同时学生们个个兴奋紧张，一听到有什么紧急消息，就纷纷丢下书本涌出课堂，谁也阻挡不住！我们三五成群地挥舞着旗帜，在街头宣传，沿门沿户地进入商店，对着怀疑而又热情的脸，讲着人民必须一致起来，反对日本帝国主义的侵略压迫，反对军阀政府的卖国行为的大道理。我们也三三两两抱着大扑满，在大风扬尘之中，荒漠黯旧的天安门前，拦住过往的洋车，请求大家捐助几个铜子，帮我们援救慰问那些被捕的爱国学生。我们大队大队地去参加北京法庭对于被捕学生的审问，我们开始用白话文写着各种形式的反帝反封建的文章，在各种报刊上发表。[1]

在五四运动的狂飙巨澜中，冰心是一朵蕴着时代精神的浪花，欢快地

---

[1] 冰心. 回忆"五四"[J]. 文艺论丛, 1979, 9 (8). 我们把春天吵醒了 [N]. 人民日报, 1959-02-08.

随着汹涌的激流奔跃着。作为学生自治会的文书，又是北京女学界联合会宣传股的股员，冰心就有写宣传文章的职责与义务。

> 联合会还叫我们将宣传的文字，除了会刊外，再找报纸去发表。我找到《晨报副刊》，因为我的表兄刘放园先生，是《晨报》的编辑。那时我才正式用白话试作，用的是我的学名谢婉莹，发表的是职务内应作的宣传的文字。[1]

现在我们能看到的冰心的最早的文章是北京《晨报》1919年8月25日发表的《二十一日听审的感想》，下面署名是"女学生谢婉莹投稿"。按照《晨报》的惯例，凡属外稿，都尽可能注明来稿者身份，并在作者姓名下加上"投稿"二字，以示与内稿和特约稿之区别。

这次北京审判厅开庭公判大学生案件是北洋军阀的一个有计划的阴谋。当时操纵北洋军阀大权的段祺瑞以安福系为御用工具，对抗以孙中山先生为首的革命势力；而北京的如火如荼的爱国学生运动，则又是他们身旁的心腹大患，因此千方百计加以破坏，欲置于死地而后快。安福系在学校收买走狗，制造事端，逮捕学生，无所不为。在《晨报》1919年7月29日第二版上，就刊载这样一条新闻，标题是：《北大学生竟被捕矣，已有三名被逮，此外尚有八人》。主要内容云：

> 前因安福部欲破坏大学，利用许有益、俞忠奎等在法科大学秘密开会，商议实行破坏之手段。事为该校干事会所闻，群起质问，许等伴为悔过，自具悔过书而退。翌日复受人鼓动，遂恼羞成怒，通电各处并诉诸警厅，皆以被打受伤为词，此前数日事也。乃昨早忽有北京大学生鲁士毅、王文彬、朱耀西等三人被法庭拘捕之事，此外尚有孟寿椿等八人亦在票拘之列。

北洋军阀眼看其走狗密商破坏学生运动之事败露，就用"贼喊捉贼"的伎俩，反诬革命学生向其走狗"行凶"，通电于前，逮捕于后，开庭宣判，公然镇压，摆出一副杀鸡儆猴的架势，妄图一举扑灭学生爱国运动的熊熊之焰。为了粉碎北洋军阀的阴谋，革命学生一方面积极进行营救活动，

---

[1] 冰心. 自序//冰心全集[M]. 北京：北新书局，1933.

另一方面在法庭上与北洋军阀的法官展开合法斗争。

冰心所写的第一篇文章《二十一日听审的感想》就是营救活动的一种手段。文章如实地反映了这场法庭斗争，它正是"我们大队大队地参加北京法庭对于被捕学生的审问"之后，振笔疾书，诉诸社会；是要求公众主持正义，营救爱国学生的"呼吁书"；同时也是揭露北洋军阀的法庭与北洋军阀指使的"原告"串演双簧戏的"起诉书"。冰心写道：

> 刘律师辩护的时候，……同时又注意到四位原告，大有"踧踖不安"的样子，以及退庭的时候，他们勉强做作的笑容，我又不禁想到古人一句话"哀莫大于心死"。唉！可怜的青年！良心被私欲支配的青年！
>
> …………
>
> 自开庭至退庭一共有八点钟。耳中心中目中一片都是激昂悲惨的光景……充满了感慨抑郁的感情。
>
> 晚饭以后，我在家里廊子上坐着……
>
> 忽然坐在廊子那一边的张妈问我说"姑娘今天去哪里去了一天？"这句话才将我从那印象中唤出来。就回答她说："今天我在审判厅听审。"随后就将今天的事情大概告诉她一点。她听完了就说："两边都是学生，何苦这样。"又说："学生打吵，也是常事。为什么不归先生判断，却去惊动法庭呢！"我当时很觉得奇怪。为何这平常的乡下妇女，能有这样的理解。忽然又醒悟过来说，不是她的理解高深。这是公道自在人心，所以张妈的话，与刘律师的话如出一辙。
>
> 我盼望改天的判决，就照着他们二人所说的话，因为这就是"公道"，这就是"舆论"。

我们之所以要比较详尽地介绍冰心的最早作品，是因为从这篇作品中可以管窥她当时的政治态度。冰心在"五四"时期是坚决地站在革命阵营中，反对北洋军阀迫害爱国学生的暴行。她所说的"我们应当怜悯那几个'心死的青年'"，实际上是出于极度的义愤，而对走狗们投以蔑视的一瞥，宣判这些走狗们已丧失了"人心"，取消了"人"的资格，从而让人们感到北洋军阀的倒行逆施和人心向背。

有些评论家往往以"闺秀派作家"[1]这顶"华盖"罩在冰心的头上；也有评论家认为，读冰心的作品，"一望而知是一个没有出过学校门的聪明女子的作品"[2]。这些都属以偏概全，没有真正了解冰心的不妥之论。在"五四"的狂飙突进的岁月里，她走出家门与校门，她观察过社会，虽然入世不深，但她的作品还是具有一定的时代气息的。是伟大的五四运动使冰心拿起笔来；而在当时，她的笔也是为五四运动而拿起来的！

　　她的笔的确是为了"五四"而举起的。冰心不仅不是"闺秀派作家"，而是以她的"问题小说"步上文坛的。要估量冰心的"问题小说"在社会上所引起的反响，或许可以用"出乎意料的强烈"来加以形容。

　　"五四"时期，伟大的革命给沉滞腐朽的旧社会带来了新机运、新觉醒，铁屋子里的一部分人醒悟了，他们冲决着，同时也思索着：封建势力数千年的统治，帝国主义几十年来的侵略，使这个半封建半殖民地社会的问题成堆，有国难问题，有劳工问题，有青年问题，有妇女问题，有家庭问题……总之，外交内政，内忧外患，举目四顾，无处不暴露出种种问题，潜藏着众多的亡国灭族的危机。在当时的报章杂志上，不仅将上述种种问题列为专栏，加以研讨；而且在这些总的论题下产生若干分支，如讨论劳工问题而涉及人力车夫问题，从讨论妇女问题而涉及娼妓问题，从讨论青年出路问题而涉及青年的厌世自杀问题，如此等等。所以冰心说：

　　　　这奔腾澎湃的划时代的中国青年爱国运动，文化革新运动，这个强烈的时代思潮，把我卷出了狭小的家庭和教会学校的门槛，使我由模糊而慢慢地看出了在我周围的半封建半殖民地的中国社会里的种种问题。这里面有血，有泪，有凌辱和呻吟，有压迫和呼喊……我只想把我所看到听到的种种问题，用小说的形式写了出来。[3]

　　"五四"时期的冰心不仅是一个追随时代思潮欢跃奔腾，去接触社会问题的冰心；也是一个面对种种问题沉思默索的冰心；也是一个清夜人静时笔不停挥地写作"问题小说"的冰心。在评论她的"问题小说"之前，我

---

[1] 毅真. 闺秀派的作家——冰心女士//李希同，编. 冰心论[M]. 北京：北新书局，1932.
[2] 陈西滢. 冰心女士//李希同，编. 冰心论[M]. 北京：北新书局，1932.
[3] 冰心. 从"五四"到"四五"[J]. 文艺研究，1979（1）.

们应先为那位"沉思默索"的冰心画个像。这就须先论及她在1920年写的一篇小说《一个忧郁的青年》[1]中的彬君的形象。彬君不一定是冰心的"自画像",但至少,在这个形象中闪露着冰心的身影。

《一个忧郁的青年》中的彬君原是一个性情活泼,有说有笑,轻易不表露愁容的青年学生,近一年来却显得忧郁静寂,同学们都很怪讶,称他为"方外人",认为他已变成一个悲观主义者。可是当"我"去叩探彬君的心灵秘密时,才知道彬君并不是什么悲观主义者。彬君说:有忧郁性的人和悲观者是大不相同的:"我想悲观者多是阅世已深之后,对于世界上一切的事,都看作灰心绝望,思想行为多趋消极;忧郁性是入世之初,观察世界上的一切事物,他的思想,多偏于忧郁,然而在事业上,却是积极进行。"原来彬君是受了"五四"思潮的冲击,脑海里产生了种种问题,使他终日不可平静。他外表是孤寂沉思的,内心却汹涌着巨大的感情的潜流。彬君对"我"说:

> 从前我们可以说都是小孩子,无论何事,从幼稚的眼光看去,都不成问题,也都没有问题,从去年以来,我的思想大大的变动了,也可以说是忽然觉悟了。眼前的事事物物,都有了问题,满了问题。比如说:"为什么有我?"——"我为什么活着?"——"为什么念书?"下至穿衣,吃饭,说话,做事;都生了问题。从前的答案是:"活着为活着"——"念书为念书"——"吃饭为吃饭",不求甚解,浑浑噩噩的过去。可以说是没有真正的人生观,不知道人生的意义。——现在是要明白人生的意义,要创造我的人生观,要解决一切的问题。所有的心思,都用到这上面去,自然没有工夫去谈笑闲玩,怪不得你们说我像一个"方外人"了。

小说中的"我"婉劝彬君:"即或是思索着要解决一切的问题,也用不着终日忧郁呵。"这又引起彬君的一席话,比前面这一段话有更深的发挥,从而也使我们借此更了解冰心的内心世界:

> ……世界上一切的问题,都是相连的。要解决个人的问题,连带着要研究家庭的各问题,社会的各问题。要解决眼前的问题,

---

[1] 婉莹. 一个忧郁的青年 [J]. 燕京大学季刊, 1920-09-01 (1-3).

连带着要考察过去的事实,要想象将来的状况。——这千千万万,纷如乱丝的念头,环绕着前后左右,如何能不烦躁?而且"不入地狱,不能救出地狱里的人"。——"不失丧生命,不能得着生命。"不想问题便罢,不提出问题便罢,一旦觉悟过来,便无往而不是不满意,无往而不是烦恼忧郁。先不提较大的事,就如邻家的奴婢受虐,婆媳相争。车夫终日奔走,不能养活一家的人。街上的七岁孩子,哄着三岁的小弟弟;五岁的女孩儿,抱着两岁的小妹妹。那种无知,痛苦,失学的样子;一经细察,真是使人伤心惨目,悲从中来。再一说,精神方面,自己的思想,够不够解决这些问题是一件事;物质方面,自己现在的地位,力量,学问,能不能解决这些问题,又是一件事。反复深思,怎能叫人不忧郁!

介绍了这位彬君,就可使我们更了解冰心。彬君与冰心,至少是有着共同之点,即受到五四运动的启发,他们从"浑噩"走向了"苦闷"。记得茅盾在忆及他的中学生时代,有一段很深刻精辟的论述,对我们理解彬君与冰心,可以大有启迪。茅盾在谈及辛亥革命前夕的学生们的精神状况时说:"那时我们亦无所谓'苦闷',苦闷的人是有福的,因为这是思想展开到某种程度的征象。因为通过了这一时期的苦闷,他的思想就会得确定,他将无往而不勇敢,而不愉快。我们的中学生时代却只有浑噩……"[1] 这一段话当然不能说是茅盾当时的自况,它一方面是对封建教育的强烈不满与控诉,但另一方面至少反映出辛亥革命前的一般中学生的思想概貌。

现在时代进展到了揭开新民主主义革命序幕的"五四"时期。按照茅盾所说的,"苦闷的人是有福的"。那么彬君和冰心都是有福的青年,时代使他们脱离了"浑噩"的境界,时代赋予了他们"苦闷"的权利!而况彬君还说:"忧郁是第一步,奋斗是第二步。因着凡百不满意,才忧郁;忧郁之极,才想去求那较能使我满意的,那手段便是奋斗了。现在不过是一个忧郁时期,以后便是奋斗时期了,悲观者是不肯奋斗,不能奋斗的,我却不是悲观者呵!"

冰心在1920年写成的《一个忧郁的青年》还不能算是一篇成熟的小说。在艺术上它自始至终都通过两个人的对话,以"我"的提问与"彬"的作答为主要手段。但是这篇作品的重要性是在于通过彬君的自我剖白,

---

[1] 茅盾. 印象·感想·回忆 [M]. 北京:文化生活出版社,1936:10.

它像一只听诊器一样，使我们清晰地听到了冰心的心音。彬君说要"奋斗"，怎么奋斗呢？作品中并没有告诉我们；冰心的"奋斗"，我们却是看到了，那就是"我抱着满腔的热情，白天上街宣传，募捐，开会，夜里就笔不停挥地写'问题小说'……"[1]。这就是冰心的奋斗，时代激励着冰心以文学为奋斗的武器，在奋斗中她终于与文学结了不解之缘，而不得不向她的初志"告别"。

我们介绍了她1920年所写的《一个忧郁的青年》，就可以倒叙和回溯她在1919年起始所写的"问题小说"。

冰心的第一篇小说是《两个家庭》，连载于1919年9月18日至22日的《晨报》上。从这篇小说起，她才正式有了一个笔名：冰心。"用冰心为笔名。一来是因为冰心两字，笔画简单好写，而且是莹字的含义。二来是我太胆小，怕人家笑话批评；冰心这两个字，是新的，人家看到的时候，不会想到这两字和谢婉莹有什么关系。"[2]"而在《晨报副刊》上登出来的时候，在'冰心'之下，却多了'女士'二字！据说是编辑先生添上的，我打电话去问时，却木已成舟，无可挽回了。"[3]

如果她的《两个家庭》发表后，反响还不甚明显的话，那么她在1919年所写的另外三篇"问题小说"，即《斯人独憔悴》《秋雨秋风愁煞人》和《去国》，却给冰心带来极大的声誉，其反响的强烈，恐怕也出乎冰心自己的意料。

《斯人独憔悴》发表于1919年10月7日至11日《晨报》。写的是一场具有一定时代意义的父与子的冲突，它反映了被顽固的父亲所禁锢，而不能参加爱国学生运动的青年的苦恼。小说发表了一个星期后，在北京《国民公报》的《寸铁栏》中就有短评说："我的朋友在《晨报》上看见某女士作的《斯人独憔悴》那篇小说，昨天又看见本报上李超女士的痛史，对我蹙眉顿足骂旧家庭的坏处，我以为坏处是骂不掉的，还请大家努力改良，就从今日起。"[4] 但是更大的影响是在于，小说发表不到三个月，就被学生剧团改编为话剧在舞台上演出。据《晨报》1920年1月13日的止水的《观学生团演剧底私论》中告诉我们，从1920年1月9日起，学生团在北京新明戏院演剧，第一天上演的第一个剧目就是《斯人独憔悴》。该剧评云：

---

[1] 冰心. 从"五四"到"四五"[J]. 文艺研究，1979（1）.
[2] 冰心. 自序//冰心全集[M]. 北京：北新书局，1933.
[3] 冰心. 自序//冰心全集[M]. 北京：北新书局，1933.
[4] 载《国民公报》1919年10月17日《寸铁》栏，署名晚霞。

> 《斯人独憔悴》是根据《晨报》上冰心女士底小说排演的，编制作三幕，情节都不错，演的也好。……这剧里明明演的"五四"的故事……

《斯人独憔悴》是直接以五四运动的一个生活侧面为其题材的。学生剧团将它改编为话剧上演，是因为当时不少青年都处在与作品中的颖铭、颖石两兄弟的同样处境，遇到了类似的父子之间的保守与革新的矛盾冲突。《斯人独憔悴》在当时是有一定的典型意义的，而且也确实产生了一定的社会反响。

冰心的《秋雨秋风愁煞人》被编辑冠以"时事小说"的头衔发表于1919年10月30日至11月3日的《晨报》上。小说中写了淑平、英云、冰心三个同班好友的不同命运。她们三人都有相似的抱负与理想。但淑平不幸病逝；英云在中学毕业时，就被迫和一个富家子弟结了婚，过她所不愿的"少奶奶"生活，从而断送了她的一生。在小说中，英云向冰心凄凉地诉说着：

> ……去年回家以后，才知道我的父母，已经在半年前，将我许给我的表兄士芝。便是淑平死的那一天下的聘……所有的希望都绝了……姨母家里的光景，我都晓得的，是完完全全的一个旧家庭。但是我的父母总是觉得很满意，以为姨母家里很从容。我将来的光景，是绝没有差错的。并且已经定聘，也没有反复的余地了。

作者之所以将英云定聘与淑平病逝构思在同一天，是因为她想通过这一"巧合"来强调："你以为肉体死了，是一件悲惨的事情，却不知希望死了，更是悲惨的事呵！"

小说的结尾是，作品中的人物冰心在一个凄风苦雨的秋天，在一本《绝妙好词笺》中翻到了英云与她分手前夕偷偷夹在书中的诀别信，勾起了她对往事的回忆，恍惚中似乎英云就站在她面前泣诉一般："敬爱的冰心呵！我心中满了悲痛，也不能多说什么话。淑平是死了，我也可以算是死了。只有你还是生龙活虎一般的活动着。我和淑平的责任和希望，都并在你一人的身上了。你要努力，你要奋斗……你要记得我们的目的是'牺牲自己服务社会'。"在这秋雨潺潺秋风瑟瑟的凄清中,读了这封悲楚欲绝的信,怎么不令读者感到"秋雨秋风愁煞人"呢?

这篇小说一发表,冰心就收到一封旧同学的来信,信中说:"从《晨报》上读尊著小说数篇,极好,但何苦多作悲观语,令人读之,觉满纸秋声也。"这下可使冰心也非得像《一个忧郁的青年》中的彬君不可,急于要做"自我剖白"了。她写了一篇《文艺剩言》,题名《我做小说,何曾悲观呢?》:

> ……至于悲观两个字,我自问实在不敢承认呵。
> ……我做小说的目的,是要想感化社会,所以极力描写那旧社会旧家庭的不良现状,好叫人看了有所警觉,方能想去改良,若不说得沉痛悲惨,就难引起阅者的注意,若不能引起阅者的注意,就难激动他们去改良。何况旧社会旧家庭里,许多真情实事,还有比我所说的悲惨到十倍的呢。[1]

冰心的剖白,可以使我们知道,她写"问题小说"的目的是让读者与她一同"痛恨"旧社会旧家庭,让读者与她一道去"努力改良",这"便是我做小说所要得的结果了。这样便是借着'消极的文字',去做那'积极的事业'了"。

冰心在1919年11月22日至26日的《晨报》上发表了《去国》。《去国》中的青年主人公英士在美留学七年,成绩名列前茅,他学成归国,很想施展抱负:"中国已经改成民国了,虽然共和的程度还是幼稚,但是从报纸上看见说袁世凯想做皇帝,失败了一次,宣统复辟,又失败了一次,可见民气是很有希望的。以我这样的少年,回到少年时代大有作为的中国,正合了'英雄造时势,时势造英雄'那两句话。我何幸是一个少年,又何幸生在少年的中国,亲爱的父母姊妹!亲爱的祖国!我英士离着你们一天一天的近了。"可是回国以后,冷酷的现实将他的热情的理想击成碎片;他株守半年,一事无成,反倒要他抛却真才实学,去学那奴颜婢膝的行为。他坚决不肯随波逐流,沾染恶习,最后只好再次"去国",他痛苦地喊出了:"可怜呵!我的初志,绝不是如此的,祖国呵!不是我英士弃绝了你,乃是你弃绝了我英士呵!"

---

[1] 冰心. 我做小说,何曾悲观呢? [N]. 晨报,1919-11-11.

对冰心说来,《去国》也是来自切切实实的生活体验。在当时,她的父亲所在的衙门里就有许多留学归国的青年,他们学非所用,牢骚满腹;壮志雄心,消磨殆尽。这些青年的痛史使冰心写就了《去国》,作品同情这些爱国青年的遭遇,怒斥北洋军阀毁灭人才的罪行。文章发表仅一星期,《晨报》上就刊登了鹃魂投稿的《读冰心女士的〈去国〉的感言》[1]。这篇"感言"的篇幅较长,从第七版一直转版到第八版。《晨报》的第八版是广告版,让出篇幅刊登此文,真可算是极少数的例外。这篇"感言"倾诉了不少留学生归国后种种惨痛的际遇:

> 那时为生计的打算,也只得学些运动的法子,为联络的起见,也只好学些嫖赌的嗜好了。那么一来,也就是"攸攸忽忽"的过去了,只依其愈趋愈下罢了。所谓"久而不闻其臭",日子也就不觉得难过了,到了那个时候,也没有甚么"爱国热忱"了,也没有什么"忧时愤世"了。所有的专门学问,也就一天一天的忘记完了,甚么麻雀、泼克、胡同、戏院,也就一天比一天的研究得精深了,说的都是"及时行乐",做的都是"酒地花天",不过在那赌场花丛里头,又添一分子罢了。这样看来,那可不是就葬送了几十年的攻苦!毁了国家的一个人材吗!但是如像这样的人材,试问中国还少吗?
>
> ……所以我对于这篇《去国》,我绝不敢当他是一篇小说,我以为他简直是研究人材问题的一个引子。我所说的,并不是借此发发自己的牢骚,吐吐个人的酸气,不过是把我所曾经见过的事实,合那现在社会的状况,大声疾呼,痛哭流涕的写出来,与大家作为研究这国家人材根本问题的材料罢了!我想这位冰心女士,做那篇《去国》的时候,一定也有无限的怀抱!所以才做得那样的沉痛,那样的恳切,也是具有醒世的苦心!所以我很希望阅者诸君,万勿当做普通小说看过就算了,还要请大家起来研究研究才好。

至此,我们已经考察了冰心在 1919 年中所写的几篇"问题小说"。我们可以清晰地看到:冰心的"问题小说"是植根于当时社会现实的沃土之

---

[1] 鹃魂. 读冰心女士的《去国》的感言 [N]. 晨报,1919-12-04.

中的,她的"问题小说"是比较尖锐地触及了当时的时政的,涉及的社会面还是较为广泛的。从家庭问题到爱国运动中发生的问题;从妇女问题到国家毁灭专门人才问题,冰心都是通过自己的小说沉痛陈言,具有很大的醒世作用。正如她自己所说的:"这里面有血,有泪,有凌辱和呻吟,有压迫和呼喊……"所以才能使一部分读者产生了强烈的共鸣,一道起来大声疾呼,痛哭流涕地诉说自己的遭遇。他们认为冰心的小说"万勿当做普通小说看过就算了,还要请大家起来研究研究才好"。像这样的小说的确不起什么消遣作用,却可以作为研究当时某一社会问题的重要材料,是地地道道的"问题小说"。这种"问题小说"在当时对那些忧国忧民的青年说来,是具有强烈的吸引力的。正如那位鹃魂所说的:"我本来对于小说,不大很注意,但我见了这题目,是很新鲜的,想来必定有些趣味,我就从头看去,愈看愈是高兴,那知道正在高兴的时候,它就完了,没有法,只有再等第二天的报来续看,所以我这几天,等到报一来了,我头一个就是看这篇小说。"只要翻开六十年前的报章杂志,我们就会知道,像鹃魂这样的人,在读者中比比皆是。例如,当时报上有一篇题名为《自杀回想记》的文章,一开头就写道:"我是一个自杀未遂的人……"他为什么要自杀呢?就是因为他"对于人生问题,国家问题……想了五年,不能解决",悲愤之余走上自杀的道路。自杀未遂后,朋友劝他放下这些问题,让哲学家去替我们解决吧。他写道:我"也想放下,但是这个心总放不下……"[1]萦绕在心头的问题使有责任感的青年日夜焦虑。又例如,在当时的《妇女问题》栏中也有这样的来信,一开头就写:"列位编辑先生:这原来是一纸绝命书","我××一人,又何足惜,但是我们中国这二万万的女同胞,不是时时刻刻望着有心人来援助么?若是列位先生再能注意这个'妇女问题'……将来我们这二万万的女同胞就或者可以得睹天日呵!"[2]在当时,有多少人流淌着血泪被种种问题所折磨,又有多少人奔走呼号,探求种种社会问题的解答。这就是冰心的"问题小说"得到如此强烈反应的社会基础。

在当时,关于文艺作品的评论或读后感之类的文章在报刊上是很少见的。冰心,作为一个新进的作家,她的作品能被改编成话剧,也有一些人来加以评论,这实在是罕见的。"冰心"这个笔名在1919年9月才初见于报端,但是仅仅3个月的时间,仅仅发表了4篇"问题小说",就受到文坛

---

[1] 灵光. 自杀回想记 [N]. 晨报,1920-01-10.
[2] 杨纯英. 希望中华民国九年再没有一个像我这样可怜的女子 [N]. 晨报,1920-01-11.

瞩目。其主要原因是她应顺时代潮流而生,她的作品的内容能引起读者的强烈共鸣;当然,其时女作家少也是一个引人注目的原因,但毕竟是一个次要的原因。

1919年12月1日是《晨报》创刊一周年纪念,在这一周年的纪念特刊的版面上,就可以知道冰心是如何受到报界的重视。在这期《晨报周年纪念增刊》上刊登了4篇文章:第一篇是胡适的《周岁》(祝晨报一年纪念),第二篇是冰心的《晨报……学生……劳动者》,第三篇是鲁迅的《一件小事》,第四篇是启明(即周作人——作者注)译的《圣处女的花园》。在当时,周氏兄弟和胡适都是鼎鼎大名的学者和作家,而冰心这位不满20岁的女青年能厕身于名流之间,这对她可说是莫大的荣誉吧!

当然,在称颂冰心作品的"影响之大""反响之强"的同时,我们也应看到这些小说所存在的弱点。作为一位年轻而入世不深的作者,冰心是尽着最大的努力,搜寻了自己视野所及的问题,以小说的形式陈诉于社会。但是,她的"问题小说"的功绩是在于提出了问题。至于她在"怎样去解决这些问题"的问题面前,还是无能为力的。作为"问题小说",作家很难向读者宣告,我只管提问题,我不负解答问题的责任。因为小说的"结尾",往往是:不是答案的答案,即使是并不圆满的或错误的答案。

冰心的《两个家庭》否定了封建官僚家庭培育出来的女子,她们游手好闲,不事家政,影响丈夫的事业,摧残丈夫的身心;但冰心所肯定的也不过是受过一点资产阶级教育的治家教子有方的女子亚倩。而这个亚倩却是一个镀上一层薄薄的西方文明的"金液"的中国封建式的贤妻良母主义者。正如冰心曾写过的:"……看到或听到'打倒贤妻良母'的口号时,我总觉得有点逆耳刺眼。"文艺评论家阿英曾对冰心"五四"时期的作品有过一席较为中肯的评价:

> 反映在作品中的冰心的思想,显然是一种反封建的,但同时也多少带一些封建性;这就是说,她的倾向是反封建的,但在她的观念形态中,依然有封建意识的残余。这情形,正是在新文化运动初期,青年中普遍的情形。在旧的理解完全被否定,新的认识又还未能确立的过渡期中,青年对于许多问题是彷徨无定的,是烦闷着的。冰心作品所表现的,正是这种情形,她抓住了读者

的心。[1]

阿英的评论既让我们看到了冰心作品的影响为什么会如此之大,又让我们看到了她在反封建的同时在作品中也反映出封建的残余思想。《两个家庭》可算是个适例罢。

我们还应看到,冰心一再声言她的写作目的是为了改良社会,因此,她的"问题小说"往往是"矛盾"虽较深刻,"冲突"却非常平缓。要在她的作品中找到"斗争"两个字是很不容易的。《斯人独憔悴》中的矛盾确是深刻,但冲突的结果是两个爱国青年像两朵鲜花一样被幽闭在没有阳光的"家"的牢笼中"憔悴"了。《秋雨秋风愁煞人》中的英云,在父母为她定聘之后,就觉得没有丝毫"反复的余地了",她只好驯服地走进那只用金丝织成的鸟笼中去,默默地寄期望于冰心:"我和淑平的责任和希望,都并在你一人的身上了,你要努力,你要奋斗……"冲破这家庭的"象牙牢笼",对颖铭兄弟和英云们说来,是非分之想,不,连想也没有敢想。在《去国》中,这位英士当然也只好被迫再次"去国",而不会从看到军阀政府的腐败无能而开始寻求拯救祖国之路。凡此种种,都是冰心的四周生活中所未触及的,是她视野中所未见的,是她静思默索中所未考虑的。这就形成了冰心的影响极大的"问题小说"中的不足之处。

(二)

冰心在纪念《晨报》一周年的《增刊》上所载的《晨报……学生……劳动者》一文中,歌颂了迎着晨曦、朝阳奔向各自岗位的学生和劳动者:"街上走的都是上学的学生,和劳动的工人,喜喜欢欢,勤勤恳恳的起身做自己的事业,不比那老爷先生们,还在那里酣睡。可敬可爱的学生,可钦可佩的劳动者,除了你们,别人也不能享受不配享受这明耀的朝阳、清新的空气。"冰心在这篇短文中视学生和劳动者为"今日国家和世界的主人翁,进化潮流的中心点"。

这篇文章与鲁迅的《一件小事》是在同天同版的《晨报》上发表的。如果加以比较,那么在对待劳动者的态度上,鲁迅的认识要比冰心的深刻。在鲁迅看来,这位人力车夫的高大后影对那位知识者"我",产生了"一种威压,甚而至于要榨出皮袍下面藏着的'小'来"。在这里,人力车夫是教

---

[1] 阿英. 谢冰心小品序//现代十六家小品 [M]. 北京:光明书店,1934.

育者,"我"是受教者。在冰心文中,我们看到她是将学生、劳动者与老爷先生们相对立的,对学生和劳动者是颂赞的,她对劳动者是十分尊重的。但作为一个"五四"时期经常上街宣传的学生,在她的脑海中,学生毕竟要高于劳动者,这不光是看文中位置的排列,她总是将学生置于劳动者之前;而且在思想深处,她也是认为学生是宣传者,而劳动者是被宣传者;学生是教育者,劳动者是受教育者。在当时,冰心对劳动者的处于水深火热的生活底层,表露出无限同情,但她觉得,他们是被救者,而像她这样的热血的青年知识分子正是义不容辞的救人者。冰心,是一位人道主义者。当然,人道主义在"五四"时期仍然有其一定的进步作用,因为反帝反封建的伟大历史任务中,这种人道主义在反对封建制度的吃人礼教上,在揭露封建军阀的横征暴敛中,在仇视帝国主义的侵略奴役上,都能发挥一定的战斗作用。

在五四运动以后的岁月中,冰心在日常生活中就是恪守着这种人道主义的信条,在她的作品中也就反映了这种人道主义的色调。

1920年,北方五省受到严重旱灾的侵扰,冰心就以这样一种人道主义者的姿态和燕大女校(协和女大此时已改名燕大女校)的同学一道,热情地投入了赈灾工作。当时,燕京大学青年会编印了一本《赈灾报告》集,这个集子的《发刊词》[1]就是出自冰心的手笔。她写道:

> 我们为甚么要刊行这本报告书呢?因为要纪念燕京大学的学生——我们的同学,半年以来,服务北五省一千五百万灾黎的工作。
>
> 实地服务的工作,不单是发几句悲悯的言词,挥几行同情的眼泪;或是散放几斗的粮米,捐助几块的金钱,就完了事的。是要完全的抛掷自己在他们中间,分担他们的忧患,减少他们的疾苦,牵扯他们到快乐光明的地上来。

"完全的抛掷自己在他们中间",这就是冰心和许多同学当时救灾的心愿,也是她们的行动准则。她们不仅用演剧——演出比利时著名作家梅德林克的剧本《青鸟》——募捐救灾,而且在1920年12月18日举行救灾大

---

[1] 谢婉莹. 发刊词[N]. 燕京大学青年会《赈灾专刊》,1921.

会,会后上街劝募。冰心在《旱灾纪念日募捐记事》[1]一文中详述了这次与风尘搏斗而取得战果的劝募活动。

> 这时街上布满了学生,都挥着旗子,抱着罐子,走过北河沿一带,街上有许多的行人,都胸前挂着纪念章,随风飘展着。穿过天安门,看见不少的学生,四下了望着,又追着车儿奔走,我心中不禁起了一种异样的感觉,这是可喜的现象呵!几十年或十几年前的中国,有几个丰衣足食的人,肯在朔风怒号的街上,替灾民奔走呢?
>
> …………
>
> 那时候风越大了,街上又遇着好几面燕京大学的旗子,同学们风尘满面,站在街上,还是精神百倍,可敬呵!中国的将来,都在这些青年人身上。
>
> 走到东长安街风推着我们走,对面说话都听不见,抱罐的手也僵了,"风呵再大一点,我要请你试一试青年的精神,风呵,再大一点,我们要借着你,预备和万恶的社会奋斗"……

冰心还走了好几个学校去募捐,在"孔德学校",她正在对几个学生作劝募谈话时,"有一女校役,提着茶壶走过,谁也没有注意她和她说甚么劝捐借的话,她忽然自己站住了,往里投了一个铜子,'大家都是苦人呵!'她说着叹了一口气自己走了。我们连忙追上她,恭恭敬敬的送她一个纪念章,我们注目看着她,半天——"直到回校之后,冰心还在想着:"咳!孔德学校的一个铜子,女高附小的几百个铜子!这价值是自有金钱历史以来未有的价值!"

冰心的《旱灾纪念日募捐记事》使我们可以从几个角度看到"五四"时期她的思想风貌。首先,冰心在当时虽然积极地参加了"五四"时期的街头宣传,散发传单,沿门沿户进入商店宣讲抵制日货等活动,但当时可惜都没有留下文字记载,好让我们从当时的"原始"记载细致地看她当时的思想面貌,那么现在可以聊借此文来弥补这个"遗憾"了。《旱灾纪念日募捐记事》翔实地描写了当时青年"抛掷自己"、服务社会的可贵热情,我们借此可以推想冰心全心投入学生运动的积极姿态。其次,从文中我们可

---

[1] 谢婉莹. 旱灾纪念日募捐纪事[N]. 燕京大学青年会《赈灾专刊》,1921.

以看到冰心对劳动者是尊敬的、同情的。无论是《二十一日听审的感想》中的张妈，还是在本文中提及的孔德学校的女校役，她都认为她们是主持公道、发扬正义、纯洁无私的；冰心对灾民不仅是无限同情，而且是以实际行动投入紧急救助的。第三，但劳动者在她心目中毕竟是被宣传、被教育和被救助的对象。她将中国的未来，寄托在这些青年人身上。她认为丰衣足食而肯在朔风怒号的街上，替灾民奔走的青年学生的心灵是最崇高的。

在某种意义上说，包括冰心在内的这些热血青年也的确做过一些"抛掷自己在他们中间"的工作。在冰心所写的《女校纪事》[1]中有一节《望都县的赈济所》：

> 我们募得了这些款项，如何能直接用在灾民身上，方不负买票诸君的热心呢！我们拿定了主意，对于灾民是要牺牲到底的，所以我们费了许多的周折，找着了望都县——保定道内一个灾区——为我们设立赈济所的地点。我们在那里亲自管理，亲自授以普通知识……现在我们有二百零八个孩子，今年秋麦若仍是不好，我们还要接续办呢！

从上述记载的内容看来，以人道主义为信条的冰心在当时的确起过一定的积极作用。但是正因为她是站在施舍者、救助者的地位，不时地为青年学生的肯"抛掷自己在他们中间"的牺牲精神，流露出"优越感"，这种思想上的局限性必然会反映到"五四"时期冰心的"问题小说"中去。

冰心的"问题小说"的第二方面的题材是以人道主义为主轴，去同情劳动人民的不幸和惨苦。《最后的安息》和《还乡》等作品就是糅杂了这种人道主义的积极面和消极面的混合物。

《最后的安息》控诉了封建社会的童养媳制度的残酷性。这个残酷的制度不知坑埋了多少劳动人民的贫弱女儿。这也是一个寄同情于劳动人民的"问题小说"的好题材。但是冰心除了抒写童养媳翠儿的无限悲苦之外，主要是塑造了一个具有"慈怜温蔼"心肠的"赐予者"惠姑的形象。冰心以诗的笔触描写惠姑满蕴着泪水，轻轻摩抚着翠儿的伤痕。"一片慈祥的光气，笼盖在翠儿身上。她们两个的影儿倒映在溪水里，虽然外面是贫、富、

---

[1] 女校纪事［N］//燕京大学季刊·第二卷（1-2）合刊，1921-06-01. 此篇未署名，但在同期刊物上女校科长麦美德说明：女校方面的纪事由谢婉莹担任。

智、愚,差得天悬地隔,却从她们的天真里发出的同情,和感恩的心,将她们的精神,连合在一处,造成了一个和爱神妙的世界。"在这个"和爱神妙"的境界里,施舍者和感恩者的界限是分得非常清楚的。这就是"丰衣足食"的热血青年"分担他们的忧患,减少他们的疾苦,牵扯他们到快乐光明的地上来的"理想化成了小说中的形象。

发表在1920年5月《晨报》上的《还乡》[1],也是一篇满腔悲愤同情劳动者的疾苦的小说,主人公以超空怀着要解救他们出离苦海的一腔热血,却找不到半点行动的头绪。

> ……谈论之下,以超才晓得他们的生活,是很苦的,连妇女孩童都是终年忙碌,遇见荒年,竟有绝食的时候……至于医药一切,尤其不方便,生死病苦,听之天命,以超十分的可怜,眼泪几乎要落了下来。
>
> ……以超才慢慢的自己走到他曾祖墓前,坐在树下,这时那山村野地,在那月光之下,显得荒凉不堪,以超默默的抱膝坐着……一时百感交集,忽然又想将他的族人,都搬到城里去,忽然又想自己也搬回这村里来,筹划了半天——一会儿又想到国家天下许多的事情,对着这一一的祖先埋骨的土丘,只觉得心绪潮涌,一直在墓树底下,坐到天明……

在冰心的作品中,她对如何解决劳动人民的疾苦和不幸的问题,是无法回答的;但她也是老老实实地做了如实的回答,那就是:忧心如焚,"坐到天明",悲天悯人,一筹莫展。

但是在冰心的反映劳动人民生活的"问题小说"中,她对劳动者的态度也是一以贯之的,这里不仅仅是一点同情与尊敬,而且还刻画了他们的善良纯正,歌颂了他们的铮铮骨气,即使有涉及所谓"愚昧"和"不开化"处她也把这些作为旧社会的压榨镌刻在他们身上的烙印来加以处理,从而更深邃地揭露了旧社会的残酷。这在当时也确算难能可贵了。在《三儿》中冰心写了一群失学的拾荒孩子,为了活命竟到靶场上去拾弹壳。结果三儿中了弹,"连人带筐子,打了一个回旋,便倒在地上"。而那个军官却对哀伤的母亲说:"这牌上不是明明写着不让闲人上前么?你们孩子自己闯了

---

[1] 冰心. 还乡 [N]. 晨报,1920-05-20—05-21.

祸，怎么叫我们偿命？谁叫他不认得字！"但是三儿是很有骨气的孩子，他既不乞求，也懂得这是个不讲理的世界，他"咬着牙，挣扎着站起来，将地上一堆的烂纸捧起，放在筐子里；又挣扎着背上筐子，拉着他母亲说，'妈妈我们家……家去！'"而当一个兵士送来20块钱，说是连长叫送来的时候，"三儿挣开了眼，伸出一只满了血的手，接过票子来，递给他母亲，说，'妈妈给你钱……'他母亲一面接了，不禁号啕痛哭起来。那兵丁连忙走出去，那时——三儿已经死了！"旧社会用失学、贫困作凶器，杀了劳动人民的孩子。他们哪里是在"拾荒"，简直是在饥饿线上"卖命"。冰心通过这个惨绝人寰的故事，对旧社会进行了最强烈的抗议。在她"五四"时期反映劳动人民生活的"问题小说"中，《三儿》是最为出色的一篇。

（三）

冰心在"五四"时期所写的另一类"问题小说"是强烈地反对军阀混战的作品。作为一位爱国青年，冰心对"五四"前后的直、皖、奉各派军阀混战所造成的生灵涂炭、民不聊生的景象是深为愤懑的。她的这类"问题小说"主要是写在1920年，当时正是直皖战争的时候。冰心既然同情于民间的疾苦，那么在追根寻源中必然会触及军阀争权夺地的战火是制造人民流离失所、饥荒贫困的重大原因。另外，对这类问题的锐敏，还有一个冰心个人所特有的因素，那就是作为一个海军军官的女儿，冰心对战争的态度从幼年起就比一般人更为敏感。在她的作品中也涉及这根敏感的神经："有我的时候，勇敢的父亲，正在烈风大雪的海上，高唱那'祈战死'之歌，在枪林炮雨之下，和敌人奋斗。年轻的母亲，因此长日忧虑。"[1] 这种母亲忧虑的感染，使冰心在童年时代就萌发着一种反战思想。因此，这两种思想因素的相化合，使反对军阀混战成了冰心的"问题小说"的另一重大题材。在这类题材中冰心又结合她自己的生活实感，在这些作品的篇幅中较多地反映了下级官兵的生活和愿望。这在当时同类作品中是少见的。冰心自小就接触这些下级官兵，她感到他们是亲切的、纯朴的、淳厚的。冰心在回顾童年的印象时写道：

> 那时，父亲的朋友，都知道我会看《三国志》。觉得一个七岁的孩子，会讲"董太师大闹凤仪亭"，是件好玩有趣的事情。每次

---

[1] 冰心. 烦闷//冰心小说集[M]. 北京：北新书局，1933.

父亲带我到兵船上去，他们总是把我抱坐在圆桌子当中，叫我讲《三国》。讲书的报酬，便是他们在海天无际的航行中，唯一消遣品的小说。我所得的大半是商务印书馆出版的林译说部。如《孝女耐儿传》，《滑稽外史》，《块肉余生述》之类。从船上回来，我欢喜的前面跳跃着；后面白衣的水兵，抱着一大包小说，笑着，跟着我走。[1]

这些兵舰上的军官，这些普通的水兵，在冰心的眼中，都是友爱和善的长辈和"朋友"，要把这样的人描写成奸淫掳掠的凶神恶煞，在冰心确实是不可想象的，也是感情上所不允许的。因此，在冰心的反对军阀混战的"问题小说"中，她往往是很有分寸地将发动战争的罪责归之于"主战者"，她的作品的矛头指向发动战争的罪魁祸首——封建军阀；而将同情献给下级官兵。她深情地为这些无辜的"炮灰"唱着凄凉的挽歌。冰心的这类作品的基调在当时确实是罕见的。

在《一个军官的笔记》中的那位年轻军官原想为国效死而从军："当年的想象，以为军人为国效死，临敌的时候，不定是怎样的激昂奋发，高唱入云；死在疆场，是怎样的有荣誉；奏凯回来，是怎样的得赞美。"结果却发现自己"出师无名"，不过为"少数主战者"卖命，"分明是军阀的走狗；我素日的志趣那里去了，竟然做这卑贱的事，如何对得起我的朋友，也如何对得起我自己——"冰心对这位受骗而又觉醒了的青年军官，抱着多么深情的惋惜；但他已在弥留之际，悔之晚矣。这使我们更看到他的无辜，更激起对封建军阀的仇视。

在《一个兵丁》中，冰心写一个普通的士兵思家心切的情景。他将驻地的孩子小玲当成自己的"胜儿"，使小玲从害怕兵丁到体会到他的一副温蔼慈怜的心肠。作品的确能给读者以凄然深思的力量。在《一个不重要的军人》中写一个农民出身的淳厚的士兵每看到别的士兵白吃东西和白坐车子时，总是主动代同伴偿还"债务"。在营里，"人人都拿他当做笑话的材料，他依旧是这样做，依旧是这般喜欢"。最后，他因劝阻同伴殴打老百姓而被误伤，终于死去。冰心在作品的结尾写道："他是一个不重要的军人，没有下半旗，也没有什么别的纪念，只从册上勾去他的名字……"冰心写这篇小说难道不是在他坟墓的一抔黄土前竖起一块庄严静穆的纪念碑？后

---

[1] 冰心. 自序//冰心全集[M]. 北京：北新书局，1933.

来冰心在 1923 年写的著名散文《到青龙桥去》，也是属于上述题材的同类作品。冰心在这类题材的"问题小说"中所建立的功绩是反对某些人不分青红皂白地去仇视披着"老虎皮"的兵丁。他们或被强征为壮丁，或被生活所迫"拘囚"于反动军阀的行伍中，但他们还保留着一颗淳朴、诚实的劳动者的心，他们是清白善良的。

事隔十多年后，1932 年，瞿秋白在《老虎皮》一文中还能忆及冰心在 1920 年写这类题材在文坛上的深刻影响，他说：

> 记得还是十年前，北京《晨报》上发表了一篇冰心的小说，她说：那些披着"老虎皮"的兵士和警察其实也是人呢，他们一样的有一颗人的心，一样的有爸爸，有妈妈，甚至于有娘子……为什么大家对他们这样痛恨？
>
> 那时候，正是"打倒军阀"的口号流行了不久。的确，一些资产阶级的政客造作了些"有枪阶级"的名称，把一切小兵都当"军阀"看待。这样的观念居然传播得很广，胡里胡涂的影响了很多人。这是很能够引动一般市侩的"学说"。那些主张"文人政治"的政客，自己勾结着真正的军阀，却来散布这种厌恶痛恨小丘八的情绪——这是多么无耻和下贱呵。固然，冰心那种自由主义的伤感的口气，证明她自己也只是一个市侩。然而对于兵，对于战争的态度，她总算提出了新的问题。
>
> 披着"老虎皮"的小丘八也是人，而且正是被帝国主义和中国的绅商剥削得走投无路的人！他们是种过田的，做过工的，他们对于战争的态度是清清楚楚的：为着吃饭所以来打仗的，所以来当兵！[1]

瞿秋白肯定了冰心在 1920 年左右所写的这类题材的问题小说提出了"新的问题"，给予一定的历史评价；同时，也对冰心的这类作品中的不足之处提出了他的看法。瞿秋白认为当时新文艺界的一些反战小说中"只有厌恶战争，只有婆婆妈妈的和平主义，只有些安居乐业的'理想'……至多，只有'为着不要打仗而反对军阀'的态度是反映出来的"。当然，冰心的这类题材的部分作品中也存在着上述所提的某种不足。她在揭露军阀混

---

[1] 瞿秋白.老虎皮//瞿秋白文集：第一卷[M].北京：人民文学出版社，1953.

战带来的民不聊生的恶果之外，有时会流露出这样的思绪：人类呵，不要自相残杀吧。即使在《一个军官的笔记》这样态度较为明朗的作品中，也让垂死的军官留下这样的遗言："可怜的主战者呵！我不恨你们，只可怜你们！"这就大大减低了作品的控诉力量。在《鱼儿》中也反映了只要没有战争，世界就清明洁静了等等的思想，这些大概都出自一种"安居乐业的'理想'"吧。

我们已经考察了冰心从1919年发表处女作开始，到1920年间的重要作品。她的"问题小说"的题材大致可以分为三类，即对封建制度、封建家庭的不满；对劳动人民生活际遇的同情；对军阀混战给人民带来的厄运的强烈控诉。我们毫不怀疑地说，是伟大的五四运动使冰心成为一个引人瞩目的作家，没有"五四"，就没有一位名叫冰心的文学家。

但是，从另一方面，我们也不得不看到，冰心是带着她"自己"来参加五四运动的。她的作品中当然有着她"自己"。这"自己"里既有"五四"时代激浪对她的教育和赐予，化成了她的血肉；但也包括她的较为富裕而极为温暖的家庭对她的教养，以及教会学校给予她的教育和熏染。上述这两方面的积极和消极因素糅合在一起表现在冰心的作品中。

冰心的同时代人茅盾是十分了解冰心的，他非常中肯地评价道："是那时的人生观问题，民族思想，反封建运动，使得冰心女士同'五四'时期所有的作家一样'从现实出发'！然而'极端派'的思想，她是不喜欢的……"[1]那"极端派"在这里指的是什么呢？一般说来是指当时最先进的革命思想和革命理论。在冰心的"作品"中是有着崇尚"改良"而"不喜欢"所谓"极端派"的思想的。但问题在于她具体崇尚些什么东西。

在1919年8月25日她发表了《二十一日听审的感想》后，在9月4日的《晨报》上，又发表了一篇《"破坏与建设时代"的女学生》的较长的文章，署名也是"女学生谢婉莹投稿"。在这篇文章中比较典型地集中地表现了她崇尚的是些什么。冰心把中国自有女学生以来的历史划分为三个时期：第一个时期是"崇拜女学生的时期"，当时的女子"参政选举""男女开放"等口号得到社会的羡慕惊叹。但随即出现了一些"推翻中国妇女的旧道德，抉破中国礼法的藩篱"等"种种嚣张的言论行为"，于是"闹出种种可怜可笑的事实"。这样就转入了第二个时期，即"厌恶女学生的时代"。她认为女学生要"从空谈趋到实际"，她们的"'言论''行为'渐渐的从

---

[1] 茅盾. 冰心论[J]. 文学，1934-08（3-2）.

放纵趋到规则",才能达到第三个时期,她命名为"破坏与建设时代"。于是冰心开出一些如何算是达到第三时期的女学生的"标准"和"条目"来。我们想略花篇幅,将这些"条目"罗列于后,以便弄清冰心的所谓"建设"的具体内容:一、服饰不能"飞扬妖冶",而应"稳重""雅素";二、"要避去那些'好高骛远''不适国情'的言论,因为这种言论,社会已经从'第一时代女学生'的口中听得厌烦了","因此我们要挑那'实用的''稳重的'如'家庭卫生''人生常识''妇女职业'这种的题目,去开导那些未得着知识的社会妇女,不但可以收实效,并且也是积极的治本办法";三、不到"剧场""游艺园"等"喧嚣华靡""光怪陆离"的地方去;四、要以"学术演讲会""音乐会""古物陈列所"来增进我们的修养;五、要以《新中国少年之模范》等书籍作课外读物;六、要关心"世界和国家的大事",注意"欧美近代女子教育的趋势"以及"我国妇女界今日的必需"等问题;七、要学会欣赏"天然的美";八、注意"交友";九、对"男女'团体'和'个人'的交际",若没有必要的时候,"似乎不必多所接近";十、要做好"普及教育""改良家庭"等事项,注意"家事实习""儿童心理""妇女职业"等课题。在摆出了这些要第三时期的女学生去争取达到的"条目"之后,冰心呼吁:"'敬爱的第三时代女学生'呵!我们从今日起,要奋斗!要开始和社会厌恶'女学生'的心理奋斗。"

我们之所以要概略地介绍这篇文章,是因为它比较集中地让我们看到了冰心的"改良思想"的一面,不喜欢"极端派"的一面。她把当时的有些革命理论看作是"好高骛远""不适国情"的言论,她把"改良家庭""家庭卫生""人生常识""妇女职业""普及教育"等看作是解决妇女问题的积极而有实效的"治本办法"。

应该说,当时冰心的思想上是的确存在着矛盾的。她的"问题小说"中有"挣扎"有"呼号",有着革命的因素,但是她心目中的奋斗目标和手段,又有许多改良的色彩。那么她既要听从时代的召唤而前进,又要思考改良的方案而后顾。她的心中当然不免时时要激起矛盾的旋涡。她在1920年所写的一些"杂感"都往往透露出这种矛盾的心情。《圈儿》[1]、《解放以后责任就来了》[2]和《我》[3]等都是这种心灵中矛盾旋涡的产物。在

---

[1] 婉莹. 圈儿[J]. 燕京大学季刊,1920-12-01(1-4).

[2] 婉莹. 解放以后责任就来了[J]. 燕京大学季刊,1920-09-01(1-3).

[3] 婉莹. 我[J]. 燕京大学季刊,1920-09-01(1-4).

《圈儿》中她要劈开那个罩住自己的黑暗、苦恼、悲伤的圈儿，去寻求圈子外的"光明、快乐、自由"。但在《解放以后责任就来了》中，冰心说："我们只管挣扎，只管呼号，要图谋解放，要脱去种种的束缚。"但是"只有破坏，没有建设，解放运动的进行，要受累不浅了"。这篇短文，又令我们想起了"女学生谢婉莹投稿"时代的那种要求"改良"的条目，就是冰心要"建设"的内容。她心目中的"解放"是时时受这种"改良条目"的制约的；否则，她就认为"解放运动"会使社会"受累不浅"了。那大概是指会出现"种种嚣张的言论行为"和"闹出种种可怜可笑的事"吧？在冰心的这些短文中，特别是《我》这篇杂感，更明白地宣泄了她自己的这种矛盾的心理。她说：

> 照着镜子，看着，究竟镜子里的那个人是不是我。这是一个疑问！在课室里听讲的我，在院子里和同学们走着谈着的我，从早到晚，和世界周旋的我，众人所公认以为是我的：究竟那是否真是我，也是一个疑问！
> ……………
> 这疑问永远是疑问！这两个我，永远不能分析。
> 既没有希望分析他，便须希望联合他。
> 周旋世界的我呵！在纷扰烦虑的时候，请莫忘却清夜独坐的我！
> 清夜独坐的我呵！在寂静清明的时候也请莫忘却周旋世界的我！
> 相顾念！相牵引！拉起手来走向前途去！

在前面，等待着这位年轻的女作家的将是一个五四运动后的落潮时期。这两个"我"能"相顾念""相牵引"地"拉起手来走向前途去"？在这个即将到来的低潮时期，这颗因"五四"惊雷而"震"上文坛的新的行星，在时代的太空中将循着什么轨道运行呢？

（本文原载《冰心评传》，范伯群著，人民文学出版社1983年版）

高晓声论

范伯群

一

1979年仲夏,高晓声在《雨花》召开的座谈会上讲了一则简隽的小故事,题名《摆渡》。故事的"尾声"曰:"作家摆渡,不受惑于财富,不屈从于权力,他以真情实意享渡客,并愿渡客以真情实意报之。过了一阵之后,作家又觉得自己并未改行,原来创作同摆渡一样,目的都是把人渡到前面的彼岸去。"忽然有一个念头在我的脑海中闪出:这岂不是《〈探求者〉启事》的"续篇"?时隔22年,这位《〈探求者〉启事》的执笔者似乎比过去要深沉和成熟得多。昔日的"探求者"今天以"摆渡人"自比,其实探求的目的就是为了摆渡,探求是摆渡人为了摸清航路的底细:流速缓急,潮汐涨落,旋涡浅滩,暗礁险阻,从而不管酷暑严寒,风紧浪高,要"把人渡到前面的彼岸去"。在《〈探求者〉启事》中他还宣称:"我们将勉力运用文学这一战斗武器,打破教条束缚,大胆干预生活,严肃探讨人生,促进社会主义。"今天,沉默了二十二年复出的高晓声又有了新补充:文学的职责在于"干预灵魂",她只能通过"干预灵魂",将人的灵魂塑造得更美,同时又去挽救那些变坏了的灵魂,才能间接地影响我们的生活。

其实在发表"摆渡宣言"之前,高晓声早已背着人们在暗中探索着这渡口和航路。在1978年的盛夏酷暑中他就挥笔不已,将22年中亲历的农民的苦难、欢乐、斗争、希望,涌流倾泻于笔端。他蛰居于低矮黝暗的农舍,为了抵御蚊虫的侵袭,脚下是一桶井水(像冰箱),头上是一盏沼气灯(像火炉),坐在用千把块碎木拼凑镶嵌而成的写字台前,半夜半夜地在这冷热夹攻中忍受着煎熬,简直置生命于度外,废寝忘食,如癫似狂,结撰了一批短篇,他决心以握了22年锄头钉耙的手来酿制"灵魂营养品"。在这种强烈的创作冲动下,他立下一个宏愿:"一个作家应该有一个终生奋斗的目标，有一个总的主题。就我来说，这个总的主题，就是促使人们的灵魂完美起来。"他要做一位"超渡"灵魂的"摆渡人"。

就在高晓声发表"摆渡宣言"的同时，他的成名作《李顺大造屋》和《"漏斗户"主》相继问世。《李顺大造屋》荣获1978年短篇评奖一等奖，《陈奂生上城》又于1980年短篇评奖中名列前茅。在广大读者中，在粉碎"四人帮"后的文坛上，激起了一股"高晓声热"。深情怀念人民作家赵树理的广大农民奔走相告：老赵复活了，老赵回来了。是的，赵树理不会死，但他却又明明是老高。

作为描绘中国农村生活的杰出画师，赵树理、周立波、柳青……都是高晓声的先行者。但是他们又都是带着自己独特的生活经历步上文坛的，都是在特定的境遇下应运而生，去回答时代所提出的问题，去形成自己独有的风格。赵树理是以"文摊"作家的身份，带着葱郁的中国作风和中国气派，赢得广大农民的拥戴，在党所领导下的中国农民刚刚冲破旧社会浓黑云翳的时代，引吭欢歌抗日民主根据地的光明图景。他是带着微笑去看生活，去反映小二黑、小芹、"小字辈"们如何开始掌握自己的命运。周立波是怀着强烈的革命责任感，全心全意投入土改这场具有历史意义的气势磅礴的阶级大搏战，他要创作的是新民主主义革命时期农村暴风骤雨般的宏伟斗争的历史长卷。无论是赵玉林的牺牲、赵大嫂的哀恸、郭金海的参军，都给作品增添了悲壮豪迈的色调。柳青既是一位县委副书记，又是一位普通社员。他沉迷而深邃地注视着合作化运动中，一个新制度是怎样诞生的：蛤蟆滩过去没影响的人有影响了，过去有影响的人没有影响了。旧的让位了，新的占领了历史舞台。他用满腔热情和艺术遐思去探索小生产者的改造问题。高晓声却大不相同。他经历的是1958年的"自家人拆烂污"；经历的是1960年后的三年困难时期，"深感饿肚皮的滋味实在不好受"；经历的是1966年后的"史无前例"，饱览过"红色治安分部，屋顶网砖上的'天然图画'"；当然，他也经历了"探求者"错案得到纠正，看到那"拔光了毛的翅膀这一回又会长出毛来高飞了"的新农村。他为农民屡经磨难的命运真有操不完的心。他是流着眼泪："既流了痛苦的眼泪，也流了欢慰的眼泪"，诉说着农民坎坷不平、曲折起伏的命运。

高晓声不仅与赵树理、周立波、柳青的经历不同，而且身份也极不相同：他一不像赵树理那样，是党的宣传文化干部；也不像周立波那样，是一位参加过土改工作队的知名文化人和作家；更不像柳青那样，是县委副书记。他是在"反右"斗争扩大化中被揿下去的。他在朋友的视野中已经完全消失了,有"消息"传来,他已在贫病中死去。不仅如此,他与"探求者"的其他成员也略有差异:陆文夫和方之也被揿下去了,但有时那只巨掌稍稍松动,他们又在水面上冒了一下,咕噜噜地翻起几个水泡,让我们感知他们的存在,然后再揿下去……。但高晓声是一揿到底的,深深地陷入了污泥。生活是那样困难,疾病是那样严重,政治地位是那样低微,经济负荷大大超载。他的身份是一个回乡的劳改对象,但又像捐过门槛的祥林嫂,得不到人们的承认。他与下乡体验生活的作家相比,有着本质的区别。

赵树理深入生活的经验是"久":久则亲,久则全,久则通,久者约。周立波深入生活的体会是"换":"心是需要用心换的"。柳青深入生活的结果是"化"——农民化:站在关中庄稼人堆里,是分辨不出他竟是作家。而高晓声"揿入"生活的不足为训的经验是"死":"青年作家早已矣,一个老农活忒忒。雄心壮志尘与土,二尺田垾云和月……自以为乐莫大于心死。""死"指的是曾经"死了创作的这条心"。他之所以还想做"摆渡人",是因为党的十一届三中全会的春风,竟使他发现自己还并不是一堆死灭了的冷灰,竟使他发现自己内心隐蔽处还保存着一星火种,"现在,这火种象得到了充分的氧气,哗啦啦旺发起来,规烧成一片火,生命的意义,生命的意义回复了。……"高晓声是置之死地而后生的,是从毁灭后的新生中,发奋重操"摆渡"旧业,二次登上文坛的。原以为被揿入污泥的这颗种子已腐烂窒息,但到头来却感到了这污泥的肥力,一旦发现了自己这个精穷的老庄稼汉在这 22 年中竟积累了如此巨大的生活财富:"我像是'无意'插的'柳','塞翁'失了'马';难到绝顶,才知道这'难'也难得;穷到极点,竟发现'穷'也有用,真是半生生活活生生,动笔未免也动情。"

现在,回头看,"久""换""化"这三个字,高晓声不仅占全了,而且还有他自己的独特性,那就是"不仅使自己成为农民,而且组成了一个地地道道的农民化家庭,这和所有的农民家庭一样,是公社、大队、生产队的一个细胞,我的家庭成员一样参加生产队劳动,一样投工、投资、投肥,一样分粮、分草、分杂物。……总之,农民生活中涉及的每一个角落,也都有我的印记……我毋需去了解他们在想什么,我知道我自己想的同他们不会两样。二十多年来我从未有意识去体验他们的生活,竟是无意识地使他们的生活变成了我的生活"。高晓声"化"到了"家庭农民化"的程度,所以与其说他是为李顺大、陈奂生"叹苦经",倒不如说他是在"表现自己":"我写他们,是写我心。"

作为一个置之死地而后生的作家,在高晓声的眼睛中,农民并不是其他作家腕底笔下的歌颂或改造对象。农民——首先是他大难不死,赖以生存下来的一根"精神支柱"。他对农民,由衷地敬仰与感激,"我能够正常地度过那么艰难困苦的二十多年岁月,主要是从他们身上得到的力量。正是他们在困难中表现出来的坚韧性和积极性成了我的精神支柱"。在这样的前提下,才再谈得上去深刻解剖农民,深刻解剖自己:李顺大、陈奂生身上还背负着沉甸甸的因袭的重担。

上述这一系列的对比,使我们粗略地看到了高晓声的独特性和传奇性。他就是带着他自己的这些特性,提起笔来,首先急于要向广大读者倾诉的是从20世纪50年代末期到80年代初期这廿多年中农民的苦辣酸甜。他的生活经历决定他要谱写的是这一马鞍形时代的农民命运交响曲。

二

读了高晓声的作品,有人说他是个悲观主义者,但我们则认为高晓声是个坚定不移的现实主义者。以"摆渡人"自比,以"干预灵魂"为己任者,从本质上来说,是与悲观无缘的。高晓声自命为"乐观派",铁证之一是,他能活下来,活到今天。既不怀沙自沉,也不悬梁而逝,还不算乐观?同时,在我们这个社会中,作为一位执着的现实主义者,也决不会悲观。通过"四人帮"的被粉碎,通过现代化道路的被确认,又一次证实了我们的民族是有希望的民族,所以,现实主义者高晓声也必然是充满希望的。高晓声说:"形势这个东西不要往上看,不要听哪个说了一句话,哪一股风又吹来了……你要看就看人民。""假如我们多看看这方面的事情,我们就会乐观。"与农民有根"系心带"紧紧相连着的高晓声,以人民的希望为希望,以人民的乐观为乐观。他也就必然会成为一个"向前看"的作家。

说到现实主义,又可略略追溯历史渊源。在高晓声执笔的《〈探求者〉启事》中,就只承认"典型环境和典型人物统一的现实主义创作原则",而对"空谈社会主义现实主义的洋洋宏论,我们认为毫无道理"。这在当时是高晓声的一大罪状。但是,时隔22年,他还是保持着这种真知灼见。开除"文籍"22年的"好处"之一,是使高晓声没有受到"左"的文艺思潮的污染:他既没有受"粉饰太平的现实主义"的污染,也没有受"天花乱坠的浪漫主义"的污染。"这空白也使我高兴,因为它帮助我排除了僵化的、已经走入死胡同里的极左文艺的影响。当我一旦提起笔,我依旧是现实主义者。"这位现实主义者坚信,是生活干预作家,在他的作品中,是生活自己在说话。"小说要在读者中起作用,首先使读者看了相信。"只有以活生生的现实作为起点,才能将今天的生活引渡到美好的彼岸。所以高晓声说:"我既不曾美化也不曾丑化。"

但是,作为一位现实主义者,他面对李顺大、陈奂生身上背负着的沉重的因袭重担,是深沉地浩叹的。这是压在我们民族脊背上的一座无形的大山。作为一位"干预灵魂"的愚公,只有"毫不动摇,每天挖山不止",才能将灵魂塑造得更美。因此,高晓声的作品里乐观中有叹息,叹息后他毕竟又乐观。看看我们在治愈创伤,重建家园,他是乐观的;看看鲁迅常讲的"国民性",他不免叹息。他的《李顺大造屋》和陈奂生系列小说都是这两种情绪汇合的现实主义的产物。

当《李顺大造屋》刚发表,作品的深刻和尖锐简直令人吃惊,不仅其真实性令人折服,而且其艺术力量也令读者叹为观止。我们感到最为钦佩的是,作品在大胆开掘生活的同时,具有一种精当的分寸感,因此,私下虽有人喊喊喳喳地说:《李顺大造屋》"是攻击我们社会主义制度的",但始终摆不到桌面,写不上纸面。矢志于生活的高晓声告诉读者们,李顺大要造三间屋的"雄心壮志"是"只有到解放后才能产生",能产生这一动机的本身就足够伟大了,新社会毕竟使李顺大有了翻身感。但"雄心壮志"却成了"苦难历程"的媒介,而这是"自家人拆烂污"的路线错误所引起的恶劣后果,即使后果如此恶劣也没有动摇李顺大作为一个忠心耿耿的"跟跟派"的品性,他对那"赐予他伟大动机"的人是始终感恩的,即便他已变成泪眼簌簌的"跟跟派"。李顺大产生跟不下去之感是在"史无前例"之时,"四人帮"及其爪牙当道又怎么能跟得下去? 于是他唱起了很有点"反动嫌疑"的《稀奇歌》,而这支《稀奇歌》却使他与一位真正的共产党人刘清有"共鸣点":"刘清央求他再唱一遍《稀奇歌》,他毫不犹豫地唱起来,那悲惨、沉重、愤怒的声音使空气也颤抖,两人都流下了眼泪。"在粉碎"四人帮"后,还是这位刘清,不仅"邀请"《稀奇歌》的作者与他一同去改变社会上的歪风邪气,同时又帮他得到了实现"雄心壮志"的物质基础——砖头。刘清要净化社会风气的宏愿,也使在歪风中变得有点眼红的李顺大的灵魂更纯净,使他半夜扪心自问"唉,呢,我总该变得好些呀!"《李顺大造屋》的分寸感是无懈可击的,其最根本的经验是作家严格遵循现实主义的创作原则,作品的成功再一次显示了现实主义的伟大胜利。这篇作品既不美化也不丑化，它真正来自生活，那恰到好处的分寸感是现实主义的必然产物。这种忠实于生活的优良传统的恢复，也启示读者去向前看，使我们展望"彼岸"：莫看李顺大小屋即将落成，它使我们用心灵的眼睛看到了社会主义大厦的建成也大有盼头了。《李顺大造屋》的成功，也说明了那些喊喊喳喳者倒是掩耳盗铃的编谎家。

与《李顺大造屋》这篇成名作可以媲美，而被高晓声放置在更广阔的生活背景上展示农村图景的是系列小说：《"漏斗户"主》《陈奂生上城》《陈奂生转业》《陈奂生包产》。这组系列小说加上《柳塘镇猪市》《水东流》《崔全成》等作品，基本上将1978年以后的中国农村在政治经济上的进展和变化反映了出来，但它们又不是报陈年流水账，而是通过对人物的精神风貌的细腻刻画，摄录下社会迈步的足音和人物灵魂的演进。

《"漏斗户"主》中的陈奂生是一架可怜的"饿着肚皮的产粮机"。敢于写种粮人的"饥肠辘辘"，这是连《稀奇歌》中也找不到的歌词，却是"十年来颠三倒四"时代的真实。陈奂生是20世纪70年代初期"吊足胃口，骗饱肚皮"的政策培养成功的"新生的缺粮户"。"漏斗户"的可恶的帽子在陈奂生身上产生了一系列的恶性连锁反应，在有些人眼里"漏斗户"就是贪吃懒做的窝囊废，而有些人对他的口吻，不亚于昔日的地主在嘲弄佃户。"你就只晓得我粮食不够吃，却不晓得我一生出了多少力！"这是陈奂生忿怒的辩白和沉痛的抗议，但一切都无济于事。他本来就缺乏主人翁应有的翻身感，现在更被逼成一个"自卑的看客"，他大概只会反复地说一句话，"看看再说吧"，"还是再看看吧"，"再饿一年看"。他似乎对任何政策也失去了信仰，性格变得"越来越沉默了，表情也越来越木然"。他真是饿得连心都发了凉。使陈奂生心灵中的坚冰解冻的是十一届三中全会后"三定"政策兑现的暖流。这篇小说既大胆反映了农民的苦难，又充分表达了作家的乐观情绪：春风吹醒了农村，春风吹活了农民。有了足够的口粮，就意味着摘掉了"漏斗户"的帽子。陈奂生在畅怀欢笑中热泪奔迸。作家是流着眼泪写下这个激动人心的剧变的："这里的眼泪，既是陈奂生和大家的，也有我的。"他在作品中破例地站出来向我们预告：你们"将马上发现我们伟大的农民无一不是耍弄粮食的超级杂技演员，能够用他们各自特有的方式将它变出千百万种无穷无尽的奇珍异宝"。这兴高采烈的预言实际上是开启《上城》《转业》《包产》这几篇作品的一把钥匙。

陈奂生这位"耍弄粮食的超级杂技演员"的第一套节目是上城卖油绳。这位"漏斗户"主已不是为卖五斤黑市米换盐而偷偷摸摸，似乎见不得人；

今天是"自家的面粉,自家的油,自己动手做成的"油绳,冠冕堂皇,悠然自得。物质变精神,吃饱穿暖使陈奂生无忧无虑,他简直"满意透了"。过去沉默寡言得像哑巴,今天他为自己的笨口拙舌感到难过。我们为陈奂生庆幸,同时也为这种小生产者目光短浅的自满自足感到焦虑,这实际上是一种"灵魂近视症"。作家笔下的陈奂生上城就是陈奂生奇遇记。正在他踌躇满志时,生活奇遇为他安排了吴书记对他的"高级关心",陈奂生在这样的高级招待所的床上感激得自惭形秽。可是当他知道要五元住一夜,而又受到服务员的冷淡后,他为自己的被耍弄被嘲讽激怒了,他再回高级房间时就对皮沙发和新枕巾表现了报复的敌意。陈奂生的这种忿愤发泄是来自"差距":为什么"困一夜要做七天还要倒贴一角"?吴书记虽然是个好干部,但他竟对这种差距显得很茫然,高级关心得到如此的效果也表现出一种隔膜。就陈奂生来说,他虽然用老祖宗传下来的精神胜利法治愈了"破财心疼病",但毕竟大开了眼界,他又被推上台去表演新的"杂技"节目,目的当然是为了缩小他已经看到的"城乡差距""官民差距",系列小说被推进到《转业》的情节中去。

陈奂生的"转业"做采购员,是要令人惊奇得瞠目结舌的,但高晓声却从这偶然中看到了必然性。因为农民要增加收入,弥补在"上城"中表现过的巨大生活差距,必须走多种经营的道路。而搞社队工业与种庄稼相比,在农民看来,简直是一本万利。可是办社队工业有多条通道。《柳塘镇猪市》中的公社书记张炳生就说了他们那里的两种做法:"把国家工厂需用的原料开后门挖出来,让自己生产废品,别说前途,我看后途也没有。我们办工厂,应该为农副产品加工,搞手工业制品,你看我们公社,绣品厂不垮,粮食加工厂不垮,机床厂、汽车配件厂都垮了,经验教训不明摆着!我看搞荤食品工厂好,符合实际。"但是,有人不信张炳生的一套。八仙过海,各显神通嘛。于是有的社队就把一切可以搞到机器设备、加工原料的关系和门路都应用了起来,真可谓"人尽其才",调动了一切"积极因素"。简直掀起了一个大规模的磕头求拜运动,将粮食杂技表演中变出来的鸡鱼蛋肉作为贿赂,真是十八般武艺啊!而对某些干部说来,这宛如一次大腐蚀攻势。陈奂生也就昏昏然地被这股旋风卷了进去。用一名勉强过了河的卒子去对付地区管工业的主帅吴楚,这是大队干部和厂长们的精心策划,真可谓"出奇制胜"。他们知道,作风正派的吴书记是一把保险柜上的保险锁,他们得找一把对号钥匙,这把特制的钥匙名叫陈奂生。结果,陈奂生"战胜"了吴楚,得到了四吨紧张万分的原料。陈奂生用来"征服"吴楚的武器不是什么"贿赂",而是他的"老实"和"勤劳",是一种单纯的、真挚的、深沉的感情。读完《转业》简直令人拍案叫绝。陈奂生得了六百元奖金,"陈奂生却比以前更沉默了,他认定这一笔飞来横财不是他的劳动所得。他拿了,却想不出究竟有哪些人受了损失。"从"漏斗户"主的沉默,到"班师回朝"的采购员的沉默,陈奂生的灵魂更敞开在我们面前了,从他被自己演出的魔术吓呆了的表情中,我们更感到他的可爱。

作为一位现实主义作家,高晓声非常坦率地告诉读者,他对《转业》这样的题材,是"只能把问题显示出来",却"无法解决"。但是在《转业》的续篇《包产》中,对陈奂生何去何从,他倒是放手让人物自己做出了抉择。

《包产》中勾勒了一幅80年代第一春的江南农村春节的生活图画,这里的人们真是酒酣心畅啊!但是陈奂生却心事重重:既视采购员的行当为畏途,又在包产责任制面前不敢举步。多年来跟着队长的指挥棒转惯了,他的翅子已经废弃,何况还怕练习飞翔时会遇到鹰和猫呢?陈奂生只差说一句,我习惯捆住手脚跳舞,求求你,千万不要为我松绑。这又令人多么悲哀?但是陈奂生尽管迟钝,他缺德的事是不干的。厂长开导他:"看准了,就要蚂蟥叮螺蛳,就是石头,也要钻它一条缝。"但蚂蟥他是不做的,更不能去吸吴书记的血,所以堂兄陈正清说他:"你想发财叫别人犯错误,这不是缺德!?"陈奂生哭了。他肚皮饿得咕咕叫时也没落一滴泪,但想到他做采购员的本身,就是叫吴书记犯错误,此时此刻落下的几滴泪要比政策兑现时的热泪奔迸更宝贵。陈奂生不是做采购员的料子,干包产才是他的正道。

上述这一组系列小说,紧锣密鼓地揭示了目前农村的现状,这就是1978年后农民的命运交响曲。用《水东流》中刘兴大的话说:"这样的光景,只要太太平平过三年五年,漏碗也能盛满水。"作家在这组系列小说中活龙活现地刻画了陈奂生这个典型形象。有的评论家说,高晓声对他笔下的李顺大和陈奂生是"爱其善良,悯其坎坷"的;作家也一再说:"我敬佩农民的长处,也痛感他们的弱点。"他在《且说陈奂生》中说了陈奂生的许多好品质,但在写小说时,将陈奂生的弱点也暴晒于光天化日之下。一句话,在应该做主人的时代,他却还不是一块做主人的料子。他的阿Q性时时有所流露。住了五元钱一夜的高级房间,他大吹牛皮,似乎从末路到了中兴。在责任制的更多自主权面前他也总觉得站不直,像阿Q一样,"身不由己的蹲了下去,而且终于趁势改为跪下了"。所以在高晓声作品的字里行间，恐怕还有"痛其浑噩，促其更新"。当然，在高晓声笔下也有新人，如《崔全成》中的崔全成。但读来总还觉得没有像李顺大、陈奂生那样真实而可信。至于《水东流》中的李才良和李松全父子是不是农村中的"当代英雄"，作家也没为此花多少笔墨，这一对次要人物大概也属于"只可显示，不能定论"的。但有一点是肯定的，小农经济田园牧歌式的生活已经结束，刘兴大的治家之道的算盘打得太陈旧了。别小看那双鞋子的细节，它宣布了几千年为农民所笃信的价廉、坚固、耐久、实用的经济信条逐渐让位于灵巧、美观、赏心、悦目等带有精神享受的生活美学准则。李顺大的住、陈奂生的吃、朱谷的烧之类的问题解决后，刘兴大的老伴就要想到看（电影），他们的女儿刘淑珍就要想到听（收音机），这是一场要改变几千年来生活和生产方式的巨大而深刻的变化，犹如大江东去水东流。沉默了22年复出的高晓声躬逢其盛，怎么能不为这巨变献出他的交响诗的乐章？

　　当我们欣赏了这些精美乐章时，我们真会感到高晓声不愧是一位高明的作曲家。他善于在乐曲的第一小节就定准了整个作品的调子，他能按照主人公的命运和他对这种命运的特定情绪找准这个基调。例如《"漏斗户"主》的开端是这样写的："欠债总是要还的。现在又该考虑还债了。有得还，倒也罢了，没有呢？"这个开头引出了"投煞青鱼"陈奂生走投无路的命运和作家对其爱莫能助的同情。起首的调子定准了，乐曲才能以起伏有致的旋律演奏着。《上城》的开头是："'漏斗户主'陈奂生，今日悠悠上城来。"这就看出了"投煞青鱼"时来运转的端倪。作家的情绪也随人物命运的好转而显得欢快；同时也还包孕着一种契机；他悠悠上城，还要"悠"出一幕令人捧腹的喜剧来，在欢快中不免掺和着善意的嘲讽。《转业》的开端是："哈哈，这世界真是万花筒，千变万化，好看煞人。"这就从"上城奇遇记"发展到"转业历险记"了，陈奂生简直像个牵线木偶人，他的命运简直离奇得出格，作家在这场出奇制胜的"点将"趣剧面前惊诧莫明。《包产》的开端则写陈奂生班师还朝时，贵有自知之明，晓得采购员这饭碗不是他端的，准备重操本行——种田、卖油绳。他毕竟没有忘乎所以，作为一个本色的农民，命运与他开玩笑，他可不拿命运去押宝。

　　高晓声对笔下的人物是"烂熟于心"的，一旦调子定准后，他就能委婉舒徐地铺叙人物的种种遭遇，引人入胜地精心布置情节的跌宕起伏，很自然得体地倾注作家的喜怒哀乐。他的格调是细密深沉、风趣诙谐的。放得开，也收得拢：在造屋中旁涉到拆屋，在"转业"中插入其他采购员的侧影，高晓声都将他们一一融汇到有机整体中去。随着情节的展开，矛盾的激化，作品到最后就形成一股冲力或气浪，它们有时使读者忍俊不禁地卷入强烈的感情旋涡，如《"漏斗户"主》和《包产》；有时则能引起耐人寻味的咀嚼和久久不能忘怀的遐想，如《上城》和《转业》。在陈奂生因坐过吴书记汽车和住过高级房间之后，他的身份显著提高，连大队干部对他的态度也友好得多，我们会有何感触？打个不伦不类的比喻，像阿Q从城里回到乡下，"在未庄人眼睛里的地位，虽不敢说超过赵太爷，但谓之差不多，大约也就没有语病了"。哎，这阿Q的子孙们，要改也难！作为一个要把人的灵魂塑造得更美丽的"摆渡人"，高晓声这位现实主义者在乐观之余，也知道这抑浊扬清的启蒙工作是多么艰巨呵！

（本文原载《文艺报》1982年第10期，《新华文摘》1983年第2期转载）

逃、撞、捐、问——对悲剧命运的徒劳挣脱
——论《祝福》

范伯群

鲁迅在《中国小说的历史的变迁》中，曾经指出《三国演义》的缺点之一是："写好的人，简直一点坏处都没有；而写不好的人，又是一点好处都没有。其实这在事实上是不对的，因为一个人不能事事全好，也不能事事全坏。譬如曹操他在政治上也有他的好处；而刘备、关羽等，也不能说毫无可议，但是作者并不管它，只是任主观方面写去，往往成为出乎情理之外的人。"而在论述《红楼梦》的艺术价值时，鲁迅则认为，"其要点在敢于如实描写，并无讳饰，和从前的小说叙好人完全是好，坏人完全是坏的，大不相同，所以其中所叙的人物，都是真的人物"。

《中国小说的历史的变迁》是鲁迅1924年7月在西安暑期讲学时的讲演。上面这两段话，分别比较评论了两部著名的中国古典小说在人物塑造上的得失，而这同时也从一个角度反映了鲁迅的小说美学观。他认为，在小说人物形象创造中，只有从客观生活出发，毫无讳饰地揭示人物性格的全部复杂性，才有可能写出具有真实性的人物；相反，如果离开客观生活的复杂性，只凭作家主观去叙写，那只能塑造一些出乎情理的形象，而这种形象是不真实、不可信的。鲁迅在小说的创作中，他自己也正是根据这一认识来刻画人物的。一般地说，他的作品中的主人公，单一型的性格较少，复杂型的性格较多。他总是努力展现人物深邃的灵魂世界，充分揭示人物性格的丰富性和复杂性。我们从《呐喊》《彷徨》里是不难找到这方面的范例的。就以他在赴西安讲学的同一年（1924年）写作的小说《祝福》来说，它在揭示人物性格的丰富性与复杂性方面，同样也为我们提供了十分有益的经验。

一

马克思主义认为,任何个人,都是"在一定历史条件和关系中的个人,而不是思想家们所理解的'纯粹'的个人"[1]。历史和现实社会总是呈现出异常复杂的面貌,人物性格的复杂性主要是由这种复杂的历史条件和人物关系造成的;文学作品只有深刻地描绘出复杂的时代背景,真实地表现社会环境对形成人物性格的作用,它所刻画的复杂性格才能具有坚实的基础。鲁迅在《祝福》里,就是十分重视描写影响人物命运、铸造人物性格的复杂环境的。

长期以来,许多研究者在分析《祝福》时都喜欢引用毛泽东在《湖南农民运动考察报告》中的一段话来说明主人公祥林嫂悲剧的社会原因。毛泽东说:"政权、族权、神权、夫权,代表了全部封建宗法的思想和制度,是束缚中国人民特别是农民的四条极大的绳索。"这些研究者认为,祥林嫂的悲剧命运正是这四条绳索的捆缚所造成的。这种分析从理论上说当然是正确的。但是从《祝福》这篇小说的实际描写来看,研究者将现成结论套用于文学作品的做法,似乎有点简单化,它不能把特定时空条件下环境的独特性与复杂性完全揭示出来。例如在《祝福》里,鲁迅并没有直接描写封建政权对祥林嫂的政治压迫,鲁四老爷也很难说就是反动政权的代表人物;而有些对祥林嫂的不幸命运起着重要作用的因素,则又并不完全包含在四条绳索之中。因此,我们有必要从作品的实际艺术描写出发,重新来探讨鲁迅所要着重表现的形成祥林嫂悲剧命运和复杂性格的若干重要的客观原因。

鲁迅在《祝福》里,对20世纪最初一二十年间的鲁镇及其附近的环境,着重表现的是以下几个侧面:

一、鲁镇是一个封闭式的社会。在这里,保留着许多古老的传统习俗,而封建的等级关系则仍旧是天经地义的观念:祝福前女人忙于准备"福礼",祝福时"拜的却只限于男人";婆婆为了赚钱,可以用买卖方式将新寡的媳妇强行再嫁;主人也可以任意摆布女佣的命运。男尊女卑、长尊幼卑、上尊下卑的封建等级关系在鲁镇的人与人之间是被异常严格地遵守着

---

[1](德)马克思,恩格斯.马克思恩格斯选集:第1卷[M].北京:人民出版社,1972:84.

的。另一方面，20世纪初年兴起在中国大地上的变革的飓风，暂时还没有影响到鲁镇这个地方，辛亥革命、五四运动这些震动全国的事件，似乎并没有在鲁镇人们心灵的湖面上吹起半点漪澜，以致直到20世纪20年代，虽然那个曾经参加维新变法的康有为早已成为拥护帝制的保皇党了，但鲁四老爷还把他当作"新党"在斥骂。民主革命的风吹不到鲁镇的上空，一切封建旧物都没能受到冲击与洗刷。因此，当"我"离开了五年之后重又回到鲁镇时，最强烈的感觉是一切"都没有什么大改变"。可见鲁镇是一个停滞的、凝固的、封闭的地方，它是当时中国偏僻而落后的一个角落。

二、鲁镇受到理学严密的思想统制。祥林嫂的主人鲁四老爷是一个"讲理学的老监生"。所谓理学，就是把"三纲五常"等封建礼教奉为"天理"，宣传"存天理，去人欲"的主张，为了维护封建礼教的权威性，应该去掉个人的任何欲念。在婚姻关系上，它就要求女子从一而终，提出"饿死事极小，失节事极大"的理论，以牺牲妇女的幸福为代价来维护"夫为妻纲"的神圣法则。因此，寡妇祥林嫂的再嫁，在讲理学的鲁四老爷看来就是"败坏风俗"，理应受到歧视。鲁迅在《我之节烈观》一文里曾分析过那些违背礼教的"不节烈的人"在当时中国社会里的命运："中国从来不许忏悔，女子做事一错，补过无及，只好任其羞杀。"这种"不许忏悔"正是理学不同于其他宗教的一种特殊要求，因而祥林嫂即使捐门槛赎罪，也仍然未能得到鲁四老爷的承认和饶恕，她始终被看成是"不干不净"的浊物。而这正是造成祥林嫂悲剧的致命因素。

三、鲁镇弥漫着浓厚的迷信气氛。在年终时，鲁镇的人们家家忙碌，都在"致敬尽礼，迎接福神，拜求来年一年中的好运气"。应该认为，这里反映了鲁镇人们追求幸福生活的愿望。虽然他们也服从某些封建伦理法则的要求，却不能真正做到"去人欲"，他们还是盼望能改变自身的命运。这种对人的权利的肯定是直接有悖于理学的。然而，我们同时也看到，鲁镇人们这种对人欲的肯定，这种对人间幸福的追求，并不是寄希望于人的力量和人的斗争，而是寄托在对神的祈求。因而这种追求幸福的合理愿望是包裹在各种散发着浓厚的迷信色彩的活动中的。另一方面，鲁镇人们的宗教迷信思想有时又同某些理学说教融会起来，赋予某些封建礼教以宗教的力量。例如鲁四老爷家的女佣柳妈对寡妇再嫁的祥林嫂说，嫁两个丈夫是"一件大罪名"，"你将来到阴司去，那两个死鬼的男人还要争，你给了谁好呢？阎罗大王只好把你锯开来，分给他们"。在人世，根据理学的要求，女子是丈夫的奴隶；在阴间，执行的也还是理学的法则，对于犯有"失节事极大"罪行的妇女,还要处以极其残酷的刑罚。这种理学同宗教迷信的交融,又强化了某些理学原则的威慑力量。可见,弥漫在鲁镇的迷信气氛,它有时透露出某些有悖于理学法则的正常的"人欲";有时又对某些窒息"人欲"的理学法则起了强化的作用,它所蕴含的内容是极其复杂的。

四、鲁镇群众对受苦人表现出令人战栗的凉薄与冷漠。祥林嫂所叙述的关于阿毛遭狼的故事,最初似乎在鲁镇人们中也有一些反响:"男人听到这里,往往敛起笑容,没趣的走了开去",而女人们"还要陪出许多眼泪来"。然而这是从内心深处流淌出来的真正的同情吗?不是的。这些人只不过是把祥林嫂丧子的故事当作一出情节悲惨的戏曲在观赏罢了。你看,"有些老女人没有在街头听到她的话,便特意寻来,要听她这一段悲惨的故事"。听完以后,"叹息一番,满足的去了,一面还纷纷的评论着"。果然,当大家的好奇心得到满足,戏剧的故事看熟以后,那些唏嘘的叹息声听不见了,眼泪也没有了,"便是最慈悲的念佛的老太太们,眼里也再不见有一点泪的痕迹";相反的,读者看到的是这些群众的烦厌与鄙视,是又冷又尖的嘲弄与戏笑,是回避犹恐不及的疏远。正如鲁迅所写:"她的悲哀经大家咀嚼赏鉴了许多天,早已成为渣滓,只值得烦厌和唾弃。"这是一种彻骨穿心的冷漠,是一种失去人的良知的精神麻木。鲁迅在写《祝福》前一个多月在一次演讲中曾十分痛心地说过这样一段话:"群众——尤其是中国的——永远是戏剧的看客。……北京的羊肉铺前常有几个人张着嘴看剥羊,仿佛颇愉快,人的牺牲能给与他们的益处,也不过如此,而况事后走不几步,他们并这一点愉快也就忘却了。"[1] 而《祝福》里所描写和鞭挞的,难道不正是这样一群赏玩牺牲的精神麻木的看客吗?他们给举目无亲的祥林嫂带来的是精神上的透骨的严寒。

五、祥林嫂还遭到一些非社会性的灾害。伤寒病夺走了她的第二个丈夫,使她那暂时"交了好运"的平静的家庭之舟倾覆了;而儿子阿毛不久又被狼叼去,这等于毁灭了她的全部希望。这种接二连三的厄运,并不是旧社会任何人都会遭遇到的,然而对于祥林嫂来说,这些沉重的打击,却使她的命运发生了根本的转折。

以上五个方面,构成了《祝福》里人物活动的典型环境。这里有阶级斗争环境,也有非阶级斗争环境;有社会环境,也有自然环境。而且,这个典型环境本身就呈现出非常复杂的状态:整个中国激荡着民主革命的潮

---

[1] 鲁迅.坟·娜拉走后怎样//鲁迅全集:第1卷[M].北京:人民文学出版社,1981:163.

流，鲁镇却是时代风雨中的一个封闭的角落；这里的人遵守着尊卑贵贱的封建等级的理学法则，但又背离理学"去人欲"的要求而执著地追求幸福生活；宗教迷信既反映了人们有悖于理学的对于美好日子的憧憬，但又对惩罚再嫁寡妇的那种窒息人的欲念的理学法则起了强化作用；人们对于受苦人表面上流露出同情，然而内心里是冰霜似的冷淡；不满意的婚姻意外地建立起美满的家庭，但这个家庭又意外地毁于自然灾害的旋风之中。这些相互矛盾、相互对立着的因素交织成一个极其复杂的网络，就是这个网络，成为作品中环绕着人物并促使他们行动的环境，它的每一个层面、每一条线索都对人物性格和人物命运产生了程度不同的影响。

二

复杂的环境熔铸出复杂的性格。在《祝福》里出现的几个主要人物：祥林嫂、鲁四老爷和"我"，他们的性格都不是单一的，而是比较复杂的。

长期以来，研究者对《祝福》的主人公祥林嫂常常是作这样的基本评价：她是一个想依靠自己劳动来争得人的生活权利的妇女，可是这种愿望被政权、族权、神权、夫权四条绳索所扼杀；她并不屈服，一次又一次地进行挣扎与反抗，然而终于抵挡不住强大的封建势力的压迫而悲惨死去。我们认为，对祥林嫂的这个基本评价是不错的，问题在于，作品里的祥林嫂，由于环境影响、生活经历、以及觉悟程度等方面的原因，她的追求和抗争往往不是一下子能看清楚的，它常常蕴藏在极其复杂的生活形态之中；而且，在她身上，积极的东西与消极的东西，进步的因素与落后的因素又经常是掺杂在一起的。因此她的性格不是单色调的，而是呈现出斑驳的杂色。

如果我们较深入地考察祥林嫂一生命运的发展过程，就可以发现，她的追求和抗争，大致是由逃、撞、捐、问四个层次构成的，而这四个层次都是蕴蓄着十分丰富复杂的内容的。

第一层次：逃。祥林嫂最初的婚姻就是不幸的。不合理的封建婚姻制度使她嫁给一个"比她小十岁"的丈夫，丈夫死后，严厉的婆婆的虐待，逼得她只好逃出来做工，这样她就第一次由卫老婆子带到鲁四老爷家里来了。在笼罩着浓重的封建思想的旧社会，一个普通的劳动妇女，敢于冲破家族统治的囹圄，独自逃出来，依靠劳动度日，这无疑是一种维护人的尊严的抗争，它充分反映了祥林嫂勇于追求美好生活与反抗不公平待遇的倔强性格。因此祥林嫂的"逃"闪烁着反封建的亮光。但是,祥林嫂的"逃"也带有很大的局限性。她逃的只是封建家长的专制,而不是整个封建思想制度。她在鲁四老爷家里当女佣,"食物不论,力气是不惜的","实在比勤快的男人还勤快",年底的繁重的劳务,"全是一人担当"。这实际上是一种为地主老爷出卖劳动力的奴隶生活。"然而她反满足,口角边渐渐的有了笑影,脸上也白胖了"。这时她已不想再逃,甚至有点留恋这个主子的家了。鲁迅说过,中国历史上只有两种时代:"一,想做奴隶而不得的时代;二,暂时做稳了奴隶的时代。""实际上,中国人向来就没有争到过'人'的价格,至多不过是奴隶。"[1] 祥林嫂正是这样,她的反抗,并没有争到"人"的价格,最多只是暂时做稳了奴隶,然而她反而满足于这种奴隶地位。祥林嫂的缺乏觉悟大大限制了她以"逃"来反抗的彻底性。

　　第二层次:撞。祥林嫂第一次在鲁家只做了一段时间,就被婆婆和夫家的堂伯抢回去,并以八十千的价钱卖到深山野墺里去,再嫁贺老六。在成亲那天,祥林嫂闹得"真出格","她一路只是嚎,骂,抬到贺家墺,喉咙已经全哑了。拉出轿来,两个男人和她的小叔子使劲的擒住她也还拜不成天地。他们一不小心,……她就一头撞在香案角上,头上碰了一个大窟窿,鲜血直流",从此额角上就留下了一块伤疤。祥林嫂这种异乎寻常的吵闹,奋不顾身的冲撞,表现出她对于自己像牛马似地被买卖的遭遇的强烈抗议,这仍然可以看作是一场捍卫人的尊严的斗争,它是具有一定的反封建意义的。但是,祥林嫂的这一"撞"也显示了她的落后的一面。她的这种同别人不一般的表现,正如人们所议论的,"大约因为在念书人家做过事,所以与众不同"。这就是说,这里面还含有对"失节事极大"的理学法则的遵从,她宁可撞死,也不再嫁。因此,祥林嫂的"撞"的行动,反封建的因素和封建思想的因素是杂糅在一起的。

　　第三层次:捐。三年以后,祥林嫂因丈夫和儿子都相继死去而第二次来到鲁四老爷家里。寡妇再嫁再寡,这在讲理学的鲁四老爷心目中,既是败坏风俗,又是不干不净,所以在祭祀时他不准祥林嫂去拿祭品。起初她并不明白这是怎么一回事,在柳妈给她讲了阴司对待嫁过两个男人的妇女的酷刑后,她才感到极大的恐怖,并按照柳妈指出的办法,辛苦劳作一年,捐了一条门槛,代替她给"千人踏,万人跨",以此来赎自己的罪孽。祥林嫂的捐门槛,反映了她希望能甩掉压在身上的沉重的包袱,洗刷身上的污

---

[1] 鲁迅. 坟·灯下漫笔//鲁迅全集:第1卷[M]. 北京:人民文学出版社,1981:213.

秒，让自己能像一个正常的人那样生活，享有人的一切权利。这是一种要求摆脱非人地位的挣扎，是对正常的人的生活权利的渴望，这些都是富有积极意义的。但是，祥林嫂的捐门槛也同样显示了她的愚昧的一面。她所追求的并不是真正的人的权利，仍然只是希望能做稳奴隶，因为她所不满的是在鲁四老爷祭祀时她"终于没有事情做"，只能"坐在灶下烧火"的地位，所要争取的是能够像别的奴隶那样，理直气壮地出卖自己的劳动力；她本身并无罪孽，然而她屈从于理学的法则而承认自己犯了大罪；她要求摆脱非人地位的努力采取的又是封建迷信的方式。可见祥林嫂的"捐"门槛，也是积极因素与消极因素相互交融的。

第四层次：问。祥林嫂虽捐了门槛，鲁四老爷仍然不承认她的赎罪，冬至祭祖时四婶再一次不准她拿祭品，她的非人地位没有丝毫的改变，依旧未能争取到人的生活权利。她的全部希望都破灭了，从此她发生了很大变化，成为一个木偶人，最后沦为乞丐。几年以后，祥林嫂向刚回到鲁镇的"我"提出"一个人死了之后，究竟有没有魂灵的？""那么，也就有地狱了？""死掉的一家的人，都能见面的？"等一系列问题，并带着这些疑问死去。作品里写道："这里的人照例相信鬼，然而她，却疑惑了，——或者不如说希望：希望其有，又希望其无。"祥林嫂的"问"，表现了她对现存秩序的大胆怀疑，对天经地义的神权统治的挑战。这是勇敢的叛逆，同时这里也洋溢着一种热烈的希望。一个妇女承受了如此沉重的压迫，在一切都绝望的时候，还敢于希望，在沉沉黑夜中点燃起希望之火，这一切都是应该肯定的。但是祥林嫂的希望同样也掺杂着消极的色调：她希望其有，死后一家人可以团圆，她仍把希望寄托于迷信；希望其无，免得经受在地狱里被锯成两半的酷刑，她依旧在受到阴司恐怖的严酷折磨。这种深刻的矛盾，又说明她无论生前死后，对于前途都感到十分茫然。

祥林嫂的逃、撞、捐、问，反映了她命运发展的基本历程。作者就是这样从外部到内部，从生前到死后，一层深一层地揭示了她的性格的丰富和灵魂的深邃，并且把生活的全部复杂色调呈现在读者面前，从而层次清晰地完成了一个性格复杂的艺术形象的塑造。

《祝福》里的鲁四老爷和"我"的性格色调同样也不是单一的，虽然作者着墨不多，但也基本勾勒出他们的复杂性格。鲁四老爷的形象并不概念化，他的性格是充满矛盾的，他是讲理学的老监生，处处笃信理学法则，但是他自己也未能执行理学"去人欲"的要求，在每年祝福的时候总是虔诚地祈求来年的好运；他虽知道"鬼神者二气之良能也"，但又非常迷信，各种忌讳很多，似乎又相信确有鬼神的存在；他的个人品质并不恶劣，对受苦人有时还会给予"可怜"，对祥林嫂也没有从政治上加以压迫或在经济上敲骨吸髓，然而他所信奉和宣扬的理学，却是从灵魂上拷问并处死祥林嫂的杀人不见血的罪恶力量。鲁四老爷的形象塑造说明，鲁迅在探究封建势力的罪恶时，并不完全着眼于个别人的个人品质的优劣，而是更加强调整个封建伦理道德的思想体系的残酷性。《祝福》中的"我"也是一个充满矛盾的人物。这个离开五年后重回鲁镇的知识分子，由于受到民主思想的洗礼，鲁镇的沉闷、凝固的气氛使他不能忍受，决计马上要离开。他十分同情祥林嫂的不幸遭遇，回答她提出的问题时再三斟酌，生怕"增添末路人的苦恼"，回答以后又"心里很觉得不安逸"，担心答话于她有危险，然而随后他又自笑，用"说不清"的妙方来诓慰自己；他牵挂祥林嫂的命运，"说不清"的妙方并不能使他得到安宁，仍"总觉得不安"，但他又想以进城吃福兴楼价廉物美的清炖鱼翅这种玩世不恭的态度来使自己摆脱内心的困扰；祥林嫂的死使他感到震惊，但"随着就觉得要来的事，已经过去"，"心地已经渐渐轻松"。"我"的性格的这种复杂形态，是小资产阶级知识分子不满黑暗现实而又无力改变现状的深刻矛盾的反映，它表现了这类人物孤独、苦闷、沉思的本质特征。

三

在考察了《祝福》的人物塑造的基本情况以后，我们从中可以得到一些有益的启示：

第一，性格的复杂性与丰富性是受环境的复杂性影响的；而环境是不断运动的，它的不同层面对性格都会产生不同的作用。从横向看，《祝福》写了鲁镇的封闭迷信、鲁四老爷的理学说教、群众对受苦人的麻木冷淡，以及一些非社会性的灾害。它们所表现的复杂形态赋予祥林嫂性格以异常复杂的面貌。从纵向看，祥林嫂的性格是随着时空的运动而发展的：她在鲁四老爷家受到理学的愚弄；在卫家山受到封建家长的虐待与出卖；在贺家墺遭到的是疾病、狼祸等自然因素之灾；回到鲁镇又受到人们冷若冰霜的凉薄。时空的运动促使性格的流动变化，从而加强了祥林嫂性格的丰富性。

第二，人物性格的形成除了客观环境的影响外，和本人的阶级出身、生活经历又有着密切的联系。正因为这样，复杂性格的组合是呈现出多种多样的形态的。祥林嫂性格的复杂性在于它既显示出农民阶级的勤劳、淳朴、倔强的品质特征，但又烙印着理学法则和封建迷信的影响。鲁四老爷性格的复杂性在于他所信奉的禁欲主义的理学与本人的物质欲望有着深刻的矛盾；同时，他虽没有什么恶迹劣行，但他所宣扬的理学能置人于死地。"我"的性格的复杂性更多是由于他所出身的阶级本身所固有的内在矛盾。因此，复杂性格的组合构成并不是一个固定模式所能限制的。

第三，人物性格虽然复杂，但总有其体现本质的主导方面的；人物性格虽有杂色，但也有其鲜明的主色。黑格尔说，人物性格"必须是一个得到定性的形象，而在这种具有定性的状况里必须具有一种一贯忠实于它自己的情致所显现的力量和坚定性，如果一个人不是这样本身整一的，他的复杂性格的种种不同的方面就会是一盘散沙，毫无意义"[1]。《祝福》里尽管人物性格都比较复杂，但祥林嫂的追求与反抗、鲁四老爷的保守与蛮横、"我"的富于同情心和正义感，始终是闪耀在人物性格上的最明亮的色调。

第四，刻画复杂的人物性格，并不是为复杂而复杂，它是为了反映生活本身的复杂性，从而更深刻地为作品的主题表现服务的。《祝福》的环境，主要是着重描写笼罩着人物的封建思想、封建伦理道德观念的网络；而被围困其中的祥林嫂虽然也拼命地挣扎，但由于她本身也背负着封建思想的沉重包袱，心灵上受到封建伦理道德观念的严重戕害，因而她没有力量冲破笼罩住她的封建网络，只能带着自己无法解答的问题悲惨地死去；描写鲁四老爷的复杂性也是为了说明封建势力的罪恶不在于个别人，主要在于整个残酷的思想体系。这样就从两个侧面揭露与控诉了封建思想体系的罪恶，从而强调进行反封建的思想革命的重要性与迫切性。

鲁迅在《我之节烈观》一文的结束时热情地呼喊："我们追悼了过去的人，还要发愿：要除去于人生毫无意义的苦痛。要除去制造并赏玩别人苦痛的昏迷和强暴。""我们还要发愿：要人类都受正当的幸福。"《祝福》是对悲惨地死在封建思想的束缚下的祥林嫂的深切悼念，也是对活着的人的真诚祝福。

（本文原载《扬州师范学院学报（社科版）》1985年第3期，后收入人民文学出版社1986年版《鲁迅小说新论》）

---

[1]（德）黑格尔. 美学：第1卷［M］. 朱光潜，译. 北京：商务印书馆，1997：298.

鲁迅和非理性主义
——《鲁迅全集》卷 10 修订一得

徐斯年

高尔基的"尼采色彩"

鲁迅在《〈恶魔〉译者附记》中说:

> 创作的年代,我不知道;……但从本文推想起来,当在二十世纪初头,自然是社会主义的信者了,而尼采色彩[1]还很浓厚的时候。至于寓意之所在,则首尾两段上,作者自己就说得很明白的。

从补充注释的角度,我首先想到的是:这里所说高尔基的"尼采色彩"究竟指什么?首先想了解的则是:高尔基是否曾对尼采做过非贬抑性的评论?

由于手头资料有限,所以在定稿会上通过陈早春兄,辗转向专家进行咨询。很快就得到答复,早春的朋友写道:"关于高尔基与尼采关系的问题,我询问了陈斯庸(20 卷《高尔基文集》总责编)和社会科学院外文所原副所长、高尔基研究专家张羽同志。他们的回答可概括为:这个问题一般是泛指,讲的是高尔基早期作品中'突出人'的思想与尼采的'人的哲学'相符。张羽说,好像只见过一句高尔基直接提到尼采的话,也只是一般的解释的意思。故而,可以说,高尔基的原著中没有直接的具体文献

---

[1] 按人民文学出版社 1958 年版《鲁迅译文集》卷 10 和 1981 年版《鲁迅全集》卷 10 均作"尼采色",现据 1930 年 1 月《北新》半月刊第 4 卷第 1、2 期合刊本初载文本,增补"彩"字。

佐证。"

以上答复虽然简要，但我相信具有权威性。这样，就可先从自己所掌握的资料入手，做些初步的探讨了。

人民文学出版社印行过高尔基《论文学》的正、续两集，我只有一本1979年版的续集，其中收入《保尔·魏伦与颓废派》一文。该文虽未提到尼采，却曾提及查拉图斯特拉。高尔基说：在巴黎公社革命之后，继波德莱尔和"帕那斯派"而出现的，是以魏伦为代表，包括梅特林克、马拉尔梅等的新一代。这一代作家"终于开始模模糊糊地感觉到要革新。他们从古代伊西达和奥西里斯、释迦牟尼和查拉图斯特拉的宗教崇拜中找到了它；他们以通灵术这一新名称来复兴中世纪的魔法，从而找到了革新"。文中又概括上述颓废派群体的主张说："他们认为失去理性比有理性好，不正常比正常好。"[1] 他对这一文学流派的总体评价则是："他们这些被损害的人们，仿佛是对把他们创造出来的社会进行报复的人，他们创作的邪恶的作品里的无限多样的东西像藤条一样，命运用它们来鞭打欧洲有文化的阶级，为的是他们虽然已经存在很久，但是却没有给自己创造出和人们相称的生活。"[2] 按此文初载于1896年4月13日的《萨马拉报》，而《恶魔》则创作、发表于1899年。由此可见，至迟在创作《恶魔》之前三年，高尔基就对非理性主义持贬抑性的批评态度了，这也可以视为对尼采哲学的间接批评。但是，从上述文字里又可看出，他对以魏伦为代表的非理性主义流派在法国文学史上的地位、作用和价值，又是有所肯定的。而在俄罗斯，19世纪90年代也出现过鼓吹超人哲学并具颓废倾向的象征主义流派，阿尔志跋绥夫（М. П. Арцыбашев，1878—1927）虽然自己声明从未读过尼采的著作，通常却被认为属于该派的代表性作家。那一时期的高尔基虽在理论上摒弃这种文化思潮，但是作为一个对西欧文学极为熟悉的俄国作家，他在创作方法、美学观念以至哲学思想等方面仍然留有受其影响的痕迹，这是并不奇怪的；例如他笔下的"流浪汉"形象，与由波特莱尔为开端而出现的法国"浪子"，就应蕴含相当的亲缘关系，而后者又可溯源到尼采。

关于高尔基早期作品中"突出人"的思想，阿·托尔斯泰在《早期的

---

[1] 高尔基.《论文学》续集［M］.冰夷，等，译.北京：人民文学出版社，1979：8-9. 按：帕那斯派，或译巴那斯派，即高蹈派，提倡"为艺术而艺术"的唯美主义流派。魏伦（Paol Verlaine，1844—1896），通译魏尔伦；马拉尔梅（Stéphane Mallarmé，1842—1898），通译马拉美，均为法国象征主义诗人。伊西达，古埃及丰收女神；奥西里斯，古埃及水与植物之神。

[2] 高尔基.《论文学》续集［M］.冰夷，等，译.北京：人民文学出版社，1979：19.

高尔基》一文中曾有比较全面的述评。他说，1905 年以前即"第一个时期的高尔基，——在形式上是一个浪漫主义者"。他把高尔基在早期作品中创造的流浪汉形象与惠特曼的抒情主人公相提并论，认为都表现着一次世界性的"抽象的革命"，预告着"一场世界规模的大雷雨已经慢慢地形成了"。高尔基通过他的流浪汉形象呼唤、赞美着"大写的人"，认为这样的人"才是最高尚的喜悦，因为这既不需要有官衔，不需要有财富，不需要有住宅，也不需要有妻室，什么都不需要……只要有一双破皮鞋，一根拐杖，一支藏在心里的歌曲……"面对由此而引起的担心人道主义和传统文化将被颠覆的惊慌，高尔基的回答是："如果文化把人变成了奴隶，那就让文化去见他妈的鬼吧。自由的，在太阳底下的赤裸裸的人本身就有着绝对的智能，——他是善良的，他是慷慨的，他是高尚的。"[1] 阿·托尔斯泰虽然没有直接谈及早期高尔基与尼采的关系，但是他的述评实际已经涉及这个问题，并且留下一个悬念："尼采色彩"与高尔基早期浪漫主义的关系究竟如何？关于这个问题，只要对照一下尼采的相似论述，即可有所领会——尼采在《瞧，这个人：为什么我这样智慧》（此书动笔于 1888 年 10 月 15 日，系作者病重之前所作自传）中曾这样说：

> 我允诺去完成的最后一件事是"改良"人类。……打倒偶像非常接近我的工作。一旦我们捏造了一个观念世界，我们就剥夺了现实世界的价值、意义和真理……"真实世界"与"表面世界"——用一般英语来说，虚构世界和现实世界……这个观念的谎言一向是现实世界的祸因；由于它，人类最基本的天性变成为厚颜和虚伪；而因为过于厚颜和虚伪，这些价值已渐渐被人尊崇，其实，这些价值是与确保人类繁荣、人类未来以及对这个未来的最大要求的那些价值正相反对的。[2]

显然，高尔基"突出人"、颠覆传统价值体系的思想里，确实透露着某

---

[1] 阿·托尔斯泰. 论文学 [M]. 程代熙，译. 北京：人民文学出版社，1980：177-181.
[2] 尼采. 尼采生存哲学 [M]. 杨恒达，等，译. 北京：九州岛出版社，2003：2. 按：这套"哲人咖啡厅"丛书，以一位哲学家的著作为一本分册，对于既无财力亦无精力购读全集的读者来说是很有用的。可惜的是作为"精选译本"，对于所选原著情况——例如版别、所选著作全部内容与所选内容之关系等往往缺乏交待；至如《荣格性格哲学》分册，内文以第三人称介绍荣格学说，封面却署为"[瑞士]荣格/著"，尤为不妥。这些缺陷都使丛书的学术品位大为受损。

种"尼采色彩"。

《恶魔》是一篇带有魔幻色彩的短篇小说，写的是："恶魔"使墓穴里的作家骸骨复活；而当亲眼看见妻子靠卖自己的遗著发了大财，并且投身于书商的怀抱之后，作家就摇着骸骨逃回坟墓里去了。关于这篇作品，我们可以找到高尔基本人的间接阐释，还有卢那察尔斯基的直接评论。

高尔基在《我的文学修养》中曾说：歌德的《浮士德》是将想象、空想再现于形象的艺术杰作。它的基础便是"由观察着热衷于创造黄金和仙药的中世纪的'大化学家'们的生活和工作，而发达起来的"中世纪的民话。欧洲的许多民话里都创造过"和浮士德的不幸的模样"类似的"傀儡喜剧的主角，无论对于什么人，什么事，他都得胜。警士，教士，连鬼和死也都被他所征服，而自己就得了长生。这是劳苦的民众，将终必得胜的自信，再现在毛糙的，幼稚的，这样的形象里面的"。这些论述不但揭示了欧洲文学有着借助中世纪传说、民话中的人物或鬼神形象来"再现""思想"的传统，而且还间接告诉我们：《恶魔》中写的既是"伟人瞿提（Goethe）所通知我们的，和我们最为亲近的恶魔"[1]，那么它显然也是那位诱惑过浮士德博士的靡菲斯特菲勒斯了。

卢那察尔斯基在其《艺术家高尔基》一文中，于论证高尔基完全属于"艺术上的现实主义者"的同时，又专对《恶魔》（或译《魔鬼》）的创作方法做过评论：

> 从高尔基这个基本的艺术方法中产生了一些旁支，——第一是属于虚拟、夸张或漫画艺术的领域。这在他那里虽不常见，然而是有过的，譬如说，故事《魔鬼》《再谈魔鬼》《黄色魔鬼》和《美丽的法兰西》就是最好的例子。你可以看到，他在那里完全不求逼真，——相反地，他想出了一些显然虚幻无稽的形象，不过用意却在使它们像一幅好漫画一样，能揭示事物的内在本质。[2]

卢那察尔斯基指出了《恶魔》等小说的非现实主义特征，但他回避了包括《恶魔》在内的高尔基早期作品中的"尼采色彩"。对于这种"色

---

[1] 鲁迅.《恶魔》正文//鲁迅译文集：第 10 卷 [M]. 北京：人民文学出版社，1958：617. 瞿提，即歌德。

[2] 卢那察尔斯基. 论文学 [M]. 蒋路，译. 北京：人民文学出版社，1978：310.

彩",我们通过对比《恶魔》和尼采著作里的相关文字,应该可以看得更加清楚。

例如,高尔基在《恶魔》中写道:"在这人生上,绝无什么常住不变的东西,只有生成和死灭,以及对于目的的永远的追求的不绝的交替罢了。"[1] 这与尼采所说人类"是一座桥而不是一个目的","是一个过程与一个没落"[2] 的观念,几乎可以视为一脉相承,都叙说着"人"和"人生"的相对性与非恒定性。

又如,《恶魔》中写到那位作家希望自己的儿子能够成为一个"切实的人",恶魔冷冷地回答道:"切实的人,世上多得很……世上所想望的,是完全的人。"于是它便"唱起勇壮的进行曲来了"[3]。这与尼采认为"应当被劝告就死的人"与"应当被劝告寻求'永生'的人"并无区别的观念[4],也是具有相似之处的:既认为人是一个"过程",又表现着对"完全的人"的渴求。

以上是哲学观念上的关联。从个体上考察,则《恶魔》与《查拉图斯特拉如是说》类似,也采用寓言的表达方式,寓意义价值于荒诞故事之中。不仅意象的奇特性、多义性,语言的曲折性、哲理性与尼采相似,而且也和尼采一样"爱以逆理诤论的方式发表意见,目的是要让守旧的读者们震惊。他的做法是,按照通常含义来使用'善''恶'二字,然后讲他是喜欢'恶'而不喜欢'善'的"[5]。例如:

> 当暮秋时,人们往往不感到向着拘禁灵魂的那沉思的黑暗,加以抗争的力……所以凡是能够迅速地征服那思想的辛辣的人们,是都应该和它抵抗下去的。惟这沉思,乃是将人们从憧憬和怀疑的混沌中,带到自觉的确固的地盘上去的唯一的道路。
>
> 然而那是艰难的道路……那道路,是要走过将诸君的热烈的心脏,刺得鲜血淋漓的荆棘的。而且在这道路上,恶魔常在等候你们。他正是伟人瞿提(Goethe)所通知我们的,和我们最为亲近

---

[1] 鲁迅. 鲁迅译文集:第10卷 [M]. 北京:人民文学出版社,1958:617.

[2] (德)尼采. 查拉图斯特拉之序篇//查拉图斯特拉如是说 [M]. 尹溟,译. 北京:文化艺术出版社,1987:9.

[3] 鲁迅. 鲁迅译文集:第10卷 [M]. 北京:人民文学出版社. 1958:625.

[4] (德)尼采. 查拉图斯特拉之序篇//查拉图斯特拉如是说 [M]. 尹溟,译. 北京:文化艺术出版社,1987:49,56.

[5] (英)罗素. 西方哲学史卷下 [M]. 马元德,译. 北京:商务印书馆,2005:314.

的恶魔……[1]

在上述文字中,"沉思的黑暗"是一个多义的意象,"沉思"既是"拘禁灵魂"的黑暗之内涵,又是将人们"带到自觉的确固的地盘上去的唯一的道路"。能否找到、走通这条道路,取决于人们是否足够"辛辣",是否能够不顾心脏被"荆棘"刺得鲜血淋漓的艰险,将"抵抗""沉思"的争斗坚持到底。至于文中的恶魔,既然就是歌德笔下的靡非斯特菲勒斯,那么它便和在《浮士德》中一样,是"否定的精神",是"恶"的代表,同时却又蕴含着相反的命题;而在尼采看来,否定就是肯定的开始,"恶"里可以诞生道德、诞生"善",魔鬼可以变成天使[2]。在高尔基的这篇小说里,恶魔也正是引导"起死"的作家,让他看清活人世界之丑恶的"天使"。

在鲁迅翻译《恶魔》的时期,国内外是否出版过专门论述或谈及高尔基与尼采关系的论著,鲁迅又是否读过这类论著呢?这是一个尚待查考的问题。至于当前,这样的论著是有的,我在互联网上检索到两种英语文献:(1) Mary Louise Loe: Gorky and Nietzsche: The quest for the Russian Superman, 1986. (玛丽·刘易斯·洛厄1986年所撰论文:《高尔基与尼采:探索俄国超人》);(2) *Fifty Years On: Gorky and His Time*, Nottingham, Astra Press, 1987. (由诺丁汉阿斯特雷出版社印行于1987年的论文集《五十年后:高尔基与他的时代》。这是一本收有美、英、新西兰的斯拉夫语言文学专家所撰论文的评论集,内容涉及19世纪90年代青年高尔基及其作品的再评价,包括他与加尔洵、尼采的密切联系等。)遗憾的是,在互联网上都不能读到它们的全文。

三种"起死"的比较

《恶魔》使我联想到鲁迅的《起死》。前者的译文发表于1930年1月,后者则创作于1935年12月。二者都写骷髅的复活,关键情节之不同在于:前者"复活"的是现代作家的骷髅骨架,后者则是殷商时期"汉子"的血

---

[1] 鲁迅. 鲁迅译文集: 第10卷 [M]. 北京: 人民文学出版社, 1958: 617.
[2] (德) 尼采. 查拉图斯特拉之序篇//查拉图斯特拉如是说 [M]. 尹溟, 译. 北京: 文化艺术出版社, 1987: 35.

肉之身；前者由恶魔使之还阳，后者则由庄周这位哲学家祈求司命大神使之复生。它们的可比性显然很强。

要到《起死》里去寻找"尼采色彩"，或许有点儿强人所难。但是众所周知，统观鲁迅著作，其中"尼采色彩"是很浓烈的。有的研究者曾指出，鲁迅对尼采的著作读得并不多，可能只限于《查拉图斯特拉如是说》。我们如将《查拉图斯特拉如是说》与鲁迅著作稍加对比，就可发现前者的许多语言、命题、意象、思维方式，都可在后者之中找到"对应"（或可称为"感应"），例如：人是兽与超人之间的中介；笑里有着冰霜的"群众"；只知布施不问死生的老者与饥饿疲惫的跋涉者；破坏即创造；"死之说教者"；不要仇敌的姑息，也不要爱我者的姑息；可恨而不可轻蔑者，才是真正的仇敌；奴隶的可爱之处在于反抗；人肉牺牲的恶臭；群众不知何谓伟大，只知赏识优伶；吸食鲜血还围绕着你营营赞颂的毒蝇；勿爱邻，而当爱远人、爱来者；对仇敌决不以德报怨，一个小的报仇比不报仇更近人情；消逝的青春与迟到的青春；给予者的寂寞，发光者的孤独，并且希望化为暗夜[1]……上述语言、命题、意象和思维方式固然更多地"复现"于鲁迅的前期小说、散文诗和杂文，但也经常依然蕴涵在他的后期作品之中，例如：对报仇的赞颂（《女吊》），对卑劣的仇敌之轻蔑（《半夏小集》），对黑夜的揭露和歌颂（《夜颂》，按此篇中的黑夜意象与《恶魔》也有异曲同工之处），等等。看来，"托尼思想"必有"托尼文章"，"托尼文章"也是必含"托尼思想"的。所以，从深层或宏观的角度比较《起死》与《恶魔》，应该说"尼采色彩"倒也属于共性之一——至少鲁迅在《起死》中也是"爱以逆理诡论的方式发表意见"的。

于是，我由这两篇小说又联想到爱伦·坡（Edgar Allan Poe，1809—1849）的《同木乃伊的对话》（Some Words with a Mummy，1845）[2]，这不仅因为它写的也是"起死"，还因为爱伦·坡又是一位与鲁迅颇有渊源的外国作家。早在其《域外小说集》里，就收入过坡的《默》（Silence：A Fable

---

[1] 分别见于尹淇译本《查拉图斯特拉如是说》第9、13、16、17、18、30、47、50、51、55、57、59、78、79、84、125页。

[2] （美）爱伦·坡. 爱伦·坡短篇小说集［M］. 陈良廷，等，译. 北京：人民文学出版社，1998. 该书收有这篇小说的译文；又见三联书店1995年版《爱伦·坡集》下卷，文题译为《与一具木乃伊的对话》。

[Siope], 1839),并赞其文曰"瑰异",称其人为"鬼才"[1]。这篇作品及其"杂识"和"著者事略"虽然均由周作人译、撰,但是鲁迅无疑也很喜欢这位短命的美国作家,后来他还在接受斯诺访问时谈到过这一点,并在《〈朝花夕拾〉后记》《二心集·〈夏娃日记〉小引》等文章以及书信中,数次论及爱伦·坡。

《同木乃伊的对话》以第一人称讲述几位美国人采用电流刺激法,使一位远古时代被制成木乃伊的埃及人复活的故事。这位埃及"伯爵"生命终止至复活之间跨越的时段,比《起死》里的"汉子"还要多四千五百五十年。作者通过木乃伊之口嘲讽了当时美国的物质文明和民主制度,以致使文中的"我"也"从心底里""厌倦了整个十九世纪"。特别令人注意的是,当他们问木乃伊"对上帝创造天地这个人类普遍感兴趣的题目"有何意见时,得到的回答是:"在我们那个时代……从未有人产生如此怪诞的念头";"亚当"不过是"红土"的别名,"意指"人类乃是"从肥沃的土壤里自然生出"而已。对于"民主",木乃伊的评价则是:与"暴君"的"专制统治"并无不同,那个暴君就叫"乌合之众"。在这里,我们竟也仿佛听到了"尼采声"!须知,爱伦·坡写这篇小说的时候,尼采方才一周岁!坡在尼采之前,就已提出了隐含"上帝已死""庸众专制"内涵的命题!波德莱尔还曾引述坡在另一作品里的话语:"对于某些丑恶危险的行动不可能找到充分合理的动机,这可能导致我们将其看做魔鬼的暗示的结果,如果不是经验和历史告诉我们上帝也常常借此来建立秩序和惩罚恶人的话。"[2] 其中同样表达了对"上帝"的谴责和将他等同于魔鬼之意。这正是我所以从《恶魔》《起死》联想到《同木乃伊的对话》,而不是坡或别的作家另一些描写"起死"题材的作品之深层原因。

这三篇作品都属怪诞体裁。茨维坦·托多罗夫谈到爱伦·坡时说:"所谓怪诞,不过是对同一些事件所作的自然解释和超自然解释之间的持续犹豫。它不过是有关自然—超自然这一界限的游戏。"[3] 这也可以称之为怪诞

---

[1] 1921年印行的群益版《域外小说集》"著者事略"谓爱伦·坡"诗文均极瑰异,人称鬼才"。1909年7月初版的《或外小说集》第二册里的"杂识"则作"文极奇妙,人称鬼才"。按:《默》是一篇寓言,讲述者也是一位魔鬼,文体近乎散文诗。周瘦鹃编译的《欧美名家短篇小说丛刊》中也收有这篇作品,文题译为《静默》。

[2] (法)波德莱尔. 埃德加·爱伦·坡的生平及其作品//1846年的沙龙——波德莱尔美学论文选[M]. 郭宏安,译. 桂林:广西师范大学出版社,2002:171.

[3] (法)茨维坦·托多罗夫. 爱伦·坡的界限//巴赫金对话理论及其它[M]. 蒋子华,张萍,译. 天津:百花文艺出版社,2001:99.

作品的"生成原则"。三篇作品都是借由"超自然"因素的介入而生成的，这就是死人的复活（在《恶魔》和《起死》中借助的是鬼神之力，而在《同木乃伊的对话》中则是类乎科幻作品里的"非现实"的"自然力"）。由此，已逝的时空与现实的时空得以交接、叠加，从而产生严重的悖谬和错乱：高尔基笔下的作家，发现妻子改嫁给了出版商，并靠自己的遗著而发财、享福；鲁迅笔下的汉子，发现一位五百年后风尘仆仆干求仕进的虚无主义哲学家，而他的哲学什么问题也解决不了，并且矛盾百出；爱伦·坡笔下的木乃伊，则从19世纪的物质文明和精神文明中发现了愚昧和专制。在这三个"自然—超自然"的"界限游戏"中，鲁迅显得尤为高明，他在自己的剧作体故事中，竟然展示了三重时空：由复活的汉子带来的殷商时空，庄子所处的战国时空，以及由巡警等角色、道具、台词所体现的20世纪30年代时空（一位西方学者还提请注意第四重时空："我们这些有着时代距离的后世读者"接受作品的时空[1]），因而具有更为广阔深远的思想内涵和穿透力、更为独特的讽喻风格和魔幻色彩。它的魔幻色彩，又因中国传统的玄学思维、神话素材和戏剧特征（包括鲁迅喜欢的"目连戏"中的"活白戏"[2]）的介入，而显得别具一格。

鲁迅和非理性主义

爱伦·坡通常都被认为属于典型的非理性主义作家，托多罗夫却说："从更一般的意义上讲，可以认为坡受到怪诞体裁的吸引，其原因恰恰在于他的理性主义（并非出于无心）。……陀思妥耶夫斯基则以他的方式表达了同样的看法：'如果他是怪诞的，那也只是表面上的怪诞而已。'坡是怪诞的，因为他是超理性的，而不是非理性的。"[3] 坡写过七十多篇小说[4]，绝大多数都属怪诞体裁；其中又有相当一部分具有寓言特征，它们都以理性的视角来处理非理性题材，"作者"与"叙述者"的距离相当鲜明，在我

---

[1] （奥地利）R. 特拉普. 时代性的反讽——对《故事新编》的接受学研究［J］. 曹卫东, 译. 鲁迅研究月刊, 1992（9）: 2. 关于"时空"，文中原语为"时代层面"。

[2] 按，又被写作"泛白戏""哦白戏"或"滑白戏"，在吴越语中读音皆相近（绍兴话读音近乎［vá］）。这些剧作均以口语对白为主，多属鲁迅所谓"真的农民和手业工人的作品"。

[3] （法）茨维坦·托多罗夫（Tzvtan Todorov）. 爱伦·坡的界限∥巴赫金、对话理论及其它［M］. 蒋子华, 张萍, 译. 天津: 百花文艺出版社, 2001: 105.

[4] 坡的有些作品介乎小说、散文、散文诗之间，七十多篇"小说"是大部分研究者认同的统计数字。

鲁迅和非理性主义
——《鲁迅全集》卷10修订一得

看来，托多罗夫的评价对坡的这一部分创作尤为适用。《同木乃伊的对话》即为此类作品之一，这又是我取它与《恶魔》《起死》加以比较的一个原因：总体而言，高尔基和鲁迅都是崇奉理性的作家，他们在《恶魔》《起死》这样的作品中采用非理性主义的形式和话语时，都有明确的现实针对性和批判目的。坡在"类寓言体系列"怪诞小说中，同样体现着刻意揭示美国"不过是一座巨大的监狱"，揭示"社会进步"不过是"轻信的糊涂虫的迷狂"这样十分自觉的动机[1]。

托多罗夫在阐析坡所偏爱的"提前埋葬""界限游戏"[2]时，曾举《同木乃伊的对话》为例子之一。这当然是可以的，但是在我看来，就这篇作品的立意重点或主旨所在而言，似乎并非侧重于表现"死亡—来世"主题。这就必须把目光转向爱伦·坡的另一类十分重要的怪诞小说了，其代表作包括《停止呼吸》（"Loss of Breath: A Tale neither in nor out of Blackwood"，1835）、《贝瑞尼斯》（"Berenice"，1835）、《莫瑞拉》（"Morella"，1835）、《丽姬娅》（"Ligeia"，1838）、《鄂榭府崩溃记》（"The Fall of the House of Usher"，1839）、《泄密的心》（"The Tell-Tale Heart"，1843）、《黑猫》（"The Black Cat"，1843）、《提前埋葬》（"The Premature Burial"，1844）等（托多罗夫是结构主义美学家，或许着眼于坡的作品全都体现着结构的严谨性和文本的封闭性，所以他没有把这些作品列为"另类"）。这些作品与"类寓言体系列"的不同之处在于，它们全都通篇弥漫、浸透着非理性色彩，"作者"与"叙述者"的界限几近消弭，在这些作品里，波德莱尔的下述评语最为适用："坡的人物，就是坡本人。"[3] 从谋篇布局、遣词用语的角度说，写这些作品同样离不开理性（坡的文论、诗论都承认并强调这一点），而从"表现"的角度考察，其中许多作品则几乎可以视为幻觉、迷惘状态下的产物（用坡自己的理论话语，即是"印象"的演化）。

说这些作品具有浓厚的非理性色彩，更因为它们首先颠覆了西方理性主义的一个核心命题——"自我"（Self）。笛卡尔的名言"我思故我在"，可以视为理性主义"自我（Self）观"的概括；而在坡的上述作品里，却反

---

[1]（法）波德莱尔. 埃德加·爱伦·坡的生平及其作品//波德莱尔. 1846年的沙龙——波德莱尔美学论文选[M]. 郭宏安，译. 桂林：广西师范大学出版社，2002：149-150.

[2]（法）茨维坦·托多罗夫. 爱伦·坡的界限//巴赫金对话理论及其它[M]. 蒋子华，张萍，译. 天津：百花文艺出版社，2001：200-201. 按：文中原作"安葬活人"的"界限游戏"，而"提前埋葬"则是坡的一篇小说的标题：The Premature Burial，或译《过早埋葬》。

[3]（法）波德莱尔. 埃德加·爱伦·坡的生平及其作品//波德莱尔. 1846年的沙龙——波德莱尔美学论文选[M]. 郭宏安，译. 桂林：广西师范大学出版社，2002：167.

复展示着一个为本能或无意识、潜意识所统治的"自我",因而常常还是变态的。在他的笔下,"人"不仅是个血肉之躯,更是一个复杂的心理结构,他的主人公们并非毫无理性,不过在他们的心理结构中,"理性"反倒经常处于受压抑的潜意识层次。从理性主义的角度考察,这些作品反复表现的是"自我之失落"和"寻找自我";而从非理性主义的角度说,它们展示的恰恰是"本真的自我"或"自我之本真"。这样,坡笔下的"自我"就与弗洛伊德理论里的"Ego"[1]十分相似了,并且经常呈现为"倒置"形态。然而,当爱伦·坡离开人世之时,弗洛伊德尚未出生!

与对理性主义"自我(Self)观"的颠覆相一致的是,坡在上述作品里也一再消解着男性与女性的差别;当然,更重要的是还一再消解着生与死的界限。正如托多罗夫所说,"在主题层次上,死亡界限比其他界限更吸引坡",而反复呈现的"提前埋葬"故事,则把这种界限游戏"提升到一种超常力量:不但生中有死(如同任何死亡),而且死中有生。下葬是死亡之路;但过早下葬则是否定之否定"[2]。在这一主题层次上,特别鲜明地显示着叔本华哲学及其悲剧理论对坡的影响(叔本华比坡早生二十一年)。坡的所有此类小说,表现的都是个体求生意志(即"生存意志")在"种族意志"和类似"物自体"而永存不灭的"自由意志"面前的无奈,及其永不可能获胜的必然命运。这种哲学架构之下,一切个体的"降生",同时也就是走向"死亡"的开端。因此,坡笔下的"复活"景象都是极为恐怖、凄惨的;对于那些"复活"(包括被"提前埋葬"而复生)的角色来说,他们重新面对的时空也就属于"来世",而爱伦·坡笔下的"来世",同样令人沮丧、绝望。这也正是叔本华的悲观主义人生哲学及其悲剧观的神髓所在。坡的此类作品,其主旨并不在于批判现实,而在表现主体的生命体验或生存体验,或者说,是在宣泄一种深沉的"人生苦"和"世界苦"。

从前面对高尔基和鲁迅的"尼采色彩"所作的比较可以看出,高尔基的《恶魔》中,不无上述哲理、情感的痕迹。至于鲁迅,则从《狂人日记》《孤独者》《野草》到《故事新编》以及某些杂文,不仅也有类似的情感内涵,而且甚至颇具"系列性"。不是说鲁迅的观念、风格与坡完全一致,而

---

[1] 按弗洛伊德对他提出的"自我"即 Ego 概念的阐释,在不同时期有所不同。1920 年所写的《超越快乐原则》中这样说:"也许自我在很大程度上就是无意识。"见(美)欧文·斯通. 心灵的激情(上册)[M]. 朱安,等,译. 北京:中国文艺出版公司,1986:497.

[2] (法)茨维坦·托多罗夫. 爱伦·坡的界限//巴赫金、对话理论及其它[M]. 蒋子华,张萍,译. 天津:百花文艺出版社,2001:100-101.

是说：在不仅把"人"视为"自然人"，更把"人"视为心灵的本体方面，他们表现出了某种共通性；在以创作宣泄、表现（至少不仅仅是"再现"）人生体验和生命体验方面，他们也呈现着某种共通性。这也就是与非理性主义思潮的契合，而非理性主义正是20世纪西方"现代人本主义美学的基本特点"[1]。通读《译文序跋集》（当然，最好是通读《鲁迅译文集》，但是此书现已十分难得），不难发现，鲁迅对这一派哲学思潮、文化—艺术思潮及其作家作品的关注几未出现过中断。不妨再拿坡来做个比较。

爱伦·坡和波德莱尔同"被认为是现代派的远祖"[2]。根据有关资料，可以开出一份与坡有渊源关系或受过他影响的思想家、文艺家的远非完整的名单，其中包括：柯勒律治（Samuel Taylor Coleridge, 1772—1834）、*叔本华（Arthur Schopenhauer, 1788—1860）、*雪莱（Percy Bysshe Shelley, 1792—1822）、*华盛顿·欧文（Irving Washington, 1784—1859）、*霍桑（Nathaniel Hawthorn, 1804—1864）、艾略特（George Eliot, 1819—1880）、*惠特曼（Whitman Walt, 1819—1892）、*查理·波特莱尔（Charles Baudelaire, 1821—1867）、维尔契·科林斯（Wilkie Collins, 1824—1889）、但丁·罗赛蒂（Dante Gabriel Rossetti, 1828—1882）、*儒勒·凡尔纳（Jules Verne, 1828—1905）、马克·吐温（Mark Twain, 1835—1910）、塞法讷·马拉美（Séphane Mallarmé, 1842—1898）、*尼采（Friedrich Wilhelm Nietzsche, 1844—1900）、*奥古斯特·斯特林堡（August Strindberg, 1849—1912）、*史蒂文森（Robert Louis Stevenson, 1850—1894）、*王尔德（Oscar Wilde, 1856—1900）、*弗洛伊德（Sigmund Freud, 1856—1939）、*萧伯纳（Bernard Shaw, 1856—1950）、*叶芝（William Butler Yeats, 1865—1939）、*威尔斯（Herbert George Wells, 1866—1946）、*伊巴涅思（V. Blasco-Ibáñez, 1867—1928）、*安德烈耶夫（Леонид Николавич Андреев, 1871—1919）、福克纳（William Faulkner, 1897—1962）等；这个名单还可加上德彪西（Claude Debussy, 1862—1918，法国）、M. 拉维尔（Maurice Ravel, 1875—1937，瑞士）、斯特拉文斯基（Игорь Фёдорович Стравинский, 1882—1971，美籍俄人）、普罗科菲耶夫（Сергей Сергеевич Прокофьев, 1891—1953，苏联）、奥尔

---

[1] 朱立元. 现代西方美学主潮.// 蒋孔阳. 二十世纪西方美学名著选（上册）[M]. 上海：复旦大学出版社，1987：3.

[2] 袁可嘉. 前言// 袁可嘉，董衡巽，郑克鲁选编. 外国现代派作品选：第一册（上）[M]. 上海：上海文艺出版社，1980：2.

班·博格（Alban Berg，1885—1935，奥地利）等音乐家的名字。[1]

上面这个名单里标有"*"号的那些作家，都是鲁迅感兴趣或曾经有所评述的。从鲁迅的角度考察，名单中至少还可加上斯蒂纳（斯契纳尔）、克尔凯郭尔（契开迦尔）、陀思妥耶夫斯基（按尼采于1887年1月23日致欧佛贝克信中曾称陀思妥耶夫斯基是唯一的一位对他有启发的心理学家[2]）、易卜生、梅特林克、迦尔洵、阿尔志跋绥夫、勃洛克、叶赛宁、厨川白村、亚波里耐尔等人，还应包括苏俄的许多其他"同路人"作家、许多日本作家以及介绍过现代主义文艺思潮的诸多国外评论家（如片上伸、凯拉绥克、山岸光宣、板垣鹰穗等），并应加上鲁迅喜欢或关注过的许多外国画家（如蕗谷虹儿、比亚兹莱、乔治·格罗斯、科勒惠支、麦绥莱勒等）。

将上面两个名单合在一起，尽管远非完整，却可看出虽然其中有些人不一定是典型的非理性主义文艺家，但仍明显地呈现出一个与非理性主义相关的人物"谱系"。这个谱系是开放的——它与别的谱系实现"联网"，而那些并不典型的非理性主义文艺家，恰恰处于两个乃至多个谱系的交界位置上（高尔基、陀思妥耶夫斯基等，以至鲁迅本人，都处于或曾处于这样的位置）。这些谱系构成一个由继时性渠道与共时性渠道交织而成的信息网络巨系统，每一位作家都是网络上的一个"节点"，以直接或间接的方式与其他"节点"实现信息交流。这些"节点"既然是"人"，必然具有能动性，所以间接信息的传输过程也就必然存在"失真"，而这"失真"往往同时意味着"创造"。

与上述文化谱系网络相应的，还有一个载体的网络，它是谱系内部及各谱系之间得以实现信息交流的物质基础。在20世纪上半期的中国，书籍和报刊是主要的载体。这个网络体现着历史人物生存的文化环境。就我们这里探讨的问题而言，如果考察一下当时的载体网络就不难发现，对西方非理性主义文化—文艺思潮的关注，曾是中国现代文化的明显倾向之一（这里所说的"现代"，主要属于时间概念，同时也含性质概念）。这个载体网络也应该是开放即实现"国际联网"的，但在当时的中国，它又远非健全、完整，因此必然存在"失语""堵塞""干扰"等较为严重的症状。国

---

[1] 彭贵菊，等. 走近爱德加·爱伦·坡//彭贵菊，等. 爱德加·爱伦·坡作品赏析[M]. 武汉：武汉测绘科技大学出版社，1999：5.

[2] 陈鼓应. 尼采新论[M]. 香港：商务印书馆香港分馆，1988：294.

际交流在很大程度上必须借助翻译,因此又会受到"选择"与"误读"的制约。由于上述原因而导致的"失真",其效果则几乎完全是消极的。

这些话题都不新鲜,但对我们考察相关问题仍然具有现实意义。

近些年来,鲁研界对鲁迅与非理性主义关系的研究开始热络起来了,这是十分可喜的现象。若干问题尚待进行深入探讨,例如:理性主义与非理性主义在鲁迅身上究竟是如何实现统一的,是不是仅仅"批判地"采用后者的某些非本质的方面来为前者"服务"?"个人主义"与"人道主义"的矛盾是否贯穿于鲁迅的一生?若是,如何表现于他的文艺思想、文学创作和"想象生活"[1]?他的"想象生活"内部又有什么矛盾(特别是后期)?……这种探讨还可以具体到一些微观领域,例如:鲁迅说过,自己与达夫先生"对于文学的意见","恐怕是不能一致"的(《伪自由书·前记》),然而,他们的文学观念是否也有一致之处呢?若是,一致之处又是什么呢?这种"可能一致"和"不能一致"是如何共存,如何在差异之中求得同一的呢?……把这些问题考察清楚,不仅对于进一步认识鲁迅,而且对于进一步认识中国的现代文化史和现代文学史,应该都会有所帮助。

---

[1] "想象生活"是英国形式主义美学家罗杰·弗莱(Roger Fry, 1866—1934)在《论美学》中提出的。他认为,人经常过着双重生活:现实生活和想象生活。前者的重要组成部分是为适应自然淘汰而形成的本能反应,后者则不需要这种反应,所以可将意识集中于生活经验的知觉和情感方面。艺术即为想象生活的表现,而非现实生活的模仿。人在艺术活动中采取脱离利害关系的纯观照态度,因而尤其能够更充分地感受到情感的新价值。参见蒋孔阳.二十世纪西方美学名著选(上册)[M].上海:复旦大学出版社,1987:173.

试论鲁迅的《科学史教篇》

徐斯年

鲁迅的早期论文《科学史教篇》,是我国近代思想史上一篇难得的文献,也是研究鲁迅早期思想的一份重要资料。但是,在过去的一些有关论著中,对于这篇论文的主旨及其历史意义的理解,似乎还不完全一致,本文试图就此进行一点初步探讨。

一

和鲁迅的许多早期论文一样,《科学史教篇》写于中国的资产阶级革命派与堕落为保皇派的改良派展开政治思想大论战的时期。

而对着西方帝国主义的侵略,当时清王朝统治下的中国,已经彻底暴露了社会制度的腐败和经济技术的落后。向西方学习,形成了一股不可阻挡的潮流。然而,西方建立资本主义文明的基本经验究竟是什么?包括近代科学技术在内的"西学",它的基本内容究竟是什么?在当时的中国,究竟应当怎样吸取和利用西方先进的自然科学成就,才能真正改变积贫积弱的现状?对于这些问题,不同的中国人,有着不同的回答。而这,也正是革命与保皇两条政治道路的斗争之中经常触及的一个问题,《科学史教篇》站在革命的立场上,从一个方面回答了上述问题。

这篇论文包括三大部分:(一)导言。(二)对西方科学史上三个时期(古希腊罗马时期、中世纪、近代)的科学发展状况及其正反面经验的评价。(三)结论。

"故震他国之强大,栗然自危,兴业振兵之说,日腾于口者,外状固若戚然觉矣,按其实则仅眩于当前之物,而未得其真谛。……虑举国惟枝叶之求,而无一二士寻其本,则有源者日长,逐末者仍立拨耳。"——这是鲁迅在文章结末部分,针对改良派把西方科学技术仅仅归结为"兴业振兵"之术的谬论所作的严厉批判。他认为,改良派对科学技术的这种认识,违背了科学的"真谛",而只有认清并把握科学的"真谛",才能使科学在改变中国贫穷落后现状的革命事业中,发挥它的伟大作用。

《科学史教篇》充分肯定了科学作为"先驱"的力量,在促进生产的发展,推动社会的改革方面的伟大作用。但是,当时的鲁迅毕竟不可能从自然科学是生产力这一理论高度,来阐明科学的"真谛"。他在《科学史教篇》中所阐述、论证的,着重于科学的唯物主义本质。

西方的科学技术形成于近代和现代。但是,它又是源远流长的,就其传统来说,可以一直追溯到古代。历代的科学,既有其连续的继承性,又存在很大的差异性。只有从千差万别的历史现象中抓住自然科学的主要矛盾,才能认识它的性质。鲁迅在文章的开头就指出,科学的性质在于"以其知识,历探自然见象之深微,久而得效,改革遂及于社会",科学,是人类对自然界的客观规律不断深入的认识、掌握和运用。离开了对"自然见象之深微"的正确认识和掌握,也就谈不上科学的效用。所以,他在分析西方近代科学的成就时,虽然充分肯定科学促进生产的发展给人类带来"实益",洗涤人们的精神,推动社会的改革,在造成"十九世纪之物质文明"的过程中发挥了伟大的作用;但是他又指出,科学之所以产生如此巨大的功效,根本原因在于"治科学之桀士"们认清并把握了科学的本性,他们不眩于"实利","仅以知真理为唯一仪的",并为此而贡献终生。前者为"果",后者为"因";前者是"子",后者是"母"。基于对科学本性的这一认识,鲁迅在评价古希腊罗马的科学时,并不因其构思实验不如现代而加以贬抑,相反,他高度赞扬那时的科学"毅然起叩古人所未知,研索天然,不肯止于肤廓","运其思理","冀直解宇宙之元质"的精神;认为其"思想之伟妙",精神之开阔,实为近代、现代科学的"真源"。分析中世纪的教训时,鲁迅着重指出,封建的、宗教的政治思想统治,"以道德上之义务与宗教上之希望"扼杀科学传统;科学不再是"知真理""探求自然之大法"的事业,而成了神学的奴仆,这是那时科学中衰的原因。鲁迅认为,历史的正反面经验都说明,要发展科学,要使科学成为认识自然、改造自然,进而推动社会改革的巨大动力,必须首先认清科学本身的性质。"若眩至显之实利,摹至肤之方术",那是舍本求末,决然无成的。

《科学史教篇》还十分强调科学的方法对于建立和发展自然科学的重要意义。这里明显地把科学史经验的总结,提高到了哲学上认识论、方法论的高度,文中指出,古希腊罗马科学的局限之一,在于缺乏"名学"即逻辑学之助;而中世纪"以注疏易征验,以评骘代会通",乘"博览"而轻

"发见",这种"方术之误"(这里指思想方法的错误),导致了当时许多"学士"劳而无功。关于西方的近代科学,鲁迅着重分析了培根的实验归纳法("内籀")和笛卡尔的唯理论的演绎法("外籀"),考察了这些方法论产生的背景,肯定了它们的历史作用,指出了它们的局限性。他指出,培根的归纳法主张"初由经验而入公论,次更由公论而入新经验",这对于科学研究中的"悬拟夸大之风"起了矫俗的作用,但是光靠直接经验,是难以"探新理,且更进而窥宇宙之大法"的;笛卡尔的演绎法主张"由因入果,非自果导因",重视理论思维的作用,对于过重经验,可为校正之用,然而由于只偏重"思理",其方术亦屈"不完"。鲁迅总结近代杰出科学家的实践和成就,说明以上两种方法论只能视为科学史上的"匡世之法",都还不是近代科学的完整的方法论。他指出,只有"内籀""外籀""二术俱用",才能进一步认识客观真理,"而科学之有今日,亦实以有会二术而为之者故"。从而告诉人们:科学的方法是在科学的实践中产生、发展的,它又反过来给科学的发展以重大影响。科学的方法必须尊重实践的经验和理性的论证。它随人们对自然的认识的深化而发展,总是引导人们不断地探索真理、向前看。

与以上两点相联系,鲁迅在文中还反复阐明了什么是科学的态度,他认为,科学既然是"以其知识历探自然见象之深微"的事业,既然以"知真理"为唯一"仪的",科学的方法既然屏弃一切不从客观实在出发的、违背理性的臆断和谬说,那么,科学工作者就必须"常恬淡,常逊让,有理想,有感觉",不为"实利""婴心",惟"举其身心时力,日探自然之大法而已"。他在阐述这种科学态度的同时,又驳斥了有的人主张"知识的事业,当与道德力分"的观点,指出如果脱离一定的"道德力"的"鞭策"而"惟知识之依",为科学而科学,其作为是"可怜"的,在鲁迅看来,上述科学态度,本身就体现着一种道德力量。所以他特别详细地介绍了法国大革命时期,进步科学家为反抗侵略,保卫年轻的资产阶级共和国而做出的杰出贡献,赞扬了这种"科学和爱国"的精神。

如上所述,《科学史教篇》通过对西方科学史正反面经验的总结,主要从科学的性质、科学的方法、科学的态度三方面,阐明了科学的"真谛"。当时的鲁迅已经完成了"弃医就文"的思想历程。他认定:科学不能救国,但救国离不开科学。认清、把握科学的"真谛",并首先用之以改造"人性",乃是当务之急(这一点详见下文)。这就是《科学史教篇》的"纲",也就是其主旨之所在。

以上对于《科学史教篇》主旨的理解，与有些成说是有分歧的。

鲁迅这篇论文的思想内容很丰富，当然远不止于上述方面。在研究鲁迅思想时，引证、分析此文的其他内容和观点，自然是必要而且有意义的，但是，如果是评价这一篇具体文章，研究它在近代思想史和鲁迅的思想发展史上的价值，那就不可不从全文着眼，分清它的"纲"和"目"，它所论的主要矛盾和次要矛盾；不可不区别"这一篇"的"矛盾特殊性"和鲁迅早期思想的"矛盾普遍性"，并研究二者之间的辩证关系。

《鲁迅全集》旧注认为，此文主要"说明了科学在改造自然，推动社会进步和增进人类生活的幸福方面所起的作用"[1]。诚然，科学的这些作用，文中是经常论述并加以肯定的；但是，如前所述，文章又强调指出，如果只着眼于科学的物质方面的功效而忽视科学的根本"仪的"，那是"倒果为因"，"欲以求进，殆无异鼓鞭于马勒欤，夫安得如所期？"因此，《鲁迅全集》旧注对于此文主旨的概括是否失之肤廓？这是值得商榷的。

有的同志把"主张要历史地对待文化遗产"和阐明科学与"实业"的关系，从而批判了天才论，作为此文的两个主要内容[2]。其实在原文中前者是论及对古希腊罗马科学的评价时提出的一个标准；后者的大前提，还是只有把握科学的"真谛"才不致"倒果为因"，而且关于生产对科学的决定作用，文中并未充分展开论证。这两个观点，对于研究鲁迅的早期思想，无疑是有意义的。但在简介《科学史教篇》时，将其作为此文的主要内容，是否有以"目"代"纲"之嫌？这也是值得商榷的。

二

一般地说，鲁迅的许多早期论文，都反映了中国近代史上革命派对保皇派的思想大论战，都相当深刻地批判了改良主义的反动路线；特殊地说，《科学史教篇》的主要历史意义，在于从思想路线的角度批判了改良派，对于资产阶级旧民主主义革命的思想理论基础的建设，做出了贡献。

在革命与保皇的论战中，改良派的思想家严复，曾经攻击革命派的主张"不本科学，而与公理通例违行"[3]，宣称只有他的"教育救国"论才

---

[1] 鲁迅. 鲁迅全集（第一卷）[M]. 北京：民权出版部，1958：497.

[2] 孝何林. 鲁迅的生平与杂文 [D]. 安徽师范大学阜阳分校中文系，1974.

[3] 转引自王栻. 严复传 [M]. 上海：上海人民出版社，1978：2.

是本诸"科学"的。同一个"科学",当着改良主义还有其进步性的时候,曾是严复据以批判封建统治思想,增强人们变法图强的信心的思想武器;然而到了民主革命浪潮高涨的时候,却变成他用以反革命的"理论根据"了。这说明自然科学,虽然就其本性来说是唯物主义的、革命的;但是,具体时代、具体阶级、具体人物的"科学观",却又不能不打上时代和阶级的烙印。在这一方面,曾经从严复的著译接受过不少积极影响的鲁迅,当时已远远超越了他的前人,走向了时代的前列。

列宁说过,自然科学自发地主张唯物主义的认识论,唯物主义和自然科学是完全一致的,鲁迅在《科学史教篇》中对于科学"真谛"所作的历史分析和深刻阐明,有力地捍卫了唯物主义的世界观,批判了改良派用"科学"的外衣掩盖起来的唯心主义世界观。

改良派中的大多数(严复在这方面比他们高明),都把西方的自然科学归结为"物质"之"长技","形质之学"。这一观点与19世纪末西方出现的"物理学中的新思潮"有共同之处。这种"新思潮"也把自然科学歪曲成一种"只具有在技术上有用的处方价值"的符号的公式,把科学的传统归结为"功利主义的技术"。这种谬论的要害,在于"否定不依赖于我们的意识并为我们的意识所反映的客观实在的存在",宣扬"唯心主义的和不可知的认识论"(列宁《唯物主义和经验批判主义》)。中国的改良派用肤浅的功利主义扭曲科学,也正是抹杀自然科学发展过程中所形成的唯物主义世界观和反映论的认识论,反对人们以其作为认识自然、改造自然,认识中国、改造中国的思想武器。鲁迅在文章里一再批驳了这种唯心主义的伪科学,他通过历史的分析告诉人们:科学绝不是"至肤之方术"和"有形应用科学"。他认为近代的西方自然科学所以先进,根本不在"方术",而在于随着生产和技术的进步,使整个自然科学从经验科学变成了理论科学,进而转化成为唯物主义的自然认识体系。科学的认识论传统是既重"征验"又重"会通",既"成以手"亦"赖乎心"的;"悬拟夸大之风"和视"一二琐末之事实"为"大法之前因",都是反科学的。在鲁迅看来,科学的上述唯物主义本质与科学的远大功效是一致的,抛弃了前者也就得不到后者,而只能"获恶果"。中国的改良主义思潮和西方的"新思潮"只承认科学的功利性而不承认科学能够无限地认识外部世界的实在性,从而割裂了科学和客观实在的一致性,鲁迅则通过他的论文说明:科学是人类对客观世界实在性的不断深化的认识,科学之所以能在变革客观世界的实践中发挥伟大作用,正由于它正确地反映了客观世界的实在性,掌握了"宇宙之大法"。

毋庸讳言，《科学史教篇》论及上述问题时，存在某种"非功利主义"的倾向（这与鲁迅同一时期所写的其他论文中关于文艺的"不用之用"的观点，有一致之处）。能不能因此就说这是"唯心主义"呢？不能简单地下此结论，第一，鲁迅并不否定科学应发挥其巨大功效，而只否定对科学取其"蕋叶"不求"本柢"的倾向。第二，文中强调治科学者"必常恬淡"，不应为"实利""婴心"，针对的是假科学之名以营私利的倾向，指出事业心和科学的态度的重要性，而并不是笼统地抹杀一切功利，从文中对于法国大革命时期科学家的爱国行为的赞扬，可以看出作者自有其远大的功利观。第三，一般说，功利主义或非功利主义，并不是区别唯物主义和唯心主义的标准，在思想史上，唯心主义既可以以非功利主义的面目出现（如中国的宋明理学和欧洲中世纪的经院哲学），也可以以功利主义的面目出现（如前述西方的"新思潮"和中国改良派的"金铁主义"）。问题在于需要对有关观点的实质和形成这些观点的社会条件进行具体分析。鲁迅早期这方面的观点虽然不无偏颇之处，但是联系对改良派的论战的背景，总观他早期的思想体系，可以看出《科学史教篇》中某些"非功利主义"言论的外壳之下，仍然包含着唯物主义的内容。

　　严复作为资产阶级的启蒙思想家，曾经认为，只要找到科学及科学所赖以建立起来的科学方法，也就找到了西方的真理。他特别重视培根的实验归纳，宣称"公例无往不在内籀"[1]。严复的经验主义的方法论虽然有着某种唯物主义倾向，但由于他片面地认为"可知者止于感觉"[2]，终于由经验论走向了不可知论。这反映了改良派救治上的软弱性，也反映了严复的思想武器——机械唯物论和形而上学的局限性。

　　《科学史学篇》既批评了偏于"内籀"的方法论，也批评了偏于"外籀"的方法论，而把近代科学的巨大进步，归结于"二术俱用"。其认识路线，和严复这样的改良主义思想家，显然也是不同的。值得进一步探讨的是，鲁迅所说的"二术俱用"，是不是仅仅限于"形式逻辑"的范畴？

　　近代的自然科学新发现，揭示了客观世界更深入、更本质的运动形式。在这种情况下，过去作为自然科学的思想理论基础的机械唯物主义和形而上学——包括经验论的方法论，逐渐成为阻碍人们进一步认识自然、改造自然的桎梏。科学的发展，迫切地要求建立辩证唯物主义的理论思维。近

---

[1] 转引自王栻. 严复传 [M]. 上海：上海人民出版社，1978：2.
[2] 转引自王栻. 严复传 [M]. 上海：上海人民出版社，1978：2.

代一些杰出的自然科学家，虽然在自己的科学实践中不同程度地自发地运用了辩证思维，但是很少有人能自觉地从方法论的高度认识和指出建立唯物辩证的思维方法的重要意义。另一些人，则由经验主义走向了浅薄的功利主义、不可知论和神秘主义（从这个意义上说，中国的改良派所继承的，正是"西学"的这份糟粕）。鲁迅在《科学史教篇》中未能从正面明确地提出唯物辩证法，也没有站在辩证唯物的理论高度来对形而上学进行更为深入的批判，但是，他确实从认识论的高度指出了机械论和形而上学的局限性，提出了建立新的思维方法的要求。

鲁迅文中曾举出牛顿，作为"会（内籀，外籀）二术而为之者"的一个杰出代表。牛顿在哲学上本是形而上学的、机械论的唯物主义的拥护者，以过分推崇归纳法和声称不喜欢"假说"而著名，为什么鲁迅却誉之为"偏内籀不如培庚，守外籀不如特嘉尔，卓然中立，居中道而经营者"呢？原来牛顿的科学成就，不仅建立在实践的发现和对机械的自然现象的观察之上，而且还建立在他在科学实践中所创造的伟大数学成就之上，恩格斯因而曾在《自然辩证法》中称他为"微分和积分"的"完成"者。牛顿既然在自己的科学研究中创造、发展、运用了近代数学的伟大成就，这就必然地把辩证的理论思维方法带进了自然科学领域。对于哲学理论上过高估计归纳法的牛顿，鲁迅却能正确指出他在科学实际上的"偏内籀不如培庚"，并把"二术俱用"的方法论作为"科学之有今日"的普遍经验加以总结。这说明他在重视实践的基础上，充分认识到理论思维对于科学研究的重要意义。"正当自然过程的辩证性质以不可抗拒的力量迫使人们不得不承认它，因而只有辩证法能够帮助自然科学战胜理论困难的时候"（恩格斯《自然辩证法》），鲁迅的上述认识显然体现了他对近代科学新成就及其意义的深切理解，反映了科学对于唯物辩证法的迫切要求，表现出朴素的辩证唯物主义思想。还值得注意的是，《科学史教篇》中明确地阐述了"世界不直进，常曲折如螺旋，大波小波，起伏万状，进退久之而达水裔……且此又不独知识与道德为然也，即科学与美艺之关系亦然"的观点。文中还运用这一观点，从历史的运动、发展、变化之中，对于诸如科学与社会的相互关系、科学与"道德"的相互关系、科学与生产的相互关系、科学与政治的相互关系、科学与其他意识形态的相互关系以及历史上科学的衰落、高涨现象各自的因果关系和二者之间的因果联系等，进行了一系列相当精辟的分析。这说明早期的鲁迅不仅有着朴素的辩证唯物观点，而且他已试图用这种观点来考察各种历史现象了。上述思想方法，都不是"形式逻辑"

所能概括的。

《科学史教篇》讲的是科学和救国的关系，然而它同改良主义的"科学救国"论、"实业救国"论、"教育救国"论，是截然对立的。

科学对于人类社会发展的促进作用，主要表现在两个方面：一方面，科学作为生产力，促进生产技术、生产工具、生产方式等的发展，从而推动社会经济基础的变革；另一方面，科学以其思想方法影响人们的世界观和方法论，推动着意识形态的革命。《科学史教篇》对科学的前一方面的革命作用，作了充分的肯定。但是，从当时中国的社会现状和作者当时的政治、思想观点出发，文中更注重于研究并阐明科学的后一方面的革命作用。文章结束部分批判了改良派的"兴业振兵"说后指出，当时中国社会的"本根之要"既不在于"尊实利"，也不在于"摹方术"，而在于迫切需要一种"不为大潮所漂泛，屹然当横流"，"能播将来之佳果于今兹，移有根之福祉于宗国"的人。鲁迅认为，科学有助于造就这样的人："科学者，神圣之光，照世界者也，可以遏末流而生感动，时泰，则为人性之光；时危，则由其灵感，生整理者如加尔诺，生强者强于拿破仑之战将云。"鲁迅这里所说的"人性"，当然有其特定的阶级内容，他把科学看成"人性之光"，强调的是科学在改变人的思想方面的重大作用。这反映了当时中国的革命派，要从西方的自然科学中寻求思想武器，用新的、革命的世界观和方法论来武装国人头脑的迫切愿望，鲁迅并且认为，要达到上述目的，除自然科学外，还应从西方资产阶级民主主义的人文科学和文学艺术中吸取思想营养。在无产阶级尚未以革命的领导阶级登上中国的政治历史舞台，马列主义尚未传入中国的 20 世纪初期；当着中国处于"不变更生产关系，生产力就不能发展"，"没有革命的理论，就不会有革命的运动"，"政治文化等上层建筑阻碍着经济基础的发展"（毛泽东《矛盾论》）的时候，鲁迅的这一思想无疑深刻地反映了社会革命的要求。他不仅看出了"民主"离不开"科学"，更看出了只有争得"民主"才能为科学技术的发展扫清道路。

学习西方的时候，首先着眼于从西方自然科学中吸取一种新的世界观和方法论以武装中国人的头脑，在这一方面，鲁迅与严复有着相似之处，但是，鲁迅所吸取和"消化"的科学思潮，已经突破了机械唯物论和形而上学的局限，反映着朴素的辩证唯物主义；严复则始终束缚于前者之中。鲁迅重视用科学来改造"人性"，其"立意在反抗，指归在动作"（《摩罗诗力说》），走的是民主主义的社会革命的道路；严复主张用科学来"开民智、新民德"，其立意在"民之可化至于无穷，惟不可期之以骤"，终于从

"教育救国"的改良主义，走向了顽固保皇的反动道路。这里反映了20世纪初期，中国人学习西方的两种态度、两条道路的对立。

当时，在革命派对保皇派的政治思想大论战中，以孙中山为首的革命派主要着眼于批驳改良派的政治观点，而无暇顾及思想路线的斗争（孙中山直到1917年写作《建国方略》前后，才着手哲学理论的建设）。革命派中以章太炎为代表的"国粹主义"者，虽然一定程度上觉察到了"三十年"来学习"西法"的流弊，提出了某种思想革命的要求；但是，他们也把"西学"归结为"形质之学"，将其与"精神道德之学"和"国粹"对立起来，主张以前者为"客观"，后者为"主观"加以会通。他们终究未能在思想路线上同改良派彻底划清界限。由此可以进一步看出：鲁迅的《科学史教篇》，不仅对于改良主义思想路线的批判是深刻而有力的，而且对于资产阶级旧民主主义革命的思想理论基础的建设，其贡献也是适时、独特而又杰出的。

鲁迅和中国传统文化

徐斯年

讨论这个问题,有必要对"传统文化"这一概念的内涵略加辨析。高尔泰同志认为,"传统文化"是"专指过去的文化而言",作为"既成的历史事实",它是"不会发生变化的"。"传统文化意识"则"专指现在的文化意识而言",它是一种"企图用过去的某种文化现象作为模式,来规范现代文化"的思潮[1]。贾植芳先生则称前者为"过去时态的传统文化",后者为"现在时"的传统文化[2]。他们的辨析,有助于我们深入、全面细致地探讨鲁迅和中国传统文化的复杂关系。

一

众所周知,鲁迅对于作为现实意识而存在的"现在时"传统文化,终生持猛烈攻击、整体否定的态度(因此在批判中必然涉及"过去时"传统文化的诸多消极面)。之所以如此,窃以为主要原因有二:第一,这种作为现实思潮的文化意识(如"国粹主义""复古主义"),在"五四"以来的中国现代思想史上,是以"精英文化"的姿态出现,而又与政治上的反动势力相辅相成的(如"甲寅"派之于段祺瑞政府)。其影响极大,对新生的、处于萌芽状态的"五四"新文化的危害也极大。当时这一文化斗争,是你死我活的斗争,非以战斗态度对待不可。在此范畴内,鲁迅的斗争态度是既说理,也可以"不择手段",攻其致命之处而不及其余(如《华盖集续编·再来一次》攻章士钊之不学)。第二,这种守旧的、非现代的文化意识,作为群体心理积淀,同时存在于广大群众之中,存在于不能反对、不应打击者之中,存在于"反传统"者自身之中。它作为来自民族及其所有

---

[1] 高尔泰. 文化传统与文化意识 [J]. 读书, 1986 (6).
[2] 贾植芳. 中国新文学与传统文学 [J]. 文学研究, 1987 (6).

个体，甚至融入"生命"的"鬼气""毒气"，是十分可怕的。在这一范畴内，鲁迅主要致力于"启蒙"，坚持不懈地提醒人们认识历史和精神的包袱之沉重，改革之艰难。自己反思，引人反思：不要忘了大家灵魂里都有"鬼"。

儒学制度化，制度伦理化，是中国传统文化的总体特征。在中国历史上，"国家"的形成，似乎并未以地域组织的形式切断社会群体的家族组合关系，而是沿袭、肯定了这种关系。儒学则既反映、又维护着这种关系，从而形成了以"礼"为总体，以"孝"为核心的一系列德目，发展为重群体、轻个人，以"家长"为主轴的向心观念、集权观念和统一观念。对于上述文化特质，至今论者褒贬程度不一；鲁迅则认为，它在总体上已成为全民族的沉重精神负担，是民族文化发展的最强大的现实阻力。因而，他特别注意于挖掘上述文化特质的"根柢"。

剖析儒学的伦理德目时，鲁迅紧紧抓住"孝道"这一核心，认为其要害在于：以亲子关系为"交换关系"（泯灭了"爱"）；以长者本位取代幼者为本位，从而注重过去，轻视将来，长者则只重权利，不尽义务和责任。因而，古来崇孝，实为"逆天行事"，导致"人的能力，十分萎缩"。推及家庭中的男女关系，则有"节烈"观念，而男人要女人守节，皇帝就要臣子尽忠；"长幼有序"，由家庭而及于社会，伦理乃成为制度，制度实亦即伦理。这就是历代帝王之所以或"以贞节励天下"，或"以忠诏天下"，而终于"以孝治天下者"为最多的原因：只有将"忠"归结到"孝"，在上的"治国者"方能使自己永远成为轴心，使自己的欲求化为被治者的意志[1]。这种根于血族关系的伦理或制度，既以一味"收拾弱者"为目的，又可向弱者推卸丧家辱国的罪责，所以鲁迅形象化地称其本质为"吃人"。他曾说自己的《狂人日记》"意在暴露家族制度和礼教的弊害"[2]，我们的研究者往往由于认为"家族制度"并非马克思主义经典著作中所论的封建制度本质，而忽略鲁迅这一自述的深刻意义；其实它恰恰道出了儒学伦理化、伦理制度化的中国封建文化特质，击中了"五四"以来直至当前若干颂扬"传统"者的要害，是鲁迅批评传统文化的最精彩的论点之一。

另一精彩论点则是："中国根柢全在道教。"鲁迅认为，"以此读史，有

---

[1] 参见《坟·我们现在怎样做父亲》，《我之节烈观》，《而已集·魏晋风度及文章与药及酒之关系》等篇。

[2] 鲁迅．《中国新文学大系》小说·二集序∥鲁迅全集·且介亭杂文二集 [M]．北京：人民文学出版社，2005．

多种问题可以迎刃而解"。"人往往憎和尚,憎尼姑,憎回教徒,憎耶教徒,而不憎道士。懂得此理者,懂得中国大半。"而道士思想"与历史上大事件的关系,在现今社会上的势力",实为中国人"研究自己"的"好题目"之一。[1] 他并且认为,道教固然吸取了道家清虚无为等思想,但在整体上、渊源上都有别于道家:道家属于周季思潮之"陈宋派",道教则直承"燕齐派","亦秦汉方士所从出也"[2],道士思想,亦即方士思想。

汤一介先生从宗教史的角度考察道教,曾指出其"'非科学''反科学'的成分和它中间的科学因素""形成了一个极大的矛盾",[3] 李约瑟博士从科学史的角度研究道教,认为其长生不死的概念,在"世界上其他国家没有这方面的例子。这种不死思想对科学具有难以估计的重要性"[4]。鲁迅由道教挖掘"中国根柢",则侧重于考察历代统治阶级为什么从世俗生活的角度出发而特别偏爱道教?他们如何将道教思想与其穷奢极欲的腐朽生活的贪婪欲望融为一体?如何利用它的支撑功能与消解功能?

正如汤一介先生所指出的,"几乎所有宗教提出的都是'关于人死后如何'的问题,然而道教所要讨论的是'人如何不死'的问题"[5]。这一在科学史上具有重大意义的问题,在中国历代统治阶级看来,却是能使其贪婪欲念得到无限满足的一把"金钥匙";服药、炼丹、房中术等具有科学因素的方术,被他们视为合"兽欲"与"仙道"为一的,直接由"人"的世界通向"神"的世界的简易中介。所以,鲁迅在《热风·五十九"圣武"》中指出,"大丈夫当如此也"的"如此","简单地说,便只是纯粹兽性方面的欲望的满足——威福,子女,玉帛,——罢了"。然而,"大丈夫'如此'之后,欲望没有衰,身体却疲敝了;而且觉得暗中有一个黑影——死——到了身边了。于是无法,只好求神仙"。求神仙者,求方士即道士也。何以不求其他呢?儒家讲入世,"不知生,焉知死?"解决不了对"死"的超越问题。释家讲轮回、果报,使人"怖无常而却走"。唯有道教,不仅选择了即便帝王亦无法避免的"死"为其支撑点,而且选择了"欲望

---

[1] 1918 年 8 月 20 日致许寿裳信,《而已集·小杂感》,《华盖集·马上支日记》。
[2] 《汉文学史纲要·老庄》。
[3] 汤一介. 论道教的产生和它的特点//中国文化和中国哲学 [M]. 北京:东方出版社,1987:12.
[4] 李约瑟《中国科学技术史》第五卷《道家与道教》,剑桥英文版。转引自郝勤. 早期道教养生简论 [J]. 中国道教,1987(3).
[5] 汤一介. 论道教的产生和它的特点//中国文化和中国哲学 [M]. 北京:东方出版社,1987:12.

的肯定"来实现其支持功能。阿克顿勋爵云：绝对权势必倾向于绝对腐化。中国古来的大、小"丈夫"们之所以以儒教治世、以佛教治心、以道教养身，即由于在他们看来，唯有后者，才是"绝对腐化"的绝对保证。所以，鲁迅又曾经指出，儒士企图用"天"作为控制皇帝的工具，然而皇帝一旦取得绝对权势，为了保证"绝对腐化"，就会胡闹起来，声称"我生不有命在天"，以至"背天""射天"；而秦皇汉武们虽然屡杀方士，却永远离不开方士思想的控制。

至于道教的清虚无为思想，在鲁迅看来，则成了"中国人"的一条"败亡的逃路"：所以"轻物质"者，即因"失物质"也；这是"重物质而疾天才"的传统文化水晶球的另一面。"狂赌救国，纵欲成仙，袖手杀敌，造谣买田"而无成，就只好"外洋养病，背脊生疮，名山上拜佛，小便里有糖"[1]了。这里所揭示的文化心理支撑功能，是把最腐朽的和最洁的，最兽性的和最神性的，最卑怯的和最崇高的，以最廉价的方式统一起来而得以实现的；而其消解功能，实际是以"超脱"来固守腐朽的价值观念（所以鲁迅曾指出，对于大、小"丈夫"来说，最惨的不是丢官，而是"谋隐谋官两无成"[2]）。

如果从宗教史、哲学史、科学史的角度考察，鲁迅关于道教的见解显然具有很大的片面性。上述角度不是鲁迅的出发点。他是把道教作为典籍文化、宗教文化与行为文化（或称"现实文化"）的契合部，从而以后者为重点，剖示传统文化中"恶"的本质和根柢。这种方法是独特而击中要害的，这种剖示是入骨三分的。

二

对于作为历史存在的"过去时"传统文化，鲁迅从未采取虚无主义的"全盘否定"态度。早期，他曾指出："文明无不根旧迹而演来。"因而新文化必然对传统有所承继。这种承继，在积极意义上是"苏古掇新"，取为裨助，在消极意义上则是脱其束缚，防止"矫往事而生偏至"。后期则一再指出：新文化"总承受着先前的遗产"，因而对旧文化必然"有所承传"，也

---

[1] 分别见于《准风月谈·中国的奇想》，《伪自由书·天上地下》。
[2] 《且介亭杂文二集·隐士》。

"有所择取";[1] 并且提出了对外来文化和传统文化皆应取"拿来主义"的著名主张。"五四"时期他固然对"全盘反传统"的思潮有所认同,时发偏激之论,但对于"过去时"传统文化的上述态度而言,并未发生"断裂",反映在其"显示的、有意识的"思想层次[2],不仅见诸学术事业,而且也见诸论争文字(如《坟·看镜有感》等)。因而,鲁迅对"过去时"传统文化的态度和观点,有其一贯性。人本主义的价值体系,则是鲁迅评估传统文化的主要参照系统,因为"我们继承着人的过去,也爱人类的未来",择旧、创新的出发点是"人",必须立足于"人间"。[3]

鲁迅认为,传统文化的优秀内容,皆植根于相对健康的人性,表现为相对热烈的"人间性"。《破恶声论》(《集外集拾遗补编》)中斥维新派"志士"浅薄的"反迷信"行为时曾经指出:中国初民,"其所崇爱之溥溥,世未见有其匹也",且"中国人之所崇拜者,不在无形而在实体,不在一宰而在百昌,……顾瞻百昌,审谛万物,若无不有灵觉妙义焉,此即诗歌也,即美妙也,今世冥通神闷之士之所归也"。因而,反映在民俗范畴的若干"迷信"之"迷",实"乃向上之民,欲离是有限相对之现世,以趣无限绝对之至上者也"。鲁迅认为,"苏古掇新",就是要唤起、发扬这种日渐淡薄的民族"气禀",而这种气禀,至今犹存在于刚健、清新的民间文化之中,埋藏于朴野之民的心灵。(后来他虽致力于攻击、发露"国民性"的痼疾,但上述观点并未改变。)当时,对于世界大潮他寄希望于西方的"新神思宗",实则包含着借外来之良规,复古国之"本性"的论点。[4]

综观鲁迅关于"过去时态"传统文化的论述,他对宋以前的中国文化(近人或称"长安文化")颇为首肯;宋以后(即近人所谓"汴梁文化""北京文化"),则被视为"屠王""屠奴"文化。前一方面,集中体现于鲁迅关于"汉唐气魄"和"魏晋风度"的论述。

---

[1] 参见《坟·文化偏至论》、《且介亭杂文二集·〈全国木刻展览会专辑〉序》、《集外集拾遗·〈浮士德与城〉后记》、1934年4月9日致魏猛克信。
[2] 林毓生先生在《中国意识的危机》一书中,将鲁迅思想分为三个意识层次加以考察。这三个层次是,显示的、有意识的层次(包括争论的、学术的、文体的、个人和美学的四方面),隐示的、未明言的层次(主要见诸创作),下意识的层次。他认为鲁迅对传统的认同,主要反映在后两个意识层次和前一意识层次的学术方面。
[3] 《集外集拾遗·〈浮士德与城〉后记》。
[4] 林毓生先生认为,鲁迅早期既反对国人之唯西方是务,自己却又推崇"新神思宗",因而陷入"悖谬",金宏达同志在《鲁迅文化思想探索》一书中则认为《破恶声论》对"反迷信"的批评属于思想局限。二说皆不敢苟同。

在鲁迅看来，汉唐文化之"闳放""雄大""豁达""自信"，首先根于国力的强盛。"人民具有不至于沦为异族奴隶的自信心，或者竟毫无想到"[1]，因而在文化心态上也就具有"俘彼"而用之的气魄，绝无"为彼所俘"的恐惧。其次，健康、闲放的文化，总是与人的自我价值的发现和肯定，与"人的觉醒"，与突破樊篱的自由精神相联系的。他在《汉文学史纲要》及《而已集·魏晋风度及文章与药及酒之关系》诸篇中指出：西汉文化产生于大一统的相对安定的局面，由"雄主""骛士"为集中体现，而浸及于全社会。它那充盈、丰沛的风格，包蕴着"精力弥满，不惜物力"[2]的精神，表现着对人格力量的强大自信。魏晋文化承绪东汉，其走向则是自下而上的趋势，以个性的自觉和文学的自觉为其特色。魏晋风度的"清峻""通脱""师心""使气"，都出现于王纲解纽的背景之下，是对西汉文化总氛围的一种反拨。传统文化的发展包含着"否定之否定"的过程。王纲解纽又导致外族入侵，然而这种"乱世"又为新的民族文化之融和创造了条件，其发展成果即盛唐文化。鲁迅在反思中国文化的上述历史时，采取了两种"算总账"的方法：（一）立足于现代的"人之价值"，必须从总体上否定封建文化的价值（就如此而言，"盛唐""炎汉"，亦无非"暂时做稳奴隶"的时代）；（二）着眼于全民族的历史，他则从整体上肯定上述"长安文化"，因为这是中华民族不失自信力的时代。鲁迅还指出，"汉宫"多"楚声"，六朝"会小乘佛教亦入中土"[3]，唐则大有"胡气"。"长安文化"也是华夏民族与非华夏民族文化融合的产物，而上述历史时期母体文化本身是健全、豁达的，所以不仅具有开放的精神，而且具有强大的消化力。

鲁迅对"汉唐气魄"和"魏晋风度"的考察，既未采取"非此即彼"的形而上学方法，也未采用庸俗社会学"两种文化"的划分标准。即使后期接受了"消费者的艺术"和"生产者的艺术"之"二分法"，他仍认为"创业的雄主，胜于世纪末的颓唐人"[4]，因而未将历史唯物主义视为人本主义价值体系的截然对立物。

对于宋代以后文化遗产中具有人本主义因素的某些部分，如明代的"言志"文学等，鲁迅亦持肯定的态度。因而，在鲁迅看来，中国传统文化

---

[1]《坟·看镜有感》。
[2]《华盖集·忽然想到（一至四）》。
[3]《中国小说史略·六朝之鬼神志怪书（上）》。
[4]《集外集拾遗·〈浮士德与城〉后记》。

中具有正面价值，值得后人承继的部分，基本形成了下面这样一个继时性系统：

健康、质朴的初民文化（作为共时性存在，则表现为后代的民间文化）—先秦诸子中的有价值部分（其中，鲁迅对于墨子极少言及）—汉唐"长安文化精神"—宋以后具有人本主义精神的非正统文化。

这一系统不同于儒学系统，是一个"非儒学系统"。

即使对于儒学，作为"过去时态"传统文化考察时，鲁迅亦不采取简单的"全盘否定"态度。例如，他曾指出：先秦三显学之一的儒家，是"欲尽人力以救世乱"的，其学术思想"崇实"，人生态度"进取"，是"'知其不可为而为之'的事无大小，均不放松的实行者"；"孔夫子漫游一生，且带了许多弟子，除二三可疑之点，大体还可以"；孔子在巫鬼势力旺盛的时代，偏不肯"随俗谈鬼神"，"确是伟大"，等等。[1] 因此，鲁迅对中国传统文化的态度和估价，片面性或有之，盲目性则无之。

三

作为代表着"五四"精神的杰出思想家，鲁迅既对中国传统文化有着清醒的认识，又在某些方面不可能摆脱传统的困制。对于后一情况，亦须进行具体考察。

林毓生先生曾经通过深刻的分析指出，鲁迅和"五四"新文化运动的其他先驱者，均未脱出"借思想、文化以解决问题"这一"儒家传统的'整体性思考模式'"[2]。之所以如此，窃以为还有三点原因：（一）中国近现代文化思想运动本身的局限。这一运动虽然产生了包括鲁迅在内的许多启蒙思想家，却既未能产出中国的亚当·斯密，亦未能产生出中国的百科全书派，对此，除了从传统文化的困制角度剖析外，还值得从其他角度进行深刻反思。（二）鲁迅本人作为一个"个体系统"，其文化、心理方面的"前结构"决定其职业选择、思维定向必然倾向于精神文化领域。就此而言，"弃医就文"不仅是为了救国治人，也是实现了"优化自我定位"。然而，这也决定了他从思想、文化角度思考问题的"模式"；对此，鲁迅后

---

[1] 参见《汉文学史纲要·老庄》、《且介亭杂文末编·〈出关〉的关》、《而已集·反"漫谈"》、1934年6月7日致增田涉信、《坟·再论雷峰塔的倒掉》。

[2] 林毓生. 中国意识的危机·鲁迅意识的复杂性 [M]. 贵阳：贵州人民出版社，1988.

来是有所自觉的。(三)早期接受"新神思宗"影响,提出"培物质而张灵明,任个人而排众数",忽略了中、西文化之间所存在的"错位"现象:虽然双方皆有"尚物质而疾天才"之弊,中国却尚未经历借自由经济以实现个人自由的过程。后来贯穿鲁迅一生的改造国民性的思想发端于此,但有发展,具体表现为常有不相信借思想、文化能解决中国问题的论述。因而,"五四"以后鲁迅在思想上既受林先生所说的"整体性思考模式"的制约,又存在着突破这一制约的不断努力。

诚如许多论者所指出的,鲁迅在其思想的显示意识层次所表现出的反对旧道德的彻底性,与他在生活实践中对旧事物的某种"妥协",往往形成明显的矛盾。应该注意的是,这种"妥协"往往是针对弱者的,例如人们常引以为例的对母亲的孝以及和朱安的婚姻;然而人们往往忽略了这种"妥协"背后所隐藏着的对于弱者生命价值的肯定和尊重,忽略了其中博大的人道主义精神。(对此,鲁迅在《且介亭杂文末编·我要骗人》和《热风·四十》中均有剖示。)此类"妥协"还往往反映着鲁迅对中国现实的清醒认识:《且介亭杂文·病后杂谈之余》述及绍兴府中学堂的"剪辫风潮"时,曾解释为什么自己既认为"没有辫子好",却又劝学生"不要剪"的原因:"'言行一致',当然是很有价值的,……但他们却不知道他们一剪辫子,价值就会集中在脑袋上。"对于此类问题,今天的某些青年读者,也是往往忽略的。鲁迅的上述"妥协"之中,还包含着极为复杂、丰富的精神、情感内涵,也未尝没有传统的"行径"和"从权"意识。这些都值得研究、体味。但有些人企图借此"骂倒"鲁迅,如果不是对历史缺乏了解,就是暴露出了自己的浅薄。对于这种"彻底的革命论者",鲁迅早就"画"过"像"。而他们的重新出现,则值得人们深思。

论九十年代报告文学的批判退位

范培松

批判失踪：鲜花香水何时休

这不是错觉：在 20 世纪末，当散文轰轰烈烈地大爆炸时，报告文学却一直萎靡不振。人们还记忆犹新，从 20 世纪 70 年代末到 80 年代，报告文学是何等辉煌：哪里有不平哪里有抗争哪里有危险，哪里就有报告文学。一篇《哥德巴赫猜想》，就是一篇解放知识分子的宣言书。报告文学成了大众的希望，成了人民的精神支柱。可是，当历史翻到 90 年代，在报告文学的园地上，虽则，还不时冒出一些关注时局的力作，如对不正之风的批判，对社会重大问题的解剖，等等，但是，不可否认，报告文学在变革的浪潮中，进行着一场"甜蜜"的蜕变：变色变性变味，正在趋向甜蜜化，哪里有金钱哪里有买卖哪里有甜蜜，哪里就有报告文学，报告文学几乎成了广告成了侍女成了欲望的代名词。不仅读者对它不屑一顾，甚至连他们歌颂的主要对象企业家也对它避犹不及。20 世纪初才诞生的报告文学，就在"甜蜜"的诱惑下，甘愿走到被人们遗忘的角落里。

或许有人不同意我的估价，那我们就先打开某学会在 90 年代编辑出版的改革大潮报告文学大型丛书，皇皇十余卷，数百万字。他们为此"丛书"组织了权威性的编委会，投入最强的编辑力量，由全国权威出版社出版。我并不怀疑这些作者的真诚和神圣，但是，看着站在这皇皇巨著里的一群金光闪闪的巨人们，不难得出如此的结论：由权威代表组织的权威编委会，并由权威出版社出版的代表 90 年代的权威报告文学，大多是洒香水、抛鲜花、送光圈、唱颂歌。再看某刊物一向倡导报告文学，它在 1990 年共发表 19 篇报告文学，除了少数篇章外，都是为各种各样的人和事唱颂歌。1996 年全年也发表了 19 篇报告文学，颂歌依然是大多数。各种类型的全国报告文学评奖活动中的获奖作品，又大多是慷慨地赐给了颂歌。

报告文学成了颂歌的天下，它远离现实，漠视民生，放弃批判。

写到这里，必须郑重声明：颂歌可以唱，在当今改革开放的时代里，可歌可泣的事层出不穷，笔者无意要对哪一篇具体作品予以否定，但就报告文学这一特定的文体来说，笔者只是想提醒人们这样一个历史事实，当今这些颂歌式的报告文学，它们和报告文学诞生的初衷以及本性是离得那么遥远。

说到初衷和本性，报告文学是生于批判长于批判。报告文学奠基人捷克作家基希把报告文学称为"艺术地揭发罪恶的文告"。他说："报告文学作家的作品，不仅对于世界的剥削者说来，即对于作家自身，也是一种容易招致危险的东西。"[1] 他对于报告文学的特性鲜明地强烈地表达了这样的观点：一是揭发和批判现实中的痛苦、罪恶和不平，二是艺术的文告。基希为了强调报告文学的批判属性，又特别以描写锡兰为例，那些描写锡兰的游记都是写锡兰"珍珠岛的美丽"，但现实却是"丑恶的"，"可厌而又可怖"，要把它揭露出来的任务就落到报告文学肩上。正是批判把报告文学和游记等文学样式划清了界限，也正是批判把新闻的真实效应和文学的审美功能黏合起来，合成了新的文学样式——报告文学。报告文学是三合一：新闻、批判和文学。它的天性、本性应该是并且只能是：批判。没有痛苦没有罪恶没有不平，也就没有报告文学。从某种意义上说，它是一座炼狱，它和一切丑恶的东西为仇，是有锋芒的文体，闲适与它无缘，拳头枕头与它无缘，风花雪月与它无缘。它是带有悲剧性的文体。茅盾曾提出：报告文学应该"不以体式为界，而以性质为主"。对"性质"，他斩钉截铁地说："报告作家的主要任务是将刻刻在变化、刻刻在发生的社会的和政治的问题立即有正确尖锐的批评和反映。"[2] 一篇报告文学就是一面批判的旗帜。

而今，报告文学成了可爱的安琪儿，它从批判者蜕变成教堂里的合唱队的歌手，唱赞美诗成了它的天职。

批判退位，这就是90年代的报告文学创作的现状。人们充满忧虑地期盼着：报告文学鲜花和香水何时休？！

批判退位：自弃的无奈选择

报告文学批判退位，是由于报告文学作家的精神蜕化、软化。

---

[1] 张德明. 中外作家论报告文学 [M]. 昆明：云南人民出版社，1985：276.
[2] 张德明. 中外作家论报告文学 [M]. 昆明：云南人民出版社，1985：26.

人们记忆犹新,"文革"结束,文艺界躁动着觉醒和理性的批判精神,一些忧民淑世饱经风霜的作家迅速重新捡起"文革"中被糟蹋的文本样式——报告文学,恢复了它的批判本性。由于报告文学是处在"新闻"与"文学"之间的灵动的双向边缘文体,艺术的批判使得新闻的特指真实性披上绚丽的文学外衣,激活了文学的现实主义传统,现实主义传统的本质是批判的,报告文学正是通过批判成了恢复现实主义的报春鸟。《哥德巴赫猜想》就是一个范本。选择陈景润作为报告对象的本身就是一种批判一种无畏,陈景润是是非,是所谓"白专典型""寄生虫""剥削者"。文章尽管采用纵的立传式的报告来写,但每到关键处的批判毫不含糊,诚然批判是艺术的:一方面以形象的笔墨再现陈景润长期在压抑的环境中成了"一个踽踽独行,形单影只,自言自语,孤苦伶仃的畸零人,长空里,一只孤雁",这一形象就是对社会长期不重视人的价值的无形批判;另一方面,作者又利用可以直接站出来指点的特权,对"文革"发出了"中国发生了内乱,到处是有组织的激动,有领导的对战,有秩序的混乱的"批判。陈的生活显示了一代知识分子的人的尊严被践踏。批判的目的是坚持了真实陈景润这一特定的新闻人物的真实。陈景润的挺起使得千万个知识分子乃至整个"人"的挺起,人的价值又成了主题,人文精神借助报告文学的批判奇迹般地复活了,新闻、文学和批判达到了完美的统一。批判使得报告文学拒绝浪漫,它永远是现实的忠诚儿子。当时的报告文学作家在批判的空间中获得了丰富的灵感,变得如此超凡脱俗:他们是成了"主人",因为是主人的专利;他们坚持对全局环境的忧虑和关注,追求崇高追求精神纬度;他们执拗地提供和追求终极价值、目标和信仰,坚持理想坚持意义。报告文学为此也独领风骚。

但当 90 年代拉开序幕时,报告文学作家面临的现实就有些尴尬:昔日红极一时的富有批判的问题报告文学、社会报告文学景观犹如散市的庙会,很快成为明日黄花。现实的挫折使他们产生幻灭感,他们感到昨天的自我的叱咤风云,是缺乏自知之明,对虔诚地信奉过的东西又不得不心生怀疑。他们有些手足无措,原来是知其不可为而为,现在是知其不可为而不为,即无奈地无所作为,他们自认为是过了时的理想主义者。自动放弃批判——成了报告文学作家的世纪病。报告文学作家徐迟的变化也多少证实了这一点。50 年代,徐迟就活跃在报告文学园地上,1956 年,他对"尖锐地批评生活,揭露生活中的不合理的落后现象"的批判性的报告文学满腔热情地用"显露了特色"予以肯定[1]，显示了他的批判的风采。70年代末，他的《哥德巴赫猜想》敢于把一个长期被政治踩在脚下的罪人，奉为英雄予以歌颂，矛头直指"文化大革命"，成为家喻户晓的名作。但当90年代的序幕拉开时，他在全国报告文学颁奖大会上的发言尽管慷慨激昂，短短几百字，颂扬报告文学是："新时期的文学""新社会的文学""走在文学的前列的文学""一年之计在于春的文学""一日之计在于晨的文学""报晓的文学""曙光的文学""晨报的文学""新新闻的文学""晚报的文学""最后的讯息的文学""新的文学""美的文学""坚定信心的文学""纯洁信仰的文学"和"崇高信誉的文学"等[2]，含糊的十六顶高帽子，是三分有意回避，三分无心无力批判，三分的无奈，实在令人难以在他身上再找到那昔日的动人的批判风采。另有一些擅长批判的报告文学作家出走的出走，退隐的退隐，90年代的报告文学的文坛上出现了集体的自弃和集体的"缴械"。

自弃有其文化背景，不妨审视一下90年代的精神和文化大环境。80年代初，一些报告文学作家是如此满怀激情地呼喊，是那样自信：中国的文化必然会融入世界，实现现代化，批判会愈来愈被社会所容纳，批判的正常开展也确是社会文明的标志。但是，90年代的中国市场经济的勃兴，知识分子精英们所憧憬的中国文化现代化，却以十分世俗的方式抢占了精神阵地。在文化领域里出现了所谓后现代主义者，他们摆出宽容的姿态，消解中心，拆除深度，嗜好不确定性，公然提倡知识分子放弃批判使命，平息反思的冲动，和现实中的恶势力妥协。知识分子发生了分裂，价值观的多元化蜕变，精英文化感到被遗弃和愚弄，人文意识的泯灭，神圣感的消失，使得报告文学作家处于这样的迷离状态：他们既失去了批判的目标，也失去了批判的原动力。报告文学对王守信的批判在80年代可以称得上是一件大快人心的事，富有讽刺意味的是90年代，一些比王守信还要王守信的人，借助王守信的种种手法，呼风唤雨，这一切居然可以冠冕堂皇通过报告文学的装扮，使之变成英雄让人顶礼膜拜，沈太福、禹作敏就是这样奇迹般地成了英雄。导演十亿元大骗局的北京长城机电科技产业（集团）公司的总经理沈太福曾豪迈地宣布：从中央到地方，主要的电台、电视台

---

[1] 徐迟. 特写选 [M]. 北京：人民文学出版社，1957：4.
[2] 中国作家协会创作研究部. 1990—1991全国优秀报告文学获奖作品集 [M]. 北京：作家出版社，1993：1.

及报纸和通讯社,没宣传、介绍过长城集团的恐怕不多了。[1] 只要稍微有一点良心的报告文学作家对此都会感到沮丧——报告文学的批判被迫退位。

对生活的迷离,更深层次的影响是使得报告文学作家面对市场经济的泡沫,失去了坚挺的精神支柱。昔日的信仰、英雄在形形色色的炒作和包装结出的众多的伪果面前,也显得苍白和乏力,没有英雄的社会患上了爱的恐惧症——既不知道爱什么,也不知道怎样去爱,更不知道用自己的生命去爱。批判源于爱,批判离不开爱,富有批判的报告文学作家应该有一颗炽烈的爱心,我国报告文学史上的那些敢于批判的作家正是怀着对人民对信仰对真理的爱,才把个人置之度外,去批判那些丑恶和落后的东西,报告文学作家对丑恶和落后的"遏制不住的愤怒的激情"来源于"对新生活的热爱"[2]。无爱无恨,最终泯灭的是自我,其后果是既缺乏对社会专注的热情,又没有对社会干预的决心,自弃似乎抛弃的是批判,但最终抛弃的却是自我。

报告文学作家的自弃还和读者紧密相关。90年代国内发生了所有制的转制,个体化在一定程度上是人的解放和精神独立的灵丹妙药,人们在世纪末,终于能够"我是我"了。价值观的解构,躲避政治,远离主义,对理想和崇高不屑一顾,厌恶批判,成了风尚。报告文学的批判失去了忠实的读者,失去读者的报告文学作家又不愿成为整天重复"我真傻"的祥林嫂,自弃也就成了他们的最佳选择。

批判退位,作家自弃,于是金钱粉墨登场。90年代的经济迅速发展,物质的极大丰富,也销蚀了人们的灵魂,道德沦丧、唯利是图、人欲横流,导致90年代初期、中期,金元新闻猖獗。1993年5月19日《香港联合报》发表的一篇题为《记者不耐清贫金元新闻风行大陆》的文章对大陆的新闻作了这样的描绘:"新闻行风日下,金元新闻风行,已经尽人皆知,当局三令五申,公众呼吁连连,但究竟会走到何种地步,多数的人只有表示悲观。"无孔不钻的人们,在报告文学的历史中,找到了谋生和赚钱的本领,于是,不管是写过报告文学的还是没有写过报告文学的统统粉墨登场,报告文学成了摇钱树,商品经济发展居然为报告文学准备了另一支队伍。事情虽然并不可怕,因为艺术是亵渎不得的。但是,最差劲的充满激情来分泌激情,毒化着人们的灵魂,败坏着人们的胃口。人们整天被它们包围着,

---

[1] 吴海民. 中国新闻警世录 [J]. 中国作家, 1995 (3): 93.
[2] 徐迟. 特写选 [M]. 北京: 人民文学出版社, 1957: 4.

也实在难受。读者对报告文学的怨怒和抛弃,其源盖出于此。

批判变异:泛批判的状态报告文学疯行

唯有泛批判的状态报告文学能与"最差劲的分泌的激情"相抗衡,它们多少给90年代的报告文学带来一点安慰。

它们真酷,在90年代的报告文学的文坛上独领风骚,如《共和国告急》《落泪是金》《生死一瞬间》《龙门圆梦——中国高考报告》《中国新闻警世录》《走向伯尔尼》《忧患千百万》《中国山村教师》《雇工世界》《疯狂的盗墓者》等就是代表。在各种评奖中,它们也屡屡获奖,如《共和国告急》《雇工世界》《疯狂的盗墓者》等均获得过国家奖。

应先对泛批判的状态报告文学做一界定:它一是面向全中国,泛指全中国,常把中国的同一类型的(如高考、雇工等)材料集纳起来,加以报告,题目大多可以冠之以中国,如中国矿产资源破坏(《共和国告急》)、中国贫苦大学生(《落泪是金》)、中国的高考(《龙门圆梦——中国高考报告》);二是重展示,重揭露,重状态描写,它不是特指某人某事,而是泛指一类事,一篇泛批判的报告文学就是一座展览馆,常常要揭露或报告上百个乃至数百个事例,用地毯式的轰炸来吸引读者的目光,所以,我们把它称之为状态报告文学,它通常以长篇为主;三是作者有忧患意识,有批判性,但由于它的批判不是特指某人某事,而是泛指一类人和事,我们称它为泛批判。80年代此类报告文学已出现,如写中学生的早恋等,已受到人们的注目。

如何评估泛批判的状态报告文学,笔者的心情也十分矛盾和复杂。这些作者具有忧患意识,当颂歌遍天响的时候,他们皱着眉,冷眼看世界,思考着人生,想为社会的改革做出自己的努力。从风格看,作品大多慷慨激昂,指点江山,具有一种悲烈的骑士风。但是,把它放到整个社会和文坛的大环境中来考察,我们又可明显看到它的不足和缺憾。

不能抽象地论批判。基希对报告文学的批判曾如此规范:"非有毫不歪曲报告的意志,强烈的社会感情,以及企图和被压迫者紧密地联结的努力的三个条件不可。"[1] 概括起来是"伸张正义"。它和批判者的主体紧密相关,关乎批判者的精神向度和灵魂的纯度。同时批判也必须接受客观制约:

---

[1] 张德明.中外作家论报告文学[M].昆明:云南人民出版社,1985:6.

服从和服务于维护国家和公众的利益。80年代的报告文学作家崇尚批判，是把报告文学当作精神圣战的武器，他们要报告文学正本清源，实现自己的理想。虽则有点不自量力，但他们是自觉的精神流浪者，敢于面对焦点、热点，置身于是非的漩涡之中，把它放到中国的大环境中，以执拗的自觉的批判精神来思考，使得报告文学有一种形而上的批判的精神和理念在熠熠闪光。他们在新的启蒙中充当了先行者。但是，泛批判的状态报告文学，他们虽然面对现实，苦苦地收集了不少的点，但忙于展览，热心摆摊，把他们苦苦收集来的阴暗的落后的东西展示出来。轰动一时的《龙门圆梦——中国高考报告》堪称泛批判报告文学的代表作。它摆开架势，纵横交叉，从孔夫子写到邓小平，九章三十余万言，集纳了数百个事例，展览"黑七月"高考给社会带来的压抑、困惑乃至带有血腥味的恐怖。但它面临这样的尴尬：数百个事例蕴含多元价值取向的汇聚，使得作者的报告逻辑和批判思维不时陷入矛盾。开首描写的两个金龙的故事（在"文革"中，同村异姓的两个金龙条件相仿，一个金龙因有伪保长的亲戚未进入大学，另一个因有当官的亲戚而进入了大学。落选者心态失衡，为使儿子考上大学，不惜贩毒被判死刑，监斩官恰恰就是入大学的金龙，死刑犯金龙临刑前乞求监斩官金龙，要他劝告其子一定要考上大学），以及黄蓓佳、陈建功等成功人士通过高考进入大学的事例，似乎是证实现行高考制度的必要和成功；第三章第三节"全城戒严"中描写北京从警察到民众整个社会对高考的自觉的支持，以及洪水灾区政府为保证考生及时参加高考，下达特别战书，这一切又似乎显示了高考深得民心；以上这些和文中重点报告的"黑七月"高考出现的血书、血墙，乃至自杀、凶杀带有血腥味的恐怖事例夹在一起，必然成了石头、剪刀、布的相克和不协调。文中还巧妙地夹进诸如亿万富翁张燊因违反当时的高考有关规定，虽然录取北大仍被除名，最后通过奋斗获得成功的事例，它和报告重点不能说没有关系，但总令人不免恍惚而生错觉：作者在借展览之机是否也在巧妙地送鲜花洒香水？正是这种商业心理和思维，使得泛批判陷于混乱，导致作者思想不足，精神疲软，乃至最后结论成了虚拟，作如此提升——新世纪高考宣言：来年不考试；结论非常明确：中国高考终将被取消，这是我们在新世纪里完全能够实现的目标。[1] 这一明确的结论固然是作者的一种真诚理想，但是，我们只要稍做推理：在当今法制不健全，权大于法，钱可通神，高考取消，

---

[1] 何建明. 龙门圆梦——中国高考报告 [J]. 中国作家, 2000 (5): 211.

这将意味着什么，其后果我看不会比"文革"的工农兵推荐好多少。幸而，读者知道这篇报告文学是为考生诉诉苦，至于取消高考乃是遥远的想象，不会动真格，平静得很，如果国家真的采纳作者的意见，明年取消高考，后果会怎样？中国如此大，这里那里的问题集中起来，确实可以触目惊心。但反过来，我们如果把全国各地得益于高考的例子集中起来，写一篇报告文学，效果又会怎样呢？别的不说，在它面前，基本上实现了人人平等就是不能怀疑的事实。所以，这篇报告文学的否定结论成了富有浪漫色彩的海市蜃楼，它能否为现实和读者所接受，恐怕是个问号。展览固然有警示作用，但没有形而上的正确的概括和提升，又常常令人失望。

泛批判的关键在于泛的运作，虽以批判为轴心，但其矛头所向是泛指，对象的泛化，可以减少许多不必要的麻烦，或许这是报告文学作者的一种自我保护，但是批判的目的是伸张正义，和扭住特指对象、聚焦焦点的人和事的报告文学相比，泛批判的状态报告文学的危险性和伸张正义的效果也就大打折扣了。再和当今传媒中的面对特指的对象进行批判的"焦点访谈"相比，也逊色得多。泛指和特指的区别在于，写泛批判的状态报告文学的部分作家缺乏自我拷问的体验和勇气，对报告对象没有认同体验，缺少情感投入，他们是旁观者，近乎是用零度感情来报告，多少和报告对象保持一段距离，这和80年代的批判性报告文学的作家深深卷入是非漩涡，或是坚定地和报告对象捆在一起，或是和报告对象对着干相比，批判力度相差甚远。再者，我们也不可排斥，"泛"中还蕴含着某种商业泡沫和炒作运作，把整个中国的某一方面的落后面阴暗面拿出来展览，这应该说是很刺激的，对读者有天生的吸引力，它具有市场效应，出版商是无孔不钻的，他们站在泛批判的状态报告文学的后面，大概也是泛批判的状态报告文学兴旺的一个原因。因此，我们必须强调，报告文学的批判具有孤独性，它唯有排除泡沫和炒作，才能使自己成为一种命运、一种信仰、一种倾向的象征。

泛批判导致了报告文学批判的钝化，固然可以从策略改变来对它评估，但不可否认，这是批判的变异，它的钝化，也是一种缺席和退位。

挤出批判：《哥德巴赫猜想》的美丽误导

90年代报告文学的批判，还被一些挤进报告文学门户内的非报告文学挤走了。

溯源还要回到《哥德巴赫猜想》上。它的发表是一个标志。犀利、形象的笔调，恢复人的尊严的主题，引起社会的轰动，随之形成了报告文学热，成为20世纪报告文学发展史上的重要里程碑。但是，也不可否认，在20世纪末的报告文学发展史上，它也产生了美丽的误导。

误导之一：报告文学的真实性是什么？

简直有些不可思议，正当《哥德巴赫猜想》红遍天的时候，徐迟在演讲和文章中，宣称文中的得意之笔即在陈景润厄运之时，李书记拿着一篮水果去探望，是"故弄玄虚，用了一点沙粒"。这就是有名的"略有虚构"说。当时以黄钢为代表的一部分作家和理论家，和徐迟针锋相对，提出报告文学要"完全真实"，这就是"完全真实"论。双方开始了论战。其实，这是老掉了牙的问题，早在50年代就争论过，1963年《人民日报》、中国作协主持的报告文学座谈会纪要对此作了结论。但双方争来争去，争不出结果。原因很简单：双方都离开批判来论真实，不敢涉及批判这一敏感话题，怎能讨论出结果呢？

报告文学的真实的最大极限是批判的真实和真实的批判，最高境界是批判的艺术和艺术的批判。对于报告文学作家来说，批判的真实和真实的批判、批判的艺术和艺术的批判是写作的最纯动机和最高理想，除此，"略有虚构""完全真实"都会变得毫无意义。

误导之二：报告文学该不该面对现实？

这是常识，报告文学必须面对现实。报告文学的批判有时效性、规定性，必须对现实作出批判反映，它的危险也正在这里。《哥德巴赫猜想》的非凡和魅力正是由于它的批评锋芒毫不含糊地直指当时的现实，尽管这个批判现在看来有些可怜，还为"文化大革命"涂上几笔美丽的油彩，但其批判是认真的、严肃的，是和广大人民的心相通的，人们从中看到了希望。

在写法上，它却是采用传记文学为传主立传的写法刻画陈景润。文章从陈景润童年写起，历史内容占三分之一。这本来是可以的，它毕竟还是以写现实为主嘛。可是，之后的报告文学发展，很快地以它为榜样，出现了两种倾向：一是写人必从娘肚里出来的第一声啼哭写起；二是对历史上的重大事件进行曝光，大地震，红墙内外，伟人逸事，战犯今昔，等等，都成了报告文学的热门话题。于是，传记文学、历史纪实文学统统涌进了报告文学，硬拖报告文学离开现实，离开现实必然挤出批判，《哥德巴赫猜想》多多少少又是始作俑者。

误导之三：报告文学是歌颂还是批判？

《哥德巴赫猜想》确是从正面歌颂先进人物、先进事迹入手，但是，70年代末的特定历史环境，是"文革"的幽灵还在大地上游荡，作者面对幽灵以正面歌颂来进行严肃批判，这是天才的创造！它形颂而实批，读者也心有灵犀一点通，从正面文章里看到射向幽灵的子弹，这是20世纪文学欣赏史上最生动最热烈的一次作者和读者的心灵契合，促成这次契合的功臣就是批判。

但是，它毕竟是颂歌，它唤起了有颂歌癖的人的激情，多少天真地想涉足报告文学的后来者也都把它奉为楷模，他们只见形颂而忘实批，于是，美丽的误导，当今的颂歌泛滥不能说和它没有关系。

三种误导，后果只有一个：淡化批判。

报告文学必须进行文体的形式革命，必须从根本上严肃它的文体观念。作为一种文体，报告文学有它特定的话语秩序所形成的文本体式。它折射出作家的独特的精神、个性和体验。我们应该充分注意基希对报告文学的界定，他为了突出报告文学的批判特性，用分的办法，即把它和游览指南、旅行速写区分开来，以批判来塑造报告文学的文体形象。这种分，对报告文学这一文体来说是一种进步。20世纪30年代我国报告文学的兴旺也证实了这一点。而后来的报告文学作家和批评家却用合的办法，把它和通讯、游记、传记等合起来，以此模糊它的本性，80年代出版的几十卷中国报告文学丛书，就是模糊报告文学本性的代表作，它把通讯、游记、书信、传记统统往里合，我们当然不可以简单地以分和合来论是非，但这种合，不能不说是对报告文学文体本性的一大消解。

报告文学文体门户必须进行清理。

颂歌不是报告文学。但报告文学不拒绝颂歌，颂歌必须以深刻的批判内涵作为脊梁。没有批判内涵的颂歌应该由通讯、游记、传记等来承担。

重在为人物立传的不是报告文学。这类作品有很好的归宿——传记文学，可是当今很多作者偏偏要把它署为报告文学，如写伟人毛泽东、写科学家、写各类明星的，等等，都明白无误地标明报告文学，实在令人费解。

写历史题材为主的不是报告文学。现在，各类历史事件都在浮出水面。如唐山大地震、战俘在俘虏营里的生活、南京大屠杀、历史上的伟人交往等的再现，受到人们的欢迎。这类作品是地道的纪实文学，不应和报告文学混在一起。

报告文学急需形式革命。我们历来轻视形式，当某种形式成为文体的桎梏时，只有形式革命才是复活灵魂的最有效的手段。我们至今还记忆犹新，80年代的散文一直在杨朔所设置的"景—人或事—理"里"推磨"。90年代的散文转机正是借助了形式革命，一方面贾平凹以劫了一回法场的勇气，树起"大散文"的旗帜[1]，进行形式革命；另一方面余秋雨的《文化苦旅》风靡全国，又为散文的形式革命提供了范本，从而引爆了90年代的散文大爆炸，散文出现了前所未有的无序和放浪。90年代散文形式革命也是以批判作为它的坚强支柱，散文家正是在形式革命中重新捡起了批判。诚然文体的形式革命的方式是多种多样的，从"五四"以来，多少代散文家对散文的分类作出了努力，散文愈分愈细，这是一种进步。贾平凹弃分求合，删繁就简，以扩大的方式，打破原来杨朔的纯粹的抒情模式，恢复了散文的青春和活力，实践已证实了这次形式革命的成功。报告文学也需要形式革命，非报告文学的文体挤在报告文学的门户内，把它搞得面目全非，它必须缩小外延，清理门户，以批判重塑和清晰自己的形象。说起来似乎有点伤感，1935年，基希在巴黎举行的国际作家拥护文化大会上，正是用分的办法，凭借批判把报告文学和游记文学等文学样式区别开来，使它成为一个崭新的文学品种。过了半个多世纪，我们又要回到报告文学的生命起跑线上，对它清理门户，这似乎是复古，实质却是否定之否定的更高层次的革命，唯有如此，报告文学才会获得新生，报告文学才会有美好的明天。

（本文原载《当代作家评论》2002年第2期。本文发表后，《文艺报》头版头条转载和报道，另《中国社会科学文摘》《新华文摘》《文学报》《文汇报》《中国人民大学复印报刊资料》等9个全国期刊转载）

---

[1] 贾平凹. 散文研究[M]. 保定：河北大学出版社，2011：11.

论京派散文

范培松

从 20 年代末开始，在北京逐渐形成了一个松散的却很有特色的作家群。沈从文对此曾做过如此描述：

> 在争夺口号名词是非得失过程中，南方以上海为中心，已得到了个"杂文高于一切"的成就。……然而在北方，在所谓死沉沉的大城里，却慢慢的生长了一群有实力有生气的作家。曹禺、芦焚、卞之琳、萧乾、林徽因、李健吾、何其芳、李广田……是在这个时期陆续为人所熟习的，而熟习不仅是姓名，却熟习他们的用谦虚态度产生的优秀作品！……这个发展虽若缓慢而呆笨，影响之深远却到目前尚有作用，一般人也可看出的。提及这个扶育工作时，《大公报》对文学副刊的理想，朱光潜、闻一多、郑振铎、叶公超、朱自清诸先生主持大学文学系的态度，巴金、章靳以主持大型刊物的态度，共同作成的贡献是不可忘的。[1]

这"一群有实力有生气的作家"，时人称之为"京派作家"。这一称呼的确切认定始于何时，实难考证。它和1933年沈从文、苏汶、鲁迅进行的那场著名的"京派与海派"之争，应该说有一定关系，因为这场论争使"京派"与"海派"的提法在社会上产生了影响。尽管这些作家没有像"文学研究会""创造社"等文学团体的作家那样，以一种明确的组织形式和机构来集合，也没有向人们明确宣告他们的创作宗旨，但他们确实形成了自己独立的倾向、潮流和影响，这一切用"京派"来概括虽则并不十分准确和科学，但也确乎难以找到一个比它更为确切的名称来称呼它，它是一种

---

[1] 沈从文. 从现实学习//沈从文文集（第10卷）[M]. 广州：花城出版社；香港：香港三联书店，1984：311-312.

约定俗成的群众创造的结晶。

  作为京派作家的事实领衔人的沈从文对京派作家的上述描述显示了这样四个重要史实：（一）京派散文发生形成经历了一个"缓慢而呆笨"的"慢慢的生长"的漫长过程，上要追溯到20世纪20年代末，下可延伸到30年代中后期。（二）从地域上看，京派散文作家活动中心在"北方"的"大城里"，以北平为中心。由于在1927年"四一二"反革命政变后，政治中心从北平移到南京，文化中心也南移"以上海为中心"。这时北平反而处在政治文化斗争的漩涡之外，显得"死沉沉的"相对平静，客观上为京派散文作家个性的发挥创造了有利条件。（三）京派散文作家是由"一群有实力有生气的作家"组成，代表人物有沈从文、何其芳、李广田、芦焚、废名、萧乾等，他们是中国现代散文作家的第二代，新生代，都是二三十岁的虎虎有生气的"牛犊"。（四）他们受到高校学者和各种风格的有成就的作家的扶持，既受到多方面文学的浸染和熏陶，又得到了切实的指导。因此，京派散文的发展是顺利的。他们以北京大学、燕京大学等师生为主体，起初他们的散文就在这些学校创办的《骆驼草》《文学月刊》《学文月刊》《水星》等刊物上发表。1933年沈从文执掌主编《大公报·文艺副刊》，使它成为京派散文的重要阵地。1935年9月京派散文家萧乾也加入这一副刊的编辑事务，一直延续到抗战前夕，使这个副刊始终成为京派散文的活动中心。尤其是1937年5月由沈从文和萧乾主持了《大公报》的文艺评奖活动，检阅了京派散文的艺术成就，京派散文的重要作家何其芳一举夺魁——他的《画梦录》获得了这次散文奖。当时其他的京派散文家如芦焚、李广田、废名、萧乾等亦都纷纷有散文专集出版。尤其是沈从文于1934年冬重返阔别十一年的故乡，写出了著名的散文《湘行散记》，轰动全国。《画梦录》的获奖和《湘行散记》的成功标志着京派散文为人们所确认，这样京派散文作家群既有领衔人（沈从文），又有阵地（《大公报·文艺副刊》），还有一支队伍（何其芳、芦焚、李广田、萧乾、废名等），再加上一批丰硕成果，即散文专集的出版，便得京派散文形成了具有影响的气候。20世纪30年代早期，是京派散文的鼎盛时期，它是中国现代散文在20年代成熟之后的又一次活力喷发。

一

  京派散文家时时被"我"—"乡"—"城"的三角情结的旋涡困扰

着。当京派散文家们陆续从各个乡村进入都市的时候，他们统统迟到了一步，席卷北平的"五四"风暴已经过去了。他们少上了一课：当时的思想先驱者为了弘扬科学和民主精神，对农业大文化进行了猛烈的抨击。尽管这个抨击有些不分青红皂白，横扫一切，如陈独秀不遗余力地对中国农业大文化所造成的"以安息为本位""以家族为本位""以感情为本位"的排斥和否定，但毕竟对古老的封建帝国是一次震撼，也可以说是一种思想启蒙。京派散文家由于缺少了启蒙的洗礼，因此对于农业大文化相对地说缺少了鉴别力，这就对他们在散文创作中迷恋农业大文化产生了影响。

影响在于京派散文作家离乡背井来到大都市，或谋生，或求学。冷漠的城市鄙视他们，严酷的环境给他们造成了无形的压抑：有的是被城市的严酷的事实碾碎了一个又一个梦——如沈从文、芦焚等；有的是在城市中显得格格不入，为孤独所裹——如何其芳、李广田等，他们遇到了困惑。这种困惑，和20年代初的周作人等第一代散文家在思想落潮时的苦闷有所不同，周作人等人的苦闷是属理性型的，他们在"五四"风暴中信仰各种主义却又屡遭失败，在本质上是信仰危机；而沈从文等京派散文家在这时所遇到的苦闷却是属情感型的，他们没有信仰过什么主义什么思想，这是一种感情危机，是实实在在地在现实中碰壁——更明确点说是在城市中感到压抑、孤独和愤懑。因此他们的感情危机是无目标的盲目的——在他们看来，造成他们的压抑、孤独和愤懑的罪魁祸首，不是军阀、帝国主义或资本家们。他们厌恶党派、厌恶政治乃至厌恶一切"标准"。但他们又有一个实实在在的模糊目标，即就是他们对"城市"和"城市中人"的不满。粗看起来，这一"人"和"城"的对立的命题似乎含混、幼稚乃至荒唐得叫人难以理解，但事实上浓重地主宰着京派散文家的精神王国。李广田对此说得含蓄，他说："（我）虽然在这座大城里过几年了，我几乎还是像一个乡下人一样生活着，思想着。"[1] 沈从文就不同了，他在写自传时，当他回忆到自己在家乡的怀化镇的经历时，就这样放肆地写道：

> 我在那地（怀化镇——引者注）约一年零四个月，大致眼看杀过七百人。一些人在什么情形下被拷打，在什么状态下被把头砍下，我可以说全部懂透了。又看到许多所谓人类做出的蠢事，

---

[1] 李广田.《画廊集》题记//柯灵.中国现代文学序跋丛书：散文卷［M］.海口：海南人民出版社，1988：847.

简直无从说起。这一分经验在我心上有了一个分量,使我活下来永远不能同城市中人爱憎感觉一致了。从那里以及其他一些地方,我看了些平常人不看过的蠢事,听了些平常人不听过的喊声,且嗅了些平常人不嗅过的气味,使我对于城市中人在狭窄庸懦的生活里产生的作人善恶观念,不能引起多少兴味,一到城市中来生活,弄得忧郁孤僻不像个正常"人"的感情了。[1]

这简直是对"城市中人"的宣战书。他毫不含糊地表明了他与"城市中人"的势不两立——"永远不能同城市中人爱憎感觉一致";也非常露骨地显示了他对"城市中人"的蔑视,在他看来"城市中人"的善恶观念是在"狭窄庸懦的生活里产生的";最后的结论近乎刻毒了,"城市中人"都"忧郁孤僻不像个正常'人'"。沈从文的这种仇视"城市中人"的情绪可以称得上是京派散文作家的典型心绪。即使按照沈氏观点"城市中人"的主要罪恶是"忧郁孤僻",也不至于要对立到如此地步,但由于这是"乡村文化"和"城市文化"的对立,也可以说是京派散文家对都市化的人们的异化的蔑视,因此显得不可调和。正是如此,促使他们不由自主地对于"五四"冲击的农业大文化产生了不同程度的眷恋,对童年少年乃至青年时期所熟悉的农业大文化表示温存。这种温存眷恋是对情感危机的补偿,因此是盲目的,并没有多少政治目的,他们既不想从农业大文化中寻找出路,也不想把农业大文化强加给现实,他们仅是想把这些眷恋作为与"城市中人"和"城市文化"对抗的一种手段。他们有恃无恐。因为他们的童年少年是在乡村度过的,熟悉的是农业大文化,农民的对己对人对事对自然所想所作所为都似梦幻般地烙在他们心中。他们可以得心应手地运用,最早用"乡情"对抗"城市文化"进行探索的就是沈从文,他用小说的形式,写了一系列回忆童年乡镇生活的作品,如《往事》《玫瑰与九妹》《夜温》等,尝到了甜头,获得了暂时的心灵的平衡。这一成功,更促使他公开亮出"乡下人"的招牌,以"乡下人"自居并自豪。他的京派散文的伙伴们也不甘示弱,芦焚在《〈黄花苔〉序》的短短的不到一千字的序言中,竟然两次一字不差地以"我是乡下来的人"来重复。而有着农民般朴实的李广

---

[1] 沈从文. 从文自传//沈从文文集:第9卷[M]. 广州:花城出版社;香港:香港三联书店,1984:162.

田更是直率地说:"我是一个乡下人,我爱乡间,并爱住在乡间的人们。"[1]他们的招牌上赤裸地写着一个"乡"字,他们是一支"乡军"。他们用"乡情"自慰自恋,他们又用"思乡""还乡"向"城市"和"城市中人"示威,乡情成了京派散文的"魂"。因此沈从文甘愿冒着旅途艰险还乡,到历史对于它毫无意义的那块湘西土地上,寻找那些壮健的水手和洒脱的妓女,在著名的《湘行散记》中用纪实笔法显示了和"城市中人"的对抗。废名则时时把乡思乡愁乡恋的浓情蜜意用抒情的手法,幻化为斑斓的彩霞,进行精神还乡,密封到自我的幻想的优美天地之中,把乡情人文化。李广田、芦焚更津津乐道他们那遥远的童年生活的乡村一块小天地,似乎那里一切都是值得留恋的。值得注意的是京派散文作家所迷恋的那块土地恰恰都是远离北京的闭塞的内地:湘西、四川、湖北等。这或许是一种巧合,但事实却是显示了他们的一种生活见解,乃至理念见解:中国现实的腐败是否和城市现代文明有关? 尽管这种见解我们或多或少带有猜测之意,但他们这思乡的文化选择应是确定无疑的,即对整个农业大文化的滞重深厚的背负和认定。当然这种认定并不是无条件的,他们是有保留的,如对农业大文化注重的伦理道德关系价值取向以及秩序崇拜的否定,沈从文用深情的笔墨抒写一群蔑视秩序和伦理道德的水手妓女们的《湘行散记》是其创作实践的证明;他在创作经验之谈的《水云》中反复地表明他"讨厌一般标准",则是其理论的证明。由此可见,京派散文作家选择农业大文化,是把它作为和现代都市文明的对立面来选择的,并不是像有些学者认为的是"五四"的逆向和反动。这也反映了他们对农业大文化既迷恋又否定的一种复杂矛盾心理。

但京派散文家真正在思乡还乡中落实到"乡"的实处时,情况顿时变得扑朔迷离起来。这里我们不妨把沈从文和芦焚做一比较,这两位同是"乡下人",巧得很,他们同在30年代中期先后回到阔别多年的故乡。他们还乡目的不同,沈是有意为之,他被现代都市生活压抑得透不过气来,在1934年冬,如着了魔般地迷上了阔别十一年之久的故乡——湘西,历时三个多星期,将所见所闻的实录辑成散文集《湘行散记》,作为他对乡村见解的宣言书。而芦焚在这期间也数次回家,一次是1932年7月,因父亲病故,回到故乡,直到1933年夏才回北平。另一次是1935年春天,"一住就是将

---

[1] 李广田.《画廊集》题记//柯灵.中国现代文学序跋丛书·散文卷[M].海口:海南人民出版社,1988:847.

近半载，原因这里也说不清。总之，是倒了一点霉"[1]。还乡是被动为之。他的几篇表现还乡情思的散文力作大多与之有关。

他们两人同时还乡，最后的结晶和感受竟有天壤之别。芦焚以他的散文名篇《失乐园》定调，一锤定音为"失乐"。他注视着乡村的"今"与"昔"之"异"，正如他在《失乐园》中所说："中国人，尤其是晚近的中国人，拈住'今非昔比'之类做题目，唠叨起来，文章是很多的……我也是中国人，多多少少也免不了沾染这毛病。怎样就有了这毛病，又自何时起，自己也委实糊涂；有些讲不出。假使你一定要问，我只说从失了乐园。"他为今之现实的种种所困扰，显得非常敏感，也较为理智，形成一种"今非昔比"的感叹。他的抒写故乡的散文正是在"失乐园"的基调下，暴露今之乡村之坏：如一对夫妻是那样麻木地进行血淋淋的撕打；又如祖代相传有一手好技艺的老铁匠，最后被逼迫得家破人亡，只能和小孙儿在寂寞中苦苦地挣扎。[2] 他在为苦难的乡村唱挽歌。但沈从文恰恰相反，他的目光是牢牢地注视着乡村的"今""昔"的"同"上。整部《湘行散记》完全沉在"得乐园"的梦一般的境界中。他目光所及的湘西，"昔"与"今""同"，历史奈何不得他的故乡，也改变不了他的故乡："百年前或百年后皆仿佛同目前一样。"尤其是湘西人，也和历史无关，"这些人根本上又似乎与历史毫无关系。从他们应付生存的方法与排泄感情的娱乐上看来，竟好像今古相同，不分彼此"。因此，他遇到的水手都充满了原始的野性的生命力，他眼中的妓女也个个有情有义。他回乡拣回了生命的活力。沈从文和芦焚同是还乡，最后的结晶却造成了"得乐园"和"失乐园"的反差。虽有反差，但骨子里却是一样。我们可把他们笔下的人物做一比较。《老抓传》是芦焚的散文中最为杰出的篇章。文中的老抓是一个长工，其性格和沈从文笔下的含有魔性生命力的湘西人性格相似，"岁月没有衰老这个人，驯服这个人。他工作，他走路，脚手全同青年人一样轻便……"又说他有"一身的邪精力，充满着野性的锋芒，好像连时光也怕他，不惹他，只好偷偷躲开从身边溜过"。他是"一个魔鬼的化身，旷野上的老狼"。最后因为爱情纠葛，流落他乡，但闯荡一番回故里后，"爱着狗和猫"，戴上生活给他的"镣铐"，默默地和狗猫为伍，成了一只驯化的"羊"。他成了"一位客人"。只是这一处理恰恰和沈从文对湘西人的描写颠了个倒：芦焚看到的

---

[1] 芦焚.《里门拾记》序//师陀全集：第1卷[M]. 郑州：河南大学出版社，2004：95.
[2] 芦焚. 铁匠//师陀全集：第3卷[M]. 郑州：河南大学出版社，2004：127-134.

是故乡农村人的生命力衰落的"变",沈从文感受到的却是故乡农村人的生命力的永远旺盛的"不变"。两人确有异曲同工之妙:芦焚是以自己是个健康的清醒人的面孔出现,他要把老抓这样的人作为病例的标本,借此来刺激城市中怀有同样病的人的神经,使他们恢复生命力;沈从文把自己和城市中人作为病态的人对待,要想借湘西人的健康的生命力来医治。他们的妙趣是相似的:借乡情乡人呼唤富有生命力的人的出现。这样京派散文作家笔下的乡情乡人实质上成了他们礼赞的农业大文化的抽象、范本乃至理想。正因如此,这种乡情对读者来说,也就显得特别具有诱惑力。相比之下,重在精神还乡的废名在思乡还乡上又别具一格。家乡的一切如同腌雪里蕻咸菜一般,林林总总都被他深深地腌在心中。经过他用思乡的浓情对"乡"进行"诗"处理,最后凝聚在他笔下的都是一个美境。如《桥》中的《芭茅》写小巷的冷寂:

> 这一群孩子走进芭茅巷,虽然人多,心头倒有点冷然,不过没有说出口,只各人哭闹突然停住了,眼光也彼此一瞥,因为他们的说话、笑,以及跑跳的声音,仿佛有谁替他们限定着,留在巷子里尽有余音,正同头上的一道青天一样,深深的牵引人的心灵,说狭窄吗,可是到今天才觉得天是青的似的。同时芭茅也真绿,城墙上长的苔,丛丛的不知名的紫红花,也都在那里哑着不动……

这里,废名的诗处理是采取了双重封闭的措施,一是在地理上把小巷封闭起来写,二是在时空上把历史的小巷和现实隔开。这样虽则可能要产生天地狭小、顾影自怜的后遗症,但他有把握能使这笔下的"乡"中的人和事构成一个物我融为一体的境界,其美已近乎是一种诗的幻觉,可使读者心醉痴迷地"哑着不动"。京派散文作家所顶礼膜拜留恋忘返的乡情究竟是一种什么样式的情?据沈从文说:"我实在是个乡下人……乡下人照例有根深蒂固永远是乡巴佬的性情,爱憎和哀乐有它独特的式样,与城市人截然不同!他保守、顽固、爱土地,也不缺少机警却不甚懂得诡诈。他对一切事照例十分认真,似乎太认真了,这认真处某一时就不免成为傻头傻脑。"[1]

---

[1] 沈从文.《从文小说习作选》代序//沈从文文集:第11卷[M].广州:花城出版社;香港:香港三联书店,1984:43.

沈从文所信奉的一个含糊的不定型的概念——"乡巴佬的性情",更增加了解读京派散文作家的乡情的难度。除了李广田的散文中的乡情实实在在地表现了对土地的依恋和对农民的真切同情之外,其余的那些京派散文家所抒写的乡情都令人难以解读。他们不管是精神还乡还是现实还乡,其描写的"乡"所造成的艺术效果是相同的。他们所抒写的"乡",对于读者来说,似乎是一个"神话"。所不同的是:废名笔下的"乡",是通过他的"诗"处理,使他的"乡"成为"神话"般的艺术品,如天上的月亮,可以令读者"哑着不动"地神往,可望而不可及。而沈从文笔下的"乡",则是通过他在时空上的历史"古"处理(犹如现在一些文物商制造仿青铜器般的处理),使他的"乡"成了"神话"中的远古的蛮荒时期的部落,其中的人们都呈现了十分纯朴的原始相,如殴斗杀人似家常便饭,妓女的放荡,水手的粗野等等,在读者眼里,似乎它也成了个不知汉魏的"桃花源"。和陶渊明的"桃花源"有所不同的是,那里的人们,原始力实在是太旺盛了,旺盛到有点血腥味。这样沈从文笔下的"乡"把古时态和现时态凝成了一体,也让人可望而不可入。由于沈从文这些京派散文作家所自我标榜的"乡下人"皆是感情至上主义者,信奉的是"绝对的皈依,从皈依中见到神"[1]。这样的"绝对",再加上他们的"傻头傻脑"的"认真",就把他们醉心的乡情蜕变成他们精神王国中的"神话"和"乌托邦"。而这个"神话"和"乌托邦"的可望而不可入,充其量也只能被他们用来作为凭吊的一种精神寄托罢了。不过,对于沈从文另当别论,他所给读者描绘的"乡"——湘西风光,或多或少具有一种想为这多灾多难的中国开出一张改良的药方的苦心。他在《湘行散记·辰河小船上的水手》中一语泄露了"天机":"这个民族,在一堆长长日子里,为内战,毒物,饥馑,水灾,如何向堕落与灭亡之路走去,一切人生活习惯,又如何在巨大压力下失去它原来的纯朴型范,形成一种难以设想的模式。"而且更进一步地在《湘行散记·虎雏再遇记》中描写了他的一个亲自实验的失败过程,从反面为他要用"纯朴型范"改造社会提供实证:一个名叫"租送"的湘西小乡下人,在他十四岁时,沈从文把他弄到上海,放在身边,教他读书,用最文明的方法来造就他,但事实证明,这一实验是荒唐的,一切美好的设想都是徒劳的。最后这个小乡下人在上海打坏了一个人就失踪了,返回了湘西,恢

----

[1] 沈从文.水云//沈从文文集:第10卷[M].广州:花城出版社;香港:香港三联书店,1984:266.

复了本性。沈从文叹曰:"这人一定要这样发展才像个人。"原来,他回湘西之乡是想找回"纯朴型范",因为现实的城市文明中的"纯朴型范"在"巨大压力"下失去了。结果沈从文虽然从他的"乡"中找到了"纯朴型范",但他恰恰忘记了那个给社会的"巨大压力"犹在,因此他推荐的那个"纯朴型范"的改良药方又怎能产生它的效力呢?这里还值得提一提的是沈从文的弟子、最后一个京派散文作家汪曾祺,至今依然执拗地承继京派散文的文化选择倾向,对于农业大文化中哺育出来的精华,他都脱帽致敬,顶礼膜拜。他的散文《水母》就是这种文化选择的力作。作者情系家乡"水母娘娘"这尊神,水母娘娘并不是一个高大全的顶天立地的英雄,仅是一个小媳妇,家乡发大水,她正在娘家梳头,刚把头发打开还没有挽好,就往婆家跑。急中生智,用锅盖往发大水的缸上一盖,止住了大水,尔后再从容地继续盘腿坐在锅盖上梳头。塑像就是水母娘娘盘腿挽发的写真。汪为何对她顶礼膜拜,因为她"是农民按照自己的模样塑造神"。同样在汪氏散文《白马庙》中对哑巴的画的赞扬也是对农民文化依恋的回光反应。但和老一辈京派散文作家所不同的是在对待城市文明的态度上,汪曾祺不像他们那样一概排斥,不仅不排斥,他还以精细的鉴别的态度在都市文明中发掘到了农业大文化的精华,换言之,他竟在城市中发现了"乡"。这可以说是汪曾祺在承继中的保留。虽则,在当今改革开放中,他也有心理紊乱,但担忧的竟是惧怕城市中的"乡"的消失。他去香港时写的散文《香港的高楼和北京的大树》《香港的鸟》都显示了这种担忧。面对香港耸立的高楼和各种游乐设施,他都不感兴趣,很少逛街,只是坐在酒店的房间里,因而引起同行的张辛欣的批评,说他是"从北京到香港就是换一个地方坐着"。身处繁华的香港街道上,整天萦绕他折磨他的是"北京的大树、中山公园、劳动人民文化宫、天坛的柏树、北海的白皮松"。这种"树"崇拜心理,实质上是把树幻化为有本有根的古老的农业大文化的象征,这就是他在城市中发掘到的"乡"。同样,他"在香港听到了斑鸠和蟋蟀,觉得很亲切"(《香港的鸟》)。当他从香港回到北京后,心理紊乱才解除,因为"想起那些大树,我就觉得安心了"。很显然,汪氏这些写香港的散文是把香港和北京两两比照来写的,这和沈从文把都市和湘西比照来写何其相似乃尔又何其不同,因为汪氏已经把农业文化和都市文化相融,其结果也就把北京这样的大都市降格成一种"乡"。这种变化与其说是京派散文的文化选择在今天的深入,还不如说是在现代文明潜移默化下的异化。不管如何,京派散文作家对农业大文化的眷恋绵延了整整半个世纪却是无可置疑的历史事实，这也可以称得上是一往情深了。

二

京派散文家一方面陶醉于他们的"乡情"，痴迷他们的"感应"；另一方面又盲目地厌恶、蔑视"目的""价值"和"标准"，这就是他们的"乡下人"的蛮式的情理对立的审美心理结构。这在中国现代散文史上也属罕见。依然是沈从文，他系统地鼓吹这种蛮式审美观，他称自己"就是个不想明白道理却永远为现象所倾心的人。我看一切，却并不把那个社会价值搀加进去，估定我的爱憎"，"在静止中，在我印象里，我都能抓定它的最美丽与最调和的风度；但我的爱好显然却不能同一般目的相结合"。[1] 他蛮横地把"现象"与"价值"、"情感"与"目的"相对立。对立的目的是拒绝和排斥"价值"与"目的"，并"对于一切成例与观念皆十分怀疑"，因为他很自信，尽管他是个"不想明白道理却永远为现象所倾心的人"，但他"都能抓住它的最美丽与最调和的风度"。这一些言论说得还算冠冕堂皇，但到后来他的这种审美心理说得更赤裸，原来他并不是一概排斥"价值"，否定"价值"。他说：

> 我是个乡下人，走到任何一处照例都带了一把尺，一把秤，和普通社会总是不合。一切来到我命运中的事事物物，我有我自己的尺寸和分量，来证实生命的价值和意义。我用不着你们名叫"社会"为制定的那个东西，我讨厌一般标准。[2]

何等坦白：他"讨厌一般标准"，但他有他"自己的尺寸和分量"，他有他的"价值和意义"。如果再追问一句，他的"价值和意义"是什么呢？他是这样回答的："生命中还有比理性更具势力的'情感'。"这样思维又返回到原来的"情感"起点上，他的"价值"就是"情感"，就是前面所说的倾心"现象"。两元融成一元——"情感"即"目的"，"现象"即"价值"，"感应"即"意义"。当然，除沈从文外，其他京派散文作家并没有这

---

[1] 沈从文. 女难//沈从文文集：第9卷[M]. 广州：花城出版社；香港：香港三联书店，1984：179.

[2] 沈从文. 水云//沈从文文集：第10卷[M]. 广州：花城出版社；香港：香港三联书店，1984：266.

样坦白和"蛮",但他们对"我"的自信和迷恋其程度可以说旗鼓相当,如何其芳整日在自我情感变幻出来的色彩世界里翻斤斗,整天"我重复着我自己的语言"[1]。说到底,京派散文家的审美心理均是由"我"出发,由"我"主宰,导致最后是这样的"蛮":"我"即"目的","我"即"价值"。

京派散文作家的蛮式审美心理结构孳生的思维方式非常奇特:既极端开放又极端封闭。由于"我"的主宰,可以不理睬一般社会道德标准,由作者凭借自己的体验去显示目的,这不能不说是一种开放。因此当一位老水手已经七十七了,"眉毛那么长,鼻子那么大,胡子那么多",还在当临时纤工,为了一分一厘钱,不厌其烦地讨价还价,当拉完纤拿到报酬后,认真地一五一十地数着。在一般社会标准里可把这位大鼻子判到欧也妮·葛朗台的"吝啬鬼"行列中,但沈从文却是这样的赞颂:"人快到八十了,对于生存还那么努力执着。"再如老烟鬼的老婆夭夭放肆地和外来人调情,一般社会标准完全可把她称之为"潘金莲第二",但沈从文却揭示了这样的价值:"老烟鬼用名分缚着了她的身体,然而那颗心却无从拘束……夭夭那颗心,将如何为这偶然而来的人跳跃!"[2] 开放到甚至到了随心所欲、强词夺理的地步。从这种处理可以看出,沈从文关注的不是人物的命运,而是超然地关注人物的生命力。他不论人物功过是非,一味追求人物的原始相,为了手段忘却了目的。但由于他是极端真诚地感应,不得不使读者和他的心一起跳动。原因就是沈从文的"我""傻头傻脑"的"认真"。

他意识到他的审美心理中的"我"的张狂,因此对"我"特严,做如下两条限制:一是他为自己也为他的京派同仁制定的散文创作的戒律是"千万不要冷潮"[3];二是他重视对美的表现。他的经历充满血和泪,"六年中我眼看在脚边杀了上万无辜平民"。因此,要他写"血和泪"吗?这很容易办到,但"我"不能给你们这个,"神圣伟大的悲哀不一定有一摊血一把泪,一个聪明的作家写人类痛苦是用微笑来表现的"。前一条是自觉,后一条是严肃,因此尽管情感和目的相混,尽管是极端开放,产生的作品却都美得魔力无穷。但是,这种审美在情的盲目主宰下,也就必然会有它的封闭性和狭隘性。这表现在一是对现实的"丑"的拒绝,有时拒绝到视而

---

[1] 何其芳. 街//何其芳文集:第2卷[M]. 北京:人民文学出版社,1982:82.

[2] 沈从文. 一个多情水手与一个多情妇人[M]//沈从文文集:第9卷. 广州:花城出版社;香港:香港三联书店,1984:268.

[3] 汪曾祺. 沈从文的寂寞//葡萄脸[M]. 长春:吉林摄影出版社,1999:97.

不见。据汪曾祺在《沈从文先生在西南联大》中的回忆,曾有这样一件事:

> 先生读过的书,往往在书后写两行题记。有的是记一个日期,那天天气如何,也有时发一点感慨。有一本书的后面写道:"某月某日,见一大胖女人从桥上过,心中十分难过。"[1]

这是极端例子,在沈从文看来,一个大胖女人从桥上过,决不能容忍,应该是美丽的少女的倩影从桥上过,才能构成一个理想的美的境界。所以赤裸裸地显示血和泪的丑,他也一概不写。二是对现实的隔膜,自动地把"自我"封闭起来,其代表是京派散文作家中的另一个主将何其芳。他和沈从文不同,他"过了太长久的寂寞的生活。在家庭里我是一个无人注意的孩子;在学校里我没有朋友;在我'几乎绝望地期待着爱情'之后我得到的是不幸"。由于在县里初级中学读书时看到人与人的倾轧,使他那颗稚嫩的心很早就对人形成这样一个见解:"这由人类组成的社会实在是一个阴暗的,污秽的,悲惨的地狱。"使他终日"生活在自己的白日梦里",整天"留恋于一个不存在的世界"。他不仅排斥城市的人乃至于排斥一切人,这是一种"性本恶"阴魂在作祟。这种排斥,使何其芳的"我"成了至高无上的权威,其他京派散文家还有一个"乡"可以炫耀,而何其芳却连"乡"都没有,只剩下"我"了。他为孤独所包裹。何其芳的"我"就是"乡",就是"情感",就是"一切"。《画梦录》就是这种个人情感的"独语",不过是精致的"独语"。它实行自我"全封闭":一是把"我"和社会隔断——诉说并显示"我";二是把"我"和读者隔断——为"我"诉说。由于是"我"给"我"独语,就完全可以回避对"我"的情感进行解读,这种对理念的漠视应该说是何其芳对社会遗忘他的一种报复。我们可以看到,在《画梦录》中的"我"就是上帝,《墓》中的一对恋人,《秋海棠》中的寂寞的媳妇,《黄昏》中的马蹄声等等,都是"我"的驯服公民。这样,《画梦录》比其他京派散文作家在情和理的对立上走得更远,其主观色彩浓烈、飘忽、神秘,再加上唯美主义和现代派的影响,有时想象还比较离奇粗暴。如"马蹄声,孤独又忧郁地自远至近,洒落在沉默的街上如白色的小花朵"[2]。读者很难从"马蹄声"和"白色的小花朵"中找到可以

---

[1] 汪曾祺. 沈从文先生在西南联大//葡萄脍 [M]. 长春:吉林摄影出版社,1999:90.
[2] 何其芳. 黄昏//何其芳文集:第2卷 [M]. 北京:人民文学出版社,1982:11.

比喻的一致属性，不免会感到困惑。事实上何其芳是要通过黄昏的凄凉的客观环境来抒写内心的孤寂，这样"白色的小花朵"和作者通过"马蹄声"所暗示的孤独环境是有机地处在一个对称结构之中了。作者强调的是暮色下的街上的荒凉，"我"的伤感，结合这一些再来看"白色的小花朵"的比喻就能容忍了。不过，何其芳虽则拼命地拒绝理念、倾向，但他重视自我封闭的情感的逻辑世界，他的散文天地虽则笼罩着浓厚的迷幻色彩，但却是一种精致的柔和，形成境界，虽则何其芳不顾读者的欣赏的艰难，但精致得如《大公报》文艺奖金评委们评价的："有它超达深渊的静趣。"《雨前》正是《画梦录》的自我全封闭的成功的骄傲："被尘土掩埋得有憔色"的柳条需要雨点来洗涤，"干裂的大地和树根"盼望着大雨来滋润，"白色的鸭"、怒愤的"鹰隼"都在盼望着大雨的降临。其实这一切都是物化了的我的"渴望"。虽则这种渴望在文中有明确的对象——"雨"的到来，却似乎又是一种虚无的无目的的无对象的连作者也说不清的追求，或许是对社会的不满，或许是对人的爱的渴望，或许是盼望自己改变处境，或许是这些兼而有之又什么都不是。因为此时的作者为孤独所困扰，但又执着欣赏眷恋孤独寂寞，他为孤独寂寞而欢乐，因为他心中除掉孤独寂寞就一无所有。孤独在他心中根深蒂固，怎么也无法摆脱——"然而雨还是没有来"。为读者留下一片模糊。需要指出的是，作为"乡军"的京派散文家在显示孤独上还有它的独到之处，在他们看来，寂寞并不是知识分子的专利品，因此他们笔下的寂寞既有排他性，又有容纳性，尤其能透视和显示农民内心的寂寞和孤独，这又是他们对农业大文化深刻理解和认同的例证。这在李广田身上表现得尤为突出。他的《画廊集·悲哀的玩具》和《银狐集·过失》就是例证。《悲哀的玩具》是写作者儿时的一件事：祖母获得一只小麻雀，赠送给"我"，放在小竹笼里，作为玩具。"我"高兴地携了竹笼在院里走来走去，母亲也庆贺"我"有了好玩物。但老是那么阴沉、那么严峻、从来没有过笑脸的父亲归来，知道这件事后，却厉声呵斥："拿过来！"话犹未了，小竹笼已被父亲攫去了，忽地一声，小竹笼已经飞上了屋顶。我哭，母亲无奈，祖母也只能低声地喝父亲。对于这样一场冲突的描写，我们能自然地联想到鲁迅的《风筝》，那是写"我"发现弟弟偷偷在做风筝后"我"就把弟弟的风筝粗暴地毁了。但相似的冲突描写，立意却大相径庭，鲁迅的《风筝》是通过这一冲突的描写，显示"我"对弟弟那颗童心的不理解与戕害，进行忏悔。而李广田却完全站在父亲的立场上，表示对农民孤寂的同情，在文章的结尾写道：

在当时,确是恨着父亲的,现在却是不然:反觉得他是可怜的。正当我想起:一个头发已经斑白的农民,还是在披星戴月地忙碌,为饥寒所逼迫,为风日所催损,前面也只剩着短短的岁月了,便不由地悲伤起来。而且,他生自土中,长自土中,从年少就用了他的污汗去灌溉那些砂土,想从那些砂土里去取得一家老幼之所需,父亲有着那样的脾气,也是无足怪的了。听说,现在他更衰老了些,而且也时常想到他久客他乡的儿子。[1]

这是一种至诚的理解!一个整天被生活重担压得直不起腰来,在艰难地挣扎着的农夫,造就了他阴沉严峻的脸,也造就了他那要莫名地借这事那事进行发火的怪脾气,从形势上看是一种无端的极端的发泄,根子却是被生活折磨所形成的农民式的深刻的孤独。李广田是农民的真正的儿子,他理解农民。同样在《过失》中,作者又再次写了他和父亲的一次冲突,即他从舅父那里得到一株月季花,移植在庭院里,又遭到父亲的粗暴干涉,被父亲连根拔起掷掉了。尽管母亲为父亲的行为进行了辩护:"父亲老了,又这么辛苦,所以才生了孩子的气呢。"结果作者仍然进行了报复,毁掉了父亲在庭院中的一棵心爱的树。作者在此回忆童年这件事,并不是谴责父亲的粗暴,而正是为自己的报复而忏悔,他"直到现在,只要想起这件事,也还觉得是自己的一件过失"。这是作者在创作散文时,把自己的立场返回到父亲——农民这一边,再来透视自我的当时这种报复,即是由于对父亲的孤寂的不理解所造成的,发出真诚的忏悔,从而显示了对农民的父辈的内心孤独的理解和关怀,这种立场返回,正是李广田和农民心心相印。之所以能如此,是因为李广田当时自己也很孤独,他在回忆当时的创作时说:"诗的内容是空虚的哀伤,散文的内容多是故乡童年的回忆或身边的琐事,对于这些东西,当然不自满足,但确乎仿佛有了自己的小天地,因此也就忘了外面的大天地,当时关在书房里捉摸自己的感情和文字时外面的暴风雨却正在进行着。"正因为如此,他才能返回到农民立场上,表示对父辈农民的孤寂的理解;同时借助这些回忆来构筑自己的小天地,排遣自己的孤独。在表现农民的孤独上李广田露了"底":他写农民的孤寂,是因为自己正在孤寂之中。相比之下,李广田的散文要"实"一些,在情与理上似乎

---

[1] 李广田.画廊集·悲哀的玩具//柯灵.中国现代文学序跋丛书:散文卷[M].海口:海南人民出版社,1988.

要协调一些。

　　情感与价值的对立使京派散文作家陷入了某种混乱和矛盾之中。他们对倾向、目的、价值的厌恶，似乎表现了一种超然于世的清高，其实，厌恶倾向、目的、价值的本身就是一种倾向、目的、价值，只不过这种倾向、目的、价值是面对人生的一种姿态，而非行动。他们有浪漫主义者的通病，城市损害了他们的自尊心，侵犯了他们的审美趣味，他们要示威要报复。但他们又来自于乡村，脚上还沾有泥土，因此他们的情感又有现实主义者的固执。恨也罢爱也罢，读者万万不可当真。我读京派散文，时常会联想到某些晚明文人的经常故为僻执偏至的危行狂语。例如登山时，假装在草丛中睡觉，以表示自己的疏放；初春寒冻，跳入湖中游泳，自夸豪爽，而冷气入骨，得了脚痛病；等等。就以他们的本身行动来看，一方面迷"乡"恋"乡"，另一方面又不愿意离开城市文明，"厌城"与"城居"的矛盾也就是他们情感与价值的对立回光反应。即使落实到"乡"，也可看到他们的矛盾，如沈从文对湘西这块土地的态度。尽管《湘行散记》对湘西"这些不辜负自然的人，与自然妥协，对历史毫无担负，活在这无人知道的地方"，安于现状，表示惊讶和欣赏，不愿惊动他们；但另一方面，他又希望能有一种甚么方法，使这些人能放弃这种生活态度，能感觉到对"明天"的"惶恐"。一方面他对历史不能改变湘西这块土地，一切仍然同从前一样而高兴，但另一方面，他对这点千年不变无可记载的历史又有一种无言的哀戚。他就处在这种"变"与"不变"的混沌状态中。因此他对《湘行散记·箱子岩》中的那位跛脚什长描写就有一点莫名的混乱：这位跛脚什长当兵时被共产党打断了腿，根据现代文明的医学诊治，这条腿应该锯掉，但最后居然用土法的"辰州符"，敷些水药竟治好了。他伤好后，回家乡用伤兵名义做点特别生意，吃喝玩乐，比乡下人身份高一层。虽则，沈从文对这个溃烂乡村居民灵魂的人印象异常恶劣，但仍不免寄托一种幻想：生硬性痈疽的人，照旧式治疗方法，可用一星一点毒药敷上，尽它溃烂，到溃烂净尽时，再用药物使新的肌肉生长，人也就恢复健康。这种幻想正是沈从文等盲目拒绝社会价值标准结出来的这么一个模糊的苦果，也不能不说是中国文人的悲哀。

　　本来，散文重情感是题中应有之事，但京派散文作家却把情感和理性对立起来，这就是他们的审美心理结构的特殊所在，他们把"情感"和"社会""社会价值""道德""伦理"等相对立，其本身的目的显而易见，是要把"情感"作为对抗"社会""社会价值""道德"以及"伦理"的一个有力武器。[1] 因此，京派散文作家用他们的"情感"对社会内涵和历史内涵归纳出他们的"生命的价值和意义"时，就时常和"社会""社会价值""道德""伦理"等相悖逆，这显然是一种反叛和破坏。但他们拒绝使这种反叛和破坏升华到理性，不让情感形成确定的倾向。就以他们一再礼赞的"乡情"而言，如果说沈从文开始涉足文坛是用他的小说使"乡情"理想化，作为一种"神话"向蔑视他的"城市中人"进行示威和对抗，那么到30年代中期，重返湘西，现实还乡，"温习那个业已消逝的童年梦境"，他完全可以利用《湘行散记》这样的散文文体的独特功能，校正原来的视角，对现实的痛苦进行倾向性的解读，以唤起人们改造社会的热情，但恰恰相反，他的"温习"，反而使他向人们描绘"乡"时更加幻想化、理想化，加大情和理的对立的距离，摆出更超然的姿态来使他们的"乡情"处于一种模糊的状态之中，对理性实行迂回排斥，这种固执不能不说是一种软弱。再结合当时国内外大形势来考察，这种模糊应该说是对国共尖锐对立的政治斗争的一种聪明的疏远，成为他求生手段的一种保护色。因此京派散文作家的心理结构又有农民式的世故和狡猾在作祟，不管是开放也罢，封闭也罢，都具有一定的圆滑性。他们比周作人卖力地鼓吹"文学以个人自己为本位"[2] 来求得散文摆脱倾向目的的束缚，要高明得多。他们正是借助这种独特的蛮式的审美心理结构里所滋生出来的情感，在国共文化斗争的两极之外，创造出一个既非"闲适"也非"斗争"的另一个天地，尽管这个天地是模糊的，但对于作者和部分读者来说，仍然是一种寄托和安慰。

三

中国现代散文在"五四"风暴中脱颖而出，特定的革命风暴对现代散文的鼓动和宣传功能的要求，使得现代散文家中的第一代开拓者对散文的文体意识显得相当的淡漠。20世纪20年代，在知识分子思想滑坡的影响下，散文经历了分流和趋美变异的动荡，周作人以"美文"对散文进行界定并受到人们的拥戴，但由于散文文体本身的体制的不确定性和松散性，导致一些散文家对它的体式建设的忽视。即使像周作人这样能写出较多优

---

[1] 沈从文. 女难∥沈从文文集：第9卷 [M]. 广州：花城出版社；香港：香港三联书店，1984：179.
[2] 周作人. 文艺的统一∥自己的园地 [M]. 长沙：岳麓书社，1987：25.

秀美文篇章的散文大家，也由于思想蜕变，形象思维萎缩，其散文愈来愈向论文的方向靠拢。在散文创作方面显示了卓越成就的朱自清、徐志摩等，虽则对散文文体有足够的认识，却也常常把一些重议重感甚至是标准的议论文章夹在抒情的散文中结集出版，如徐志摩的《落叶》、朱自清的《你我》等，都反映了他们对散文文体建设的疏忽。正是在这种情况下，京派散文家用他们的散文创作自觉地有意识地为散文文体建设做出了卓有成效的努力，贡献是不可磨灭的。

作为中国现代散文家的第二代、新生代，他们有权继承第一代所创造的各种散文范本和提供的经验教训。第一代散文家的一些成功的散文创作经验都或多或少在他们的散文中闪现：如沈从文崇尚感应，崇尚极端，以"我"的感应和体验为绝对权威，这种以抒写自我体验为主的创作思想体系，再加上大胆地涉及性爱，都显示了沈从文的散文吸收和继承了郁达夫前期性爱散文的遗传因子；再如萧乾、芦焚等面对现实，以"应暂放下许多古代文艺者应享的好梦，脚踏实地去面对生活"，把腐败的现实的霉烂暴露于世，这不能不说是以鲁迅为首的抗争散文家的精神的展现；又如他们排斥价值、厌恶目的、对倾向的疏远，这又是周作人的冲淡散文观的潜移默化的结果。总之，他们博采各家之长，在中国现代散文史的一个阶段一个过程中，成为一支独领风骚的流派。

积极的继承是为了更生动地革新，京派散文家又是一批散文文体的革新家。沈从文是以小说家身份跨进散文园地的，他不仅以特有的小说创作惯性来创作散文，而且有意识地在散文体式上着意革新。他宣称，他创作散文尝试用"屠格涅夫写猎人日记的方式，揉游记、散文和小说故事而为一，使人事凸浮于西南特有明朗天时地理背景中"。他在记游形式的大前提下，让"我"来翻检湘西这一部人事历史。在翻阅中，不露声色地发挥他对其他文体的专长。有时，像小说那样，让一个人物自始至终贯穿到底，但又不让这个人物为情节所束缚，如《湘行散记·一个戴水獭皮帽子的朋友》基本上勾勒了这个戴水獭皮帽子的朋友的一生，使得这种散文成为一种准小说、亚小说；而有时，他又大段大段地用考察到的材料，不加修饰地连缀起来，进行主观性很强的报导，这类散文又近乎速写、报告文学，这突出表现在《湘西》中，如《凤凰》《苗民问题》等。何其芳一闯入散文园地，就摆出捍卫散文文体的架势，他利用自己是个诗人的有利条件，大胆向诗伸手，把诗的抒情手段嫁接到散文园地中来，对散文进行革新，目的很明确，他要"抒情的散文发现一个新的园地"。他们为散文抒情体制营构了一种新的风貌——"境"。沈从文认为:"重要的,也许还是培养手与心那个'境'。一个比较清虚寥廓,具有反照反省能够消化现象与意象的境。"这是一个纲领。何其芳对此心领神会,他规定自己抒情的原则就是沈从文的"境"的具体体现:"以很少的文字制造出一种情调。"[1] 在中国现代散文家中,他们是最早地把"境"引入散文,并进行了成功的实践。再如萧乾以记者和编辑的身份在他的散文中,把通讯、报告揉进创作中,成为似报告似通讯的纪实散文,在国内产生了很大的影响。革新的目的,是为建设现代散文这一文体。从整个京派散文家来看,对散文的文体意识都较为强烈。如萧乾在编选自己的第一本创作集《小树叶》时,他就清楚地把抒情味较浓的美文标为"散文",计七篇,即《叹息的船》《小树叶》《路人》《我与文学》《过路人》《题一个人的照像》《古城》;而把通讯报告称为"游踪",即《流民图》《平绥线上》等。其实"游踪"这类文章和散文是一家,也属散文,它们之间的差别并不大,但萧乾却严肃地从文体上把它们区别开来,这也反映了京派散文家在散文文体上的不含糊。他们正是在散文体式上捍卫和发展了现代散文。京派散文的出现,标志着中国现代散文的发展已经进入了一个阶段——体式裂变的阶段。京派散文作家的队伍是复杂的,但基本队伍和中坚力量都是从农村来的。他们虽不像海派文人那样兼收并蓄,但他们重个体本位意识,有一种形而下的特质性的自我主体意识。所以他们不愿屈服和师从20年代形成的各种现代散文流派。沈从文说:"对于一切成例与客观皆十分怀疑。"显示出一种农民的固执性。因此他们又能巧妙地避开20年代如鲁迅、周作人、朱自清、冰心、徐志摩、郁达夫等人所创造的各种散文范本,以各自的优势去创造新的散文风格。沈从文是带着都市的压抑,重返湘西,以都市和乡村文化的落差在他身上激发起的狂热的情感,以开放的姿态,用强盗那样大胆的手笔,打破散文的小楼一统的和谐局面,归返原始,归返自然,使他的散文的情感以一种独特的流动美而卓然屹立。何其芳是把自己的情感天地封闭起来,制造成一种虚空的精致的艺术境界诱惑人们去探幽。废名则又采取另一种封闭艺术,他把心中过去的故乡的小天地,以实化虚,分割成一个个朦胧的艺术宫,令人神往。李广田和萧乾虽则均是重写实,但前者温良敦厚,整日沉浸在回忆之中;而后者目光炯炯,始终注视着残酷的现实。这些不同风格

---

[1] 何其芳. 我和散文——《还乡杂论》代序//何其芳全集: 第1卷 [M]. 石家庄: 河北人民出版社, 2000: 241.

的形成是20年代散文分流的趋美变异后意外的收获，它再次昭示现代散文作为一种独立的文体，已经相当成熟了。

京派散文是在特定的历史环境和区域里形成的。虽则带有一定的偶然性，但在中国现代散文史上的影响却是相当大的。从总体上看，京派作家的三种散文创作实践给人们留下了难忘的印象：一种是沈从文把散文当小说一样写，在散文中勾勒一些近似形象近似情节的亚形象亚情节；第二种是何其芳、废名的把散文当诗一样写，在散文中创造出一种诗的艺术境界；第三种是萧乾的把散文当通讯一样写，追踪新鲜的现实，用美文加以展现。因此，京派散文家实质上是一批散文的文体家。他们有的一人就从事两种体式写作，如何其芳，既是散文当诗一样写的开拓者，后来又转变成散文当通讯一样写的勇敢实践者。有的则为散文当通讯一样写的先行者，如萧乾。当代散文文体发展基本上按照这三种模式发展下来。倘若再联系当代散文来考察，我们更可以看到京派散文影响之深远。当人们在新中国成立之后，发现散文当通讯一样写的潮流仍在滚滚向前而使人感到单调和沉闷时，杨朔拍案而起，在60年代站出来，提出把散文当诗一样写的口号，以此来扭转遏止这股潮流，改变散文创作的现状。虽则杨朔没有胆量把何其芳的30年代散文创作拿出来作为他的口号的范本，但也不可否认他是汲取了何其芳的把散文当诗一样写的成功经验，可惜他缺乏勇气，乃至这一扭转显得软弱无力。直到新时期，如贾平凹等新秀站出来，从沈从文为代表的京派散文里吸取了智慧和力量，他崇拜感应，轻视"赫然"和"目的"，成功地描写了商州这块富有魔性的土地，赢得了人们的喝彩。历史证明，京派散文的生命仍将悠悠地延续下去。

不可否认，京派散文的负面影响也比较强烈。京派散文中的"乡村"是作为"城市"的对立面来写的，他们把"乡村"作为"过去"和"城市"的"现在"互为观照来写，再加上他们，尤其是沈从文所赞美的"生命力"，都是一些模糊的笼统的抽象的概念。虽则作者们并不是有意地要以这些概念来和"阶级""阶级斗争"相对立，但由于他们对倾向、政治、党派的厌恶和回避，这些概念反而会使人产生更具有某种倾向的政治的联想，它们不过是一种保守的逃避现实的美丽盾牌而已。因此，不管沈从文笔下的生命力是如何坚挺，也不管何其芳、废名所制造的境界是如何优美，都经不起日寇铁蹄的践踏。所以，当华北这块土地不能平静地放下一张课桌，人们都纷纷拿起枪杆子去保卫家园时，京派作家的散文也就不得不告别文坛了。

（本文原载《文学评论》1995年第3期）

华语文学的学科边界与名称再议
——兼与几位同行对话

曹惠民

日前,接连读到《当代作家评论》2013年第3期陈思和教授(复旦大学)接受颜敏博士的访谈《有行有思,境界乃大》与香港《文学评论》2013年第4期黄维樑教授(澳门大学)的论文《学科正名论:"华语语系文学"与"汉语新文学"》,谈论的话题都涉及世界华文文学(暂且用此名)这一"学科"及其"命名"问题。读后颇有所感,很有些话想说,姑且直言陋见,写在这里,或许也算是与同行朋友的一种对话吧。

陈思和教授说,世界华文文学"可以成为独立的学科",但"不要成为孤立的学科";在谈到台湾地区文学研究的时候,他还认为:"你没有到过台湾地区,最好不要研究台湾文学。"

黄维樑教授则对哈佛大学王德威教授提出的"华语语系文学"的概念提出明确的质疑,而力赞澳门大学朱寿桐教授提倡的命名:"汉语新文学"。

"世界华文文学"能不能或可不可以成为一门独立的学科?如何独立?倘若可以独立,这一学科该怎样命名?其实,这些都不是一个新问题。十数年来,论者甚伙,见解歧出,众说纷纭,莫衷一是。似为悬案,近乎无解。

本文不欲求解,更无关褒贬,只想就个人以为"解题"的讨论前提发表一点浅见,以期建构探讨此一话题的基本理念,也对学科边界问题和学科的命名,从"技术操作"的角度谈点看法,以就正于方家。

一、一种学问,能否成为一门学科,是必须具备一些条件的。十几年前,我曾在一篇文章中对这些必备条件,发表过这样的看法:1. 有相当丰富的研究资源(作家、作品);2. 有相应的理论支持;3. 有相对稳定的一批研究人员;4. 有相关的一批较为成熟的研究成果;5. 有相当数量的高校开设相关的课程。今天,我仍然坚持原先的这些看法,——现在看来,或许还要加上一条：相关学科学者的普遍认可？

从 1979 年至今，在中国大陆，世界华文文学（从 20 世纪 80 年代之交开始时称"台港文学"，后称"台港澳暨海外华文文学"，再到 20 世纪 90 年代称"世界华文文学"）的研究已有了 35 年的历史——已过了而立之年。是否成了一个独立的学科，却还是个争论不休的话题，可见问题有其特殊的复杂性。在我看来，独立不独立，对于一门学问而言，其实并不是必需的，成不成为一门独立的学科，绝对与研究对象是否具有研究价值无关，大可不必把成为一门独立的学科看得很重。对于一个真正将其作为"志业"（而非职业）的"从业者"来说，还是要有点"只问耕耘，不问收获"的心态才好——不管这收获是关乎"名"，还是关乎"利"，均"不问"可也。虽云"名者实之宾"，名为宾为表，实为主为质，求名不如务实，务实无疑才是第一重要的；但先贤孔子早就说过："必也，正名乎？"何况，"名不正则言不顺，言不顺则事不成"呢！为了名正言顺地讨论问题，立名之举，也真是有其必要的。

二、命名固然是必需的，但方式、答案不必定于一尊，可以多元共生、互补并存。但某种在一定时代社会背景下或在一定地域内使用的概念，某种由意识形态派生或带有特定价值判断的概念（如新中国、旧中国、解放区、新中国成立后、"十七年"、新时期乃至现代、当代、现当代等），须认识其暂时性与某种不规范性，注意其适用性，而应逐渐调适，采用在大的历史时段和国际性的空间中具有学理性、普适性的确切的概念与语词。

三、命名的冲动，新概念的提出，依然吸引着很多学者，这并不值得忧虑，甚至是可喜的现象，但需察其利弊得失，同时，应力避刻意对抗、故意标新乃至唯我独尊的倾向。翻译巨擘严复有言——"一名之立，旬月踟蹰"（《〈天演论〉译例言》），既道出了命名之不易，也表明了他对于立名一事的审慎与严谨。

二十多年来，学界（包括海外华人学界、汉学界）提出的与"世界华文学"有关的新概念（且不说离散文学、流散文学、流亡文学之属），就有新移民文学（潘凯雄）、新华侨文学（日本莫邦富）[1]、新华人文学（钱

---

[1] 此称谓见于移民日本的莫邦富 20 世纪 90 年代中期在东京创办的《新华侨》杂志、2002 年出版的《这就是我爱的日本吗——新华侨 30 年的履历书》。引自廖赤阳，王维．"日华文学"：一座漂泊中的孤岛∥黄万华．多元文化语境中的华文文学 [M]．济南：山东文艺出版社，2004．

超英)[1]、新华文文学（陈涵平）[2]、新海外文学（英国赵毅衡）[3]、海外中国文学（赵毅衡）、海外汉语文学（朱大可）、跨区域华文文学（刘俊）、华美族文学（美国李又宁）[4]乃至唐人街文学（朱大可）[5]、"洋插队"文学、"洋打工"文学（这类命名似有某种调侃或自嘲的意味，不能算是规范严肃的学术研讨吧？）等等，直至近年引起广泛关注与讨论的华语语系文学（美国史书美、王德威）；而近百年来，与"中国现代文学"相关的概念与提法，也有新文学（周作人、朱自清、王瑶）、中国现当代文学、中华现代文学（余光中）、二十世纪中国文学（黄子平、钱理群、陈平原）、现代中文文学（梁锡华）、民国文学（张福贵、汤溢泽）、汉语新文学（朱寿桐），等等，可谓林林总总，不胜枚举。这些概念都需要进一步的阐释说明和斟酌权衡，更需要具体的文学史操作实践。

一个新的学术概念的出现，并不意味着研究范式的必然更新，但也往往能够起到开启新思维、引发新意念的作用。中外学术研究史告诉我们，正是在阐释和质疑的往返论辩驳诘中，学术理念与构想方得以明确，学术研究方得以深入。

四、学科与学科之间的联系是客观存在的，是历史形成的；孤立的学科不可能存在，却可能有或划地自限、或以邻为壑、或孤芳自赏的学者，也可能有与相邻学科（如中国现当代文学学科、世界文学与比较文学学科、文艺学学科等）"鸡犬之声相闻而老死不相往来"、关起门来称老大的学者。笔者的理解，陈思和教授所谓"孤立的学科"，是不是批评某些学者划地自限、以邻为壑的做派、学风？若是，则实与学科是独立还是孤立无关。事实上，近年来由各级各类华文文学学会团体或院校研究机构召开的会议，就都有其他学科的学者参与，华文文学研究者也曾被邀参与其他学科的会议乃至组织专场（如2011年8月在复旦大学举行的中国比较文学学会第10届年会暨国际研讨会分设多个专场，其中就有海外华文文学专场，可称佳例），彼此互动良好。华文文学学科并无孤立之虞。但陈思和先生的话不失

---

[1] 此称谓见于钱超英. 澳大利亚：英语世界中的新华人文学 [J]. 华文文学，2001（1）.

[2] 陈涵平. 北美新华文文学的研究价值 [J]. 中国比较文学，2006（3）.

[3] 赵毅衡. 新海外文学 [N]. 羊城晚报，1998–11–20.

[4] 此称谓是美国圣约翰大学终身教授李又宁在20世纪90年代提出的。详见李又宁. 华美族文学的回顾与前瞻 [J]. 华文文学，2006（1）.

[5] 朱大可. 唐人街作家及其盲肠话语——关于海外汉语文学的历史纪要 [J]. 花城，1996（5）.

为一种警示，或可借以自省。

五、不同的学科本无高下优劣之分。"人类学"与"动物学"就都有互相无法替代的价值。"一流"的学科里也未见得尽都是"一流"的学者。——如同小儿科未见得比脑外科低一档次，二者的学术价值、学术地位是平等的，小儿科同样能出名医；同理，脑外科里未必就个个都是良医，也可能有不上档次的庸医。所谓"一流学者如何如何、二流学者如何如何、三流学者如何如何"的说法，只不过是此类话语的发明者和信奉者的偏见，而"偏见比无知离真理更远"。在学术问题上人人平等，妄自尊大与妄自菲薄都不必要、更不可取。去除学科的隔阂与偏见，鼓励打破传统的学科藩篱，褒扬跨学科意识及相关著述与学术交流、学术争鸣、学术活动等，对于我国各学科的发展，实具有其毋庸置疑的迫切性和现实意义。

六、中国大陆较为正式、较为广泛地使用"世界华文文学"这一概念，始自1993年在庐山召开的第六届有关学术会议。（无独有偶，此前不久的1992年，在台北成立了"世界华文作家协会"——值得玩味的是，二者同用了"世界"和"华文"二语，似是互为呼应？）但实际上，"世界华文文学"这一概念有相当含糊的地方，在大陆学界，不少学者在具体处理学术问题时，基本不把中国（大陆）文学归于其名下（相似处是，台北的"世界华文作家协会"在全世界各大洲有几十个分会，却独无大陆分会——当然这与两岸分隔的政治现状有关，此节当另论），而另一些学者又执着地要求，既称"世界"，就应包含中国大陆在内，不然何以成"世界"？笔者认为，如若"世界华文文学"是指中国本土以外的国家和地区的华文写作，那或许还是有成为一门学科的可能的，毕竟它研究的范围有其特定的对象，毕竟它有其越界跨国跨文化的内涵，还涉及移民、族裔、身份、国家认同、文化认同等问题，这些都是作为国别文学的中国文学研究中所无（或并不突出）的，需要另外的新的理论支撑；但是，如果这个"世界华文文学"的概念里包含着中国本土——指中国大陆、台湾、香港、澳门，那么，这个意义上的"世界华文文学"是断断不可能成为一门独立学科的——道理很简单：台港澳文学是中国文学这个学科的不可分割的组成部分。

这又涉及高校有关课程的设置问题。据了解，全国高校中所有的中文系都没有像开"中国现（当）代文学"课那样普遍开设"世界华文文学"（或台港澳地区文学）的课程——事实上，那是绝不可能的：前者是中文系必修课，故高校凡有中文系者必开；后者本就位列选修课系列，故有条件的——特别是有教师自愿开，才有开设，没开的主要原因是师资，可能倒不是院、校、系管理方面的原因,学生方面肯定是很欢迎开此类课程(尤其是台港澳地区文学)的,而倘若"世界华文文学"这一门课程还包括台港澳地区文学的话,内容就未免太过庞杂,选修课的课时又有限制,故此,即使是作为选修课来开,用"世界华文文学"这个名称的也为数很少,症结正在于此。

七、为研究对象寻找并确定其适宜的位置,是学科成熟与否的最基本也是最重要的标志之一。

有学者大力呼吁或企望"世界华文文学"学科"走向成熟"。笔者以为,在还没理清学科边界的情况下,一味地把属于中国文学的台港澳地区文学与不属于中国文学的海外华文文学扭结在一起作为一个学科,这样的焦虑难免会陷入一种误区或迷思,势必会陷入逻辑上无法说清的困境,这也正是一种不成熟的表征。真正要走向成熟,首先应做的是,就台港澳地区文学与中国文学的关系来说,前者要归位,要认真去研究其如何与大陆文学整合的问题;就台港澳地区文学与海外华语文学的关系来说,二者要区隔,要认真去研究海外华语文学的独特性,自洽地周延地进行其作为一门独立学科应有的学科体系论述,那才是走向成熟!

八、倘若我们现在所谈论的这门学问,确乎可以成为一个"独立的学科",那又该怎样命名?

1. 首先必须达成这样的共识:命名的概念既要精短,又要有充分的概括力;作为一个名词性词组的概念,其中的语素所指要明确、要确定,且其内涵不可互相包含、交叉、重叠;态度应严谨,标准应严格,界定应严密。否则,鸡同鸭讲缠夹不清的情形将难以改观。

2. 在这一概念中,其他并非必要或易生误读、误解的修饰性与限定性的语词("新""语系"等)皆可省略,遑论不确切有争议者。如"语系"一词,论者在当下具体语境中赋予的含义,就和语言学通常的"语系"(family of languages)概念与用法有异,王德威教授接受李凤亮教授访谈,解释他所提概念中的"语系"时说:"我宁可把语系这个词当成一个像'family tree'(系谱)这样一个观念。"[1]

在这一概念中,用"汉",还是"华"——"华"的涵盖面较"汉"为广,且在东南亚和北美华人社会中,凡涉及华人之事物概以"华"冠称,多年来一直沿用至今,已约定俗成,而用"汉"字,可能被误读为只指汉

---

[1] 见李凤亮. 彼岸的现代性 [M]. 桂林:广西师范大学出版社,2011:43.

族人氏,许多少数民族就没被包括在内。史书美教授在论及她的"华语语系"这个概念时,就特别明确强调,"它包括严格意义上的中国地缘政治之外的华语群体……也包括中国域内的那些非汉族群体",从而"构成一种跨越国族边界的多语言的'华语语系'世界"。[1] [顺便提及,饶宗颐先生早在1995年主编过一种大型国际学术刊物,舍沿用已久的"汉学""国学"之名而选用的是《华学》(1995年8月广州中山大学出版社出版创刊号);近时也有学者,或许是考虑到"汉学"一词中的"汉"字可能有的局限而在倡扬"中国学"之名,可作参证。]

在这一概念中,用"语",还是"文"——通行的说法称"英(法、德、俄、日、西班牙、葡萄牙、阿拉伯等)语文学",而不称或极少称"英(法、德、俄、日、西班牙、葡萄牙、阿拉伯等)文文学",故宜概称"华语文学",但"语"与"文"此二者之间的差异不及前二者("汉"与"华")之大,故,续用"华文文学"的概念也无不可。

在这一概念中,用"世界",还是"海外"——这涉及此处之"世界"是否包含"中国大陆"在内,有论者认为既用"世界"一词,就理应包含"中国大陆";而目前大陆学界使用"世界华文文学"这一概念时,却是不包括的,因此颇遭诟病。这让笔者想起两个近似的情形:1952年始创,1959年定名,北京的重要研究机构(先是中国作协,后转中国社科院外国文学研究所)就出版有名刊《世界文学》,这是20世纪80年代以前,我国唯一一家介绍外国文学作品与理论的刊物,至今仍用此名出版。此处的"世界"也并不包括中国,而专指中国以外的"外国"文学;现在通用的"世界文学与比较文学"这个经由国家教育行政部门确定的学科名称里的"世界",也是不包括中国而是指外国的文学——如此使用"世界"一语而把中国"包括在外",却并未遭非议,两相对比,颇堪玩味。前已说明,若包括,则无法成为独立之学科,而不包括中国大陆及台港澳地区的"海外华语文学"概念,倒足以有理由成为一独立学科。考虑双方的见解,兼顾协商的原则,或许用"海外"比用"世界"来得明确,且可避免两个概念在逻辑上互相包含之弊。

九、基于以上种种考虑,笔者主张称用"海外华语文学"一词,在称用这一概念时,如约定俗成地省略"海外"一语,可径称"华语文学"。具体地说来,包括以下几层意思:

---

[1] 史书美. 反离散:华语语系作为文化生产的场域[J]. 华文文学, 2011 (6).

1. 台湾文学、香港文学、澳门文学必须归位——还原其在中国文学史中的位置（1920年以后的台湾新文学归入中国现代文学之中，之前的明清时期台湾文学归入中国古近代文学之中，港澳文学亦可作如是观），而不应、也不宜再与海外华文文学放在一起组构一个学科。台港澳文学属于中国文学这一点，除了台湾少数分离主义分子，已无学者否认或无视，问题只在如何进行两岸四地文学的整合式的书写。

2. 包含着台港澳地区文学（或如某些人主张的进而还包含中国大陆文学）在内的"世界华文文学"不能成为独立的学科。

3. 海外华语（华文）文学可以、也能够成为一门独立的学科，它的研究范畴应限于中国本土（含中国大陆、台湾、香港、澳门四地）以外其他国家和地区的华语（华文）文学；它是从语种角度立论立名的一种可行的学术探索，并不在国别文学的名称序列之内，自然也不意味着与国别文学的相提并论。

4. 海外华人华裔的非华语写作，属于所在国的少数族裔文学，不应与华语（华文）写作在"华人文学"的名义下混为一谈，应有所区隔，但在"世界文学与比较文学"学科的意义上，海外华人华裔的非华语写作，可与海外华人的华语写作互成参照甚至并置研究。

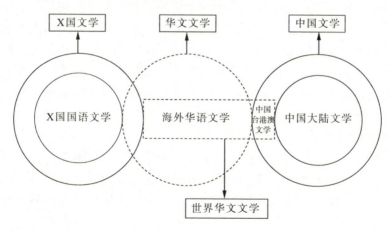

十、顺便说说如何研究的问题。

在与颜敏博士的访谈中，陈思和教授还有个这样的看法：他认为，"你没有到过台湾地区，最好不要研究台湾文学"。这个看法涉及研究一门学问，研究者是否必须"在场"的问题。

笔者以为，研究一门学问，研究者能否人在现场，不是从事此类研究的必要条件或前提（更非充要条件或前提）。能到现场，自然更好，如一时条件不具备，无法到现场，也不能因此而剥夺其研究的自由和话语权。要不然，现在的人都不可以研究历史了——因为现代人根本不可能回到古代（现场）。

被陈映真誉为大陆"研究台湾文学第一人"的范泉，当年（20世纪40年代）人在上海，并没到过台湾，却能写出那样让台湾作家认可的评论文章，就有力证明，没有去过台湾，并不一定写不出好文章，并不一定就研究不了台湾文学。"最好不要研究"这种导引，如果在学界成为一道门槛或一条不成文的规限，就很可能使原本有意研究台湾文学的人望而却步，孰知是否因此而埋没了几多可造之才！因此，即使是尚未涉足台湾地区者，只要有心，应当一概受到鼓励。在研究过程中再努力创造条件，亲到台湾地区，搜集资料乃至躬身田调，掌握在大陆无法得到的第一手材料，那无疑是研究环境的上佳之境！事实上，陈思和教授就身体力行，他曾帮助自己的博硕士生和青年学者多人赴台访学，为他们从事高水准的研究提供了有力的帮助。这样的学者在国内华文文学学界也还有一些。

陈思和、王德威、黄维梁、朱寿桐诸教授在中国文学（主要是20世纪文学）与海外华语文学的研究方面，建树良多，成果丰硕，在两岸四地乃至海外中国文学研究界有相当大的学术影响。黄、朱二位在台、港、澳和大陆地区多所大学执过教，陈、王二位的研究评论笔涉中国两岸三地、东南亚、北美多地的华语文学创作，都是具有国际视野的资深学者。他们对于华语文学研究发表的看法固有其一定的学理创意，但也难免不带有个人学术背景和当下语境的因素或可能有的某种偏颇。但不管从哪一个角度来说，为了探寻一名之立更好更适切的方案，学界有不同的声音，毕竟是件值得庆幸的好事。

我相信，一种论前不带偏见、论中不争输赢、论后不存芥蒂，更绝对摒弃人身攻击甚而闻异则喜、开阔兼容的学者气度风范，必将日渐成为学术界的主导倾向，因为那是真正意义上的现代学者所应具有的基本素养和可贵气质。

（本文原载香港《文学评论》双月刊2014年6月号）

论中国当代文学史的"过渡状态"

王 尧

中国当代文学史研究通常将当代划分为"十七年""文革"和"新时期"几个阶段。随着研究的深入,有些研究者试图调整这样的阶段划分:提出"50—70年代"作为一个阶段,以便在整体上处理"十七年文学"和"文革文学"的关系;早在20世纪80年代末90年代初,终结"新时期文学"的声音逐渐清晰,当"新时期"越来越丢失指称近三十年文学的学理性基础后,原先的"新时期文学"又细分为"八十年代文学""九十年代文学"和"新世纪文学"。这样一种以时间为序又贴近社会转型的阶段性划分,既突出了文学史的进化轨迹,又强调了不同文学史阶段的差异性。

问题随之而来:如果不同的文学史阶段之间存在差异,那么这种差异是如何形成的?换言之,在阶段之间究竟发生了怎样的变化?没有"断裂",便没有文学史阶段之间的差异;而文学史阶段之间显然又有某种"联系",两者的"关联性"何在?在"断裂"与"联系"之外有无更为复杂的,或者处于两者之间的状态和特征?——这就意味着,在不同的文学史阶段之间存在"过渡状态",正是"过渡"期的矛盾运动改变了文学史的进程。这不仅指文学史"过渡状态"中旧的因素在消失或者转化,新的因素在孕育和生长,其中的一些因素成为文学史新阶段的源头;而且认为"过渡状态"是复杂的,并非简单的新旧转换或冲突,往往是多种因素的并存,矛盾冲突的结果则预示了此后文学发展的脉络。尽管我们在研究中从不忽视"过渡状态"的存在,但在阶段性的特征被强调以后,"过渡状态"的意义被过滤掉,"过渡状态"自身的文学史意义在文学史著作中的叙述也往往被省略。我在拙作《矛盾重重的"过渡状态"——新时期文学源头考察之一》中曾经提出这一问题,并试图做出一些解释,但仍然将"过渡状态"的问题作了简单化的处理[1]。

---

[1] 王尧. 矛盾重重的"过渡状态"[J]. 当代作家评论,2000 (5).

"过渡状态"可以视为文学史的关节点。中国当代文学是由若干段"过渡状态"连接而成的历史,在政治与文学的关联中,政治运动累积的力量以及重大政治事件的发生,都造成了文学史的"中断"和"转折",这中间留下了我称之为"过渡状态"的阶段和特征。"新文学"在一段时期的搁置,是因为"当代文学"的产生,由此有了从"现代文学"到"当代文学"的"过渡"。六十余年的当代文学史,"十七年"到"文革"、"文革"到"新时期"、20世纪80年代到90年代是三个"过渡"阶段。我以为,在当代文学史的整体框架中讨论"过渡状态"的意义,才能够打通文学史阶段之间的联系。

在我看来,影响"过渡状态"的主要因素是经济结构、政治结构和文化结构的变化,以及文学如何处理与这些要素的关系。文学在"十七年"到"文革"的"过渡"中,随着"社会主义文化想象"的展开,政治对文化的控制不断增强,从而造成了单一的文化结构,这当中的冲突既有对抗性的也有非对抗性的,矛盾冲突的结果是"文革"时期极"左"文艺思潮的泛滥。20世纪80年代到90年代的"过渡"是在80年代的政治结构、文化结构都发生了大的变化之后,出现了以市场经济为基础的经济结构的变化,文学需要处理的主要问题是如何在消费主义意识形态中保持其审美价值。在有了20世纪70年代末80年代初处理文学与政治关系的经验以后,"九十年代文学"尤其是"新世纪文学"尽管与社会现实亦有种种矛盾冲突和存在困境,但和"文革"过渡到"新时期"的状态相比,似乎又不具备"历史转折"的意义。从大的背景看,文学由"文革"到"新时期"的"过渡"几乎汇集了中国当代文学史的基本问题,而这一时期的"过渡状态"既影响了此后文学的进程,也改变了人们对此前文学史的认识。为了集中讨论问题,本文将时间范围大致划在1975—1983年。

一

否定"文革"是"新时期文学"发生的基本前提,也是"新时期文学"得以命名的社会政治基础。从历史转折的背景看,这是当代文学史的一次"断裂",但在"断裂"中仍然存在这样那样的联系。一方面,在"文革"后期,无论是制度性的局部调整还是作家的写作都出现了一些积极性的因素,虽然未能撼动基本秩序,但累积了促使历史变革的力量,因此成为"新时期文学"的源头之一。在做这样肯定性的评价时,并非制造两个

"文革"，而是突出这些积极因素恰恰是对"文革"的抗争和否定，以及这些积极因素之于"新时期文学"发生的重要性。另一方面，在否定"文革"之后，一些消极因素仍然延续在"新时期文学"之中，20世纪80年代一些思潮、运动和创作等或多或少存在历史惯性。我想在此着重讨论前者。

在严格意义上，文学史研究中的"文革文学"并不能完全指称"文革"时期的文学。"文革文学"这一概念最初提出时，研究者对"文革"时期的文学还停留在感性判断上，未能对这一时期文学历史的复杂性做出清理，所谓"文革文学"主要是指那些反映了"文革"主流意识形态话语的创作。如果用"文革文学"来指称"文革"时期的文学，在研究中就会遇到问题。比如，那些"地下文学"归到哪里？在主流话语之外的创作归到哪里？因此，作为主流意识形态话语的"文革文学"应当是"文革"时期文学的一部分。我如此辨析是让我们的分析更贴近"文革"时期文学的分层现象。

我原先的思路是，文学创作始终是与作家或者文学知识分子的思想命运相关联的。"文革"时期的知识分子既不是"工人阶级"的一部分，也不是"劳动人民知识分子"，知识分子被定性为"资产阶级"。"九一三"事件以后，对知识分子既"再教育"也"给出路"，与"文革"初期相比，此时关于知识分子的"各项无产阶级政策"已经有一些变化，但本质上仍然是"无产阶级在上层建筑其中包括在各个文化领域的专政"的一个重要环节。1976年的《辞海》"文艺条目"（征求意见稿）在解释"百花齐放，百家争鸣"时，突出了"实现无产阶级在上层建筑其中包括各个文化领域中对资产阶级的全面专政"这一目的。从1972年开始，部分作家能够公开写作和发表作品。但当时以个人名义所写的一些文章，通常是个人或者某个"写作组"对主流意识形态话语的一种转述。我也认为，知识分子如何对待"文革"是中国思想界的重大问题。处理这一问题的困难在于，部分知识分子在"文革"中的角色是双重的，既是主流话语的生产者，又是"运动"中的受害者。如果我们这样看待这一时期的作家、知识分子、现实和文学，会更客观地认识到极左政治给文学带来何种影响，理解作家的思想何以贫弱。

显然，政治对文学与思想文化的影响在"文革"时期是决定性的，体制的些微调整、变化或者重大事件的发生都会给文学和作家产生不可低估的影响。在"文革"结束以后，许多研究者从若干时间点——1968年（红卫兵运动结束，知识青年上山下乡）、1971年（"九一三"事件）、1975年（邓小平复出并整顿）、1976年（"文革"结束）——考察知识分子的思想状况,清理出知识分子思想转折的一条线索:狂热、迷惘、矛盾和觉醒,而这一脉络几乎与政治的起伏相关联。以 1975 年为例,复出后的邓小平主持全面整顿,这一年后来被称为历史转折的前奏。是年 1 月四届人大一次会议上,周恩来抱病作《政府工作报告》,重申建设社会主义现代化强国的宏伟目标。7 月毛泽东在林默涵信件上批示:"周扬一案,似可从宽处理,分配工作,有病的养起来并治病。久关不是办法。请讨论酌处。"毛泽东在和主持中央政治局工作的邓小平谈话时说"百花齐放都没有了"等,又由《创业》的批示开始文艺政策的调整。但到了 1976 年,"反击右倾翻案风"又重创了文艺界。当文学史进程是由"文学—政治"这样的内在逻辑结构决定时,只有重大的政治事件才能改变文学史的进程。

如我们所了解的那样,公开发表和出版的一些作品在有限的缝隙中相对疏离"文革"时期的主流意识形态,比如电影《创业》,小说《闪闪的红星》《沸腾的群山》《大刀记》等。在公开发表和出版的作品中,创作者不可能在更广泛的范围内和更本质的问题上清算极"左"思潮对创作的影响,既无这样的能力也无这样的条件,那些相对疏离政治中心的话语也显示出被控制的特点。《创业》的编剧张天民将这样一种状态描述为"处于摇摆之中",在"'左''右'之中摇摆"。创作的复杂性同样出现在诗人食指、郭小川等人的诗歌中,这是我们都已经熟悉的文学现象,即创作上有时判若两人。这反映了中国知识分子深刻的精神矛盾,如郭小川诗句所言,"写下矛盾重重的诗篇"[1]。

如果我们侧重于文学创作与思想命运的关系,可以清理出如"右派""红卫兵""知青"等不同群体的思想变化,但是如果这些思想变化不能落实在文学文本之中,也只是为文学史研究提供了一种思想背景。在巴金"文革"后写作的《随想录》中,我们可以读到作家心路历程的变化,写作于"新时期"的《随想录》也就成为考察作家"文革"时期思想状态的文本,其文学意义和思想价值产生于"新时期"而非"文革"。另外一种状况是,一些作家通过写作留下了精神与审美的痕迹,为"文革"时期的文学带来了另一种景象,在当时被压抑的景象。1972 年,丰子恺写作《往事琐忆》。1975 年,穆旦在中断了近二十年创作后,写出了诗歌《苍蝇》,这是"地下写作"的重要文本;1976 年左右,穆旦的朋友们手里流传着他的手写稿,上面有《智慧之歌》《秋》《冬》等诗。"文革"后期,许多搁笔多年

---

[1] 王尧. 矛盾重重的"过渡状态"[J]. 当代作家评论, 2000 (5).

的作家开始写作,像诗人曾卓、牛汉、流沙河等。"现代文学"的复活在文学由"文革"到"新时期"的过渡中,虽然是一种"地下"状态,但延续了"五四"新文学的传统。这表明,文学史一方面受制于政治,另一方面,在任何一个阶段总有一些作家在控制之外,而不被控制或者不受影响的原因是今天的研究者需要关注的问题。

所以,讨论"文革"到"新时期"的过渡,在侧重作家思想历程转换与创作关系的同时,似乎还有另外的分析模式可以进入"过渡状态"。虽然"政治—文学"的关系异常密切,但仍然有其他因素在影响文学创作。小说家阿城较早注意到"知识结构"或者"文化构成"对思想和写作的影响,这是我们在很长时间内忽视的一个问题。当我们注意到政治对文学决定性的影响时,那些在"政治结构"与"文化结构"之间的"缝隙"存在着相对于中心而言的"异质"因素。阿城以自己为例,分析过他在"文革"时期接受到的不同于课堂、课本的"启蒙",他逛琉璃厂的画店、旧书铺、古玩店、博物馆,看了不少杂书,获得了和同代人不一样的、更接近于中国文化传统、区别于"文革"时期的"正统"与"中心"的知识结构。在谈到《棋王》的特别时,阿城对一些批评和分析并不以为然,他觉得应该是他的知识结构和时代的知识结构不一样才创作出了《棋王》[1]。在一个文化断裂的时代,阿城在边缘处的阅历和阅读衔接了另一种知识和文化构成,当20世纪80年代重构知识背景时,阿城已经完成了"补课",这样一种差异让《棋王》等小说率先显示出"八十年代文学"的新素质,并和20世纪80年代初的文化背景构成了差异。因此,即便同为"寻根派",彼此间的差异也是明显的:"我的文化构成让我知道根是什么,我不要寻。韩少功有点像突然发现一个新东西。原来整个在共和国的单一构成里,突然发现一个新东西。"[2] 阿城也对莫言的创作做了另一种解释,他认为莫言《透明的红萝卜》《白狗秋千架》等之所以个人化特点鲜明,也在于莫言处于共和国的一个"边缘":"为什么,因为他在高密,那真的是共和国的一个边缘,所以他没受像北京这种系统教育,他后面有一个文化构成是家乡啊、传说啊、鬼故事啊,对正统文化的不恭啊,等等这些东西。"[3] 在"地下写作"中,无论是穆旦诗歌还是丰子恺散文,都是和"文革文学"不一样的文化构成,

---

[1] 查建英.八十年代:访谈录[M].北京:生活·读书·新知三联书店,2006:22.
[2] 查建英.八十年代:访谈录[M].北京:生活·读书·新知三联书店,2006:22-23.
[3] 查建英.八十年代:访谈录[M].北京:生活·读书·新知三联书店,2006:31-32.

因此其写作在"文革"背景中具有了特别的意义。

相对于"中心"而言,"边缘"获得了与主流意识形态的距离,但这种状态有自主选择和被动安排之分,所以,一些文学因素的产生并不纯粹是必然的,充满了偶然性。这也说明了"知识结构"或者"文化构成"对思想和写作的影响,是有前提和因人而异的。在被动的大背景中,不同的道路选择和对不同"知识结构"的接触,影响了当时和后来的写作方式。知识结构的改变,在很大程度上源于阅读,阅读改变了知识结构同时也改变了写作者的精神史。在一些研究者看来,"十七年"单一教育中的学习马列、毛选,并不能解释在"文革"中苦苦缠绕于他们心中的巨大的困惑,由此,"文革"中的读书运动呈现出与"十七年"青年读物径庭相向的"系统化"和"异质化"特点:"前者是指一代人开始系统地学习马列著作以及与马克思主义的哲学来源有关的黑格尔、康德等人的德国古典哲学著作,而后者则是指他们千方百计地偷尝'禁果',在现代西方所有的'修正主义'和'资本主义'的文化中汲取精神营养。在'文革'思想史上起了重大作用的'灰皮书''黄皮书'就是在这样的文化背景下登场,并在一代人的思想历程中催化了精神核裂变的。"[1] 这些阅读者通过阅读"黄皮书""灰皮书",在那些被批判的"叛徒""修正主义作家"以及西方"垮掉的一代"和"愤怒的一代"身上读到了时代和自己的肖像,曾经封闭的思想空间由此打开。所以,从 20 世纪 60 年代末到 70 年代中期的"地下写作",并不是一个纯粹的艺术问题,而是始终与世界观、价值观的变化相联系,知识的重构也改变了写作者观察和思考历史与现实的方式。这种重构累积到一定程度,文化转型得以发生。

正因有了与世界观、价值观相联系的不同的"知识结构",才在单一政治结构和文化结构中生长了一些异质因素。"朦胧诗"从"地下"转为"地上",成为"八十年代文学"中的"新诗潮";阿城的《棋王》发表后不仅给很多作家和批评家带来了陌生感,也成为"寻根文学"的滥觞。在这个意义上,阿城把"八十年代文学"的一部分视为"七十年代"的"结果":"不过确实在八十年代,我们可以看到不少人的七十年代的结果。比如说北岛、芒克七八到八〇年的时候,他们有过一次地下刊物的表达机会,但变

---

[1] 萧萧.书的轨迹:一部精神阅读史//沉沦的圣殿[M].乌鲁木齐:新疆青少年出版社,1999:5.

化并不是那时才产生的,而是在七十年代甚至六十年代末的白洋淀就产生了。"[1] 北岛认同阿城 80 年代是"表现期"、70 年代是"潜伏期"的观点,他被分配到"北京六建",大部分同学去插队,"每年冬天农闲期大家纷纷回到北京。那时北京可热闹了,除了打群架、'拍婆子'(即在街上找女朋友)这种青春期的疯狂外,更深刻的潜流是各种不同文化沙龙的出现。交换书籍把这些沙龙串在一起,当时流行的词叫'跑书'。而地下文学应运而生。我和几个中学同学形成自己的小沙龙"[2]。北岛阅读到的"黄皮书"包括卡夫卡的《审判及其他》、萨特的《厌恶》和爱伦堡的《人·岁月·生活》等,其中《人·岁月·生活》读了很多遍,"它打开一扇通向世界的窗户,这个世界和我们当时的现实距离太远了。现在看来,爱伦堡的这套书并没那么好,但对于一个在暗中摸索的年轻人来说是多么激动人心,那是一种精神上的导游,给予我们梦想的能力"[3]。

但从大的文化背景看,阿城所说的这些作为个人的或者作为一个群体的文化构成,仍然只是"断裂"中的一部分"联系",而就整个文化结构来看,无疑是一种"断裂"的状态。所以,只有当历史转折为这种"断裂"中的"联系"提供了呈现的可能时,那些与"知识结构"相关的写作才获得了"合法性",而作家不同"知识结构"的差异性也在 20 世纪 80 年代逐渐包容的文化结构中表现出不同的创作路向。对另一些在 80 年代开始写作的作家而言,他们复活了曾经被遮蔽或者被压抑的文化记忆。"文革"的结束正是为文学带来转机的历史转折。

二

1978 年在文学的"过渡状态"是一个标志性的年代。刘心武写于 1977 年夏天的《班主任》在 12 月出刊的《人民文学》发表,之前,卢新华的《伤痕》发表于 8 月的《文汇报》,《班主任》和《伤痕》引发巨大的争论后被批评界和文学史著作称为"新时期文学"的发轫之作。但同时我们也注意到,1978 年 12 月 23 日,油印刊物《今天》创刊。

即便在三十多年后,我们可能还有这样的疑问,《今天》和集结于《今

---

[1] 查建英. 八十年代:访谈录 [M]. 北京:生活·读书·新知三联书店, 2006: 516.
[2] 查建英. 八十年代:访谈录 [M]. 北京:生活·读书·新知三联书店, 2006: 68.
[3] 查建英. 八十年代:访谈录 [M]. 北京:生活·读书·新知三联书店, 2006: 69.

天》周围的诗人以及"朦胧诗"（或者"新诗潮"）为何未能在当时以及后来的文学史叙述中成为"新时期文学"最初的"主潮"，尽管《今天》在"新时期文学"发生中的意义已经被肯定，"伤痕文学"的评价也回落到正常状态？这其中的重要原因，与其说是"新时期文学""主潮"的"排他性"，毋宁说《今天》和"新诗潮"与历史转折时期文学的首要任务发生了错位，是一个"早产儿"。正如有论者指出的那样，"《今天》对'今天'是无力言说的，北岛等讲述的不是'今天'，而是从'过去'转换为'今天'的过程"[1]。最早出来肯定"朦胧诗"的李泽厚回忆说："我读到了油印的《今天》，很感动，因为其中有着强烈的自我意识。七十年代末、八十年代初，西方十八、十九世纪的启蒙主义思潮著作开始大规模地译介和进入中国，文化艺术思潮也进入一个以反叛和个性解放为主题的创作高潮。朦胧诗是代表。"[2] 北岛等诗人与西方启蒙主义思潮的关系，其实还可以追溯得更远些，但李泽厚准确揭示了《今天》的特质。

《今天》和"朦胧诗""反叛"和"个性解放"的主题，显然与当时的氛围不和谐（作为油印又差不多是同人刊物的《今天》，其传播也远不及《人民文学》和当时的主流媒体）。1979年周扬第四次文代会的报告《继往开来，繁荣社会主义新时期的文艺》，在回顾了1949—1979年三十年文学艺术的"艰难历程"后，总结了三个方面值得记取的主要经验教训："归纳起来，主要是要正确处理三个关系问题：一个是文艺和政治的关系，其中包括党如何领导文艺工作的问题；一个是文艺和人民的关系问题，表现在艺术实践上，也就是文艺创作上的现实主义问题；一个是文艺上继承传统和革新的关系，也就是如何贯彻推陈出新、古为今用、洋为中用的方针的问题。这三个关系处理得正确与否，直接关系到社会主义文艺的成败兴衰。"[3]《今天》的《致读者》则没有"人民"和"关系"这样的概念，

---

[1] 黄平. "新时期文学"的发生//文学史的多重面孔 [M]. 北京：北京大学出版社，2009：49.

[2] 李泽厚. 我和八十年代//我与八十年代 [M]. 北京：生活·读书·新知三联书店，2011：52.

[3] 参见周扬. 继往开来，繁荣社会主义新时期的文艺 [N]. 人民日报，1979—11—20. 周扬报告对新时期初期文艺界的评价是："粉碎'四人帮'三年来，特别是最近一两年来，文艺界拨乱反正，批判了林彪、'四人帮'的'文艺黑线专政'论及其他种种谬论，党中央和毛泽东同志所制定的文艺方针重新得到正确的解释和认真的执行，我们的社会主义文艺开始复苏和前进。党的十一届三中全会的精神和关于真理标准问题的讨论，大大推动了文艺界的思想解放。"如果对照这样的论述，《今天》，尤其是"朦胧诗"所引发的争论和批评也就十分正常。

用了"个人"和"自由精神"这样的措辞，无疑与现实政治相悖，以致招来"朦胧诗"是"新时期的社会主义文艺发展中一股逆流"的斥责。

"伤痕文学"率先回应了历史转折时期的时代需求，它所引起的批评并不是它与现实政治发生了矛盾冲突，而是恰恰承担了现实政治的功能。陈荒煤在小说《伤痕》争论初期就指出："《伤痕》这篇小说倒也触动了文艺创作中的伤痕！这就是林彪、'四人帮'长期实行法西斯文化专制主义，散布了种种极其荒唐的谬论，诸如'主题先行''三突出''路线出发'等等；设下了许多禁区，如反对什么写'真实'论，禁止文艺反映生活的真实；反对什么'人性论'，禁止反映人与人之间的感情关系，爱情、友情、父子母女之情，兄弟姐妹之情……；提倡什么'高于生活'，禁止写我们工作和生活中的缺点和错误，写了，就是暴露了社会主义的阴暗面；提倡写'高大全的英雄人物'，禁止表现英雄人物的成长过程，如此等等，完全否定、篡改文艺创作的特殊规律，从根本上反对马列主义的文艺科学和毛泽东文艺思想，以便为他们炮制阴谋文艺制造反革命舆论开辟道路。"他说："从这一点出发，我热情支持《伤痕》，也热情支持《伤痕》的讨论。"[1] 类似的辩护强调了《伤痕》以及后来的"伤痕文学"所承担的"拨乱反正"的任务，"人性论"问题在围绕"伤痕文学"的论争以及"伤痕文学"的创作中并未展开。这是历史转型时期的一个特有的现象，也是长期以来人们始终把"伤痕文学"视为"新时期文学"开端的一个原因。

在第四次文代会后的1980年，《人民日报》发表社论《文艺为人民服务，为社会主义服务》，用"二为"取代了"从属论"和"工具论"。这样一个根本性的变化，显然与"伤痕文学"等创作打破了"禁区"的创作实践有关。周扬在第四次文代会的报告中指出，"许多长期以来文艺界不敢触及的问题，现在敢于突破，敢于议论，敢于探讨了，不仅打破了'四人帮'加在文艺工作者身上的重重枷锁，冲破了他们设置的种种禁区，而且冲破了开国后十七年中的不少清规戒律"。这是"官方"第一次提到了"新时期"对"十七年"的突破。"新时期"否定了"十七年文学"的"黑线专政"论，基本上也肯定了"十七年"创作作为成绩的主流，与此同时也开始初步清理"十七年文学"的"左"的错误。这样一种论述，也反映了文艺界领导者以及一批理论家批评家在处理历史问题时的尴尬状态："文革"否定了"十七年文学"，而否定"文革"又必须肯定"十七年文学"；但

---

[1] 陈荒煤.《伤痕》也触动了文艺创作的伤痕![N]. 文汇报，1978-09-19.

是，"文革文学"又是"十七年文学"不断"左"倾的结果，因而对"文革文学"的否定和"拨乱反正"又不能简单地回到"十七年"。这样一种历史的纠结其实在今天也未完全解开。当时尚未对"五四"新文学传统做全面的回顾和清理，更多的注意力是在20世纪30年代左翼文艺和"十七年文学"。在这样一个"过渡状态"，文学的思想文化资源和知识谱系仍然是局限的。

在重新讨论"过渡状态"中的"伤痕文学""反思文学"以及由历史转向现实的"改革文学"时，有一个值得关注的问题是："主潮"中的一些作家的创作始于"文革"，他们是如何从"文革"过渡到"新时期"的[1]。我在《迟到的批判》中曾经梳理过一些作家在"文革"时期的创作，其用意不在"揭短"，而是寻思"历史"如何蜕变为"今天"，因为"主潮"中的很多作家在"过渡"阶段完成了转型并成为20世纪80年代文学的主力军。让我们寻思的另一个问题是，在"文革"中有着相同背景和创作经历的一些作家则为何分别归属了"伤痕文学""反思文学""改革文学""寻根文学"和"先锋文学"。个中原因除了知识结构、个人特质外，显然与他们在新时期重新理解文学的本质、重新认识历史、重新处理文学与现实关系的方式有关。

从一种"政治"到另一种"政治"是"过渡状态"之一。"伤痕文学"最重要的作家之一刘心武在1975年出版了中篇小说《睁大你的眼睛》。这是"一本对少年儿童进行党的基本路线教育的文学读物"，它反映了北京市一个街道在批林批孔运动中开展社会主义大院活动的故事："在大院里，社会主义新生事物和资本主义腐朽势力展开着激烈的斗争。'孩子头'方旗依靠党的领导，带领全院儿童，机智地斗倒了妄图复辟的资产阶级分子，挽救了被腐蚀拉拢的伙伴，表现出路线斗争和阶级斗争的觉悟。整个故事想告诉人们：睁大警惕的眼睛，加强对资产阶级的全面专政。"方旗有点类似于《班主任》中的谢惠敏，在《睁大你的眼睛》中他肯定了谢惠敏式的青少年"孩子头"方旗，而在《班主任》中则否定了谢惠敏。由肯定而否定的过程，也正是作家精神蜕变转化的过程。

作为"改革文学"的代表性作家，蒋子龙的"过渡状态"更为复杂。《机电局长的一天》[2]可以视为"文革"期间公开发表的、少数可读的作

---

[1] 王尧．"矛盾重重"的过渡状态［J］．当代作家评论，2000（5）．
[2] 蒋子龙．机电局长的一天［J］．人民文学，1976（1）．

品之一。蒋子龙构思这篇小说时,"确实是满腔热情地想把霍大道塑造成一个坚持继续革命的老干部的英雄形象。因此突出他这样一种性格:'文化大革命'给他加了钢淬了火,焕发了革命青春,继续革命的斗志旺盛,保持了战争年代的那么一股劲,那么一股拼命精神。过去对帝国主义、国民党反动派作战是'大刀',现在对资产阶级思想的侵袭作战、克服工业建设的种种困难,仍然是'大刀'。"应当说小说比较好地体现了这样的立意。尽管小说不时突出"文化大革命"对霍大道的教育,强调霍大道"继续革命"的精神,但还是比较成功地塑造了工业战线上一个有干劲、有魄力、有经验的老干部形象。蒋子龙80年代"开拓者家族"的性格特征就是从霍大道开始形成的,但这篇小说在发表后不久便受到指责,认为存在"严重的错误倾向"。《人民文学》1976年第4期发表了别人代写、署名"蒋子龙"的检讨文章《努力反映无产阶级同走资派的斗争》[1]。而他在压力之下重写的《机电局长》则完全违背了他的初衷。如果从这种"关联性"看,蒋子龙的《乔厂长上任记》否定的是《机电局长》,接续的是《机电局长的一天》。

无论是为"伤痕文学"辩护还是替"改革文学"呐喊,理论界、批评界都突出了这些思潮和创作是在"恢复现实主义传统",《伤痕》和《班主任》被视为"现实主义复苏的源头",而"反思文学"则是"现实主义的深化"。这样一种理论思路,突出了"革命现实主义"之于整个当代文学的重要性。冯牧在论述文学由1978年进入1979年后的经验时说:"一年来的经验告诉我们:为了新的跃进,我们在创作上必须继续学习运用革命现实主义这个锋利的斗争武器。我们坚持创作的真实性原则。我们把真实性看作是文学作品的生命。缺乏真实性的文学只能是虚假的文学;这种虚假的文学已经使人民吃尽了苦头。为了保证我们的文学创作的真实性,为了恢复和发扬文学创作的现实主义传统,我们要付出极大的努力";"我们要为恢复和发扬真正的革命现实主义而努力"[2]。

王元化晚年回忆自己在"拨乱反正"时期的学术工作时说,他涉及两个大的问题,一是"写真实"的问题,二是人性问题[3]。这两个方面的工作在当时具有一定的普遍性。如果我们重新回到70年代末80年代初的"过

---

[1] 蒋子龙.努力反映无产阶级同走资派的斗争[J].天津文艺,1976(6).

[2] 冯牧.对文学创作的一个回顾和展望——兼谈革命作家的庄严职责[J].文艺报,1980(1).

[3] 参见王元化.我在不断地进行反思//我与八十年代[M].北京:生活·读书·新知三联书店,2011:12.

渡状态"就会发现,"写真实"的问题是对"革命现实主义"的重新阐释,其中的一个关键点是"真实性"与"倾向性"的关系问题。而"人性问题"远比前者要复杂得多。这两个特点,预示了"现代主义"和"人道主义"终将成为更为棘手的问题,其论争的结果影响了20世纪80年代中期以后文学的发展。

三

对于从20世纪70年代末到80年代的文学"主潮",我们通常是用"伤痕文学""反思文学""改革文学""寻根文学"和"先锋文学"这样的概况和叙述。如果以1985年前后"小说革命"为界,"伤痕文学""反思文学"和"改革文学"正处于我所说的"过渡状态"。这种依据文学与政治关系的概括、叙述显然忽视、删除了其他部分;而另一个被模糊或淡化的事实是,从70年代末到80年代初的"过渡"中,已经产生了与80年代中期"小说革命"脉络相连的新的文学因素,在"伤痕文学""反思文学"和"改革文学"之外呈现了另一条发展线索。换言之,文学思潮的变化在"过渡阶段"并非完全按照上述序列递进。

在讨论"新时期文学"发生时,论者一直比较重视"伤痕文学"论争中从政治上否定和肯定"伤痕文学"两方面的观点,轻忽了在政治之外质疑"伤痕文学"的别一种声音。当"伤痕文学"对曾经的历史形成了否定和突破时,一些批评家、作家发现了"伤痕文学"(尽管"反思文学"深化了"伤痕文学","改革文学"也从历史转向现实,但这三种思潮背后的文学观和创作方法没有本质的差异)与被否定的历史存在某种同构和相似之处。因此,对"伤痕文学"的反省、质疑是突破现有的艺术规范的开始,文学内部的这种差异、错位,成为文学发展的内在动力,并且铺陈了80年代以后文学发展的脉络。

《今天》对"伤痕文学"的质疑是另一种声音。刊于《今天》第一期的《评〈醒来吧,弟弟〉》提出的主要论点是,"'四人帮'只是从组织上垮台了,但在思想方法上仍顽固地起着毒化作用","只是把揭批'四人帮'的文化专制主义限于'控诉',只是把过去的和残存的一切现实问题,简单地归结于'四人帮',这是不够的。'四人帮'所以能危害后一代人之久,所以能在倒台后继续为害,有着比他们自身的存在更深刻的社会根源"。值得注意的是,这样的批评(不是否定)针对的是"伤痕文学",但无意中也指出了否定"伤痕文学"背后的"思想方法"和"社会根源"。刊于《今天》第4期的《评〈伤痕〉的社会意义》，用"低劣"和"贫乏"评价《伤痕》未必公允，但作者在肯定作品的社会影响时，揭示了《伤痕》被意识形态建构的现象，"由于它的应时，也由于人民对社会悲剧作品迫切需要，在作品自身之外获得了某种成功"。这样一个透视问题的角度和方法，对我们理解"新时期文学"发生阶段的"经典"何以被建构具有启发性。

在韩少功的记忆中，1984年"杭州会议"的主要话题是反省"伤痕文学"："伤痕文学的确起到了破冰的作用，但过于政治化和简单化，在创作思想和创作手法上升至与'样板戏'同构，只是换了一个标签，所以与会者希望在美学上实现新的解放。"[1] 在这里，对"伤痕文学"的反省是作为"寻根文学"思潮产生的前提条件之一存在的。李庆西记叙"杭州会议"的主题是"新时期文学：回顾与预测"，与会者谈论较多的话题是如何突破原有的小说规范："所谓小说艺术规范，当然不仅仅是一个艺术问题最初的'伤痕文学'阶段，基本上沿袭五六十年代的套数，仍然未摆脱'反映论'和'典型论'的框架，要说规范首先是政治规范和伦理规范。进入八十年代以后，题材和写法发生明显的变化，并由此带来了价值取向的转换。"[2] 对"伤痕文学"的质疑和反省，是文学回到"自身"的最初思索。而这正是"八十年代文学"发展的内在线索。但很长时间以来，文学史的叙述并未将"寻根文学"的产生和对"伤痕文学"的突破联系起来。在我看来，从《今天》到"杭州会议"，质疑和反省针对的并不只是"伤痕文学"思潮，而是整个文学的语境与文学思想、观念及创作方法等。在"伤痕文学"取得突破以后，另外一种观念和逐渐形成的思潮又构成了对"伤痕文学""反思文学"和"改革文学"的突破，从而创造了1985年"小说革命"的条件。

更为重要的是，从《今天》的质疑到"寻根派"产生之前的反省，"过渡"时期的文坛已经出现了"各式各样"的小说和其他文体，另一个"八十年代"在"过渡"时期的"主潮"之外开始滋生。汪曾祺在1980年发表了《受戒》，这可能是最早的"寻根小说"，但和"寻根派"不同的是，汪曾祺"回到民族传统"的同时，还"回到现实主义"[3]。邓友梅1982年发

---

[1] 韩少功. 历史中的识圆行方//我与八十年代 [M]. 北京：生活·读书·新知三联书店，2011：208.

[2] 李庆西. 寻根：回到事物本身 [J]. 文学评论，1988（4）.

[3] 汪曾祺. 回到现实主义，回到民族传统 [J]. 新疆文学，1983（2）.

表《那五》，陆文夫 1983 年发表《美食家》，等等，这些作品未必归为"寻根文学"，但在突出小说的世俗性和回到文化传统方面，与"寻根文学"有大致相同的路向。而较早对小说技巧、形式进行探索的作家王蒙在 70 年代末 80 年代初创作出了《春之声》《布礼》《杂色》《蝴蝶》等。王蒙小说的形式在当时已经具有了"先锋性"，而且改变了关于"革命"和"革命者"的叙事。但王蒙在谈到小说形式的演变问题时显得谨慎，小说形式的演变"我想最多是一个大致的趋向，具体到某个人某个作品，我倒觉得小说的形式和技巧本身未必有很多高低新旧之分"[1]。王蒙侧重的是"一切形式和技巧都应为我所用"，从而达到小说的最高境界"无技巧"。在"一切"形式和技巧尚未具有"合法性"时，王蒙辩证的表述中已经透露出形式变革不可避免的信息。作为"反思文学"的重要作家，高晓声以"陈焕生系列"闻名，在此之外，他那些有着"现代派"气息的小说也为读者所注意[2]。在各式各样的小说中，1981 年前后的谭甫成和石涛分别创作了小说《高原》和《河谷地》，也被视为"先锋小说"的"先行者"[3]。

"三个崛起"对"八十年代文学"的重要性在于宣告了新的"美学原则"的诞生，这才有可能开辟历史转折时期文学的新境界。就具体文论而言，谢冕《在新的崛起面前》不仅精辟地阐释了新诗与传统、新诗与世界诗歌的联系，而且用包容和开放的态度对待"新的崛起"，重新确立了批评者的品格和襟怀，而他的文体也带有鲜明的、在批评界久违的个人修辞风格[4]。我不想详细引述孙绍振《新的美学原则在崛起》的具体观点，"新的美学原则"命名，几乎可以用来描述 80 年代文学变革的大势，这是我们今天仍然无法告别的一个概念。和"朦胧诗"的作者有着大致相同经历的徐敬亚在《崛起的诗群》中，对"朦胧诗"的文本分析以及对诗歌"现代倾向"的学理把握，都可圈可点。如果说《今天》的"今天"不是指向具体可感的当下生活，那么，在"三个崛起"之后，"朦胧诗"的"美学原则"则落实到了具体可感的文学秩序之中。20 世纪 80 年代逐渐形成的"纯文学"思潮是在这里奠定其"美学原则"的。

和"三个崛起"异曲同工的"现代派"论争，是"过渡"时期的另一种状态。1981 年高行健出版《现代小说技巧初探》，由此引发论争。在关于

---

[1] 王蒙. 王蒙致高行健 [J]. 小说界，1982（2）.
[2] 参见叶兆言. 郴江幸自绕郴山 [J]. 作家，2003（2）.
[3] 参见李陀. 另一个八十年代 [J]. 读书，2006（10）.
[4] 谢冕. 在新的崛起面前 [N]. 光明日报，1980－05－07.

"现代派"的通信中，冯骥才从正面肯定了"现代派"的"革命"意义，毫不含糊地强调形式变革的重要性。值得我们注意的是，在这封通信中冯骥才提出形式变化的根本"是对文学概念本质的新理解"，形式的价值"有其相对的独立性"。他进一步提出："文学艺术家们是对形式最敏感不过。他们既是内容的创造者，也是形式的创造者。必然要对自己已经习惯了的形式进行程度不同的改造。"冯骥才突出了"新"对创作的重要："没有新东西刺激我，我就要枯竭。新生活，新思想，新艺术，都要！"[1] 小说家在80年代初的创新欲望和创新焦虑由此可见一斑。李陀则认为"现代小说"不等于"现代派"，强调借鉴西方现代派小说的技巧，创造出和西方现代派完全不同的现代小说，因而同时强调"自己的民族的文学传统"和"世界当代文学"对中国"现代小说"发展的重要性。他在通信中，坚持了他在1980年《文艺报》艺术创新问题座谈会上的观点，形式是创新的"焦点"："就艺术探索来说，寻找、发现、创造适合表现我们这个独特而伟大时代的特定内容的文学形式，是我们作家注意力的一个'焦点'。"[2] 1988年《北京文学》发表了黄子平《关于"伪现代派"及其批评》，由此引发一场讨论，可以视之为1982年前后关于"现代派"论争的延续，而在80年代末，文学已经发生了实质性的变化，无论是作家还是批评家对"现代派""现代主义"的知识累积也比"过渡"阶段丰富和厚实许多。

尽管形式已经被赋予一定的独立性，形式创新也已经作为"焦点"问题提出，但在80年代初主张形式创新的这些"激进者"的论述中，其前提依然是强调一定的形式是为一定的内容服务的。即便如此妥协，主张形式创新的观点在当时仍然受到非议，1982年前后围绕"现代派"的争论便反映了形式"启蒙"的艰难。将内容与形式分开甚至对立或者突出内容决定形式的观念是根深蒂固的，但这种观念限制了批评家对文学本质的新理解，也禁锢了创作者对形式的新探索，直到1985年"小说革命"发生、完成了从"写什么"到"怎么写"的转换，形式创新的意义才被充分认识。文学观念的妥协到了这个节点开始发生变化，现代主义在当代中国由此具有了"合法性"。因此，在艺术创新的大势下形式的创新具有了革命性，这是后来的"先锋小说"以及其他具有形式创新的文本受到积极评价的一个原因。李劼在1986年写作的论文《论文学形式的本体意味》，用"写什么和怎么

---

[1] 冯骥才. 中国文学需要"现代派"[J]. 上海文学，1982（8）.
[2] 李陀. "现代小说"不等于"现代派"[J]. 上海文学，1982（8）.

写"作为第一部分的标题，概括了这样一个变化，并在"新时期文学启动"的背景中突出了"怎么写"的意义："由于新时期文学启动于一个很低的坡道，人们不得不十分遗憾地正视这么一个难以弥补的事实：作为对'五四'新文学传统的继承，新时期文学应有的现实主义、人道主义、理性主义并没有获得充分的体现。这一事实在人们的审美心理上又势必造成一种巨大的空缺，以至于在相当长的一段时间内，人物的典型性、性格的丰富性、故事的生动性、情节的起伏性连同文学作品对社会的认识作用、对民众的启蒙作用、对人生的审视作用，以及它有关人性的张扬、人情的抒发等等在相当一部分文学家心中依然占有十分重要的位置。这也就是说，人们一站到任何一部文学作品面前，首要的兴趣仍然倾注在该作品写什么上，而很少有人关注怎么写。因为按照一种长期形成的审美习惯，一部作品写什么总是第一位的，怎么写则是次要的。"在这样的背景中，先锋小说蔓延开来，"成为一个把怎么写的课题推向一个富有魅力的高度的文学运动"[1]。

在当代文学史的宏观框架中来讨论从20世纪70年代末到80年代初的"过渡"，再讨论"过渡"而来的"小说革命"，"八十年代文学"回到"自身"的脉络便完整地呈现出来。而在形式的本体意义逐渐确定的过程中，文学的"本体论"也成为文学的基本理论。但是，如何回到文学"自身"则存在不同的通道。李庆西论"寻根文学"的价值转捩，是从原有的"政治、经济、道德、德与法"的范畴过渡到"自然、历史、文化与人"的范畴[2]，而"先锋小说"与此虽有交叉，但路径显然各异。韩少功在谈到被称为"寻根文学"宣言的《文学的根》这篇文章时说，"当时我的主要针对点：一个是'文革'十年把文化传统完全断裂了；二是对西方文学的吸收几乎成了模仿和复制。我觉得这都是没有前途的，是伤害文学的"[3]。在今天看来，无论是对业已断裂的文化传统的继承，还是对西方文学的批判性接受，其实都是"八十年代文学"回应西方现代性的一种反应。

这些不仅构成了20世纪80年代"纯文学"的基本内容，而且也是新世纪以后反思"纯文学"和"重返八十年代"的基础。一段时间以来，"写什么"再次被强调，与"改革文学"一脉相承的现实主义写作比如"现实主义冲击波""底层写作"等受到一些批评家的重视和较高评价。当年"寻

---

[1] 李劼. 论文学形式的本体意味[J]. 上海文学，1987（3）.
[2] 李庆西. 寻根：回到事物本身[J]. 文学评论，1988（4）.
[3] 韩少功. 历史中的识圆行方//我与八十年代[M]. 北京：生活·读书·新知三联书店，2011：208.

根"与"先锋"序列的作家们,如莫言、贾平凹、韩少功、王安忆、格非、苏童等也都开始"向伟大的传统致敬"——这样一种循环的起点便在20世纪70年代末80年代初的"过渡"阶段。

四

在叙述了种种"过渡状态"之后,我想讨论的问题是,诸种因素如何在矛盾运动中形成关系、此消彼长,而后构成"八十年代文学"的面貌。如果说"主潮"的概括和叙述未必能够反映"八十年代文学"的全部面貌,那么这样一个序列的形成显然是各种意识形态妥协的结果或者是知识谱系的影响所致。从研究者的意识形态和知识分子谱系出发,文学史的叙事自然不可避免带有策略性的设计。叶维廉在1979年的论文中便说:"某一个批评家或某一个阶级的批评家所删略的并非不足轻重;它之所以被删略,往往是因为当时的垄断意识形态把它排斥了;换言之,它被某一种特殊的历史解释摒诸门外。但另一个不同时期对历史的新解释则有可能使这些被删略的因素作为显性的范畴而重新出现。"[1] 因而,文学史远大于文学史叙事。

在"过渡状态"中,文学结构内部的观念、思潮、文本等呈现出的差异性通常不是以对抗的形式存在的,这不仅反映在不同的观念、思潮以及不同的文本中,即便是相同的流派、群体或者个人的写作,差异性的存在生长着文学写作的其他可能性。《今天》对"伤痕文学"的质疑、"寻根文学"与"先锋文学"的关系、"朦胧诗"与"现代派"对"现代主义"选择的差异等,都显示了非对抗性。另一些作家的创作如汪曾祺的小说则处于"中间地带"。历史的吊诡之处正如韩少功指出的,"寻根文学"与"先锋文学"并不是对立的两种思潮。只从形式的意义上来认识后来兴起的"先锋小说"是不够的,那些被我们肯定的20世纪80年代"先锋小说"对外在世界与自我世界及其关系的认识都有重大突破。因此,在形式、语言之外,"先锋小说"的精神性仍然值得我们再思考。而与此同时,"寻根小说"的形式意义也需要重新认识。对"先锋小说"形式的肯定,是以"西方"和"现代派"为参照的,在这个参照系中,包括"寻根文学"在内,传承中国传统叙事资源的文学作品的形式意义没有得到足够的重视。即使

---

[1] 叶维廉.历史、传释与美学[M].台北:东大图书有限公司,1979:255.

马原、余华、苏童、叶兆言等先锋小说家的文本其实也从来没有隔断过与中国传统叙事资源的联系[1]。在文化断裂以后，80年代那些回到传统文化和传统叙事资源的作品在形式和精神上同样具有"先锋性"。在80年代中期以后，"寻根"中断了，"先锋"也转向了。对"寻根文学"而言，"中断"显示了传统叙事资源再生的困难；对"先锋小说"而言，它的转向"故事"或者"向后退"并不是"技术主义"的失败，而是在文本与世界之间遭遇到了阻隔。

这样一种"过渡状态"，有纠结也有并行不悖。但这种非对抗不等于相互之间没有碰撞和矛盾，其结果是作家的沉浮和文学思潮的此消彼长，或者是在积累和消耗之后发生的"中心"与"边缘"位移。当历史转折之后，那些与转折共生的文学思潮往往只带有过渡性的意义，而缺少真正的文学经典的品格。而文学史的新阶段常常又是如此发生的。文学创作如果没有吻合历史转折时期的政治诉求，可能就没有文学新阶段的开始，但能够在文学史上留下来让我们讨论的文本，往往又是超越了历史转折时期局限的作品。研究者的价值判断必须而且不可避免，但结果是不可避免地删除或者遮蔽了在他的视野和价值判断之外的作家、文本和思潮，关于"伤痕文学"到"先锋文学"的叙述便是如此。显然，文学的"过渡状态"和此后的文学进程比文学史叙事中的对象要复杂、芜杂、广阔和深远。这是我们今天面对"过渡状态"时的尴尬，单一的文化和美学假定，只能顾此失彼或者非此即彼。如何形成文学史研究的共同基础并最终导向文学规律的建立，是一个有问无答的难题。

一个可以得出的结论是，"过渡"时期的状态通常与文化结构的单一和包容有关，文学由"十七年"到"文革"的"过渡状态"是文化单一的结果，由"文革"到"新时期"的"过渡状态"则是文化逐渐多元使然。在重新处理了文艺与政治的关系后，当代文学制度在现实社会需要的范围内鼓励文学的自我解放。这是一段时间内文学与体制能够和谐共处的一个原因。如果没有体制的推动，"新时期文学"的发生就缺少历史的动力。当历史转折提供了文学创作新的可能性时，历史转折时期多种力量并存的格局也牵扯和控制文学的演变，这是"过渡"时期文学发展的一个重大特征，因而文学与外部的冲突便时常发生。

陈荒煤曾经谈到他对这些问题的认识："三中全会的公报明确指出，凡

---

[1] 郭冰茹. 传统叙事资源的压抑、激活与再造[J]. 文艺研究，2011（4）.

是不利于生产力发展的一切领导方式、思想方式、活动方式，都应该废除。我看，这一条同样适用于精神生产。一切不利于文艺创作的领导方式、思想方式、活动方式也应该坚决废除！凡是不利于文艺成长的领导方式、思想方式、活动方式也应该坚决废除。"他认为，1949年至1979年三十年文艺"一个最重要的经验，就是在无产阶级专政的条件下，国家有庞大的行政机构，有各种文学艺术的群众团体，在各级党委、文化部门、文艺团体内的党组织，究竟怎样领导文艺工作，才能促进社会主义文学艺术事业的迅速发展，促进各种艺术创作的繁荣，促进文艺理论工作的活跃，促进一支无产阶级的文艺队伍的正常发展和壮大，探索社会主义文艺的发展规律。而加强党对文艺工作的领导，关键在于按照客观规律办事，尊重文艺的特殊规律，坚决贯彻党的唯一正确的政策，'百花齐放，百家争鸣'的政策"[1]。贺敬之在《对当前文艺工作的几点看法》中对行进中的文学创作和文学思潮则有不同的解释。比如说，对第四次文代会之前的创作评价问题，贺敬之认为"第四次文代会召开以前，文艺界和整个思想界一样，要解决的主要是肃清林彪、'四人帮'流毒，拨乱反正，打破两个'凡是'观点的禁锢，强调解放思想，发扬艺术民主，这是主要的任务。但这并不是说，在这个时期中并完全没有出现一点另外的错误思想"[2]。因此，当新生的"意义架构"超出了某种限度，冲突也就不可避免。因此，打破"禁区"实际面临"大禁区"和"小禁区"。这是最为突出的"过渡状态"之一。从这一思路出发，我们就会明了一些批判现象发生的原因。

如果回到文学现场，我首先注意到的是否定"文革"的思想背景与立

---

[1] 陈荒煤. 关于总结三十年文艺问题[J]. 文艺研究，1979 (3).
[2] 如何看待这些问题，贺敬之认为也存在两种态度："但是，在当时，一方面有些同志不肯承认有这些缺点，仿佛稍微一提这方面的缺点，就会妨碍解放思想，就会打击总的积极性似的。另一方面，有些同志又夸大这方面问题的严重性，把它当作主要应该反对的右的表现，而对于解放思想，打破禁区，发扬艺术民主，克服文艺领导工作上的简单粗暴，就不再认为是只有问题，甚至采取了反感态度。"贺敬之同时还提到对1980年剧本创作座谈会的两种不同看法："有一些同志曲解会议精神，认为这就是纠四次文代会的偏。还曲解'注意社会效果'的正确含义，用它做简单粗暴地对待文艺作品的借口。另外，又有一些同志，从另一方面曲解会议精神，把对几个作品的正确批判说成是什么'变相打棍子'，是什么'变相禁戏'，甚至从根本上否定'社会效果'这个正确提法。特别是在中央提出改革领导制度、发扬社会主义民主、反对官僚主义，报刊上提出加强和改善党对我国文艺的领导之后，在这些同志那里，又对中央精神做了有意无意的曲解，发表了某些削弱党的领导、模糊社会主义文艺方向的言论。有的作者拒绝正确的批评意见，同时也出现了某些倾向不好的宗派……中央提出要注意这方面的问题，有的同志就是不赞成，又说什么这是收了，甚至反唇相讥，说剧本创作座谈会是一九八〇年刮起的什么'冷风'，甚至说是第四次文代会的一个'倒退'。"参见《当前思想战线的若干问题》，人民出版社1982年版。

场存在差异：马克思主义的，非马克思主义的；无产阶级的，资产阶级的；左翼的，右翼的；官方的，民间的；高层的，底层的。这种差异不仅影响了关于历史的反思和叙述，也是20世纪90年代以后知识分子分化的一个因素。在人道主义和异化问题的论争中，马克思主义者内部也存在差别。王元化是周扬《关于马克思主义的几个理论问题的探讨》一文的执笔者之一，在2008年的谈话中如是评价这篇"文章的要害"："是对人道主义有明确的肯定，对马克思主义经典著作中关于'异化'问题的表述有充分正确的阐述，实质上是承认和肯定共同人性。"[1] "这场以'人道主义'为旗帜的讨论既是面向过去、总结'文革'教训的，也是对改革的呼应。因为当前正在进行的改革已经引起价值观念的变化。在这种情况下，提出人的价值和社会主义人道主义的问题，是有现实意义的，是和改革的步伐合拍的。"[2] 而胡乔木显然不赞成这样的论述和观点。政治结构内的这种冲突必然影响到文学思潮的演进中。

文学制度中的冲突，有时也与某种理论和观点的积重难返和知识背景的滞后有关，这在"现代派""现代主义"的论争中反映出来。很长时期内"现代主义"是在政治层面上加以界定和认识的。我曾经考辨从1965年到1979年《辞海》中关于"现代主义"的定义，发现经过了时间跨度后，编写者对"现代主义"的定义大同小异。"文艺条目（1976）"的释文是："帝国主义时期资产阶级文学艺术各种颓废主义、形式主义的流派与倾向（立方主义、未来主义、达达主义、超现实主义、抽象主义等）的总称。其哲学基础是极端反动的唯我论，其特点是：歪曲现实，破坏文艺固有的形式，否定艺术创作的基本规律，宣扬世界主义和各种反动思想。"这个条目的内容与"文艺条目（1965）"大致相同，增加了"其哲学基础是极端反动的唯我论"一句，关于特点的表述略有改动。"文艺条目（1979/修订稿）"用"十九世纪下半叶"代替"帝国主义时期"，对"现代主义"特点的表述，以"现实主义"作为参照，改为"其特点是违反传统的现实主义方法，标新立异，宣扬革新，但总不免流于破坏文艺固有的形式，否定艺术创作的基本规律"。"文艺条目（1979）"之"现代主义"的解释依然沿袭着上述两个版本的局限，未做大的改动，只是删除了"哲学基础"一

---

[1] 王元化. 我在不断地进行反思//我与八十年代 [M]. 北京：生活·读书·新知三联书店, 2011：15.

[2] 王元化. 我在不断地进行反思//我与八十年代 [M]. 北京：生活·读书·新知三联书店, 2011：66.

语。这样的修改在整体上反映了 70 年代末期中国学界对"现代主义"的认识水平。当文学思想和批评观念转换时,一批在 70 年代末 80 年代初曾经引领风气的领导型批评家开始落伍。"反映论"和"典型论"不足以解释所有的文学现象,也不能规范所有的文学创作,如果只从"反映论""典型论"出发,和已经变化了文学观念和文学创作的冲突也就不可避免了,现实主义创作依然重要,但已经不是唯一。既有的思想力量和理论思维,使许多理论家、批评家对"现代主义""现代派"保持了高度的警惕,从而把"现代主义"排斥在外。在经历了"过渡"时期以后,文学的主义之争得以落幕。

当代文学从一开始便是在制度规定下发生和发展的,所以作为一种有鲜明国家意志的文学,体制的影响是深刻的。但这一情形在历史转折时期出现了变化。一方面,如我们前面所述,在当代文学制度重建的过程中,领导者、组织者以及一段时期引导文艺思潮发展的理论家作了适应时代的调整,从而使文学制度本身具有了某种程度的包容性。在"过渡"时期,体制本身的变革适度改变了"意义架构"与"权力架构"的关系。而另一方面,自发的文学因素在增长。一些争论或者某种主流性的结论并不能影响实际中的写作,这是创作独立于理论与批评、作家独立于理论家与批评家的地方。

(本文原载《文学评论》2013 年第 4 期)

重读汪曾祺兼论当代文学相关问题

王 尧

汪曾祺先生辞世二十年以后,其创作和文人生活几乎成为一种"传说"。这足以显示经过一段时间的历史化论述后,汪曾祺已经成为当代文学史上的经典作家。相对于同时代作家而言,文学批评和文学史研究对汪曾祺的评价几乎没有太大的分歧。这种"原则"上的一致,并不意味着没有如何阐释汪曾祺的问题,在现有研究基础上创新论述汪曾祺的思路和方法仍然有很大的空间。

汪曾祺20世纪40年代出版了《邂逅集》,五六十年代也偶尔发表作品[1],京剧《沙家浜》等更是给他带来声名(也包括烦恼)。但汪曾祺作为文学家的独特个性和文学史意义的凸显,则是在发表小说《受戒》之后。因而,我们既要顾及作为"整体"的汪曾祺,更要重点探讨80年代以后的汪曾祺。在小说之外,汪曾祺的散文也延续和拓展了他的整体风格。作为"副文本"的文论,是理解汪曾祺创作的重要参照。汪曾祺在八九十年代的创作和文论,涉及当代文学史的一些基本问题,诸如当代文学与古代文学遗产、新文学创作的关系,当代文学与政治、现实、生活的关系,文体形成与作家文化心理的关系,个人生活方式对创作的意义,等等。

如果从宏观着眼,我以为汪曾祺的意义,首先在以自己的方式衔接了文学的"旧传统"和"新传统",于"断裂"之处"联系"了"文学遗产";汪曾祺在语言、文体等方面的建树,与现实语境、文学潮流形成了一定的反差,从而和其他当代作家相区别;汪曾祺保留了已经离我们远去的"士大夫"特质,其个人生活方式对创作亦产生重要影响;汪曾祺对传统的理解、选择和转换,对如何建立当代文学的"文化自信"仍然具有启示性。——我想在这样的思路和方法中重读汪曾祺,并讨论涉及的当代文学

---

[1] 关于这个时期汪曾祺创作的意义,参见王彬彬."十七年文学"中的汪曾祺[J]. 文学评论, 2010 (1).

的相关问题。

一

汪曾祺1979年发表了《骑兵列传》《塞下人物记》，这是他从60年代到80年代的过渡。1980年、1981年，汪曾祺密集发表了《受戒》《异秉》《岁寒三友》《寂寞和温暖》《天鹅之死》《大淖记事》《七里茶坊》《故里杂记》和《徙》等。这些小说在"伤痕文学""反思文学"和"改革文学"的主潮中显示了巨大的反差，如果借用汪曾祺的小说篇名来表达，不妨说，汪曾祺以他的"异秉"取胜于文学界。在相当程度上，汪曾祺作为小说家的意义是在这两年完成的。此后汪曾祺也有《八千岁》《云致秋行状》《故里三陈》等小说，以及结集在《蒲桥集》中的散文，但这些作品只是汪曾祺风格的循环和巩固。

当汪曾祺不断累积他的特色时，批评界也不断深化对汪曾祺意义的认识和阐释。从80年代开始迄今，批评界确认了汪曾祺的重要性是，他将很长时期被冷落的旧文学传统和40年代新文学传统带到了"新时期"[1]，《异秉》的重写以及源于"四十三年前的一个梦"的《受戒》，已经暗示了汪曾祺与三四十年代文学的关系；汪曾祺写作对现代汉语的意义[2]；也有研究者注意到了汪曾祺与赵树理的关系，并在推崇民间文化的相同点上重新理解五六十年代文学的意义等。

重读汪曾祺集中在《晚翠文谈新编》中的文章，我们就会发现，在很大程度上，这些年对汪曾祺小说散文的理解，并未超过汪曾祺自身的论述，而汪曾祺的自我阐释又在一定程度上影响了批评家对他的更为深入的探讨。其实，汪曾祺并不是一位以理论见长的作家（他的一些重要观点和论述在不同的文章中不时有些重复），他的文论更多地带有中国传统文论的特点，在文体上也是文章一类，他使用得比较多的一些概念和范畴直接受到中国古代文论的影响[3]。确实，汪曾祺的文论和他的创作构成了一个相对完整

---

[1] 参见黄子平. 汪曾祺的意义//汪曾祺小说经典［M］. 北京：人民文学出版社，2005：339. 在1988年写作的这篇文章中，黄子平指出："汪曾祺的旧稿重写和旧梦重温，却把一个久被冷落的传统带到'新时期文学'的面前。"

[2] 参见李陀. 汪曾祺与现代汉语写作［J］. 花城，1998（5）.

[3] 汪曾祺在《回到现实主义，回到民族传统》中说："传统的文艺理论是很高明的，年轻人只从翻译小说、现代小说学习写小说，忽视中国传统的文艺理论，是太可惜了。我喜欢读画论、读游记。"参见晚翠文坛新编［M］. 北京：生活·读书·新知三联书店，2002：24.

的阐释系统。这在当代文学史上是一个值得注意的现象,可以和汪曾祺媲美的是孙犁先生。当代作家有很多创作谈,如果与汪曾祺和孙犁相比,高下立判。

"回到现实主义,回到民族传统",可以说是汪曾祺对自己创作路径、特色、追求的基本概括,而"现实主义"和"民族传统"的融合,则产生了"抒情现实主义"。我在此择要分述如下:在《晚饭花集》自序中,汪曾祺谈到了他小说的渊源:"我写短小说,一是中国本有用极简的笔墨摹写人事的传统,《世说新语》是突出的代表。其后不绝如缕。我爱读宋人的笔记甚于唐人传奇。《梦溪笔谈》《容斋随笔》记人事部分我都很喜欢。归有光的《寒花葬志》、龚定庵的《记王隐君》,我觉都可以当小说看。""第二是我过去就写过一些记人事的短文。当时是当散文诗来写的。""我一直以为短篇小说应该有点散文诗的成分。"他将《钓人的孩子》《职业》和《求雨》等归为介于散文诗和小说之间的"短文"[1]。在另外的文章中,沈从文又说到了他对宋词的喜好以及词的抒情给他的小说带来了"隐隐约约的哀愁"[2]。

1986年,在《汪曾祺自选集》自序中,汪曾祺明确地说:"我的散文大概继承了明清散文和'五四'散文的传统,有些篇可以看出张岱和龚定庵的痕迹。"[3] 在1988年《蒲桥集》自序中,汪曾祺说:"看来所有的人写散文,都不得不接受中国的传统,事情很糟糕,不接受民族传统,简直就写不好一篇散文。不过话说回来,既然我们自己的散文传统这样深厚,为什么一定要拒绝接受呢?我认为二三十年来散文不发达,原因之一,可能是对于传统重视不够。"[4] 这是讲当代散文与传统的关系。

语言问题也是汪曾祺谈论的重点,他将语言视为小说的本体,在《小说的散文化》中,汪曾祺说:"散文化小说的作者十分潜心于语言。他们深知,除了语言,小说就不存在了。他们希望自己的语言雅致、精确、平易。他们让他们对于生活的态度字里行间自自然然地流出,照西方所流行的一

---

[1] 汪曾祺.《晚饭花集》自序//晚翠文谈新编[M].北京:生活·读书·新知三联书店,2002:328.

[2] 汪曾祺.自报家门[M].北京:生活·读书·新知三联书店,2002:265.

[3] 汪曾祺.《汪曾祺自选集》序//晚翠文谈新编[M].北京:生活·读书·新知三联书店,2002:299.

[4] 汪曾祺.《蒲桥集》自序//晚翠文谈新编[M].北京:生活·读书·新知三联书店,2002:311.

种说法是：注意语言对主题的暗示性。"[1] 在这极短的篇幅中，汪曾祺完整地概括了他的文学语言观和自己语言的特色。

我们后来讨论的关于汪曾祺的基本话题以及对文本的分析，几乎都集中在汪曾祺自述涉及的方面。但我注意到在研究汪曾祺时，学界常常疏忽或者很少谈及一个问题：汪曾祺一方面不断阐释他的小说、散文与传统的关系，一方面不断强调自己的创作不仅不排斥西方影响而且吸收了西方现代派小说技巧[2]。他不赞成别人把他的创作纳入"乡土文学"的理由之一是，"有些人标榜乡土文学，在思想上带有排他性，即排斥受西方影响的所谓新潮派。我并不拒绝新潮"[3]。这篇自序写于1992年。而在更早的1983年，当汪曾祺的小说已经被批评界定调在"恢复"传统时，他不时强调自己小说中的外来影响："我是更有意识地吸收民族传统的，在叙述方法上有时简直有点像旧小说，但有时忽然来一点现代派的手法，意象、比喻都是从外国移来的。"[4] 1990年《蒲桥集》再版后记中，汪曾祺仍然强调散文接受民族传统的重要，但纠正了在初版自序中散文不可"新潮"的偏差，以为散文也可以"新潮"。

这些但重要的表述，与汪曾祺逐渐强调当代文学与西方打通并吸收现代派手法的认识有关。1991年他在《汪曾祺自选集》重印后记中说，20世纪中国文学的基本问题是现实主义和现代主义，继承民族传统与接受西方影响，而二者之间并不矛盾。汪曾祺甚至设想，如果再写作十年，他将更有意识地吸收西方现代文学的影响。汪曾祺自己有非常大的抱负，希望自己的小说不今不古、不中不西。其实这是难以做到的，或多或少纳外来于传统的汪曾祺，其作品仍然是"中式"的。我在这里讨论的重点，并不是在文本分析中呈现外国文学对汪曾祺的具体影响，而是想说明：在跨文化对话关系中讨论民族传统、文学遗产仍然是不能放弃的视野和方法。在当

---

[1] 汪曾祺. 小说的散文化//晚翠文谈新编[M]. 北京：生活·读书·新知三联书店，2002：36.

[2] 汪曾祺举到的例子之一是《昙花、鹤和鬼火》，"就是在通体看来是客观叙述的小说中有时还夹带一点意识流判断，不过评论家并不宜察觉。我的看似平常的作品其实并不那么老实。我希望我能做到融奇崛于平淡，纳外来于传统，不今不古，不中不西"。参见汪曾祺. 自报家门[M]. 北京：生活·读书·新知三联书店，2002：270.

[3] 汪曾祺.《菇蒲深处》自序//晚翠文谈新编[M]. 北京：生活·读书·新知三联书店，2002：322.

[4] 汪曾祺.《晚饭花集》自序//晚翠文谈新编[M]. 北京：生活·读书·新知三联书店，2002：330.

下的文化现实中讨论文学的"文化自信",需要这样的视野和方法。一方面,我们需要将文学置于中国文化自身发展的脉络之中,另一方面,又需要考察文学与文化发展的外来影响。

回溯汪曾祺的这些论述,我们不难发现,批评界讨论的汪曾祺与传统、汪曾祺与笔记小说、汪曾祺小说语言、汪曾祺小说散文化等问题,已经存在于汪曾祺的自我阐释之中。——这是当代文学批评中很有意思的一个现象。汪曾祺的文论和小说散文文本构成了很强的"互文性"。一个作家关于自己创作意图的陈述以及对自己作品的比较准确的分析,从一个方面反映了文本意义生产的清晰化和确定性,也表明了汪曾祺的文本并不以多义见长。这类文本通常不是深刻、复杂,而是明朗、纯洁的。就文学批评而言,如何贴着汪曾祺的论述和文本,而又不被他的自我论述限制,不仅"照着讲",而且"顺着讲",是汪曾祺研究中的一个问题。

二

确定了汪曾祺与传统的关系,只是呈现一条线索,这条线索背后的问题是:汪曾祺是如何衔接传统的。具体的问题是,作为旧传统的宋人笔记等叙事传统和明清散文等文章传统(当然汪曾祺的不只这些)如何落实在汪曾祺的小说散文创作中,小说又是如何散文化的。这里的关键之处是:汪曾祺的意义如果仅仅是"恢复"传统,那么他的创造性何在?如果汪曾祺不只是"转述"而是"转换"了传统,那么,他是怎样完成了传统的"现代性"过渡的?显然,在这两个假设之间,我们会选择后者,并且将后者确认为事实。如此,接下来需要追问的是:汪曾祺是直接完成了这样的过渡,还是经由他者的过渡,再加以自己的创造?

汪曾祺所衔接的传统,其实有"旧传统"和"新传统"之分。因为汪曾祺比较具体地阐释了他的小说与古典小说叙事传统的关系,这一部分的分析相对稳定。在谈到汪曾祺与"五四"新文学传统的关系时,批评界和汪曾祺本人一样注意到了沈从文和废名的重要影响。在谈《受戒》的创作时,汪曾祺说他意识到沈从文笔下的农村少女三三、夭夭、翠翠是推动他产生小英子这样一个形象的潜在的因素。"我是沈先生的学生。我曾问过自己：这篇小说像什么？我觉得，有点像《边城》。"[1] 这是人物塑造的具体影响。而小说的叙述方法上，沈从文将"过去"和"当前"对照的方法给汪曾祺以重要影响。汪曾祺没有用对照的方法写小说，但他突出了"过去"之于"当前"的意义。他在《沈从文的寂寞》中，援引了沈从文《长河题记》中的两段文字，说明"过去"的意义。正是在这篇文章中，汪曾祺认为别人误解了沈从文，他认为沈从文的《边城》不是挽歌，而是希望之歌，这在很大程度上影响了汪曾祺小说的基调。更为重要的是，就像汪曾祺说沈从文一样，他也是一位"水边的抒情诗人"。

废名则是汪曾祺特别欣赏的另一位作家，汪曾祺很喜欢废名的小说《桃园》《竹林的故事》《桥》和《枣》等。汪曾祺早年读过周作人的《论废名》，周作人认为废名小说的一个特点是注重文章之美。我相信，周作人的这个判断对汪曾祺的影响是深刻的。小说的文章之美，也是汪曾祺小说的一个特色。汪曾祺顺着周作人的分析，在意识流译介到中国之前，废名的小说已经用了意识流手法。汪曾祺对废名小说中意识流手法的特别强调，也是他文论中谈论"现代派"并在创作中吸收"现代派"手法的参照之一。

正是基于这样的历史关联性，黄子平在《汪曾祺的意义》中，颇有见地地认为汪曾祺把久被冷落的40年代的新文学传统带到"新时期文学"面前。如果我们将汪曾祺与沈从文、废名相关联，那么汪曾祺无疑是中国现代抒情小说脉络中的一个环节[2]。这样我们可解释汪曾祺对40年代新文学传统的连接。这里存在的问题是："旧传统"又是如何转换成为"新传统"的？也就是说，与汪曾祺相关联的中国现代抒情小说是如何转换了"旧小说"模式的？如果不解决这个问题，"旧传统"和"新传统"在汪曾祺那里就不是有机整体，而是"两张皮"。普实克曾经分析鲁迅1911年冬发表于《小说月报》上的《怀旧》，他的解读对我们讨论这个问题颇有启示。

在普实克看来，《怀旧》与传统小说的第一个区别是情节结构，这篇小说的故事情节显然没有得到充分的展开。他认为《风波》《白光》《示众》等也是如此，手法明显缺乏戏剧性，鲁迅关注的不是引人入胜的情节。普实克试图由此区分出这一特征与传统叙事形式的区别："我们可以认为，鲁迅对情节所做的是一种简单化处理，把情节化约到最简单的成分，试图抛

---

[1] 汪曾祺. 关于《受戒》//晚翠文谈新编[M]. 北京：生活·读书·新知三联书店，2002：350.

[2] 参见凌宇. 中国现代抒情小说的发展轨迹及其人生内容的审美选择[J]. 中国现代文学研究丛刊，1983（2）.

弃说明性的故事框架来呈现主题。鲁迅希望不借助情节的踏脚石，直接抵达主题的核心。我正是在这一点注意到了新文学所特有的现代特征。我甚至愿意将之归纳为一条原则：削弱甚至取消情节的功能，这是新文学的特征。我愿意将这一特征与现代绘画中的潮流相提并论：自十九世纪末的印象画派开始，现代绘画就宣称，其目的是'绘画'，而不是'图解事件'。"普实克还提到致力于布设情节的捷克作家卡雷尔·卡佩克《无言的故事》等，却在进行淡化情节的尝试，这种简化情节的实验与鲁迅异曲同工。普实克进而认为："鲁迅与现代欧洲散文作家的创作所共同拥有的这些倾向，可视作抒情向叙事的渗透，是传统叙事形式的衰落。"[1]

也许，将小说情节的弱化视为新文学所持有的现代特征之一更为妥当。在其他小说家那里，强化小说情节也是新文学的一种特征，鲁迅的《阿Q正传》同样也重视情节的布设。而作为叙事传统形式的《三国演义》《水浒传》《红楼梦》等影响了现当代小说家，因而情节的弱化还不能完全视为传统叙事形式的衰落。普实克讨论这一问题的重要性在于他揭示了抒情向叙事渗透这一新文学的特征之一，这就是我们时常表述的小说散文化这一概念。当我们援引普实克的观点后再讨论汪曾祺的文论和小说、散文时，我们便能够得出相应的结论：鲁迅对小说传统的创造性转换，是汪曾祺小说回到传统的基础；在这基础上，中国古典散文中占重要位置的"无情节"的散文启发了汪曾祺的小说创作；介于散文和小说之间的笔记体因而与汪曾祺的小说有着更为密切的文化血缘关系；文章之美的特征不仅存在于汪曾祺的散文之中，也是汪曾祺小说的审美特征。汪曾祺在《小说的散文化》等文章中，都通过理解小说的散文化而重新解读了中国现代抒情小说。——汪曾祺经由"旧传统"和"新传统"，再以个人的创造，重新确立了当代文学与传统的关系。这一过程的完成，取决于三个因素：现代小说叙事模式的创造性转换；汪曾祺的文化自觉与传统文化修养[2]；当代现实

---

[1] 参见普实克.鲁迅的《怀旧》//抒情与史诗［M］.上海：上海三联出版社，2010：105-106.普实克在文中还提道："卡佩克认为，情节的弱化是现代散文的发展趋势之一，这一观点是正确的，正如我们看到，几乎与卡佩克同时，苏联文学批评家什克洛夫斯基在其著作《散文理论》中用了整整一章的篇幅来探讨'无情节的文学'。"

[2] 汪曾祺在《自报家门》中说："我是较早意识到要把现代创作和传统文化结合起来的，和传统文化脱节，我以为是开国以后，五十年代文学的一个缺陷。"但汪曾祺接着认为，"有人说这是中国文化的'断裂'，这说得严重了"。汪曾祺.参见晚翠文谈新编［M］.北京：生活·读书·新知三联书店，2002：270.

语境的激发[1]。

在这样的分析中,我们可以将汪曾祺置于现代文学的"抒情传统"这一潮流之中;如果将汪曾祺置于新时期文学的主潮——"伤痕文学""反思文学"和"改革文学"——之中,我们又发现汪曾祺在潮流之外。汪曾祺创作与80年代文学主潮的错位,是评论界确定汪曾祺文学意义的主要依据。在西方批评家那里,也是用同样的方法来讨论汪曾祺的意义。菲兹杰拉德在《想象的记忆之场:汪曾祺与后毛泽东时代对故乡的文学重构》中,曾经试图揭示汪曾祺创作的独特意义:"'文革'结束后,中国人普遍感到自身与历史发生了错位,因而有了与过去重新关联起来的心理需求,在此背景下,汪曾祺创造了一个乐感十足、风景如画的文学愿景。""这个文学愿景既不同于伤痕文学描写的血泪苦难史,也有别于把过去描绘成革命最终战胜黑暗势力的历史叙事,同时也与沈从文把湘西描写成'不完美的天堂'的做法大异其趣。""综上,汪曾祺唤醒了深藏人们心中对失落的过去的愿景,强调了过去的当下性,从而做到了与他自己的过去重新关联起来。此外,在历经革命、战争和近代史的错位之后,他为其他知识分子重建中国文化记忆开辟了道路。"[2] 菲兹杰拉德显然更多地关注到了历史阶段之间的"断裂",其实在汪曾祺的创作中历史是一个整体,并不存在以意识形态划分历史阶段的问题;菲兹杰拉德也关注到了汪曾祺与文学主潮的差异,但是,菲兹杰拉德忽视了正是由于"伤痕文学"和"反思文学"的兴起,促进了文学的思想解放,由此开启了"新时期文学"。我以为需要在相互关系中讨论历史的整体性及其不同现象之间的差异,而不是在对立关系中定位不同的文学思潮。

尽管我们不必把汪曾祺的意义上升到"为其他知识分子重建中国文化记忆开辟了道路"这样的高度,但汪曾祺对1985年前后"小说革命"的影响是事实存在。中外学者都提到了汪曾祺与"寻根文学"的关系,或者将汪曾祺的创作与寻根文学合并论述。当我们如此论述汪曾祺与"旧传统""新传统"的关系时,其实汪曾祺小说与"寻根文学"是有差异的。"寻根文学"的内部也有不同路径,或许阿城与汪曾祺更为接近。如果读韩少功的《文学的"根"》这篇称为"寻根文学"之"宣言"的文章,可以看出

---

[1] 汪曾祺在很多创作谈中都谈到文艺界的思想解放对他创作的影响。
[2] Fitzgerald, Carolyn, Imaginary Sites of Memory. Wang Zengqi and Post-Mao Reconstructions of the Native Land [J]. *Modern Chinese Literature and Culture*, 2008, 20(1): 109-110.

韩少功、贾平凹以及李杭育、郑万隆等,和汪曾祺的旨趣并不一样。——这意味着,汪曾祺回到传统的实践对当下的文学创作仍然具有启示意义,但当代作家对传统的选择则有着不同的路径和侧重。

三

汪曾祺20世纪八九十年代小说、散文的冲击力,与他的叙述语言和文体有关,研究汪曾祺的叙述语言和文体,也成为批评界的重点之一。近四十年来,当代作家的叙述语言,像汪曾祺这样炉火纯青者是少数,这也是许多小说家对汪曾祺始终怀有敬意的重要原因。无论是"旧传统"还是"新传统",都是在语言中呈现的,并成为文体的内在构成。事实上,如果离开语言,我们无法讨论作家和文本,也很难讨论文学文体。在汪曾祺自己关于语言的诸多论述中,核心观点是:"语言不仅是形式,也是内容。语言和内容(思想)是同时存在,不可剥离的。语言不只是载体,是本体。"他因此认为"写小说就是写语言",并视"语言是一种文化现象"。[1] 这样的论述几乎接近"文学是语言学"的判断。如果和同时代的作家相比,汪曾祺的超群出众之处,在于他将语言置于无可替代的本体位置。许多作家和批评家也放弃了语言的工具论,但没有汪曾祺如此彻底,如此把语言的文化性放在突出的位置。

毫无疑问,一个作家的语言与天赋有关,这在一定程度上让我们讨论作家语言风格的形成变得很有难度。但语言的文化性是在后天逐渐养成的,并在字里行间弥漫个人的气息。在讨论汪曾祺的语言时,我想先叙述汪曾祺80年代出场的个人背景。1986年,汪曾祺在《〈晚翠文谈〉自序》中,说他三十多年来和文学保持着"若即若离"的关系,有时甚至是"完全隔绝"。在汪曾祺看来,这让他获得了一个合适的位置:"比较贴近地观察生活,又从一个较远的距离外思索生活。"[2] 我以为,这样一种与生活或者说是与现实的关系,是汪曾祺在80年代以后能够既在潮流之中,更在潮流之外的一个重要原因。"文革"结束后,思想解放激活了汪曾祺的阅读经验,那些在年轻时读过也影响了他的一些中外文学作品在他心里"复苏"了,

---

[1] 汪曾祺.思想·语言·结构//晚翠文坛谈新编[M].北京:生活·读书·新知三联书店,2002:82-83.

[2] 汪曾祺.《晚翠文谈》自序//晚翠文坛谈新编[M].北京:生活·读书·新知三联书店,2002:336.

他完成了对文学传统的"认同"。一个作家在生活的位置在很大程度呈现了他个人的语言生活状态,是复制,还是独立。——这是激活汪曾祺语言能力的外部因素。

这里涉及两个问题:一是小说家(散文家)对生活的态度,二是小说家(散文家)通过阅读所形成的文化积淀。作家对生活的态度和理解决定了他要表现的生活,在汪曾祺看来,小说的结构是这篇小说所要表现的生活决定的,"生活的样式,就是小说的样式"[1]。当汪曾祺把语言视为文化现象时,他进一步认为:"语言的后面都是文化的积淀。"文化是如何积淀在语言中的?汪曾祺的体会是,"作家应该多读书。杜甫说'读书破万卷,下笔如有神',是对的。除了书面文化,还有一种文化,民间口头文化"。书面文化和民间口头文化是构成语言"文化性"的基本方面。——汪曾祺对生活和语言两者的认识,是我们讨论汪曾祺语言和文体的参照,如果将汪曾祺的书面语(文言和白话)和方言分而述之,汪曾祺的语言就被肢解了。在这一节,我们先讨论语言的文化性问题,关于小说的结构与生活的关系容后再讨论。

如果我们贴着汪曾祺的观点和文本,我们首先应该探讨的是汪曾祺的语言体现了怎样的"文化性"。我注意到,海外汉学家在讨论汪曾祺的意义时,常常是突出语言之于记忆书写的重要,即语言如何在空间上建立起故乡与前现代的文化传承关系等。菲兹杰拉德认为汪曾祺小说与其他"乡土文学"的不同就在于"语言形式上的实验":"汪曾祺的作品大多描写他少时生活过的故乡,但他不仅仅写了属于他个人的过去,还将他的创作置于乡土文学的传统之中。""与很多乡土文学作品相比,他更强调记忆的心理运作过程和语言形式上的实验,因而可以说从根本上重写了乡土文学的传统。"[2] 语言形式的实验和传统的呈现关联起来,这是菲兹杰拉德给我们的启示,正是记忆和语言,呈现了已经消逝的传统:"汪曾祺和其他寻根文学作家无疑受到了外国作家的影响,但他们只有运用文学语言,创造性地在乡村重新发明记忆之场,才能使他们笔下的故乡与前现代的过去在空间上建立起某种文化上的传承关系,因为这个前现代的过去在很多方面已经被

---

[1] 汪曾祺. 思想·语言·结构//晚翠文坛谈新编[M]. 北京:生活·读书·新知三联书店,2002:89.

[2] Fitzgerald, Carolyn. Imaginary Sites of Memory: Wang Zengqi and Post-Mao Reconstructions of the Native Land [J]. *Modern Chinese Literature and Culture*, 2008, 20 (1):77.

毁掉了。"[1]

在菲兹杰拉德这样过于理性的分析中，我们逐渐读到了其核心观点："对汪曾祺来说，利用对语言的沉思和探究（而不是其笔下人物的意识或对当地风景的描写）这种手段，他就可以在记忆中接近故乡，与故乡再次连接。"汪曾祺的创作专注于语言的运作，"他的目标显然是通过写作找回地方文化和嵌入汉语中的过去的传统"[2]。在这里，菲兹杰拉德强调了语言形式的实验的重要，汪曾祺因此在记忆的书写中接近已经成为传统的故乡。但在我看来，与其说汪曾祺的目标是"通过写作找回地方文化和嵌入汉语中的过去的传统"，毋宁说汪曾祺是将过去的传统嵌入汉语中，从而找回了地方文化。嵌入了传统的汉语因此吻合了恢复和转换传统的目标。如果置于社会政治的大背景中考察，当汪曾祺将过去的传统嵌入汉语时，他实际上剥离了汉语中的政治和暴力，这是汪曾祺对现代汉语的一次修复。

如果从句子的构成上看，汪曾祺的叙述语言是"白话""古句""洋句"（欧化句子）再加上"方言"的有机组成。他这样分析自己的语言风格："在文风上，我是更有意识地写得平淡的。但我不能一味地平淡。一味平淡，就会流于枯瘦。枯瘦是衰老的迹象。我还不太服老。我愿意把平淡和奇崛结合起来。我的语言一般是流畅自然的，但有时也会跳出一两个奇句、古句、拗句，甚至有点像是外国作家写出来的带洋味儿的句子。老夫聊发少年狂，诸君其能许我乎？另一点是，我是更有意识地吸收民族传统的，在叙述方法上有时简直有点像旧小说，但有时忽然来一点现代派的手法，意象、比喻，都是从外国移来的。这一点和前一点其实是一回事。奇，往往就有点洋。但是，我追求的是和谐。我希望溶奇崛于平淡，纳外来于传统，能把它们揉在一起。奇和洋为了'醒脾'，但不能瞧着扎眼，'硌生'。"[3] 所以，语言是一种融合后的纯净。

在其他文论中，汪曾祺多次提到方言的运用，并对民歌鲜活的语言给予积极的评价。从人格特质来看，汪曾祺无疑更接近传统文化中的"大传统"，但他一直重视"小传统"对语言文化性形成的重要："一个作家对传

---

[1] Fitzgerald, Carolyn. Imaginary Sites of Memory: Wang Zengqi and Post-Mao Reconstructions of the Native Land [J]. *Modern Chinese Literature and Culture*, 2008, 20 (1): 78.

[2] Fitzgerald, Carolyn. Imaginary Sites of Memory: Wang Zengqi and Post-Mao Reconstructions of the Native Land [J]. *Modern Chinese Literature and Culture*, 2008, 20 (1): 95.

[3] 汪曾祺.《晚饭花集》自序//晚翠文坛谈新编 [M]. 北京：生活·读书·新知三联书店，2002：330.

统文化和某一特定地区的文化了解得愈深切,他的语言便愈有特点。所谓语言有味、无味,其实是说这种语言有没有文化(这跟读书多少没有直接关系。有人读书甚多,条理清楚,仍然一辈子语言无味)。"[1] 汪曾祺在括号中的补充说明,和上述他强调"多读书"的说法不无矛盾。也许,在读书和语言的"文化性"之间存在一个关键的环节,即语言如何人格化和语言如何体现作者对生活的态度。这是我们需要讨论的另一个问题。

四

就文体而言,汪曾祺的小说也许可以简单表述为"小说的散文化"或"散文化的小说";而他的散文文体也在这样的界定中呈现出其特色。这样的看法,在诸多中外批评家那里几乎是共识。史蒂文·戴在《汪曾祺文学传记》中说:"汪曾祺从未写过一部长篇小说,因为短篇小说最适合表现他的审美情趣和风格倾向。汪曾祺在《谈读杂书》(1986)一文中自称其文学创作的特点是'形散而神不散'。史书美(Shih, 2001)把汪曾祺的创作风格称作'散漫的现代主义美学手法'(aesthetics of looseness)或'文类消融写法'(dissolution)。确实,汪曾祺的小说抒情色彩浓郁,有的在形式上更接近散文。"[2] 我们未必要采用"散漫的现代主义美学手法"这样的概念,但汪曾祺的写作实践表明,衔接传统的价值是要激活传统的现代意义。如此,我们可以明确汪曾祺的文体是现代文体,而非古代文体;或者说,"现代性"需要在中国文化自身的脉络中衍生。

"文类消融写法"在汪曾祺那里,是散文和小说的融合,是小说和诗词、散文诗的融合。在一定程度上也是小说与戏曲的融合。在谈到戏曲与小说的关系时,汪曾祺认为中国戏曲不很重视冲突,虽然戏曲整体上有冲突,但是各场并不都有冲突。他举《牡丹亭》《长生殿》《琵琶记》等戏曲的折子为例,以为不假冲突,直接地抒写人物的心理、感情、情绪的构思,是小说的,非戏剧的[3]。汪曾祺将戏曲当作小说的看法,是我们在讨论汪

---

[1] 汪曾祺. 林斤澜的矮凳桥//汪曾祺文集:文论卷[M]. 南京:江苏文艺出版社,1993:141.

[2] Day Steven. "Wang Zengqi" in Thomas Moran and Ye (Dianna) Xu, eds. *Chinese Fiction Writers*, 1950-2000. *Dictionary of Literary Biography*, vol. 370. Detroit: Thomson Gale, 2013, 245-254.

[3] 汪曾祺. 中国戏曲和中国小说的血缘关系//晚翠文谈新编[M]. 北京:生活·读书·新知三联书店,2002:119.

曾祺文体时需要留心之处。这提醒我们，汪曾祺文体上的融合是综合性的，侧重的是小说和散文的融合。

如何理解散文，决定了小说如何散文化。汪曾祺对散文的理解是："我的散文大都是记叙文。间发议论，也是夹叙夹议。我写不了像伏尔泰、叔本华那样闪烁着智慧的论著，也写不了像蒙田那样渊博而优美的谈论人生哲理的长篇散文。我也很少写纯粹的抒情散文。我觉得散文的感情要适当克制。感情过于洋溢，就像老年人写情书一样，自己有点不好意思。我读了一些散文，觉得有点感伤主义。我的散文大概继承了一点明清散文和'五四'散文的传统。有些篇可以看出张岱和龚定庵的痕迹。"就汪曾祺与现代散文的关系而言，我以为鲁迅的《野草》《朝花夕拾》，周作人散文，沈从文的《湘西》《湘行散记》等都影响了汪曾祺。如果再溯源，汪曾祺倾心的明清之际的张岱散文小品，则是衔接晚明袁宏道闲适小品一脉，他们二人写"西湖"，笔法、声韵、意趣想通。袁宏道的闲适小品，"发之于物我并生的性情，落实于市井人生，更酿造出在天地景物风致中看人生、赏玩人情世故的审美意绪"[1]。这样的文章之美，体现出了以"闲适"为特征的士大夫人格。"闲适"既是古代文人的一种生活方式，也是一种美学遗产。肖鹰对"闲适"作为一种审美方式的解释是："这种审美方式，既非审美的静观，也非由我及物的移情，而是在我与物相遇的当下，我的生命的舒张，感官与物象自然沟通，在身心调适中，我的眼耳手足肌肤与物象一同朗然于天地光景中。"[2] 在句法上，中国文学语言以短句而不是长句见长的特点也充分反映在散文小品中，张岱的《西湖七月半》便是例证。而在长句中插入短句，在汪曾祺的小说、散文中是一致的。

对照汪曾祺自述小说文体的特点，便见出散文如何化在小说中："我的一些小说不大像小说，或者根本就不是小说。有些只是人物素描。我不善于讲故事。我也不喜欢太像小说的小说，故事性太强了，我觉得就不大真实。"[3] 其实，汪曾祺仍然在讲故事，但不是讲"故事性太强"的"故事"。我并不认为在讲故事这一点上，汪曾祺的小说观和其他作家有什么大的不同，区别是如何讲故事、讲什么样的故事。如果小说的故事性不强，那么小说的重点就不是情节；如果情节不是重点，重点是什么？

---

[1] 参见肖鹰. 中国美学通史：明代卷[M]. 南京：江苏人民出版社，2014：327.
[2] 参见肖鹰. 中国美学通史：明代卷[M]. 南京：江苏人民出版社，2014：327.
[3] 汪曾祺.《汪曾祺短篇小说选》自序//晚翠文谈新编[M]. 北京：生活·读书·新知三联书店，2002：305.

汪曾祺的回答是"气氛","气氛即人物":"我年轻时曾想打破小说、散文和诗的界限。《复仇》就是这种意图的一个实践。后来在形式上排除了诗,不分行了,散文的成分是一直明显地存在着的。所谓散文,即不是直接写人物的部分。不直接写人物的性格、心理、活动。有时只是一点气氛。但我以为气氛即人物。一篇小说要在字里行间都浸透了人物。作品的风格,就是人物性格。"[1] 当汪曾祺明确"气氛即人物"时,他便创造性地重新定义了现代抒情小说,也明确了小说散文化主要化了什么。在这个层面上,我们便容易理解他的"散文化"或"散文诗"式的小说。汪曾祺说《钓人的孩子》《职业》《求雨》等有散文诗的味道,"味道"其实是"氛围"的另一种表述。[2] 汪曾祺小说的"抒情"就在这气氛之中。当汪曾祺以"记忆"的书写展开叙述时,个人的感情、情绪以及人格特质更有助于"气氛"的营造。个人经验的介入,是小说的抒情得以形成的因素之一。这种写法,我以为类似于鲁迅的散文《朝花夕拾》。

如果说"气氛即人物",那么小说中常见的对话,也就不是塑造人物的性格,而是营造小说的气氛。在这一点上,普实克分析鲁迅《怀旧》时关于小说"对话"的理解也可作为分析汪曾祺小说对话的借鉴:"在传统小说形式中,对话是推动情节发展和决定叙事结构的重要手段。而在《怀旧》中,对话却是独立的,自发的,甚至不像吴敬梓的《儒林外史》中的那样,起到深化人物性格的作用。在这里,对话只是用来渲染某种气氛,表现某种局面或人际关系的一种形式,就像我们经常在海明威、乔伊斯、福克纳等西方现代作家的作品中所看到的那样。这些零散的对话,不用直接描写,就把人物带到我们面前,展现了其他手法所难以表达的各种关系,揭示了人物的心理活动、踌躇不定和无以名状的思想波动,而这,是直截了当的描写所无法做到的。"[3] 在汪曾祺的小说中,《受戒》的对话是营造气氛的典型。

"气氛"在文本中是弥漫的,这与散文的"散"吻合。汪曾祺说:"我的小说的另一个特点是:散。这倒是有意为之。我不喜欢布局严谨的小说,

---

[1] 汪曾祺.《汪曾祺短篇小说选》自序//晚翠文谈新编[M].北京:生活·读书·新知三联书店,2002:305.

[2] 汪曾祺.《晚饭花集》自序//晚翠文坛谈新编[M].北京:生活·读书·新知三联书店,2002:328.

[3] 普实克.抒情与史诗[M].上海:上海三联出版社,2010:106-107.

主张信马由缰,为文无法。"[1] 但是,一味的散,小说便枝蔓开来。在理解汪曾祺小说时,人们常常注意到了他的散,而忽视了这是"有意为之"的"散",他的"为文无法"中藏着"布局严谨"的"匠心"。这是汪曾祺不断强调和提醒自己的方面,也是批评界注意到的特点。散而不枝蔓,笔墨则需"极简",因而,汪曾祺更多地选择了笔记体小说。极简的笔墨也受沈从文的影响:"在昆明,有一阵,他常常用毛笔在竹纸书写的两句诗是'绿树连村暗,黄花入麦稀'。我就是从他常常书写的这两句诗(当然不止这两句)里解悟到应该怎样用少量文字描写一种安静而活泼,充满生气的'人境'的。"[2] 汪曾祺以为静中有动,以动为静,这是中国文学一个长久的传统。

当汪曾祺在文体上试图打破小说、散文和诗歌的界限时,"抒情精神"便渗透在小说之中。普实克在中国古典小说"史诗的结构"中发现了"抒情精神"的渗透,他以话本小说为例,指出"抒情性"元素使话本小说成为一种"多音结构","琐碎的现实"得以诗化。汪曾祺不长于结构情节,如此,他笔下的"琐碎的现实"也才得以诗化。普克实在《在中国文学革命的语境中对照传统东方文学与现代欧洲文学》中说:"旧中国的文学主流是抒情诗,这种偏向也贯穿于新文学作品中,以至主观情感成为主宰,并往往突破了'史诗的'形式。"

在这里,我的重点不是说汪曾祺的文体如何"突破"了"史诗的"形式,事实上汪曾祺并不是"史诗式"的小说家;而是说并不擅长于"史诗的"汪曾祺,在文学的"旧传统"和"新传统"中找到了适合自己的文体。

五

当汪曾祺认为小说作者的语言是他人格的一部分,语言体现小说作者对生活的基本态度,又认为生活的样子决定了小说的结构(或文体)时,我们接下来要讨论的问题是:作者的人格和生活怎样影响了汪曾祺的创作?

语言的文化性如何滋生出语言的个性,在汪曾祺看来作家的气质起了很大的作用。汪曾祺认同"风格即人"和"文如其人"的说法,他觉得一

---

[1] 汪曾祺.《汪曾祺短篇小说选》自序//晚翠文坛谈新编 [M].北京:生活·读书·新知三联书店,2002:305.

[2] 汪曾祺.沈从文的寂寞//晚翠文坛谈新编 [M].北京:生活·读书·新知三联书店,2002:187.

个人的风格是和他的气质有关的，词分豪放与婉约两派，其他文体大体也可以这样划分[1]。关于汪曾祺的气质，通常用"士大夫"来形容[2]。确实，作为知识分子的汪曾祺在社会的剧烈变动中，保留了传统文人的特点，如他对沈从文理解的那样，倾心于把"最美丽与最调和风度"和"德性"统一起来[3]。这不仅是一种审美化的生活方式，也是一种性情的修炼。汪曾祺说自己接受儒家的思想，而不是道家，因为他认为儒家是讲人情的，是一种富于人情味的思想。他欣赏孟子的"大人者，不失其赤子之心"，也向往陶渊明笔下充满人的气息的"人境"。他因此将自己定位为"中国式的抒情的人道主义者"[4]。——这是汪曾祺选择和转换传统的内在机制，当个人气质沉浸在语言中，语言就获得了个人气息。汪曾祺说这是他的抒情现实主义的心理基础。

如果从人格（或文化心理）上看，汪曾祺闲适、自我把玩，冲淡、惆怅，自律，也潇洒不羁，随遇而安，又不无抗争。在谈到童年记忆中的"晚饭花"时，汪曾祺说："有时也会想到又过了一天，小小年纪，也感到一点惆怅，很淡很淡的惆怅。而且觉得有点寂寞，白菊花茶一样的寂寞。"这样一种淡淡的惆怅和寂寞一直在汪曾祺的心中，衍生为一种艺术气质。而在绘画上，汪曾祺长于画"平远小景"，而非"金碧山水"和"工笔重彩人物"，他的画作和文学文本也就不可能生成满纸烟云。他爱看"金碧山水"和"工笔重彩人物"，但画不出来，"我的调色碟里没有颜色，只有墨，从渴墨焦墨到浅得像清水一样的淡墨"[5]。这样的艺术特质反映在创作上，便是长于短小说和小品文。

汪曾祺在不同时期的命运也是这种传统文人特点的折射。熟悉汪曾祺的朋友都知道他不问政治，不懂政治实际，但对政治有幻想，有乌托邦的想法[6]。在50年代，汪曾祺在一封信中，对自己有过解剖："我是有隐晦、曲折的一面，对人常有戒心，有距离。但也有另一面，有些感情主义，把

---

[1] 汪曾祺．谈风格//晚翠文坛谈新编［M］．北京：生活·读书·新知三联书店，2002：63.

[2] 参见孙郁．革命时代的士大夫：汪曾祺闲聊录［M］．上海：上海三联出版社，2014.

[3] 参见汪曾祺．美——生命//晚翠文坛谈新编［M］．北京：生活·读书·新知三联书店，2002：4.

[4] 汪曾祺．我是一个中国人//晚翠文坛谈新编［M］．北京：生活·读书·新知三联书店，2002：256.

[5] 汪曾祺．《晚饭花集》自序//晚翠文坛谈新编［M］．北京：生活·读书·新知三联书店，2002：197.

[6] 参见陈徒手．人有病，天知否［M］．北京：人民文学出版社，2011：329.

自己的感情夸张起来，说话全无分寸，没有政治头脑、政治经验，有些文人气、书生气。"[1] 这封带有检讨自己错误的信，也道出了汪曾祺的文人特点。1996年12月前后关于《沙家浜》著作权的官司，对汪曾祺打击甚大。汪朗等回忆说："近些年，爸被捧得很高，听到的都是赞赏和恭维，他已不似过去那么出言谨慎了。"其实这也是文人的习性。

这样的艺术气质同样反映在小说的文体上，汪曾祺只写短篇小说，没有写过长篇，因为不知道长篇小说为何物。他说我只熟悉短篇小说这样一种对生活的思维方式[2]。为何长于写笔记小说？"只有那么一小块生活，适合或只够写成笔记体小说，便写成笔记体，而已。"[3] 将一种文体视为"一种对生活的思维方式"，打通了文学本体与生活的关系。汪曾祺小说构思和想象的特点，就是这样一种思维方式。这种方式，在很大程度上是散文的思维方式，有原型，而不长于虚构："我写的人物大都有原型。移花接木，把一个人的特点安在另一个人的身上，这种情况是有的。也偶尔'杂取种种人'，把几个人的特点集中到一个人的身上。但多以一个人为主。当然不是照搬原型。把生活里的某个人原封不动地写到纸上，这种情况是很少的。对于我所写的人，会有我的看法，我的角度，为了表达我的一点什么'意思'，会有所夸大，有所削减，有所改变，会加入我的想象，这就是现在通常所说的主体意识。但我的主体意识总还是和某一活人的影子相粘附的。完全从理念出发，虚构出一个或几个人物来，我还没有这样干过。"[4] 没有跌宕起伏的故事情节，这也与汪曾祺将生活视为常态有关："我对生活的态度是执著的。我不认为生活本身是荒谬的。不认为世间无一可取，亦无一可言。我所用的方法，尤其是语言，是平易的，较易为读者接受的。我的小说基本上是直叙。偶有穿插，但还是脉络分明的。我不想把事件程序弄得很乱。有这个必要么？我不大运用时空交错。我认为小说是第三人称的艺术。"汪曾祺的小说观念是现代的，但他对艺术的选择是传统的。他觉得

---

[1] 转引自陈徒手. 人有病，天知否 [M]. 北京：人民文学出版社，2011：359.
[2] 汪曾祺.《汪曾祺自选集》自序//晚翠文坛谈新编 [M]. 北京：生活·读书·新知三联书店，2002：299.
[3] 汪曾祺.《捡石子儿》代序//晚翠文坛谈新编 [M]. 北京：生活·读书·新知三联书店，2002：290.
[4] 汪曾祺.《汪曾祺自选集》自序//晚翠文坛谈新编 [M]. 北京：生活·读书·新知三联书店，2002：300.

之于他所熟悉的生活，也许没有必要"时空交错"[1]。

如果说，文体是对生活的一种思维方式，那么小说家的"思维"显然包括了对生活的再认识和再创造。可以说，"生活的样子，就是作品的样子。一种生活，只能有一种写法"。但作品的样子不等同于生活的样子。《大淖记事》《受戒》既是汪曾祺理解的生活的样子，又再造了生活。汪曾祺过于拘谨了。他曾经这样解释《小芳》的"平实"，"《小芳》里的小芳，是一个真人，我只能直叙其事。虚构、想象、夸张，我觉得都是不应该的，好像都对不起这个小保姆。一种生活，用一种写法，这样，一个作家的作品才能多样化"[2]。"平实"是一种写法，但作为一种写法的"平实"并不意味着排斥虚构、想象甚至夸张。汪曾祺很少用夸张的笔法，实而虚之，虚而实之。这也可见笔记体对汪曾祺的限制。

对政治的理解也是对生活的理解。汪曾祺不涉及所谓重大题材，也不虚构长篇小说，这与他对文学与政治关系的具体理解有关。他不着眼于重大事件，也不长于此，但这不意味着八九十年代汪曾祺的创作与政治无涉。在谈到汪曾祺与政治的关系时，人们往往着墨于他和"样板戏"。而在讨论到《受戒》《大淖记事》以后的创作时，往往把汪曾祺的创作从大的社会政治背景中抽离出来，汪曾祺作品叙述的内容似乎也与大的社会政治背景没有直接的关系。其实，汪曾祺自己倒是在这样的大背景中谈论自己作品的，这是评论界研究汪曾祺时常常疏忽的。汪曾祺说到《晚饭花集》中的作品和1982年出版的《汪曾祺短篇小说选》的区别，"从思想情绪上说，前一集更明朗欢快些。那一集小说明显地受了三中全会的间接影响。三中全会一开，全国人民思想解放，情绪活跃，我的一些作品（如《受戒》《大淖记事》）的调子是很轻快的。现在到了扎扎实实建设社会主义的时候了，现在是为经济的全面起飞作准备的阶段，人们都由欢欣鼓舞转向深思。我也不例外，小说的内容渐趋沉着。如果说前一集的小说较多抒情性，这一集则较多哲理性。我的作品和政治结合得不紧，但我这个人并不脱离政治，我的感怀寄托是和当前社会政治背景息息相关的。必须先论世，然后可以知人。离开了大的社会政治背景来分析作家个人的思想，是说不清楚的。我想，这是唯物主义的方法"。他称这两个小说集是"一个不乏热情，还算

---

[1] 汪曾祺.《捡石子儿》（代序）∥晚翠文坛谈新编 [M]. 北京：生活·读书·新知三联书店，2002：285.

[2] 汪曾祺.《捡石子儿》（代序）∥晚翠文坛谈新编 [M]. 北京：生活·读书·新知三联书店，2002：299.

善良的中国作家八十年代初期的思想的记录"[1]。因此说，汪曾祺与政治的关系，是小说文本与现实语境的关系，而不是在文本中表现作为现实语境的政治。

一个作家在现实世界中，有两种生活：个人生活，社会生活。我们可以发现，很多作家在文本中通常只有社会生活，而无个人生活。这说明这些作家缺少个人生活，或者是以社会生活代替了个人生活。我这里所说的个人生活，主要不是指作家的经历，或者是作家在现实社会中的遭遇，而是指与个人气质相关的个人生活方式。没有个人生活的作家，不可能成为优秀作家。我们重视个人生活，其实不是在日益需要慢生活的时代模仿或者回复到这样的生活方式，而是要看到作家的个人生活在一定程度上是和作家的创作构成了一个整体，从而也将作家的创作和他的个人生活联系在一起考察。

但固定化的个人生活方式和对生活的理解，也可能会影响与社会生活的广泛联系。汪曾祺的小说是"过去"的"记忆"。记忆复现的心理过程，是虚构和叙述语言展开的过程，带有鲜明的人格色彩。记忆是可以淡化和遗失的，而现实生活呈现了创作的广阔道路。汪曾祺长于前者，而短于后者。当然，如果一种个人生活方式都可能成为一种局限，汪曾祺的晚年显然也受此限制，我在他的一些笔记小说中感受到了他创作力的衰退。

六

在分析了"旧传统""新传统"，语言、结构或文体，以及个人气质与生活态度之后，我们需要关注汪曾祺的小说到底写了什么。

以题材来界定汪曾祺的小说为"乡土文学"显然存在分歧，汪曾祺本人也不赞成用"乡土文学"来定义他的小说。诚然，汪曾祺的小说以高邮、昆明、上海、北京、张家口等地位为背景，地方文化的影响反映在小说中的风土人情和叙述语言上。但他不专用某一地方的语言写这某一地方的人事，因而并没有画地为牢的乡土。在汪曾祺看来，"乡土文学"的命名，又包含了对"新潮""现代派"的排斥，这意味着他反对用与"乡土文学"相关的一种主义去排斥另一种主义。因而，汪曾祺不太同意"乡土文学"

---

[1] 汪曾祺：《晚饭花集》自序//晚翠文坛谈新编［M］. 北京：生活·读书·新知三联书店，2002：329-330.

的提法，也不认为自己写的是乡土文学[1]。如果联系汪曾祺说自己是一个"抒情的人道主义者"，也许汪曾祺更看重的是他作为抒情的人道主义者对人、人性的关注。

黄子平在《汪曾祺的意义》中颇有见地地指出，"汪曾祺对前辈后生的阐释其实也阐释了自身。"[2] 由汪曾祺对铁凝的评价，我们或许能够回答汪曾祺写了什么这一问题。1993年，汪曾祺在推荐铁凝的《孕妇和牛》时，提出了一个问题：这篇小说写的是什么？汪曾祺回答："再清楚不过了：写的是向往。或者像小说里明写出来的，'希冀'。或者像你们有学问的人所说，'憧憬'。或者直截了当地说，写的是祝福。"汪曾祺还用了"快乐"和"温暖"来形容铁凝的这篇小说[3]。在阅读汪曾祺时，我也一直在思考一个问题：汪曾祺写了什么？现在不妨说，汪曾祺小说散文写的是"向往"。

汪曾祺的小说多写故人往事，反映的是一个已经消逝或正在消逝的时代。在这个意义上，汪曾祺的小说是一种记忆。而故人往事往往又与保存着苏北"古风"的故里有关。在谈到自己的用心时，汪曾祺说："我并不引导人们向后看，去怀旧。我的小说中的感受情绪并不浓厚。随着经济的发展，改革开放，人的伦理道德观念自然会发生变化，这是不可逆转的，也是无可奈何的事。但是在商品经济中保存一些传统美德，对于建设精神文明，是有好处的。我希望我的小说能够起一点微薄的作用。"这个作用就是"再使风俗淳"[4]。正是这样的创作意图和价值判断，让过去的生活成为今天的一种原型。

汪曾祺几篇经典小说的过程和结尾都呈现了这样的希望、暖意和美好。在回答为什么要写《受戒》时，汪曾祺说："我要写！我一定要把它写得很美，很健康，很有诗意！"美和人性成为《受戒》，也成为《大淖记事》等小说的向往。汪曾祺的《大淖记事》《受戒》等都有不少篇幅的很美的风俗画描写，但汪曾祺不是为写风俗而写风俗，写风俗是为了写人。只有在与人的关系中，小说中的风俗美才具有审美意义。而这一点又与汪曾祺重视

---

[1] 参见汪曾祺.《晚饭花集》自序//晚翠文坛谈新编[M]. 北京：生活·读书·新知三联书店，2002：300.

[2] 黄子平. 汪曾祺的意义//汪曾祺小说经典[M]. 北京：人民文学出版社，2005：339.

[3] 汪曾祺. 推荐《孕妇和牛》//汪曾祺文集·文论卷[M]. 南京：江苏文艺出版社，1993：186-187.

[4] 汪曾祺.《菇蒲深处》自序//晚翠文坛谈新编[M]. 北京：生活·读书·新知三联书店，2002：323-324.

世俗生活的审美观相关联，这也是明清小说的传统。因而只研究汪曾祺小说中的风俗画，并没有特别的意义。汪曾祺的散文也有很多的风俗画，同样也是因为作为抒情主体的作家将风俗画人格化了，才显示了风俗化的人文之美，这是散文中人与风俗的一种关系。

如前所述，在谈到自己的文本要素时，汪曾祺强调了小说的"氛围"。因而，分析汪曾祺小说的文本，首先是对感情、情绪的把握，而不是思想深度的探析。"我觉得作家就是要不断地拿出自己对生活的看法，拿出自己的思想、感情，——特别是感情的那一种人。作家是感情的生产者。""我的作品所包含的是什么样的感情？我自己觉得：我的一部分作品的感情是忧伤，比如《职业》《幽冥钟》；一部分作品则有一种内在的欢乐，比如《受戒》《大淖记事》；一部分作品则由于对命运的无可奈何转化出一种常有苦味的嘲谑，比如《云致秋行状》《异秉》。在有些作品里这三者是混和在一起的，比较复杂。但是总起来说，我是一个乐观主义者。对于生活，我朴素的信念是：人类是有希望的，中国是会好起来的。我自觉地想要对读者产生一点影响的，也正是这点朴素的信念。我的作品不是悲剧。我的作品缺乏崇高的、悲壮的美。我所追求的不是深刻，而是和谐。这是一个作家的气质决定的，不能勉强。"[1] 后来的汪曾祺也曾经说，如果继续写作，他会写得深刻些。我们没有设想写出"深刻"的汪曾祺的小说是何等面貌。

我们注意到汪曾祺对沈从文的解读其实是夫子自道。他认为沈从文的《边城》不是挽歌，而是希望之歌[2]。在《一个爱国的作家》中，汪曾祺为沈从文《边城》美化翠翠、大老、二老等做了辩解，认为一些论者误解了沈从文。如是，汪曾祺向往的是美好的人性，那些不无忧伤、惆怅情绪的小说，也只是对失落和挫折的一种感怀。如果说鲁迅的《朝花夕拾》是对往昔时光的一个悲哀的吊唁，那么汪曾祺的小说则是对往昔时光的一个美好的吊唁。

汪曾祺恢复的是传统之一种，其小说散文中的传统也是他理解和阐释后的传统。当今天的作家在向伟大的传统致敬时，需要重申作家个人的文化心理决定了他选择什么样的传统。一种传统，对一个作家是长处，而对另一个作家则可能是短处。汪曾祺与传统的关系是在成长中形成的，是写

---

[1] 汪曾祺.《汪曾祺自选集》自序//晚翠文坛谈新编[M].北京：生活·读书·新知三联书店，2002：302.

[2] 汪曾祺.《沈从文的寂寞》//晚翠文坛谈新编[M].北京：生活·读书·新知三联书店，2002：183.

作之前的自然积累和写作过程中的衔接，而不是写作之后的补课。这样一种文化性是在自然而然的状态中形成的，文化的背景和积累邂逅某个意向、人事时，传统自然而然地孕育其中。当许多作家在寻找与叙事传统的关联时，传统已经成为汪曾祺的一部分。以汪曾祺的艺术境界当不会完全被一种文体所限制，80年代末以后，汪曾祺的散文多了，小说弱了，也反映了他虚构和想象力的衰退。在这个意义上，一种优长，也是一种局限。

中国当代文学批评的生成、发展与转型

王 尧

关于"中国当代文学六十年"不同层面与角度的研究成为近年来当代文学研究界相对集中的一项工作。无疑,"中国当代文学六十年"并非严格意义上的文学史概念,但在文学与现实的内在关联中,这一命名为研究中国当代文学史提供了新的可能,它既是现实语境催生的结果,也是当代文学研究新的学理基础形成以后的反映。作为中国当代文学史一部分的文学批评,不仅与创作构成了互动,促进了中国当代文学发生、发展与转型,其自身的学术史意义也十分重要。

一

中国当代文学批评在由"现代文学"向"当代文学"的过渡中,发挥了特别重要的作用,体现了中国当代文学制度形成过程中"社会主义文学"的本质要求。这与晚清以后的"现代批评"之于"现代文学"的作用大致相同,在新文学的产生和发展过程中,文学批评一直被赋予重要地位。文学批评的突出地位,在当代文学史上的某些阶段曾经达到了极端的地步。文学批评的历史经验表明,夸大、扭曲和贬低文学批评的作用,都是导致文学发展失常的因素之一。

作为一种文学实践活动的批评,从 20 世纪 40 年代的延安解放区开始就预设了中国当代文学的发展路径,这个预设,承接了 30 年代的左翼文学思潮,这一点从周扬和冯雪峰等马克思主义文艺理论家当年的文论便可看出。在现代文学批评的发生和发展过程中,革命的、左翼的以及"左"倾的文艺理论和文艺批评一直是绵延不断的潮流,这个潮流经延安解放区文艺再到新中国文艺,其核心地位逐步确立[1]。

尽管对"社会主义文学"的认识60年来发生了深刻的变化,但在相当长的时间内,文学批评承担了阐释中国当代文学制度核心价值的功能。1949年在北平召开的第一次文代会,通常被视为"中国当代文学"的开始。周扬在《新的人民的文艺》报告中,明确提出了批评是实行对文艺工作的思想领导的重要方法:"建立科学的文艺批评,加强文艺工作的具体领导。"周扬报告中的观点源自毛泽东《在延安文艺座谈会上的讲话》所论述的思想,"文艺界的主要的斗争方法之一,是文艺批评"。周扬指出:"现在的情况是十分缺少批评,特别是切实的、具体的、有思想的批评。文艺工作中批评的空气太稀薄了。广大读者由于缺乏正确批评的引导,对作品的选择就成了自流的状态。许多青年作者由于缺乏正确批评的帮助,在写作上只好自己摸索,有时就要走一些本来可以避免的弯路。文艺界的团结也由于缺乏必要的批评,有时就成为无原则的团结。我们必须在广泛的文艺界统一战线中进行必要的思想斗争。必须经常指出,在文艺上什么是我们所需要提倡的,什么是我们所要反对的。批评必须是毛泽东文艺思想之具体应用,必须集中地表现广大工人群众及其干部的意见,必须经过批评来推动文艺工作者相互间的自我批评,必须通过批评来提高作品的思想性和艺术性。批评是实行对文艺工作的思想领导的重要方法。"[2] 周扬也提到了通过批评来提高作品的思想性和艺术性,但他的论述和结论都强调的是"批评是实现对文艺工作的思想领导的重要方法"。在中国共产党领导的革命斗争中,文艺以及文艺批评在"思想战线"的这一位置及其作用一直受到重视,并且决定了当代文学发生和发展的基本脉络。因此,文学批评被置于一个特殊而重要的位置上,承担着阐释党的文艺政策并进行思想斗争的功能。

在50年代初期,批评发挥了"思想斗争"的作用,但也因其"偏向"而带来了消极的影响。1953年9月,胡乔木在第二次全国文代会党员大会上,传达毛泽东主持中央政治局会议讨论周扬报告的意见时,反复讲中央领导要鼓励创作,反对粗暴批评:"对文艺创作采取鼓励、保护的方针,才能繁荣文艺。批评是为了鼓励士气,发展建设性的批评,反对领导创作中各种各样的粗暴态度。"[3] 周扬在第二次文代会的报告《为创作更多的优秀

---

[1] 在斯洛伐克汉学家高利克的《中国现代文学批评发生史》中,他所清理和揭示的现代文学批评发生史,占主要部分的是左翼批评家的历史。

[2] 周扬. 新的人民的文艺//周扬集 [M]. 北京:中国社会科学出版社,2000:85.

[3] 黎之. 文坛风云录 [M]. 河南:河南人民出版社,1998:51.

的文学艺术作品而奋斗》，便体现了发展建设性的批评、反对粗暴批评的精神。此时，已经历了文艺界对电影《武训传》的批判。

当时所意识到的这些"偏向"曾经有所纠正，但在1957年以后，这些偏向不仅没有得到遏制，反而有所加剧，到了60年代中期以后，随着党的指导思想的"左"倾，文艺批评成为阶级斗争的工具，到"文革"时期达到极端。文艺界的领导人对文艺批评的要求，也逐渐突出了意识形态领域思想斗争的需要。周扬在1958年的讲话中，清晰、明确地论述了文艺批评在意识形态领域中的特殊意义："文艺理论批评是思想斗争最前线的哨兵。阶级斗争形势的变化，往往首先在文艺方面表现出来，资产阶级思想对我们的侵蚀，也往往通过文艺。资产阶级思想来影响无产阶级，无产阶级思想要打击资产阶级思想，前哨站往往是在文艺方面。延安整风前后是如此，建国以后也是如此。文艺战线上的斗争，是阶级斗争的生动反映；文艺理论批评是实现党的文艺政策的有力工具。"[1] 在另外一篇讲话中，周扬又把"文艺批评的方法"视为文艺战线上的"思想斗争"的主要方法："文艺战线上的思想斗争，主要就是采取思想批评、文艺批评的方法，用马列主义毛泽东思想及其关于文艺的学说来批评一切错误的文艺思想和作品，以巩固和扩大马列主义文艺思想的领导地位。"[2] 这个论述并没有超出主流文艺思想对社会主义文学与文学批评的本质理解，但越来越多地把文艺批评与社会关系中的阶级与阶级斗争联系在一起。1958之后，除了对资产阶级思想的批判之外，又重点突出了文艺批评对修正主义思想的批判。

在这样的大框架中，我们就不难理解文学批评因为其鲜明的"政治目的性"，而在文学生产中的重要作用。但"政治目的性"又不是文学批评的全部，它决定了当代文学批评必须是马克思主义的文艺理论和批评，但文学批评仍然有自己的任务："马克思主义文艺理论和批评，必须是创造性的，战斗性的，必须同我国的文艺传统和创作实践密切结合；必须以促进社会主义文艺的发展为主要任务。文艺理论，不是什么别的东西，而是对于各个时代文艺创作经验的总结。马克思主义的文艺理论，就是运用马克思主义的观点，来总结文艺创作的经验。我们的文艺批评，就是根据马克思主义的文艺观点来研究、分析和评价各个具体的创作成果。"这个任务也

---

[1] 周扬.建立中国自己的马克思主义的文艺理论和批评∥周扬文集：三[M].北京：人民文学出版社，1984：31.

[2] 周扬.整顿文艺思想，改进领导工作∥周扬文集：二[M].北京：人民文学出版社，1984：131.

包括建立"新的美学观点":"关于文艺理论批评工作,应该注意建立新的美学观点的问题。""文艺的特点,就是唤起美感的形象,来用共产主义精神教育人民,并培养人民新的审美观念。"[1] 这里所讲的"美学观点"仍然是从意识形态的特殊性出发的。

到 70 年代末 80 年代初,文学批评仍然在当代文学制度中发挥着特殊作用。在由"文革"到"新时期"的过渡中,文学批评一方面参与"拨乱反正",另一面又引领新的文艺思潮、推动创作主潮的形成。虽然文学批评作为"思想斗争"的武器,在近三十年来也有所使用(近三十年文学批评的历史也因此具有某些复杂性),但由于重新处理了文学与政治的关系,批评更主要的是回到了文学本位。在一个既有所延续又有所变革的文学制度中,文学批评的意识形态性不再成为一个主要的问题,通过"思想斗争"等引领文学思潮、推动创作的方式基本终结。

90 年代以后,文学制度在经历了 80 年代的变革之后处于相对稳定的状态。国家意识形态仍然对文艺批评保持着特定的要求,但文学批评选择的自由性和多样性也逐渐增强。批评来自消费主义意识形态的干扰,在某种程度上已经超出国家意识形态对文学批评规定性的影响。当代文学的社会、政治、经济与思想文化背景都发生了巨大变化,文学批评从原先的高处落下后如何定位,倒成为一个新的问题。

二

中国当代文学发生的历史语境以及中国当代文学制度最初形成和发展的特点,也使"批评家"成为一个特殊的身份。在 1944 年的《马克思主义与文艺》序言中,周扬将"批评家"与"作家"并列,其地位之重要由此可见一斑[2]。

我们都注意到,在 80 年代之前,几乎没有像现代文学史上李长之那样的职业批评家。现代学者如朱光潜、李健吾等也从文学批评活动中消失,茅盾因其文学史上的特殊地位成为少有的由现代延续到当代的作家兼批评

---

[1] 周扬. 建立中国自己的马克思主义的文艺理论和批评//周扬文集:三 [M]. 北京:人民文学出版社,1984:29-30.

[2] 这本比较系统地介绍马克思主义文艺理论的书分为五辑:意识形态的文艺;文艺的特质;文艺与阶级;无产阶级文艺;作家、批评家。参见周扬.《马克思主义与文艺》序言//周扬集 [M]. 北京:中国社会科学出版社,2000:47.

家。文学创作、文学批评的"一体化",是产生这一现象的重要原因,因为当代批评的鲜明的意识形态性,确实使许多现代批评家在当代失去了思想的能力;而另外一个重要原因,也因为文学批评的"在场"性,现代批评家对当代文学也失去了介入和对话的可能。这后一种因素其实也不能忽视。

当解放区文学成为当代文学的直接背景和方向后,来自解放区的或者左翼阵营的批评家就具有了一种"先天性"的话语权。如周扬、冯雪峰、何其芳、邵荃麟、侯金镜、张光年等,都是集革命者、领导者、理论家与批评家于一身的。在这样一个身份系统中,"革命者"是主要的因素,而在政治信仰之外,他们作为理论家、批评家的学养、知识、趣味也会在特定的语境中发挥作用。读他们的文论,我们会发现其身份的多重性使他们的批评文本在"一体化"之外有着复杂的构成。这些批评家的文学批评,是当代马克思主义文艺批评实践活动的主体部分,也长时间确立了文学批评的基本路向。在整体上说,这些理论家批评家是党的文艺政策的权威阐释者,其批评的得失往往取决于政治、政策的正确与否,文艺批评的大势在很大程度上受其影响;但在另一方面,这些批评家又因其不同程度地熟悉艺术规律,堪称内行,常有真知灼见,有些批评家也从艺术良知出发提出过一些"不合时宜"的论点。因此,这一代批评家的特征和命运也是五六十年代文学批评的特征和命运。他们在 50 到 70 年代的沉浮,显示了当代文学在社会现实中的际遇,也成为当代中国知识分子命运的一个缩影。所以,回到历史语境中,分析他们身份的多重性以及他们思想结构的矛盾性,是研究当代文学批评史特别是 1979 年之前的文学批评史的一个重要内容。

关于文学批评队伍的问题,1953 年冯雪峰在《关于创作和批评》中有诸多批评。他认为文艺领导部门和文艺团体一向不注意批评工作,还没有比较有素养的、有研究的、愿意为批评工作而奋斗的、称得上优秀的批评家,而批评工作的队伍也就更说不上。冯雪峰批评说:"我们这几年的批评工作,是由各个文艺部门的领导同志们的理论文章、一部分偶然写点批评文章的同志们的文章、各杂志报纸的编辑同志们的文章和一部分读者的文章组织而成的。"这就是当时批评队伍的基本状况。在冯雪峰看来,这些文章"空论和教训的话居多,而有深刻的研究和具体分析的文章是很少。有些批评文章,即使说的话没有什么错,但只在几个理论公式上绕圈子,简直触不到实际问题的边儿,因此也起不了什么实际的作用;稍好的一些批评具体作品的文章,也只是感想性的批评"[1]。冯雪峰的主要观点,和这一年周扬在第二次文代会上的报告精神是吻合的,他也特别指出了简单化、粗暴批评的危害,"我们还没有造成一种实际的批评力量,帮助我们创作走向健康的、现实主义的发展道路,以完成文学批评的创造性任务","相反地,批评上的主观主义的错误,反现实主义的错误,反而影响了创作的健康发展"。他指出"简单化""武断"的批评,"这常常根据违反艺术规律的公式,而且态度总常常是轻率的、横暴的、随意否定这个肯定那个的批评。是对于读者和作者都有损害的"。

在文学批评队伍中,"编者""读者"也是文学批评活动中两个不可或缺的概念。体现了"编者"的批评意义的文本是"编者按"。作为一种独特的批评文本,往往更多地反映在方向的设计和思潮的引导上,而这种设计和引导又为当时的政治倾向和政策所左右,在五六十年代通常会被视为透露和预示文艺发展新动向的主要方式。《文艺报》五六十年代的一系列"编者按"就曾起到这样的作用。有些"编者按"不是出自刊物的"编者"之手,而是文艺界的领导者所撰写,甚至经过党和国家领导人亲自修改。如《文艺报》1958年"对《野百合花》《三八节有感》《在医院中》及其他反党文章的再批判"的"编者按",毛泽东不仅加了批注,还做了几处修改。在70年代末到80年代中期"编者按"的作用更多地反映在对艺术创新的提示和鼓励中,像《人民文学》《中国》等杂志,在1985年前后的"编者按"(或者类似的文字),对"小说革命"产生了深刻影响,在新时期文学变革的潮流中都曾起到引领的作用。

"读者"在当代文学生产中的意义非同寻常。1950年丁玲主持起草的《〈文艺报〉编辑工作的初步检讨》所列《文艺报》缺点之一就是"读者对象偏重于作者与文艺工作者,对广大的文艺爱好者和一般读者的重视不够"。《文艺报》作为最重要的理论批评刊物,"读者"在五六十年代文学批评中的特殊性十分明显。具有"工农兵"政治身份的"读者"的"来信",通常适时地从另外一个层面上规范和警示作家的创作,也为文艺界领导者对创作的训诫提供契机。这一过程,在50、60和70年代是非常复杂的。当代文学制度一方面训练和造就了"读者",另一方面,"读者"又以一种特殊的力量对文学创作施加影响。在多数情形下,"读者"和"领导者"的取向是一致的,甚至有些"读者"是"领导者"的化身。80年代初期,《文

---

[1] 冯雪峰. 关于创作和批评//雪峰文集 [M]. 北京:人民文学出版社,1981:529.

艺报》仍处于鼎盛时期,"读者来信"也曾经影响到批评的话题,比如,关于"现代派"的讨论等。"读者"的批评活动在当代文学批评中的独特意义在80年代中期以后逐渐消失,文学与主流意识形态关系的变化以及文学批评的专业化都使原来意义上的"读者"失去了空间;而"接受美学"中的"读者"概念则和我们这里所说的"读者"不同。在网络兴起以后,"网友"对文学的批评,则形成了媒体批评时代的另外一种"读者"身份。

五六十年代的非职业批评家因其与文艺政策阐释、文艺思潮斗争、文艺运动紧密关联而不可避免地给文学带来了双重影响。在文学批评逐渐成为主流意识形态话语的转述之后,个人的批评活动在一段时期被集体写作代替,"文革"时期的"写作组",也曾经是文学批评活动中一个特别的现象。在"文革"结束不久,"写作组"在对林彪、"四人帮"的批判中仍然是一种有效的集体写作形式,但随后不久,这样一种集体写作形式很快消失。从70年代末到80年代初,文学批评作为个人性的创造活动逐渐生机勃勃,批评家的"主体性"问题在文学批评活动中变得愈发重要。

在历史由"文革"过渡到"新时期"的阶段,带有权威政治的批评活动,仍然显示了它在过渡时期的意义。此类批评活动在反思历史之中,既清算了既往的错误,也开辟了一个新的批评时代,在这个过程中,这些主导和参与了五六十年代文学制度建立的特殊的批评家们,也完成了自己心路历程的转换,转换的程度决定了他们在历史变革时期作用的大小和影响的长短。从"伤痕文学"争论开始,到质疑"文艺为政治服务"的口号等,最终影响了争论的方向并且在理论上开辟了新时期文学发展路径的文论,也多数出自文艺界领导者兼作家、理论家之手。周扬的作用是显然的,在新时期初期,茅盾、夏衍、贺敬之、张光年、陈荒煤、林默涵、冯牧、李子云等人的文论也起到了重要的作用。到了80年代中期以后,新的文学秩序基本形成,文学批评阐释文艺政策的功能逐渐弱化,不仅文学思潮和文本出现了新素质,对批评家的思想素质、知识谱系、表达形式的要求也不同于以往。那些经历过重大文艺运动,参与设计当代文学发展方向的具有多重身份的批评家,因特殊经历和身份形成的权威在文学批评活动中的影响力逐渐式微。在新的文学秩序形成过程中,这些具有多重身份的批评家也面临着思想、理论与方法的危机,其中一些人的文学批评甚至成为妨碍文学发展的负面因素。

80年代以后,职业的阅读和职业的批评变得越来越重要,批评家不可避免地成为一个独立的角色,新的批评群体出现,这是文学批评回到常态的开始。在后来关于80年代文学的论述中,批评与创作的良性互动,是最为动人的历史记忆之一。和五六十年代的文学批评家不同,这个时期开始崛起的批评家没有沉重的历史包袱,对历史的反思和批判也更为彻底。他们对历史变革的把握、对现时代的感知都显得敏锐和富有朝气,因而很容易和正在崛起的作家们构成对话关系。80年代的批评家张扬自我与个性,"我批评的就是我"说辞的广为流行,突出了在"主体性"成为关键词后,文学批评与整个当代文学制度的关系发生了重大变化。解放了的思想,生动的经验以及新的知识体系、个人才情,成为80年代批评家的基本特征[1]。

在80年代,作家协会的批评家和学院的批评家可以说是二分文学批评的天下,从批评的冲击力量来看,前者并不比后者逊色。在批评家与作家的互动方面,作家协会(包括文学期刊)的批评家甚至更为出色。但是,随着整个文学制度和学术制度的变化,90年代以后,学院在知识生产方面拥有的优势逐渐显现出来,学位制度和职称制度开始改变批评家的身份。这个变化就是文学研究的学科化和批评家的学者化。90年代以来,大学的批评家在文学界的影响逐渐加大,文学的影响又重新和学术制度联系在一起,现在的批评家差不多清一色是"学院"出身了,80年代初中期作协和学院批评家身份的分野基本消除。

60年来,文学批评家从在当代文学制度中以阐释文艺政策、进行思想斗争,到在学院体制中将文学研究学科化,当代文学批评始终无法避免制度的影响。也许从大的方面来说,批评家身份的变化以及研究对象的转换,意味着在新的学术制度中文学批评的秩序正在重新建立。这是一个重大的转变与契机,但文学批评仍然处于前景未明的时期。

三

批评作为一种实践性的文学活动,它最终还是要落实在对作家作品的阐释与研究上。粗线条地说,当代文学批评所起到的一个基本作用是为创作主潮的形成推波助澜。

以"现实主义""社会主义现实主义""革命的现实主义与革命的浪漫

---

[1] 浙江文艺出版社于1984年开始出版的17种"新人文论"丛书便集中反映了80年代文学批评家的成就。

主义相结合"和"革命现实主义"为创作原则，从50年代初到80年代初，文学批评在作家作品的研究方面，其实有大致相同的轨迹。在"现实主义"的基本原则规范下，文学批评重视的是"暴露社会现实的真实关系"的作品。这一基本的立场和方法到了80年代在"现实主义"和"现代主义"大讨论摆脱了意识形态之争以后，论述的对象和对文学主潮的概括逐步放弃了原先单一的视角，80年代关于"伤痕文学""反思文学""改革文学""寻根文学""先锋文学"以及"新写实主义小说"的概括，颇能反映这一演变的特征。

对"革命叙事"作品的阐释，是"十七年"时期文学批评的中心。在这个过程中，陆续确立了体现"社会主义文学"性质和遵守"社会主义现实主义"创作原则的作家作品，在90年代以后称为"红色经典"的作品是在这个时期被赋予了"经典"意义。与此同时，另外一些有悖于主流创作的作家作品，则遭遇到批评和批判。而无论是肯定还是批评或者批判，关于一些作家作品的批评，都与一些重要的理论问题和思潮关联，所以，这个时期的文学批评往往不是纯粹的作家作品论。文学批评通过对"革命叙事"的阐释，不仅对作家作品作出了价值判断，也初步确立了当代文学的"整体性"特征和当代文学的基本秩序。这些特征和秩序到了在形成过程中也曾受到部分质疑，在"文革"期间被定性为"黑八论"的"写真实论""现实主义——广阔道路论""现实主义深化论""反题材决定论""中间人物论""时代精神汇合论""离经叛道论""反火药味论"等时，仍然坚持现实主义立场，但相对于批评的主流论述，它们显示了真知灼见。"文革"期间，"十七年文学"被称为"文艺黑线专政"，那些在此之前初步形成的判断和论述系统被颠覆，以"革命样板戏"为话语霸权的文学创作，开始重构当代文学的"经典"。"文革"时的教科书和文论，把"五四"以来的现代文艺解释为"两种根本不同的文艺路线和文艺思想"斗争的历史，两条路线、两种文艺思想的斗争被概括为现代文艺运动的本质特征。对这种斗争的描述与分析代替了对现代文艺自身演进历史的分析，既然以"革命叙事"为主的"红色经典"代表的是"黑线"，那么其已经建立起来的合法性也就遭到颠覆。对这些作品的批判，是对当代文学史的一次非文学意义上的改写，从而也为"从《国际歌》到样板戏"是"一片空白"的论调提供了依据。在"文革"结束初期，以"革命叙事"为主体的"十七年文学"受到了肯定，这种肯定是在一种对立的关系中完成的：推翻林彪、"四人帮"对"十七年文学"的全面否定。在从"文革"结束到"新时期"的过渡阶段（1976—1978），这种用"政治正确"决定文学史和作品命运的思想方式仍然保持强大的惯性。

　　新时期文学在经历了"伤痕""反思"和"改革"思潮之后，"回到文学本身（或者自身）"成为主潮。从否定"文革"，到反思"十七年文学"，以重新处理文艺与政治的关系为变革契机，"去政治化"成为一种潮流。在这个背景下，"红色经典"被视为激进主义话语而从"纯文学"中排除，关于革命的激进主义话语从文学现场退出。关于革命的叙事，无论是新民主主义革命还是社会主义革命，都出现了新的面貌[1]，和五六十年代的"红色经典"有了不同的取向。80年代的文学探索，朝着的方向正是当年《纪要》所批判的方向，也就是说，原来被压抑的那些文学理想、创作方法甚至包括具体的技巧等活跃起来，而新的因素则在更大的范围内激活了创作。在学术研究中，"二十世纪中国文学"的命名，在整体观中突出了现代文学所具有的普遍性价值；重写文学史的思潮，反映在当代文学领域，是对一批"红色经典"的重新评价。1985年"小说革命"之后，"纯文学"思潮兴起，关于80年代文学的论述逐渐以"纯文学"观和自由主义思想为基础，并扩大到整个当代文学史论述。"十七年文学"在文学史讲述中被压缩到最小的篇幅，而80年代文学则被扩大以致成为中国当代文学史的主体部分。这个过程，不仅受到政治因素的影响，批评理论的作用甚至更为突出。80年代中期以后，随着"现代性"概念引入到文学批评，那些具有现代主义特征的作品受到重视。

　　80年代的文学批评既承担着对历史的重新评价也即所谓"拨乱反正"，又介入当下创作，是在"解构"与"建构"的交叉过程中完成批评话语模式的转换的。在今天看来，无论是对"十七年文学"还是"文革文学"，批评的任务并未完成。80年代"纯文学观"的形成，暂时完成了对"十七年""文革"时期的文学价值判断，但也忽视了历史本身的复杂性，而且也在一定程度上将文学与现实的关系作了简单化的处理，这种忽视和处理对80年代以后的文学创作和批评都带来了不少困扰。在80年代文学的进行过程之中，我们概括出的那条线索："伤痕文学""反思文学""改革文学""寻根文学""先锋文学"以及"新写实主义小说"，其实也是将文学置于历史和现实的变动之中完成的，而不是恰恰相反；同样重要的是，这条线索也反映了文学的"整体性"是变动不居的，并没有始终如一、贯彻到底

---

[1] 如莫言的《红高粱》、乔良的《灵旗》、张炜的《古船》等。

的"主潮"。90年代以后,文学观念的分立和多样,以及文学与社会和市场经济的复杂关系,都使得批评难以对文学创作做出主潮式的概括和揭示。

显然,批评的遮蔽与发现,成为当代文学批评的一种常态,对此产生影响的则是观点、方法与背后的政治。在政治标准第一、艺术标准第二的历史阶段,政治是发现与遮蔽的依据;在这个标准放弃之后,而如何理解"艺术"或者是"文学性"又是发现和遮蔽的依据。而无论是采取什么样的标准,我们现在都意识到其背后的政治还在起着重要的作用。叶维廉早在1979年的论文中就说:"某一个批评家或某一个阶级的批评家所删略的并非不足轻重;它之所以被删略,往往是因为当时的垄断意识形态把它排斥了;换言之,它被某一种特殊的历史解释摒诸门外。但另一个不同时期对历史的新解释则有可能使这些被删略的因素作为显性的范畴而重新出现。"所以,我们不仅可以看到共时态中批评对相同对象判断的差异,而且在历时态中,批评对作品的重新阐释与判断更是常态。

在某种意义上说,文学批评在介入文学生产的过程中,完成了对作品意义与价值的最初阐释,我称之为当代文学经典的初选工作。批评的这一价值成为当代文学史写作的基础,至少可以说,今天的当代文学史写作是在文学批评的累积基础上完成的,而当代文学经典的最终确定,是文学批评之后,文学史研究和写作所要解决的问题。

四

考察60年文学批评的历史,无疑需要讨论当代文学批评范式的建立和转型。现在通常以1979年为界,将当代文学划分为两个三十年,前后的变化通常被描述为从政治范式到审美范式的转换。在1986年出版的《中国新文艺大系〔1976—1982〕》(理论二集)的"导言"中,朱寨认为这个时期的文学批评"在伟大的历史转折中叶发生了历史转折性的变化",这个变化被描述为:"文艺批评在拨乱反正中又重新回到了健康发展的轨道上,文艺批评成了真正文艺的批评","为文学创作的主潮推波助澜","探索美的前程"。[1] 所谓回到"真正文艺的批评",是之于"非文艺"的,也即作为阶级斗争工具和从属于政治的批评而言的,而"真正文艺的批评"势必要

---

[1] 朱寨.导言//赵家璧.中国新文艺大系〔1976—1982〕(理论二集)[M].中国文联出版公司,1986:10.

"探索美的前程"。这样一个描述,初步揭示了批评范式转型的轨迹。

在讨论批评范式的转型时,我们首先要关注的是马克思主义文艺批评的中国化问题,中国当代文学批评范式是在马克思主义文艺批评的全面展开中建立的。社会阶级关系、真实性原则、斗争工具和艺术价值这些要素构成了当代中国马克思主义文艺批评的基本方面,在一个总体性的结构中这些要素处于怎样的位置就决定了当代文学批评的状况,而对此发生决定性影响的则是如何处理文艺与政治的关系。这样一种批评范式的建立,是解放区文学扩大为当代文学、当代文学确定为社会主义性质所规定的。什么是马克思主义文艺批评?周扬原则地说:"马克思主义的文艺理论,就是运用马克思主义的观点,来总结文艺创作的经验,特别是总结社会主义文艺创作的经验。我们的文艺批评,就是根据马克思主义的文艺观点来研究、分析和评价各个具体创作的成果。"[1] 不仅文艺批评如此,马克思主义的立场、观点和方法也成为人文社会科学研究的依据。

马克思主义的文学理论批评中国化的实践,催生了社会历史批评,考察文学的社会现实关系成为一个基本的阐释模式,这种关怀现实的方式在今天仍然有巨大的生命力。马克思主义文艺批评被庸俗化和发生"左"倾的主要原因,是主流文艺思想和一些批评者把"现实的真实关系"等同于政治—阶级关系。在"文革"结束以后,这种思想与批评方法被检视,马克思主义文艺批评也回到正常的轨道上,历史—美学的批评方法一时兴起。

1978年《文学评论》组织撰写的《拨乱反正,开展创造性的文学研究与文学评论工作》一文,比较早地提出了文学评论"创造性"的几个方面:要敢于创新,创无产阶级之新,为无产阶级而创新,要提倡以马列主义、毛泽东思想为指导的创造性的文学研究和评论;要大力提倡艺术形式、风格的自由发展;要冲破"禁区",在学术问题和文艺问题上没有什么"禁区";要允许犯错误改正错误,在学术问题和文艺问题上,尤其需要民主;在文学评论、研究工作中,一定要严格区分政治问题和学术问题。[2] 这些方面的要求,涉及了当代文学批评的关键问题,反映的正是文学批评范式转型过程中的学术期待。

文学批评范式转型所处的"实际"也即"新情况""新问题"大致是:

---

[1] 周扬. 建立中国自己的马克思主义文艺理论和批评//周扬文集: 三 [M]. 北京: 人民文学出版社, 1984: 29.

[2] 周柯. 拨乱反正,开展创造性的文学研究与文学评论工作 [J]. 文学评论, 1978 (3).

以经济建设为中心的中国特色社会主义；文艺为政治服务为阶级斗争服务的口号被取消；第三次伟大的思想解放运动发生；现代化的想象改变了既往的社会主义文化想象；文化热、美学热兴起；西学再次东渐；文学新思潮新探索蔚然成风，逐渐形成了"纯文学"思潮与文学观；等等。在这个新的语境中，文学批评仍然是关怀现实的一种文学实践活动，但获得了独立性，在阐释作家作品时既是思想解放运动的一个部分，又初步完成了新时期文学的经典化工作，引领文学思潮的发展。和以前的批评不同，80年代的文学批评，与其他话语空间有了更为密切的联系，并且成为吸收西学传播新知的重要载体。在这个过程中，批评家的个性与才情，也前所未有地得到张扬。

哲学与文化思潮对创作和批评的影响是巨大的。启蒙主义、西方马克思主义、实证主义、弗洛伊德主义、存在主义、后现代哲学、现象学、解释学哲学与文化思潮等，在很大程度上改变和重塑了文学创作与文学批评的哲学基础。从现实主义到现代主义再到后现代主义的交替与并存，文学观念变化巨大，其中以小说观念的变化为甚，对创作与批评都产生了深刻影响。它在整体上表现为对文学与现实关系的理解，具体到小说的内容、形式、语言、人物、时空观、叙事等方面都呈现了不为我们熟悉的新素质。这些影响了批评的价值判断。批评家选择什么，看重什么，重点阐释什么，又放弃什么，与此关系很大。我们可以发现，文学批评的关键词和知识谱系在80年代已经开始重构，以前那些耳熟能详的阶级、阶级斗争、倾向、立场、世界观、政治、革命、现实生活、内容、题材等逐渐被置换，代之而起的是现代化、启蒙、人性、人道主义、主题、自我、形式、本体、存在等。处于"历史"与"语言"方法之间的文学批评，在这个时期仍然显示出人文学科的特征，批评学科化的趋势在孕育之中。

众所周知，近三十年来，西方新的批评理论层出不穷，对当代文学批评影响甚大。90年代以后的中国当代文学批评，基本上吻合了这一潮流。在经历了短暂的回潮和停滞之后，当代语境的种种构成因素此起彼伏，"学术"代替"问题"成为90年代以后的一种现象。文学研究与文学批评的学科化趋势越来越明显，而学科发展的大背景则是人文学科与社会科学的此消彼长。"语言学转向"对当代文学批评的影响，从"文学是人学"到"文学是语言学"命题的转换，即可见一斑。传统文学批评受到了"走向科学"的形式主义的挑战。从俄国形式主义批评、英美新批评、结构主义到各种符号学理论等，虽然各有侧重，但都重视文本的客观性，试图从形式（语言）入手分析文本，这样一种路径也由批评转向文学史研究。此外，弗洛伊德的精神分析学、荣格的原型理论以及现象学、阐释学、接受美学等批评理论也影响着当代文学批评。90年代的文学批评留下"语言学转向"的深刻印记，批评在一段时间被认为缺席、失语或者无力，与这个转向有很大关系。

但是，在文学批评"语言学转向"一段时间以后，回归历史的倾向又开始出现。无论是西方，还是在中国，都出现了这一倾向。毫无疑问，西方批评理论对此的影响是明显的，而中国的理论批评界也因为"中国问题"的呈现，重新思考和处理文学与现实的关系，文学批评关怀现实的方式发生了变化。如前所述，文学与社会关系（现实关系）的考察是马克思主义文艺批评的传统。在形式主义批评并未终结的情况下，马克思主义文艺批评、女权主义批评、新历史主义特别是文化研究的兴起，使阶级、政治、意识形态、社会、历史等概念重返文学批评的实践活动。在"重返八十年代"、何谓"纯文学"以及关于"文学性"的讨论中，社会的、历史的批评重新有了活力，并由此带动了对整个中国当代文学史的重新思考。在重新强调文学与现实的关系之后，"再政治化"的提出，为马克思主义文艺批评的"再中国化"提出了新的问题。但是，"再政治化"不应当是回到"阶级和阶级斗争之间的关系"这样的政治中，我们不能忽视一个基本的历史事实：80年代的"去政治化"是去极左政治。

我们所叙述的这样一个批评范式转换的轮廓，通常被描述为从历史到语言再到历史的"批评的循环"。这样一个循环的线索，其实只是一个大致的态势，在不同的阶段，有许多问题和方法其实是缠绕和相辅相成的。显而易见文学批评留下了方法转换的印记。无论是重"历史"的还是重"语言"的批评，或者处于两者之间的，都给文学批评带来了新的生长点。但同样显而易见，成熟的批评范式的形成、范式的转换更多的是批评理论的运用，西方批评理论轮番登场，而中国传统文论在当代批评中可否创造性转换仍然只是一个命题而不是实践。更为突出的问题是，批评与创作、批评与读者、批评与现实之间的互动始终没有达到一个好的状态，这常常使批评实践成为一种"圈内"运动。

批评范式的转型，尽管到目前为止并未使中国当代文学批评成为一门独立的学科，但是，批评范式转型的启示是清晰的：当代文学批评能否最终成为一门独立的学科，取决于文学批评能否形成中国化的批评理论和如何确立关怀现实的方式。

别一抒情话语

——论戴望舒诗歌的意义

刘祥安

一

在戴望舒逝世后的半个世纪中，对诗人的评价从年代的"逆流"论[1]，到 20 世纪 90 年代的"界碑"说[2]，起落颇为悬殊。总体上看，评价越来越高。回顾一下，不同的评论者，对诗人创作的概括却大体一致。不同评论者对戴的诗作有四点大体相同的认知：一是戴诗前后有变化，其后期对于前期是一种进步；二是前期的诗"逃避现实""消极对待人生""诗风萎靡"[3]；三是在艺术上戴诗是象征主义的、现代派的；四是对诗人及其思想，都认为他是小资产阶级知识分子，其思想是个人主义的。评价不同的关键在于对于前期诗作内容的解释。大体说来，有"个人主义"说、"小资

---

[1] 1955 年，臧克家的长篇论文《"五四"以来新诗发展的一个轮廓》中，戴望舒被归入"和当时革命文学对立斗争的一个反动的资产阶级文艺作家的集体"，此文 1979 年修改后收入《学诗断想》，认为，"那些落后的起着反面作用的诗歌，也还在敌对地反抗着这现实主义诗歌的主导力量，散布它们的有害的影响。后期新月和现代派诗就是这样的两股时代逆流"。成都：四川人民出版社，1979.

[2] 龙泉明. 中国新诗第二次整合的界碑——戴望舒诗歌创作综论 [J]. 中国社会科学，1996 (5).

[3] 见上引龙泉明文，可对照臧克家文的评语："这是个人主义的没落的悲伤，这是逃避现实、脱离现实的颓废的哀鸣。"

产阶级知识分子"说[1]、"时代的镜子"说[2]、"边缘人"说[3],强调前期诗作取决于诗人阶级属性、思想局限的多贬抑,而强调时代、社会因素的则多肯定。即便对前期基本肯定的,也认为以戴望舒为代表的这类诗作"与现实生活取一个远远的距离,不关心周围世界,脱离社会斗争,竞相走向内心世界,感觉的世界"[4]。而从1939年《元日祝福》起出现的变化,受到研究者一致的肯定。为什么呢?因为"我们在他的诗中发现了人民、自由、解放等等的字眼了"[5]。这里隐含在戴望舒诗歌研究与评价中的理论预设就显露出来了:个人与××(这个××可以是无产阶级、集体、民族、国家)的二元对立的论式。

个人与××的论式与中国20世纪诗歌研究的关系,可以区分为三个层次的问题:一,在思潮的层面,此论式存在与否;二,此论式对作家的影响如何;三,研究这些现象时的理论、观念。从中国现代思潮史看,个人与××是一个贯穿20世纪的论式。20世纪中国作家的道路,尤其是上半世纪的诗人发展道路,甚至可以用"从个人××走向××"概括。戴望舒自己就曾使用"个人主义与××"的论式观察革命时代的文学现象[6]。因此,从逻辑上说,以这一论式为基础研究这一论式影响下的现象,除了在论式的两端做选择与表态,很难提出新的问题。这就是戴望舒研究中从同样的认定得出截然相反评价的原因。而这一论式是以一元独尊而不是多元共存为基础的。

个人主义学说建立在先验与假设的基础之上,它预设一个独立个体的自然人。自然的、孤立的、生而自由并独立于他人而享有天赋人权的人只是一个抽象概念。事实上人是作为集体成员出生并生存,他是社会中的个体。即便从个人主义学说出发,也并不必然推导出个人主义与集体等等的

---

[1] 蓝棣之讲现代派,说他们"是一批受到西方意识形态和象征主义文学影响的知识分子,他们生活在大城市,多数在大学读书,不过问政治,远离人民。按其所处的地位和思想,他们属于上层小资产阶级知识分子"。"所谓现代情绪,也大多是一些感伤、抑郁、迷乱、哀怨、神经过敏、纤细柔弱的情绪。甚至还带有幻灭与虚无。"蓝棣之. 论"现代派"诗的渊源、特征及评价[M]//正统的与异端的. 杭州:浙江文艺出版社,1988:86.

[2] 龙泉明认为是"不管怎么说,它都是一面时代的镜子,其认识价值和诗学价值都是不可轻估的"。

[3] 钱理群,温儒敏,吴福辉. 中国现代文学三十年(修订版)[M]. 北京:北京大学出版社,1998:363.

[4] 蓝棣之. 论"现代派"诗的渊源、特征及评价//正统的与异端的[M]. 杭州:浙江文艺出版社,1988:86.

[5] 艾青. 望舒的诗//艾青全集[M]. 石家庄:花山文艺出版社,1991:380.

[6] 戴望舒. 诗人玛雅阔夫斯基的死[J]. 小说月报,1930(21).

对立。因为个人主义在尊重个人的同时，为了确保对所有人的尊重，必然限制每个人，这样，主观的个人就上升到客观的社会的个人。

"个人主义的"通常称为"小我"，而与之相对的，是"共同的我"，即"大我"。这个"大我"的成立，在霍布斯、卢梭那里求助于社会契约论。用契约解释社会是一个循环论证，因为只有社会的人才可能产生契约的观念。即使存在这样的"大我"，从学理上说，也不能证明每个人必须优先或应该被强制接受。事实上，所谓"共同意志"或"普遍意志"，最好的情况下也只能是大多数的意志，通常只是部分强者的意志，可是，从卢梭的天赋人权出发，也不能证明一类人应该服从另一类人。"个人与××"的论式只是现实政治运动中权力关系的反映。现实中总是有强者与弱者、领导者与被领导者、统治者与被统治者。强者或者以体力、道德、宗教、精神方面的优势，或者以经济力量的优势使他人遵从其意志，这本身没有什么正当性可言，它没有自明的是非。文学研究并非具体政治运动的附庸，采取这样的论式是无谓的，无论是反对个人主义还是捍卫个人主义。

对于个体，在现代社会科学中，马克思主义讲人是社会关系的总和，现代社会学讲个人的社会化，生理学研究表明，我们的感觉系统只对类别发生反应。"类别也是进化的产物，它们规定了我们所能感知到的事物——只有客观世界中与我们拥有的类别相吻合的事物才能为我们感知。"[1] 对于一个社会的文化的个体，他的"感觉系统"当然是社会的文化的产物。个体在成长的过程中，由各自的天赋（生理）条件、家庭环境、社会环境、个人独特的成长经历等等因素的综合化合作用，铸成高度个性化的"感觉系统"。这些各别的"感觉系统"，相对于他人，总是有所见有所不见。艺术家、作家、诗人，正是具有独特而敏锐"感觉系统"的那些人，他们的所思、所感，总是会提供一些新鲜的东西，使我们对于世界的感知丰富，使我们的心灵丰饶，这就是创造，这就是贡献。一个作家、诗人，在不反人类的前提下，是否给一个民族乃至人类的文学传统增加了新的因素，这是文学研究的底线，也是基本的价值尺度。通常，人们还会再进一步，拈出其创造中适合某团体一些特殊价值标准的东西予以表彰，也无可厚非。倘若反过来，仅从一些特殊的价值标准出发去寻求它的体现者并以此确定作家的价值、地位，就有本末倒置之嫌，研究的出发点偏狭也就决定了无

---

[1]（德）恩斯特·波佩尔. 意识的限度——关于时间与意识的新见解 [M]. 李百涵，韩力，译. 北京：北京大学出版社，1995.

法避免的局限性。

二

戴望舒作为诗人,他给诗坛增添了什么有意义的因素?

从20世纪20年代到40年代,简单化地划分,新诗可以区别为两类:面对公众社会的公共情感话语和面对个体的私人情感话语。公共情感话语起源于20年代,经过30年代左翼诗歌的推动,至抗战时期已经蔚为大潮,成为抒情话语的主流。戴望舒也创作过这样的诗。较早的有《流水》《我们的小母亲》,抗战后有《元日祝福》《狱中题壁》《我用残损的手掌》《心愿》《等待(其二)》《口号》等,这些作品中也只有《我用残损的手掌》在艺术上获得一定的成功。它的成功主要还是得力于移植:将私人性话语嫁接到爱国主义主题上(诗中以括号插入内心独白的语式以及"恋人柔发""婴孩手中乳"等意象)。在抗战后写作的诗中,《我用残损的手掌》等诗,与《致萤火》《过旧居》《示长女》《在天晴了的时候》等比较,艺术成就并不平衡。戴望舒尽管几次尝试创造面对公众的公共抒情话语,总体来看,数量不多,质量不高,影响也不大。他的意义不在这里。研究者常常指出戴望舒参与过种种社会政治活动,这对于全面了解诗人这个人是很有意义的。不过,戴望舒在谈波德莱尔时说过,"说他曾参加二月革命和编(《公众幸福》)这革命杂志,这样来替他辩解是不必要的,波特莱尔之存在,自有其时代和社会的理由在"[1]。同样,戴望舒也自有他存在的理由。戴望舒存在的意义在于,他是一位留连于私人空间,在私人情感话语的领域,执着耕耘的诗人,他是一位始终歌唱对于理想人生(这个理想往往就是理想的爱情)追求的诗人。

在20年代末,以至整个三四十年代,诗歌日益融入公共的社会政治领域,面对公众的诗歌话语日益政治化、暴力化,诗的感觉系统日益粗糙、粗暴,诗心越来越刚强、冷酷。那是风沙扑面虎狼成群时代的血与火的文字,那不是"滋润美艳之至"的"江南的雪",而是"在无边的旷野上,在凛冽的天宇下,闪闪地旋转升腾着的""朔方的雪"[2]。然而,这并不意味

---

[1] 戴望舒. 译后记·《恶之花》掇英//戴望舒诗集全编[M]. 杭州:浙江文艺出版社, 1989:214.

[2] 鲁迅. 雪//野草[M]. 北京:人民文学出版社,1973.

着江南的雪不再滋润美艳。在革命战争年代，在民族解放战争年代，社会政治生活日益成为人们关注的中心、焦点，公共领地急剧扩张，公共的政治问题、战争问题进入人们的日常生活，但是中心、焦点也只是中心、焦点，它并不是全部。况且，公众社会的政治的正义性并不是不言自明的，它必须由社会个体生命提供。正由于个体生命受到威胁，个体的高贵、尊严受到践踏，个体的幸福受到破坏，人们才会去斗争、战斗。私人空间的存在，是公共空间的基础和前提，个人幸福追求的权力正是公众社会政治的正义性的源头。在抒情诗方面，面对公众的公共抒情话语与面对个体的私人抒情话语之间，前者构成后者的底色，二者并行不悖、相辅相成。戴望舒在公共抒情话语的大潮中，自觉不自觉地成为私人抒情话语的守护者。

　　私人抒情话语并不自戴望舒始。在 20 年代前期，公共抒情话语与私人抒情话语是兼容的，并未分化，公共抒情话语也未对私人抒情话语构成压力。在《女神》中，既有《Venus》式的高度私人性的抒情话语，也有《西湖纪游》的"唉！我怪可怜的同胞们哟！"的面对公众的抒情话语。在《死水》以及徐志摩的诗中，也还看不出两种话语分裂的迹象。随着革命话语的兴起及其对于诗歌观念的介入，私人抒情话语开始受到压抑。郭沫若在 1925 年已经表示，"我从前是尊重个性，景仰自由的人，但在最近一两年……觉得在大多数人完全不自主地失掉了自由，失掉了个性的时代，有少数的人要来主张个性，主张自由，总不免有几分僭妄"[1]，而要牺牲自己的个性与自由为大众争得个性与自由。"革命时代的希求革命的感情是最强烈最普遍的一种团体感情。"[2] 成仿吾并进而表示要把这个人主义的妖魔屠倒！个人主义也成了"最丑猥"东西。正是在政治运动兴起的过程中，以批判个人主义为特征的革命话语，驱动了诗歌抒情话语的分化。左联成立前后，一批诗人方向转换，开创面对公众的政治抒情话语。中国诗歌会的宣言和创作可以作为其突出的标志。另一方面，李金发的《微雨》以及《创造月刊》推出的三位象征作风的诗人却专注于私人抒情话语的创造，30 年代，冯乃超、穆木天、王独清都已经实现了方向转换，李金发却公开宣称，"我绝对不能跟人家一样，以诗来写革命思想，来煽动罢工流血，我的

---

[1] 郭沫若. 文艺论集序//郭沫若，著；黄淳浩，校. 文艺论集汇校本［M］. 长沙：湖南人民出版社，1984.

[2] 郭沫若. 革命与文学［J］. 创造月刊，1925（1-3）.

诗是个人灵感的纪录表,是个人陶醉后的引吭高歌,我不能希望人人能了解"[1]。戴望舒并没有明确发表这类观点,但是,他们的创作显然走上了私人抒情话语的一路。杜衡回忆他们初作诗的情形时说:"那时候,我们差不多把诗当作另一种人生,一种轻易不敢公开于俗世的人生。我们可以说是偷偷地写着,秘不示人。"[2] 轻易不敢"公开于俗世人生"的就是他们的"隐秘的灵魂",也就是个人私密的情感生活。这就决定了他们对于自己诗的鲜明态度。杜衡、戴望舒、施蛰存都写诗,"三个人偶尔交换一看,也不愿对方高声朗诵,而且往往很吝惜地立刻就收回去"。戴望舒更是"厌恶别人当面翻阅他的诗集,让人把自己的作品拿到大庭广众之下去宣读更办不到"。这不仅与他后来在抗美援朝的动员会上当众朗诵《我用残损的手掌》形成鲜明的对照[3],也与当时一般诗人形成对比。新月社早就试验过"在客厅里读诗供多数人听",后来,在徐志摩说过的那个闻一多家的诗人的乐窝,"大家齐集在闻先生那间小黑房子里,高高兴兴的读诗。或读他人的,或读自己的,不但很高兴,而且很认真"[4]。朱湘甚至在报纸上公告自己要筹办自己诗歌的读诗会[5]。戴望舒的诗不是给人们朗诵的,他是个人写作,给读者一个人默默地看。

三

戴望舒的私人抒情话语在话语领域(他要讲什么?表示自己的哪一段经历?想表达什么?包括了话语的题材和主题)、话语风格(主要涉及话语中的角色关系)及话语方式(策略、符号及修辞的使用)方面都有鲜明的特点。领域、风格、方式与话语主体在话语活动中扮演的角色相关[6]。戴望舒的人格是多面的。诗人在《我的素描》中说,"在朋友间我有爽直的名声","我是高大的,我有光辉的眼;我用爽朗的声音恣意谈笑",作为一个

---

[1] 李金发. 诗是个人灵感的纪录表//杨匡汉,刘福春. 中国现代诗论:上编 [M]. 广州:花城出版社,1985:250.

[2] 杜衡.《望舒草》序//戴望舒诗全编 [M]. 杭州:浙江文艺出版社,1989:50.

[3] 郑择魁,王文彬. 戴望舒评传 [M]. 天津:百花文艺出版社,1987:244.

[4] 沈从文. 谈朗诵诗//沈从文文集 [M]. 广州:花城出版社,1984:249.

[5] 钱光培. 现代诗人朱湘研究 [M]. 北京:北京燕山出版社,1987:61.

[6] 话语领域、话语方式、话语风格三个概念是语言学家韩礼德(M. A. KHalliday)提出的。参见(澳)徐家桢. 语言和情景//(日)西植光正,编. 语境研究论文集 [C]. 徐家桢,译. 北京:北京语言学院出版社,1992.

社会角色,在公众场合,戴望舒甚至还是激烈的、冲动的。在法国参加群众示威游行时,"还和一些示威群众将停放在街旁的小卧车推翻,打开油箱,放火焚烧"[1]。但是在诗中,诗人很少扮演这样的角色。

在大多数诗中,诗人扮演的角色(或者说抒情主人公)是相当单一的:徘徊于雨巷的无望的希望者、单恋者、寻梦者、怀乡病者(辽远国土的怀恋者)、寂寞的生物、夜行者、年轻的老人(青春和衰老的集合体,健康的身体和病的心)。诗中的角色是一个情感病患者。这个病者絮絮地讲着他的渴望、苦恼,讲着他得不到爱的寂寞、苦闷以及失望。他讲这一切想表达的是对于所爱者的一往情深,希望得到那个理想女性的理解、同情和爱。他也讲过得到爱后生命完满的喜悦(《眼》),讲过生命不能承受失去爱后的沉哀而希望解脱乃至解放他人(《致萤火》)。这些私人抒情话语的统一性或者说主题是什么?回答这个问题,必须从《眼》与《致萤火》入手。

《眼》与《致萤火》在戴望舒的诗中具有重要的意义。《眼》写于诗人新婚之后,是一首爱的至高赞美诗。诗中说爱人的眼睛(那是心灵的窗子,爱心的窗子)展示了一个海洋般深邃丰饶的宇宙,"我"投身又沉溺于其中,于是"有我的手,/有我的眼,/并尤其有我的心"。往昔枯萎的生命("透明而畏寒的影子")获得了能源,"我伸长,我转着",如一条从天上奔流到海,从海奔流到天上的江河,在爱与被爱的辩证中,实现了生命的圆满("而我是你,/因而我是我")。无爱的个体是残缺的,无爱的生命是匮乏的,爱就是完整,爱就是充实,爱就是个体生命价值的实现。这首诗揭示了戴望舒诗中爱情追求的意义。戴望舒的爱情是现代的,相对于传统的妻妾婚恋观而言;又是浪漫主义的("永恒的女性"),相对于现代主义而言;但终究是中国的。中国儒家文化是在诸社会角色中定义人的,君君、臣臣、父父、子子;修身,齐家,治国,平天下,离开一系列的社会角色,从所有的社会角色中撤出,"人"就被抽空了,被蒸发掉了,在中国文化对人的设计中,没有一个抽象的"自我"[2]。倘若形势不允许获得这诸多社会角色,便只能退到老庄的世界去,那就"无",就齐物,逍遥。在戴望舒的时代,诗人不能从诸社会角色获得个体生命的圆满感,追求理想的爱以充实、支撑生命遂成为选择,也是时代的风气,然而,理想的爱情一旦落到

---

[1] 王文彬.戴望舒·穆丽娟[M].北京:中国青年出版社,1995:85.
[2] 孙隆基.中国文化对人的设计//苏丁.中西文化文学比较研究论集[C].重庆:重庆出版社,1988.

婚姻的现实必然带来幻灭。是废然思返，重新在现实社会运动中通过具体的社会角色成为"人"，以实现个体价值，还是由此走向绝望，不过是选择问题。戴望舒于一再追求之后终于倾向于后者。《致萤火》流露了不堪承受生命寻求解脱的意愿[1]。那躺在地里已经被青苔覆盖的"我"有他的坦然（"我躺在这里／咀嚼太阳的香味"），有他对自由的云雀的苦涩欣慰（"在什么别的天地，／云雀在青空中高飞"），然而，仍然有眷恋，有挥之不去的沉哀（"萤火，萤火／给一缕细细的光线——／够担得起记忆，／够把沉哀来吞咽"）。《秋蝇》《少年行》《寻梦者》《乐园鸟》等诗与《致萤火》在情感上是一致的。写于订婚后的这些诗，由于婚期的延宕，诗人感到那只是个"纸捻的约指"，对于爱情失望的诗人感受到生命的不堪重负。那个在秋天繁杂色的旋涡的席卷下，在秋的寒冷威逼下垂死的苍蝇，在解脱的刹那感受到苍凉的欢欣（"身子象木叶一般地轻，／载在巨鸟的翎翻上吗"）。《雨巷》《切艮》《致萤火》构成了戴望舒私人抒情话语的脉络：爱情追求中的痛苦—获得时的欢乐—失去后的绝望。爱情主题是其话语的表层，爱情背后，是个体生命意义、价值的追求，他将匮乏的空虚、寂寞、忧伤，追求的不懈历程以及追求结果——诉说，现代诗人中，很少人像戴望舒这样如此长时间执着于个体生命意义的追寻。

　　将生命的舵交付于社会历史运动，在社会角色里安身立命，还是执着寻求个体生命的意义，对于20世纪的中国知识分子，是一个无法回避的问题。鲁迅是强者，他表现过吕纬甫当不了理想社会角色后的百无聊赖与空虚，表现过魏连殳脱却角色羁绊后的浪掷生命的复仇（如果吕纬甫的母亲死了，他的处境就与魏连殳一样，魏连殳正是在送葬之后，在"愿意"他"好好活下去的已经没有了"之后才"自由"的——，个人的无治主义），而他心仪的还是"过客"的"永恒的苦役"般的"走"。尽管"过客"不肯接受小女孩的"布施"，可是即便如此，鲁迅对于那斑斓"腊叶"的被珍惜，也心存感激。他后来正是在与许广平的相爱中走完了人生的途程。卞之琳也追索过爱，他不是强者，"你看我的圆宝盒／跟了我的船顺流／而行了"，当虚空涉来之际，他寄托于过程："可是你回顾道旁，／柔嫩的蔷薇刺上／还挂着你的宿泪。"[2]"白螺壳"与"过客"，均以虚无为本，寄生于过

---

　　[1]《致萤火》写于1941年6月26日，时戴望舒与穆丽娟婚姻失败，求恢复不得，服毒自杀，后获救。由律师办理了离异手续。在绝命书中，有"我用死来解决我们间的问题……使你得到解放"。王文彬．戴望舒·穆丽娟[M]．北京：中国青年出版社，1995：131．

　　[2] 卞之琳．沧桑集[M]．南京：江苏人民出版社，1982：14．

程，一着眼于绝望的抗争，一依托于往昔的体悟，戴望舒却执意于对象，故格外凄苦，不似鲁迅的悲壮，也没有卞之琳的通脱，而那一份对于个体生命意义追寻的真，一样令我们动容。评论者认为戴望舒这路诗人"沉溺于病态是没有出路的，得想法子走出象牙之塔，不能老在象牙之塔里沉吟，得从内心世界走出来，正视现实，走向生活"[1]。其实"从内心世界走出来"了，私人抒情话语也就消失了。这类话语不是多了，而是少了。这并不是说它没有问题。由于文化的制约，由于多数诗人没有哲学、思想的底蕴，中国现代诗人的自我追寻很难摆脱虚无的宿命，植根于此的私人话语到此也就难以有更深广的发展。望舒私人抒情话语的长处与局限均系于此。全新的拓展要等待冯至的《十四行集》，他吸收存在主义哲学的新的私人抒情话语。

四

诗人在创作时进入一个想象的空间，在那里，现实中的诗人化身为一个超越现实羁绊的自由的精灵，克服时空障碍，而得以与某个对象倾诉衷肠，乃至言现实中所不能言、不便言，诗的读者正仿佛《沉沦》里的主人公无意间听得草丛情话，更多的是《箓竹山房》里那个眼耳并用的姑姑。

戴望舒营构的空间里，总是出现对话性情境。《回了心儿吧》《我的恋人》《眼》《致萤火》《示长女》等一类诗有典型的对话情境，其文本的显在标志是话语主体"我"与话语对象（通常是"你"）的现身。《残叶之歌》《路上的小语》更如戏剧小品，《我底记忆》这类近乎独语的诗，也都隐约存在一个听者，而与《村姑》这样小说化的诗，与《印象》的"意象的戏剧"不同。戴望舒私人抒情话语中最常见的倾听者是"你"。"我"与"你"的角色关系成为其抒情话语的标志性词语。在"我"与"你"这样的二人世界中，话语空间是封闭性的，也是私密性的。这样的话语空间的设定，受到若干因素的制约。话语的主体一旦置换为"我们"，听者一旦置换为"你们""他们"，就在话语空间里引入了众人，话语空间也就转变为开放的公共性空间，话语内容就必然要作相应调整，私人生活领域、私人情感领域的内容不适合在公共空间宣讲。除了在戏剧性对话中，听话者其

---

[1] 蓝棣之. 论"现代派"诗的渊源、特征及评价//正统的与异端的[M]. 杭州：浙江文艺出版社，1988：86.

别一抒情话语
——论戴望舒诗歌的意义

实是一个没有人格的存在,但它设定话语格局,引导着话语诉说方向。角色"我""你"之间同时具有空间距离与姿态,亲近的还是遥远的,平视的、俯视的抑或是仰视的,不同姿态影响着话语主体对于句式的选择,形成絮谈、祈求、指斥、召唤、号召、宣示等等不同的话语情境。这些不同的姿态往往经由一系列指示词标示出来。戴望舒的抒情话语空间中,对话者之间是平等而亲近的,"我"面对的是一个可以敞开心扉的个体,是一个可以倾听其絮絮私语的个体。这与郭沫若《Venus》中那个被居高临下指指点点的"你"("我把你这张爱嘴,/比成着一个酒杯。""我把你这对乳头,/比成着两座坟墓")不同,也与闻一多那个供顶礼的"戴着圆光的你"(《奇迹》)不同。最后,这样的角色关系,为时态上的始终进行时提供了方便,"我"的情感记忆在不断的诉说中如线香般逐点点燃。

特定的话语角色的设定规定了相应的话语风格,话语角色专注于私人内心情感的起伏("新诗最重要的是诗情上的 nuance 而不是字句上的 numlce"),导致由可吟可诵的音乐性语式的《雨巷》转向私语的散文语式的《我底记忆》。戴望舒的散文式的抒情话语也因此带上个人的特征:它是私人的话语,它是指向内心的话语。外在的节奏、韵脚,一方面预设了面对公众朗诵的情境,这与内心情感倾诉的性质相抵触;心灵的话语只适合在心里默"念",一旦出声,味道就变了。另一方面,无论对于创作者还是读者,将注意力引向声音,引向音乐性,引向"字的抑扬顿挫上",而不是情感的起伏变化上,"韵和整齐的字句""妨碍诗情"。他与徐志摩、闻一多的分野不仅仅是形式意义上的。正是在这个意义上,戴望舒的散文式话语是一种创造。卞之琳论《断指》的语言,可以移用在戴望舒全部散文式话语上:"在亲切的日常说话的调子里舒卷自如,敏锐、精确,而又不失它的风姿,有节制的潇洒和有功力的淳朴。日常语言的自然流动,使一种远较有韧性因而远较适应于表达复杂化、精微化的现代感应性手段,得到充分的发挥。"[1] 艾青提倡诗歌的散文美,艾青诗歌的散文式话语与戴望舒并不完全相同。首先,艾青的大部分诗具有很强的可朗诵性。其次,艾青的抒情话语固然有许多指向内心,但他常常指向社会现实,因此,他的诗中常常出现"你们""他""他们"。艾青也有许多诗在"我"与"你"的格局中诉说,但他的"你"是"巴黎"(《巴黎》),是东方的黎明(《黎明》),是中国的农夫、少妇,是中国(《雪落在中国的土地上》),是旷

---

[1] 卞之琳.序//戴望舒.戴望舒诗集[M].成都:四川人民出版社,1981.

野(《旷野》)。即使在指向内心的时候,艾青的"你"也常常有一个土地、一个旷野或者广场的背景,那不是狭小封闭空间。艾青拓展了散文式抒情话语的领地,艾青是长江大河,戴望舒是一流幽涧。

公共抒情话语与私人抒情话语本身无高下之分。独语式的、私语式的话语常常要说隐秘的体验、感受、愿望、情感;公众式话语适合传达常情、常理、流行的观念、共同的感受,这两种话语都有各自的问题。当读者偏爱诗人个人经验、感受、情感的时候,诗人面对的是私人化的情感、经验、体验的非个人化问题,适度的非个人化,否则会因为晦涩而终于失去读者;对于公共抒情话语而言,诗人面对的是公众经验、共同体验、共同情感的个性化、感觉化、个体生命化,否则它就会流为"××八股"。非个人化是个理论的说法,在批评实践的层面人们常常从诗人的"做人"角度讨论,其实可以换一个角度,从话语策略、符号、修辞的角度讨论。

五

话语策略、符号、修辞的使用决定了读者的接受。臧克家的名诗《老马》"几乎所有的读者和选本的注释家"都说"写的是受苦受难的旧社会的农民",但是作者申明,在写的时候"并没有存心用它去象征农民的命运",实在是诗人自己先为老马所感动,写马就是写自己、农民命运云云,只是读者读出的意义。[1]《老马》如果不采取通过刻画对象以比的方法言志的抒情策略,而是像《烙印》那样叙说,读者便不能读出农民的命运来。这正如《凤凰涅槃》的神话与象征为释义中从个人的象征滑动到祖国象征留下了空间。

戴望舒的诗通常有一个叙事作为骨架。有主体,有事件,有简约的环境,叙事中也不常用大幅度的跳跃与省略,给读者明白的框架。叙事,用传统的话讲,就是赋。它是戴望舒抒情诗的重要表现手段。"叙物以言情,谓之赋,情物尽也。"[2]情感相联的事件,提炼为抒情话语,正是情以物尽。赋,既可狭义地叙物写景(比如《深闭的园子》《乐园鸟》《秋蝇》等等),也可广义地叙述人的故事(比如《雨巷》《寻梦者》《村姑》等等)。

---

[1] 臧克家. 关于《老马》//甘苦寸心知 [M]. 成都: 四川人民出版社, 1982.
[2] 杨慎. 升庵诗话//郑奠, 谭全基. 古汉语修辞学资料汇编 [M]. 上海: 商务印书馆, 1980: 429.

《村姑》通篇叙事,在叙事中传达抒情主体的喜悦心情,更多的时候是赋比兼用,在叙事中含有比拟,或者比而赋,既给读者一个索解的线索,又给读者一个联想的空间;《乐园鸟》是比赋并重;《雨巷》《寻梦者》是赋中有比;《古神祠前》则是以比为基础的叙述,将"我的心头"比作古神祠,"水"是时间,而"思量"则由水蜘蛛而蜉蝣而蝴蝶、云雀、鹏鸟。赋、比、兴综合运用,正好印证了古文论家总结的艺术经验:"若专用比兴,患在意深","若但用赋体,患在意浮"(钟嵘:《诗品》)。这是他对古代诗学传统的继承,借鉴小说戏剧经验,在赋中引入独白、视角变换,是戴望舒的探索,是推陈出新。《秋蝇》是抒情诗中巧妙变换视角的范例;《残叶之歌》用括号分别引入角色的内心独白;《林下的小语》由全知叙述交待环境,接着,转入"我"对"你"的问与劝导,最后引入对方的话并予以回应,虽然也只有一人出场,却比戏剧独白体更自由灵动;《微词》则有三个角色:"我"、蝴蝶与蜜蜂、"好弄玩的女孩子",有描写,有对话,有评论;《深闭的园子》叙述者在描写叙述荒芜的园子后,突然插入"在迢遥的太阳下,/也有璀灿的园林吗?"最后交待此是陌生人探首园子时的"空想";《见毋忘我花》在与"你"的对话之后,在收束处转向花的祝祷:"开着吧。永远开着吧。罣虑我们的小小的青色的花。"在絮语的话语格局中创造性地运用赋,正是戴望舒的基本策略。相对而言,常被研究者提起的《印象》这样意象并置的诗的倒是特例。

叙事的框架由三个基本的句法支撑:主体是某某,主体等待(追求、想念、寻找⋯⋯)某某,主体怎样(痛苦、寂寞、苦闷、怨恨、绝望、喜悦⋯⋯)。充当其基本成分的,则是戴望舒特色的符号(语汇)。戴望舒的基本语汇有三类。第一类是关于抒情主体的流浪人、希望者、单恋者、寻梦者、怀乡病者(辽远国土的怀恋者)、寂寞的生物、夜行者、年轻的老人等等,这类名称当出现在"我是××"的句式中时,从诗人说,他还不能跳出自身,反观自身,缺乏距离,未免有沉溺于自怜之嫌;从读者接受说,他就只有被同病者欣赏,非个人化的程度是不够的。所谓非个人化,并不就是社会化,首先是指诗人能否对自己的情思进行观照。当这些名称出现在第三人称的叙述中,尤其是替换为一个物象(比如"乐园鸟")时,显示了创作主体在一定距离中对自身感受的观照,同时,也给接受者一个自由联想的空间,《乐园鸟》能得到更多的读者欣赏的秘密在此。戴望舒的诗的第二类语汇是关于女性的,无情而明丽的百合般的,好作弄人的,温温的眼波的,盈盈伤感低泣的,颜色如朝霞声音如啼鸟的,丁香般愁怨善解人意的,十八岁的有着盛着天青色爱情的心的,羞涩静娴有着纤纤的小手的,有着那么长那么细那么香的柔发的……少女,戴望舒的诗简直可编一部恋人百态的词典。这些关于女性的词汇通常出现在第二类句式对象的位置(偶尔也出现在第三类句式的主体位置),她们都指向一个读解:给人生赋予价值、意义的美丽温柔的理想爱人,虽然不妨当作"理想"来读解。早期,戴望舒往往不能脱离具体情境,这从《生涯》的修改中可以看出来。《生涯》中两行诗最初是"你太娟好,太轻盈,/使我难吻你娇唇"。这是非常具体的个人欲望。收入《望舒诗稿》时,将"使我难吻你娇唇"改为"人间天上不堪寻",将个人化的东西去掉了。总体上看,这些女性意象都带有相当程度的个人化色彩,具有独特的审美价值。有意味的是,《寻梦者》中,诗人出之以物象(金色的贝、桃色的珠、娇妍的花),《乐园鸟》中,径称"天上的花园",《对于天的怀乡病》中,只说"那如此青的天",虽然给读者留下了较大的想象空间,但是富有个人色彩的女性意象的替换同时损失了具体的美感。第三类语汇取自自然,诸如花、草、树、蝴蝶、萤火、云雀等等,它们往往是前两类的替代词,或者说与前两类处于相同的选择轴上。这一类无太多个人化印记,有的只是戴望舒的个性特征(这类自然的物象在戴望舒诗中有共同的特征:纤细。即便是黄河也不是奔腾咆哮的,而是在手指间滑出的)。当诗人对它们进行描写,在描写中展开感觉时,比如《深闭的园子》《在天晴了的时候》以及《秋蝇》中对木叶的变奏,就能有很好的艺术效果,如果作者仅将它们作为符号使用,就显得空泛,尤其是将它们放在中国诗歌的传统中,常常显出其陈旧的气息。戴望舒的私人抒情话语的问题不在其私人话语的性质,而在其或因沉湎于"我"而缺乏审美距离,或因符号化而缺乏具体的美感。

　　戴望舒表达方式的创造性,充分体现在那些曲折表达抽象的情感与精神活动的诗中。他善于在物我关系中别出心裁:瞳仁中"我"的映象(《眼》)、见证昔日情感的物品(《我底记忆》)、独坐时的灯与"我"的相对(《〈灯〉二题》)、"我"与夜蛾(《夜蛾》)、"我"与花(《见毋忘我花》)等等,这些诗往往不从主体情感,而是从与主体情感相关联的事物下笔,婉曲深致。至于修辞,戴望舒常用的还是比、拟人、通感、曲喻及"青春和衰老的集合体"式的组合,并不是他的特色,戴望舒不像同期卞之琳那么雕金镂玉,这是由他的倾诉式的絮语风格决定的。长久以来,习惯从象征主义、现代派的流派角度看戴诗,换一个角度,是否可以看到一片新的风景?

(本文原载《文学评论》2002年第1期)

《骆驼祥子》故事时代考

刘祥安

《骆驼祥子》的故事发生在怎样的时期？这个问题，在新时期，最早由樊骏提出：由于缺少强烈的时代气氛，小说叙述的故事发生在什么时期，一直是个众说纷纭的问题。

樊骏对于故事发生的年代作了推测：

> 作品开始时当属北洋军阀时期……后面的情节已经是国民党统治以后的事了。[1]

樊骏的推测激发了探讨的兴趣。陈永志的论文《〈骆驼祥子〉反映的年代新证》[2]是专门研究作品故事的时代背景的，作者提出了以下几点：

（1）根据作品关于战争的描写，断定祥子被抓是春季，脱逃是在夏季。

（2）根据当时北京附近的战事情形，断定祥子遭遇的战争是蒋桂冯阎联合对张作霖的战争。由此确定祥子被拉去是1928年。对于1928年，作者还举出了旁证：作品中"北平""党部""侦缉队"以及阮明告密的情形。

（3）由此推断祥子是被张作霖军队抓去的。

（4）《骆驼祥子》所反映的年代是从1928年到1931年这四年。

陈文的主要观点可取，但是作为考证，存在问题，即证据不足，有不少推测之辞，且有不正确、不准确的说法。此后，有些研究者并没有接受这一观点。另外，没有涉及作品的时代背景问题，根据这一考证，人们仍然认为作品时代性不强，并就此提出对《骆驼祥子》的批评：

> 而强烈的时代气氛。……《骆驼祥子》中，我们却发现故事

---

[1] 樊骏.论《骆驼祥子》的现实主义[J].文学评论，1979（1）.
[2] 陈永志.《骆驼祥子》反映的年代新证[J].文学评论，1980（5）.

所发生的历史背景缺乏鲜明。[1]

如陈文所说,小说第二章起的故事是发生在"1928年到1931年","祥子遭遇的战争"也就是"蒋桂冯阎联合对张作霖的战争",即二次北伐,本文对那些正确的推断,提出一些确切的史料加以证明,对那些不正确、不准确的说法加以纠正。同时,对作品的时代背景作一个说明。这好像有点小题大做。20世纪已经过去,现代文学应该可以像古代文学一样当作纯学术研究,何况《骆驼祥子》是经典作品,而老舍又是个很讲究考据的人呢。

一、四月初一至十五:开庙进香

陈文中关键的一点——祥子逃脱的时间,是根据作品中庄稼、衣着的描写推断的,其实,它是可以确定的:那是在某一年的农历四月初一至十五期间。小说第二章写道:

> 虽然已到妙峰山开庙进香时节,……

妙峰山进香在小说的结尾再次写道:

> 又到了朝顶进香的时节……

不仅写到了,作者还写了种种香会进山的情形。这就为我们点明了故事发生的具体时间。

妙峰山位于永定河以东,现门头沟区境内,海拔1291米。当年山上有天仙圣母碧霞元君庙,供奉着释、道、儒、民间俗神等各路神灵,是明清时期北京的民众信仰中心,昔日以山中香火之盛甲天下。妙峰山传统庙会始于明朝,盛于清代,至20世纪20年代中期尚有相当规模。其庙会时间为每年农历四月初一至十五,届时,来自周边地区的众多善男信女、几百档民间花会汇聚妙峰山,朝顶进香,献艺酬山,施粥布茶,场面壮观,信众虔诚,蔚为壮观。清代富察敦崇著《燕京岁时记》载:妙峰山碧霞元君庙

---

[1] 郝长海.骆驼祥子//中国现代百部中长篇小说论析(上)[M].吉林:吉林大学出版社,1986.

"每届四月，自初一日开庙半月，香火极盛"。据富察敦崇所记，当年妙峰山北道"人烟辐辏，车马喧阗，夜间灯火之繁，灿如列宿"，"香火之盛，实可甲于天下矣"[1]。《清稗类抄》"京师逛庙日期"则说："四月初一日，游西山（亦名妙高峰）。山有天仙圣母庙，同治间，孝钦后曾为穆宗祈痘于此。"在民国时怎样呢？1925 年，北京大学国学门研究所顾颉刚等人对妙峰山庙会进行过专门调查，并在《京报副刊》出有《妙峰山进香专号》六张，后于 1928 年 9 月由中山大学语文历史研究所出版单行本《妙峰山》。在 1925 年顾颉刚调查之时，尚有几百家香会参与。而根据顾颉刚的序言，我们知道，1926 年的进香期，"正是奉军初打下北京，人心极恐慌的时候，听说烧香的只剩数十人了"[2]。

老舍以妙峰山开庙进香作为时间的指示，一方面，说明老舍写作时有一个确定的时间记忆；另一方面，这么写，对于当年北方，尤其是当年北京一带的读者而言，是再明白不过的了。而对于不明白此风俗的有心人，"妙峰山开庙进香"这么大的路标，不是很容易找着吗？老舍一头一尾提出"开庙进香"，并非闲文，它是用来作时间的"指示""锚定"的，我以为。

二、1928 年冬：可能最早的跟踪时间

陈文论定祥子被乱兵拉去是 1928 年二次北伐，推断的根据是 1928 年北伐军进北京的时间与祥子逃脱时间的吻合，证据单薄，笔者可以补充。

方便的证据是小说中先后出现了十八次的"北平"一词。1927 年 4 月 18 日，《国民政府定都南京宣言》发表，"南京"与"北京"的南北二"京"真正对立起来。不过此时宁汉还未合流，北京在北洋军阀政府的控制之下，仗着张作霖的 60 万安国军，北洋政府还可以闭门称京。至 1928 年 6 月 3 日，张作霖退出北京，北京隶属于南京政府，6 月 28 日，直隶省改河北省，北京改为北平。小说结束处作家写到北平的萧条：

> 北平自从被封为故都，它的排场，手艺，吃食，言语，巡警……已慢慢的向四外流动，……在上海，在汉口，在南京，也

---

[1] 潘荣陛，富察敦崇. 帝京岁时记·燕京岁时记 [M]. 北京：北京古籍出版社，1981：62-63.

[2] 顾颉刚. 自序//妙峰山 [M]. 上海：上海文艺出版社，1988.

都有了说京话的巡警与差役,吃着芝麻酱烧饼;香片茶会由南而北,在北平经过双熏再往南方去;连抬杠的杠夫也有时坐上火车到天津或南京去抬那高官贵人的棺材。

  北平本身可是渐渐地失去原有的排场……

  显然,这是1928年改称北平以后的萧条了。这一条陈文已经提到,陈说这一条"有力地说明了故事发生在1928年以后",其实靠不住。小说第一章就开始用"北平"一词,这一章是概述,涉及了祥子进城后的历史,有些在1928年前,有些在后,因此,依据这一条,只能大致断定小说所写故事的时代,是1928年前后。

  能够将时间定下来的有两条:一是阮明告密和孙侦探跟踪的事件,二是买骆驼老者的话。根据第一条,可以推定,小说中祥子车子被抢的时间最早当在1928年。且看:

  祥子的车被抢是在农历四月一日至十五日,

  孙侦探跟踪曹先生是在当年冬天。

  从车被抢至孙侦探跟踪曹先生有半年时间。孙侦探跟踪曹先生的原因,是阮明的告密。小说写阮明告密时提到两点:一是阮明是向党部告密,称党部,那确是国民党的党部(这里应该澄清,"党部、侦缉队均是国民党的特产"[1]的说法不确。侦缉队北洋政府就有,党部在1928年前的北京公开存在过,活动过,那是国共共同领导的党部,30年代共产党中央的文件中也常使用"党部"一词[2])。二是,曹先生宣传"过激"思想,也就是"那点社会主义",用侦探的话说就是"乱党"。国民党党部公开缉捕"乱党",在国共分裂之后,也就是1927年4月12日之后才有可能。

  但是在北京,1927年还没有向党部告密的条件,因为此时还是张作霖时代。

  张作霖倒也是反共的,奉系入主北京后,制造白色恐怖,致使国民党与共产党两党机关于1926年3月都转入地下,迁入苏联大使馆的一座废弃兵营。1927年4月6日,奉系军警闯入使馆区,逮捕了共产党中央北方区执委会书记李大钊等共产党员二十余人,国民党中央候补执委路友于、国民党北京市执委会主席邓文辉等国民党员十余人,并于4月28日将李大钊、

---

[1] 陈永志.《骆驼祥子》反映的年代新证[J].文学评论,1980(3).
[2] 参见《中共中央文件选集》1928年、1929年、1930年、1931年卷。

路友于、邓文辉等 19 人处以死刑。[1] 所以，在张作霖时代之前，国共尚未分手，张作霖退出之前，国共同受压迫，都不会有向党部告密一说。张作霖退出，国民革命军收复北京后，1928 年 6 月 8 日，北京市党部才公开活动。[2] 因此，曹先生被跟踪，最早只能是 1928 年冬天，祥子的车被抢最早也只能在 1928 年。

三、祥子丢车与北伐奉张

导致祥子丢车的那场战争，陈文推测是北伐奉张，其实有证据。

在 1928 年前后，北京周围的战事有三次。一次是 1927 年下半年的阎奉之战，一次是 1928 年国民党北伐奉张"统一中国"，一次是白崇禧率部肃清津东地区直鲁系及孙传芳残部。前文告密事其实已经排除阎奉之战的可能，而且战争时间、形势也不对。阎奉之战中，阎军以南（京汉线西侧）、北（京绥线）、中三路进攻，其中路突袭，第四师傅作义部由蔚县奔袭至涿州，第十四师李服膺部曾奔袭至门头沟，直接威胁北京南北两侧，但奉军调整后反击，在 11 月 6 日阎锡山下总退却令，李服膺部则沿涞源、灵邱等地退回繁峙，傅作义因通讯问题在涿州成为孤军，苦守三个月后被奉军收编。傅作义退出涿州是 1928 年 1 月。[3] 白崇禧率部肃清关内则在 1928 年 9 月，那时北京已经在国民政府的控制之下，也可排除。北伐奉张在时间、形势等方面都与小说所写相符。这是一个证据。

1928 年 2 月，蒋介石重新出山，国民党二届四中全会召开。会议的一大结果是确立了蒋介石的中心地位，已是国民革命军总司令的蒋介石，兼任国民政府军事委员会主席，并任中央执行委员会常委（旋即于 3 月任中央政治会议主席），他重新集党政军大权于一身。大会通过了于右任提交的《集中革命势力限期完成北伐案》："交国民政府责成军事委员会北伐全军总司令，统筹全局，从速遵办。"[4] 这是北伐奉张的背景。

1928 年 2 月 9 日，北伐军在徐州誓师。4 月，第一集团军（蒋嫡系）、第二集团军（原冯部）、第三集团军（原阎部）同时开始攻击。其中，第二

---

[1] 张静如. 李大钊生平史料编年 [M]. 上海：上海人民出版社，1984.
[2] 时事日记 [J]. 东方杂志，1928 (25).
[3] 张梓生. 国民革命军北伐战争之经过（下）[J]. 东方杂志，1928 (25).
[4] 中国国民党二届四中全会记录//中国第二历史档案馆. 中华民国史档案资料汇编（以下简称《汇编》）：第五辑第一编政治（二）[M]. 南京：江苏古籍出版社，1994：46.

集团军于6月上旬攻克河间，进抵南苑；第三集团军于5月下旬克保定、张家口，与第一、二集团军合围北京、天津；第四集团军（桂军）叶琪部也于5月下旬进驻京津周围地区。本来，济南惨案发生，5月6日上海总商会发出致张作霖电报，呼吁"息争御侮"，此后呼声不断，5月9日，张作霖发出停战通电（10日见报），由此，一方面是幕后的谈判，尤其是帝国主义的操纵，一边是战场上的军事行动，战、和在不可知之间。在日本及列强的压力下，蒋介石已经准备和平解决，所以蒋的作战命令很奇特。5月31日，保定守军被击溃，蒋介石即令第三集团军之一部沿徐水乘胜追击，第二集团军向静海、胜芳、信安镇追击，第一集团军沿永清、固安一线追击，第三集团军向长辛店以北地区追击，"各路追击部队到永定河沿岸，尚须待命前进"。重兵围城，而日本帝国主义并不出兵，张作霖只得通电接受和平解决方案，于6月3日出京。留京谈判的张学良原议留一个旅维持秩序，交接后该旅完璧归奉，而留河北永清等十个县给直鲁联军及孙传芳残部屯兵，结果张大帅专列驶至皇姑屯时被炸身亡，张学良连夜出京，在长辛店、卢沟桥一线的奉军主力火速撤退。6月4日，南京政府任命阎锡山为京津卫戍区总司令，和平接受了北京、天津[1]。6月20日，南京政府改北京为北平、直隶为河北省，设北平、天津为特别市。妙峰山进香时节的四月一日至十五日，1928年，就是公历的5月19日至6月2日，也就是北京被围战局紧张之际。小说中写到当时反复谣传打仗而终于没有打，以及乱兵出现的区域，都与这次战争的情况若合符节。

平津克复，奉军依议退出关外。战争期间，一部分溃军由阎锡山收编，一部窜向津东地区，津东地区的主要是原津浦线溃退下来的直鲁系张宗昌、褚玉璞的部队及孙传芳残部，盘踞唐山、开平、丰润、芦台、宁河一带。7月国民政府令白崇禧率部东征，肃清关内。[2] 所以在第3章，买骆驼的老者深有感慨：

> 前几天本想和街坊搭伙，把它们送到口外去放青。东也闹兵，西也闹兵，谁敢走啊！

---

[1] 天津接受稍迟（6月12日张、褚退出天津）。以上参见孙良诚关于会攻京津命令（1928年5月31日）、冯玉祥关于进攻鲁西至克复京津军事纪实（1928年6月）、白崇禧关于进攻保定及北京军事报告（1928年6月）//《汇编》第五辑第一编 军事（一）[M]. 南京：江苏古籍出版社，1994.

[2] 白崇禧关于肃清关内直鲁残军军事报告（1928年9月）//汇编：第五辑第一编 军事（一）[M]. 南京：江苏古籍出版社，1994.

老者所说的"东也闹兵，西也闹兵"并不是泛泛而论，乃是就当时津东地区仍被直鲁军控制而言之。

关内肃清是在 1928 年 9 月底，东三省宣布归顺国民政府（史称"易帜"）是在 1928 年 12 月底，所以，买骆驼的老者说"东也闹兵，西也闹兵"就是 1928 年的事儿。这是一个直接证据，说明祥子的车被抢就是在 1928 年 5 至 6 月之间。

关于国民党收编奉军，当时就有国民党特别市党部常委丘河清等人的报告：

> 近据报载，第三集团军司令阎锡山，滥收反革命军队，且将其军事长官予以军团长等职，……殊属有背本党北伐之主旨。[1]

中央政治会议亦在给蒋介石的电报中，请蒋下令"拒绝收编反动军队"，而阎锡山则在复电中称"迫不得已，凡遇自拔来归者，均酌予收抚，然亦均系禀明蒋总司令，得其允准者也"[2]。小说中先前乱兵中的孙排长后来摇身一变，做了侦探，这固然是作家为减头绪，增加次要人物的连贯性而作的交待，但同时是对于当时阎氏、北平政府与奉系军阀关系的颇有意味的点睛之笔。这又是一条证据。至于乱兵是张作霖的兵还是直鲁系抑或孙传芳残部，小说没有任何暗示，似可不作推断。

祥子丢车的故事，老舍在写作时是有特定的背景的。怎么概括？一般评论往往概括为军阀混战云云，那是以我们的认识代替了历史，小说中所写乱兵其实是奉系或直系、鲁系的乱兵，当时以蒋介石为首的国民革命军的二次北伐，是一次统一中国的行动，还是代表了百姓的希望——厌战乱，盼统一和平，盼独立强大，不能与直鲁、奉张等混一而语。在南京国民政府与其他军阀之间的矛盾中，南京政府相对而言是进步的。当然，在南京政府与江西红色政权的对立中，它是反动的，不能混为一谈。顺便说说，一般传说均以为《我怎样写〈二马〉》中所说的关心北伐只是"四一二"之前的北伐，也是以今人之历史观代替作家认识的武断；况且，二次北伐要打到北京去，老舍一定揪着心地关注，因为他的亲人，尤其他母亲在北

---

[1] 国民党南京市特别市党部等请制止阎锡山与北京官僚政客妥协与滥收反革命军队有关电呈//汇编：第五辑第一编　军事（一）[M]．南京：江苏古籍出版社，1994：597．

[2] 阎锡山复中央政治会议密电//汇编：第五辑第一编　军事（一）[M]．南京：江苏古籍出版社，1994：597．

京住着哩。

四、阮明告密与时代性

关于阮明的形象，涉及三个问题，一是特务政治的特点；二是自首、告密；三是他的为钱而工作，后两点常遭非议。我们可以借助历史事实加深理解。

清共反共是国民党二届四中全会的一大任务。蒋介石的今后"共同一致反对共产党"，"不仅反对他的主义，而且要反对他的理论与方法[1]"的谈话成为大会的指导思想，大会通过了蔡元培等五人的《制止共产党阴谋》的提案，规定"所有共党之理论、方法、机关、运动，均应积极铲除"[2]。这就是小说中曹先生因"那点社会主义思想"而被跟踪的基本社会政治背景。

根据二届四中全会的精神及决议案，国民党日益加紧对于异己党派、异己思想尤其是共产党、共产主义的迫害、打击。在学校，加强了对于学生的思想控制。1928年，国民党中央训练部颁布了《学生训练暂行纲领》，要"使学生明了共产主义及其它违反三民主义之各种思想之谬误"[3]。1929年国民政府又颁布《整饬学风令》，1930年年底教育部有整饬学风训令。为了杜绝学校中异己思想的来源，对于教员更是严格控制。在光华大学学潮与中国公学学潮中，凡是与所谓"三民主义"宗旨不合的，像胡适、徐志摩、梁实秋、张资平等均被视为"反动教员"而予以相应处分，至于共产主义思想，那更是视若洪水猛兽。这是曹先生被告密的具体背景。

由1930年国民党浙江省组织部的报告可知，当时颁发有教育部拟定，国民党中央核准之《侦查各学校内共产分子办法》，各地并奉教育部令制定具体"侦查共党之工作方法"。各校要划分区域，落实到人，对于他们怀疑的人，要指定专门党员进行侦查，其侦查之周密至今令人不寒而栗。下引为浙江省制定的部分侦查办法：

---

[1] 中国国民党二届四中全会开会词//汇编：第五辑第一编 政治（二）[M]. 南京：江苏古籍出版社，1994：35-36.

[2] 中国国民党二届四中全会记录//汇编：第五辑第一编 政治（二）[M]. 南京：江苏古籍出版社，1994：47.

[3] 学生训练暂行纲领//汇编：第五辑第一编 政治（四）[M]. 南京：江苏古籍出版社，1994：16.

党员对于其所怀疑之同学应注意下列各点：
1. 来往函电及其所发表之文字；
2. 思想言论行动及其日常所接近之人；
3. 常读之刊物及书籍；
4. 出入之神情及常到之处所；
5. 对于本党之态度和对于最近政治之批评；
6. 对于阶级斗争、无产阶级专政及第三国际等观念若何。

一旦侦查队员认为有证据，就可以秘密报告党部。[1] 仅 1931 年 5 月和 6 月两个月，教育部存档的秘密调查员章超（公开身份为北大学生）关于北京几所大学的秘密报告就有 6 份。6 月份的报告中说道："近来平市军警对于反动分子侦缉很严，师大、法大学生因有嫌疑而被捕者，先后已有数人，共党分子惧入法网，不得不停止活动。"[2] 同时，为了打击共产党，1928 年颁布《共产党人自首法》《暂行反革命治罪法》，1931 年颁布《危害民国紧急治罪法》，对革命者规定了死刑、无期徒刑，即便"宣传与三民主义不相容之主义者"，也要"处五年以上、十五年以下有期徒刑"。[3] 并于 1929 年先后设立反省院、特别感化院。当年在教育界的白色恐怖，由此可见一斑。

小说中阮明"把曹先生在讲堂上所讲的，和平日与他闲谈的，那些关于政治与社会问题的话编辑了一下，到党部去告发——曹先生在青年中宣传过激的思想"，结果就招致了孙侦探的跟踪，这一叙述具有鲜明的时代特征。小说对于无孔不入的特务政治的揭露性描写，反映了 30 年代国民党统治时期思想专制、白色恐怖的严酷。

小说中写阮明先"左"倾，后告密做官，然后又"革命"，有无历史事实的背景呢？有的。大革命失败后，革命者坚持战斗的固然不少，但消极退却的也不少。比如我们熟知的一些著名作家就在此时脱离了党、团。而被捕后叛变的更不在少数，著名的，像向忠发，八七会议选举出的中央政治局主席、中央常委主席，1931 年 6 月被捕叛变；黄平，广州苏维埃政府

---

[1] 浙江省中等以上学校内党部或党员侦查校内共产分子办法//汇编：第五辑第一编　政治（四）[M]. 南京：江苏古籍出版社，1994：41-42.

[2] 汇编：第五辑第一编　政治（四）[M]. 南京：江苏古籍出版社，1994：95.

[3] 危害民国紧急治罪法//汇编：第五辑第一编　政治（四）[M]. 南京：江苏古籍出版社，1994：292.

人民委员会内务委员、外交委员，1932年被捕叛变；众所周知的左联五烈士案，是叛徒唐虞告密所致；彭湃案为原军委会秘书白鑫告密所致；何家兴、贺治华则以出国护照和五万美元为条件出卖了罗亦农；陈独秀的被捕则是谢少珊叛变的结果。这些人有些是名动全国的人物，他们有的被出卖、有的"自首"，确实暴露了部分党员的深层次问题。也许正是有鉴于此，共产党中央六届二中全会文件特别强调党要"从深入群众中去消灭党员自首叛变的现象"：

> 党员的自首叛变，是党的无产阶级基础的薄弱，支部生活不健全，党内政治教育缺乏，党员阶级意识模糊，以及机会主义残余的存在致经不起严重的白色恐怖与利诱而破裂出来的现象，这种现象在两湖过去最为严重，最近且蔓延到下江流域及北方各地。（着重号为引者所加）[1]

老舍并不是革命者，但是他对于中国改革者的问题一直是关注的，在同时的《猫城记》中，他借小蝎的口说过，"救国。怎样救国？知识与人格"，也抨击过教育界"有人，而无人格"的顽症。因此，老舍对阮明的叙述是严肃认真的，并且以自己的视角对当年的政治社会的非常现象做了分析与表现。阮明因金钱物欲而堕落，也因金钱被出卖；祥子正是在这个社会中被一点一点地蚀去人格的内涵而堕落为出卖者的。阮明是祥子主题的变奏、补充。

借助考证，我们可以说，《骆驼祥子》具有强烈的时代性：第一，小说的故事瞄定于当时重大的事件上，这是表层；在表层的描写中，具有历史般的精确、真实，对战乱、对特务政治，作者都有鲜明态度，如果考虑到当时国民党的执政党地位，考虑到白色恐怖，对老舍的道义立场之鲜明、勇敢应该有一个充分的估价。第二，小说通过祥子人格毁灭而沦为兽的故事对当时中国政治社会生活中的非常现象作出了自己的回应（笔者认为《骆驼祥子》的主旨并不是社会批判，人格问题才是其关注的中心，这需要另文论析），由此可以发现老舍与时代之间的血肉联系，虽然他没有预先替我们贴上简单的容易辨认的标签。

---

[1] 组织问题决议案//中共中央文件选集（1929年卷）[M]．南京：江苏古籍出版社，1994：234．

新型知识者的"震惊"经验
——论《一件小事》

刘祥安

《一件小事》虽然不是鲁迅小说中最好的作品——仅从艺术形式上看，也许还是不成熟的作品之一，却是非常重要的作品，无论从现代小说史还是从鲁迅小说创作的道路看，都是如此。不过，长期以来，这篇近乎随笔的小说，不是被从政治、伦理学的角度过度阐释，就是被粗心地加以否定，以致其独特的内涵未能得到恰当的揭示。

最早注意到《一件小事》并给予评论的是成仿吾。在《〈呐喊〉的评论》中，成氏毫不客气地指《一件小事》"即称为随笔也很拙劣"[1]，可以说是一笔抹杀。

与成仿吾截然相反，茅盾对《一件小事》给予了肯定的评价。在《鲁迅论》中，茅盾针对成仿吾的否定，指出，鲁迅既老实不客气地解剖别人，也老实不客气地解剖自己，并且说《一件小事》和《端午节》，"便是很深刻的自己分析和自己批评"[2]：

> 《一件小事》里的意义是极明显的，这里，没有颂扬劳工神圣的老调子，也没有呼喊无产阶级最革命的口号，但是我们却看见鸠首囚形的愚笨卑劣的代表的人形下面，却有一颗质朴的心，热而且跳的心。在这面前，鲁迅感觉得自己的"小"来。[3]

在这段分析之后，茅盾引证了小说最后一节文字。此后，尤其是20世

---

[1] 成仿吾.《呐喊》的评论 [J]. 创造季，1924，2（2）：157-164. 茅盾的评论比成仿吾文章晚出，并且在文章中引述了成仿吾否定的话，表示不能赞同，故在论文中特意为《一件小事》张目。

[2] 方璧. 鲁迅论 [J]. 小说月报，1927，18（11）：38-39.

[3] 方璧. 鲁迅论 [J]. 小说月报，1927，18（11）：38-39.

纪50、60年代《一件小事》入选中学语文课本后，肯定此小说的论文，就这篇小说的思想内容分析渐渐拔高。拔高式的分析基本上就着茅盾评论中的两点引申发挥：一是围绕车夫的形象分析逐渐引申出反映了劳动人民的优良品质，甚至引申出工人阶级、无产阶级的优良品质的宏论；一是围绕"我"与"车夫"的关系分析引申出鲁迅自我解剖的精神，后来更是引申出了小资产阶级知识分子自我改造，向工人阶级学习的宏论。

《一件小事》在艺术形式上的特殊性，是导致评论研究出现混乱的原因之一。从叙述角度看，《一件小事》是第一人称叙事小说。小说中的"我"既是叙述者，同时是故事中的人物之一（故事中一共出现"车夫""老女人""我""巡警"四个人物），甚至可以说是故事的主要人物。一个经历并且体验了故事的角色成为故事的叙述者，他所叙述的不是客观的事件，而是他所经历、经验的事件，是事件中的主观经验、体验。这一点是读解这类第一人称叙事小说的关键。小说中的"我"是一个充满主观情感、精神、意识的叙事者。这个第一人称叙事者"我"似乎与作者鲁迅具有某种相近相似的精神特征。艺术上的这一特殊性，导致评论者将鲁迅、叙述者、人物混淆在一起。

上引茅盾语中可以看出，茅盾的评论中混淆了作者（鲁迅）、叙述者"我"、故事中的人物"我"之间的区别，三者被视为同一的。既然"我"=鲁迅，那作品的内容阐释就容易受到干扰。

成仿吾和茅盾的截然不同的评价应如何看待？

我们先将这个问题悬置，对小说做一番考察。

按照叙述学的基本假定，叙述文本是叙述者对叙述底本进行叙述加工的结果。以《一件小事》中的叙述而言，稍加分析便可以看出底本与述本的关系。小说开头这样写道：

> 我从乡下跑到京城里，一转眼已经六年了。其间耳闻目睹的所谓国家大事，算起来也很不少；……[1]

这里的故事讲述者是人物"我"。从时间上看，底本中的"六年"在叙述时被变形了：底本的时间长度在叙述时被一句话的篇幅所代替；从人物"我"的经历的事件看，"六年"中的大事小事以及细节几乎可以说是无限

---

[1] 鲁迅. 一件小事//鲁迅全集：第一卷 [M]. 北京：人民文学出版社，1981：458.

的，在人物"我"的叙述中同样给变形了，这里的人物的回忆性述本与底本中的差异应该是很清楚的，而如果与第二部分所叙述的"一件小事"相比，在时间与细节量的处理上，叙述加工的程度就更鲜明。与对"六年"的高度省略的叙述加工不同，"一件小事"的时间与细节量是通过选择而加以强化、凸显、放大了的。

"一件小事"的叙述加工，最重要的是关于老女人跌倒的叙述。"刚近S门，忽而车把上带着一个人，慢慢地倒了。"[1] 接着一段有两种成分，一是对跌倒前的情况的叙述，这包括两个因素，车夫让开道、有点停步和老女人过马路、破棉背心已被风吹得外展，这些叙述的内容在底本中本来是跌倒前的情况，在叙述文本中被放在跌倒后叙述，这是第一个层次的叙述加工——改变时序。这种改变时序的叙述加工，首先是小说叙述仪轨即叙述技术惯例上的原因（若不改变时序，叙述起来就很平直，文章没有起伏了，改变时序后，形成了节奏）；其次，更重要的是情节构成上的原因，先叙述事故，事故发生前的情况被作为原因（确定责任的依据）而叙述，从而形成因果链。按照时间先后顺序发生的事件并不意味它们之间具有因果关系，但是，当在叙述中，将时间顺序中的事件通过加工进行特定叙述时，这个主观次序，已经赋予了事件某种内在结构。这个通过叙述赋予的结构，可以视为第二个层次上的叙述加工。这个层次的叙述加工比较隐蔽，但仔细分析仍然可以发现。事故发生前的情况在被叙述时，已经被"我"加工了。

"我"的叙述加工在一些句子中非常明显。老女人过马路的速度未必很快，可以确定的，车夫是快的（"车夫也跑得更快"），但在"我"的叙述中是

伊从马路边上突然向车前横截过来[2]。

"向车前"这个介词和方位词构成的短语，具有方向目的意味，而"突然""横截"都包括了叙述者的主观感觉，强调了老女人出现的突发性与不同寻常，突发、不同寻常而又似乎专找车前走，这里叙述者对于底本的加工是渗透了老女人不该如此的意向和对老女人厌恶的情感，在这种情感意向下底本事故在被叙述时主观化了。这种主观叙述的效果，是自动地将事

---

[1] 鲁迅. 一件小事//鲁迅全集：第一卷 [M]. 北京：人民文学出版社，1981：458.
[2] 鲁迅. 一件小事//鲁迅全集：第一卷 [M]. 北京：人民文学出版社，1981：458.

故的责任指向老女人自己。"车夫已经让开道"则进一步开脱了车夫的责任。或许可以假设有一个超然视角的叙事,有一个第三人称叙述者,也许可以强调车夫因为拉得快,对路况注意不够,等到发现有人,慌忙让道停步,但还是挂着了老女人的衣服,将她拉倒在地。在"我"叙述时,却是因为棉背心向外展开"所以终于兜着车把",主动者是棉背心,而不是车把。试比较:

棉背心兜着车把
车把挂住棉背心

"车把"在叙述中被处理为被动者,责任推向棉背心的主人即老女人。接下来的一句评论性更强:"幸而……否则伊定要栽一个大斤斗,跌到头破血出了。"[1] 似乎老女人应该庆幸、感激。到底是棉背心兜住车把还是车把挂住了棉背心,这个句式中主语位置的分配,正是事故中肇事者位置的隐喻,也是这一段叙述结构的象征。

"我"关于事故发生情况的叙述可靠吗?从上面的分析看,未必可靠。联系上下文看,也是如此。第一,车夫是自动地扶着老女人去了巡警分驻所;第二,巡警分驻所如何裁决虽然不知道(人物"我"不知道,故事是人物"我"回忆叙述的,所以我们也不知道,但作为作者操纵下的叙述者"我",却是知道的),但"你自己雇车罢,他不能拉你了"却暗示车夫应负的责任不小。这样,"我"对事故的看法和立场与真实构成矛盾的关系,由这个基本的反讽形成的张力,触动了人物"我",从而产生了震惊。

正是"我"这段关于事故起因的叙述和评价,历来被评论者当作代表作者观点的叙述,当做事情的客观真相来引述。比如唐弢的论文《"小事"不"小"——谈〈一件小事〉的思想性与艺术性》就是比较有代表性的:

事故的发生,是老女人从马路边上突然向车前横截过来,车夫已经让了道,由于他的破棉背心没有上扣,微风吹使向外展开,终于兜着车把,这才慢慢倒地。主要过失不在车夫。[2]

---

[1] 鲁迅.一件小事//鲁迅全集:第一卷 [M].北京:人民文学出版社,1981:458.
[2] 唐弢."小事"不"小"——谈《一件小事》的思想性与艺术性//海山论集 [M].北京:人民文学出版社,1979:188.

新型知识者的"震惊"经验
——论《一件小事》

显然，小说中回忆性叙事的人物"我"（人物"我"、叙述者"我"二而一）被当作作者来看待了，这种将叙事人与作者混淆的观点，在茅盾的评论中已经有所表现，唐弢尽管审慎地指出"'我'自然不再是鲁迅自己"[1]，但在上文摘引的片断中，叙事人的观点其实正是被当作作者的观点看待的。

分析证明，"我"对这一事故原因的叙述并不是唯一的、可靠的客观叙述，而是底本中的一种带有人物"我"的观察特征、情感色彩、好恶倾向的特定叙述，未必可靠。这些渗透于叙述中的主观性，是否如一般论者所说，是一切小资产阶级知识分子的劣根性或者说是自私呢？应该说找不出这样的具有阶级属性的特征。

事情很简单，这种主观性是坐车者通常都会有的，从车子上看，从坐车者的角度看，在分析事故责任时，人物"我"几乎是无意识地将事故中的另一方推为责任承担者，非常自然地扮演了一个欺负老女人的"公正的仲裁者"。正是坐车者的立场决定了人物"我"的观点，导致了下文的"料定""真可憎恶"的判决。事故的责任到底应该由谁负？小说中并未明写，但车夫对于事故的责任似乎是愿意负责的，这在其行动上可以作一个大致的判断，巡警分驻所的裁判似乎也对车夫不利（"你自己雇车罢，他不能拉你了。"）。这样一来，在人物"我"的叙述中就构成了一种矛盾关系，可以称为矛盾A，矛盾A的结果是人物"我"的精神上的震惊。第二层矛盾关系（矛盾B）是人物"我"掏出一把铜元给车夫后的自我反思：人物"我"又不由自主地扮演了一个奖励、表扬者的角色，事实上在此之前人物"我"反对车夫这样做，一旦车夫这样做了而显出人物"我"之"小"之后，人物"我"却一百八十度地转向嘉许者的立场，将自己从卑劣中超拔出来，当人物"我"发现自己的这一转向时，引发了内心的又一次震惊。正是矛盾A、B及其引发的震惊，构成了"一件小事"的基本内涵。

《一件小事》的主题是什么呢？现在可以讨论这个问题了。小说的第一部分是人物"我"的概述与议论，关键的语词是"坏脾气"——人物"我""一天比一天的看不起人"[2]。"人"应该是一个非常宽泛的概念，但是，人物"我"在这里所指的被他看不起的人侧重指哪些社会阶层的人呢？

---

[1] 唐弢."小事"不"小"——谈《一件小事》的思想性与艺术性//海山论集[M].北京：人民文学出版社，1979：188.

[2] 鲁迅.一件小事//鲁迅全集：第一卷[M].北京：人民文学出版社，1981：458.

一般以为是指统治阶层,其实从上下文看,"六年"中的"国家大事",包括了辛亥革命以降的一系列大事,则清王朝的遗老遗少、各种军阀、各类政党、革命党人以及所谓国民大众都包括在"人"之中,这是"坏脾气"的一面:对于中国人的怀疑、失望。"坏脾气"的另一面就是对于自己的估价——人物"我"虽然同为中国人,却是鹤立鸡群、茕茕孑立,孤高、孤立、孤独而又哀伤。"一件小事"正是这样的人物"我"的一次震惊经验的艺术表达。

  震惊是本雅明的一个批评概念。震惊意味着个体意识吸收和同化外界刺激的失败,意味着以往的经验的崩溃。在一般的情况下,人们通过意识、回忆、梦等手段处理外界的信息,使外界的新的信息在以往的经验库中对号入座,这样使新的信息具备了曾经经历过的特征,将陌生的化为熟识的,即便是突发事变也往往经过这种处理后被主体坦然地接纳。但是,一旦外界的变化过于迅猛,刺激过于强烈,以致主体无法通过意识、回忆、梦等手段将它融入个体经验世界的时候,震惊发生了。以往的经验失去支持主体的功能,人在外界刺激的冲击之下陷入茫然。人物"我"在"六年"中目睹耳闻若干令其失望的国家大事,并没有受到多少影响,只不过是使他越来越看不起人,或者说越来越发觉自己的价值,发现自己与人间的差异,越来越倾向于遗世独立,冷眼看世态,一切的失败、混乱、倒退都必然被视为别的人不如我、不能像我、不能达到我的程度的结果。"六年"中的一系列历史事变虽然各各不同,但在人物"我"的面前,都似曾相识,都是一回事。一切的新的刺激只是旧的经验的循环。但是"一件小事"发生了。"小事"像一面镜子,在这面镜子中,人物"我"发现了一个非常朴素的真理:人物"我"与那些平素所看不起的人具有同一性,人物"我"也是自己所厌恶的不折不扣的中国人,像他们一样,一旦作为坐车者便会自然而然地站在坐车者的立场欺负一个老女人,也像他们一样,会在发现别人比自己高明时"从善如流",甚而至于卑劣地自居于发现、奖赏、提携的地位。这个发现恰恰是人物"我"的经验主体(他曾经是那样地瞧不起人)无法同化、消化的:震惊发生了,或者说精神的地震发生了。在这场精神地震之中,虽然孤立却不妨孤芳自赏的主体倒坍了:

  我这时突然感到一种异样的感觉,觉得他满身灰尘的后影,刹时高大了,而且愈走愈大,……渐渐的又几乎变成一种威压,

新型知识者的"震惊"经验
——论《一件小事》

甚而至于要榨出皮袍下面藏着的"小"来。[1]

这段"异样"的感觉，就是震惊发生的瞬间的感受的记录，震惊之后，主体人物"我"面临着意识的虚空状态：

我的活力这时大约有些凝滞了，坐着没有动，也没有想，直到看见分驻所里走出一个巡警，才下了车。[2]

但是，听完巡警的话后，人物"我"的经验主体回复了自觉，再次以"经验"做出了反应：给车夫赏钱。这近乎自我遮羞的掩饰行动，本质上是经验主体再次能动地实行保护主体的功能，却被人物"我"怀疑了、否定了，由此，震惊被巩固——陷入"坏脾气"中的人物"我"被拖开了。

根据上述分析，试阐释"我"的形象及其意义。

人物"我"是一种什么样的形象？旧说一律界定为小资产阶级知识分子。根据某种政治哲学的定义，这种阶层具有两面性，故分析中，总是一方面强调他的落后的一面，比如他的自私；另一方面强调他的进步的一面，比如他的不满于"文治武力"、他的自我批评、他的向劳动人民学习的意向（甚至有些人据此引申出走与工农相结合的结论）。其实，这是非常牵强的庸俗社会学。不仅因为小资产阶级知识分子本身是一个无确定内涵的概念，而小说中经济状况的暗示也只是只言片语，我们无法由"我因为生计关系，不得不一早在路上走"一句确定他的经济状态属于"小资产阶级"，这一句最多只能告诉我们他不工作便会生活无着落，除了工作也许根本没有可资生活的"资产"，则从经济状态看，他倒可能是"无产"的，倘使一定要说他有"资产"，那只能是读过书，仅仅因为读过书便具有了"小资产阶级知识分子"的"劣根性"，这种深文周纳岂不太可怕了吗？"知识即罪恶"，仅此一条，足可以使天下的知识者不寒而栗。由"小资产阶级知识分子"的概念，论定人物"我"的"自私"，照旧说，也是有根据的，因为人物"我"说过："也误了我的路。"其实这是丢开上下文的一种断章取义，人物"我"的这句话的全文是"我料定这老女人并没有伤，又没有别人看见，便很怪他多事，要自己惹出是非，也误了我的路"。人物"我"的"料定"还

---

[1] 鲁迅. 一件小事//鲁迅全集：第一卷 [M]. 北京：人民文学出版社，1981：459.
[2] 鲁迅. 一件小事//鲁迅全集：第一卷 [M]. 北京：人民文学出版社，1981：459.

有两段上文：一、事故的程度之轻——"车把上带着一个人，慢慢地倒了。"二、事故的责任不在车夫，这在前面已分析过了。如果人物"我"认为老女人受了伤，认为责任在车夫，人物"我"会这样吗？答案应该是清楚的。前面考察人物"我"对事故叙述的可靠性时，已经指出，人物"我"的不可靠叙述完全是在一种无意识的情况下自坐车者的意识、立场做出的判断、分析和叙述，也正是因为出自近乎本能的反应，才暴露了人物"我"的常人性的一面，这才构成了震惊的基础，与伦理范围的自私与否，没有关系。况且，车夫并非如一般论者所云是"大公无私"的。前面分析事故的底本与述本关系时已经指出，事情是从人物"我"的视角被叙述的，并不代表唯一真正客观的事实叙述。对于事故的看法，车夫的观点显然不可能同于人物"我"，老女人也会有自己的观点，巡警也会有一种观点。从小说下文看，车夫、巡警的观点的方向是一致的，则车夫的行动无法论定为"大公无私"。老女人到底是否装腔作势，如果将人物"我"的叙述视为权威叙述，答案应该是肯定的。老女人装腔作势讹诈，车夫仍然不声不响甘愿"自讨苦吃"，则车夫的行动不是大公无私，而是一个伟大的教义的化身：左颊给打了，再送上右颊。

以上这些解释中可能出现的歧义，都有一个原因，即未能充分注意小说的叙述艺术。在这篇小说中，叙事人的视角是有着严重的权力自限的：故事严格限制在人物"我"的见、闻之内，老女人怎么想、车夫怎么想、巡警分驻所里发生了什么，都有意识地排斥于叙述之外，因为事故的结局与小说的主旨无关，作者所要处理的，是叙事人"我"的精神世界的震惊。

叙事人"我"，从小说所提供的精神特征看，是社会动荡中不满于社会的知识者的精神肖像。这一类型的文人，鲁迅曾在《随感录六十二·恨恨而死》中有所论述。鲁迅指出，在中国古代"很有几位恨恨而死的人物。他们一面说些'怀才不遇''天道宁论'的话，一面有钱的便狂嫖滥赌，没钱的便喝几十碗酒，——因为不平的缘故，于是后来便恨恨而死了"[1]。这种恨恨而死的传统人生样式，在20世纪初，颇有人仿效，鲁迅是不赞赏的。"中国现在的人心中，不平和愤恨的分子太多了。不平还是改造的引线，但必须先改造了自己，再改造社会，改造世界，万不可单是不平。至于愤恨，

---

[1] 鲁迅. 热风·随感录六十二 恨恨而死//鲁迅全集：第一卷[M]. 北京：人民文学出版社，1981：360.

却几乎全无用处。"[1] 只恨恨于社会，而从无意于自己，结果便会走上古代恨恨而死者的道路，摆脱这条传统的人生道路的关键，是先从自己改造起。但是凡是恨恨于世事者，总是以为自己很伟大、很了不起的，无论如何，不会想到要改造自己，因此，一般很难不蹈古人覆辙。一边愤恨世事，一边自命清高，实际上是借了"天下无公理，无人道"的话头，遮盖自暴自弃的行为。小说中的人物"我"并不就是一个"恨恨而死"者，但已经有了"坏脾气"——越来越看不起人——有对于世事、世人的愤恨，也有孤独的欣喜和悲哀，已有了"恨恨而死的根苗"，但是，人物"我"却已从"坏脾气"中挣扎着向外爬，这个挣扎，是经历了一场深刻的震惊后发生的。这一震惊的实质，是人物"我"自我的新发现，或者说是"旧我"的主体崩溃，由发现人物"我"的常人性而开出一条首先改造自己的道路，便是这篇小说的启示：为世纪初的文人摆脱传统文人鬼魂的纠缠而指示一种途径。

20世纪之初，有一个重要的社会现象，这便是"学生社会"的崛起。"学生社会"是当时人们的称谓，后人习惯称为新型知识阶层。所谓新型的知识阶层，是随着近代工商业和近代教育、近代文化事业的发展而出现的，初步接受了西方社会思想和科学文化知识的，由教师、学生、留学生、技师、职员、医生、记者、编辑、著作家、翻译家等组成的近代知识分子阶层。这个新兴阶层的壮大，是以革命为契机的。1900年，自立军起义失败后，青年留学生渐渐成为倡导革命的主力军。1903年，日本东京的军国民教育会和上海的中国教育会、爱国学社以及《苏报》成为拒俄拒法的指导中心。1905年，孙中山已认识到新型知识阶层崛起的意义，决定"今后将发展革命势力于留学界，留学生之献身革命者，分途作领导之人"[2]。这在孙中山致陈楚楠的信中可以得到证实。孙中山在信中说："近日吾党在学界中已联络成就一极有精彩之团体，以实力行革命之事。现舍身任事者已有三四百人矣，皆学问充实、志气坚锐、魄力雄厚之辈，文武技材俱有之。现已各人分门任担一事，有立即起程赴内地各省，以联络同志及考察各情者。现时同志已有十七省之人，唯甘肃省无之，盖该省无人在此留学也。""将来总可得学界之大半；有此等饱学人才，中国前途诚为有望矣。"[3] 这

---

[1] 鲁迅. 热风·随感录六十二 恨恨而死//鲁迅全集：第一卷 [M]. 北京：人民文学出版社，1981：360.
[2] 朱和中. 欧洲同盟会纪实//辛亥革命回忆录：六 [M]. 北京：文史资料出版社，1961：6.
[3] 孙中山. 孙中山全集（第一卷）[M]. 北京：中华书局，1981：286-287.

意味着中国辛亥革命的领导的历史使命,落在新型知识阶层的先锋队身上。在当日舆论界,对于"学生社会"的赞美之声也非常之高。面对中国的危机,"居今日而欲图补救,舍中等社会其谁属哉!"[1] "学生社会之于国家关系重且大,学生社会一日不立,则新党一日不能结,中国一日无望。"[2] 与舆论的赞美相一致,这个新型的知识阶层也自命不凡,他们不再像中国传统的"士"那样自居于"上等社会",相反,他们视上等社会为敌人,指责"挟政柄者,大率皆顽钝腐败之魁杰";另一方面,他们又充分强调与"下等社会"——农、工、商之区别,"下流社会,如长发、大刀等,亦尝有之矣,亦曾见于国家大事有益否耶?以暴易暴,暴更甚焉。纵使前此之建社会者,竟能改革旧政府,有所建设,吾恐其速亡国之祸也"。既独立于上等社会,又区别于下等社会,新型知识阶层自居于中等社会,他们自觉肩负起"提挈下等社会以矫正上等社会""破坏上等社会以卵翼下等社会"的历史使命。[3] 从新型知识阶层的自觉到辛亥革命的成功——民国成立,可以说是这个阶层的浪漫时代——拜伦式的英雄时代。随着辛亥革命实质上的失败,中国社会实际上落入军阀之手,忠于民国理想的知识阶层陷入悲观失望之中。鲁迅的感受具有一定的代表性,"说起民元的事来,那时确是光明得多,当时我也在南京教育部,觉得中国将来很有希望。自然,那时恶劣分子固然也有的,然而他总失败。一到二年二次革命失败之后,即渐渐坏下去,坏而又坏……"[4] 民国以后这些历史事变对于鲁迅的影响如何呢?在《南腔北调集·〈自选集〉自序》中,鲁迅说:"见过辛亥革命,见过二次革命,见过袁世凯称帝,张勋复辟,看来看去,就看得怀疑起来,于是失望,颓唐得很了。"[5] 这种颓唐,并非特例。辛亥革命失败后,革命党内部分裂为以孙中山为首的激进派和以黄兴为首的缓进派。缓进派的基本主张,是以对辛亥革命后革命形势的悲观估计为前提的。处于这一阶段的知识阶层的敏感者,深刻地体验了寂寞、悲哀和恨的感情,如果说民国

---

[1] 新型知识阶层在政治上的活跃//李新,主编.中华民国史(第一编):中华民国的创立(上)[M].北京:中华书局,1981:9.

[2] 新型知识阶层在政治上的活跃//李新,主编.中华民国史(第一编):中华民国的创立(上)[M].北京:中华书局,1981:9.

[3] 新型知识阶层在政治上的活跃//李新,主编.中华民国史(第一编):中华民国的创立(上)[M].北京:中华书局,1981:9.

[4] 鲁迅.两地书(1925年3月31日)//鲁迅全集:第十一卷[M].北京:人民文学出版社,2005:31.

[5] 鲁迅.《自选集》自序//鲁迅全集:第四卷[M].北京:人民文学出版社,2005:455.

成立时他们是拜伦式的浪漫英雄，到此时，已是浪漫英雄的末路。这种末路的浪漫英雄的典型特征，可以说是心比天高，命如纸薄，心在峰巅，身在幽谷，小处敏感，大处茫然。而在与世事的关系上，就是由失望、悲愤而恨恨于世，倘一味恨下去，便极易滑向传统文人的老路。正是有感于这方面的现状，鲁迅提出了知识阶层解剖自己的课题，鲁迅进行自我解剖的结果，是发现自己深深烙印着中国传统文化的特征。而他笔下的人物"我"通过震惊体验，发现了自己的常人性，而这两者有其统一性：即宣告了辛亥革命时期崛起的知识阶层的浪漫时代的结束，在解剖人生而同时解剖自我的严酷之中，拉开了清醒的批判现实主义时代的帷幕。这从个体创作思想发展的层面预示了现实主义思潮的孕育与发展。我们知道，在东京时期，书写《摩罗诗力说》的鲁迅，正自以为是拜伦式的英雄。拜伦梦的破灭，现实主义的清醒谛视才有可能。

  作为辛亥革命时代的知识界敏感心灵的杰出代表，鲁迅表现了这个阶层的先进分子在时代的嬗变中的思索与体验，郭沫若虽然比鲁迅只差几岁，却不属于辛亥革命的时代，他以及他所代表的一群人，对于这一代人在精神上是隔膜的，在精神状态上也截然不同。当鲁迅这一代人充分意识到自己不是振臂一呼、应者云集的英雄时，郭沫若正做着天狗式的白日梦，这是一个非常突出的"代沟"。

"再读"的焦虑
——关于《再读张爱玲》及其他

陈小明

2000年10月24日—26日,岭南大学中文系主办了"张爱玲与现代中文文学国际研讨会",海内外众多较为著名的学者、理论批评家和作家对"张爱玲"意象及其内涵发表了个人的观点[1],牛津大学出版社于2002年出版了该次会议讨论的文献总结:《再读张爱玲》。时至今日,距离那次会议已整整五年。时间如果过于靠近,参与者的心理、情感缺乏距离,容易看不清楚,可能导致因情绪化而产生片面化,如果是"主题先行"或是"主题框框",这样的结果就更加明显。别离了当年的激情,远离了当初的喧嚣,现在回头用理性的目光重新审视当年的那场讨论,在静谧的氛围中重新阅读《再读张爱玲》,却发现这样的"再读"依然很难让人保持一种安宁的心理状态,也就是说"再读"依然产生着极强的焦虑。

既然是"再读",就有必要交代"再读"的立场和"再读"中所追寻的问题。这里先交代追寻的问题(立场在其后再论及),与《再读张爱玲》该书的体系一样[2],本文所要论述的核心问题是(也是产生焦虑的基础):如何"历史地"理解"张爱玲在现代中文文学史上的地位"。

问题的提出与研究的立场之间有着必然的联系,这里首先需要解决的问题是:当代人有无可能描述、梳理甚至是批评当代发生的文学历史?具体到本文即是:当代的学者、理论批评家在特定的时空中有无能力客观、

---

[1] 本次会议,海内外的学者和理论批评家有:美国的夏志清、王德威,日本的藤井省三,中国香港地区的刘绍铭、郑树森、刘再复、黄子平、许子东等,中国内地的温儒敏、陈子善;作家有:朱天文、林俊颖、苏童、须兰、蒋芸、戴天、颜纯钩等。

[2] 《再读张爱玲》共分为五大部分。第一辑:张爱玲研究的历史回顾;第二辑:张爱玲的小说与电影;第三辑:张爱玲在现代中文文学史上的地位与影响;第四辑:张爱玲与我……;最后为:附录。从篇章结构的安排和篇幅比重来分析,读者可以发现该书的重点是第三辑与第四辑。

准确、真实地"阅读"张爱玲？如果有，最基本的标准是什么？

回答这个问题时，会不可避免地面对另一个问题：种种个人的经历、体验，在今天，对我们的研究会带来哪些影响？它是文化研究、历史研究的财富还是障碍？[1] 就我本人而言，我认为这种"个人的经历、体验"对于"文化研究、历史研究"而言是一把锋利的双刃剑，甚至可以这样认为：与其说它是财富，不如说它是障碍。回答了这个问题，上个问题的答案就显而易见了。

张爱玲在现代中文文学史上到底处于何种地位，曾经是理论界、学术界和作家热烈讨论的问题之一。时至今日，尘埃基本落定，不论学者如何肯定，抑或是批评家如何否定，曾经的张爱玲依然是那么的传奇，如今的张爱玲则在天堂传唱她个人的歌谣。较为明显的变化是：张爱玲以及她的作品在现代中文文学史上基本找寻到了她较为准确的坐标，如现代中文文学史上其他作家的作品一般，张爱玲也只是张爱玲而已。

张爱玲及其作品在中国大陆，曾在20世纪"孤岛"时期盛行一时，随着社会的进程（这其中有主流意识形态宣传的需要，也有其作品自身内在禀性的决定），张爱玲及其作品在新中国成立后，悄无声息，直到20世纪80年代开始才在大陆再次慢慢流行，并在90年代抵达其顶峰。这是一个无可争议的事实，同样无可争辩的是，张爱玲及其作品传播的影响与整个社会的生态环境之间有着必然的联系。

最早给张爱玲及其作品的意义带来重大转变，或者说给张爱玲及其作品带来极大荣誉的是夏志清，20世纪50年代在《中国现代小说史》中他认为："对于一个研究现代中国文学的人来说，张爱玲该是今日中国最优秀最重要的作家……《秧歌》在中国小说史上已经是本不朽之作。"[2] 就夏志清的评介，无论怎样论述其实都是无可厚非的，如他自己所说，也只是研究现代中国文学的一个评论家的一家之言而已。但由于夏志清身份特殊性

---

[1] 洪子诚. 问题与方法——中国当代文学史研究讲稿 [M]. 北京：生活·读书·新知三联书店，2004：17. 对于这个问题的回答，洪子诚认为：唐弢先生大概更多地看到后者。在这里洪子诚所思考的问题是：在特定的时空中，有没有能力、是否有效地处理在这样一个时代发生的事情？这是当代文学史写作时遇到的最主要的问题。此前，他还列举了艾瑞克霍布斯鲍姆在《极端的年代》的"前言和答谢"中的话，"不为别的，单单就因为我们身在其中，自然不可能像研究过去的时期般，可以（而且必须）由外向内观察，经由该时期的二手（甚至三手）资料，或依后代的史家撰述为托"来证明自己的观点。

[2] 夏志清. 中国现代小说史 [M]. 上海：复旦大学出版社，2005：25. 夏志清同时论述到："仅以短篇小说而论，她的成就堪与英美现代女文豪如曼斯菲尔德（Katherine Mansfield）、波特（Katherine Porter）、韦尔蒂（Eudora Welty）、麦克勒斯（Carson McCullers）之流相比，有些地方，她恐还要高明一筹。"

而产生的权威性[1]，使得他的观点在传播的过程中产生了异化。许多后来的评论者则把夏志清的观点作为一种绝对的、经典的权威，他们跟随夏志清的观点认为张爱玲是"最优秀最重要的作家"（作者注：而不是其中之一），这是非常可惜也非常不理智的，20世纪90年代，张爱玲离世后，夏志清修正了自己的观点[2]，认为"不必坚持她为'最优秀最重要的作家'"，就是一种明证。

对于夏志清的观点，不同的评论家有着不同的观点。[3] 在众多评论家中，相对而言，刘再复的观点，从接受的层面来说，具有一定的可行性。刘再复认为夏志清"为现代小说史写作提供了一种充分个人化的批评方式"[4]。在这一点上，我本人较为同意刘再复的观点。但身为美国学者的夏志清的这种单个批评家极端个人化的批评方式，也有他的可取之处，至少他为我们提供了一种批评的新视野：国际性的学术与民族意识的学术。很显然正如日本学者竹内好对于鲁迅研究所表现出的，"学问的国际性并非意味着学问没有国籍，无国籍的学问对于世界性的学问而言也是一种累赘"[5]。

---

[1] 复旦大学出版社出版的夏志清《中国现代小说史》的作者简介中称：夏志清是西方汉学界研究中国现代文学的先行者和权威。英文代表作《中国现代小说史》在中国现代文学研究上具有开创性的意义，作者以融贯中西的学识、宽广深邃的批评视野，探讨中国新文学小说创作的发展路向，尤其致力于"优美作品之发现和评审"，发掘并论证了张爱玲、张天翼、钱锺书、沈从文等重要作家的文学史地位，使此书成为西方研究中国现代文学史的经典之作，影响深远。

[2] 夏志清在《悼张爱玲》中写道："古物出土"愈多我们对于四五十年代的张爱玲愈表示敬佩，同时不得不承认近30年来她创作力之衰退。为此，我们公认她是名列前四五名的现代中国小说家就够了，不必坚持她为"最优秀最重要的作家"。今冶．张迷世界 [M]．广州：花城出版社，2001：314．

[3] 郑树森认为："在四十多年前海峡两岸三地的环境中，夏公能够作出这样的评价很不容易、非常大胆，当时引起很大的震撼。"见：刘绍铭，梁秉钧，许子东．再读张爱玲 [M]．牛津：牛津大学出版社，2002：3．刘绍铭的态度是：以斩钉截铁的语气把张爱玲推举为"今日中国最优秀最重要的作家"的，是夏志清教授。我们同意不同意是一回事，但要下这个定论，单具慧眼还不够，还要胆色。见《再读张爱玲缘起》。

[4] 刘绍铭，梁秉钧，许子东．再读张爱玲 [M]．牛津：牛津大学出版社，2002：31．刘再复随后论述道：夏志清先生的《中国现代小说史》对被他划入"共产"范畴的作家有偏见，完全用政治批评取代文学批评。这种偏见，是20世纪中叶政治斗争、党派斗争在文化上的投影与烙印，可说是那个时代的不良风气，不能苛责夏先生本人，但应当正视产生于那个时代的《中国现代小说史》的局限与偏颇。第53页。

[5] （日）竹内好，著；孙歌，编．近代的超克 [M]．李冬木，赵京华，孙歌，译．北京：生活·读书·新知三联书店，2005：4．竹内好的这句话至少指出了一个易于被忽略的事实："世界"存在于不同"国籍"的相互关系之中，而不是以某种普遍性的形态存在于不同的国籍之上，因此脱离了自己的民族性只能意味着你附着于别人的民族性，也意味着你自己无法进入不同国籍间的相互关系，亦即脱离了"世界"，这便是"累赘"之所在。

"再读"的焦虑
——关于《再读张爱玲》及其他

因此，无论对于作为权威的夏志清的观点持何种态度，我们都不得不面对这样的问题：假如我们把不脱离历史现状作为一种最重要的思想前提，假如我们不把事后诸葛亮式的廉价"正确观念"作为思考的出发点，那么如何判断这种"不脱离"的真实性？[1] 这就是本文在追寻这种"再读"的焦虑而引发的"再读"的立场问题。

这里又要回到前文所提出的问题，亦即：个人的经历、体验是文化研究、历史研究的财富还是障碍的问题。刘再复与夏志清的观点之所以针锋相对，其实就典型地反映在对于这个问题的回答上。从夏志清的人生履历中[2]，我们可以发现"个人的经历、体验"这把"双刃剑"的作用，它锋利地双面割开了夏志清文化研究、历史研究的本质，亦即：新中国成立前他在大陆，随后他则在遥远的美国，他人生的经历、体验在他的研究中明显表现出这种因个人极端话语评论方式而导致的局限性。

其实，在刘再复的论述中，同样也体现出20世纪90年代那种极力夸大张爱玲及其作品的不足，刘再复的观点是：文学史的写作要摆脱"政治意识形态的牵制与主宰"[3]，"人的头脑有两个方面的作用，一方面是智性的作用，另一方面是感情的作用"[4]。刘再复的这种观点，本身就暗含着许多复杂的元素，其梳理需要一个理智、清醒的头脑。

"张爱玲在现代中文文学史上的地位"之所以在当下的思想界、学术界受到极大关注，反应强烈，一个重要的原因就在于它的政治学的价值取向和批评介入的立场。

需要指明的是，这里所说的"政治"不是普通意义上的直接作用于社会现实的政治（譬如政党的夺权、各种各样的暴动、不同阶级之间的纷争等等），如果非要从狭义的角度来加以解释，亦即微观的"学术政治"，从广义上来讲，就是：智性活动或知识分子空间里的政治。[5] 当然，并不是

---

[1] 孙歌. 竹内好的悖论 [M]. 北京：北京大学出版社，2005：5.

[2] 夏志清，1921年生于上海浦东，原籍江苏吴县，上海沪江大学英文系毕业，抗战胜利后任教北京大学英文系，1948年考取北京大学文科留学奖学金赴美深造，1951年获耶鲁大学英文系博士学位，1961年任教哥伦比亚大学，1991年退休后为该校中文名誉教授。见：夏志清. 中国现代小说史 [M]. 上海：复旦大学出版社，2005：作者介绍.

[3] 刘再复. 张爱玲小说与夏志清的《中国现代小说史》//刘绍铭，梁秉钧，许子东编. 再读张爱玲 [M]. 牛津：牛津大学出版社，2002：53. 刘再复还认为：20世纪80年代末，大陆的一些文学史研究者，提出重写"文学史"的问题。在这个问题的背后，是对50年代到70年代的文学史写作，要进行一番认真的反省，以摆脱两极政治对立模式在文学史上的影响。第54页.

[4] 冯友兰. 中国哲学简史 [M]. 北京：新世界出版社，2004：130.

[5] 弗雷德里克·詹姆逊. 快感：文化与政治 [M]. 北京：中国社会科学出版社，1998：399.

说这样的"学术政治"可以纯客观地超然于直接作用于社会的政治，20世纪中国大陆知识分子的心路历程中明显地记载着文化与政治之间千丝万缕的关系；但如果我们依然还是单纯地想从直接作用于社会现实的政治中简单地阐释"张爱玲在现代中文文学史上的地位"到底如何，则未免会落入无休止且毫无价值的争论中。

现在可以来较为直接地对答本文所提出的第一个问题：当代人有无可能描述、梳理甚至是批评当代发生的文学历史？从目前研究的现状来分析，我认为存在着这样的可能，但其前提条件是必须要"质疑并削弱权威"[1]，在此基础上"不断抵抗文化霸权或话语权力"[2]，最终超越"霸权或是权威"（或至少是实现与"霸权或权威同在"）。

因此，无论是如何评价"张爱玲"及其作品这个单体意象成就的高低或意义的大小，抑或是在重新书写当代文学史的格局意义上提升张爱玲的文学地位及其作品的文化价值，在当前的社会生态环境下，当代的学者、批评家必须要至少解决以下三个方面的问题：传统的文化研究文化批评的方式和立场、文化帝国主义的侵袭和当代大众传媒因媒体文化所带来的审美萎缩等，才能真正独立地"再读张爱玲"。

显然，对文化的哲学探求将是未来哲学的一种自觉状态。文化不仅是人的存在的一种深层结构，而且是对人的社会历史的一个根本性的分析和批判视角。[3] 如果说《再读张爱玲》中注重探讨的是"张爱玲在现代中文文学史上的地位"，那么这其实也只是引发出对于当代文学史重写的深层次的思考与探求的一种符号而已。"再读"应不为感情所扰，以保持"心灵的宁静"，真正有智慧的人在自己智力范围内严密地控制着自己的心智，心神泰然。

真实的张爱玲沉浸在真实的历史中，而"历史是由活着的人和为了活着的人而重建的死者的生活"，"无论是对于历史学家来说，还是对于后来人来讲，人们最高远的愿望是在于知道或设法知道真实的历史"，[4] 并能较

---

[1] 萨伊德. 论知识分子 [M]. 单德兴，译. 台北：台北麦田出版社，1997：130. 萨伊德认为：我们这个世纪的主要知识活动之一就是质疑权威，更遑论削弱权威了……不但对于什么构成客观现实的共识已经消失，而许多传统的权威……大体也被消除了。

[2] 于文秀. "文化研究"思潮导论 [M]. 上海：上海人民出版社，2002：2. 作者认为：这里的霸权与权力的内涵是多义性的，它既包括现代性所激烈批判的霸权，同时又包括后现代主义所要解构的霸权，更包括"文化研究"所要抵抗的文化霸权或权力话语。

[3] 于文秀. "文化研究"思潮导论 [M]. 上海：上海人民出版社，2002：2.

[4] 季默，陈袖. 依稀高行健 [M]. 台北：读册文化事业有限公司，2003：1.

为准确地辨别"话语讲述的年代"和"讲述话语年代"之间的关系[1]。对于历史这种真实、客观、公正话语权的渴望和话语策略的设计，明显地凸现在《再读张爱玲》的文本中，如果失却了这样的话语权，则会自然而然地造成在阐释"张爱玲在现代中文文学史上的地位"时出现理论与现实的错位、能指与所指的分离，造成所指本身意义的遮蔽与能指的无根滑动[2]。因为"假如，一个观点肯定是真实的，因为我们发现自己在行动时必须假定它是真实的，或因为它最符合我们实践的目的"[3]。但正是这样的"假如"，却会"歪曲和误解历史"[4]。"由于其阶级地位不同，人与人之间是有差别的。真理是阶级的真理。因此，所有的真理都只是面具而已，活着都只是局部真理而已。"[5] 面对着权威的话语和大众传媒的强势传播，后来者在不真实的历史中被迫戴上了各式"面具"，从而不真实了自身的判断，这是本文最为严重的"焦虑"。

(本文原载香港《香江文坛》2005年第12期，总第42期)

---

[1] 王尧，谷鹏．遇见秋雨［M］．台北：黎明文化事业股份有限公司，2002：126.
[2] 姜文振．中国文学理论现代性问题研究［M］．北京：人民文学出版社，2005：220.
[3]（美）劳伦斯·卡弘．哲学的终结［M］．冯克利，译．南京：江苏人民出版社，2001：396.
[4]（美）哈乐德·布鲁斯．影响的焦虑［M］．徐文博，译．北京：生活·读书·新知三联书店，1989：31.
[5]（美）丹尼尔·贝尔．意识形态的终结［M］．张国清，译．南京：江苏人民出版社，2001：452.

远去的"王朝"

陈小明　谷　鹏

余秋雨在《山居笔记》中苦心经营着一个文人的"王朝"。余氏着力地写文化和文化英雄的悲剧,以及这些英雄反抗"绝望"命运的悲壮,其目的是想追回文人以前的姿态并建立当代文人的尊严。然而,今日的时代实际却在双重层次上无情地击碎了他的梦想,他经营的文人"王朝"已经悄然远去。

关于中国文人的现代含义,已越来越趋于明确。但落实到特定历史阶段,这种涵义又呈现出复杂化的形态,因为它不得不牵涉到传统问题。《山居笔记》直接或间接地拷问着中国文人,其中尤以《流放者的土地》《苏东坡突围》《遥远的绝响》和《历史的暗角》最为明显。本文将分析余秋雨是如何别具匠心地营造他的文人"王朝",以体现中国文人在"理"与"势"的冲突中因个人悲剧命运而闪现出的熠熠人格光辉的,以及他的经营是如何惨淡收场的。

今天我们来谈中国文人会不可避免地触及文人生命中"理"与"势"这两部分。这里的"理"是远古圣人孔、孟等制定的"真理",即存在于"势"背后的支撑并制约着"势"的一套理想模式、文化价值观念等;而"势"则是在这些"真理"的指导下,繁衍出中国有史以来政治上的制度、方针、政策等。在历史的发展过程中,"势"有时吻合于"理",但有时也可能发生误差。为了防止或纠正这种误差,文人们不惜付出人格和性命。因此,无论是古代还是现代,文人身上的这种笔直的脊梁骨气概令人可叹而可敬。《山居笔记》在一定层面上就明显地表现了这种情形。

《山居笔记》中所涉及的中国文人,大多数是科举制度下的文人,"科举制"的直接结果是选拔出了十万名以上的进士、百万名以上的举人。考官们按照历史圣贤的"理"和国家统治所需要的"势",悠然地从事着神圣又愚昧的选拔。这种科举制使"唐太宗们"在看到学子纷纷落入国门并无限忠诚地为朝廷服务而欢欣不止,这逐渐形成了"万般皆下品,唯有读书高"的传统观点。实际上,"从思想和学术多元化发展的意义上说,古代知识分子(笔者注:即余秋雨在《山居笔记》中所写的'流放者们''苏东坡们''十万进士们')对'势'的反省和批判,只是形成古代社会'天地君亲师'中'君'和'师'两种势力的相互制约和协调作用,并没有给我们民族以真正的进步"[1]。

历史车轮在滚滚前行中,当"理"与"势"相得益彰时,四海升平,这时就出现了成功文人,状元、榜眼、探花轮番出现,绚丽而多彩;当"理"与"势"出现冲突时,则出现了各种类型的隐士;当"势"压倒"理",以"势"驾驭"理"时,则会出现许多异常不幸的落魄文人,其中有些人还是显赫一时或一世的大人物,他们都成为"理"与"势"相互倾轧的牺牲品。太平盛世里的成功文人早已被电影或电视剧穷形尽相地刻画,世间的隐士和落魄文人的异常境遇才能震撼人的灵魂,这也是余秋雨在我们今天这个物质时代里展开虚弱而凄凉的抗议和挑战的主要阵地。

隐士的出现,说明当时社会的"理"与"势"已不协调甚至出现冲突,他们为了保持自己而隐于"山水""市"或"朝"中,等待太平盛世以淋漓尽致地发挥自己的横溢才华。这种等待是残忍的。年少的岁月、蓬勃的朝气、横溢的才华都会在等待中老去和枯萎。因此,做隐士的要求很高,《高士传·许由》中有这样的记载:尧让天下于许由……(由)不受而逃去。……尧又召为九洲长,由不欲闻之,洗耳于颍水滨。时其友巢父牵犊欲饮之,见由洗耳,问其故。对曰:"尧欲召我为九洲长,恶闻其声,是故洗耳。"巢父曰:"子若处高岸深谷,人道不通,谁能见子?子故浮游欲闻,求其名誉,污吾犊口!"牵犊上流饮之。

余秋雨对于隐士的态度是宽容的。由于"理"与"势"的不协调,明代文人不愿为清朝统治者所用,宁死不应考,如傅山、李颙等人。但"理"与"势"毕竟不是永不可调和的,二者相互融合时,隐士们的态度也随之发生变化。例如《一个王朝的背影》。

余秋雨叙述话语中流露出隐士们在"隐"中,并不想使自己的生命和才华白白地付诸东流的寓意。当"理"与"势"同轨时,他们在自己生命延续的同时仍想让自己的思想或著作流传下去,成为社会认可的成功标志。例如《千年庭院》中的朱熹。余秋雨认为朱熹之所以会和张栻一起在岳麓书社进行艰苦而顽强的讲学,是为未来国家培养人才,希望自己辛勤调教

---

[1] 刘再复,林岗. 传统与中国人 [M]. 合肥:安徽文艺出版社,1999:24.

出来的学生去实现他们虽生命终结但"理"却不灭的愿望。其实，余秋雨的目的仍是希望文人能在不同的历史时期以盛世的姿态建立自己的尊严。

文人最怕逢到"理"与"势"严重偏离的年代。学优却不能为仕，"达则兼济天下"是奢侈的梦想，因为早已"穷"到无法"独善其身"的地步；"治国平天下"犹如九天流云上的肥皂泡，因为"修身齐家"早已非常困难。强势对弱理的年代里，有的只是强权和压迫，对待文人最直接的办法是"打"！其残忍程度，余秋雨认为"他们的设制原则是把死这件事变成一个可供细细品味、慢慢咀嚼的漫长过程，在这一过程中，组成人的一切器官和肌肤全部成了痛苦的由头，因此受刑者只能怨恨自己竟是个人"（《苏东坡突围》）[1]。对这种"打、流放、杀"构成的"理"与"势"严重偏离的年代里的文人的境遇，余秋雨偏重的是对"流放"这种惩罚的刻画。《山居笔记》中几乎写尽了中国文人对"流放"的态度。流放本是件痛苦的事，但文人依旧是文人，在流放过程中依然痴迷用"理"对"势"的纠偏：既然自己已成为牺牲品，则不要让别人或是更多的人成为牺牲品。

《流放者的土地》中这样写道："清初因科场案被流放的杭州诗人、主考官丁澎在去东北的路上看见许多驿站的墙壁上题有其他不少流放者的诗，一首首读去，不禁笑逐颜开。"[2] 就这么可敬，又这么清高。"例如洪皓曾在晒干的桦树皮上默写出《四书》，教村人子弟；张邵甚至在流放地开讲《大易》，'听者毕集'；函可作为一位佛学家当然利用一切机会传授佛法。"[3] 这些文人在流放的人生经历中凭借文化人格互相吸引，寻找合适的行为方式以求得灵魂的安定，没有自暴自弃，没有苟且偷生。文人的"两袖清风，一身傲骨"，让人折服。那些流放者在那块土地上洒下的汗水和泪水，播下的文明的种子，使历史都显现出一种凄凉悲壮的高贵。

《山居笔记》同时还提到了与文人有千丝万缕联系的小人。从文化层面来看，小人可分为有知小人和无知小人两种类型。无论是哪一种小人，文人一旦惹上都是痛苦的煎熬，尤以惹上有知小人为甚。文人之所以为文人，是因为他们以心中的"理"来衡量、对照现实中的"势"。有知小人充分意识并充分利用这一点。有知小人心中也有"理"，但他们更加偏重的是现实社会里的"势"，在历史与现实之间他们选择的是后者；流芳百世还是遗臭

---

[1] 余秋雨. 山居笔记 [M]. 上海：文汇出版社，1998：118.

[2] 余秋雨. 山居笔记 [M]. 上海：文汇出版社，1998：77.

[3] 余秋雨. 山居笔记 [M]. 上海：文汇出版社，1998：77.

万年是后人所思考的事。宋朝的秦桧便是典型的例子，一位大宋宰相，居然能使"怒发冲冠"的岳飞惨死风波亭。折戟已沉沙，自将磨洗认前朝，又能如何？

对付文人就是更容易了，可以不显山不露水地置你于死地，并在一段时间后借助权势"平反"或"赦免"，让你对他感恩戴德。夏坚勇在《东林悲风》散文中有这样的描述：杨涟等"六君子"被残害身死后，打手们遵命用利刀将他们的喉骨剔削出来，各自密封在一个小盒内，直接送给魏忠贤亲验方信。有关史料中没有记载魏忠贤验看文人喉骨时的音容神态，但那种小人得意的险隘和刻毒大约不难想见……但魏忠贤竟然把"六君子"的喉骨烧化成灰，与太监们争吞下酒。[1]

有文化的"六君子"用他们的"理"来纠偏当时的"势"，惹恼了皇帝及其亲信魏忠贤，于是"打！打你个傲骨嶙峋，打你个廉明清正，打你个忧时济世，打你个满腹经纶"。这种过程告诉历代世人："你们文人其实什么也没有，就有那么点骨气，这'骨气'之'骨'，最重要的无非两处，一为脊梁骨，一为喉骨。如今脊梁骨已被我的棍棒打断，对这块可憎可恶亦可怕的喉骨，我再用利刀剔削之，烈火烧化之，美酒吞食之，看你还有'骨气'不？"所以无论是秦桧们还是魏忠贤们，他们所表现出的种种丑恶行径，掩盖不了其最底层的心事：嫉恨。因为你功劳高，可以治国平天下，好，就说你劳苦功高，为"势"的统治所需要，但也可以说你手握重兵，对大宋产生威胁，以你服务的"势"灭你；因为你学问好，可以兼济天下，好，就说你学识渊博，为"势"的治理所需，但也可以说你扰乱民心，策划动乱，对国家统治产生威胁，不杀你，"势"不容。无须举太多的例子，时间的前行中，中华史册的每一页几乎都有着一种狞笑——鞭声血雨中的险隘小人的狞笑，使人觉得暗晦而沉重。

另一种小人是无知小人，让人觉得可怜又可恨。因为无知，容易被人利用；因为无知，容易产生盲目愚昧的崇拜。特定时代的环境应合生命之中无法压抑的嫉妒，他们在集体无意识中，以极端的破坏来塑造他们所认为的"崇高"与"伟大"。这种带着嫉妒并以迫害名人而成为"名人"的无知小人在《山居笔记》中同样也有体现，《苏东坡突围》中这样写道：小人牵着大师，大师牵着历史，小人顺手把绳索重重一抖，于是大师和历史都成了罪孽的化身。一部中国文化史，有很长时间一直把诸多文化大师捆

---

[1] 夏坚勇. 东林悲风//湮没的辉煌[M]. 上海：东方出版中心，1997：72-75.

押在被告席上,而法官和原告,大都是一群挤眉弄眼的小人。[1]

小人本是无才无德,一旦有机会逮住了大师,则是得意非凡。正如当代苏东坡研究者李一冰先生所说:"他(笔者注:即李宜之,一芝麻绿豆官)也来插上一手,无他,一个默默无闻的小官,若能参加一件扳倒名人的大事,足使自己增重。"从某种意义上说这种小人的目的也确实达到了,但他们却没有想到大师的另一头牵着的是历史。历史这份沉重的压力会把他们压得永世不得抬头。因此,我们不能因为小人的无知而原谅他们助纣为虐的卑劣行径。正如米兰·昆德拉在《生命中不能承受之轻》里所说:被指控的人却回答:我们不知道!我们上当了!我们是真正的信奉者!我们内心深处天真无邪!末了,这场争论归结为一个问题:他们是真的不知道呢还是遮人耳目?可现在,我们都知道那些宣判荒诞不经,被处死者冤屈清白,这位检察官先生怎么还可以捶胸顿足大声疾呼地为自己的心灵纯洁辩护呢?我的良心是好的!我不知道!我是个信奉者!难道不正是他的"我不知道""我是个信奉者"造成了无可弥补的罪孽么?[2]

所以,无论是历史上的小人们,还是20世纪后半叶那些貌似无知,带着无限崇拜和迷信,赤诚地扼杀无辜的人,都是不可饶恕的,要么自我忏悔,要么让历史来记录他们卑劣的灵魂。

从事《山居笔记》创作时,余秋雨在香港沙田的一个山坡上闲住,一半是"借山水风物与历史精魂默默对话,寻找自己在这辽阔的时间和空间的生命坐标,把自己抓住";一半是想逃避人群对他的纠缠,独自面对历史与自然。余秋雨一方面可以用沉雄壮阔和灵性张扬大散文写法抒写文化中的种种内涵,另一方面也可以仔细冷静地刻画小人物——这种带有巨大历史必然性的社会文化现象,并指出"政治上的小人实在不是自然生成的,而是对一种体制性需要的填补和满足"。余秋雨通过对中国文人深层次的思考,写下了他的体悟:"这儿有一种旷古的宁静,这便是对话的最好环境,就像哈姆雷特在午夜的城头面对他已死去的父亲。父亲有话没有说完,因此冤魂盘旋;儿子一旦经历了这种对话,也就明白了自己的使命。"[3] 这种使命从文化深层次上来讲就是文人自身的反思:文人何去何从?

用余秋雨的话说:"人生的道路也就是从出生地出发,越走越远,由此

---

[1] 余秋雨. 山居笔记 [M]. 上海:文汇出版社,1998:118.

[2] (捷)米兰·昆德拉. 生命中不能承受之轻 [M]. 安丽娜,译. 西宁:青海人民出版社,1998:142.

[3] 余秋雨. 山居笔记 [M]. 上海:文汇出版社,1998:45.

展开的人生就是要让自己与种种异己的一切打交道。打交道的结果可能是丧失自己，也可能在一个更高层面上把自己找回。"[1] 这世间没有人愿意失去自己，都渴望在日益复杂的社会更高层次上找回自己，于是出现了一系列对"我的精神家园"的找寻。

然而，余秋雨"讲述话语的时代"是 20 世纪 90 年代，一切都是以经济建设为中心，市场经济和拜物风尚、消费主义是孪生兄弟，这一切使得文人、文学和文化从中心走向边缘。文化被作为民族最高价值的古典时代已成遥远的绝响。因此，余秋雨在文化心理上用他哲理性的笔抒写"话语讲述的时代"的文人，貌似"哈姆雷特在午夜的城头与他死去的父亲对话"，其实是在不自觉地印证文人从千年受尊崇到一朝被冷落的巨大心理反差。这类散文创作越多，余秋雨往自己所演绎的悲剧中添加的悲壮色彩就越重。余秋雨必须清醒地认识到，他所经营的文人"王朝"在今天的时代留给我们的已是远去的背影，要不然他自己也会成为地平线上一个模糊的背影。

《本文原载苏州大学学报（哲学社会科学版）2001 年第 4 期》

---

[1] 余秋雨. 山居笔记 [M]. 上海：文汇出版社，1998：45.

版本行旅与文体定格

——谈《京华烟云》的中译本

张 蕾

林语堂最著名的小说《京华烟云》开始创作于1938年8月,这时林语堂一家正旅居巴黎。1939年8月在欧战的阴霾中,《京华烟云》完成了,林语堂回到纽约。同年,美国约翰·黛公司(The John Day Company)出版了这部小说。小说出版后即入选美国"每月读书会",受到美国公众的喜爱程度可与之前风靡的《吾国吾民》和《生活的艺术》相媲美。《京华烟云》以小说的形式向美国公众描述了中国近40年的时代变迁及由这种变迁中传达出的悠远深邃的中国文化精神。这是林语堂撰写的第一部小说。

《京华烟云》在美国出版后,又在加拿大、英国等地出版,日本也于1940年左右出版了三种日译本。虽然日译本都对《京华烟云》有大量删改,但其出版毕竟引起了中国文化界的重视。林语堂在这部英文小说的开头有一段献词:"全书写罢泪涔涔,献予歼倭抗日人。不是英雄流热血,神州谁是自由民。"[1] 显然小说写作的现实背景、心境和目的都是明确的。作为一部充满着爱国情怀又享誉世界的小说,它的中文本的出版便成了迫切之事。

然而中译本的问世却不像林语堂写作英文那样顺畅。在林语堂的心目中,郁达夫是《京华烟云》最好的译者,可惜郁达夫最终没能够译出这部小说,当时的其他中译本又都不尽人意。直到1987年,张振玉的译本才开始在大陆刊行。已有研究者对《京华烟云》的中文翻译问题做过一些论述,但偏于简略,有失周全。这里对此问题的谈论尽管也难称周全,却可备做一种查考。

---

[1] 这是张振玉的翻译。郁飞的译文为:"英勇的中国士兵/他们牺牲了自己的生命/我们的子孙后代才能成为自由的男女。"郑陀、应元杰的译文为:"中国忠勇的将士们,/他们正为了我们的子孙,/争取将来的自由,/因而牺牲了自己的生命!"张振玉的译本是目前较流行的译本。

一　节译和全译

郁达夫在接受林语堂译书的托付后，曾表达过对当时出版界的看法。他认为出版界存在着一种怪现象，即翻译盛行，却多"粗制滥译"，这是文化低迷的表征。此时，国内已有了《京华烟云》的中译本，但在郁达夫看来却都是"滥译"的。郁达夫道："闻沪上滥译者群，早已动员多人，分头赶译完了。但最近因纸价高涨，能出此巨书之书店很少，是以滥译虽成，而出书则仍无办法也。"[1] 中译本虽有，但是"滥译"的，所以郁达夫自可心中有数，要林语堂不必心切过急。

不论郁达夫是否在求安慰或者寻托词，也不论翻译出的各种《京华烟云》是否就是"滥译"，毕竟郁达夫没能完成朋友的托付，而国内读者却已初识《京华烟云》的面目。这些译本大致有下列几种：白林译述的《瞬息京华》，1940 年北京东风书店出版；越裔节述的《瞬息京华》上、中、下，分别刊发于《世界杰作精华》1940 年第 1、4、5 期；1947 年大国书店出版了《缩小了的巨著》（第三版），收录越裔节述的《瞬息京华》；1941 年上海三通书局出版的《林语堂代表作》（第二版），收录该小说，没有注明译者；1946 年上海苦干出版社出版的《瞬息京华》，译者不详；汎思翻译的《瞬息京华》，刊载于《华侨评论》1946 年第 6、8、9、10 期和 1947 年第 13 期，未完；郑陀、应元杰合译的《京华烟云》上、中、下三册，1940 年至 1941 年上海春秋社出版，1946 年光明书局又重新发行了这个译本，此为《京华烟云》的第一种全译本。

白林译述的《瞬息京华》一册分三部分，分别是"道家的女儿""园中的悲剧""秋日之歌"。每部分标题后录有《庄子》一段，和英文本体例相同。这个译本较其他译本有价值的地方是在小说译完后附上了若干篇评论文章，分别是赛珍珠、林如斯、周黎庵、梁少刚的《评〈瞬息京华〉》。这些评论文章的标题应该是附录者自己题上的。林如斯文章的题目应是"关于《瞬息京华》"，收录的周黎庵的文章则节选自《关于〈瞬息京华〉》，此文收在他的《华发集》中。这两篇文章常被其他《京华烟云》译本作为附录收入。

---

[1] 郁达夫. 嘉陵江上传书 [N]. 星洲日报·晨星，1940 - 06 - 06. 转引自郁达夫. 郁达夫文集：第四卷 [M]. 广州：花城出版社，1982：348.

白林的译本不是对原本的照直翻译，英文本中富有特色的介绍性文字被省去了，一些不重要的情节描述也以简略处之。这是《京华烟云》节译本的共同点。作为一部面向美国公众介绍中国人生活的作品，林语堂需要对小说中出现的礼仪风尚、日用器物、观念传统等做解释，以使不了解它们的外国读者能够理解并由此产生无穷兴味。这些解释延宕了小说故事的进程，而且对中国读者来说不是必要的。所以林语堂的写法为中文节译本提供了方便，也是各种节译本竞相出世的一个重要因由。

　　越裔节述的《瞬息京华》上、中、下，分别刊在1940年的《世界杰作精华》上，上部刊载后附有周黎庵的《关于〈瞬息京华〉》及林语堂1939年7月致周黎庵谈《京华烟云》的信。此译本被收入大国书店出版的《缩小了的巨著》。《缩小了的巨著》收录的作品大部分是翻译过来的，《瞬息京华》列在全书第一篇，归入"风行一时的文学杰作"一栏。此书中还收录了林语堂的另一篇作品《我的人生观》，放在"趣味深厚的哲学巨著"一栏的第一篇。书内有一页介绍林语堂的文字，对林语堂赞誉有加，其热度可想而知。

　　这个译本的小说标题后，注有"本书已当选为一九三九年百部佳作之一"字样，并有一段文字，介绍小说内容和写作概况，以及出版后受欢迎的热烈程度。这个节本没有译出小说三部分的标题，也没有《庄子》引文，上、中、下三部分的分法和其他版本略有不同。附录的周黎庵《关于〈瞬息京华〉》的全文，共五个部分。周黎庵即周劭，杂文家，和林语堂有同事之谊。周黎庵对《京华烟云》的评价不是很高。谈到翻译问题时，他说："这本书最好是由作者自己来用中文改写，否则，亦应请一位小说前辈如郁达夫者来从事，方不至于画虎类犬。"[1] 翻译好《京华烟云》不是件容易的事情，纵然林语堂、郁达夫等人没有成就这项工作，越裔、白林等人的翻译也不能称善。把周黎庵的评价文章附在节译本的《京华烟云》后，并不妥当，但仿佛起到了提醒读者不可尽信翻译为原书的作用。

　　三通书局出版的《林语堂代表作》和大国书店出版的《缩小了的巨著》一样都是作品集。《林语堂代表作》是作为"现代作家选集第五集"出版的。书分三辑，前两辑为散文，第三辑为小说。小说部分没有"京华烟云"或"瞬息京华"总题，只分列三部分的标题，标题和白林译本相同，标题之后没有《庄子》引文，也没有注明《京华烟云》的节译者。比较几种节

---

[1] 周黎庵. 关于《瞬息京华》//华发集[M]. 蓟溪书屋，1940：163.

译本,《林语堂代表作》和白林译述的《瞬息京华》有较多相同处,且主要人物的译名也相同。虽然这并不能说明两个译本出自同一译者,但相互参照挪借确是事实。郁达夫说当时翻译混乱,不是没有根据的。

苦干出版社出版的《瞬息京华》同样未注明译者,却和越裔的节述本总体相同。此一译本附有《节述后言》,其中说道:"述者很知道这部书是不能节译的,也并没有作节译的尝试。现在不过是将全书看了一遍之后,将它重新述说出来。所述的不过是书中的故事,但求贯串,不计工拙和章法。因了篇幅的关系,书中的议论大部分也只能割爱遗弃,所以并不能将原书的精神充分的表显。"[1] 删除议论是节译的简便方法,"不能节译"表示的是对原书的尊崇。苦干社的《瞬息京华》一册,分三部分,三部分标题和白林的译本相同,没有《庄子》引文,亦相应减弱了小说对道家思想的强调。译者说"不能将原书的精神充分的表显",不是自我谦虚的。

登载于《华侨评论》上的汎思翻译的《瞬息京华》很可能是全译本,可惜只开了个头就没有见到下文。这个译本是分回翻译的,没有回目,没有把全书分成三部分,也没有《庄子》引文。"第一回"后有杂志编者的一段按语:"林语堂博士的英文原著《MOMENT IN PEKING》是一本伟大的杰作,自出版以来,风行一时。本刊兹得汎思先生的合作,分段译出逐期登载本刊,以飨读者。汎思先生不独译笔信雅,且对北平话下了一番苦功,故于书中人的对话,神态身份,描摹尽致,译风别具一格,敬希读者留意。"[2] 这段按语没有对译本过誉。汎思的翻译确是颇费心思的,他把小说译成了章回体,译文中"话说""却说""看官们须知"等插语使译本明显带有中国传统小说的意味。如果汎思能译成全书,应该称得上"别具一格"。

1940年至1941年上海春秋社出版的由郑陀、应元杰合译的上、中、下三册《京华烟云》是第一种《京华烟云》的中文全译本。这个译本三册的分法对应了原著的三部分,即上册为小说的第一章至第二十一章,"道家的女儿";中册为小说的第二十二章至第三十四章,"庭园的悲剧";下册为小说的第三十五章至第四十五章,"秋之歌"。下册附有《译后记》和林如斯《关于〈京华烟云〉》、周黎庵《评〈京华烟云〉》三篇文章。书后有一页广告,称《京华烟云》"全书七十万言完全译竣",这是春秋社版《京华烟云》的最大招牌。广告有两段文字对小说内容做了介绍。这两段文字说的

---

[1] 节述后言//林语堂. 瞬息京华 [M]. 北京:苦干出版社,1946:3.
[2] 汎思,译. 瞬息京华 [J]. 华侨评论,1946 (6).

两点意思为后来评论通用：一是小说写了三个大家庭在时代历史变迁中的故事；二是可把《京华烟云》和《红楼梦》放在一起看待。全译本着意到这两点，在表现上尽了责任。

在写于1941年的《译后记》中，郑陀、应元杰叙述了翻译小说的大概情况："我们动手翻译这部书，是在前年冬天，后来听到郁达夫先生已在动手移译，因而就把它搁了起来；但至日译本出版以后，尚未闻达夫先生译文的消息，而国内读者想看到中文译本的又是急切众多……因此我们又把它动手翻译了。因为我们课务缠身，进行也非常缓慢，直到去年初夏，方译完第一卷，全书于去年十月底方算告竣。"[1] 两人虽译得尽力，但林语堂并不满意。他特地写了《谈郑译〈瞬息京华〉》一文评论这个全译本。林语堂认为当时无论是创作还是翻译都存在严重的"欧化"问题，"本书译者，在此风气之下，也喜搬弄此种玄虚"[2]。林语堂举出不少例子说明郑译本的不当，包括人名、地名的翻译。郑陀、应元杰和林语堂不相识，不能细心揣摩林语堂用字造句的心思，林语堂也没有像指点郁达夫那样，为他们注明书中名词物事的正确译法。译本难传原著的意蕴，译者难称作者的心思，并不是少见的事情。然而这个译本毕竟是《京华烟云》的第一个全译本，把节译本所省略的原文意思表述了出来。

1946年，光明书局重新发行的这个全译本的三册题目有所变化，小说原三部分的标题成为三册书的正题，"京华烟云"则成为副题。译者说：这个译本"总计前后停刊时间，达四年之久，今虽重版有日，诚不胜隔世之感"[3]。功过是非，已属当年事情，现今再看，毕竟留下了那个时代对于一部小说的记录。50年代和70年代，在没有出现更好的全译本之前，这个译本在台湾地区被重印。

二　郁达夫、郁飞和《瞬息京华》

在林语堂的心目中，郁达夫是《京华烟云》最理想的译者。林语堂对此陈述了四条理由："一则本人忙于英文创作，无暇于此，又京话未敢自

---

[1] 郑陀, 应元杰. 译后记//林语堂. 京华烟云: 下册 [M]. 北京: 春秋出版社, 1941: 999-1000.

[2] 林语堂. 谈郑译《瞬息京华》[J]. 宇宙风, 1942 (113).

[3] 郑陀, 应元杰. 译后记//林语堂. 京华烟云之三·秋之歌 [M]. 郑陀, 应元杰, 译. 北京: 光明书局, 1946: 978.

信；二则达夫英文精，中文熟，老于此道；三，达夫文字无现行假摩登之欧化句子，免我读时头痛；四，我曾把原书签注三千余条寄交达夫参考。如此办法，当然可望有一完善译本问世。"[1]

  要用另一种文字把作品再写一遍，对于作家来说会失去原创的兴趣，何况林语堂又忙于向西方读者介绍中国文化，无暇于此。而郁达夫却"英文精，中文熟，老于此道"，很有翻译经验。1935 年上海生活书店出版了《达夫所译短篇集》，此时郁达夫已有十五六年的翻译经历，《小家之伍》（上海北新书局 1930 年版）、《几个伟大的作家》（上海中华书局 1934 年版）等书，都收录了郁达夫的翻译作品。1927 年至 1936 年，林语堂在上海，和郁达夫往来相得，当然对郁达夫的翻译经验和翻译水准是很有把握的。1939 年郁达夫在新加坡，身在美国的林语堂通过陶亢德转信郁达夫，请他翻译《京华烟云》，郁达夫答应了。林语堂甚是高兴，又致信郁达夫，说郁达夫果能将小说译成中文，"于弟可无憾矣"[2]。为了使郁达夫顺利工作，林语堂为原书作了详细注解，先后成为两册，寄给郁达夫。据和郁达夫同住苏门答腊的包思井回忆，郁达夫藏有一个木箱，"他失踪后打开来看，原来是林语堂的《瞬息京华》英文本两册，里面林语堂特地把人名、地名、古典词句详加注解以便郁先生翻译的。在同书上郁先生也批了他的译语，两个人的批注都很小心，这从写的字上可以看得出"[3]。郁达夫对《京华烟云》翻译之事的认真一方面出自朋友的信托，另一方面也因为林语堂预付了郁达夫一笔钱，作为先期酬劳。林语堂没有向人提到过预付款的事。关于这笔酬款的数额有几种说法：一说是 5000 美元，但据郁飞回忆，是 500 美元，后又说是 1000 美元，[4] 几个数额颇有差距。总之，书没有译出，钱却花完了，这是郁达夫一直愧疚于心的事。

  除了林语堂陈述的理由外，还有几点原因也有必要说明。其一，可能也是林语堂请郁达夫译书的最重要的原因是两人交谊甚厚。徐訏说："在当

---

  [1] 林语堂. 谈郑译《瞬息京华》[J]. 宇宙风, 1942 (113).
  [2] 林语堂. 给郁达夫的信//万平近, 编. 林语堂选集：下册 [M]. 福州：海峡文艺出版社, 1988：474.
  [3] （新加坡）包思井. 郁达夫先生和书//陈子善, 王自立, 编. 回忆郁达夫 [M]. 长沙：湖南文艺出版社, 1986：632-633.
  [4] 郁飞在《郁达夫的星洲三年》中说林语堂寄给了郁达夫五百美元，在 1991 年出版的《瞬息京华》的《译者后记》中说：林语堂好像给郁达夫寄过两次钱，"共一千美元"。

时作家中，与语堂往还最好的还是郁达夫。"[1] 林语堂和郁达夫大约在1923年相识，此时林语堂正参与《语丝》编务。1927年林语堂来到上海，这年10月鲁迅抵沪，林、郁的友谊围绕着鲁迅日渐笃厚。20世纪30年代，林、郁同游浙江，行旅中二人相互唱和，对彼此的志趣都十分欣赏。后来林语堂又约郁达夫同游扬州，郁达夫写了著名的《扬州旧梦寄语堂》一文，甚为风雅。林、郁的友谊还在两件事上表现得分外显著。一件事发生在1929年8月，鲁迅和北新书局发生版税纠纷，在事后的宴席上林语堂说了些话引起鲁迅不悦，两人关系从此疏隔。作为当事人之一，郁达夫的回忆颇表示出对林语堂的同情。另一件事是郁达夫发文声援林语堂。30年代，正当《论语》《人间世》《宇宙风》惹来文坛对林语堂的非议时，郁达夫不仅为林语堂的杂志写稿，还发表文章直接为林语堂辩护。后来林语堂赴美，国内又有各种非辞，郁达夫依然站在林语堂一边为他说话。不可否认，二人政治信仰上存在差歧，但朋友之间的共同志趣、欣赏眼光和了解信任使他们的友谊保持了下来。于是，当林语堂为自己的作品找寻译者时，郁达夫就成了他心目中最理想的人选。

　　林语堂请郁达夫译书的方式很有些像当初敦促郁达夫为《论语》等杂志写稿的方式。"林语堂通过与郁达夫多年的交往，深谙他那散漫、邋遢的作风。因此，在向他索稿时，有时是专电，有时是先预付稿酬，必要时则亲自出马直接命题，迫使他不得不写。"[2] 林语堂几乎用上了先前索稿的所有方式请郁达夫翻译《京华烟云》，专信、预付稿酬、直接命题布置任务。1940年5月，林语堂回国，他写信给郁达夫，希望他也能回重庆，在途经香港时还和郁达夫通了电话。但郁达夫没有接受邀请。在《嘉陵江上传书》中，郁达夫述明了不能回国的理由，并说《京华烟云》的译文很快会在《宇宙风》上发表。应该说，林语堂的敦请本可以奏效。然而，时代境遇变迁，各种不安和烦恼终于把人为努力可得的成就侵蚀了。

　　或许林语堂不很清楚郁达夫在新加坡的生活情况。当时多方传言郁达夫去新加坡是"隐居"去的。既然是"隐居"，想必定是精神有余，时间充沛。林语堂之所以把他的力作交给郁达夫翻译，恐怕有这层考虑。殊不知事实并非如此。另外，郁达夫趣味风雅，嗜好古书，谙习中国传统文化，

---

［1］徐訏. 追思林语堂先生//子通，主编. 林语堂评说70年［M］. 北京：中国华侨出版社，2003：145.

［2］许凤才. 浪漫才子郁达夫［M］. 郑州：河南人民出版社，1989：157.

这与《京华烟云》要传达的意蕴是契合的。林语堂相信郁达夫是能够真正懂得《京华烟云》好处的人，他的翻译定能赋予《京华烟云》新的生命。

万分可惜的是，郁达夫没有翻译出《京华烟云》。1941 年，李筱瑛向英国当局推荐郁达夫主编《华侨周报》，在李筱瑛的协助下，《京华烟云》的中译文开始在《华侨周报》上连载。这是郁达夫翻译《京华烟云》的唯一文字成果。可惜《华侨周报》寿命短暂，翻译也没有坚持下去。在战火纷飞的年代里，人的生命尚在旦夕，更何况一份报纸。当时的《华侨周报》已烟灰杳然，郁达夫的翻译文字早已不见踪迹。

郁达夫没有翻译出《京华烟云》有多种原因。郁达夫自己说道："在这中间，我正为个人的私事，弄得头昏脑胀，心境恶劣到了极点；所以虽则也开始动了手，但终于为环境所压迫，进行不能顺利。"[1]"个人的私事"指的是郁达夫和王映霞的婚变。1939 年 3 月，香港《大风》旬刊要出周年纪念刊，向郁达夫约稿。郁达夫就从自己的旧诗中选出若干首编成《毁家诗纪》并加了注释在《大风》上发表出来。王映霞看到这些诗，非常生气，马上作出回应，回应文字同样在《大风》刊出。《大风》借此风行一时却最终促成了郁、王婚姻的破裂。林语堂过去常和郁达夫、王映霞往来聚会，都是相熟的。郁达夫谈这事，一方面是不能释怀，另一方面也希望寻得体谅。这是郁达夫到新加坡以后经历的最伤心的事情之一。

郁达夫到新加坡并非处于"隐居"状态，繁忙的工作和抗日救亡宣传活动令他少有休暇时间。编辑《星洲日报》、创办各种副刊、发起"南洋学会"、指导鼓励文学青年、组织募捐活动、担任新加坡文化界抗日联合会主席……可以说，新加坡时期的郁达夫依然处在时代的风口浪尖上。这一时期，他主要写作政论文，这类文章篇幅不长，不会占用太多精力，而要翻译《京华烟云》这样的长篇力作，是需要集中精力，潜心从事的。郁达夫把大部分精力放在了社会活动中，已不能安心于书斋生活了。这也是《京华烟云》的译事被一延再延，最终没能成功的重要原因。

郁达夫对翻译的看法也是《京华烟云》没译成的重要原因之一。郁达夫说他翻译作品大致有三个标准："第一，是非我所爱读的东西不译；第二，是务取直接译而不取重译……第三，是译文在可能的范围以内，当使象是我自己写的文章，原作者的意思，当然是也顾到的，可是译文文字必

---

[1] 郁达夫. 谈翻译及其他 [N]. 星洲日报星期刊·文艺, 1940-05-26. 转引自郁达夫. 郁达夫文集：第七卷 [M]. 广州：花城出版社, 1983：142.

使象是我自己做的一样。"[1] 前两条对《京华烟云》来说应该不成问题，但要做到第三条却有些困难。林语堂最想得到的是完美的中文版《京华烟云》，而不仅是郁达夫版的《京华烟云》。一个独立的翻译者会把翻译文字当成自己的作品，但从林语堂为《京华烟云》作注来看，他对《京华烟云》翻译工作的干预是必不可少的。作为一个有才能的独立作家，郁达夫大概不会希望出现自己的工作被干扰的情况。这是一重难处。

另一重难处是关于翻译和创作的关系问题。郁达夫说：翻译比创作难，"创作的推敲，是有穷尽的……但对于译稿，则虽经过十次二十次的改窜，也还不能说是最后的定稿"[2]。译本不可能完全忠实于原著，毕竟译本和原著是两种语言的产品。然而，原著作者却往往希望译本能忠实地表现原著，林语堂对《京华烟云》译者的挑剔就是例证。郁达夫说：翻译《京华烟云》"可以经过原作者的一次鉴定，所以还不见得会有永无满足的一天。否则如翻译西欧古人的作品之类，那就更不容易了"[3]。实则翻译"西欧古人的作品"倒可以免除作者挑剔的眼光，翻译《京华烟云》却必要"经过原作者的一次鉴定"，鉴定过后势必会有修改等一系列程序。郁达夫深知这是一件吃力不讨好的工作，他把翻译《京华烟云》称作是给"林语堂氏帮忙"，是"不得已"。

郁飞回忆当时的翻译情形道："父亲似乎对友人说过，本不想接受委托的（大约是心绪不宁吧，我想），但那笔美元已随手花完，便不好推卸，只能拖延。事经年余，上海出的几种译本都已销到新加坡，作者委托的译本的问世却还遥遥无期。……可见他那时实在无心从事任何稍具规模的工作。"[4] 翻译长篇作品需要耐力和耐心。虽然郁达夫是位不错的译者，但就他已有的翻译来看，都是短篇，"稍具规模"的翻译几乎没有，所以他虽接受了《京华烟云》的翻译委托，实则并无充分的长篇翻译把握，又"不好推卸，只能拖延"。

郁达夫缺少耐力和耐心，"在生活上一向'放浪形骸'，没有计划，也

---

[1] 郁达夫.《达夫所译短篇集》自序//上海：上海生活书店，1935；郁达夫文集（第七卷）[M]. 广州：花城出版社，1983：261-262.

[2] 郁达夫. 谈翻译及其他 [N]. 星洲日报星期刊·文艺，1940-05-26. 转引自郁达夫. 郁达夫文集：第七卷 [M]. 广州：花城出版社，1983：143.

[3] 郁达夫.《达夫所译短篇集》自序//上海：上海生活书店，1935. 郁达夫文集（第七卷）[M]. 广州：花城出版社，1983：261-262.

[4] 郁飞. 郁达夫的星洲三年//陈子善，王自立，编. 回忆郁达夫 [M]. 长沙：湖南文艺出版社，1948：470.

不想计划，所以事情被糊涂过去了"[1]。这是《京华烟云》译事未成的又一原因。另外，林语堂在国内受到的批评以及他政治思想的右倾对旧日的朋友情谊难免产生影响。尽管郁达夫一直维护林语堂，但身在海外，声音的传送毕竟有些微弱。另一方面，林语堂抗战时期的回国却造成了声势。

1940年，蜚声海外的林语堂回到国内，得到蒋介石的亲自招待。林语堂对蒋介石的赞赏之情在《京华烟云》里已经有所表现，这次回国，表现更加明显。1943年林语堂再度回国，带着他的政论文集《啼笑皆非》在国内宣传以中西文化互补来重构世界的观点。10月，他在重庆中央大学作了《论东西文化与心理建设》的演讲，引起了文化界很大反响。1944年桂林华光书店特地发行了《评林语堂（文集）》一书，收录郭沫若、曹聚仁等人的文章。这些文章主要都是针对《论东西文化与心理建设》而发的，给予林语堂不合抗战时宜的观念以很大批评。国内文化界，特别是左翼文化界对林语堂的不满态度郁达夫大概不会没有耳闻。即就《京华烟云》而言，小说宣扬的也是中国传统的道家文化观。虽然作家明确声言小说是为抗战写作的，但小说里真正涉及抗战的只是第三部分的后半部，《京华烟云》的主要内容还是写中国儿女"在此谋事在人、成事在天的尘世生活里，如何适应其生活环境而已"[2]。尽管林语堂十分看重这部小说的价值，但小说传达出的传统文化观念能对中国抗战起到多少作用，不是对国内时势有隔膜的林语堂所能判断的。所可判定的是，郁达夫迟迟没有翻译出《京华烟云》，一定是因为这部小说对于当时的价值绝没有郁达夫从事实际的抗战工作来得重要和有效。在那样一个危难的时代，郁达夫终于没有选择花费心力去完成一部小说的翻译。

郁达夫接受旧友的托付却没有践约的行为，让林语堂非常失望。1941年，焦急等待郁达夫译本出世的林语堂写道："今达夫不知是病是慵，是诗魔，是酒癖，音信杳然，海天隔绝，徒劳翘望而已。"[3] 1945年，郁达夫遇害。林语堂心目中最理想的《京华烟云》中译本终于落空。多年以后，这笔昔日文债由郁达夫的儿子郁飞偿付了。

1991年12月，湖南文艺出版社出版了郁飞翻译的《瞬息京华》。郁飞是郁达夫和王映霞的长子，1938年年底随父母到达新加坡。郁达夫去新加

---

[1] 施建伟. 林语堂在海外 [M]. 天津：百花文艺出版社，1992：55.
[2] 林语堂. 著者序∥京华烟云 [M]. 张振玉，译. 北京：作家出版社，1995.
[3] 林语堂. 谈郑译《瞬息京华》[J]. 宇宙风，1942（113）.

坡只带了郁飞一个孩子。1940年郁达夫和王映霞离异,同年王映霞离开新加坡回国。此后的一段岁月郁达夫和郁飞父子两人相依为命,直到1942年1月,情势危急,郁达夫托人带郁飞回国。郁飞在郁达夫故友的抚养下长大,经过了一段时间的坎坷历程后,在出版社任编辑工作,是一位有经验的翻译家。80年代初,郁飞开始准备为父亲偿还当年的文债。1986年着笔开译,1990年郁飞退休,年终完成小说后半部的翻译。

郁飞和《京华烟云》的因缘早在他儿时和郁达夫同在新加坡的时候就结下了。据郁飞说,《华侨周报》上连载《京华烟云》是他提议的结果。若没有这个提议,也许郁达夫连那点翻译也不会面世。郁飞把他翻译《京华烟云》的成绩概括为两点:"首先,宁可冒影响销路之险也要把书名恢复为林先生自己定下的《瞬息京华》。其次,只删去了纯粹向英文读者解释中国事物的几处,于完整性无损。至于忠实原文则是我下笔时的主导思想。"[1]

当年在写给郁达夫的信中,林语堂确实把"Moment in Peking"译为"瞬息京华"。[2] 郁达夫提到此书时,曾用过"北京一刹那""北京的一瞬间""瞬息京华"等名字。在《谈翻译及其他》中提到《北京的一瞬间》时郁达夫特地注明"林氏自译作《瞬息京华》"。郁达夫会对一部书名用几种称法,很可能是因为把握不定,觉得小说的中文译名值得斟酌。当时出版的译本,大致有两种译名:"瞬息京华"和"京华烟云"。郁达夫对这些译本持否定态度,连同它们的书名大概也为郁达夫所不以为然了。

林语堂其实并不定认为"Moment in Peking"的中文译名就应该是"瞬息京华"。在《谈郑译〈瞬息京华〉》中他说:郑陀、应元杰译的"书名《京华烟云》尚不失原意"。郑、应译本是当时不可多得的全译本,"京华烟云"的名字也随之传开,逐渐为读者接受。70年代张振玉翻译的《京华烟云》在台湾地区出版,1987年又出了大陆版本。这个译本现今较通行,又比郁飞版的《瞬息京华》早出,学界在提到林语堂创作的这部小说时,大都以"京华烟云"称之。所以郁飞说他把书名重译为"瞬息京华"是冒了"影响销路之险"。

郁飞的《瞬息京华》力求还小说以本来面目。这种翻译原则在最大程度上淡化了译者的主体性,尽最大可能把小说"原著"展现给读者。郁飞

---

[1] 郁飞. 译者后记//瞬息京华[M]. 长沙:湖南文艺出版社,1991:780.

[2] 林语堂. 给郁达夫的信//万平近,编. 林语堂选集:下册[M]. 福州:海峡文艺出版社,1988:476.

版的《瞬息京华》根据美国约翰·黛公司1939年的版本译出。译本分为三部，第一部为"道家的两位小姐"，第二部为"园中的悲剧"，第三部为"秋之歌"。每一部标题后有《庄子》引文。全书共四十五章。郁飞的译文当然比郑陀、应元杰的合译要好，至少不存在语句、词意不通的地方。他的译本能充分表现出对英文本的遵从。例如小说结尾说："遥远的天际升起了天台山脉云雾环绕的群峰"，"然后他们同别人渐渐分辨不清了，消失在朝向圣山和山后广大内陆移动的尘土弥漫的人群里"。这些译文词句都忠实于英文本，却因直译多少带上了"欧化"色彩。

郁飞说郑陀、应元杰的译本和张振玉的译本都是他翻译的参考，但对这两种译本都不满意。郑、应译本的不令人满意处林语堂在《谈郑译〈瞬息京华〉》中已给出了详细意见。张振玉译本的不令人满意处郁飞认为是"代圣人立言"[1]。不同的翻译观能够产生不同的译本，郁飞的译本和张振玉的译本因为翻译观念的差歧，各有不足，同时也表现出了各自的好处。

三 张振玉和《京华烟云》的文体

1977年，台湾地区出版了张振玉翻译的《京华烟云》中译本。这是继郑陀、应元杰的译本之后，郁飞的译本之前的第二种中文全译本。1987年，吉林时代文艺出版社根据这个译本，修订了个别文字，出版了《京华烟云》的大陆本。自此，张振玉版的《京华烟云》成了中国大陆通行的译本。上海书店、东北师范大学出版社、作家出版社、陕西师范大学出版社、江苏文艺出版社等出版的《京华烟云》均采用张振玉的译本。

张振玉是台湾大学外文系教授，1914年生。除了《京华烟云》，他还翻译有林语堂的《吾国吾民》《生活的艺术》《风声鹤唳》《红牡丹》《中国传奇小说》《孔子的智慧》《苏东坡传》《武则天正传》《八十自叙》《啼笑皆非》等作品。东北师范大学出版社1994年出版的《林语堂名著全集》、作家出版社1995年出版的《林语堂文集》等作品集中收录的作品用的也都是张振玉的译本。在从事翻译实践的同时，张振玉还是一位翻译理论家，《译学概论》是他的代表作。《译学概论》出版于1964年，1992年译林出版社出版的《翻译学概论》是《译学概论》的大陆版。在这部书中，张振玉用专节论述了林语堂的翻译理论。

---

[1] 郁飞. 译者后记//瞬息京华[M]. 长沙：湖南文艺出版社，1991：781.

张振玉把林语堂的翻译理论归纳为六个方面。就"忠实"方面说:"译者如不善用文字之暗示力,虽将字义译出,译文亦不能传神。故仅求字面之忠实,尚非译文忠实之真义。"且绝对忠实之译文是不可能有的。就翻译和创作的关系方面说:"翻译可称之为创作,译文可称之为艺术。"[1] 或许是因为熟悉和喜爱而特别对待,也或许是因为熟悉和喜爱而分不出彼此,张振玉归纳出的林语堂的翻译观和他自己对翻译的看法十分吻合。

张振玉说:"译者亦须应用自己文字技巧,表达作者之思想、感情、风格、文体。于此等表现上遂显示译者之艺术修养,然亦显示译者之个性。译文既显示译者独特之技巧与个性,故译文亦系译者之创作。""译文,对原文而言,因两种文字性质之差异,译文永无法充分表示原文之优美,故译文无法达到完美之境界。若以译文为独立之艺术品而论,其文字之美妙自有其完美之境界,亦应当有其完美之境界。"[2] 归纳起来,张振玉对翻译的基本看法有两点:一,译文不等同于原文,不可能完全表达出原文的意蕴;二,译文具有独立的价值,这一价值是译者赋予的。

张振玉对译文、译者的强调和郁飞强调忠实于原著的观点显然有所不同,却和郁达夫对翻译的看法颇为契合。张振玉的译文能显示出译者的自主性。这个自主性并不是无视原著,而是充分领会原著的精神,综合运用译者的才能,更好发挥译文自身的优势。对于《京华烟云》来说,情况比较特殊,因为其创作本身即是跨文化的活动,是用英文来传达中国文化,所以当用中文来展示这部小说时,会比英文更能自然和深切地表现作品的情致。张振玉翻译的《京华烟云》即充分发挥了中文的优势。有研究者评道:"张振玉教授的译文达到了与原作的高度和谐,欣和无间,浑然一体,译语如行云流水,自然、流畅,同时译者的'自我'也流露得比较充分。"[3] 张振玉翻译的《京华烟云》纵然收受不了如此赞誉,但它行文流畅,表意自然,确实在忠实于英文原著的基础上表现出了中文版的特色。

如小说结尾处,"在遥远的地平线上,高耸入云的天台山巍然矗立"虽然不如郁飞的翻译那样符合原文,但遣词造句更适应中文习惯。特别是全书最后一句话,"他看了一段时间,一直到他们渐渐和别人的影子混融在一处,消失在尘土飞扬下走向灵山的人群里——走向中国伟大的内地的人群

---

[1] 张振玉. 翻译学概论 [M]. 南京:译林出版社,1992:33-34.
[2] 张振玉. 翻译学概论 [M]. 南京:译林出版社,1992:1-2.
[3] 郑海凌. 文学翻译学 [M]. 郑州:文心出版社,2000:280-281.

里",保留了原文中的破折号,强调了地点,亦即强调了"中国"。在此,小说主人公姚木兰的情感得到升华,她真正和广大民众融合在一起,体验到前所未有的力量,这力量是抗战的中国给予的。

林语堂在评郑陀、应元杰翻译的《京华烟云》时,谈到了文体问题。他说他是为"现代文体"而谈《京华烟云》的翻译的。林语堂对当时流行的"现代文体"不甚满意,认为这类文体"不中不西"。林语堂提出:"欲救此弊,必使文复归雅训。"其方法是在白话文的基础上适当辅之以文言的简洁明晰,以祛除"欧化"弊病。具体到《京华烟云》,则:"不自译此书则已,自译此书,必先把《红楼梦》一书精读三遍,揣摩其白话文法,然后着手。"[1] 虽说的是"自译",实则是对《京华烟云》的译者提要求。这个要求对张振玉似乎不成问题。在《翻译学概论》中,《红楼梦》《老残游记》等名著都被用来作为翻译例证。如果不对这些作品的行文用字以至文化蕴含深有把握,何以分析评价翻译的优劣。

像很多现代作家一样,林语堂非常喜爱《红楼梦》,他还对《红楼梦》的版本问题有深入研究。林如斯谈《京华烟云》时说:"一九三八年的春天,父亲突然想起翻译《红楼梦》,后来再三思虑而感此非其时也,且《红楼梦》与现代中国距离太远,所以决定写一部小说。"[2] 多数评论家在谈《京华烟云》时不会忘记把它和《红楼梦》放在一起比较,林语堂自己在《给郁达夫的信》中也把两部小说中的人物拿来比拟。确实,从人物故事到思想文化,《京华烟云》背后都有《红楼梦》的影子。就文体形式来看,也同样如此。

《红楼梦》是白话长篇小说的典范之作,林语堂在谈"国语发展的目标"时说:"再没有写白话比《红楼梦》好的人",国语的白话文体应当如《红楼梦》一样"清顺自然"。[3] 可以说,张振玉翻译的《京华烟云》是"清顺自然"的,当符合林语堂对译文语言提出的要求。不仅在白话文体方面,张振玉译本对《红楼梦》的参照还表现在小说整体的形式设计上。

在1995年作家出版社出版的《林语堂文集》的《译者序》中,张振玉特地为译本的修改作了说明:"今趁作家出版社重印之际,又经校对一次,

---

[1] 林语堂. 谈郑译《瞬息京华》[J]. 宇宙风, 1942 (113).

[2] 林如斯. 关于《瞬息京华》//郁飞, 译. 瞬息京华 [M]. 长沙: 湖南文艺出版社, 1991: 798.

[3] 林语堂. 国语的将来//万平近, 编. 林语堂选集: 下册 [M]. 福州: 海峡文艺出版社, 1988: 351-352.

并随笔将失妥之文句修正若干处。在《京华烟云》中译者附加各章前之回目，今皆排印于正文之前，以便读者查考。"这一说明写于1993年，在郁飞的译本出版以后。1987年的张振玉译本分为上、中、下三卷，上卷"道家的女儿"，中卷"庭园悲剧"，下卷"秋之歌"，每卷标题后有《庄子》引文。全书共四十五章。书前没有《献词》和《著者序》。而郁飞的译本这些内容都是不少的。修改后的张振玉译本增加了《献词》和《著者序》，并注意到全书整体的修辞色彩。依然是按原书分为三卷，但卷题有所变化，分别是："道家女儿""庭园悲剧""秋季歌声"，都是四个字，偏正结构，十分整齐。《献词》也被译成了四句诗，加上新添的各章回目，以及"京华烟云"的书名，整部小说遂显示出诗意特征，更富有中国文化的气息了。于是章回体的《京华烟云》成为现今通行的译本。

这个章回文体可以说是译者的创造。因为原著的每章并没有章题，张振玉根据每章小说内容概括出对偶回目，是颇费心思的。据张振玉的翻译理路，译文"系译者之创作"，因此加上章回框架，是译者创作个性的体现。另外，利用中文的表达优势，或利用中文小说独特的形态来体现原著所要传达的中国情韵，用传统文体以合传统文化，是张振玉选择章回体的又一重考虑。而把《京华烟云》译成章回体小说，并非张振玉首创。1946年汎思翻译的《瞬息京华》即以章回体面目刊出，可惜译事只开了个头。半个世纪后，张振玉根据自己的经验，终于把这件事完成了。

章回体的《京华烟云》不仅仅是译者创造的结果。张振玉亦认为：译者"须应用自己文字技巧，表达作者之思想、感情、风格、文体"。把《京华烟云》翻译成章回体小说，也"表达"出了林语堂想要的"文体"。在《给郁达夫的信》中，林语堂有言道："书长三十六万言，凡四十五回，分上中下三卷。"[1]明确说清了小说体例。可能所说的"四十五回"只是一种文化身份认同而有的称法，不一定是"章回"，然而又正因为林语堂言语背后的文化身份认同，才使得小说的"分章"和"分回"能够等同起来。

《京华烟云》的写成和赛珍珠夫妇很有关系。林语堂很多英文作品都由赛珍珠夫妇经营的约翰·黛公司出版，约翰·黛公司在某种程度上成为林语堂旅美创作的策划者或经纪人。当林语堂的《吾国吾民》《生活的艺术》在美国大获成功后，林语堂打算翻译一些中国文化书籍，但赛珍珠的丈夫

---

[1] 林语堂. 给郁达夫的信//万平近, 编. 林语堂选集：下册 [M]. 福州：海峡文艺出版社，1988：476.

华尔希却不太同意这个计划,主张林语堂还是应该从事创作。林语堂当时想翻译《红楼梦》后来又放弃了,其中可能也有华尔希的影响。林语堂说:写《京华烟云》时,"书局老板,劝我必以纯中国小说艺术写成为目标,以'非中国小说不阅'为戒,所以这部是有意的仿效中国最佳小说体裁而写成的"[1]。据林太乙说:"华尔希劝他必以纯中国小说艺术写成为目标。语堂是五体投地佩服《红楼梦》的技术,所以时时以小说作家眼光,精研这部杰作,后来写作,无形中受《红楼梦》的熏染,犹有痕迹可寻。"[2] 能体现"纯中国小说艺术"的作品,《红楼梦》当然首屈一指。而在"纯中国小说艺术"中,章回体又是一个标志。所以当华尔希为林语堂作策划时,几乎已经为他设定了写作框架。通过参照最典型的中国小说《红楼梦》,连同它的章回文体在内,林语堂为《京华烟云》打造出了"纯中国小说"的风范。

可是英文版的《京华烟云》没有回目。也许是因为对偶回目不太适合用英文表达,也许是因为要考虑美国读者的接受习惯,也许还是因为赛珍珠夫妇提供了具体意见,总之在面向美国读者时,《京华烟云》并非以一种"纯中国"的形式得到展现。而小说所传达的中国文化精神,正如不少评论家认为的,只代表了某种文化取向,并非中国文化全貌。因此,《京华烟云》虽以"纯中国小说"被期待,但在面对异域文化时,不得不在文意、文体各方面有所移位,以适应跨文化阅读的需求。

一旦把这部作品挪回中国地域,那么"纯中国小说"的特征就可以无所滞碍地完全展现。郑陀、应元杰的译本和郁飞的译本在翻译责任上都做到了尽忠职守,特别是郁飞的《瞬息京华》尽可能还原了英文本的原貌。然而就《京华烟云》的追求看,张振玉的领悟更把小说背后的中国影像清晰化了。章回体版的《京华烟云》既可以说是译者的创作,也可以说是作家意图回归母语文化的宜然表现。

(本文原载《河北学刊》2012年第1期,文字上稍有不同)

---

[1] 林语堂. 我怎样写《瞬息京华》[J]. 宇宙风,1940(100).
[2] 林太乙. 林语堂传[M]. 北京:中国戏剧出版社,1994:153.

归乡人·故事·革命

——吴组缃小说论

张 蕾

  吴组缃在20世纪30年代出版过两本文集：《西柳集》和《饭余集》。前者收录10篇小说，包括著名的《一千八百担》；后者收录7篇作品，其中《樊家铺》和《女人》两篇被后来的研究者作为小说归入《宿草集》，另五篇作为散文收入《拾荒集》。1943年3月作为"抗战文艺丛书第三种"的《鸭嘴涝》在重庆出版，这是吴组缃仅有的一部长篇小说，1946年改题为"山洪"在上海重版，1982年人民文学出版社再版《山洪》时，吴组缃对原书作了修改，修改本收入《宿草集》。[1]《宿草集》具有"吴组缃小说全集"的性质，包括了吴组缃20年代的作品，和发表于40年代的《铁闷子》，一个关于逃兵的动人故事。

  《西柳集》出版后，被茅盾慧眼识珠，[2] 吴组缃在现代文坛上的地位被确立下来。虽然有研究者指出茅盾对《西柳集》的批评存在不当之处，但毕竟茅盾察觉到了吴组缃小说的一些特点，不失目光的敏锐。《饭余集》得到巴金的支持，在巴金主持的出版社出版。"鸭嘴涝"改名"山洪"则出自老舍的提议，另外"散见杂志报章的批评文字，约有十几篇"[3]，受到的关注不小。可见吴组缃的小说在当时文艺界很能赢得声誉，只是发表得不多。后来的研究者把这一情况归因于吴组缃严谨认真的态度，认为他的创作

---

  [1] 修改本《山洪》对原作中的方言土语、人物描写等方面作了一些删改，并且重新编排分段，从原来的上下篇共十七段，改成三十六段，不再分篇。由于这些修改在遵从原书本意的基础上更适于一般读者，具有合理性，因此本文以修改本《山洪》为研究文本，所引小说段落也出自这一版本。

  [2] 惕若（茅盾）. 西柳集//文学：第三卷 [M]. 上海：上海生活书店，1934：1074-1080.

  [3] 吴组缃.《山洪》重版题记//宿草集 [M]. 北京：北京大学出版社，1988：510. 当时余冠英、叶以群等人都发表了对《山洪》的读后文字。

(也包括新中国成立后的学术研究)只重质量不求数量。吴组缃自己的解释是:"当一个有志于文艺写作者尚不能依其写作为职业的时候,恐怕只可如此苟且了罢。"[1]《饭余集》的命名也即这个意思。在余暇时间创作出的小说几乎篇篇精彩,是很不容易的。研究者在评论吴组缃小说时,都很关注它们的艺术特性,指出吴组缃的小说既不同于其他左翼作家的作品,也不同于当时的乡土文学,显示出自身的与众不同,在中国现代文学史上的价值是不可替代的。

尽管现当代的阅读研究者都很欣赏吴组缃的小说,但对其小说吸引人的原因还是没能给出充分的阐释。即便是对单篇作品的评论,也有些不中内里。鉴此,基于吴组缃的小说文本,这里从三方面讨论其过人之处,进而更深入地透视吴组缃小说独特的艺术魅力。

叙述者和归乡人

《西柳集》10篇小说中有7篇的叙述者是第一人称。第一人称小说是新文学家很喜欢采用的一种小说体式,一方面可以体现出新文学与中国传统小说有很大不同,另一方面能够突出现代小说的个人特征,强调居于现代性核心中的一种自我理念。因此现代中国的第一人称小说,其叙述者可以跨越文本隐含作者的间隔,直接与作者取得认同。叙述者"我"的身份一般都是一位现代知识者,是作者自我经验与情感的投射。吴组缃第一人称小说的叙述者大多也属于这一类。《离家的前夜》《金小姐与雪姑娘》《绿竹山房》《黄昏》《卍字金银花》,及《加厘饼》《铁闷子》,这些小说的叙述者"我"都是年轻的知识者。即使小说未能清楚交待叙述者的社会身份,但显而易见他们并不属于皖南的那个乡村世界,而是"展露着现代一个知识青年如我者之真实的灵魂"[2]。

吴组缃曾对他写作第一人称小说有两种说明:其一,"用第一身份自述,好像觉得这样写比较容易下笔些"[3];其二,"那就是亲切,无比的亲切"[4]。两种意思并不矛盾。亲切,对于作者来说是容易下笔,只要把自身的经验感受写出来即能成篇;对于读者来说是感同身受,通过叙述者去理

---

[1] 吴组缃. 赘言//鸭嘴涝 [M]. 重庆: 时与潮社, 1943: 312.
[2] 吴组缃. 序//西柳集 [M]. 上海: 生活书店, 1934.
[3] 吴组缃. 前记//吴组缃小说散文集 [M]. 北京: 人民文学出版社, 1954.
[4] 吴组缃. 答美国进修生彭佳玲问//苑外集 [M]. 北京: 北京大学出版社, 1988: 132-142.

解作者，同时也理解自身。这是叙述者"我"所能带来的一般体验，这种体验遮蔽了小说的虚构色彩，在某种程度上造成叙述者、作者，甚至读者三位一体的幻象。中国现代文学中的第一人称小说很容易产生这样的幻象，因为作者首先就有对小说叙述者的认同感，把自己的思想甚至经历赋予小说中的那个"我"。《离家的前夜》《黄昏》等篇就不乏吴组缃个人生活情状的记述。而这些小说的阅读者又大多是时代青年，有着与作者、叙述者相似的情感经历，能够通过小说中的"我"观照到自身。所以吴组缃说他的小说不只对他个人有意义，还有助于在青年读者身上施加影响。

容易下笔、亲切、幻象，都源于对第一人称小说最简单的运用。其实这种小说的功能不仅于此。认识到第一人称小说便于自我表述，只是把握了基础，然而如此把握已经让中国现代作家兴奋不已。不断的创作，使他们得到不断的自我伸张的机会。吴组缃的这类小说因此显得单纯可爱。不过吴组缃还有在此基础上的进一步实践。《两只小麻雀》就呈现出一个双层叙事结构，于是小说就有两个叙述者"我"。外层叙述者"我"是小说主人公的好友，他交待了小说主体部分是主人公的日记。内层叙述者"我"是一位年轻的母亲。可是内层叙事并非采用日记体。可以把内层部分当成是不用通常日记格式的日记，也可以认为避免日记体是为了消除一种情境的屏障，使阅读者自然而然地与叙述者认同，忘却他是在读另一个人的日记而与叙述者间离。这是作者有意造成的内外叙事层之间的矛盾。另一重矛盾也许更有意思：内层叙述者换了性别。外层叙述者"我"可以被误认为作者，一位男性人物，可是进入主体部分后，叙述者变成了女性。当日记体的屏障被消除，阅读者迅速与叙述者认同时，幻象就会产生：内层叙述者与作者混淆起来，同时性别差异又在抵制这样的混淆。这就是小说的趣味之处。

更有意味的一篇作品是《官官的补品》。这篇小说在处理第一人称叙述者与作者的关系上有着非常出色的表现。小说的故事本身就很吸引人。叙述者官官，一个青年子弟，吸食着一对夫妇的奶与血。叙述者的角色当然令人不齿，可是他作为第一人称"我"来叙述这个故事，却又在引发阅读者对他的亲近感，这就"在情理上令人感到不自然"[1]。也即是，小说的意图与它所采用的叙事话语之间存在矛盾。第一人称叙事所造成的亲近感让人不自觉地会去认同叙述者，然而这种认同却不该发生，因为小说文本隐

---

[1] 刘勇强. 吴组缃小说的艺术个性 [J]. 文学评论, 1996（1）: 111-122.

含的意向是对这一人物进行批判而非赞同。那么，究竟应如何理解这篇小说的叙述者以及作家的匠心呢。

有三种意见可以对小说之所以选择这一特别的叙述者做出解释。第一种：吴组缃"通过一位由'乡镇地主少爷'向'洋场花花公子'转化的官官的自述"，全面展示了农村和城市的颓败情形。官官的叙述实际上是一篇"自供状"。[1] 指出了小说表现视野上的开阔。"自供状"的说法带有意向色彩，能够说明叙述者的态度，却与其他研究者认为小说具有客观性的看法有所出入。

茅盾指出过吴组缃小说的特点之一是"纯客观"。此特点在《官官的补品》中也是存在的。于是出现了第二种解释："名曰官官的'我'正是小说的主人公和叙述者，一切都出自他的叙述和观察"，可是这样的叙述"表面上却不动声色"，"作家把自己的感情深藏在小说的具体描写之中"了。[2] 固然读者依靠辨别力可以获取小说的题旨，明白作家的意图，但如何解决叙述者"我"和作家的关系问题，这种解释仍然语焉不详。

第三种解释：小说运用了反讽手法，叙述者的言行与作家意图或小说题旨之间存在差歧，从而构成叙事反讽。这样就打破了第一人称小说容易造成的叙事幻象。这种解释阐述了叙述者和作者的关系，很能说明些问题。只是"反讽"一词用得未必适当。只有当叙述者和作者的意志彼此具有独立性，互不干扰时，才会出现反讽效果。《官官的补品》显见出作者意图或小说文本的隐含意向对叙述者构成压制，所以读者才不致沉迷于"我"的叙述中，而能明白小说的主旨并以之来批判叙述者。那么到底这个遭人诟病的叙述者的功用何在？小说采用第一人称叙事的意义是什么？

要回答这些问题，解开《官官的补品》的叙事内里，还需要从另一方面入手，即叙述者在文本中充当了什么样的角色。小说开篇就交待了叙述者官官是一个"归乡人"，从城里回到家乡看望母亲，借此养息身体。这样一个角色在吴组缃其他小说中也能找出类似的来。《两只小麻雀》《绿竹山房》《黄昏》《卍字金银花》等篇的第一人称叙述者都是"归乡人"，和官官属于同一"行动元"。这些小说中的"我"作为青年知识者，回到家乡，经历了家乡的一段风物故事，或者感触了某个场景，可是他们对于故事场

---

[1] 方锡德. 吴组缃论//文学变革与文学传统 [M]. 北京：北京大学出版社，2003：173-220.
[2] 袁良骏. 百炼钢化为绕指柔——吴组缃小说艺术漫笔 [J]. 北京大学学报，1982（6）：50-60.

景的悲剧性却束手无策。官官和这些叙述者都是"归乡人"这一"行动元"之下的一系列角色,官官的特别之处在于,他不仅对家乡人的悲剧束手无策,而且成为悲剧的共谋者之一。也就是说,作者通过叙述者"我"表露出的某种愧怍感在官官这一角色处得到了无比的增强。奶婆的乳汁和陈小秃子的血是乡民生命的隐喻,官官是乳汁和鲜血的吸噬者,而作为归乡知识者的那些"我",他们的成长与成就,他们的安然无恙,未尝不是用乡民的生命作哺育换来的。官官的塑造只不过是用一种极端方式强化了作者自身的愧怍之情。所以第一人称"我"依然把叙述者和作者牵连起来,在批判叙述者的同时,作者也鞭笞了自己。这与鲁迅察觉到被吃者也在吃人一样,具有深切的警醒价值。吴组缃热爱、推崇鲁迅,他也就会自然地把鲁迅的反省思路带入自己的创作中。《官官的补品》是一个代表。

在《官官的补品》中,还有一个角色处于"归乡人行动元"之下,即陈小秃子。他因为走投无路当了土匪被抓回家乡。这一归乡行动是被动的。与陈小秃子同类的人物在吴组缃的小说中经常会成为主人公,《栀子花》里的祥发,《天下太平》里的王小福,都是同样的角色。当土匪/当兵、去城里谋生、做店伙,通常是这类归乡人还乡之前的经历。出于身不由己的原因——政治经济溃败导致的社会外力——回到家乡,可是家乡还是同样容不得他们。陈小秃子和王小福的死,祥发和小花的爸(《小花的生日》)的绝望,悲惨的情状都达到无以复加的程度。

与官官似的归乡人相比,两类人的反差显而易见。《官官的补品》把这两类人物结构到同一文本中,造成的震惊效果要比单纯的归乡人"我"的家乡见闻或者把叙事焦点集中在祥发似的归乡人身上的第三人称故事,浓烈很多。无论是由叙述者反映出的愧怍感还是归乡人的惨烈遭遇,在《官官的补品》中形成了聚合的高潮。《官官的补品》可谓吴组缃小说的浓缩版。

回忆和故事

吴组缃小说最大的特点是会说故事,这是他的小说之所以能够吸引人的原因之一。所谓"故事",就是要有人物和动作,并且人物的动作具有相对的完整性。吴组缃的小说会很精心地把这样的故事叙述出来,每篇小说叙述的故事几乎都有头有尾,故事的来龙去脉被交待得十分清楚。这在有意追求"横截面"效果的现代短篇小说中是不容易做到的。即便是场景叙事名篇《一千八百担》,也在小说开篇时就点明半月之前的求雨事件来影射宋氏义庄的颓败状况。小说主体部分的对话场景不令人感到枯索的原因，也在于这些对话展示了形态各异的人物故事，叙述者还在对话间隙不断地用重复性的提示语为人物及其故事做注解，使得那些为对话编织起来的故事繁而不乱。小说结尾是乡民的抢粮行动打断了对话，而这一狂欢式的行动在小说开场的人物对话中已给出暗示。首尾包合，故事被叙述得十分完整。

《一千八百担》在大篇幅的场景叙事之后添加上一个充满动感的结尾，给人震荡的效果，这是吴组缃小说精彩的地方。而对于故事来说，结尾的突异性，往往会为整个故事增色，甚至成为一则故事动人的关键所在。吴组缃的很多小说正是利用了这点才显得绘声绘色。很突出的一个例子是《樊家铺》。小说中最惊心动魄的一幕是在结尾时候，线子嫂为得钱救夫而杀死了她的母亲。虽然后来吴组缃给这个结局做过很富有理性的解释——线子嫂在吃奶时就抱给别人做童养媳，和自己的生母没有多少感情——但无论如何弑母行为终会让人不寒而栗。富有意味的是，小说在这个关乎伦理、人性、情感的结局之后还有一个尾声：线子嫂在逃离杀人现场的路上遇见了归来的丈夫。也就是说她的夺钱杀母行为变得毫无意义了。此时，无论是主人公还是阅读者，都会百感交集。这就是吴组缃的会说故事。

吴组缃会说故事得益于他对中国古典小说的爱好和研究。据他说，中学时代买得的第一本书是上海亚东图书馆出版的分段标点本《红楼梦》。于是就"自然而然拜亚东本白话小说为师，阅读中用心钻研、琢磨。一部《红楼梦》不止教会我们把白话文跟日常口语挂上了钩，而且更进一步，开导我们慢慢懂得在日常生活中体察人们说话的神态、语气和意味"[1]。中国古典小说是吴组缃写作的老师，也是他日后学术研究的主要内容。不少研究者撰文评述吴组缃和传统文学的关系，可以见出两者之间的深厚联系。古典小说对于吴组缃的重要影响之一就是说故事的传统。这一传统在中国民间社会源远流长，成为话本、说部的最主要特征。吴组缃在他的小说中会时不时留下明显的影响痕迹。《天下太平》以"话说"二字引起下文，摆出一副严正的说故事的架势。线子嫂在弑母时，小说中插了一句"说时迟，那时快"，虽然此话并无助于增强紧张的效果，但用过之后却提醒了人们那是在说故事。

中国古典小说中的故事是依靠情节或者人物行动的不停歇的行进结构

---

[1] 吴组缃. 漫谈《红楼梦》亚东本、传抄本、续书. 说稗集 [M]. 北京：北京大学出版社，1987：235-244.

起来的，吴组缃的短篇小说也是这样，很少有叙述停顿。长篇小说《山洪》却有大段的人物心理和山乡景物描写，缺乏故事性，因此比起短篇小说来没有那么引人注目。然而吴组缃的小说毕竟是现代小说，他的故事不仅仅是通过时间的自然推进组织起来的。倒叙，是吴组缃小说讲述故事的一种重要手法，它能够在一个短篇中交代清楚故事的前因，或者出场人物的身世，使得正在被讲述的故事不至于显得毫无来由，从而成就读者对于故事的完整性期待。《小花的生日》就趁主人公聊天的时候谈到小花的爸归乡之前的经历和归乡之后的种种表现，埋伏下小花生日那天那出家庭暴力的必然之势。《金小姐与雪姑娘》把"我"与金小姐现在的恋爱和由倒叙交代清楚的"我"与雪姑娘过去的恋情交织在一起。故事的悲剧性正是因为"我"既无法忘却过去也不能面对现在，结果两者都同时失去。这说明倒叙在吴组缃的小说中足以成为现时故事发展的内在动力。

作为小说叙事手法的"倒叙"对于主人公而言就成了"回忆"。回忆占据了文本的一半篇幅并被叙述得极为动人的是小说《卍字金银花》。如若把时间理顺，故事讲述的是：

① "我"小时候遇见一个迷路的漂亮的小姑娘。
② "我"把小姑娘带回家，逗她开心，和她一起玩。
③ 小姑娘的家里人找到了她，把她带了回去。
④ "我"摘了卍字金银花去找小姑娘，小姑娘已经离去。"我"再没见过她。
⑤ 小姑娘长大，结了婚，又成为年轻的寡妇。
⑥ 寡妇与人偷情，怀了孕。
⑦ 怀孕的姑娘想求得家里人的帮助，被拒绝，只能一个人在破棚子里生产。
⑧ "我"回乡歇暑，在从大伯家回来的路上与临产的姑娘重逢。
⑨ "我"对姑娘的境况无能为力。
⑩ 姑娘死去。

小说的叙事顺序是⑧①②③④⑨⑤⑥⑦⑩，其中①—④是回忆部分，占了文本一半篇幅，⑤—⑦的倒叙十分简要，且出自他人的转述，并非"我"的回忆。

这篇小说的最动人之处在于把美丽的回忆和凄惨的现实拼合在一起。回忆带有初恋的意味，其本身就是一个十分美好而哀伤的故事，潜埋在"我"的内心深处。现实本身也是一个故事，"我"不能救助一个临产的女人，女人可怜地死去了。女人的经历又是一个关于偷情的故事，这个故事被折叠起来，只留下可以用来进行社会批判的那部分内容。如果把故事的详情铺展开来，或者有关爱、欲，以及始乱终弃等等的细目，不但会消解社会批判的力度，还会使"我"的回忆和现实的故事黯然失色，因为偷情故事太能迷惑常人的眼目。古典小说中的才子佳人故事已经为无数的偷情作了试验场，并且屡试不爽。吴组缃明白这点，倘若他的小说一旦展开女主人公的偷情历史，势必步入旧小说的俗套。于是"回忆"便具备了约束的功能，把小说文字的铺排限制在"我"的亲身经历之内。可是吴组缃并没有放弃旧小说或者动人故事所必备的要素，因此回忆和初恋的情感混合在一起，现实的平静被一个临产的女人搅起波澜。初恋、偷情、分娩，是爱欲的几种表现形态。故事的爱欲表述掩藏在通过今昔对比作社会批判的表层文本内，起到小说能够焕发魅力的决定性作用。

《卍字金银花》的回忆部分是一个故事，借鉴了古典小说的经验。所以这篇小说形式上虽然是现代的，内里不失中国小说所具备的故事传统。这个传统在此引而不发，在另一名篇《绿竹山房》中被分明点了出来。"二姑姑的故事好似一个旧传奇的仿本"，是幕"才子佳人的喜剧"。这个倒叙出来的、由"我"回忆长者的谈话拼贴完整的故事，在内容上是才子佳人式的（同样是偷情），在形式上则由一系列的动作紧凑而成，两方面都可谓古典小说叙事的翻版。因此这篇小说不再能隐讳它对于传统故事的运用，不得不从叙述者的口中承认了出来。加之主体故事中弥漫着的阴森鬼气，与叙述者讲述的《聊斋》一起，回到了中国古老故事所施予的氛围之中，令人不能释手。这就是吴组缃的故事。

怪兽和革命

《山洪》是吴组缃唯一的长篇。其之所以令人关注，在吴组缃看来是因为它"是一本较早出现的写抗战的长篇"[1]，具有一定的文学史意义。可吴组缃对这部小说并不看好，或许是因为对于会说故事的吴组缃来说，《山洪》的故事并不精彩。而研究者肯定《山洪》大都出于同样的理由：《山洪》叙述了一个农民如何变成一个战士的历程，具备积极的革命姿态。然而，章三官的思想是否获得了真正的转变，受到革命的净化，依然值得商榷。

---

[1] 吴组缃.《山洪》后记//宿草集 [M]. 北京：北京大学出版社，1988：511-513.

吴组缃是富有左翼倾向的作家，其小说叙述的人间苦难蕴含着革命色彩，自不待言。借助《山洪》，可以更清楚地看到吴组缃关于革命的隐喻。

因为要突出主人公章三官的思想认识转变，因此他的心理活动是小说描述的重点。促成心理描写的情节因素是"征兵"。是否愿意入伍，既是对主人公政治觉悟的考验，也是小说的关节点。小说开头的一个重要事件是村里要抽丁。章三官对于抽丁的无比畏惧，通过这一事件得到了充分说明。害怕被征兵，征兵就意味着死亡，这在村民们尤其在主人公章三官的心中是一个结。抽丁事件过后，章三官度过了山村里的打鱼时节，和上山躲避过路军队的逃难时光。接着生活仿佛复归平静。这时小说中出现了一大段很特别的文字来描述主人公的心理：

> 战争对于他如同一头神秘可怕的怪兽。以往，他常常在脑里揣想着它的不可捉摸的形貌。有时他也想像会有什么灿烂如绣锦、光华如朝曦的憧憬，将跟随那巨兽同来。但那只是一闪的幻象。这幻象也倏忽破灭，至今不再出现了。平日他所想的只是那怪兽的狰狞面目，它可能把自己一口吞掉，因而他本能的恐惧着。但一面又设想这巨兽是在不可知的遥远处所，甚至不可能来到自己跟前；他从来没想像到它会有一天真的来到自己的跟前。可是突然之间，它疾风骤雨的来了，张牙舞爪的来了，来得这样凶猛，来得这样急遽不可测！这，他做梦也没有想到。他弄得无可措手，简直丧了胆。于是他垂下手，沉下眼睛，准备给它吞掉，或是听任它来怎样摆布自己。他没有再想到躲逃，也没想到抗拒它。然而日子一天天过去，他听到它的声音，觉到它的气息，可是它并没有真的扑上身来。他自己和日常所见的人们一样，还是照常的吃饭过日子，还是完好如故。于是他慢慢镇定起来，似乎有点摸出了这头怪兽的脾气，能够平心静气不慌不忙的来看这头怪兽。在这样的情形里经过了一个时候，他看的惯了，渐渐觉得它并无新奇之处。他想发见它更新鲜或更可怕的一面，而一直毫无所得。可是同时，自己的运命显然还是抓在它的趾爪里，还是衔在它的血盆大口里。自己尽管平心静气，但丝毫不能有所作为；尽管安好如常，但无法逃脱那罩在头上的厄运。他要逃脱，或是赶快被它吞掉：可是两样目前都不能。他厌倦了这样的处境。

这是关于革命的一段隐喻,在小说中显得很突出。主人公对革命或者战争的情感在此时变得有些复杂:既恐惧又希望它快点到来。恐惧,因为革命是头"神秘可怕的怪兽",会把人吞噬掉的。然而却希望它快点到来,不是因为主人公变成了革命者,而是因为沉闷的生活令人感到厌倦,于是渴望着"疾风骤雨"。这是一种对于快感的需求,或者也是革命吸引人的地方。

这段心理描写处在文本的关键性位置。在此之后,章三官的态度有所改变,不再有单纯的恐惧感,对于革命逐渐可以接受了。然而他依然不是一个革命者。可以证明这点的是:当他满怀喜悦地想到军队可以为他保卫家园时,村人四狗子提醒他,军队来了,就意味着又要开始抽丁了,章三官顿时感到不快。治疗这一心理症结的事件是,章三官赌气去给军队挑担子,当壮丁,回村后成了英雄。但病根还是未除。大哥又提醒他,和游击队接近可以免除抽丁。章三官心里又有了难以形容的感觉。抽丁事件最后解决的途径是,村里成立了民兵队,村民在自家组织的队伍里当兵,也就不存在被抽丁的问题。章三官为此不亦乐乎。他最后的想要加入游击队,是因为他并未正面经历战争,游击队或者可以帮助他真正体验到直面怪兽的快感。也就是说,至小说结尾处,主人公章三官仍旧不是一个革命者。他的革命性转变最终没有完成。所以当时有人希望吴组缃能把《山洪》续写下去,吴组缃不想这样做。一来,他对这部小说"已经兴味索然"[1];二来,如果写续篇,也只是讲一个革命者如何革命的故事,为主流意识作形象化表述,成为众多千篇一律的革命小说中的一部。这在吴组缃看来是不必要了。

章三官的"革命"不是革命者的革命,这由吴组缃塑造人物的现实态度带来,同时在这一人物的设计中也流露出了作家自己对于革命的看法。这就是那个关于革命的隐喻。革命是一头怪兽。正因为章三官不是一个革命者,"革命是怪兽"的隐喻才会被接受下来,否则便具有了危险性。小说结尾处这个隐喻以一种隐晦的方式出现。东老爹为了去把做了汉奸的四狗子要回村里,向游击队工作人员辩白:"说自己要这样做,出于情不获已:他除了养蚕和打鱼打野兽——这是祖传的营生,自己的行当,没有办法——此外不敢糟蹋一条性命。"四狗子是"章家的亲血肉",他不能见死不救。且不论东老爹的话是自相矛盾的,他的打鱼打野兽与珍惜生命的作为相抵触,只说这里提及的"野兽"。打野兽是"自己的行当",革命同样

---

[1] 吴组缃.《山洪》重版题记 [M] //宿草集. 北京:北京大学出版社,1988:510.

出于爱国保家的义务。两者都是分内之事。但对于东老爹来说，搭救汉奸四狗子也是他义不容辞的责任，而四狗子平日吃喝嫖赌的行径就像一头野兽。这个隐喻队列十分有意思，各义符之间存在着相反的意义指向，却能并列起来，共同参与到文本的意义构成中，造成指意含混。章三官的没有成为革命者，也是因为这种含混所致。

这个小说结尾的隐喻和小说开篇章三官打野兽受伤的经历形成了首尾呼应的态势。章三官打野猪，眼睛受了伤。他后来对革命野兽般的恐惧也因这次受伤经历种下了根苗，成为潜意识里的症结。也即是说"野兽／受伤"与"革命／死亡"是相互对应着的。"革命是怪兽"这个隐喻所包含的复杂意味也就不难感受到了。事实上，小说题名"山洪"，既是民众力量的形象化表述，又可以联系到"洪水猛兽"这个扩展名。民众力量的爆发形成革命，这个革命的威力犹如猛兽般令人心惊胆战。

关于"革命—猛兽／怪兽／野兽—死亡"的议题不仅在《山洪》里出现。吴组缃的其他小说对此也有相关的阐释。《铁闷子》里的逃兵给"我"的最初印象是"一头凶猛的野兽"。这头野兽在护卫军用列车的过程中献出了生命。《官官的补品》中陈小秃子作为土匪被杀，而这个"土匪"与共产党有联系。换言之，参与革命的人并不都是纯粹的革命者，于是暴力和血腥就会借用革命的面目可怕地呈现出来。这是一个发人深省的话题。《一千八百担》开首描述的宋氏祠堂门前的废基是"洪杨乱后的遗迹"，与结尾处的乡民抢粮相照应，都是农民运动，却也隐含着破坏的力量。这种力量至少能够在《樊家铺》中把线子嫂弑母救夫的行为消解干净，湮没住个人的惨痛。这是吴组缃通过他的小说体现出的对于革命的深沉思考，而写于抗战年间的《山洪》更因为直面战争多了一分沉痛感受。它突出了一个个体的心理历程，因此丧失了群体行为先天具有的单纯品质。于是革命成了隐喻，蕴含着再解读的需要。

虽然吴组缃不认为《山洪》是一部好小说，但他依然是一位出色的小说家，具备了写作小说的优秀品质。在20世纪三四十年代的现代中国，当文坛上充盈着一股扬厉之气时，吴组缃却显得分外自省、踏实和沉稳。他懂得怎样去写一部小说，怎样叙说一个故事，怎样把故事讲得婉转动人。在中国现代作家中，如此才识实在不可多得。所以他的作品现今读来魅力不减，值得永远纪念。

(本文原载《北京大学学报》2008年第5期)

"五四"前后对古代"第一流小说"的选定

张 蕾

古代小说在现代的接受、流播构成了古今文学演变的重要向度。晚清《新小说》《小说林》《月月小说》等杂志都刊有对古代小说的评论。如说:"今试问萃新小说数十种,能有一焉,如《水浒传》《三国演义》影响之大者乎?曰:无有也。萃西洋小说数十种,问有一焉,能如《金瓶梅》《红楼梦》册数之众者乎?曰:无有也。且西人小说所言者举一人一事,而吾国小说所言者,率数人数事,此吾国小说界之足以自豪者也。"[1] 晚清文学家常以西例律中国小说,发现两者的不同。而认为传统小说的现代影响要高出西洋小说和晚清小说,则可见出时人对传统小说的看重。

民初文人在报章杂志的评论中,继续发表对古代小说的阅读体会。如姚鹓雏在《稗乘谭隽》中说:"《儒林外史》如倪迂水墨,萧疏跌宕,结构却极谨严。渲染皱擦,无法不用,却无一毫痕迹,神品也。《石头记》《水浒传》浅绛青绿,各极其致。拟之画品,当在仲圭、叔明之间,决为能品。"[2] 把小说比之于画,是一种品第。吕思勉在民初最长的一篇论小说的文章《小说丛话》中把小说分为"武事小说""写情小说""神怪小说""传奇小说""社会小说"等几种类型[3],并以古代小说为例作说明。对古代小说的遴选,就在这样的评论中逐渐生成。

《新青年》上的通信

在这些古代小说被现代人选出之前,李卓吾、金圣叹、毛宗岗、张竹坡等批评家已在众多小说或文学作品中把它们挑选出来作为"才子书"加以品味,因此现代人的选择不是毫无根基的。然而,在现代人眼中呈现出

---

[1] 天僇生. 中国历代小说史论 [J]. 月月小说, 1907 (11).
[2] 姚鹓雏. 稗乘谭隽 [J]. 春声, 1916 (1).
[3] 吕思勉. 小说丛话 [J]. 中华小说界, 1914 (5).

的这些作品毕竟与古人看来的已有很大不同。胡适在"五四"期间写的著名文章《建设的文学革命论》中说道:"提倡新文学的人,尽可不必问今日中国有无标准国语。我们尽可努力去做白话的文学。我们可尽量采用《水浒》《西游记》《儒林外史》《红楼梦》的白话……这样做去,决不愁语言文字不够用,也决不用愁没有标准白话。"[1] 文学革命从语言入手,这一成功策略让新文学的诞生势如破竹,同时也把胡适引向对新文学生成依据的考证。在胡适自信地谈论白话文学的时候,他已对传统小说有了一番考察。

《新青年》第三、四卷刊有胡适、钱玄同、陈独秀的一些通信,信中内容有部分涉及小说。第三卷第一号(1917年3月)的《通信》中,钱玄同说:"小说之有价值者,不过施耐庵之《水浒》、曹雪芹之《红楼梦》、吴敬梓之《儒林外史》三书耳。今世小说,惟李伯元之《官场现形记》、吴趼人之《二十年目睹之怪现状》、曾朴之《孽海花》三书为有价值。曼殊上人思想高洁,所为小说,描写人生真处,足为新文学之始基乎。"对此胡适提出了不同意见,认为:"神怪不经之谈,在文学中自有一种位置。其功用在于启发读者之理想。如《西游记》一书,全属无中生有,读之使人忘倦。其妙处在于荒唐而有情思,诙谐而有庄意。"胡适对《西游记》十分欣赏,认为其艺术成就要高出《封神演义》等神魔小说。所以他"以为吾国第一流小说,古人惟《水浒》《西游》《儒林外史》《红楼梦》四部,今人惟李伯元、吴趼人两家,其他皆第二流以下耳"(《新青年》1917年第4号)。把古代小说分为"第一流""第二流",是一种明确的经典遴选。胡适在"五四"期间声名卓著,他对小说的取舍观点很被重视。钱玄同写信答复胡适,表示对胡适的一些看法很赞同,认可《西游记》当列为"第一流"小说,但不认为《三国演义》是一部好作品,并提出:"故若抛弃一切世俗见解,专用文学的眼光去观察,则《金瓶梅》之位置,固亦在第一流也。"(1917年第6号)陈独秀论《金瓶梅》和钱玄同的看法一致,认为:"此书描写恶社会,真如禹鼎铸奸,无微不至。《红楼梦》全脱胎于《金瓶梅》,而文章清健自然,远不及也。乃以其描写淫态而弃之耶,则《水浒》《红楼》又焉能免。"(1917年第4号)《金瓶梅》和《三国演义》是二人通信中有争议的两部作品。胡适认可《三国演义》,否定了《金瓶梅》。在现代文学家中,胡适对古典小说有专深研究,他翔实考证过《红楼梦》《水浒传》《西游记》《三国演义》诸书,却未写关于《金瓶梅》的研究文章,可见其兴趣所

---

[1] 胡适. 建设的文学革命论[J]. 新青年, 1918 (4).

好。钱玄同在回复胡适的信中道:"不但《金瓶梅》流弊甚大,就是《红楼》《水浒》,亦非青年所宜读。"(1918 年第 1 号)虽然同意了胡适对《金瓶梅》的看法,却一并把已选出的古代小说都否定了。

"五四"期间,胡适、钱玄同等人关于古代小说的通信讨论,可以说奠定了古代小说在现代的地位和命运。胡适选出的四部"第一流小说"几乎成为一种权威认定。在此稍后,解弢《小说话》,张冥飞、蒋箸超等人所著《古今小说评林》二书,对古典小说的等第座次也有争论。

《小说话》的排序为:"甲等三种:第一《红楼梦》,第二《水浒传》,第三《儒林外史》。乙等八种:《西游记》《封神演义》《金瓶梅》《品花宝鉴》《隋唐演义》《七侠五义》《儿女英雄传》《镜花缘》。丙等二种:《花月痕》《荡寇志》。"[1]《古今小说评林》针对《小说话》的排序提出了不同意见:"《隋唐演义》《七侠五义》《儿女英雄传》《花月痕》《荡寇志》诸书,其价值且不及《东周列国志》,犹得于审定会占一席地,《三国》竟致不第,亦未免好为奇论矣……至以《金瓶梅》之荒谬,而堂堂列之于乙等第三,吾不知彼之所谓小说审定会者,将以端阅者之趋向乎?抑以歧阅者之趋向乎?"[2] 争议所在依然是《三国演义》《金瓶梅》二书。《古今小说评林》的看法与胡适一致,《红楼梦》《水浒传》《儒林外史》《西游记》四书排在古代小说前几位,《三国演义》是好作品,《金瓶梅》则被否定。

古代小说的印行

在文学家们的讨论与认识下,各家出版社开始印行这些被遴选出的古代小说文本。较早且具品牌效应的是上海亚东图书馆 1920 年推出的"加新式标点符号分段的"长篇章回小说。这套书由汪原放句读,到 1922 年年底《水浒传》已出至四版,可见畅销程度。不仅新式标点的使用使古代小说在形式上达到现代的普及标准,而且正文前胡适、陈独秀、钱玄同等名家序言更使这套书富有了学术含量,显示出精心策划的痕迹与"五四"时代的神情。陈独秀于 1920 年写的《〈水浒〉新叙》说:"'赤日炎炎似火烧,田中禾黍半枯焦。农夫心内如汤煮,公子王孙把扇摇。'这四句诗就是施耐庵

---

[1] 解弢. 小说话 [M]. 北京:中华书局,1919:107-108.
[2] 张冥飞,蒋箸超. 古今小说评林 [M]. 北京:民权出版部,1919:138-139.

做《水浒传》的本旨。"[1] 评述包含的时代观念清晰可感。

亚东图书馆为这一系列古典小说制作的广告很可注意。《儒林外史》的广告语是"国语的文学",《红楼梦》的广告语是"打破从前种种穿凿附会的'红学',创造科学方法的《红楼梦》研究!"这些广告语都与胡适相关。从选取"第一流小说",把古典章回小说作为白话写作的范本,到具体的考证研究,胡适的倾心关注影响到古代小说在现代的普及传播。亚东图书馆的老板是安徽绩溪人汪孟邹,胡适同乡,两人早有交往。胡适的《尝试集》《胡适文存》等都由亚东出版。亚东版古典小说的刊行,得到了胡适的推动。胡适的一系列古典小说考证文章刊印在亚东版小说正文之前,这些文章开一代学风,随着小说的推行而播散轰动,同时这些小说也因主流学界、文化界的推举而被广为阅读。

1935年,开明书店另辟蹊径,出版了《红楼梦》(茅盾叙订)、《水浒》(宋云彬叙订)、《三国演义》(周振甫叙订)三部小说的"洁本"。体例上删去回目,由编者另拟段落标题,进行缩编。因为针对的读者是中学生,开明书店的"洁本小说"既看到了古典小说的价值,又发现了其中不适宜于青年的部分,将之剔除,表现出一种评判眼光。茅盾在他写的洁本《导言》中说:"乾隆初年《红楼梦》'出世'以后,虽然那时的文人惊赏它的新奇,传抄不已,虽然有不少人续作,然而没有一个人依了《红楼梦》的'写实的精神'来描写当时的世态。所以《红楼梦》本身所开始的中国小说发达史上的新阶段,不幸也就'及身而终'了。"[2] 这是从现代角度做出的文学评判,现今看来依然公允。

由亚东图书馆和开明书店的出版情况看,《三国演义》虽然在评论界颇有争议,在出版界却很受青睐。《金瓶梅》未被列在亚东和开明的出版书目中,但得到了《世界文库》的推行。《世界文库》月刊由郑振铎主编,1935年5月由上海生活书店发行,每期前半部分为中国古典诗文、戏曲、小说,后半部分为翻译的西方小说、散文。《金瓶梅词话》从第一期就开始连载,配有插图。郑振铎对《金瓶梅》颇有研究,写过《谈〈金瓶梅词话〉》等文,认为:"如果除净了一切的秽亵的章节,它仍不失为一部第一流的小说,其伟大似更过于《水浒》《西游》《三国》之流,更不足和它相提并

---

[1] 陈独秀. 新叙//水浒 [M]. 上海:亚东图书馆,1922:1.
[2] 茅盾. 导言//茅盾,叙订. 红楼梦 [M]. 北京:开明书店,1935:4-5.

论。"[1] 郑振铎对《金瓶梅》评价很高，所以在他主编的《世界文库》第一期就连载这部小说，可谓弥补出版界的遗憾。从选择作品和排版形式可以看出，《世界文库》不在通行于市的《水浒传》《红楼梦》《儒林外史》中凑热闹，而是端出自己的"名著"来对话世界，以呈现中国古代小说的多样面貌。

尽管《世界文库》推举《金瓶梅》，但从现代出版情况看，《金瓶梅》仅新京艺文书房、上海新文化书社等较少几家出版社印行过，传播阅读量可以想见。所以被评定为"第一流小说"的《红楼梦》《水浒传》《儒林外史》《西游记》及被广泛印行的《三国演义》就成为现代人阅读古代小说的基本读物，参与构建了现代人认知传统的知识结构。

（本文原载《中国社会科学报》2019年4月22日，文字稍有改动）

---

[1] 郭源新. 谈《金瓶梅词话》[J]. 文学，1933（1）.

平衡的探索与经典的可能
——论新世纪的苏童长篇小说创作

臧 晴

新世纪以后的苏童一直在尝试与过去的自己告别。他自述"许多作家在完成他的大作品之后,都有这样一个过程,那就是割断与过去自己的联系,破坏自己,而不会是延续自己,对我来说,这种念头更强烈,因为过去的我太商标化了,一看就知道是苏童"[1]。这也许就是每一个成熟作家都会悬挂在自己头顶的达摩克利斯之剑,即写作者在成名的同时也就意味着个人标签的形成,这也许是一个金字招牌,但长此以往,也就变成了一个金灿灿的牢笼。书写若不能在深度上进一步挖掘,那至少也要把眼光放得更宽一些,这是出于不愿被定型的自我更新与创造,也是每一个自省的写作者都会有的自我要求与期待。

想要描绘苏童近年来"去商标化"的轨迹,其长篇创作是极为理想的讨论对象。一方面,从《蛇为什么会飞》到《碧奴》,再到《河岸》《黄雀记》,这四部新世纪以后的长篇小说不但走出了"曾经的苏童",甚至这四部作品本身的跨度也是相当之大的,显示出作者在不同维度上寻求突破的努力。另一方面,苏童一向是一个以短篇小说见长的作家,也是成名作家里较少地执迷于深耕短篇的作家,但其长篇小说每每问世便会引发疑问与争议,反倒为讨论提供了极大的空间。

从苏童新世纪以后的长篇创作来看,这是一个曾经的先锋作家向新的写作向度发起冲击、进而迈向经典化道路的摸索过程。一方面,"创新之狗"的焦虑始终在这代人的上空挥之不去;另一方面,是否能够走出舒适区,甚至是冒着暴露短板的危险也要突破自我,恰恰是衡量一个写作者是否具有"先锋性"、能否走向"经典化"的重要标准。尽管如今在关于经典

---

[1] 徐颖,苏童. 访谈录//苏童. 蛇为什么会飞[M]. 昆明:云南人民出版社,2002:271.

化的讨论中，建构性的理论几乎压倒了本质化的评判标准，文学市场、批评家、文学教科书等外部因素的重要性被认为要远远高于内部的美学特质，但具体到苏童本人的艺术探求中，问题仍然集中在他能否找到新的美学风格之上。因为苏童的写作有着一以贯之的关注点，那就是他并不太关心故事是什么，而是将全副热情放在如何讲述故事之上，即他对于驾驭故事话语的兴趣要远甚于故事本身所传递的意义，即小说如果走出湿气氤氲的南方和漂浮不定的历史、告别唯美颓废的情调和精致典雅的语言，那么，故事还能在什么样的层面上、被如何讲述，这是苏童在新世纪所面临的挑战。

一

进入新世纪后，摆在苏童面前的第一个问题就是如何平衡想象与现实的关系。

苏童擅长想象与幻想，王安忆曾将他概括为"拥有虚构能力的写作者"，而"虚构是想象力的活动"[1]。他的小说通过想象来叙述日常生活，又通过幻想进入到人的本真状态，使得事物的本来面目与他笔下的艺术变形构成形式上的审美距离与意义上的互文对话。那些以《我的帝王生涯》《米》为代表的历史题材自不必说，即使是《菩萨蛮》《城北地带》这样的当下题材也是通过鬼魂、幽灵这样的超现实因素来拉开与现实的距离。可以说，想象是他构筑笔下世界的方式，也是他看待世界的视角。

2002年，苏童推出长篇小说《蛇为什么会飞》，以向现实靠拢的方式来尝试突破自我。小说将视角转向了当下社会与人生，以火车站这个小广场来辐射世纪末中国社会的"大世界"；在呈现方式上也尽可能地采用对客观现实的白描，脚踏实地地来"写真实"。而这其中的悖谬就在于，书写如果向现实靠得太近，就必然会挤压想象的空间，但包括苏童在内的一批曾经的先锋派作家是不愿意也很可能做不到完全老老实实地贴着现实去写作的，所以小说仍以一些零星的象征传递出"苏童制造"的信号，比如唯一的非写实因素"蛇"，再比如永远踩不准时间的"世纪钟"。然而，这些元素突兀地漂浮在文本所着力表现的残酷社会与惨淡人生之上，显示出与小说整体互不适应的狼狈。因为苏童小说的象征与意象从来就不是孤立而局部的，而是串联在一起互相助长、互相催化，最终以整体意象群的方式发力，创

---

[1] 王安忆. 虚构[J]. 东吴学术，2012（1）：61.

造出独特的小说情境，正如研究所指出的，"他并非从谋求隐喻、象征、荒诞、幻化的局部效应出发，局部性地设置单个意象，对实在生活形象进行点缀和补充，他是从艺术构建的整体上进行意象的系列编队，实施对小说情境的全局占领"[1]。所以，书写如果以再现真实的代价而强行牺牲想象的因素、造成意象群的破碎，那于苏童而言就会有丧失既定风格、同时削弱现实表现力的危险。

2006年，作为"重述神话"系列的第一部中国作品，《碧奴》在北京国际图书博览会首发。这一次，苏童来了个一百八十度大转弯，借"孟姜女哭长城"的古老故事来实现对浪漫的热情拥抱。围绕着眼泪来展开夸张、幻想和自由抒情，以浪漫主义手法大联展的气势显示出"悲伤到顶，浪漫到顶"的叙事是如何可能被实现的。在小说自序中，苏童将神话定义为"飞翔的现实"，"飞翔"在汪洋恣肆的想象中充分实现了，但作为"民间的情感生活"和"民间哲学"[2]的"现实"却似乎被湮没在了排山倒海的浪漫之中，引发了叙事空白和情感空洞的争议。事实上，在"重述神话"这一全球性计划中，不少作家都选择了以颠覆和解构的方式来进入神话原型，比如玛格丽特·阿特伍德的《珀涅罗珀记》和简妮特·温特森的《重量》，也许在稳定的民族心理结构面前，只有"大破"才能有所"大立"。但苏童反其道而行之，他把故事的原型与结局保留在民间传说的原有框架之内，而将重心放在演绎方式之上——以极致的浪漫来实现对原有神话的超越。同样选择致敬民族传统，不颠覆、不解构的还有阿来，但与苏童不同的是，他在浪漫化地展现民族精神之外还加入了普遍生存的现实空间。《格萨尔王》一方面以史诗故事为底本，用想象的方式回顾了格萨尔王的传奇人生，另一方面，他又设置了一条当代说唱艺人晋美的线索，以古今视角的双线交错来实现远古想象与现实世界的平衡，正如阿来自述："晋美的存在实际上为读者提供了今人的视角。通过晋美梦里梦外的讲述，让小说既有过去的线索，也有今天的线索，一前一后，就让两条线索之间的藏族社会生活现实有了对比。"[3]可见，想象好似一股强风把故事这个风筝带上了天空，但如果没有现实这根绳索的牵引，那么叙述就有迷失内核的可能。

可以说，这两个作品是苏童通过在现实主义和浪漫主义中汲取养分，

---

[1] 黄毓璜. 面对共同的历史——周海森、叶兆言、苏童比较谈[J]. 钟山，1991（2）：23.
[2] 苏童. 自序∥碧奴[M]. 重庆：重庆出版社，2006：1.
[3] 阿来. 想借助《格萨尔王》表达敬意[N]. 信息时报，2009-10-13（9）.

来寻找新的书写支点的尝试。而这样的探索能否行之有效,一方面取决于作者如何在既有风格中找到新元素的适配空间,另一方面也要衡量其艺术探求路径与当下文化语境的关系,即如果一部作品在美学特质上具有了成为经典的潜能,那么其最终实现还必须期待读者或评论界能有相匹配的美学性情与之相遇,否则,就如马克思所说,"对于非音乐的耳朵,最美的音乐也没有意义"。

20世纪80年代中后期,苏童作为先锋派的代表人物登上文坛。尽管本土的先锋派本身也是一个被建构和聚合的群体,其内部书写特征与指向性也不尽相同,但其整体上的美学风格可以被概括为是现代主义与后现代主义的杂糅体,而这恰是由其所处的社会历史阶段所决定的。不同于西方"农业社会—工业社会—后工业社会"的线性历史走向,中国大陆在80年代后期开始同步出现了农业文明向工业文明、工业文明向后工业文明的转型,投射到本土的文学与文化变化上,产生了"现代性"与"后现代性"的交错运动[1]:一方面,"现代性"的深入催生了对抗传统和正统思想控制的文化转型;另一方面,"后现代性"的萌芽又引发了对个体存在悖谬性的反思。这两股力量互相缠绕、彼此渗透,构成了先锋派混杂的美学风格——我们从中既能看到象征主义、意识流、颓废美学之类的现代主义元素,也能找到黑色幽默、碎片化、文字游戏之类的后现代主义身影。以苏童为代表的先锋派的兴起及其迅速走向经典,是中国文学在特殊时代境遇下对相应美学风格的选择结果。

但反过来也可以说,具体的美学风格也只有在相应的时代背景中才会较易被接受。进入新世纪后,现代主义与后现代主义的关系出现了更为复杂的变化,从原来的"你中有我,我中有你"走向了后者对前者的挤压与调整,但这并不是后现代主义否定、取代了现代主义,在总体上,二者仍是共时并存并始终占据着时代主潮的位置。哈桑曾以刮去原先书写后仍会留下依稀印记的羊皮纸为喻,认为后现代是在历史的羊皮纸上,在原有的现代性上所进行的延续和新生[2],正如拉克路所言,"后现代不是对现代性

---

[1] 丁帆. "现代性"与"后现代性"同步渗透中的文学 [J]. 文学评论, 2001 (3): 77-78.

[2] (法) 让-弗·利奥塔. 后现代主义 [M]. 赵一凡, 译. 北京: 社会科学文献出版社, 1999: 118.

的简单拒绝：后现代是对现代性的命题和概念作一番不同的调整"[1]。先锋派的成员们敏锐地感受到了时代的变化，也意识到荒诞、离奇这类侵略性的叙事并不能成为永远的支撑，写作必须还要找到在其他向度上展开的可能性。在他们的探索中，如果书写能大体不脱离现代主义和后现代主义的范围，其转型就容易被认可，比如莫言的《生死疲劳》通过历史变形记的方式将生存的荒诞推向顶点，又如格非的《敌人》以自我意识的变幻来表达对主体性的怀疑。反之，则有可能引起比较大的争议，比如余华的《兄弟》和苏童的《蛇为什么会飞》对现实的转向。除了小说自身的因素之外，也与现实主义在当下的境遇有关，自新时期往后，现实主义不断受到现代主义与后现代主义的挑战与冲击，以变形为新写实、魔幻现实主义等方式来重新寻找出路，"社会书记员"型的巴尔扎克式现实主义不再能引起文坛的兴趣。再比如苏童的《碧奴》，80年代以来的新启蒙主义以及消费社会带来的实用主义销蚀了浪漫主义精神，使得浪漫书写在当代文学史上逐渐衰微，可以说，《碧奴》与张炜的《你在高原》所遭受的冷遇是相似的，其本质都是浪漫主义在新世纪被进一步边缘化的结果。

当然，这并不是说写作只有迎合时代主潮才可能走向经典化，毕竟在眼下这个多元化的时代，任何一种风格都可以找到自己的立足点，"路遥热"的高烧不退和张承志小说的广泛受众即是证明。但当代文学史，尤其是进入到新世纪以后，是浪漫主义、现实主义逐步被现代主义、后现代主义侵蚀、代替的历史，逆流而上的书写也许能找到自己的生长空间，但其被接受的路径却注定会更加曲折而艰难。

二

如果说《蛇为什么会飞》是与现实贴得太紧、损失了个人风格中的"飞翔性"，《碧奴》又在浪漫中飘得太远、使得叙述话语压倒了精神建构，那么，到了《河岸》与《黄雀记》，苏童逐渐找到了现实与想象之间比较理想的尺度，但在具体的书写调整中也随即引发了第二个问题：小说该如何处理故事与背景的距离。

苏童小说从来都是架空历史的，即故事与背景总是离得比较远。这是

---

[1] Ernesto Laclau. Politics and the Limits of Modernity// *Universal Abandon? The Politics of Postmodernism*, ed. Andrew Ross. Minneapolis：University of Minnesota Press, 1988：65.

先锋派的普遍特点，即通过淡化历史背景的方式来为主观化和破坏性的叙述腾出表演空间。苏童也是如此，他坦陈这是刻意为之的文本策略，"这就是我觉得最适合我自己艺术表达的方式，所谓'指东画西'，这是京剧表演中常见的形体语言，我把它变成小说思维。我的终极目标不是描绘旧时代，只是因为我的这个老故事放在老背景和老房子中最为有效"[1]。他的小说背景总是年代不详的模糊历史地带，好似一片缥缈的底色，为那些浓墨重彩的前景故事提供了宽阔的舞台，即背景越是虚化，故事本身的质感也就显得越强。而背景的虚无历史、模糊现实又与故事中的暴虐青春、糜烂人性相碰撞，与舒缓绵密的语言共同营造出叙述上的飘忽感，进一步强化了个人风格。

2010年《河岸》出版，2013年《黄雀记》问世，这两部小说与此前的苏童呈现出"和而不同"的感觉，读者可以从中轻而易举地辨认出"苏童制造"的印记，但同时也能感受到一些欣喜的变化，即小说中的故事与背景靠得更近了。《河岸》中的少年故事与"文革"背景几乎是水乳交融，库东亮的成长经历根植于其所处的历史时代，与政治运动的推进相辅相成，共同构成了文本的线性时间。小说所涉及的重大主题，比如身份原罪、自我阉割、革命对伦理的颠覆、政治对个人的消解，也只有在"文革"这一叙述背景中才能成立。到了《黄雀记》中，苏童似乎又把小说背景往外推了一把，与故事离得更远了一些，但较之《河岸》以前的作品，文本的现实底色还是更为清晰了，保润的"下海"、白小姐的公关生涯、马戏团倒闭变卖动物资产、精神病院里大官和大款打擂台，都折射出了背后那个急剧变化的转型期社会现实。可以说，这是苏童对文本所作的"焦距调试"——通过拉近拉远的尝试来寻找最适宜呈现故事的距离，但总体上背景是与故事贴得更紧了，历史与现实的轮廓被描摹得更为清晰，从而加深了故事的逻辑性与连贯性，也为文本在反思与追问层面上实现纵向开掘提供了可能性。

但苏童是清醒的，他知道自己的天性与优长就是在虚构背景上生发想象，所以即便《河岸》与《黄雀记》有意拉近了故事与背景的距离，二者间的关系也还是松散而游离的。也许是从《蛇为什么会飞》与《碧奴》中总结了经验，他对背景底色能加深到什么程度、故事想象能上升到什么高度持有审慎的态度，而恰是这份审慎的距离感实现了苏童在求新求变与自

---

[1] 苏童，王宏图. 苏童王宏图对话录 [M]. 苏州：苏州大学出版社，2003：51.

我延续之间的基本平衡，具体来说，是通过三个方式实现的。

首先是物象牵引。苏童好用物象，并擅长以物象来牵引叙事的整体推进。在他的小说中，故事与背景不是直接发生联系的，而是被物象这个"二传手"隔开，从而实现意义的真空化与审美的陌生化。正如研究所指出的，"这些物象构成一个故事坚硬的内核，称为某种叙事意图的寄托物，'形'与'意'构成'显'与'隐'的'互文关系'"[1]。苏童的物象往往是反复出现的，通过一遍遍的再阐述来实现变异与增殖。比如《河岸》的核心象征即是河与岸，它最早出现在1986年的《青石与河流》中，与性、人性、死亡、命运等主题建立起了勾连，然后又在多个作品中出现，衍生出包括水、鱼、水葫芦、船等一系列象征在内的意象群。到了《河流》的"文革"题材中，河是自由、混杂与边缘的人性，而革命的岸却总想要限定、约束进而放逐河水。苏童在同年发表的散文《河流的秘密》几乎可以被看作是对这个物象的自我注释："岸以为它是河流的管辖者和统治者，但河流并不这么想。""那是河流对这个世界的一年一度的倾诉，它告诉河岸，水是自由的不可束缚的，你不可拦截不可筑坝，你必须让我奔腾而下。河流告诉岸上的人群：你们之中，没有人的信仰比水更坚定，没有人比水更幸运。河流的信仰是海洋，多么纯朴的信仰啊！"[2]"河"与"岸"在特殊的历史时期成了自由个体与意识形态的化身，使得围绕其上的一连串衍生物象都有了新的意义：拷问革命血缘的鱼形胎记、被宣判为社会异类的船队、水葫芦对向阳花永不能及的爱……这个庞大的物象群统领着叙事一路而下，显示出在"历史让人变得不像人、甚至人吃人"一类的历史牵引叙事、"革命与性相勾连"一类的故事牵引叙事之外，还有另一种进入"文革"叙述的美学方式。

其次是语言张力。苏童的语言一向以敏感细腻、舒缓雅致而著称，进入新世纪后，他更简化了早期创作中好用的长句、复杂句，以简化语言程序的方式进一步夯实了个人语言风格。而当这样的语言与特殊历史题材相碰撞时，就会形成极大的叙述张力，从而拉开故事与背景的距离。在《河岸》中，当抒情绵密的语言被用于描绘一个暴力、残酷而扭曲的世界时，语言本身就与那段历史形成了极大的反差。同时，粗暴的革命语言又化身为人物语言，与抒情的叙述语言形成了二次碰撞，进一步扩大了文本张力。

---

[1] 张学昕. 苏童文学年谱［M］. 上海：复旦大学出版社，2015：115.
[2] 苏童. 河流的秘密［M］. 北京：作家出版社，2009：29.

平衡的探索与经典的可能
——论新世纪的苏童长篇小说创作

"秋后算账""坦白从宽、抗拒从严""千万不要忘记阶级斗争"之类的革命话语时不时地刺破叙述语言的整一性,而这些革命话语又在形形色色的人物口中变调,比如母亲对父亲的隔离审查、赵春堂对慧仙的思想工作,甚至是孙喜明对父亲的上岸动员,形成了滑稽而荒诞的效果,进而与叙述语言产生深层的震荡。

最后是以人为中心。苏童的小说是以人物为叙事内核的,即无论小说中的现实与历史被增添了多少实感,都不会超出文本背景的范围,其故事的中心始终还是人。他曾在访谈中自述,"我写作上的冲动不是因为那个旧时代而萌发,使我产生冲动的是一组具体的人物,一种人物关系的组合纽结非常吸引人,一潭死水的腐朽的生活,滋生出令人窒息的冲突"[1]。从这个意义上说,苏童的写作更接近西方小说,即文本以人物为中心来展开叙述,最终以个体经验串联成历史,而不似传统的中国小说以历史作为中心,将个人的语言行动视为其背后历史逻辑的结果。从早期《桑园留念》中对青春状态的关注,到《米》阐发的人性幻想,再到《菩萨蛮》所表达的平民孤独,苏童小说始终围绕着个体存在的各个侧面展开。尽管新世纪后的书写更新了对历史与现实的呈现方式,但故事的核心仍然是"人"本身。《蛇为什么会飞》塑造了克渊这个"空气"人物,"这个人其实很滑稽,他自以为是个人物,可别人都把他当空气的",这一形象进入特殊历史期后,则以"空屁"的新面目重新登场。《河流》一开场,"烈属"库东亮就成了"空屁",因为一段说不清道不明的革命血缘关系,一个人瞬间成了一个"无"。这固然是对政治强压下个体破碎的隐喻,但小说并没有把"空屁"的意义停留在此,而是随着故事的推进将范畴拓宽到了个体存在普遍意义的层面上。当抓到阄的库东亮迫不得已送走慧仙时,他用最恶毒的言辞羞辱了自己的父亲,朝着暗红色的河水怒吼了一声"空屁!"他的愤怒中有对时代的质疑,但更是一种对自我的宣泄——他震惊于人性深处黑暗与残忍的本质,但又对此无能为力。他将这样的自己形容成"胆小鬼","那两件棉毛衫令我睹物伤情,我突然就想明白了,我干的事情和谁都没关系,怪我自己,我是胆小鬼,世界上所有的胆小鬼都一样——只敢发泄自己的恨,不敢公开自己的爱,他们敢于发泄自己的恨,只因为要掩藏自己的爱"。他知道,这怯懦不仅源于革命的挤压,更来自自己,"人们说,我是被父亲困在船上了",但他明白"我,是被自己的影子困在船上了"。如果说,"空

---

[1] 苏童,王宏图. 苏童王宏图对话录[M]. 苏州:苏州大学出版社,2003:52.

屁"的命运是从革命身份的被剥夺开始的,那么,个体存在所面临的变形与异化的困境最终还是"自我空屁化"的结果。

三

对一个作家如何更新美学风格的考察,固然可以具体到想象与现实的关系、背景与故事距离等文本策略之上,但从宏观上说,都是关于如何处理既定风格与新生元素的关系。而对一个作家能否走向经典化道路的评判,尽管离不开文学撰史背后强势话语的霸权和权力的运作机制,但从本质上看,其终极问题就在于如何在自我突破中实现"有所为"与"有所不为"的平衡。自《河岸》起,苏童似乎明白了回望过去与面向未来并不是非此即彼的关系;到了《黄雀记》中,他进一步领悟到顺从自身艺术天性的重要性,即对于他个人而言,小碎步地在一方天地中打转也许比大跨步向前更适合自己,"在不变中寻找变"才是实现自我增殖的有效途径。

《黄雀记》尝试着用新方法来讲述香椿街的老故事,其中最为显著的变化即在于叙事结构的转换。相对于在意象运用上的极尽繁复,苏童在结构处理上一向比较简单,他自陈好用封闭视角,"结构上一般不会太复杂,叙述一次转换,一次折叠"。《黄雀记》对此作了更新,小说在整体上分为三个部分——"保润的春天""柳生的秋天"和"白小姐的夏天",一方面,每一部分的叙事视角分别从这三部分的核心人物,即保润、柳生、白小姐(仙女)来展开;另一方面,这三个视角又分别与三个季节相对应,使季节的轮转更替对应人生世事的兴衰变迁。这是作者精心打磨的一个三角结构,"我想象《黄雀记》的结构是三段体的,如果说形状,很像一个三角形。保润、柳生和白小姐是三个角,当然是锐角,失魂的祖父,则是这三角形的中心,或者底色。如果这三角形确实架构成功了,它理应是对立而统一的"[1]。三个人物在这个三角形的结构中相互追赶又不断逃离,诠释出"螳螂捕蝉,黄雀在后"这一主题:保润随祖父进了井亭医院,开始觊觎仙女;仙女被保润所缚,不曾料到柳生的强暴和对保润的嫁祸;仙女走投无路重回故里,柳生又杀死了其守护者保润。三个视角间的来回切换打破了传统的线性框架,实现了时间上的空白、重复与错置,不但与人生无常、世事难料的主题构成形式上的呼应,也在整体风格上与过去暴烈晦暗、欲望横

---

[1] 傅小平. 苏童:充满敬意地书写"孤独"[N]. 文学报,2013-07-25(2).

流的香椿街故事显示出较大的差异。

但相对于这些突破，《黄雀记》与过去的承继性更为突出。小说中几乎所有的人物都能找到对应的谱系：保润可以被视作《我的帝王生涯》中的少年、《河岸》中库东亮的重新投胎，柳生身上则可以找到《城北地带》的红旗、《蛇为什么会飞》中克渊的影子，而仙女则从《桑园留念》的丹玉脱胎而来，与《妻妾成群》的颂莲、《红粉》的小萼和《河岸》的慧仙，共同构成了苏童最擅长塑造的一类女性：叽叽喳喳、不安于室的陋室明娟们在时代的洪流中竭尽所能地发挥着自己的小聪明，但终究没能逃出命运的掌心。而小说中的象征也是各种自我重复与变调，比如脱缰的白马是由《祭奠红马》而来，红脸的耻婴延续了《拾婴记》和《巨婴》所传递的歧视与侮辱，供着大佛的水塔则是《蛇为什么会飞》里的世纪钟、《河岸》里革命烈士纪念碑的再现。甚至于小说本身就建立在对香椿街故事的重写之上，破旧颓败的街景与潮湿黏腻的氛围一如过去，残酷青春、性的诱惑与堕落、罪与罚、复仇与和解等主题被再一次书写。

可见，在"有所为"与"有所不为"间寻找尺度的探索道路上，苏童的创作不断寻求着自我突破，但他极为清醒地保持了与同时期其他作家作品的区分度，即无论主题被如何阐发、方法被怎样更新，苏童在驾驭话语叙述时始终没有脱离自身的基本风格，并且在近年来有意识地将其保留与强化。可以说，"构成自我"并进而在更新中"成全自我"，这是一个作家能否经典化的重要标志。因为无论是在文学的内部还是外部，所谓经典化并不存在固定的标准或规则，文学史无论被如何书写，也不可能化约每一个"主义"。从写作者的角度而言，只有当"自我"能强大到成为一种标准或规则，并经受住了时间的选择、成为一种历史的"水落石出"，才有可能成为最终的经典。那么，写作者如何在反复的耕耘中开掘出新的美学与意义空间，从而升华为一种有效的个人风格？具体到苏童而言，则是通过两个途径来实现的。

首先是在同一个地理文化空间上反复拓写。《黄雀记》曾引发了对苏童"一个作家怎么可能一辈子陷在'香椿树街'里头"的质疑，他对此回应道："我所担心的问题不是陷在这里面的问题，而是陷得好不好的问题，而是能否守住一条街，是陷在这里究竟能写多少有价值的东西的问题。要写好这条街,对于我来说是一个非常大的命题,几乎是我的哲学问题。"[1] 从某种意义上说,香椿树街与枫杨树乡之于苏童,正如约克纳帕塔法之于福克纳,高密东北乡之于莫言。福克纳曾将家乡这个"邮票般大小的地方"描述为"宇宙的拱顶石","打从写《沙多里斯》开始,我发现我家乡的那块邮票般小小的地方倒也值得一写,只怕我一辈子也写它不完,我只要化实为虚,就可以放手充分发挥我那点小小的才华。这块地虽然打开的是别人的财源,我自己至少可以创造一个自己的天地吧","我总感到,我所创造的那个天地在整个宇宙中等于是一块拱顶石,拱顶石虽小,万一抽掉,整个宇宙就要垮下"[2]。他的绝大部分故事都发生在这个天地中,来自几个固定家族的人物在各个小说中穿插交替出现,而每一个故事又与另一些故事或多或少地产生联系,其本身既是一个独立的个体,又是整个"约克纳帕塔法世系"的有机组成部分,使得写作既能反映当时当地的文化与现实,也可以在普遍意义上实现对人性与人类命运的探讨。

苏童认可福克纳对"邮票"的迷恋,并将自己的创作与之相对照,"一个作家如果有一张好'邮票',此生足矣,但是因为怀疑这邮票不够好,于是一张不够,还要第二张,第三张","我的短篇小说,从80年代写到现在,已经面目全非,但是我有意识地保留了香椿树街和枫杨树乡这两个地名,是有点机械的,本能的,似乎是一次次地自我灌溉,拾掇自己的园子,写一篇好的,可以忘了一篇不满意的,就像种一棵新的树去遮盖另一棵丑陋的枯树,我想让自己的园子有生机,还要好看,没有别的途径。其实不是我触及那两个地方就有灵感,是我一旦写得满意了,忍不住要把故事强加在'香椿树街'和'枫杨树乡'头上"。[3] 可以说,"香椿树街"与"枫杨树乡"曾是他的灵感源泉,如今又成了他有意识进行反复拓写的地理文化空间。无论书写想要阐述什么样的新主题、运用什么样的新方法、展示出什么样的新姿态,都可以在同一个空间坐标里重复进行,即每一次绘画都不是在一片白纸上重新开始,而是在此前的印记上展开,通过彼此间的重叠与对话来达到延异的效果,进而实现自我的有效增殖。

而对于"邮票"的所指,苏童也与福克纳类似,将书写的终极目的指

---

[1] 苏童,张学昕. 回忆·想象·叙述·写作的发生//张学昕. 南方想象的诗学 [M]. 上海:复旦大学出版社,2009:218.

[2] (美)威廉·福克纳. 福克纳谈创作//李文俊,选编. 福克纳评论集 [M]. 北京:中国社会科学出版社,1980:124.

[3] 张学昕,苏童. 感受自己在小说世界里的目光 [J]. 当代作家评论,2008 (6):24-25.

平衡的探索与经典的可能
——论新世纪的苏童长篇小说创作

向了人性与人的命运。如前所述，苏童小说始终关注的是人的问题，进入新世纪后，更延伸到对于苦难作为人的一种生命状态与生存经历的关注。《碧奴》以眼泪的九种哭法将传统故事中的寻夫之旅变成了破解人生困境的追寻之路，实现了从原有的爱情、阶级题材向人与命运主题的转换。《黄雀记》的故事从祖父的"丢魂"开始，通过他的各种花样被缚与执着寻找来折射出人生的存在困境与冲不破的命运苦难，青春的"小拉"好似一段人生的招魂曲，为这些在冥冥命运下徒劳的挣扎和无谓的癫狂而叹息。三个人物彼此交换着蝉、螳螂、黄雀的位置，但他们的一举一动实则掌握在猎人手中——命运在上空不动声色地凝视着这些红尘儿女。正如本雅明对所谓"经典"的讨论并不从具体美学条件或者外部生产场域着手，而是将经典描述为"超越时间连续性后直接向上帝传达自身的理念的客观化"，经典的存在就在于可译性，也就是呈现了纯粹语言或"上帝之道的辉光"的真理内容。[1] 即抛却了种种标准之后，文学最终还是要有穿透各种"主义"的力量，而人性、人的命运仍被证明为是最有效的途径。

其次是在文学性与现实性的平衡实践中有意识地偏向前者。如何以最合适的姿态切入生活，仍然是摆在当代作家面前的一大难题：如果写作离文学性靠得太近，那么就很难与曾经那一代注重形式实验、排斥直接表现的先锋文学拉开距离；但如果写作一味向当代性看齐，就会有牺牲文学美感与文化深度的危险，比如上述的《蛇为什么会飞》，再比如曾经同为先锋旗手的余华进入新世纪后所推出的《兄弟》《第七天》。怎样在具体的创作实践中找到最适宜个人风格的平衡点？在反思现实与想象的关系、调整故事与背景的距离之后，苏童作出了新的尝试：以风格的"不变"来应对题材与书写对象的"变"。

《河岸》刚问世时曾引起极大的轰动，文坛对苏童首度用长篇创作来直面"文革"这一重大历史题材感到极为兴奋，但又很快发现小说本质上还是那个苏童，对历史"直面得还不够"。事实上，联系此前的几部长篇小说，可以看出，这是苏童刻意为之的结果。一方面，在特殊历史题材面前，读者总觉得怎样的嚎叫与眼泪都不过分；另一方面，当代文学对苦难的书写基本被集中到了"骇人的创伤"与"反讽的戏谑"这两大类之上。在这样的前提下，如何找到一种表达方式，使其不但能有别于一众"文革"书

---

[1] G Scholem, T W Adorno. The Correspondence of Walter Benjamin, 1910—1940. Chicago：The University of Chicago Press, 1994：224.

写与苦难书写，还能保有独立的个人风格。对此，苏童有意回避了"重回历史现场"式的真实感，通过抒情的笔调与克制的情感展现出一种新的可能性。比如，当库东亮在河里寻找负碑投河的父亲时，作者写道："河底也是一片茫茫世界，乱石在思念河上游遥远的山坡，破碗残瓷在思念旧主人的厨房，废铜烂铁在思念旧时的农具和机器，断橹和绳缆在思念河面上的船只，一条发呆的鱼在思念另一条游走的鱼，一片发暗的水域在思念另一片阳光灿烂的水面。只有我在河底来来往往，我在思念父亲，我在寻找我的父亲。"[1] 文字的宁静诗意与历史的狂虐残暴两相对立，不动声色地完成了批判与颠覆。

《蛇为什么会飞》也以一个细节给出了一个极为有效的答案。小说塑造了一个"空气"人物克渊，空间的逼仄、火车的轰鸣、生活的压力长期挤压着他的生存与精神空间，使其获得了一个不雅的外号"三十秒"——以性无能的方式隐喻了生存苦难对人性的阉割。这个类似的情节曾经出现在江灏的小说《纸床》[2] 中，三口之家挤在七平米的房子里共睡一张床，父母在长期的性压抑下突然爆发又恰被女儿窥见，让他们尴尬而无地自容。女儿长大后愈发感到愧疚，认为是自己的存在阻碍了父母的正常生活。不久后，女儿因白血病离开人世，母亲将分房申请书叠成一张纸床放在骨灰盒上，让她终于在阴间有了一张自己的床。后者这个类似的苦难隐喻虽能以惨痛的故事迎合大众的心理宣泄、激起怜悯的泪水，但并不能进一步传递出悲剧所应有的崇高感。相反，在《蛇为什么会飞》中，克渊在被命运几经捉弄、濒临崩溃之际迎来了与金发女郎的相遇，两个被嘲笑、侮辱和践踏的灵魂在红灯区这个荒诞的境遇中擦出火花，而克渊"三十秒"的性无能又让整个故事戛然而止，从而流露出这些"吃社会饭的小混混""流落烟花的小太妹"的底层人物在灵魂深处的崇高之处。这让人想起陀思妥耶夫斯基的《白夜》，写作者以极强的自省与自觉来进入苦难题材，在诗意化的写作中有意无意地流露出人性之圣洁与小人物之高尚，从而在强烈的个人风格中完成人性挖掘与精神重建。

从《蛇为什么会飞》到《碧奴》，再到《河岸》《黄雀记》，新世纪以后的苏童有意识地整合了自己的优秀元素，又逐渐找到了与新元素有效对

---

[1] 苏童. 河岸 [M]. 北京：人民文学出版社，2010：291.
[2] 江灏. 纸床 [J]. 中国作家，1988（4）：67.

接的方法。毕竟，苏童擅长讲故事，而"故事是小说的基本面"[1]，在这个大前提下，他找到了变与不变、有所为与有所不为之间的分寸感，正如巴赫金对长篇小说的概括，"小说所必需的一个前提，就是思想世界在语言和涵义上的非集中化"，"即话语和思想世界不再归属于一个中心"。[2]

从这个意义上说，苏童已然走在了经典化的道路上，其新世纪的长篇创作显示出极强的艺术自觉与良好的精神独立：既没有在昔日的辉煌之上踟蹰不前、故步自封，也没有在一代先锋作家的转型之痛中闻风而动、丧失自我，他避免重复的成功，也承担失败的风险，通过不断的试验逐渐找到了最适合安置内心的方式。苏童常说自己不明白作家为什么要写长篇小说，但每隔几年，他还是忍不住就要尝试一次，并把这个过程称之为"去远航"。从《河岸》到《黄雀记》，他从20世纪六七十年代写到了八九十年代，也许下一个长篇会将时间聚焦在新世纪后的当下，他如何在艺术探索的远航中再次摸索书写上的平衡点，我们将拭目以待。

（本文原载《当代作家评论》2018年第4期）

---

[1]（英）爱·摩·福斯特.小说面面观［M］.苏炳文，译.广州：花城出版社，1984：24.
[2]（俄）巴赫金.史诗与长篇小说//小说的艺术：小说创作论述［M］.靳戈，译.北京：社会科学文献出版社，1999：88.

从启蒙思者到自然之子
——张炜 90 年代小说与当代文学史[1]

房 伟

目前的张炜研究,已形成了一些"关键词"式文学史标签,比如,大地精神、道德保守主义、野地书写、诗性守望、生态主义写作等。这些解读在不同层面丰富了我们对张炜的理解。但是,张炜的小说为何会出现如此特异形态?张炜与复杂变动的当代文学史关系如何?特别对 20 世纪 90 年代后,张炜与当代文学史的关系,学术界依然存在诸多争议。

张炜似乎是文学史的宠儿,实际他是一个游离于文学史主潮之外,又对当代文学产生强大辐射力的作家。从 1975 年发表《木头车》开始,到《声音》《一潭清水》等作品,张炜以清新的人性书写见长。但是,这并不符合当时时代主题,即伤痕、反思到改革文学的思潮演进。从《秋天的愤怒》到《古船》,可看作张炜创作的第二个阶段,张炜笔下历史与现实的纠葛加深,具有鲜明启蒙批判意识。有学者将《古船》放置于改革小说序列,似乎并不能涵盖其艺术成就。第三个阶段开始于《九月寓言》,贯穿整个 20 世纪 90 年代,包括《柏慧》《家族》等,以《外省书》为新高潮。第四个阶段,以长河小说《你在高原》为标志,囊括《独药师》等,甚至《半岛哈里哈气》等儿童文学作品。理解张炜,既要对其创作进行整体思考,寻找贯穿的艺术元素,也要对其创作的某些关节点细致分析,与整体创作进行勾连。这个关节点就是《九月寓言》。它上承张炜第一与第二阶段创作,下启第四阶段创作。通过《九月寓言》及其 90 年代小说创作,张炜实现了从"启蒙思者"到"自然之子"的精神跨越,建立了独特的文学地标与"中国特色"的浪漫主义文学世界。

---

[1] 本文是作者的国家社科基金项目《二十世纪九十年代中国长篇小说宏大叙事问题研究》(批准号:14BZW123)阶段性成果。

从启蒙思者到自然之子
——张炜90年代小说与当代文学史

一

张炜的早期小说创作，普遍被认为是一个文学准备期。这些小说歌颂人性，歌颂劳动，热情描绘胶东优美风土人情，也写私利与人性的冲突，但都将之消融于爱与美之中。这些小说的主题与写法，带有"十七年文学"孙犁一派抒情小说痕迹，虽有些单薄，也真纯动人，如《看椰枣》的大贞子，原谅了落选队长的天来；《声音》的二兰子未因罗锅考上学而沮丧，反而坚定了进入新世界的勇气。细究起来，张炜一开始的创作，并非热情拥抱新时期历史，而是对之充满反思与疑虑。张炜更多写了大变革时代，自私与高尚之间的道德冲突。"高尚"有伦理道德成分，也有美的品质。《达达媳妇》弟媳妇为争夺丈夫寄回家的钱，虐待老人；《一潭清水》六哥因瓜魔来吃瓜，与多年的好兄弟徐宝册分道扬镳。这与山东老作家王润滋的《鲁班的子孙》，乃至孙犁的《铁木前传》等作品都有一脉相承的文学品质。

摩罗谈到张炜早期作品时说："他虽然对农村非常熟悉，有丰富的农村经验，这一切可谓实矣，可是他的大脑和心灵早被一种虚的观念所左右，这种虚的观念规定了他只能说美好、幸福、快乐之类，于是他就按着这样的要求，组织他的经验，假造出相应感受、相应表象、相应的意义。实际上这一切全是空的。[1]"了解张炜早年经历，特别是小时候父亲被审查，孤独地在果园长大，遭到排斥歧视的过程[2]，我们就知道，张炜并不匮乏对罪恶的感知能力，也并非不能反映现实。孤独喜静的性格，早慧的心灵，对大自然的热爱，对浪漫抒情的偏爱，使得张炜在没有更多写作经验、学识阅历的时候，自然地倾向于书写大自然与人情人性之美。他并没有像很多同龄人，在80年代初，紧跟伤痕反思风潮，而是选择具有孙犁风格的抒情一路开笔闯出，这恰是成为一个大作家的先决条件——坚定的文学自主性，不轻易为风潮所动。《古船》暴得大名，绝不是张炜写作的基因突变。参加工作后，张炜对农村矛盾有过深入的采访考察。张炜发现，改革开放

---

[1] 摩罗. 灵魂搏斗的抛物线——张炜小说的编年史研究 [J]. 当代作家评论, 1997 (5).

[2] 蒙冤接受改造的父亲，给张炜的家庭带来巨大压力。除了来自林地的动物的威胁，民兵的监视、大字报、批斗会等更让全家人胆颤心惊。少年的张炜"从一开始就成为难得的另类角色。校园内一度贴满了关于我、我们一家的大字报"，而"学校师生已经不止一次参加过我父亲的批斗会"，"如林的手臂令人心战"。张炜初中毕业后曾被迫离家出走，游荡于深山、平原与小岛……恐惧、孤独、焦灼伴随他成长。张炜. 游走：从少年到青年 [M]. 桂林：广西师范大学出版社, 2012: 5.

虽已展开，但那些得势的乡村权力者，从"极'左'面目"摇身一变，成为实际利益获得者。这种震撼和愤怒，促发了张炜的《秋天的愤怒》《秋天的思索》等作品。张炜对现实的思考，也延伸到了历史。在山东省档案馆工作的六年，张炜掌握了大量丰富的历史真实细节。在新时期较开放的环境中，他的文学才能得到了极大释放。

《古船》是一部有历史厚重感和现实批判性的小说。《古船》的文学史功绩在于，树立了全新的长篇小说民族国家叙事模式。它改变了革命历史叙事政党对立、阶级对立的书写形态，以洼狸镇数十年风云变迁为底色，结合隋、赵、李几大家族荣辱兴衰，"全景式"考察中国革命与中国文化的关系，对土改到新中国成立、"反右"、"文革"、改革等多个历史时期，进行了颠覆性重审。《古船》影响了《白鹿原》《最后一个匈奴》《尘埃落定》等一大批90年代中国重要的长篇小说。至今当代文坛依然能看到《古船》的影子（如《软埋》）。

《古船》开创了新时期现代民族国家史诗叙事的新模式。新时期之后，由于政治经济结构的改变，中国民族国家意识，由革命叙事开始向"新现代性"的民族国家叙事转型。《古船》有深沉的理性反思，个人际遇与家族、党派与民族国家大历史的缠绕，宽广的时间跨度，强烈的历史批判。80年代有轰动影响的，大部分是中短篇，如《乔厂长上任记》《班主任》这样有问题意识的作品，有影响的长篇小说也主要与现实有紧密联系，如《沉重的翅膀》《花园街5号》等改革小说。长篇历史小说如《东方》与《李自成》，基本延续"十七年文学"模式。《少年天子》《金瓯缺》借顺治皇帝与北宋抗金将领，展现改革时代民族奋发扬厉的时代精神。《穆斯林的葬礼》通过伊斯兰文化与中国传统文化的交融冲突，讲述穆斯林家族三代人命运的沉浮。但是，该小说又偏重传奇色彩，缺乏思想与艺术的突破。稍晚于《古船》的《浮躁》，也初步具有宽广的历史视野，但着重点还在当下现实。

《古船》之前，新时期长篇小说还不具备从历史理性角度，重新考察中国近现代史，特别是中国革命史，将之与现实相联系的能力。《古船》的农村矛盾不再是先进农民与落后农民的斗争，农民与地主的斗争，个人发家的领导与提倡集体化道路的领导的斗争。梁生宝和王金生、郭振昌式的农村能人，变成了赵炳、赵多多这样打着土改旗号，窃取乡村政权，贪婪、嗜血、残忍，又精明强大的人物。"四爷爷"近乎集秘术养生、谶纬占卜等怪癖于一身的"妖"。那些破落地主、倒霉资本家和技术工作者，成了富于历史魅力的新历史主体。于连式勇猛精进的隋见素，"坐着的巨人"隋抱朴，成了叙事亮点。

土改、"文革"等运动的残酷破坏性,被作者写得惊心动魄。《古船》还有来自张炜创作早期根植于心的道德情结——对人性自私和欲望贪婪的厌恶。这无疑有俄罗斯文学对现代性的反省警惕的特征,也带有孙犁为代表的"十七年"社会主义文艺浪漫主义的血脉因子。张炜批判现实,并不是彻底投入道家传统或启蒙怀抱。《古船》的复杂性,无疑被我们低估了。

但是,90年代,张炜放弃民族国家的"叙事史诗",投入到"文化抒情史诗"的写作,即《九月寓言》等小说。对于一个优秀作家而言,很多看似"转型"的东西,不过是作家摆脱时代舆论对他的概括,展现出其他侧面的美学向度。

二

《九月寓言》起稿于1987年11月,完稿于1989年,修改定稿于1991年4月。创作时间几乎紧接《古船》。撰稿的主要环境是山东龙口市的偏僻小屋。《九月寓言》不应简单看作90年代的产物,或因《古船》产生的政治压力的逃避心态的反映,更要看作张炜的成熟和发展。当批评家强调时代语境改变时,张炜却在强调自己一以贯之的东西:"我对于这种变化没有多少感受。我说过,这是一个自然而然的过程。回头看看,我不过是一直在说那么几句话而已。我有时声音大一些,有时小一些。到了90年代中期,我还在说以前的话,不过我的音质不可能是一成不变的,谁也不能。"[1]《古船》之后,张炜无疑面对一个历史与道义的矛盾问题,即权力与经济压迫每个时代都存在。隋抱朴出任粉丝厂经理,隋见素从绝症中恢复,洼狸镇就能走上幸福之路?谁能担保,人性贪婪之下,新权贵不会成为赵炳和赵多多?从《古船》到《九月寓言》,既与张炜一贯对道德性的关注有关,也包含着张炜对近现代史与改革开放现实的双重反思。《九月寓言》一方面呼应道家文化想象,创造了儒家传统之外的"另类文化传统"意象;另一方面,又以"自然化"文化理想主义,替代阶级革命与启蒙主义,填补了90年代初多元文化倾向导致的稳定价值信仰感的坍塌,为中国知识分子描绘了一个浪漫又相对自足的"自然乌托邦",深刻地反映出现代性发育中国家民族叙事"中国特色"表征[2]。

---

[1] 张钧,张炜. 劳动使我沉静——张炜访谈录[J]. 小说评论,2005(3).
[2] 房伟. 另类的乌托邦——张炜《九月寓言》的新民族文化想象[J]. 文艺争鸣,2010(10).

《九月寓言》引发的争议，也令人深思。该小说曾送审《当代》杂志社，引发主编秦兆阳与副主编何启治之间文学观念冲突。何启治认为："小说在创作方法上离传统的现实主义越来越远，更大的程度上属于现代主义……《九月寓言》可归类于《小鲍庄》《红高粱》一类所谓'纯艺术'作品……就超越时空的艺术生命力和现实的政治保险系数来说，《九月（寓言）》优于《古船》。"秦兆阳的批评意见，一是小说对新中国成立后的乡村生活的丑化，二是小说之中真实性的失败，三是所谓寓言性的混乱。秦兆阳指责："作品的问题在于：寓言的虚构与生活真实的矛盾；从哲学上讲则是'抽象人性论''人命意识论'与历史唯物主义的矛盾；从政治思想上讲则是偏颇的思想认识的表现。"[1]

同时，很多批评家也对《九月寓言》提出尖锐批评："《九月寓言》里，张炜失掉了他固有的悲悯，代之以慨叹。从《古船》到《九月寓言》的变化，是从超越到世俗的变化，从神圣到凡俗的变化。"[2] 有批评家认为，张炜对新启蒙是一种背叛："张炜站立的是绝望的、向后的农业文化立场，所表现的是一种守旧的、没落的文化对于现代文明发展的绝望与诅咒，张炜和他的众多的昔日 80 年代战友，正共同参与着一种对 80 年代精神的集体共谋，自觉不自觉地成为着 90 年代文化对 80 年代精神进行戕害的帮凶。"[3]

秦兆阳与何启治的争执，批评家对《九月寓言》的指责，都涉及一个文学史潜在话语方式问题，即《九月寓言》形成了对于文学体制与 80 年代新启蒙内在规定性的双重冒犯。张炜谈到作品取名"寓言"，起因于"最先捕捉到的一个意象"，"只有在这种意象的笼罩、指导和牵引下，我才能够兴味盎然地写到底"[4]。《九月寓言》的"寓言"，不是秦兆阳忧虑的政治反讽寓言，也不是启蒙寓言，而是"文化抒情史诗"的自然寓言，是中国浪漫主义文学的宣言。它通过调动丰富的个人感性体验与历史记忆，熔铸提纯成一个抽象自然场域。寓言文本形式的指向延宕性，再次成为美学强度与难度的象征。寓言写了大量真实具体的苦难，饥饿、流浪、贫困、性虐、性压抑、死亡、背叛、杀戮、暴力，但种种苦难都被祛除历史背景，

---

[1] 何启治. 是是非非说寓言 [J]. 出版史料，2004（2）.

[2] 王彬彬. 悲悯与慨叹——重读《古船》与初读《九月寓言》[J]. 当代作家评论，1993（1）.

[3] 贺仲明. 否定中的溃退与背离：八十年代精神之一种嬗变——以张炜为例 [J]. 文艺争鸣，2000（3）.

[4] 张炜. 张炜关于《九月寓言》答记者问//张炜文集：2 [M]. 上海：上海文艺出版社，1997：56.

被那些野地的欢欣、自由自在的快乐、收获的喜悦等大自然生命本真的欢愉所拯救与平衡。小说也创造了很多魔幻意味的意象，比如，憨人妈喝农药，反而医治好了病。这使《九月寓言》的内在叙事张力非常饱满。同时，它的叙事方式也极具象征性。每个章节从九月开始到九月结束，类似戏剧一幕，祛除时间序列演进痕迹，呈现出高度象征意味的，几个"九月小村"的时空并置。

《九月寓言》的"忆苦"一章，最具政治敏感性。忆苦是寓言的核心，也是主旨所在。苦难是指所有大地的苦难，忆苦则是拯救与创造，是新的文化史诗群像的集体性景观再现。人们很容易将之理解为一种反讽式历史写作，如新历史主义小说。然而，如果仔细品咂，就会发现，"忆苦"与其说是对革命政治的反讽，不如说是一种巧妙的符号挪用，是大地诗学观念的演示，浪漫主义自然乌托邦的象征。忆苦也被脱离了具体政治符号所指，变成了苦难的抽象抒情："忆苦"是集体性的人与大地的默默对话，回忆历史只是借口。历史的漂浮性、破败性仅仅是为了衬托暗中一直在场的大地之无限深沉无限厚实的缄默[1]。这些忆苦既有真实可感的饥饿记忆，被压迫的故事，也有着野地的浪漫，诡异的精怪传说。

《九月寓言》既有90年代的印记，也有着张炜鲜明的个人特色。90年代初期，张炜的写作曾获知识分子以"抵抗的姿态"的喝彩，《柏慧》与《家族》也引发文坛激烈争议。郜元宝说："《九月寓言》有什么独特之处呢？这主要在于张炜在这部温情弥漫的长篇中倾注了他自己对土地最真实的情感……体会到土地作为'大地'对于我们人类的意义；体会到此时此刻，全球进入现代化进程之际，大地的命运与人的命运的某种历史性转变。"[2]《九月寓言》不仅被确立为文学代表，且隐隐地成为90年代知识分子抵抗市场经济代表的世俗化文学运动，抵抗全球化浪潮的某种"中国性"品质。由此，《九月寓言》与90年代民间写作、人文精神等主流批评话语，取得了某种同构性。

但是，当张炜沿着《九月寓言》的路子，走向《家族》《柏慧》《外省书》《刺猬歌》等作品，摆脱市场经济初激愤姿态的知识分子形象时，又发现张炜与现代性发展、民族国家叙事史诗等原则之间，有着令人不安的

---

[1] 郜元宝. 保护大地——《九月寓言》的本源哲学 [J]. 当代作家评论，1993 (6).

[2] 郜元宝. "意识形态"与"大地"的二元转换——略说张炜的《古船》和《九月寓言》[J]. 社会科学，1994 (7).

"疏离"。张炜不再是安于歌颂单纯美好人性的"芦清河之子",也不再是在历史与现实的罪恶中悲愤呼号的"启蒙之子",而变成了一个用浪漫史诗拯救人性的"自然之子"。《九月寓言》进行了一次高强度抒情提纯,将文化史诗性推向情感与思想的极致。在张炜身上发生了什么?这种变化和90年代文学史产生了怎样的互动效果?

三

90年代文坛对张炜的诘难,集中在"道德理想主义"与"脱离现实"两个纬度上。前者被认为是"反启蒙"与"反现代性",后者被认为是小说艺术上的失败。比如:"以《九月寓言》为标志,文化批判与社会批判的色彩明显地减弱甚至退去了,从批判传统文化的主题进入了'守护'传统文化主题。到后来《柏慧》《家族》等作品,更加明确地走向'反现代性'文化立场,表现出对传统农业文明的向往与守护。"[1] 有批评家指责,"《家族》是一位已由小说作者蜕变为原始自然神的膜拜者和文化冒险主义的精神偶像的人物试图抓住小说这一形式的一次最绝望痛苦的努力"[2]。谢有顺也认为,张炜的大地意象是巨大幻象:"张炜想在大地建立起一套道德系统,以大地为道德基础,但是,如果大地、自然是一切,那么,任何事物的'本然'都是对的,在事物本然之外便什么也没有,如果自然现在的表现是人类生活理想的标准的话,那么,道德与不道德就没有什么区别了。"[3]

这种批评站在90年代语境理解张炜,有其合理性,但也忽视了一点,即《九月寓言》及其后张炜的创作形态,自有"文化远景"的价值意义。大地意象并非是原始主义幻象,而是联接着爱力、善力与美力的新型人文精神。《古船》有历史的血腥暴力,现实的压抑沉重,但这些都不是作者的写作目的。夜读《共产党宣言》的隋抱朴,寄托了作者化解历史暴力、追求价值超越的隐喻。张炜一直有提升现实、创造理想文化形态的雄心。他鞭挞恶,更希望塑造真善美。这无疑与鼓吹个性解放、融入全球化发展的

---

[1] 李劲松. 从《九月寓言》《柏慧》看张炜文学创作中的保守主义倾向 [J]. 湖南城市学院学报, 2003 (12).

[2] 张颐武.《家族》: 疲惫而狂躁的挣扎 [J]. 文学自由谈, 1996 (1).

[3] 谢有顺. 大地乌托邦的守望者——从《柏慧》看张炜的艺术理想 [J]. 当代作家评论, 1995 (5).

现代化逻辑不同。《你在高原》获奖后,陈晓明指出:"张炜在这么漫长的篇幅中,始终能保持情绪饱满的叙述,那种浪漫主义的激情和想象在人文地理学的背景上开辟出一个空旷的叙述语境。浪漫主义从中国现代就被压抑,总是以变形的方式,甚至经常被迫以现实主义的面目出现。张炜以自然自在的方式释放出充足浪漫主义叙事资源。"[1]从"中国式浪漫主义"理解张炜与自然的关系,张炜的思想与艺术追求,可看清张炜90年代以来文学探索的成败,避免简单粗暴否定与单纯肯定。

张炜的浪漫主义,根本在于"爱力"。爱自然,爱大地,及其生发的美好人性。张炜说:"它潜融在人的心灵和肉体之中,与人的生命合为一体,难以分剥。人的爱力的丧失的一天,人也即死亡了……一个人活着,最为重要的就是保护和培植自己的爱力,让它随着岁月的增加,像积蓄山水一样汇聚,让它在付出的慷慨中变得生气蓬勃,关键是滋润自己的心灵,修筑自己的心灵,让其变得越来越适合于成为爱力的居所。一旦人的心灵之巢被爱力所盈满的一刻,他就会变得更有力,更从容,更自信和更坦然。"[2]"爱力"也来源于对历史与现实的残酷血腥、野蛮黑暗的批判反思。由"爱力"也引发作家对"美"的向往和"善"的道德坚守意识,即"美力"与"善力"。它的长处在于超凡拔俗的价值境界,缺点在于,此境界如没有丰富感性经验与现实因子介入,没有复杂的人物、精妙的叙事,就会沦为生硬说教与偏狭判断。

相对于写实主义的批判理性,浪漫主义是另一种塑造个人主体性的宏大思维。它认为个人是自我创生的(self-originated),即自我发现等同于自我创造的过程。因此,伊塞亚伯林认为:"浪漫主义最基本要点:承认意志以及这个事实:世上不存在事物结构,人可以随便塑造事物——事物的存在仅是人类活动的结果。由此,浪漫主义反对任何把现实再现为某种可供研究、描写、学习、与他人交流的形式。换言之,就是以科学形式再现现实的企图。"[3]德国浪漫派的出现,最初就是起源于对以理性为标志的启蒙运动的张力性反拨。浪漫主义关注个人主观意志与内心情感,对理性社会现实形成超越思路,在后发现代国家有潜在心理基础。比如,沈从文的乡土牧歌曾成为风靡一时的文学形式。革命浪漫主义文学与社会主义现实主

---

[1] 陈晓明.《你在高原》:大气俊朗宽广通透 [N]. 文艺报,2011-9-19.
[2] 张炜. 散文随笔卷二 [M]. 北京:作家出版社,2014:133-135.
[3] (英)伊塞亚·伯林. 浪漫主义的根源 [M]. 吕梁,等,译. 南京:译林出版社,2008:127.

义,既有内在联系,又有区别。但是,这种情况在90年代却有一个巨大时代背景,即时代需要叙事,也需要抒情。中国在改革开放背景下,重新阐释和确认自我的历史与现实,融入全球化发展,一方面需要叙事讲述具体可感的魅力故事,另一方面也需要浪漫抒情,树立文化抽象品格,进而对世界视野下的"强国"与"强族"进行文学背书。

张炜一直在写人与时代的对抗,将自然人格化为心灵产物。大自然成为心灵的寄托,真善美的象征,特别是象征个体心灵对欲望泛滥的现代社会的反抗。顾彬说:"五四运动时期的作家热衷于对当时中国农村现状作现实主义描写,作品中的自然描写则降至次要地位,即便有也只有在革新意义上的描写。作家们要将传统的景与情的联系引到叙述艺术中去。由延安起始的文学,则注重对农村社会变革和自然风光的描述。自然是经过'加工'的自然,是'可加工'的自然,不再是'自然'的'自然'。歌颂光明的作品,自然是一种解放了的现实性的标志。"[1] 也就是说,现实主义范畴内的自然描写,隶属于风景描写范畴,目的在于塑造逼真的环境真实感,表现小说意识形态主旨。然而,这类描写仅具有写真实效果与意识形态暗示性。这种暗示性表现在"十七年"小说中,是革命意识下对于红色世界秩序的构建,而在新时期小说中,则是启蒙现代性下,以个人主体性觉醒为标志,对"风景"的心灵化。如铁凝的《哦,香雪》、古华的《芙蓉镇》,也包括张炜的《声音》。这里的风景不是自然风光,而是一种个人化自然:"只有对周围外部的东西没有关心的内在的人(inner man),风景才能得以发现,风景是被无视外部的人发现的。"[2] 伴随个人意识觉醒和内在主体性,才能发现风景。所谓"无视外部",是指将自然风景心灵化与陌生化。

但是,张炜90年代之后的创作,"自然"跃升为一种带浪漫主义本质论意味的"价值观与世界观"。它是野地、海滨、荒原,也是知识分子苦苦寻找的精神安顿之地:"那些能够准确而细微地描述大自然,特别敏感地领会大自然的暗示和启迪的人,显然是特殊的生命,是作家中的最优秀的一类。大自然作为世界的主要部分,可以说是独立的,绝对强大的。它当然有自己的秘密。探索它,有时是人类最伟大的事业之一。"[3] 他的笔下出现

---

[1] 顾彬.中国文人的自然观[M].马树德,译.上海:上海人民出版社,1990:235.
[2] 柄谷行人.日本现代文学起源[M].林少华,译.北京:三联书店,2003:15.
[3] 张炜.批评与灵性[M].上海:文汇出版社,2005:148-149.

从启蒙思者到自然之子
——张炜90年代小说与当代文学史

了很多高度人格化自然场域，比如，野地（《九月寓言》）、海滨（《外省书》）、葡萄园（《柏慧》《我的田园》）、荒原（《荒原纪事》）、丛林（《蘑菇七种》）。这些自然景观，神秘浪漫，健康自在，面临城市的经济挤压和权势胁迫。如《柏慧》的零三所变成瓷眼和肝儿这类纵欲之徒与黑社会分子的大本营，杂志社是柳萌与"小怪物"的天下，仅有的精神圣地葡萄园，则受尽威胁。他笔下的人物，也成了高贵族群与卑鄙族群的对抗。这些高贵者家族，往往崇尚自然，热爱自由，人格高贵，是精神的叛逆者、坚守者和逃离者，如《家族》的宁珂、曲予与许予明，《外省书》的鲈鱼和真鲷，《柏慧》的"我"与拐子，《你在高原·西郊》的庄周，甚至反抗暴秦的历史人物徐芾（《瀛洲思絮录》）。他们是"文化之子"，更是高雅文化源头的、高贵的"自然之子"。面对权力与经济压迫，他们选择反抗或出走，在自然中寻找心灵的安顿。这些"自然之子"，从都市边缘人与游走旷野的"野人"（张炜甚至称神秘流浪者为"大痴士"），被抽象为有动植物化品质的人，如《外省书》的革命情种"鲈鱼"，甚至是精怪化的，如《刺猬歌》的刺猬精美蒂，《家族》的小河狸，《小爱物》的小怪物。某些道德意义的"坏人"，也被赋予动物意义，如《柏慧》的鹰眼、《外省书》的电鳗。

相应地，张炜的小说文体也愈发自然化了，更注重抒情风格、个人化哲思，追求自然表述。对于传统现实主义的故事化与情节化，他则予以淡化甚至放弃。如《柏慧》开头："已经太久了，我们竟然在这么长的时间内没有互通讯息。也许过去交谈得足够多了。时隔十年之后，去回头再看那些日子，产生了如此特殊的心情。午夜的回忆像潮水般涌来……"该小说以书信体方式展开，结构松散，故事性差，作家试图将读者带入沉思冥想的状态。《远河远山》开头："我多年来一直想把内心里藏下的故事写出来，尽管这故事留给自己回想更好，它纯粹是自己的。可是不知为什么，一直把这故事忍在心里，对我来说太难了。可能我老了，越来越老，也越来越孤单，衰老的不期而至，成了我一生中最后的一件厚礼。"类似《柏慧》，该小说也是一种散文化与诗化笔法，从第一人称化的作者的回忆与沉思之中展开叙事。

由此，张炜树立起的浪漫世界，也逐步实现了重新阐释中国近现代历史的再历史化冲动。历史被张炜阐释为"自然之子"与贪婪欲望的"恶之子"的对抗。通过这种方式，张炜也较有效地处理了革命意识形态问题。这较鲜明地体现在90年代的《家族》《外省书》两部作品。张炜的新作《独药师》也延续了这种思路。其实，张炜的中短篇小说也有这种痕迹。

《唯一的红军》，对革命的反思保留了老红军的正面道德形象。但老红军给村里和学校修路，不是为现代文明，而是为了自然："不是为了让人们踏着它进来糟蹋草原和树林的，他只是为了修一条通往原野和大海的马路。"《一个人的战争》也写对革命的反思，吕义这个所谓英雄，只会骚扰伪军和日军，勾引大户人家二姨太。但这个带新历史意味的小说，张炜写出来味道不同，吕义在荒野的无边游荡之中，找到了生命寄托。《背叛》写革命者老鲁背叛糟糠妻子的故事，却以浓浓的乡土伦理情感，展现了"自然人"对背叛者的原谅。

《家族》以宁府与曲府在近代革命大潮的不同命运沉浮，表现了作者别样的历史观。它既不像新历史主义小说，简单颠覆红色革命，也不是沿着《古船》之路，以家族与党派之争，贯穿辩证历史理性，而是从爱力、善力与美力为核心的自然观出发，将人物按照道德标尺分为两类：宁珂、许予明、周宁义、曲予等"自然之子"，与殷弓、飞脚、黄湘等"恶之子"。如王春林指出："国共两个敌对阵营的尖锐矛盾并未构成《家族》的中心冲突，构成《家族》中心冲突的乃是张炜依据自身道德乌托邦理想为标准划分出来的呈现为两种不同生存状态的人类群体……这个'家族'就是我们所谓的'神圣家族'，这个'家族'的共同印记即是对精神纯洁的坚决维护，是对作家道德乌托邦理想的坚持与实践。"[1]

更独特的是《外省书》处理历史与现实问题的策略性。该小说介绍了史东宾为首的资本集团的疯狂扩张。狒狒被人倒卖到山里的悲惨经历，显示大资本和权力的结合，资本势力对自然的侵夺。史东宾疯狂追求纯洁的师辉，却因为血腥的原始积累，始终不能走入她的心灵。小说也将历史与现实相联系，重新认识革命、欲望与自然的关系，既保持了浪漫主义抽象性特质，又超越《古船》与《家族》，形成更具文化史诗品格的自然化历史观。张炜以"自然"名义置换了欲望与革命，并赋予了新道德意味。这种对欲望叙事与革命叙事的转换机制，被批评家所忽视。这集中体现在小说主人公"鲈鱼"（即革命者师璘）身上。他被张炜赋予了奇怪的主体性气质。他是自然巨人，是革命之子，也是启蒙之子。这种逻辑的杂糅再造，体现了张炜自身的矛盾性和文化思维的怪异独创性。鲈鱼要做一个古道热肠的"爱侠""革命的情种"。鲈鱼勾引女人用的都是革命语言，如"真是

---

[1] 王春林，贾捷. 神圣家族——从《家族》看张炜的道德乌托邦理想 [J]. 山西大学学报，1997（1）.

一双战士的手呀""你身上都是咱们老区的传统"之类。张炜将革命道德主义置换成自然书写式的泛爱启蒙式道德。这种笔调，在张炜笔下，并不是一种反讽，而是一种置换和融合。张炜试图包容不同道德和价值标准，创造出新自我标准。革命在张炜理解之中，回避了血腥暴力成分，形成了独特的阅读感受。而且，一定程度上，"自然之子"的精神反思纬度也出现了。肖紫薇因"文革"时期被造反派小胡子引诱，受到史珂无穷的精神折磨，直到死亡。小说对史珂的反思也很深刻。

四

20世纪90年代后，张炜由"启蒙思想者"变成了浪漫抒情的"自然之子"。90年代的很多小说，都存在对新自由主义政策下市场与权力结合的批判。张炜的深刻之处在于，他找到了稳定的情感和自然化价值体系。90年代也有很多抒情乡土写作，但没有一个作家，将"自然风景"决绝地化为一种浪漫主义诗学。那些浪漫抒情乡土书写，填补了90年代市场经济叙事侧面，也成为一种抒情腔调，但他们都没有足够精神强度和力度，将之上升为浓缩而纯粹的抒情哲学。那些抒情乡土写作还只是现实主义一部分，表明民族国家在城乡现代化转化时的"乡愁"。它们必须是现实的，才能符合民族国家叙事的指涉，也只有是现实的，才是可理解的，成为残酷市场经济胜利的"挽歌"。另一部分乡土作家，比如阎连科，则继续固守现实批判性，并将之形成杂糅现代主义与后现代主义的"中国魔幻乡土"。

张炜不同，他的《九月寓言》，与其说是严格意义的现代主义作品，毋宁说有着强烈浪漫主义文学特质。浪漫主义的难度在于，它必须制造情感上真实可信，又与现实存在相当距离，有不同寻常情感感染力的人物和文本。张炜放弃直接书写社会现实，并不是他逃避历史责任。他仍批判这个世界，但试图找到更多哲学上解决矛盾的办法。

90年代在张炜看来，并不是一个巨大转型，而是80年代某些社会问题的深化变异，人对自然的破坏背后闪烁着权力专制和人性贪婪："与过去的上访者不同，他们现在是因为自然环境被破坏而愤怒，过去只有知识分子关心环境之类，今天是农民，他们在为自己的生存而抗争。他们是时代的上访者，崭新的上访者。"[1] 那些资本成功人士，在本质上和"文革"时

---

[1] 张炜. 时代的上访者//张炜文集：散文随笔卷二[M]. 北京：作家出版社，2014：7.

代的赵多多也是一类人，即流氓，精神与道德上的缺失者。作为作家，张炜也曾谈到对当下时代的理解："商品经济时代给予作家的痛苦，比起另一些时代，有的方面是加重了，有的方面却是减轻了。对于有的作家而言，他孕育创作张力的生存因素和生活内容已经改变，这其实是一件十分值得庆幸的事。任何时代，最优秀的作家都没有让自己适应时代的问题……我心中理想的写作人格是这样的：即便作为一个极孤单无力的个体，也仍然需要具备抵挡整个文学潮流的雄心。"[1] 张炜立志要做一个超时代的作家，而不是一个内在于时代的作家。张炜也不是一般意义上反对市场经济，鼓吹回到原始状态，而是有着重构中国文学价值标高的宏大意愿。这一点只有《你在高原》完成后，张炜不但没有创造力枯竭，反而在儿童文学、长篇小说、散文等诸多领域不断精品迭出的情况下才得以看得更清楚。

　　张炜式的浪漫主义文学形态，在 90 年代中国的重现，既是一个独特的个案，又有着潜在的文化逻辑。它再次提醒我们，要反思"90 年代是多元碎片化时代"的定义。学界普遍认为，90 年代是一个无名的喧哗时代："90 年代文学是'无名'状态下的文学，它表现为各种文学思潮和另类写作现象多元共生，逐鹿文坛，谁也占据不了主导性的地位。90 年代文学思潮正是通过多种冲突并存的形态来达成多元化发展趋向，从而改变了 80 年代文学中二元对立的思维模式。"[2] 或者，有学者将多元化命名为"宏大叙事终结"的产物："90 年代文学的精神确立，将随着'新时期文学'的结束而完成。这十分多义地暗示出了'90 年代文学'的断裂性、独特性，以及可能的前景。"[3] 然而，张炜的这种浪漫主义文学，虽然有现代主义与后现代主义的影响，也在印证着中国当代文学实践的特殊性，即我们不是世界文学之中，受到西方后现代主义支配的，偏远落后的"第三世界文学"。中国当代文学，是有独特逻辑和主体性构建可能性的"大国文学"。如果按照西方文学史发展逻辑来看，浪漫主义在文艺复兴之后，早就是一种被淘汰的落后文学形态，只能作为某种因素，绝不可能再支撑一个具有千万字巨大书写体量，有重要文学史地位的作家的精神世界。但张炜的文学实践，挑战了这种西方化的文学时空秩序。由此，我们必须重新回望 90 年代。90 年代的文学结构，由于市场因素介入，变得更丰富复杂了。文学思潮的出现，

---

[1] 张炜，任南南. 张炜与新时期文学 [J]. 南方文坛，2008 (3).
[2] 陈思和. 试论 90 年代文学的无名特征及其当代性 [J]. 复旦学报，2001 (1).
[3] 张清华. 重审"90 年代文学"：一个文学史视角的考察 [J]. 文艺争鸣，2011 (10).

不再是主流文学媒体与官方政治博弈的结果，而变成了文学、市场、官方三者的游戏。而那些由作家、批评家、出版界与传媒界"制造"出的文学思潮，如新写实、新状态、新体验、新历史等，如果站在二十几年后的今天来看，也许只是文学的浪花，并不能成为当代文学真正创新性、突破性发展的代言人。真正有文学史价值的作品，往往是沉没在文学史的喧嚣之中，需要我们重新打捞，重新予以确认和定位。

90年代是一个中国长篇小说史诗性品格再造的过程，与很多批评家认可的90年代是宏大叙事终结、多元碎片化时代到来不同，笔者恰认为，90年代是一种新型中国叙事的"后宏大叙事性"思维崛起的契机。中国文学内部复杂的多向度，不足以改变现代民族国家完成自我现代化，实现民族崛起的宏大思维。然而，具体表现方式上，具体作家又因人而异。张炜的《古船》是民族国家叙事史诗的方式，《九月寓言》变成了一种民族国家的文化抒情的史诗。《古船》讲述一个民族国家历尽艰难，在改革开放中走向明天的故事，它的叙事性非常明显；《九月寓言》则是抒情的，是一种浪漫的民族国家文化乌托邦理想。张炜走了一条浪漫的文化史诗抒情之路。张炜试图在中国文化现实中塑造一种批判现代性的浪漫抒情主体。这种抒情主体，不同于沈从文的边城牧歌，而是建立在对中国近现代史全景式考察基础上，在对革命、改革开放、欲望与自然等诸多命题的回应中，找到独特的中国故事味道。这也可以解释张炜创作儿童文学时的心态。当他将童年记忆幻化为精灵般小爱物，海边歌唱的美少年，大海畅游的鱼王，张炜无疑在进行童心般的激情诉说。这种热情奔放，又源源不绝的"爱力""美力""善力"，无疑是当代文坛非常匮乏的品质。

这也造成了时代理解张炜的难度。尤其是张炜这种浪漫抒情文化史诗，在处理价值与道德问题上有优势，但也存在不少问题。比较典型的是，浪漫主义在处理中国复杂的现实问题上，容易流于简单化和概念性。张炜塑造史诗的雄心，也让他在超越时代与反映时代之间进退维谷。这也导致了张炜小说故事模式的雷同化，艺术平衡感的丧失。他的小说反复出现逃离者、隐居者和内心分裂的个体形象。这种逆潮流而动的反思，也很难在都市消费环境成长的新一代青年中找到共鸣，这也使得张炜愈发寂寞。但张炜的可贵之处，恰在于他独特的浪漫主义文学品性。他的坚守将得到"长时间段"的中国文学史更多认可。

（本文原载《文艺争鸣》2019年第1期，《新华文摘》2019年第5期全文转载）

文学史接受视野的《围城》问题研究

房 伟

《围城》是中国现代文学的"间隙性生成",也是新时期"重写文学史"的代表性案例。《围城》还是20世纪90年代话语转型的"心理桥梁",树立了大众消费的新期待视野。然而,《围城》又是"尴尬之书"。它暴露了中国现当代文学学科建构的内在冲突。它曾是现代文学的"异端"与当代文学的"反面教材"。它又被塑造为"现代文学经典",也经历了90年代对"现代文学经典"的再次质疑。可是,《围城》的"学者型小说"品质,幽默含蓄之中对意识形态的清醒反讽,以及东西方文化因子的融合,依然是中国文学史建构极为匮乏的形态。《围城》的这些品质与不同"时代要求"都存在抵牾。这也给我们以"文学性"和"历史化"的双重立场,建立成熟的文学经典评价体系提供了契机。

一

《围城》接受史研究的文章不少,除了综述文献总结,研究者还从接受美学特质、共名与无名的历史特征、审美接受的嬗变等角度研究《围城》接受史。陈思广较细致地考察了《围城》的不同接受视野,指认《围城》有现实主义、新批评、存在主义、比较文学四个研究视阈,并认为"现实主义视阈之所以陷入尴尬,并不在于接受者说了什么,而在于接受者先验地以一种现实主义框架去套验现代主义的文本"[1]。笔者认为,一方面要注意《围城》在文学场域接受的原生态情境;另一方面,要观察不同历史时

---

[1] 陈思广.《围城》接受的四个视阈——1979—2011年的《围城》研究[J]. 新疆大学学报(哲学·人文社会科学版), 2013 (1). 类似接受史研究论文还有:胡慧翼. 近20年的对钱锺书的三次接受高潮及其嬗变[J]. 咸宁学院学报, 2003 (5); 石坚. 90年代以来《围城》研究综述[J]. 湖南师范大学学报, 1999 (1); 姜源傅, 张小萍. 共名与无名:接受语境的嬗变——解读《围城》之二[J]. 玉溪师范学院学报, 2005 (1).

期，不同意识形态话语对《围城》的改写与挪用，这样才能看清《围城》在中国现当代文学史上的特殊性，及其表现出的文学史深度症候。该小说初版于1947年的上海，1980年人民文学出版社重版。1990年，黄蜀芹导演电视剧《围城》。这构成了三个时间接受点。这三个点关乎革命文艺与"五四"新文学的对峙，新时期文学启蒙重构，及90年代文学断裂现代传统、重塑自身品格的努力。

1946—1947年，《围城》连载于上海《文艺复兴》杂志。钱锺书在《〈围城〉初版序言》中说："我想写现代中国某一部分社会、某一类人物。写这类人，我没忘记他们是人类，只是人类，具有无毛两足动物的基本根性。"[1] 刻画中国知识分子众生相，考察复杂的人性，显然是作者的重要意图。这也让《围城》带有启蒙精英文学的痕迹。然而，《围城》既非纯粹京派或海派小说，也没有同情革命的小说立场，更非源于延安经验的"革命文艺"。《围城》有类似鲁迅批判国民性的路子。可是，《围城》又有很多通俗文学因素。它令人发噱的笑料、曲折精彩的故事情节、类型化的婚恋与学院知识分子题材，似乎对"批判国民性"轨迹又有所偏离，又和通俗作家讽刺时事作品有区别（钱锺书从小喜读《说唐》等通俗小说。留学期间，他酷爱欧美流行小说[2]）。然而，《围城》并非"脱离时代"。序言中，钱锺书点出"忧伤世事"的心境，讽刺了国民党"还政于民""致身于国"的虚伪口号。作品有鲜明时代气息，涉及抗战逃难、大后方腐败、学界混乱诸多事件。有学者将之归为"叶绍钧式的日常生态小说"[3]，可相比叶绍钧，《围城》又多了知识者冷峻的精神批判性。

《围城》"像"很多东西，又全然"不是"。美国学者胡志德指出了《围城》诞生之初的尴尬："钱的小说吸引了评论界的瞩目，也吸引了读者……但大部分评论多少带点敌意，表示出失望的看法：如此显著的才华，竟然倾注于这样琐屑平常的题材。"[4] 胡志德敏锐地看到20世纪40年代中国语境和《围城》的错位关系。顾彬认为《围城》"既晦涩又有趣"。它是红色文学政治纬度的"异质对抗性文本"。钱锺书是"集体和革命之笼外"

---

[1] 钱锺书. 初版序言//围城[M]. 上海：上海晨光出版公司，1947：2.

[2] 杨绛. 钱锺书与《围城》//杨绛文集[M]. 北京：人民文学出版社，2004：89.

[3] 阎浩岗. 关于《围城》的文学史地位[J]. 江南大学学报（人文社会科学版），2004（3）.

[4] （美）胡志德. 钱锺书论[M]. 张晨，等，译. 北京：中国广播电视出版社，1990：238.

的作家。他让小说主人公反思"自我丧失"的问题。[1] 这有一定道理,但夸大了意识形态性。1947 年,国共纷争使启蒙精英经历新政治分化,也"萌发"出新可能性。《围城》暗含启蒙"新形象"——"更独立的知识分子"诉求。尽管小说没提供"成功"的知识分子形象——主人公方鸿渐是失败者。小说以失败的知识分子充当主人公,以学者化的隐含叙事视角予以统摄和评价,这本身就标志着知识分子主体的塑造。《围城》将知识分子小说从"启蒙者悲剧"(如鲁迅的《药》),扩展到文化的"反思"。无论欺世盗名的三闾大学教授,夸夸其谈的遗老遗少、出洋博士,抑或方鸿渐这样尚存良知但缺乏行动力的知识分子,皆在钱锺书的批判目光之下。胡河清认为,钱锺书的人生哲学与文化人格,即"一种建筑在悲观主义基础上的深沉的乐观主义。他始终坚信与自己生命本真相契合的德国古典文化中人格自由独立之精义"[2]。自由、独立、理性的文化人格,建立在对中国现代以来知识分子总体批判的基础上,虽有悲观虚无之嫌,但也暗含诸多晦涩期待。小说以"旧式钟鸣响,事业和家庭遭受失败的方鸿渐迎接黑暗"结束,但"丧钟奏鸣"是否也有警世自省意味?

《围城》也开创了现代文学史上类型化的"学者小说"范式。《围城》可以说是中国现代文学最初的学院派小说雏形。[3] 钱锺书不喜欢"学者小说"的说法。但不可否认,《围城》延续了《儒林外史》的讽刺传统。它不仅以知识分子为题材,且有强烈的知识分子趣味和价值选择。"学者小说"还指小说主题、人物和价值态度。《围城》中,"学者"成为主人公。同时,从小说构思、主题意蕴到语言修辞,甚至隐含叙事态度、主体认同,知识者和知识者集中的场域,都成了当之无愧的"核心"。一切意识形态,无论民族国家、革命,甚至启蒙,都在知识者怀疑的目光之下。民族抗战,不是压倒一切的宏大主题,而成为探索知识者独立人格的时空背景。大量文

---

[1] (德)顾彬.二十世纪中国文学史[M].范劲,等,译.上海:华东师范大学出版社,2008:209.

[2] 胡河清.真精神与旧途径——钱锺书的人文思想[M].石家庄:河北教育出版社,1995:34.

[3] 郑朝宗(笔名林海)在《观察》1948 年 5 卷 14 期《〈围城〉与 Tom Jones》的文中,首次将《围城》定义为"学人小说",夏志清等也有类似定义。此说法钱锺书并不认可。他在《谈艺录》和《管锥编》中反对学人之诗。他认为,学问只是题材、材质,造艺之高境,全在销材质于形式。李洪岩认为《围城》是智者小说,不是以学术为本位的小说。《围城》存在大量以学问入小说的情形。学问不但充当情节、细节,是主题揭示的主要手段,也表现为理性怀疑精神与对智慧的追索。我们对学院派小说的认识过于偏狭,学院派小说也是一种独特类型的现代文学形态。

学、哲学领域的中西方知识,成为引人注目之处。对于中国古代"学人诗"而言,知识不过是工具;而现代学者小说之中,知识却具"本源象征性"作用,暗指"现代理性"。学者小说既有学者的眼光、智慧、抽象思考,也兼具小说的趣味性、故事性,因此也被称为"智者小说"。

《围城》同样在革命文艺之外。史料披露,1947年左翼文学界对《围城》的批判,有大的国际背景,特别与苏联对讽刺文学的围剿有关。[1] 一方面,《围城》被左翼文学界纳入批判国民党政府腐败统治的行列;另一方面,很多左翼作家和评论家对该书提出批评[2]。方典(王元化)说,只能在《围城》里看到"野兽般的那种盲目骚动着的低级欲望"。唐湜指出小说结构"如一盘散沙"。无咎(巴人)否定小说立意:"他只看到一切生存竞争的动物性,忽略了一切生存竞争的社会阶段阶级斗争意义。"该小说通俗文学的泼辣气质,变形的现实主义笔法(包含解构因素),被认为是"缺乏深度"的表现。忽视意识形态,关注婚恋问题,怜悯知识者的命运,也是批评者攻击《围城》的重要原因。"熊昕"(陈炜谟)断言:"如果以全体而论,这书依旧是失败的……《围城》以抗日战争为背景,但几乎嗅不到一丝丝火药气。作者甚至描写战争,也是带欣赏态度,仿佛完全置身事外。"[3] 1948年,郭沫若发表《斥反动文艺》。该文是一次革命文艺对非革命文艺的"划线"。"黄色文艺"指色情、武侠、侦探等类型文学,"白色文艺"指"表面无色、实际上杂色"的写作:"人民真正做主的一天,一切反人民的现象就自行消灭了——人民文艺取得优势的一天,反人民文艺也就自行消灭了。"[4] 按照左翼批判标准,《围城》的"黄色文艺"和"白色文艺"嫌疑不可避免。《围城》不啻是知识分子化的变体的"新鸳蝴小说"[5]。新中国成立初,在全新的"当代文学"语境之下,《围城》也曾配

---

[1] "当我国的讽刺艺术杰作《围城》出版时,苏联正在以倾国之势发动全民批判讽刺小说《猴子奇遇记》达到高潮。个别人不问国情、生搬硬套,便向《围城》开刀。影响所及,导致《围城》在上海未能及时重印。"参见沈鹏年.《围城》引起的回忆 [J]. 读书, 1981 (7).

[2] 陈思广.《围城》出版初期的臧否之声 [J]. 文学教育, 2012 (5).

[3] 熊昕. 我看围城 [J]. 民讯, 1949 (4). 转引自谢桃. 中国现代文学研究的文献问题——以《围城》为例 [J]. 学习与探索, 2004 (1).

[4] 郭沫若. 斥反动文艺 [J]. 大众文艺丛刊, 1948 (1).

[5] 如《同代人》文艺丛刊,第一集《由于爱》,刊出张羽《从〈围城〉看钱锺书》,称"钱锺书是超过冯玉奇和张资平的新鸳鸯蝴蝶派",《围城》是"一幅有美皆臻无美不备的春宫画,是一剂外包糖衣内含毒素的滋阴补肾丸"。见熊飞宇.《围城》的早期批评谈片 [J]. 博览群书, 2011 (1).

合知识分子的"思想改造",成为反面教材。[1]

20世纪40年代,共产党领导的革命文学、同情革命的进步文艺、国民党领导的民族主义文学,及政治相对独立的中间派作家(如沈从文、萧乾)的作品,形成了复杂的文学格局。《围城》的文学特质,与革命文艺虽有相似的批判对象(如国民党腐败统治),但精神气质绝不相同。它与"五四"新文学传统有关系,又有差异。它推崇智慧、知识和理性。它对启蒙等一系列宏大观念持反讽态度。它疏离意识形态,链接东西文化的视野,积极探索学者类型小说。这种可能性,在40年代末的历史条件下,只是昙花一现。这部"学者小说"既不容于国民党(在台湾地区,它曾属于禁书),也不容于革命话语。钱锺书也很快结束写作,专心于学术。

二

"文革"结束,《围城》成为重构现代文学传统,改造"当代文学规范"的手段。1949—1980年,《围城》研究在海外华语文学圈并未停止。1961年,耶鲁大学出版社出版夏志清的《中国现代小说史》,引发海外对《围城》的关注。夏志清指出:"《围城》是中国近代文学中最有趣和最用心经营的小说,可能亦是最伟大的一部。"[2] 当时的冷战背景下,夏氏对《围城》的推崇,有意识形态意图,但其"优美作品之发现与评审"审美标准也呼之欲出。香港地区的司马长风也盛赞:"综览'五四'以来的小说作品,若论文字的精炼、生动,《围城》恐怕要数第一。"[3] 台湾地区70年代开始关于钱锺书和《围城》的研究,但依然有意识形态隔阂。1971年,香港友联出版社和台湾传记文学出版社分别出版《围城》。70年代中后期,海外《围城》接受渐入高潮。1980年,台湾地区学者周锦出版《〈围城〉研究》,称"《围城》不是顶好的长篇小说,但它有不同于一般长篇小说的风格,有它特别的成就"[4]。1976—1977年,美国发表了四篇有关《围城》的博士论文,较有影响的是胡定邦(Dennis. Hu)的《从语言—文学角度研

---

[1] "《围城》为新华社的社论批判的'民主个人主义拥护者'提供了一份生动的形象材料。当时上海沪西区委将《围城》列为学员学习的辅助参考读物。"参见沈鹏年.《围城》引起的回忆[J]. 读书,1981 (7).

[2] 夏志清. 中国现代小说史[M]. 台北:友联出版社有限公司,1979:380.

[3] 司马长风. 中国新文学史:下卷[M]. 香港:昭明出版社,1978:100.

[4] 周锦. 题记//《围城》研究[M]. 台北:成文出版社,1980:1.

究钱锺书的三部创作作品》，胡志德（T. D. Huters）的《传统的革新：钱锺书与中国现代文学》[1]。它们分别从语言学、传统与现代结合等角度，对《围城》进行了阐释。

除了海外研究者的推动之力，《围城》也与80年代启蒙思潮发生巧妙遇合。意识形态恢复现代文学传统多样性的努力，也为《围城》在大陆重获异彩提供了历史契机。《管锥编》出版于1979年，引起极大轰动。"学者钱锺书"和"作家钱锺书"相得益彰。《围城》是"学者小说"的说法，又开始受到文学界重视。人民文学出版社编辑韦君宜收到胡乔木的来信，支持《围城》再版[2]。钱锺书的小说艺术也受到关注："受20世纪80年代'方法热'的影响，初期的评论者往往被小说独特艺术技法、修辞手段、喜剧精神吸引，以展开审美批评为主。"[3] 1984年，黄修己编撰的《中国现代文学简史》和唐弢主编的《中国现代文学史简编》，用几百字介绍《围城》，肯定其讽刺艺术和心理描写手法。1987年，钱理群、温儒敏等合写的《中国现代文学三十年》之中，钱已作为重量级作家被评述。郑朝宗也提倡发展"钱学"研究。1989年，《钱锺书研究》（第一辑）出版。

然而，潜在话语冲突出现了：评价《围城》的标准，是回到新民主主义化的左翼文学传统，还是回到"十七年"的当代文学标准？抑或说，重建"新启蒙化"的文学史经典机制？文学史家面临的问题，不仅是"后'文革'"背景下，如何重建中国"现代文学大传统"，更是如何处理新中国成立后形成的"十七年""当代文学小传统"。如何在价值观、审美趋向和书写形态上整合两个传统，《围城》无疑是代表性的案例之一。新时期研究界，肯定《围城》的声音，分歧依然不小。有的学者从左翼传统出发，对小说社会现实意义加以追述；有的对其文化反思、跨文化视野、讽刺性、启蒙品质和审美独立性加以赞扬。我们可清晰地看到，传统主流话语机制与新时期启蒙话语的博弈过程[4]，也表现为温儒敏对《围城》的"现实批判""文化反思""世界文学视野"三个经典性判断。温儒敏认为，《围城》主题意蕴的第一层面是"写实"，通过对现实的批判，批判国民性；第二层

---

[1] 段晋丽. 价值学视阈下的文学翻译批评——以《围城》英译本为例 [J]. 时代文学（上半月），2011（10）.

[2] 何启治. 《围城》曾经沉寂30年 [J]. 读书文摘，2010（3）.

[3] 胡慧翼. 近20年大陆"钱锺书热"的文化剖析 [J]. 学术探索，2003（10）.

[4] 20世纪80年代，敏泽、杨志今等学者关于《围城》的论述，与钱理群、温儒敏等对《围城》的评价，存在着文学史地位和价值判断的差异性。

面是东西方文化交汇点的反省,反思中国传统文化在接受现代文明时的变异;第三层面则是哲理思考,蕴含类似西方现代主义文学的宇宙意识、莫名孤独感。[1]《中国现代文学三十年》认为,"钱锺书撩开爱情、亲情及家庭关系的帷幕,来洞穿受到封建传统文明与现代西方文明夹击的中国知识分子的精神病态,从而进行道德的探索和批判"[2]。该文学史也批评《围城》"炫耀知识"。这些表述无疑与黄子平、陈平原与钱理群在《论"20世纪中国文学"》中提出的,"世界文学中的中国20世纪文学,以改造国民灵魂为核心的写实主义,以焦虑和悲凉为特色的审美特征"有类似相通性。[3] 批判国民性的现实精神,与左翼文学有关联,也与"十七年"的社会主义现实主义有联系,更是传承自"五四",特别是鲁迅的"现代文学传统"。文化反思性,满足新时期以来"启蒙文化热"想象。"世界文学视野"的《围城》,则表现出重新厘定"世界/中国"的空间选位关系,颠覆革命文艺的"现代"定义权的努力。

但是,中国现代文学与当代文学重新整合的"排他"过程,包含着"现代叙事"对革命文艺传统的区隔。重写文学史热潮,蕴含着以新的现代标准,重写中国现代文学和当代文学的双重使命。陈平原坦承:"光打通近代、现代、当代显然不够,关键是背后的文化理想,说白了,就是用现代化叙事取代此前一直沿用的阶级斗争眼光。"[4] 沈从文、张爱玲与钱锺书,充当了联系性"节点"。通过三个作家的重新发现,纯文学化的文学史标准,才为"新启蒙"形成了可追溯的"现代传统"。保罗·康纳顿说:"伟大的'传统'都是被发明的,伟大的开端,必定都是对传统的另一次再造。"[5] 通过对"异端"的想象,中国文学得以形成"20世纪中国文学"谱系,从而在广阔世界文学视野内,对抗革命话语对文学史的宰制。

时过境迁,有批评家指责说,重写文学史思潮,抬高钱锺书等人的地位,是以"纯文学性"打压革命叙事:"'20世纪中国文学'的提出,是要把一个资产阶级现代性的叙事套在中国现代的历史发展上,用资产阶级的现代性来驯服中国现代历史。这种文学史的故事具有明显的意识形态的预

---

[1] 温儒敏. "围城"的三重意蕴 [J]. 中国现代文学研究丛刊, 1989(2).
[2] 钱理群, 温儒敏, 吴福辉. 中国现代文学三十年(修订本) [M]. 北京: 北京大学出版社, 1998: 556.
[3] 黄子平, 陈平原, 钱理群. 论"20世纪中国文学" [J]. 文学评论, 1985(5).
[4] 查建英. 八十年代: 访谈录 [M]. 北京: 生活·读书·新知三联书店, 2006: 128.
[5] (美)保罗·康纳顿. 社会如何记忆 [M]. 纳日碧力戈, 译. 上海: 上海人民出版社, 2000: 12.

设和虚构性。"[1] 吊诡的是，重写文学史运动，文学史家对《围城》的推崇，一方面和"现实主义传统"有千丝万缕的联系；另一方面，这种处理方式，无法更有效地指认《围城》的现代性品质。重写文学史的运动，产生了"中国/世界""'文革'新时期"等意识形态"询唤"方式。《围城》也被视为"打通中西、融合现当代文学"的经典示范性文本。但是，《围城》的某些品质，却不合时宜地证明了"20世纪中国文学整体观"试图缝合意识形态、启蒙史观和纯文学观念的尴尬之处。"学者小说"的类型化发展，在新时期文学实践中，并没有被真正继承。始于80年代的学者专家化分工，使学术兼创作的知识分子很难出现。尽管王蒙呼吁"作家学者化"，但很多中国作家对学者能否成为优秀作家持怀疑态度。背后的原因，则在于学者小说隐含的知识理性精神，不在"新启蒙"的核心范畴之内。新时期文学试图重建社会主义文化资源，将阶级叙事转换为现代化叙事，《围城》并不完全吻合时代主流的审美规范。

《围城》在重写文学史思潮中的尴尬处境，更表现在新时期文学对《围城》"讽刺艺术"的接受上。夏志清的《中国现代小说史》曾推出四个作家：沈从文、张爱玲、钱锺书和张天翼。同样具讽刺品格，且成就不俗的张天翼，却难以在"重写文学史"的格局内获更高评价。《围城》和张天翼的讽刺艺术都成为"悬置性"想象——原因和状态各不相同。张天翼的讽刺艺术被忽视，是因其与左翼文学的关系；《围城》的讽刺艺术被褒扬，却仅停留在修辞层面。尽管，讽刺艺术作为左翼文学批判现实主义传统之一，是较早地被新时期大陆研究者认可的《围城》品格。张明亮指出，如果说《儒林外史》是秉"正"刺"反"，发泄作家对被科举制度牢笼和腐蚀的儒林的痛恨与鄙视，那么，《围城》则从"合"取而旁观的超越性视角，通过对"正""反"两难困境的描述，寄托对世事人生的讽刺和感伤。[2] 张明亮将《围城》的讽刺艺术，区分于《儒林外史》式的道德激愤，但依然没有看清《围城》讽刺艺术的"非中国性"。其实，《围城》诞生之初，郑朝宗就指出它与菲尔丁《汤姆·琼斯传》的联系，并认为"钱氏写《围城》的动机，是介绍外来的手法和作风，至于'我想写中国社会的某一类人'云云，恐怕是次要的。揭发虚伪和嘲弄愚昧，知识性对小说的自然融入，

---

[1] 旷新年.重写文学史的终结与中国现代文学研究转型[J].南方文坛，2003（1）.
[2] 张明亮.槐阴下的幻境——论《围城》的叙事与虚构[M].石家庄：河北教育出版社，1997：64.

是菲尔丁和钱锺书讽刺艺术的共同之处"[1]。海外研究者耿德华也认为，《围城》的讽刺艺术，受到瓦渥和赫胥黎等英国作家的影响，主题是悲观主义："与其说《围城》同中国文学的关系密切毋宁说它与英国小说的关系密切。"他引用钱锺书的话"中国讽刺作家既忽略了表面现象，也从未深入探索人的性恶本质。他们接受了传统的社会准则和道德准则，相信人之初性本善，不伤大雅地嘲弄他们为之惋叹的不合廉洁和礼仪的行为"，并进一步指出，"就中国现代讽刺文学而论，没有一个作家可以与他抨击夸张的或乐观的人性观的决心相比拟"[2]。写《围城》的钱锺书，不同于传统讽刺作家吴敬梓、李伯元，也不同于左翼讽刺作家张天翼、沙汀。钱锺书并没有任何预设的道德正确感，而是在作品之中蕴含着极深的理性反思，清醒的理智超越性，对一切意识形态的警惕，甚至是"人性恶"的悲观看法。它近乎鲁迅杂文式冷嘲，却在内敛的英国式幽默中，用"喜剧感"掩盖他对人性、婚姻、爱情等一切人类乐观情感的怀疑。一直到今天，《围城》式学者小说的讽刺艺术，依然难以"再现"于中国当代文学。这种讽刺世事的态度，也使得钱锺书极少介入现实政治。1980年冬，钱锺书赴日讲学，曾做《诗可以怨》演讲稿，隐晦地谈到对当下文学的看法："谈到近年引起争论的'伤痕文学'，钱先生说：依他个人的见解，从文学史的眼光看来，历代的文学主流都是伤痕文学。成功的、重要的作品，极少歌功颂德，而是作者身心受到创伤、苦闷发愤之下的产品。"[3] 作为曾有很强现实批判感的作家，这也隐晦地表明钱锺书对"后'文革'时代"的态度。钱锺书保持了对文坛和现实的疏离——尽管，他也有"诗可以怨"的主张。

这在《围城》初版和再版的比较之中也能发现端倪。新版《围城》，钱锺书删去原版后记的一段话："我渐渐明白，在艺术创作里，'柏拉图式理想'真有其事。原拟这本书该怎样写，而才力不副，而写出来并不符合理想。理想不仅是个引诱，而且是个讽刺。在未做以前，它是美丽的对象，在做成以后，它变成惨酷的对照。"[4] 钱锺书删改的具体心态很难知晓，但淡化虚无色彩应是有的。这从金宏宇的《围城》汇校研究也能看出来。除

---

[1] 林海.《围城》与 Tom Jones [J]. 观察, 1948, 5 (14).

[2] (美) 耿德华. 反浪漫主义作家钱锺书//张泉. 钱锺书和他的《围城》——美国学者论钱锺书 [M]. 北京：中国和平出版社, 1991: 107.

[3] 刘涛. 以古典文论回应现实——钱锺书《诗可以怨》的三种读法 [N]. 文艺报, 2013 - 02 - 18.

[4] 高波.《围城》版本探疑 [J]. 科技风, 2009 (11).

政治避讳外，钱锺书将泼辣粗鄙的性描写和辛辣的政治讽刺去掉，更符合"含蓄优雅"的形象塑造。[1]"理想和现实的残酷对照"，不仅是40年代末"改朝换代"的迷茫，同样是"文革"后理想失落一代人的心路写真。《围城》中，不仅民族、国家、革命这些宏大词汇遭到怀疑，且爱情、友谊、亲情等正面人格意义，同样在"反思"范畴之内。新时期文学的乐观进步论调，既与主流政治紧密合作，又有鲜明时代特征。即便西方现代主义，也被作为文学进化的时髦观念引介。无论是文学体制建构，还是新时期主流政治，都不需要"不合时宜的讽刺"。伤痕文学之后，中国曾短暂出现了沙叶新的戏剧《假如我是真的》、祖慰与郭德的小说《电话选官记》等讽刺"四人帮"和社会不正之风的作品。但随着改革文学等"庄严大义"的兴起，讽刺文学只剩下零星杂文，更遑论《围城》这类秉持怀疑主义和理性精神的讽刺艺术了。然而，这种不同于中国古典传统，也不同于中国现代文学传统的讽刺艺术，体现了东西方文化交融的视野，也有着别样的"异质性"。它为90年代《围城》的接受，提供了丰富的阐释空间。

进而言之，新时期语境下，《围城》对于当代文学和现代文学的互动关系，也具有"怪异"的作用。"文革"结束后，当代文学学科"怪异地"被保留了下来，并以此形成"中国现当代文学学科"。中国现代文学学科这种"无法整合"的焦虑，恰表现了现实政治语境中，文学受到政治影响的程度之深。贺桂梅指出："'当代文学'摆脱困窘的方式，乃是通过潜在地更改'当代文学'这一范畴的特定内涵，即将50年代后期由'社会主义属性'来定性的'当代文学'，更改为一般意义上的'当代的文学'或'当前时代的文学'，从而将自身的合法性主要定义为对新时期文学的现状批评……而'现代文学'则通过对被50年代后期确立的激进革命范式所排除出去的作家、作品、流派和文学现象的重新评价和整理，来调整文学史的叙事范围以及现代文学的学科内涵。"[2] 程光炜认为，新时期文学起源的问题之一，即切断了历史，造成自我和历史之间的脱节。[3] 现代文学作为当代文学的"前史"，通过打捞钱锺书、张爱玲等异端作家，切断左翼文学历史传统，改写了革命文艺"当代文学"学科意识，试图重新确立"现代—当代"一体化的现代文学话语机制——尽管，这依然是充满着文化冲突与

---

[1] 金宏宇.《围城》的修改与版本本性[J].江汉论坛，2003（6）.

[2] 贺桂梅."新启蒙"知识档案：80年代中国文化研究[M].北京：北京大学出版社，2010：316.

[3] 程光炜.当代文学的历史化[M].北京：北京大学出版社，2011：70.

逻辑困境的文学史"重写"。

三

如果说新时期文学通过"现代文学经典再造",改写当代文学的学科规范,那么,20世纪90年代,文学史研究存在中国当代文学以"断裂"姿态塑造"新现代品质"的企图。多元化与边缘化,成为文学对自身与政治关系的定位。后现代解构与消费意识的渗入,成为"现代文学知识形态终结"的某种暗示。新时期被"重新发明"出来的现代文学经典标准,在90年代语境中,承受了强烈的质疑。围绕钱锺书和《围城》的研究,中心也转移到大陆,出现很多有分量的论文和学术专著,如季进的《钱锺书与现代西学》、陆文虎的《"围城"内外——钱锺书的文学世界》、孔庆茂的《钱锺书传》、胡河清的《真精神与旧途径——钱锺书的人文思想》、张明亮的《槐阴下的幻境——论〈围城〉的叙事与虚构》等。

这些论文和著作,拓宽了《围城》的研究领域。同时,研究界也出现了很多对《围城》的批评。而《围城》山河破碎、人心混乱的景观,被"转喻"为20世纪的华丽终结。新时期学术界通过《围城》树立"20世纪中国文学"经典标准,打通现代文学与当代文学的努力,也遭到了后现代思维的颠覆与消费文化的冲击。90年代的《围城》接受有如下特点:一是后现代解构维度下的《围城》的价值被凸显;二是"学者"意义的《围城》,开始大于"文学"意义的《围城》;三是对《围城》的批评,如同对《围城》解构特征的赞扬,共同参与了90年代文学对"新经典标准"的"再定义";四是通过电视剧等消费媒介形式,《围城》拉开了知识分子形象被消费化的序幕。

首先,"后现代的《围城》",开始成为"东西方文化交汇"的新文化想象。相比较80年代"世界文学"的现代化呼唤,90年代《围城》研究,关注"解构"意义和后现代、后殖民等方法论。张清华认为,《围城》通过对文化错位中的知识分子的考察,预示"五四"启蒙神话的破灭:"信仰神话的消失和语意乌托邦的解释使他完全转向了冷态的戏谑和批判,其语意的抽象深度被能指的鲜活具体和平面化所取代,甚至有意使所指产生某种被省略和被'掏空'的效果。"[1] 这种《围城》式的启蒙终结论，与90年代反思宏大叙事的后现代思潮有隐秘关系。胡河清也指出，伴随方鸿渐的出城、进城，《围城》依次"解构"了现代西方资本主义商业文化，中国传统官派性文化，由体面士绅和迂腐型知识分子组成的"小城话语系统"，及海派半殖民地半封建文化。[2] 这些论断与温儒敏等80年代评论家指认《围城》是现代文学传统延续的观点相反，看到了《围城》与"现代文学传统"的差异性。这种差异性，受到解构主义的影响，又被挪用为90年代"现代文学终结"的暗示。张清华就指出《围城》的反讽形态是"末日文化"的表征。这无疑是"借他人之酒杯，浇己心中之块垒"。或者说，《围城》混乱暧昧的战争状态，与90年代市场经济导致的价值混乱的世纪末景观，产生了某种联系性共鸣。

其次，钱锺书的知识分子身份"被强化"。这也表现了"文学"与"知识"的分化。90年代研究界对"学者作家"的强调，是专注于学者的"专业性魅力"。文学退出人们主要生活，文化的作用被凸显。钱锺书和《围城》被赋予"专业知识分子"的味道。学者的专业素质，包括小说无处不在的知识性话语，成为关注焦点。张文江的《营造巴比塔的智者——钱锺书传》，与李洪岩的《智者的心路历程——钱锺书生平与学术》，这两本钱锺书的传记，都不约而同地强调钱氏"智者"的知识分子身份。方鸿渐、苏文纨、赵辛楣等知识分子的生活方式、言谈举止，也成为人们关注的对象。文化意义的《围城》，也因钱锺书的宋诗研究等学术工作，被赋予了"大师作品"的光环。然而，"学者的《围城》"，也许还存在另一重意义，即"失败的知识分子"。知识者的失败，既是个人的失败，也是知识者群体，及其历史主体意识的失败。方鸿渐的爱情、事业、人生，都走投无路。90年代语境中，那些在讽刺批判、现代主义等既定概念掩盖之下的"失败的虚无"被提到了新认识高度。这种失败感更是80年代新启蒙结束、市场经济兴起、文学边缘化的反映。很多知识者在方鸿渐身上看到自己的影子——"我们都是方鸿渐"。

再次，与80年代的赞扬不同，90年代重现了对《围城》的批评。舒建华批评说，钱锺书从非理性主义到理性主义的心理转型，由于哲学思维高

---

[1] 张清华. 启蒙神话的坍塌和殖民神话的反讽——《围城》主题与文化策略新论 [J]. 中国现代文学研究丛刊，1995（4）.

[2] 胡河清. 真精神与旧途径——钱锺书的人文思想 [M]. 石家庄：河北教育出版社，1995：112.

强度介入,给他带来了创作心理障碍:不仅以理抑情,且情来扰理,终使整部小说在创作心理抑郁中,匆匆收场。[1] 这种对理性精神的怀疑,有着90年代反启蒙叙事的意味。倪文尖以女权主义视角批判《围城》的男权印记,影射出对中国现代文学话语秩序男权色彩的批判。[2] 这种从女性主义视角出发对《围城》的反思,也与90年代学术关注点从启蒙等宏大命题,向族裔、性别、社区等后现代研究转型有关。同样,对《围城》缺乏人性宽容的批评,也反思了现代文学批判否定性"过量"问题,体现了时代对人性的多元化理解和世俗化倾向。从更深层次而言,这些否定《围城》的文章,更是对新时期形成的现代文学话语规范的质疑。《围城》批判与90年代的"鲁迅批判"有异曲同工之妙。然而,一方面,这种质疑无法摆脱现代文学的影响;另一方面,这种受到"后现代"思维影响的反思,依然有强烈的政治性。很多文章只谈学者气质和解构思维,不谈启蒙建构和小说类型化,无法真正体现《围城》复杂的文学要素,容易形成新的文学史遮蔽。

最后,《围城》成为90年代知识分子形象消费的"试验品"。1990年,电视剧《围城》形成热潮。《围城》有效地实现了市场经济的文化消费尝试。《围城》对知识分子形象的解构,不像王朔的冷嘲、池莉的热讽,而在"讽刺"中保留幽默、机智。知识分子虽有不适感,但更多寻求内心平衡和情感释放。他们鄙薄李梅亭、高松年的无耻,对方鸿渐"哀其不幸,怒其不争"。大众则在羡慕"民国余韵"、欣赏"大师幽默"的同时,完成对知识分子"从神坛到世俗"的认知过程。观众不再将知识分子当成道德楷模或启蒙英雄,而是和他们一样,有着七情六欲、挫折悲伤的普通人。他们被小人算计,处处碰壁,也坐困婚姻"愁城"。90年代主流意识形态积极探索文化市场的消费规律。电视剧《围城》和小说相比,淡化哲理性与历史背景、现实批判性,凸显方鸿渐的"爱情纠葛",将人生的"围城故事",讲成大众喜闻乐见的"知识者失败婚姻"故事。这也反映了电视剧工业大众文化经济的本质。[3] 电视剧《围城》符合90年代日常生活审美化潮流。《围城》因此被看作火爆荧屏的"婚姻家庭剧"的始作俑者。然而,《围

---

[1] 舒建华.论钱锺书的文学创作[J].文学评论,1997(6).
[2] 倪文尖.女人围的城与围女人的城[J].上海文论,1992(1).
[3] 电视剧凸显了主人公方鸿渐的爱情婚姻线索。这是较能吸引观众注意力的地方,也是屏幕画面更具可看性的方面。参见陈一辉.《围城》:从小说到荧屏——影视剧改编艺术论之一[J].杭州大学学报,1993(2).

城》的通俗品质，只是其一部分特征。大师幽默和知识分子的自嘲，依然有很多电视剧不得不删改乃至忽略的地方。电视剧《围城》更注重降低理解难度，以"媒介转换"表现知识消费的大众通约性。

同时，对《围城》的接受变迁，也可以看作90年代后，当代文学和现代文学学科关系的某种调整。强调《围城》的解构色彩与学者气质，指责《围城》"过于理性""男权思想重""缺乏宽容"，将《围城》进行消费性的挪用，这些策略都显示了90年代对现代文学传统的反思。90年代文学挑战了重生于80年代的现代文学经典标准，逐渐发展出一系列概念、方法和范畴，如去历史化、多元论、解构主义等。这种"新的文学规范"，一方面受到现代文学影响，对"十七年文学"悬置、忽略，甚至否认其为"当代文学"；另一方面，表现为以"现代文学"经典为批评对象，如对鲁迅等"老经典作家"的质疑，及对钱锺书等"新晋"经典作家的反思。学界废除"中国现当代文学"命名，恢复"中国现代文学"学科建制的呼声很高。[1] 保留当代文学的想法又有两种，一种希望重新审视革命资源，将之作为"反现代的现代性"[2]；另一种主张对当代文学进行后现代式的话语裂变。一些批评家更试图在现代民族国家视野中为当代文学合法性进行新定义，如张颐武等倡导的，后现代意义的"中华性"[3]。90年代对《围城》的争议，无疑也表现了文学史无法整合革命文艺、现代、后现代诸多概念的焦虑。

然而，《围城》的幽默讽刺，既不符合主流意识形态规范，也不能完全满足去历史化、解构主义的隐秘狂欢。它既与通俗消费性有关联，但又有本质不同。90年代主流意识形态以市场经济为核心，再造"现代化叙事"的宏大政治规范，"启蒙"愈发被转喻为欲望合法性。民族国家叙事"交错杂糅"着"纯文学写作"与"主旋律文学"。《围城》中可怜可笑的知识分

---

[1] 呼唤"中国现代文学"学科整体归建的文章很多，如郜元宝《尚未完成的"现代"——也谈中国现当代文学的分期》（《复旦学报》2001年第3期）："1949年至今，'当代文学'则应理解为一个文学批评而非文学史的概念。"冯光廉《中国现代文学是最佳学科名称》（《山东师范大学学报》2013年第1期）："我赞成并力主以'中国现代文学'为学科名称，废除现行的'中国现当代文学'学科名称。其目的在于实现中国现代文学学科名称的规范化和协调性。""废除说"背后，一面是历史打通论思维，也隐含对当代文学学科合法性的质疑。较缓和的声音，则有当代文学学科过于"现场批评化"忧虑，如程光炜《当代文学学科的认同与分歧反思》（《文艺研究》2007年第5期）："始终没有将自身和研究对象'历史化'，是困扰当代文学学科建设的主要问题之一。"

[2] 李杨. 文学分期中的知识谱系学问题——从"当代文学"的"说法"谈起[J]. 文学评论，2003（5）.

[3] 张法，王一川，张颐武. 从现代性到中华性[J]. 文艺争鸣，1994（2）.

子、通俗婚恋题材、幽默的俏皮话，都成为被规训的因子。学者小说的类型化发展，讽刺艺术的理性反省，中西方文化的双向反思，对意识形态永恒的反讽，依然在90年代文学之外，甚至在今天成为"缺席的在场"。（王小波的小说，某种程度接续了这些特征。）[1]

四

福柯以对意识形态化的学科建制的反思，作为谱系学批判的重要支点："它真实的任务是要关注局部的、非连续性的、被取消资格的、非法的知识，以此对抗整体统一的理论，这种理论以真正的知识的名义和独断的态度对之进行筛选、划分等级和发号施令。"[2]《围城》接受史之所以成为问题，恰在于《围城》独特的审美价值，不符合时代政治对文学的意识形态规范，不符合至今依然政治化的学科规训，也就成了中国现当代文学学科卡在喉部的"鱼骨"。尧斯说："文学史的更新要求建立一种接受和效果的美学。"[3] 伽达默尔也曾提出"效果的历史"："真正的历史对象不是客体，而是自身和他者的统一物，是一种关系，在此关系中同时存在着历史的真实和历史理解的真实。一种正当的解释学必须在理解本身中显现历史的真实。"[4] 不同时代"对话"与"视界融合"的效果历史之中，我们不仅能看到文学史审美标准变迁对《围城》的意义建构，且能以此反思文学史书写和当下社会的内在紧张关系。当市场维度进入文学场域，"文学/政治"的对立，成为"文学/市场/政治"三方游戏。这种三角形结构关系，似乎又回到20世纪40年代后期《围城》出现的起点。不同的是，党派政治对决已消失，三方角力的复杂话语关系，既是挑战，又是契机。中国文学要在历史化态度中建立学科知识积累，也要真正以"文学性"与"历史性"双重标准衡量作品和作家，建立经典权威。所谓文学性，不是再建对抗性表述，而是确立文学自身发展的历史话语谱系和内部标准；所谓"历史性"，不仅是"再资料化"，对文学史经典进行再确认，更是以开放平和的

---

[1] 房伟．钱锺书与王小波［N］．文艺报，2013－2－18．
[2] （法）米歇尔·福柯．权力的眼睛——福柯访谈录［M］．严锋，译．上海：上海人民出版社，1997：23．
[3] （德）H. R. 姚斯，（美）R. C. 霍拉勃．接受美学与接受理论［M］．周宁，等，译．沈阳：辽宁人民出版社，1987：23．
[4] （德）伽达默尔．真理与方法［M］．洪汉鼎，译．上海：上海译文出版社，2004：267．

态度,公平地对待所有史学时空内发生的异端性文本。

不能否认,中国现代文学的"文学性匮乏",与知识建构不断自我颠覆的"历史性匮乏",既是文化自卑所致,也有着强烈的政治规定性。竹内好讨论东西方对现代性结构矛盾的处理方式时指出,在欧洲,当观念和现实不调和时,会发生一种倾向,即在试图超越这一矛盾的方向上,通过张力发展求调和。于是,观念本身也得到发展。但在日本,当观念和现实不调和时,便会舍弃从前的原理寻求别的原理以做调整,观念被放置,原理遭到抛弃。[1] 对《围城》三个接受点的考察,我们看到,以颠覆和断裂为表征的思维方式,缺乏结构性张力容量,既造成学科内部标准、文学史断代的混乱冲突,也造成政治干预过多的问题。那些表面由古代、现代、当代构成的文学进步序列背后,我们无法以文学性的基本底线、历史化的知识考察,去面对文学史意义的"异端品质",正如李杨所说:"'历史'要把所有的东西都放到这个'合乎逻辑'的链条中,那么,如何处理那些不合'逻辑'的部分呢?"[2]

"历史化"与"文学性",是关乎中国现当代文学学科发展的"大问题"。没有历史化态度,我们无法发现《围城》各个接受时期"不合时宜"的尴尬;"文学性"又是核心问题,它关乎历史化标准与文学史心态调整,是我们不断发现、包容《围城》这类异质性文本,避免意识形态干扰的屏障。没有历史化,我们缺乏理性反思,陷入"纯文学的诡计"而不自知;没有文学性,我们的文学标准会无奈地被政治左右。"文学性"的本体意义,恰在于文学相对于政治、市场场域,形成独立、稳定,且具经典传承性的美学趣味与标准。文学对现实的反抗需肯定,文学与政治的"对抗幻觉"则应警惕。一方面,作为"半自主性"场域(布迪厄语),文学不可能成为封闭的自我指涉之物,它必然受到政治、经济场域影响;另一方面,文学性应确立较恒定的美学标准,不能一味强调对抗性,落入"正/负""红/黑"的意识形态结构性生产的陷阱。吴义勤指出:"我们当然知道'纯文学'之类话题本身就具有假定性、策略性和乌托邦色彩,并不是说文学可以纯粹到不涉及题材、主题、作家身份、作家代际等问题来'真空'状态地讨论文学性,而是说这些问题应该在文学的意义上被谈论,更重要的,

---

[1] (日)竹内好. 近代的超克[M]. 李冬木,等,译. 北京:生活·读书·新知三联书店,2005:198.

[2] 李杨. 文学分期中的知识谱系学问题——从"当代文学"的"说法"谈起[J]. 文学评论,2003(5).

它们不应该构成对文学性本身的遮蔽。"[1] 40 年代末、新时期与 90 年代对《围城》的接受困境，恰是因为我们将之简化为了"通俗婚恋故事""新启蒙文本"或"解构文本"。作为中国现代诞生的"学者小说"，《围城》对中国文学的贡献，不仅在于讽刺艺术和汉语修辞技巧，更是对文学类型的拓展，及其展现的"现代知识者"的本源立场。这超出《儒林外史》讽刺官场、学界的范畴，具有了现代理性价值观。文学史三次对《围城》的知识范型规训，从 40 年代末的红色批评，到 80 年代的新启蒙阐释，再到 90 年代消费主义和后现代思潮的批评，文学界对《围城》的认识不断深入，但阐释方法和角度，依然缺乏从文学性和历史性双重标准来研究作家作品的思路。

《围城》开头，讲述 1937 年 7 月，游学欧洲的方鸿渐乘坐游轮归国的故事。热风蓝海中的游子，于兵戈四起之日，驰入"围城"困局。这是"脱域者"的归乡之痛，也是"清醒的灵魂"无法逃离的文化郁热。革命文艺将取得历史正统地位的最后"混沌之隙"，钱锺书以心之诚，骨之力，脑之思，制造而成《围城》，不合时宜，也难逃"围城"困境。多年后，当人们在幻觉中惊醒，才发觉"围城"所言之主旨，所批判之问题，似是不可回避的"中国病"。然而，当我们赋予其新的花环，又发现它把花环丢出了"围城"。由此，文学性与历史化双重意义的《围城》，在"中国"大城之内，也在其之外。它至今仍然值得我们去反思。

（本文原载《文学评论》2017 年第 4 期，《新华文摘》2017 年第 12 期转载，获苏州市社科成果三等奖）

---

[1] 吴义勤. 新世纪中国当代文学研究的现状与问题 [J]. 文艺研究，2008（8）.

"炸裂"的奇书
——评阎连科的小说创作

房 伟

阎连科以极端化叙事的小说不断震撼文坛,不少批评家将他的创作称为"奇书"文本[1]。他的小说语言绚丽奇诡,题材范围广,现实针对性强,不断为"中国故事"的宏大想象提供批判性文学参照。然而,阎连科的创作也存在诸多争议和问题,本文侧重从奇书模式与纯文学话语机制之间的关系来探讨其创作得失,及由此显现的文学史内在困境。

一

1979年,阎连科发表处女作《天麻的故事》。此后十几年,他创作了瑶沟系列、和平军人系列、东京九流系列等小说,但影响有限。20世纪90年代"耙耧系列"小说后,阎连科才逐渐形成奇书特色小说模式,并确立了文坛地位。阎连科出身寒微,早年经历坎坷,《情感狱》是作家早年经历的某种自传,表现了当代城乡格局下农村青年惨烈的生存挣扎。这些"失败农村青年"的故事,已显现出阎连科的一些基本母题。而不论《瑶沟人的梦》《寻找土地》等瑶沟系列小说,还是《中士还乡》《和平雪》等军人系列小说,阎连科有别于一般乡土作家之处在于,他对"苦难屈辱"有异乎寻常的感受力。这又驱使他拒绝赋予乡土以和谐的审美趣味,崇高的理想道德,而是将真实的苦难弥散于人物、情节和语言之中。此时阎连科的小说就是路遥的乡土青年成长主题更惨烈真实的版本。阎连科曾坦言:"少年时期形成的世界观会影响你的一生,除非你以后经历重大的、灾难性的变

---

[1] 王蒙,等. 一部世纪末的奇书力作:阎连科新著《日光流年》研讨会纪要 [J]. 东方艺术, 1999 (2).

故。我曾经讲过,我少年时期有三个崇拜,即对城市的崇拜、对权力的崇拜、对生命的崇拜,这三个崇拜一直影响我的写作和我对世界的看法。"[1]他的三个崇拜与他的经历有密切关系,既有激愤的反讽,也有生命的切肤体验,而对城乡对立的批判,对权力秩序的批判,联接着他对人类生存意志的充分张扬,隐藏着阎连科小说日后一以贯之的主题内涵。

然而,阎连科并没有沿着此路前行,而是走向了一条更具风格的"奇书之路"。他突破传统现实主义制约,以复杂奇诡的魔幻语言,令人惊悚胆寒的情节,眼花缭乱的结构创新,将"苦难"提纯到本质论高度,以此形成了鲜明生动,又充满生存哲学意味的人物形象谱系,如《年月日》的先爷,《耙耧天歌》的尤四婆,《日光流年》的司马蓝,并使苦难牺牲的底层人物和故事拥有了现代意义:"我更关注底层生活的底层人,我希望我的创作能充满一种疼痛的感觉。我非常崇尚,甚至崇拜'穷苦人'这三个字,这三个字越来越清晰地构成了我的写作核心,甚至可能构成我今后写作的全部内核。"[2]阎连科暴露血淋淋的肉身屈辱和灵魂惨痛,揭示乡土中国现代转型的底层际遇,而他诡谲绚丽的想象,又赋予了"天地不仁"的沉郁慷慨以光彩夺目的"奇书"式修辞力量。

但同时,另一种"奇书"倾向也在不断滋长,那就是对现实的抽象与寓言化,及由此形成的对"恶"的绝对化倾向。"恶"成为极端贫困环境的象征,被解释为苦难的根源,被强化为生存意志,被归结于历史发展动因,也被认定是革命时代与市场经济时代的联系性因素,而苦难主题的乡土伦理则被逐步消解,或成为"恶"的祭品。城市、权力、生命,这些曾深深影响阎连科的东西,似乎都找到了历史本质抽象的寄托。其实,这种对恶的敏感在他的小说中始终存在,《两程故里》中天青和天民围绕村长竞选展开的残酷斗争,形成了对大儒故乡的讽刺。《最后一个女知青》《情感狱》《潘金莲逃离西门镇》等小说,则充满了恶与善的激烈搏战。女知青娅梅与农村青年张天元的无望爱情,乡土少年连科绝望的成长之路,西门镇武老二对金莲的欺骗,都还有传统现实主义的影子,但《黄金洞》《耙耧山脉》等小说,阎连科对恶的关注则超出这个范畴,"恶"逐渐成为本源力量。《黄金洞》中二憨和老大、父亲,为金砂洞和女人桃,成了你死我活的仇敌;《耙耧山脉》中村长意外死亡后,李贵借守灵在其尸体头上撒尿。最能

---

[1] 阎连科,梁鸿.巫婆的红筷子[M].沈阳:春风文艺出版社,2002:14.
[2] 固杨鸥,阎连科."劳苦人"是我写作的核心[N].人民日报(海外版),2005-02-23.

表现"世界唯恶"极端概念的，则是新世纪以来阎连科的《坚硬如水》《为人民服务》《风雅颂》《丁庄梦》《受活》《四书》《炸裂志》等一系列长篇小说。很多学者对阎连科的极端化叙事提出质疑，如姚晓雷对其理性精神匮乏的分析[1]，邵燕君对其叙事不真实问题的反思[2]。而此时的阎连科，将耙耧山的苦难故事扩展到了他对中国现实和历史的描述，创造了一部部令人惊悚的"奇书"，也由此出现了诸多困境与误区。

二

奇书模式是中国古代小说巅峰期的代表形态，沈德符的《万历野获编》认为，"奇书"有"奇快""骇怪""惊喜"之感，张竹坡称《金瓶梅》为"第一奇书"，李渔将《三国》《水浒》《西游》《金瓶梅》称为四大奇书。也有学者认为，20世纪90年代中国长篇小说存在奇书化叙事模式[3]，贾平凹的《废都》、王安忆的《长恨歌》、陈忠实的《白鹿原》中都能看到奇书模式的影响。奇书模式是中国小说在民族性和本土化上实现主体建构的积极尝试。奇书模式包含独特的小说结构、叙事方式、审美倾向与价值判断。审美倾向偏向于"作奇"，即通过奇特的人物、故事，形成独特的审美风范，修辞与叙事策略形成反讽寓言化准则。价值判断则呈现为"天人合一"的感应说与宿命虚无感。而结构上奇书模式注重奇特的结构方式，如浦安迪发现四大奇书有别于西方因果关系的、章回体特色的"十进位的百回结构"[4]。

由此出发，我们考察阎连科的奇书化小说，从结构而言，《受活》的"奇"在于，阎连科以"毛须、根、干、枝、叶、花儿、果实、种子"为纲，以"奇数"的章节为目，在每个章节中，除正文外，又夹杂絮言附录，类似词典学和注释，对方言土语和历史沿革、掌故传说加以阐释。又如《日光流年》的结构表现出"倒卷帘"的倒叙方式，又出现了批评家命名为

---

[1] 姚晓雷. 阎连科论//阎连科. 天宫图 [M]. 南京：江苏文艺出版社，2005：314.

[2] 邵燕君. 荒诞还是荒唐? 渎圣还是亵渎？——由阎连科《风雅颂》批评某种不良的写作倾向 [J]. 文艺争鸣，2008 (10).

[3] 安静. 宿命与寓言——奇书理念在90年代长篇小说叙事中的复活 [J]. 红河学院学报，2007 (3).

[4] 浦安迪. 明清小说四大奇书 [M]. 沈亨寿，译. 北京：三联书店，2006：393.

"索源体"的写作方式[1]。又如《风雅颂》以风、雅、颂命名不同卷数,而具体章节则以"关雎""蒹葭""汉广"等篇目形成对《诗经》的呼应。而《炸裂志》模仿新中国成立后的地方志,虚构了炸裂村形成现代都市的过程。就人物和故事而言,《受活》的"绝术团"和政治狂人柳鹰雀,《日光流年》的引水抗疾的司马蓝和"肉王"蓝四十,《坚硬如水》的性爱狂人高爱军,《炸裂志》的军事狂人孔明耀和政治狂人孔明亮,《风雅颂》的懦弱虚伪又自大狭隘的知识狂人杨科,这些"奇人奇事"都构成了"作奇"的风格。而价值判断上,阎连科小说的宿命色彩也非常浓厚,如《日光流年》第一章就命名为"天意",几代村人都无法抵抗"活不过四十"的诅咒,充满了宿命的悲壮感。《风雅颂》结尾,杨科副教授在风雪中消失于寻找诗经古城的路上,颇有《红楼梦》"大地白茫茫一片真干净"的苍茫感。《炸裂志》孔家兄弟四人"摸物应命数",孔明耀带领百姓消失在去美国的路上,哭坟时路边开满了鲜花和树木。小说结尾,一场百年不遇的大雨,也弥漫着命定的虚无感。

然而,阎连科的小说又不是传统意义上的奇书,而是经由纯文学话语机制"改造"过的奇书。它的寓言特色明显有现代主义痕迹,比如,《坚硬如水》与《为人民服务》中性爱与革命话语的颠覆关系,《风雅颂》中的现代知识分子使命问题,《四书》"育新区"的反乌托邦政治虚构,《炸裂志》的后革命乡土中国现代转型问题,《受活》则在方言土语、村落自足的乡土传统背后,闪现着本土与外来、传统与现代等一系列现代文学命题。同时,纯文学话语对阎连科式的奇书模式的改造,还表现在阎连科对"奇"的理解和发挥。阎连科转型后的作品,没有将地域文化传奇改造为反抗现代性的标志,也没有沉溺于民族种性的野性精神与西方想象的契合,更没有以日常生活传奇对抗所谓"大历史"的侵蚀,在他的文学疆土中,以"苦难"为出发点,以"生存意志"为现代自我形象主体,却逐步剥离了传统现实主义的人道主义和写实主义框架,在"世界唯恶"的本质论上构建了他穷山恶水的文学风景与残酷凛冽的寓言世界。而对"恶"的迷恋,对"颠覆性"的沉溺,对"内在主观真实"和"形式创新"的偏执,无不闪烁着新世纪"纯文学话语机制"的内在困境。要理解阎连科的奇书模式,就要从阎连科与现实主义的纠葛,以及纯文学话语机制的叙事改造策略,这"一

---

[1] 王一川. 生死游戏仪式的复原——《日光流年》的索源体特征[J]. 当代作家评论,2001(6).

内—外"两个方面来阐释。

三

"现实主义"是理解阎连科奇书世界的关键词之一,因为"奇"就是针对传统写实而言的逆向技法和思维方式。阎连科说:"现实主义是谋杀文学最大的罪魁祸首,也许,现实主义是文学真正的墓地"[1],"现实主义,与社会无关,与生活无关,与它的灵魂——真实,也无多大关系,它只与作家的内心和灵魂有关"[2]。"主观真实论"在文艺理论史上并不新鲜,但阎连科这位以现实主义风格著称的作家,为何有如此强的反现实主义情绪?

阎连科小说的根本品质在于现实主义,现实主义让他触及了很多人不敢触碰的底层苦难和"题材禁区"。然而,阎连科又对传统现实主义有很多不满,一是传统现实主义无法表现主观真实,二是传统现实主义的意识形态背景让他无法认同,三是现实本身已变得肮脏混乱:"面对现实,我是多么想在现实面前吐上一口恶痰,在现实的胸口上踹上几脚。可是现在,现实更为肮脏和混乱,哪怕现实把它的裤裆裸在广众面前,自己却也似乎懒得去多看一眼,多说上一句了。"

阎连科还创造了"神实主义"概念:"它不在乎情节、逻辑,它只在乎是不是达到了那种真实层面。它与现实的联系不是生活的直接因果,而更多仰仗于灵神、精神和创作者在现实基础上的思考。在现实土壤上的想象、寓言、神话、传说、梦境、幻想、魔变、移植等等,都是神实主义通向真实的渠道。神实主义决不排斥现实主义,但它努力创造现实和超越现实主义。'神'的桥梁,'实'的彼岸。"[3] 该概念重心在"神",即一系列非理性的艺术思维与手法,对现实形成反省和想象超越。阎连科又将现实主义分类:"社会控构真实——控构现实主义;世相经验真实——世相现实主义;生命经验真实——生命现实主义;灵魂深度真实——灵魂现实主义"。他将因果关系分为零因果、半因果和全因果,最后引入"内因果"概念。他的小说理论体系,"内因果—灵魂深度真实—灵魂现实主义"显然处于文学最高等级的创作形态。如果说,他对零因果、半因果等问题的分析有独

---

[1] 阎连科. 寻求超越主义的现实//受活·后记 [M]. 沈阳:春风文艺出版社, 2005: 207-208.
[2] 阎连科. 阎连科作品集 总序 [J]. 当代作家评论, 2008 (1).
[3] 阎连科. 发现小说 [M]. 天津:南开大学出版社, 2011: 88.

特创见，但他对精神、灵魂、内在性等概念的痴迷，则显现了阎连科小说的本质论倾向。而对内在性的强调，其实也是"向内转"纯文学话语思维惯性的结果。他相信内在胜过外在，却忽略内因果和灵魂真实，都是社会环境和作家个性相互作用的产物。

然而，阎连科的创作实践却与他的"神实主义"有不小差异。阎连科笔下，内在化的主观认知，是没有限度和敬畏的。"神和实"的关系其实是"仇恨"关系。阎连科对现实的仇恨，对权力秩序的痛恨，最终走向了极端化奇书叙事。人性的恶性竞争和倾轧，对权力的崇拜，让阎连科在拒绝虚假现实主义的同时，走入了另一个"奇书的误区"。宿命的神秘与悲观，对寓言模式的过度渲染，进而变成了对整个中国现代化进程的否定。阎连科的深刻之处在于，他执着地看到了中国近现代史的某种"潜在联系性"，并用一种悲观的眼光，将这种联系性的破坏力，以偏执的语言予以提醒与表达。无论革命时代还是市场经济时代，阎连科总能在不同语境中找到"恶"的影子，揭示出权力、金钱、欲望是如何冷漠与无情，又是如何对生命个体进行摧残的。阎连科又将对现实满腔的仇恨，化作了一些恶魔性（陈思和语）的意象和情节、人物，如小说《天宫图》，村民路六命被罚款，妻子小竹以陪村长睡觉为代价，六命才被保释出来。小说渲染了人性在权力面前极度的卑微和羞耻感的沦丧。当村长奸淫小竹时，路六命诚惶诚恐地为村长守夜，甚至在村长来之前，给妻子洗净身体。又如《四书》的以血养田，《耙耧天歌》的尤四婆杀身救子，《年月日》的先爷以肉身饲养蜀黍，《日光流年》中卖腿皮和卖淫抗衡疾病，《受活》的残疾人"绝术团"，阎连科给我们展示了一系列"否定肉身"式的仇恨书写，不仅是个人的伦理道德和尊严，且是更直接的肉、皮、骨、血、脑、生殖器，甚至是自身的残缺。这些所谓的"实"，都是"神"的思维下所创造的"现实"，并成为阎连科早年创伤心理的幻觉代偿。《受活》之后，"神"与"实"的对立，更凸显到了几乎崩裂的地步。对"穷苦人的崇拜"没有造成阎连科小说的民间伦理回归，或现代理性反思，反而出现了对穷苦和疾病的审美化。

与乡土苦难相对，都市、革命、知识、性爱、历史等概念也都被阎连科赋予了"恶望"的符号意义。他的早期作品如《寻找土地》，瑶沟与刘街的对立已出现农村和商业社会对立的雏形。佚祥与秀子冥婚的盛大场景，是对道德沦丧的刘街人的悲壮示威。然而，阎连科并不是乡土乌托邦诗人，他对乡土权力秩序的愤怒，一直潜藏着他对"恶"的体认。《受活》中，他用"黑灾""白灾""铁灾"等一系列民间话语，消解革命史对农民生活造成的原罪；《丁庄梦》的"热病"成为对"一切唯经济利益"的现代发展模式的反思；《为人民服务》《坚硬如水》以性欲消解革命崇高感，却导致性爱和革命都成了"恶"的本源；《风雅颂》则消解了知识者的光环，将研究《诗经》的杨科副教授，变成了一个逃避妻子与副校长偷情，在天堂街和妓女纵情声色的可怜虫。小说《炸裂志》中，炸裂市则成为更高意义的"历史之恶"，既有乡土之恶，也有现代文明之恶，"炸裂"被抽象为"恶之花"。所有人伦、爱情、理想，都被解释为疯狂的权力征服欲和无穷的斗争癖。朱颖和孔明亮的关系，也被定位于情欲与政治的互相征服。孔明亮通过政治征服朱颖，而朱颖通过女性肉身控制孔明亮，间接享受权利快感："这辈子我都要把你们孔家捏在我手里。"她让妓女勾引公爹，破坏明光的婚姻，甚至组织妓女大军，控制从领导到专家的各级精英，帮助炸裂市升级为超级市。

与"世界唯恶"的理念相对，则是一系列极限化写作实践。世界被简化为政治、性与金钱绝对控制的领地。阎连科的小说存在超越具体情境的"恶人"（狂人）形象，他（她）不受道德与情感制约，只受政治、金钱和性欲支配，冷酷无情或欲火焚身，雄心勃勃或利欲熏心，如《受活》的柳鹰雀，《丁庄梦》的丁辉，《为人民服务》的吴大旺，《坚硬如水》的高爱军，《炸裂志》的孔明亮等。马尔库塞指出："只有当形象活生生地驳斥既定秩序时，艺术才能说出自己的语言。"[1] 而阎连科的"单向度虚构"，破坏了人物形象复杂性，导致人与世界的关系被简化为主观概念，也导致了历史情境为个人存在提供的"复杂可能"难以进入作家视野。如果说，悲剧"将有价值的东西撕裂给人看"，喜剧"将貌似有价值的东西撕裂给人看"，而阎连科将有价值和无价值的东西，都"炸裂"开来，无价值的东西遭到嘲讽，有价值的东西亦遭到无情冷遇，从而在修辞上达到强烈美学效果，牺牲的却是文字细部的审美功能，及小说整体的思想深度。如《坚硬如水》，高爱军和夏红梅的情欲和政治话语纠缠结合，这是一种"虐恋"心理机制，即政治压抑人性，却反而为人性原欲提供不自觉的反抗理由。但阎连科却一方面将"虐恋"变成"奇观"，缺乏朴实可信又直截了当的诚实态度；另一方面又将"政治虐恋"变成对意识形态"再认同"的仪式。阎连科反对意识形态的叙事方式，恰是意识形态化的。或者说，阎连科对意识形态缺乏深度反思。高爱军和夏红梅被权力玩弄、诱惑和毁灭，然而，

---

[1] 马尔库塞. 单向度的人 [M]. 刘继, 译. 上海：上海译文出版社, 1989：57.

小说自始至终没出现任何人性希望。在关书记以革命的名义，把无意窥破隐秘的高和夏推上刑场，作者依然让他们在刑场上展开情欲表演，高爱军鬼魂视角依然缺乏自我反省，操持一套"文革"式话语。正如某位论者所批评的："这种人为制造人道主义与革命叙事不可通约的结果，不但无法找到除了革命外还有什么更加稳妥地改善社会黑暗和人性凶残的办法，而且，既然他们承认人性是如此不可救药，那么，告别革命认同现存秩序，就成了人们唯一的归宿？[1]"

这种极限化叙事实践，还存在模式化的"叙事反转"，即任何救赎与希望，都会在悲壮的顶点戛然而止，并在瞬间跌落低谷，变成惨烈的失败或无聊的悲哀。例如，《丁庄梦》结尾，丁辉被父亲丁水阳杀死，而丁辉之死，并没有改变丁庄的任何现实；《黑猪毛、白猪毛》中根宝费尽心机得到替镇长的儿子顶罪的机会，却发觉镇长儿子根本用不上顶罪；《情感狱》的连科，则多次被上学、当秘书、参军、招工、给村长当女婿等机会所戏弄；《风雅颂》中杨科回到学校，却被再次送往精神病院。阎连科将无边的黑暗绽放于狂想的文字泥沼，没有任何叙事距离，也没有强大的心灵支撑，在不断的情节刺激、人物刺激和狂想景观之下，叙事变成了"描写挟持叙事"的疯狂模式，以极长篇幅描写并放大"极小"的狂想事件，以极快节奏再将这些令人眼花缭乱的事件加以压缩和密集排列，造成极大的叙事压迫感，从而带来一系列阅读生理反应，如紧张、刺激、混乱、狂暴、眩晕，而这些文字会使读者放弃思考，或者说缺乏思考必要的延宕和空白，从而在黑暗的展示中丧失抵抗勇气，滋生对现实的恐惧。

通过以上分析，"世界唯恶"的理念，极端化的修辞，都使得"内真实"被阎连科放大到了忽视客观存在的地位，进而形成过于主观，却又是本质化的思维方式。阎连科不仅放大了奇书的"奇"，呈现出结构之奇、人物之奇、情节之奇，且以性描写与政治话语结合，满足了奇书对现实和历史反讽的需要。如果说，阎连科早期小说，乡土伦理还是其道德合法性的来源，那么，转型之后生存意志则被极端化为决定性甚至是唯一的力量。他的作品，如果失去极端化生存环境和政治高压，就没了基本叙事压力，变成无限放大的"恶望"——权力、金钱和性欲[2]。这种单向度判断，除

---

[1] 赵牧.后革命：作为一种类型叙事[M].上海：上海大学出版社，2012：133.

[2] 阎连科谈到《炸裂志》时认为"当代社会，人心被掏空的过程是分三步走的，从美望到欲望，欲望如今又走到'恶望'"。选自搜狐读书访谈，《阎连科：炸裂的城，炸裂的村，炸裂的人儿欲断魂》。

纯文学化的叙事策略之外，更淤积着阎连科对现实的失望、无奈和浓浓的虚无。于是，"内真实"变成了对现实简单的主观夸张与变形。阎连科说："内真实和内因果是依据不在现实生活中必然发生或可能的发生，但却在精神与灵魂上必然存在的内真实——心灵中的精神、灵魂上的百分百地存在——来发生、推动、延展故事与人物的变化和完成。"[1] 一部优秀作品，它所召唤的读者体验，和他所表达的作者体验都十分复杂，有个人性的，也有集体性的，但绝不可能是纯粹个体化的"内真实"。这是"个人主义"的神话，也是被"建构"出来的神话。阎连科拒绝集体经验介入，但在"个人内在真实"推导下，我们却得出了逻辑混乱、破坏审美感的"宏大的虚假"。奇书式写作，也让他将世界简化为一系列"作奇"的反讽式隐喻意象，如《四书》的育新区，《受活》的受活村，《丁庄梦》的丁庄，《炸裂志》的炸裂村，《风雅颂》的天堂街与诗经古城等，而推动这些隐喻性虚构时空的叙事机制，则被简化为政治、金钱和性欲。这种"恶的抽象"表面是历史化的、否定性的，实际却缺乏历史叙事更深层的理性反思。否定的激情走向激情的否定，恶的批判也会走向"单向度"的恶的肯定。

四

是什么样的文学史逻辑促使阎连科走向了孤绝叛逆的"神实之路"？首先，阎连科看到了自新时期发轫，经由 20 世纪 90 年代和新世纪发展成熟的"纯文学写作"的弊病。经由"向内转""主体性""个人化""语言自觉"等一系列自足性话语建设，中国的纯文学写作似乎已完成了叙事、价值观、语言观等诸多内在规定性。而纯文学写作的一大弊病在于，通过"内在性关照"呈现文学话语区隔，这很大程度上是一种保守的幻觉，丧失掉的是文学干预生活、干预政治和思想的能力。虽然，阎连科声称反对现实主义，但无论《丁庄梦》的乡村艾滋病问题，《受活》的乡土现代转型问题，《风雅颂》的知识分子精神沦丧问题，《炸裂志》对中国式现代发展模式的反思，都有非常强的现实指向，特别在个人化写作、欲望叙事等诸多纯文学话语逐渐远离现实的情况下，阎连科强劲的现实批判性是其备受关注的重要原因。

然而，另一方面，吊诡的是，阎连科的奇书模式，又是纯文学机制内

---

[1] 阎连科. 发现小说 [M]. 天津：南开大学出版社，2011：53.

部片面发育的结果。阎连科需要极端化的故事、人物、事件和叙事姿态，以表现所谓纯文学的"内在性"。而这种内在性，又被想象为文学创新性加以暗示和强化，在纯文学场域被定义为"抵抗的寓言"。为满足纯文学"形式突破"和"对抗性思维"的要求，"奇书化"也成了阎连科等很多作家的策略。这些纯文学的"奇书"，有技术化和精英化的审美趣味，擅长制造"虚假对抗"的幻觉，既不能在现实层面大胆干预，又不能在审美上实现与意识形态真正的距离感。"奇书"成了纯文学表达自身反抗性的迫切手段，而由此形成的去历史化思潮，沉溺于日常琐事的哲学，或拆解宏大叙事的盲目破坏性，似乎就成了必然选择。纯文学话语建构自有其美学与思想价值，如有论者认为，中国文学纯文学转向，是消费社会兴起，"五四"新文学体系为维护自身话语建构，逃离社会功利性羁绊，"在边缘处回到自身"的结果[1]。但问题是，高度抽象、对抗性的奇书式"纯文学写作"，依然拥有巨大的舆论认可度，而缺乏必要反省。它的潜在危险在于，在简化和抽象过程中，脱离丰富复杂又飞速变化的现实，变成西方想象的"中国形象"客体。它的对抗性只能以寓言方式存在，不能以更自由、广阔，更具中国主体化特征的方式，进入一个有数千年传统的世界大国的现代化进程，也不能在拆解宏大话语过程中，保持对差异的尊重，树立对偶然性和历史可能性的体贴，更不能提供新的价值底线和历史建构。中国大规模现代化进程，是全世界最瞩目的文化、政治和经济现象，也是人类历史全新的文化体验，一味追求"作奇"的极端寓言化奇书，显然已失去了纯文学话语在建构初期的理论与实践的合法性，也有待于反思和重新历史化。

这种纯文学化的"奇书"弊端更集中体现在《炸裂志》。这部小说因"个人化的民间视角的'志'，显影出高度压缩和反复回放时才能显现的日常'现实'"，而获得 2013 年《南方周末》文化原创榜虚构类图书提名。[2] 然而，该小说也集大成地反映了纯文学话语体系面对新世纪中国现实的尴尬境地。"个人化、民间、日常现实"这些词汇都是纯文学话语惯用的评价。然而，我们更多看到的是作家主观的盲目膨胀，民间和日常现实的概念化失真。该小说真正的时间起点是"改革元年"，而孔东德让四个孩子在月夜朝东南西北四个方向"拾运道"，则成为炸裂村发家的起点。改革

---

[1] 张颐武."纯文学"讨论与"新文学"的终结[J]. 南方文坛，2004（3）.
[2] 朱又可. 阎连科："现实的荒诞正在和作家的想象力赛跑"[N]. 南方周末，2014-01-24.

历史被解释为"坑蒙拐骗"：炸裂村靠扒铁路发财，又靠孔明亮的政治钻营和朱颖的皮肉生意不断兴旺。孔明亮无疑是一个成功的"柳鹰雀"。朱颖和孔明亮之间的关系，也被简化为金钱、权力与性欲的搏战。朱颖通过女性肉身，在孔明亮力不能及的地方，实现女性的隐形权力控制。她不是资本女强人，而是一个"躲在珠帘后"的，中国传统权力女性形象的现代代言人，缺乏基本女性自我意识。她用小翠破坏孔明光的婚姻，又用粉香勾引明耀。所有人都为权力、金钱和性欲而疯狂，当孔明亮接到镇长任命文件，冬青、泡桐、黑铁树都开了花，程菁甘愿当孔明亮的情妇，就连孔东德的小保姆也试图争取妇女干部的职位。小翠为嫁入孔家，不惜让明光吃自己的裸体宴，孔东德最终死于妓女阿霞身上。明耀是另一种政治狂人符号。他制造战争幻觉，时刻处于斗争的亢奋，而老四孔明辉则作为可怜软弱的"零余者"，表现道德和人性的失败感。可以说，《炸裂志》延续了奇书模式，也显示了阎连科精神的困境。他试图通过极端否定的方式，对改革开放的中国历史进行"总体性把握"。然而，这种重新历史化，竟以极恶的概念化姿态出现，不能不说非常荒诞。阎连科看到历史无处不在的恶，又将"恶"放大为历史唯一动力，却不能写出恶的必然性，人性的复杂性，以及文学对它的反抗。他的精神思考和价值体系仍是单线条、非纵深和缺少精微层次的，因此才会呈现出与强大的否定性不相称的精神简陋，而这种"一味作奇"的概念化奇书与虚假的否定性对抗，都反映了纯文学话语机制在新世纪不可回避的严峻困境。

五

过去和现实的意义桥梁已然坍塌，在"青冷幽暗"的奇书坟场，乐观的进步被颠覆，时间停滞并缠绕于死亡的快感，历史和现在都变成了"极恶的亡灵"。阎连科的奇书式书写，已无法为中国经验提供新的想象图景，也无法说明当下复杂的文化现实。《炸裂志》结尾，全市的钟表都停了，也是一个隐喻："既讽喻了疯狂发展的现代化思维，同时也形成了对寓言本身的消解。"不仅小说时间停止了，中国现代化的时间，在阎连科笔下也呈现出静态停滞状态。显然，这种解释无法概括中国现代转型的经验复杂性。《炸裂志》的奇书写作是一种拒绝差异、拒绝发展的静态概念狂想，既非"建构"，也非"解构"，而是极端的"否定性消解"。阎连科的奇书策略以"去历史化"为手段，以"重新历史化"为目的，却变成了"非历史化"。

为什么会出现这种情况？杨庆祥在对阎连科的《四书》的批评中认为，20世纪90年代以来中国文学对宏大叙事的颠覆性逻辑，是其文学史困境的主要外部因素："完全抽空了历史的写实性的一面，用创造文体的方式把历史转化为纯粹的形式，《四书》的故事梗概不足以让读者了解历史真相，反而是在用隐喻手段有意误导读者偏离历史事实——作家试图暗示，面对一个日常生活逻辑完全崩溃（或说是非颠倒）的年代，作家的任务并非照实摹写那里发生过的所有生活细节，而应该用另一种新的内在的逻辑对其加以颠覆，但问题的关键在于，如果新的内在逻辑本身就有问题的话，如何颠覆？又如何在颠覆之后重建？"[1] 事情的复杂性在于，20世纪90年代以来，中国文学除了纯文学话语机制，依然存在主旋律式书写。而杨庆祥无疑暗示了一个重要问题，即阎连科式的《四书》，如同王安忆的《天香》、贾平凹的《古炉》，其实都是纯文学话语机制，在"虚假对抗"的幻觉上，以片面"个人化写作"立场所树立起来的一个个概念、逻辑、观念演进的产物，也是纯文学话语面对新世纪丰富的中国文化现实"失语"的产物。由此，阎连科式的奇书写作，又成了一种"安全性写作"，或者说"伪干预性写作"，从而一方面契合纯文学的人性话语生产；另一方面又将这种纯文学话语加以消解，在符号层面而不是现实层面，形成激进否定性美学风格。这种奇书化模式，是以现实和历史"被简化"和"被消失"为代价的——一旦拥有了内在"灵魂真实"，就可以超越"低等真实"的匮乏。如就《四书》而言，我们看到了阎连科对共和国"'大跃进'史"的奇书化寓言。然而，这并不是一部真正的"反乌托邦"小说。阎连科依然在去革命化的冲动与重建宏大历史的焦虑之间摇摆。尽管小说不断出现"血田""育新区"这样具中国历史隐喻特色的能指，但"受难的知识分子""孩子被钉在十字架"等情节，则再次将"西方化的救赎"，虚构为历史本质化抽象的最后底线，既破坏了奥威尔等"反乌托邦"小说家最宝贵的理性怀疑精神，又将"中国寓言"沦为了西方熟悉的"他者化版本"，再次以"革命之恶"反证了阎连科一贯的"世界唯恶"的片面抽象化主题。

阎连科的奇书写作，其问题还在于，历史不再是"因果目的"的过程，甚至不再有因果和目的，因此也不会有进步，却成为主观概念无限扩张的领域。郜元宝说："他（阎连科）其实一直努力走一条拒绝的路，只肯直接

---

[1] 杨庆祥. 历史重建及历史叙事的困境——基于《天香》《古炉》《四书》的观察 [J]. 文艺研究，2013（8）.

呈现孤立的'思想'尚未射入的土地，而不承认外来的'思想'有资格解释这亘古不变的土地……他的坚守由于缺乏新思想和新话语，而不得不退缩到表达纯粹的身体，成为一种无历史和历史的抽象、绝缘而不断重复的独舞。"[1] 阎连科将历史变成非历史化的"梦魇"。纯文学话语机制的逻辑，使得他无法找到一种更具本土性，也更具现代性的历史价值模式，只能以否定性的"奇书"来复制革命本身的逻辑：革命不断否定激进的美学姿态，能满足作家的"个人化幻觉"，而只有革命叙事的历史逻辑，才能将个人化幻觉壮大为一个更大的幻觉——"历史主体"。于是，历史以幽灵的方式再次返场，去革命历史化的梦魇，成了革命逻辑的"仿真"。真正有效的历史叙事，应正视历史解释与价值判断的纠缠。因为历史总是具有双重的、相互的功能，它"能提高我们根据现在理解过去的能力，也能提高我们根据过去理解现在的能力"[2]。如果对历史的价值判断是单向度的"恶望"，那么，这种缺乏反思的"恶"，也会变成对恶的承认，而试图将历史的推动归结为某种单一品质的做法，无疑有道德决定论的弊端。

于是，阎连科奇书模式对"内在真实"的追求与缺陷，对革命历史的消解与缺席在场的指认，对极端化修辞美学的确立与困境，对"去历史化"的冲动及其失败，似乎都成为"中国叙事"具有隐喻寓言气质的叙事症候。在人类整体走向后现代消费社会的情况下，多元化和怀疑主义、相对主义，都形成了对现代性本身的挑战。"内在真实"的说法，如同"纯文学"概念，本身也都是被建构出来的"风景"。中国当代文学与现代文学面临的不同情况在于，现代文学是以对古典文学的遮蔽、压制和断裂，在启蒙与救亡的内在紧张中，建构了民族国家文学的"风景"。而对于中国当代文学而言，那些断裂、遗忘和压制，其实20世纪80年代就已开始，而它所要面临的对象，不仅是渐行渐远的古典传统，且是现代文学本身的传统，也包括现实主义、革命文学等。而"去历史化"的思维，在20世纪90年代被"有选择地"强化了。然而，阎连科奇书模式的困境又在提醒我们，在新世纪的语境中，对这类思维的反思，已到了非常必要且急迫的地步。

六

正如汉娜·阿伦特所说："它们使行动所固有的东西，即那些不自觉的

---

[1] 郜元宝. 论阎连科的"世界"[J]. 文学评论, 2001 (1).
[2] (英) E.H. 卡尔. 历史是什么? [M]. 陈恒, 译. 上海：商务印书馆, 2007: 102.

喃喃独语，那种以不需矫饰、不假思索的言行呈现自己的乐趣，都一一得以证实。它们也许太现代，太以自我为中心了，不能一针见血地指出留给我们的那份没有遗嘱的遗产。"[1] 某种角度上讲，不仅革命，而且启蒙、纯文学，在新世纪似乎都已成为"没有遗嘱的遗产"，它们成为遗产，但它们独特的现代内涵，使得没有遗嘱来让后来人"认领"它们，有的只是肆意的改写、颠覆的狂欢与无言的冷漠。新世纪中国文学要正确处理历史、现实与艺术使命的关系，就必须有"更超越"的方式来对待这些遗产，既不能非此即彼，盲目拆解破坏，也不能盲目认同。20世纪初，克罗齐呼吁"一切历史都是当代史"，就提醒我们尊重历史具体性和复杂性，警惕历史的普遍抽象与虚无主义之间隐秘的联系。历史不是"牧歌"，也不是恐怖"悲剧"，而是所有时代，一切民族登台表演的，集有罪与无罪，善与恶于一身的戏剧。将历史抽象为某种本质化概念（如阎连科的"革命之恶"）的"普遍史观念"，起源于对"不可能的东西"的要求。而悲观主义也就由对这种"事物起源的普遍抽象"的绝望而来。历史由此而消失，成为"经久不变的生命"难以表达的冲动[2]。阎连科将历史抽象并简化为"恶"的奇书，一方面以对宏大叙事的悲观否定来实现假想对抗性；另一方面又试图以扭曲的"恶"赋予历史"总体性理解"，不可避免地走向了芜杂含混的"奇书"的终结。

　　新世纪的中国，已经历了一个多世纪的现代性洗礼，期间巨大的社会转型所孕育的复杂性，所展现出的"中国故事"的丰富性和多样性，应在西方的想象之外，而又根植于人类共同的道德理想与人性尊严，有普世性的对人类未来存在的探索意义。中国作家应该到了这样一种境界，即能以更豁达悲悯的眼光、心胸，以更丰厚深沉的人文情怀，以更别树一帜的民族化语言，来表达我们真实的主体性与主体性真实，对我们曾经的历史做出更公正客观，也更具同情心的书写。阎连科奇书模式的困境，值得我们深思。

　　　　　　　　（本文原载《文学评论》2014年第3期，入围唐弢文学奖）

---

[1]（美）汉娜·阿伦特. 论革命 [M]. 陈周旺, 译. 南京: 译林出版社, 2007: 263.
[2]（意）克罗齐. 作为思想和行动的历史 [M]. 田时纲, 译. 北京: 中国社会科学出版社, 2005: 205-206.

当代文学生态中的两种"青春"书写
——以《上海宝贝》和《1988 我想和这个世界谈谈》为例

李 一

"五四"新文学以来的中国现代文学,始终有两种"青春"书写。一种是沉溺于青春自身的自我书写,我们可以把它称之为常态的青春写作。它焦灼于青春这一特殊的生命阶段所遭遇的身心困境,在不同的历史时期分享着相似的写作题材,通过个体的青春情绪和体验,折射具体时代青春的社会处境。另一种则是将"青春"社会化,它有意识地用青春作为一个视角去讨论具体时代的某种问题。青春本身的生命能量与常态的社会秩序天然相悖,如用"青春"去观照社会,势必会呈现出诸多的激烈矛盾;同时,青春本身所具有的解决问题的能力又是很弱的,这导致了它常常是以破坏作为对问题的解决,所以某种意义上这种书写具有"先锋"的性质。

20世纪以来的中国现代文学中,后一种先锋性的青春书写成为主流:它或可追溯自梁启超的《少年中国说》,从鲁迅的《狂人日记》到20年代《莎菲女士的日记》、30年代巴金的激流三部曲、40年代《财主底儿女们》、50年代《组织部新来了个年青人》,一直到80年代,勾勒出一条比较明晰的历史线索。以至于从晚清传来的这条青春的声音洪流压抑了另一种青春的自然书写。回溯我们的文学史,受某种时代共同话语的影响,现代文学中很难找到青春的自我呢喃声音,似乎所有有关青春的描述、表达都被钉在了家国的意义层面之上。社会话语对于青春的捆绑,一方面给予青春前所未有的现实地位和正面能量,另一方面也束缚、修改了青春的自在状态。尽管剥离了具体社会历史环境的青春是不存在的,但当社会主流意识放松对青春的关注和着意之后,青春的自在状态仍然会有本能的声音发出来。

一

　　常态的青春写作正是在社会话语释放了对于青春的意义捆绑之后，逐渐出现在 90 年代的创作中的，尤以卫慧的《上海宝贝》（1999 年）为代表。这部小说文化意义的独特之处包含着对于传统"延续"的要求和焦虑。中国的传统文化讲求连续和延续，像一个生命链条。在这条文化生命链上，"青年"原本与儿童一样是被训练以接续家族血缘和社会文化链条的对象，并没有其他的社会意义，固没有"青年"，只有少年。现代文化在对这一传统文化链条断裂的过程中，发现和开拓了"青年"，使得"五四"新文化中出现了历史的"新青年"。从此开始，文学中"青年"俨然成了一个时代希望的象喻。很难说，在一个高度象喻的历史时代书写中，"青年"能够完全脱离这种文化意义的束缚。即便是张爱玲的《金锁记》这种现实文化指向不强的作品，其长白、长安的塑造，仍然可以在这一"青年"文化话语中得到解释。这种关于青年的文化隐喻甚至在"十七年"文学、"文革"文学、80 年代文学青年的忏悔、寻找声音里，都具有强大的阐释能力。当历史以"一地鸡毛"的"新写实"告别了 80 年代之后，文学中不仅找不到文化对于"青年"的意义捆绑，也找不到其他明确的现实解释。从象征地位上走下的"青年"，在其回归自然的过程中，甚至走向了历史的反面：它以幼稚、冲动为本质特征，沦为稳定社会秩序中被讨伐的对象。青年从文化象征高坛落到现实写作靶子的变化过程，交织在一种新的稳定社会文化秩序的形成过程中，在当时显得异常含混、模糊、暧昧。

　　《上海宝贝》的出现，不自觉地回应了这一历史时段。主人公倪可毕业于名校，曾经有着体面的记者工作，甚至还出版过小说。这样的人物在现实生活中理应是一个被肯定的、被羡慕的女孩子，过着衣食无忧的体面日子，走一条让所有旁观者都放心的人生道路。倪可却"自我放逐"，辞职、离家，在一间咖啡馆做了服务员，她还找了一个自身充满了问题，且对外部生活毫无兴趣的男朋友同居。她是一个令人不安的角色，客观地说，她带来了阅读的"不适感"。吊诡之处在于这种不适感不合理，很突兀。无论是在虚构作品《莎菲女士的日记》里，还是在现实生活的《现代作家的浪漫一代》中，倪可都应该是被期待、甚至是被效仿的时髦年青人。在历史的参照中，她身上理应带着一个时代对于未来的翘首企盼。倪可放弃和摆脱了的是一种既定社会秩序对人的规划和束缚，她要用年轻的生命和充足的能量去寻找和创造真正属于她的时代、人生。这种行动的欲望与20世纪上半期中国追求家国现代的焦虑情绪相吻合。倪可带来的阅读突兀将历史与此时互为镜照，发现此时走向了历史的反面。阅读上的"不适感"和审美上的"突兀"就在于"上海宝贝"此时的青春行动失去了历史合法性的主流社会价值支撑，小说仅从个人生命层面，在具体的时代里，去分配青春给予生命的多余能量。在社会稳定压倒其余的时代里，青春很难进入主流的文化价值中，它走下"先锋"，成为需要被引导、被归顺的一股社会能量。

当外部的文化象征不再能够统摄"青春"，青春书写势必探索它新的话语方式。倪可的青春声音，是在90年代青春被质疑和否定的时代里青春自身发出的带有痛感的一声呢喃。它没有归属，所以也基本不存在文化意义上的指称。剥离文化语境之后，青春的问题或可理解为它对自我的寻找。小说转向身体与性。天天性障碍，叫飞苹果的漂亮男子性向模糊。始于大学恋情的表姐和表姐夫，郎才女貌，不和谐的性从内部最终瓦解了他们的婚姻。艺术家阿Dick却因为性激发了表姐的爱情，在小说的结尾二人圆满。曾经绝境的少女马当娜，用性，摆脱父兄的家暴，谋生，最终从妈妈桑变为隐匿在城市里的年轻富孀。也是性，让倪可沉迷于有家室的德国男人，一次又一次地背叛天天。性与青春到底有着怎样的关系，它在青春的文学表达中，占有什么地位？

这种多余的能量在中国文学20世纪的大半期中几乎都投射到了家国现代梦想等大问题上，以至于形成文化的象征，修改了青春原本的自然性状，进而压抑了青春自身的表达。从生物学的角度，青春时期所谓余裕的生命能量是大自然赋予个体生命最正当的繁殖力，它在这个生命阶段成熟，一旦成熟它随即具有了来自大自然的合法性。生存作为丛林中最高的律令，它本身包含着繁殖，二者是生物界一切道德法规形成的基础。仅就生物的自然生命来看，人类社会应该鼓励和追捧青春，因为它在自然生命力方面已发育到巅峰状态。可事实上，人类社会在其悠久的历史中，所奉行的却是长者制，尤其是在经验和智识越来越重要的历史时期里。也就是说，在从丛林中走出的人类社会里，青春形成一种文化的悖论：一方面它合乎自然，另一方面它不合乎历史。所谓的悖论在人类社会的历史发展中，虽是常态，但其在某些历史节点上，存在例外。

这些历史的节点，对人类社会这个肌体而言，其性质如基因的突变[1]。我们可以从两个角度参考细胞的基因突变：一种即每个细胞中的基因或是受到外界的干扰或是自身的分裂带来突变，这种突变在肌体中将遭遇类似免疫功能上的筛查，进行来自肌体的自然选择；另一种则是发生在遗传的过程中，父母双方的基因通过交换和重组带来突变。后一种即遗传学的视角认为：一方面，基因突变是自然选择，无所谓好坏，只在于适应自然与否；另一方面，突变是有代价的，它的结果有可能因为不适应自然而被残酷淘汰，但与此同时，它也是生命进化的唯一希望。如视人类社会为一个大生命体，它同样需要面对体内的基因突变，那么每一代青春就是它的一次基因突变。它同样具有两种观照的视角：一种是在一种稳定的生命状态中，人类社会如其个体一样，强调肌体的筛查功能，警惕肌体内部的基因突变所可能带来的社会不稳定状态；另一种则在人类社会的发展角度，即它的整体性推进希望又只能在这一次又一次的基因突变里，尽管它是有代价和风险的。这个比拟所要讨论的问题是，青春和社会的关系特别像肌体与其基因突变的关系：在社会历史性发展大于稳定的时期，青春就像遗传学上讨论的发生在遗传过程中的基因突变，它是生命演进的唯一希望；在社会稳定时期，青春只是常态肌体生命中的基因突变，是需要被肌体已形成的强大免疫功能筛查的对象。如果我们将前一种角度称作生存性的突变，后一种称为发展性的突变的话：在中国现代家国的构筑历史中，从鸦片战争，到甲午海战，再到整个20世纪上半期，中国社会需要打破其常态的、既有的稳定结构，借用青春的自然生命能量去创造和建立新的稳定结构。从20世纪60年代后期的知识青年上山下乡至今，青春在前一个被发现、被创造的历史线索上，展示了其被规训、被重组，而后再次回归到一个逐渐形成的稳定社会文化结构里的社会文化心理发展轨迹。

《上海宝贝》所讨论的正是青春合自然而不合历史的悖论难题。当这些余裕出来的能量不被社会文化需要时，它还有什么文化意义？在趋稳的文化结构中，性真正成了青春所余裕的生命能量，它无处投射又难以解决。也即对性的处理，本身即是常态青春书写的最大问题。我们可以用另一个图来解释性对于青春生命的这种稳定文化结构上的挑战：

从自然生命力的角度来看，人生有如一条抛物线。青春在人的生命历

---

[1] S.L. 埃尔罗德，W. 斯坦斯菲尔德. 遗传学[M]. 田清涞，等，译. 北京：科学出版社，2004.

程上处在抛物线的顶点，随着时间/年纪的增加，这个能量沿着抛物线递减。在一个稳定的社会文化结构中，青春时期的生育能量并不对应社会文化中资源的最大占有，后一占有程度随着个体生命呈现一条倒勾。如图所示，横坐标代表自然生命点（单位为岁），纵坐标则表示能量在整体中所占有的百分比。抛物线的图显示，人在自然生命20岁左右到达生命能量的顶峰，而它所对应的社会资源占有程度相对较低。相对应的社会资源占有最多的时候，自然生命大概在50到60岁时期。两条线所交叉的位置在40岁左右，其意味着自然生命到了40岁才与他的社会资源占有能量相交。当然这是相当粗糙的一种图形比拟，它只对群体负责。整个青春时期其自然能量都超过现实的社会资源占有，其中又以20岁左右最为严重，它造成了能量上的闲置，而恰好自然生命能量又无法闲置，必须安顿。

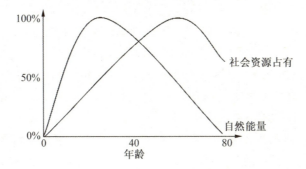

回到文学作品，青春文学的核心在于如何排遣这部分闲置的能量。《上海宝贝》之前，几乎所有涉及青春期性苦闷的作品，都可以瞬间将这种生理性的苦闷转嫁于精神上，且精神上有所投靠、解决和升华，如20世纪20年代郁达夫的作品和80年代张贤亮的作品。20世纪90年代以来，文学中的"青春"没有了依托，它重新成为基因突变中被严密筛查的对象，所以在性的问题上，小说必须对此时"无用"又"旺盛"的性做出处理。《上海宝贝》呈现着时代中无名的焦虑。就如小说开头所写的："每天早晨睁开眼睛，我就想能做点什么惹人注目的了不起的事，想象自己有朝一日如绚烂的烟花噼里啪啦升起在城市的上空，几乎成了一种我的生活理想，一种值得活下去的理由。"没有什么明确的诸如家国等大概念可以给此时的青春以攀附或者拒绝，它唯一可以抓住的只是对平庸的抗拒。那么为什么如此渴望绚丽人生的倪可，却喜欢上了天天这样一个看上去跟她完全相反的男孩子？这两个年轻人在他们不同的性格和境遇下，有点同路人的性质。他们都在向世界要一种精神性的答案。区别在于对倪可来说，是自我选择的结果,而天天则是被迫的。

天天身上的孱弱,内向,对于外部生活的排斥和拒绝,某种意义上具有了精神荒原的质地,这极大地吸引了容易融于外部生活的倪可;疲惫于现实外部生活的天天,并没有自己创造出内在的精神世界,所以他将精神世界的建设寄希望于写作的倪可。按着这个线索,似乎小说里的年轻人,都没有找到一个可以安抚他们灵魂的精神世界,不仅如此,现实世界也给他们提供不出什么精神性的答案。以王安忆《启蒙时代》作历史的对比,《启蒙时代》中所描述的那些"文革"中的年轻人,他们在那样一个时代里,仍然是有所依靠的:无论他们曾经因为是革命的力量而被需要,还是革命之后被"放逐"(小兔子语),他们确实拥有过自己的时代,并且这个时代隐约有一个彼岸可以渡他们(第四章16. 高医生)从此岸到彼岸,青春建立了一代人的精神世界,无论那个精神的世界是否完整,那些年轻的生命,多多少少得到了某种庇护,那些青春带来的余裕能量在里面有所消耗,并且得于这种精神的力量,青春最终安稳地度过,甚至形成有关青春的认识。"舒拉这孩子,真是的!像她这样年龄的孩子,总是那么执着地奔跑,就像前途有什么确定的目标似的。南昌抹了一把脸,羞怯地笑了。"人物身上带着一种骄傲。《上海宝贝》的时代里,年轻人已失去那种精神性的庇护。没有它本来也不是问题,问题在于,人物不接受。结果天天死了,倪可对天发问"我是谁"。不知道来处,看不到未来,当青春的合历史性取消之后,它催生一种"零余者"的不甘和愤懑情感。"我是谁"可以看作是常态青春书写对于自己的意义追问。

所谓常态的、沉溺于自身情绪的青春书写其最终必然走向"我是谁"的精神发问。而这种必然的走向,出自青春的自我认知的本能。《启蒙时代》里,那一代的青春是站在基因突变的正当性上期待自我突变给社会肌体创造出的未来,并由此向着自我认知。"南昌在心里重复了敏敏的问题:不知道这是怎么一回事!这股悲怆似有缘由,又似是无所指,是面向整个的世界。""陈卓然也很想相信什么,他相信什么呢?"时代演进到《上海宝贝》时,青春失去了社会认知这条路。倪可在20世纪90年代的上海,轻松地解决了困扰南昌、小老大、陈卓然一代人的"父子"和家庭血缘问题,她离家、辞职后,进入一家咖啡馆打工,为的就是用自己的眼睛直接地看此时的社会。她摒弃符号,欲与鲜活的人直接交流。可结果是,仅凭靠青春的勇气和信息,倪可们更加边缘,自我放逐。青春看似无路了,其实青春本来就没有什么路,它就是社会的一次次基因突变。尽管此时基因突变不被期待了，可是无论如何，只要是生命在进行，基因必然在突变。在这个意义上，作为常态青春书写的《上海宝贝》，也获有了先锋的意义。也是从这个角度来看，真诚的青春书写必然落入先锋。

二

与《上海宝贝》相对应的是，韩寒的《1988 我想和这个世界谈谈》。尽管两部小说相隔十年，但它们面对的仍是同一个文化语境；对这一个共同的"天上人间"，它们采取了截然相反的想象性表达。韩寒是一个无意于讲故事的写作者，他很难写出一部好读的小说。但韩寒所具有的洞察力，一种来自黑夜里的黑色的眼睛，却又是大多数流连于小说写作的年轻人所没有的。这样奇怪的一个对应，使得韩寒的《1988 我想和这个世界谈谈》冲破了时代文化的茧，生成了一种本文所论述的非常态的青春文学。

所谓非常态的青春文学一如本文开头指出的，它们产生于当时社会文化所形成的青春希望象征，当它产生之后，又长久笼罩在社会文化的主流声音之中。历史没有给我们提供一种没有主流文化价值支撑的、非常态的青春表达作为参考。《1988 我想和这个世界谈谈》的出现具有重要的文学和历史意义。它表明一代青春终于在历史的线索上，从社会的文化象征与自我的青春躁动，走出了一条新的、以青春书写社会的文学道路。它没有一个已然的社会话语作为支撑，它也无意于青春内部的诸多小情绪，它有兴趣的是通过这个时代的青春去认识这个时代。与《上海宝贝》相反，它不是要通过外部的社会认知而实现青春的自我认知，而是要通过青春对社会的认知，认知社会。

《1988 我想和这个世界谈谈》是一部观念的小说。它用各种观念勾起一代人的集体无意识，以此编制小说的情节。这样的艺术手法帮助作者瓦解时代业已形成的巨大文化茧，重新叙述历史。

首先为什么是"1988 我想和这个世界谈谈"？1988 是一辆报废车。我想和这个世界谈谈是从丁丁哥哥开始的故事。在"我"的童年成长里面，丁丁哥哥是榜样和偶像。榜样是被塑造的，被肯定和希望的。偶像与个人有关，是自我选择的结果。在"我"的童年中，二者重合在丁丁哥哥身上。可是，有一天丁丁哥哥要出远门了。"丁丁哥哥在春天收拾好所有的行囊，握着一张火车票向我告别。""丁丁哥哥说，我要去北方。""丁丁哥哥说，我去和他们谈谈。""丁丁哥哥唇边露出微笑，急切地说，这个世界。""如果丁丁哥哥还活着,现在应该是38岁?39岁?40岁?"由此推测,丁丁哥哥是70年代初生人,在他十八九岁的时候出走。1988这辆报废车的命名也与这个时间点有关。所以2010年的故事实际上从这里开始。

丁丁哥哥是青春的英雄吗?"我"与丁丁有一次"共谋"。80年代后期,大院里的"临时工哥哥"被指控偷窃入狱。"我"原本知道偷窃一事是丁丁所为,但因为丁丁哥哥是我的偶像,况且临时工哥哥原也不是榜样,所以"我""选择"让临时工哥哥承担处罚。小说还塑造了一个被称为10号的男孩,他曾经是同代人里面的斗士,可夸张、谎言已经成为他生活中如吃饭、睡觉一样基本的生存需求。这算是"我"的来处,"我"从这里长大。

长大以后,"我"先是充满理想地成为一名新闻从业者,试图用无冕之王的力量摧毁世间那些隐秘的黑暗地带,接着才知道这不是堂吉诃德的时代。美丽的姑娘,梦想着有朝一日成为荧幕里的明星,接踵而至的是她身处的那个圈子带来的诸种谎言。在这一个时期,"我"经历了理想和爱情的双重洗礼,最终"我"开着这辆被废弃之后改装的车,进入故事的第三个阶段。

"我"首先遇到的是一个妓女,发现妓女的理想,或者说使眼前这个妓女毫无恐惧,并且满溢乐观的力量的,是她腹中的婴儿。角色将社会最后的一层温柔面纱撕破,她迫使"我"不得不去承认我一直在逃避的东西:前女友实则是风月界的头牌,社会以谎言为基石,甚至"我"本身就是谎言的一部分。她像但丁的贝亚特里斯。她也是皇帝的新装里那个无知无畏的小孩。所有真正残酷性的东西,反而以一种朴素的、真实的面目呈现出来。"我",1988,妓女,妓女腹中无父的婴儿,四个生命一路向西,接应"我"朋友的骨灰盒。这个朋友,也许就是临时工哥哥,也许是丁丁哥哥,也许是其他,但他一定与青春有关,也与这辆叫1988的车有关。

结局是"我"辗转收到了妓女送来的婴孩,然后带着这个小孩上路。韩寒笔下,似乎这个小宝宝是这个时代的希望。可是它是如蚌壳里的珍珠一样光洁亮丽吗?它的母亲是个妓女,父亲是个隐藏起来的嫖客,抚养它的"我"也有污点("我"参与过丁丁哥哥的偷窃,"我"和丁丁哥哥都是某种意义上的逃犯)。韩寒的光亮就在这里,他看到了这个时代可能的希望,并且意识到,希望不是从天上掉下来的,相反它只能从我们这个时代的泥沼里生长出来,更重要的是,它的生长,你我都有重要责任。

贾平凹在《秦腔》中也写到一个婴儿,并且也在这个婴儿身上做了某些文化情感上的隐喻。它是清风街上金童玉女夏风和白雪的后代,它本是这条老街上此时代最灿烂的希望,可它却没有肛门。对此,这个时代不得不给它插上一条管子,再用现代医学给它开刀和治疗,以改变上天原本对它的命运设定。这个婴儿的未来是什么？贾平凹已毫无信心,甚至可以说作家在文化的意义上创造了这个没有肛门的婴儿,然后将它抛弃了。在贾平凹看来,某些东西是在以非常丑陋、可怕的现实走向死亡。写作者似乎站在了一个高地,他在俯视,在悲叹,毫无办法。可是《1988我想和这个世界谈谈》里,没有一个地方可以让作者逃避,他就在这个时代的洪流里,时代里的所有恶都是他生命的来源,时代里的一点点善因也只能靠他去争取,他本身就是时代的一部分。

几乎整个20世纪中国现代文学,某种程度上可算是阳刚派的风格,它的主流是男性对于世界的观点和话语。这种来自历史的文学性格和品质,决定了作品中的女性是男人世界的某种情感寄托,进而形成一种知识分子(男性)与女性的精神定势书写。就如贾平凹,明显从《浮躁》开始,他的大篇幅小说中必然会出现一个抽象化了的女性形象,如小水、如白雪、如带灯,这些女性形象与写实无关,她们展示的是知识分子内在精神世界中的一种需要。再如上文所提到的张贤亮,有关其《绿化树》曾经引发了评论界的争鸣,其中黄子平的文章中提到了马缨花作为"我"的感性世界的存在[1]。文学似乎形成了一种知识分子自我精神建构的书写传统,即对"女性"的形象虚构和精神隐喻。[2] 韩寒某种意义上在《1988我想和这个世界谈谈》中接续了这种知识分子精神写作的传统。

为什么是一个妓女？她似乎天然就是要来为这个时代生下一个婴儿。或者我们可以从此理解为,这个婴儿父系的血缘缘此不仅仅是某个个体的,而代表一个时代。时代则是凡圣同居,鱼龙混杂。所以某种意义上,从她站在旅馆的窗户上为"我"挡光开始,圣母的形象似乎来临。这部小说始

---

[1] 黄子平. 我读绿化树//沉思的老树的精灵 [M]. 杭州:浙江文艺出版社,1986.

[2] 这个问题复杂而有趣。如侯孝贤的《美好时光》从青春和百年历史展示的维新青年和青楼妓女情感等,无意展示了从古代开始中国读书人与风尘女子之间的重要关系。她们是不严格限制在具体时代严格伦理道德约束秩序下的女子们,既有风尘女子,也有被主流排斥的普通下层女性等等。这些女性形象释放了具体时代的伦理道德,反而呵护、激发、滋养、镜照困在这个伦理道德秩序中的读书人或者说士人、知识分子的内心世界。更重要的是,她们身上可能隐藏着现实时代被遮蔽的光。与外在的知识分子张扬的行动和情感相比,这个隐秘的女性世界在知识分子的书写中从来都充满生气、力量,它是一种更为厚重的存在。不仅如此,她们总是能在最关键的问题上,最紧张的精神心理时刻,给予知识分子助力。这样的书写从晚清到今天存有一条文学的线索。

终纠合着两条线索：现实的和精神的。现实的故事展示世界的无序、生活的无奈，以及社会弱势群体对于生活的渴望，以"婊子"和"戏子"尖锐地刺向现实大地，掀起和谐的遮光布。精神的故事属于韩寒真正的艺术创造，它由1988、妓女、婴儿所组成，他们带着叙述者"我"，西行逆向，对这个糟糕的此时有所作为。

最后一个问题就是1988，一辆报废车。对它可以有多种理解，但诚如丁丁哥哥不是英雄，历史的1988也失去了它的时代。而此时"我"接续他们的车，接着他们的路，继续自己走下去。这种接续，又因为它是报废车，而变得更加艰难。上一代青春到底留给后一代青春些什么，很难说清楚，只是丁丁哥哥当初是用一种理想，去跟他们谈谈，而"我"的行动不再是青春层面的理想和冲动，而是因为现实中这个婴儿，婴儿不得不让"我"去真正地关心未来世界。这里不仅出自青春的冲动和理想的鼓舞，还有我作为一个"父亲"，带着现实的历史遗留，带着精神上所找到的希望，为了新一代人的明天，将"和这个世界谈谈"。1988这辆被改装过了的报废车，它身上有着上一代人的记忆，某种意义上它是一种精神的传递。然后因为是一辆被他们改装过了的报废车，"我"对它的理解和驾驭，就具有了创造的性质。所以1988某种意义上预示着它是一个历史的终点，也是一个新时代的起点。"我"就站在这个点上，撬开历史，创造未来。一个世纪的青春书写到了这里，再也不是冲动的儿子们进行鲜血的反抗，而是父亲这样一个社会责任的承担者寻找时代的新机，就此中国现代文学终于铁树开花。

以上对于小说故事情节的梳理还不完整，这与小说的叙述结构有关。诚如前文所述，韩寒的这部小说，取代细节，它是用观念构筑情节。与此对应，小说不在于线性结构有所结论，而是通过大大小小的同心圆，寻找一个离心的力量。这个离心的力量让"我"能够走出社会已然的历史和现实，能够从一代人的洪流中站出来，跟这个世界谈谈。背负多种隐喻的报废车1988、妓女、婴儿某种意义上都参与了这种"出走"的离心力。

"我"名为陆子野。庄子讲"一年而野，二年而从，三年而通"。路需要青春一代又一代地走出来，无论过程中的寻找与否定，最终隐隐约约它还是存在一束光，指引行路者向前。在这些之后才有了1988我想和这个世界谈谈。这部作品对于中国现代文学来说非常重要，因为有它的出现，文学的传承才真正地有所自证。从"五四"新文学中儿子们的"出走"到《1988我想和这个世界谈谈》的"出走"，青春作为中国文学的先锋力量，在一百年的民族风云下，从观念成为内在的精神行动。百年前，"出走"是种观念的隐喻，从走出家庭，到走进40年代的延安。百年后，没有了高调的观念，甚至没有了光芒耀眼的希望，"出走"不再是旗帜高扬的集体行动，它落实在具体的个人身上，取代抽象的个人理想，用父亲的责任作为最强大的内在精神驱动，并且此时的"出走"并非是离开哪里——走到哪里的问题，而作为一个父亲站出来，为这个世界的此时和将来有所负责。在这里，新世纪文学中一代青年的理想和力量，仍然在，并且是薪尽火传，继续下去。

三

前文曾谈及《上海宝贝》阅读上的"不适感"，这种"不适感"还不是从普通读者的角度考虑的。有意味的是，对于《1988我想和这个世界谈谈》，年轻的读者几乎进入不了。这虽与它对于情节的忽视有直接关系，但更为重要的是小说的观念问题。为什么是1988？为什么又是"我想和这个世界谈谈"？小说在支离破碎中将一代人成长中遭逢的诸多重大的、新的时代问题搅和在一起，而这些问题在已有的文学作品中还没有得到深刻的历史性解读，甚至也没有一种文化上的社会知识对这些问题有全面性的讨论，所以这也是先锋小说的问题，也是其价值所在。这两部小说尽管从文学归属来看，分居东西，但其先锋性都不可否认。先锋是实验的、探索的，因为它，作品很尖锐，难读。实际上在这两篇小说之间，存在一个中间地带：七堇年、饶雪漫、匪我思存、唐七公子、八月长安、张悦然、郭敬明、笛安等人创作的青春作品和他们所拥有的庞大的青春读者。从现有的作品来看，这是一个温和的地带，它不从根本上为这个时代的青春负责，它也无意于或者是无从思考这个时代青春的来处和去处。

这篇文章思考和写作的过程中，我无数次地跟身边的青年读者探讨他们的文学阅读。很多青年人不愿意读带有精神探索性的文学作品，他们更倾向于选择手机等电子设备随意翻翻一些连载小说。像贾平凹的《秦腔》这样的优秀作品，正在快速地失去青年读者。跟踪他们近一年的阅读（除了上面的几位写作者作品，还有一些历史、耽美、玄幻、科幻作品）之后，我将《秦腔》影音版的后记播放出来，本以为即便是城市里的小孩如张颐武说的尿不湿一代[1]，再往上至多三代，家族里一定有农民，血液里农民的情感还在，缘此这样的视频势必造成《秦腔》或者更多的严肃文学将会由此开始悄悄进入他们的精神世界。事实上，并没有。问题可能分散在很多方面，比如《秦腔》的写作也有它自身的问题，如主人公白雪、夏风包括引生等本是这个时代里20多岁不到30岁的年轻人（即青年读者的同时代人），可是贾平凹没有兴趣进入此时年轻人的内心，在这个方面小说的表达流于观念性的想象。从某些方面来看，今天青年人的精神世界、生活环境等等文化的、社会的问题远大于我们对青春文学的讨论范畴，它的复杂、严重程度也远超于文学。再有就是，青春文学的这个中间地带的无力表达。

郭敬明在这个中间地带的重要性在于，他有数量庞大的读者。《小时代》三部曲从2007开始连载到2011年结局，五年的时间里，郭敬明的写作毫无进展。他在这部小说中写了顾里、顾源、简溪等几个富二代美女帅哥的大学青春，整个故事逻辑与台剧《F4》、韩剧《花样美男》等青春偶像剧几乎相似。《小时代》对人物、对生活的处理，异常轻率，为所欲为。以作品中随处可见的名牌符号来说，这些时尚的设计与品质的追求跟青春原本相通，它们彼此本可以互相镜照。如果对诸如Prada、Amani等品牌昂贵的物质性有所处理，这些符号也许在青春表达里可以真正获得一种生命。青春的某一部用这些张扬的品牌来呈现，也许更为精彩。可是郭敬明的小说仅是堆砌。仅这一点就很难理解。如饶雪漫从十几岁开始写长篇以来，其作品的情节和情绪已经固化，形成了饶雪漫式的低龄、悲伤的十七岁爱情风格[2]。低龄、悲伤的十七岁完全可以解释饶雪漫的人物和故事。作为写作者的郭敬明，他已不再是一个懵懂少年，他对他的写作和读者都应该有所担当。即便承认了他笔下这些富二代的如此生活设置，即便他对此没有足够的精神能量和现实细节支撑去形成精神性的探讨，可为什么最终要在历时五年之后，用一场莫名大火葬送这些也为爱、为友谊挣扎过的小生

---

[1] 张颐武. 新世纪文学：跨出新文学之后的思考 [J]. 文艺争鸣, 2005 (4)."所谓'尿不湿一代'是从80年代后期开始，中国婴儿逐渐开始使用纸尿布之后成长起来的一代人。'尿不湿'这种新产品的使用其实是一个消费社会开始降临的标志，它将'用过即扔'的文化建立在婴儿阶段，意味着用一种便捷的方式为父母摆脱了换洗尿布的烦琐；另一方面，也减少了父母和孩子的交流时间，放任了孩子自由宣泄的可能。'尿不湿'逐渐被采用有其象征意义，中国历史上最丰裕的一代人的出现和中国全球化与市场化的进程其实是异常紧密地联系在一起的。"

[2] 饶雪漫. 时光若能永固在17岁 [J]. 青年文学家, 2010 (6)."我希望爱情和青春永远停在17岁，因为那是一个美好的年纪。所有的一切在那个年纪、那个青春段都是清纯的。""即使有斗争也是孩子气的无伤大雅，却可以叫人铭记于心一辈子的温暖。"

命呢？在这个问题上，最严重的还不是创作层面的五年，而是读者跟踪连载的五年。如此结局设置，甚有谋杀的意味。面对郭敬明如此庞大的读者群，我始终担心因为自我阅读的有所限制而产生误会。早于《小时代》的《梦里花落知多少》（2003年），也是一部二代们的故事，好在《梦里花落知多少》让人物在作品中有所"成长"。得于这种"成长"，小说里面那些青年人的离奇遭遇都变得真实起来，情感的煽燃能力也更强一些。可是写作的意义仍然难以讨论。也许这样的文学研究本身就是不合身的。从郭敬明的这两部小说和他近十年的写作来看，我们在文学的范畴上讨论郭敬明，总显得捉襟见肘。

　　郭敬明写作中的问题在这个青春书写的"中间地带"不能说不具有代表性，只是他将问题推到文学以外去了，但还是有些问题可以在我们的文学中有所讨论。如这些书写的致命之处在于没有建立自我的文学书写逻辑。它们都在努力地、夸张地表达青春的诸种孤独情绪。本质而言，这种情绪与《上海宝贝》《1988我想和这个世界谈谈》相通，但是写作被浪费在对自我长久的迷恋上。就以俗称耽美的男性同性恋小说为例，这些作品为了突出两个男子的相遇是命定的选择，不惜在小说中随意灌入黑社会、权贵等强权诱惑。此类故意的声张，在张悦然、笛安的创作中也非常明显，如她们很多作品都将主人公设置为单亲家庭或者不幸家庭，以这个家庭环境来解释人物孤寂的内心和内敛的性格。孤独、敏感、内向、激烈这本来就是青春的一种气质，放置在具体的时代环境中，它必然会呈现时代的外在文化解释。如今天的独生子女政策，文学中还少有作品很好地以独生子女的内心和成长去对话莫言的《蛙》。如此多写作者，无论市场、读者，还有主流的认可，他们都不缺，可是他们为什么缺乏对于意义的兴趣呢？在这部分作品里，青春所余裕出来的生命能量，基本上都被消散在一种情绪上。七堇年的《大地之灯》显然是一次机会，可当作者把听来的故事勉强铺陈出来，瞬间再次转入伤感。

　　在讨论这部分青春写作没有建立自我的文学书写逻辑时，他们之间彼此应和、重复的一个细节，即对于家庭的独特设置也是一个关键的问题。从郭敬明、张悦然、笛安到大批网络青春写手，他们在处理主人公内心性格、气质的问题时，都将问题指向"家"。似乎青春里的敏感、叛逆、激烈，以及故事的背景都得自不完满的家庭成长。这种情况与从"五四"开始的新文学恰好相反。在20世纪上半期，有理想的年轻人第一件要做的事情就是摆脱"家"的藩篱。现时的书写中，却出现年轻人绵密的对"家"

的依恋，不仅如此，他们的烦恼和不满在于他们认为"家"本应该对他们的生命和未来负责。这些小说中，大部分都有类似这样的设置：父母离异或者单亲家庭，或者是跟父母关系紧张，或者是孤儿[1]。有意味的是，如郭敬明笔下眼花缭乱的世界名牌样，小说中很多细节与人物和情节是无关的，可如上的家庭设置，几乎都是小说人物性格、故事的命定解释。这其中的问题有可能首先不是文学的，它的情感浓度远大于故事本身。但也有可能与从"文革"开始对于青春价值的主流转变有关，与80年代文学中青春的寻找和90年代青春的迷失声音有关。在另外一条线索上，这种情感的解释要求对独生子女一代的社会和文化成长环境，及其对青春期心理的影响展开多角度的研究。这种未知的文化心理真正地聚集和吸引了大批青少年读者，更为重要的是它在历史和此时毫无任何参照，而它却正在形成中国独特的未来文化。

对创作来说，这个中间地带只是一个存在，它或许是为了弥补20世纪中国诸多大概念对于青春的压抑，享受于一时的情绪渲染。问题在于，这个地带拥有太大的影响力。反过来，以《大地之灯》来看，写作者显然是力不从心的。在今天的社会肌体生命状态中，社会不寄希望于青春的改变和创造，它要求青春尽快从短暂的不稳定状态里走向稳定的中年时期。那么青春余裕的生命能量在此时，不仅与社会资源的占有不对应，也与社会认知程度不相称。这样的状态在我们短暂的现代文学历史中，同样没有任何理论的参照。这个中间地带的存在和发展，充满偶然性，它有可能在未来的几年中迅速分流。但无论如何，它是《上海宝贝》和《1988我想和这个世界谈谈》的青春根茎。

青春具有向死的特质。某种程度上它在生命能量的方面已达到了一个极点，所以在这个点上很易于走向生命的另一个极点——死亡。《上海宝贝》里那些为人所诟病的诸如CK内裤、OB卫生棉条或可解释是年轻人对于活着的一种日常理解。都市人类生活在各种符号之中，他们正在被取消与大自然的直接关系，诸如土地的劳作，甚至买菜、烧饭，甚至阳光和四季。这种"被取消"尤以年轻人为胜。与"衣食劳作"的隔阂，要求符号必须产生能够近似土地之于农人的意义。《上海宝贝》中的绝望，在其之后的青春大军中被消遣了。更主要的是，此时青年人的价值观念里面稳定压

---

[1] 如郭敬明《梦里花落知多少》的"火柴"，《小时代》中南湘的堕落男友，张悦然的《吉诺的跳马》《红鞋》，笛安的《告别天堂》《圆寂》《请你保佑我》，等等。

倒了一切。因为追求稳定，所以才出现了这个时代中有关青春爱情的诸多故事，诸如婚恋观里对于房子的要求，公务员的热考，异地恋不是因为情感的淡漠而是因为求生的压力分手，高富帅、白富美、屌丝和屌丝的逆袭等等。"温和"的青春地带，除了有写作上的不珍惜，也有青春的"颓丧"。整体性的"颓丧"又氤氲着某种文化，它正在缓慢地生成。而两头的书写，从这个层面来说，具有先锋的性质：一个从青春出发，最终回到青春的问题上；一个从社会发问，最终指向社会的问题上。它们都是用"成长"的母题，通过青春无法逃避的痛感来探索具体的/抽象的问题。"青春"本身盈余的生命能量，自然会造成对一种稳定结构的冲击和破坏。两篇小说都是借助于这种破坏，对一种大结构动摇一下，以创造裂缝，进而寻找被遮蔽的光明。

（本文原载《文学》，陈思和、王德威主编，上海文艺出版社2014年春夏卷）

中国现代文学书写中的青春象征

李 一

一

梁启超的《少年中国说》在 20 世纪初将"老年"与"少年"两者首次构成一种对立:"欲言国之老少,请先言人之老少。老年人常思既往,少年人常思将来。惟思既往也,故生留恋心;惟思将来也,故生希望心。"[1] 并进一步将其隐喻到家国民族的想象之上,发出"造成今日之老大中国者,则中国老朽之冤业也;制出将来之少年中国者,则中国少年之责任也"[2]。由此而生出的"少年想象",某种程度上正是"五四""新青年"的重要历史前身。也就是说,梁启超的《少年中国说》将"少年"一说提出,使其成为当时中国传统到现代历史转型期的重要社会象征。而此《少年中国说》则是戊戌变法失败之后,梁启超前往美国途中,即域外所写。那么如宋明炜所指出的:"梁启超发现'少年'的巨大魅力和政治能量,在某种程度上是他流亡海外之旅的结果。而这种域外经验在清末青春想象的发生过程中十分重要:在天朝崩溃之际,中国近代知识分子正是首先在域外旅行中参照西方经验发现或发明了'青春'这一崭新的文化体验的现代性。"[3] 即此种有意味的历史观照,很大程度上来自西方文化的思维参照。

在中国的传统文化中,并没有如此显见的"少年—老年"二元对立的形象。相反,宗法社会里传统文化以及具体的生活方式中所形成的农业伦

---

[1] 梁启超. 少年中国说 [N]. 清议报,1900-02-10(35). 转引自梁启超选集 [M]. 上海:上海人民出版社,1984:122.

[2] 梁启超. 少年中国说 [N]. 清议报,1900-02-10(35). 转引自梁启超选集 [M]. 上海:上海人民出版社,1984:126.

[3] 宋明炜. "少年中国"之"老少年"——清末文学中的青春想象 [EB/OL]. http://www.chinese-thought.org/whyj/003031.htm.

理,强调的是一条连续的生命链,这条生命接续的链条不仅没有断过,而且始终在"父—子—孙"的线条上要求历史的不断"建立"。如《列子·汤问》中的《愚公移山》,父亲一生所没有完成的"事业"可以传给儿子,儿子可以继续传给孙子,父父子子祖祖孙孙如此就形成一条来自自然生命链上的社会发展链条。又如《淮南子》中所描述的关于涂山氏化石而后石裂以生启的故事,其中相关一说便是大禹治水之后,此石裂之子启结束禅让制,建立夏朝。如此,石头缝里也要"生"出一个儿子,以继续父亲的"事业",并且有所发展。再如《红楼梦》一百二十回本的"兰桂齐芳"大团圆结尾,即无论贾宝玉出家如何,他还是留下一个儿子,且这个儿子承担着续书者笔下希冀的重振家业之责。这条朴素的生命链条,代表了传统中国的一种重要的观世方法,它讲求历史的自然延续,信任和依赖这条自然的生命线。且这条生命链是非常平稳的,可以说,它从来没有断过,所以更无论将其中的"少年"与"老年"抽取出来,以形成对立。《少年中国说》之"老""少"的二元对立结构,不仅在于对中国传统文化观世方法中那条自然生命链条的打断,而且在于否定生命链条之一环一环的历史连续性中所蕴含的自然历史生命能量的接续和传递。由是,它实践的是一种来自现代视角的"断裂"的观照方式。

此种"断裂"在西方的文化中,并不鲜见,如早在古希腊神话中即有俄狄浦斯弑父娶母的命运故事。而在梁启超的《少年中国说》中,中国传统文化中讲求通过延续以接续和连续文化、社会发展的思维模式即开始因西方文化的影响有了时代的新变:"玛志尼者,意大利三杰之魁也,以国事被罪,逃窜异邦,乃创立一会,名曰'少年意大利'。举国志士,云涌雾集以应之,卒乃光复旧物,使意大利为欧洲之一雄帮。"[1] "少年"以"光复",从而振兴,故这里"少年"是一种来自西方思潮中的启蒙形象,某种意义上,其正是由西方横向移植而来。且在梁启超的《少年中国说》之后,西方的文化历史以及文学作品逐渐大量进入中国的视野,如此才在"少年"的社会想象之中,出现了"青年"[2]一词,由此也才有"五四"时代的《新青年》杂志和人物形象。因此,有关由《少年中国说》而引发的晚清之

---

[1] 梁启超. 少年中国说 [N]. 清议报,1900-02-10(35). 转引自梁启超选集 [M]. 上海:上海人民出版社,1984:125.

[2] 钱穆. 中国文学论丛 [M]. 上海:三联书店,2002:26. "青年二字,亦为民国以来一新名词。古人只称童年、少年、成年、中年、晚年。……而犹必为新青年,乃指在大学时期身受新教育具新知识者言。故青年二字乃民国以来之新名词,而尊重青年亦成为民国以来之新风气。"

关于"少年"的"历史想象",其在晚清、民国之时,激起了古老中华民族异常突兀的"现代民族想象"。再次回溯我们的传统文化,有关对于青春的赞扬,曾在唐代有过一段短暂而灿烂的历史时期,无论是"前不见古人,后不见来者"的历史此刻的"骄傲",还是"狂夫富贵在青春,意气骄奢剧季伦"的少年豪气,这种不同于中国其他历史阶段的、对于青春之美的大肆赞扬,其并不否定"老年",它实际上也没有形成一种观念上的对立,只是将其作为一种生命阶段的美好来加以特别抒发。而"青春"具化到载体上,落实为具体的作为人的"少年",并进一步生发出"青年"一说,则是千百年来未有之事。其中观念意义上的冲突和对立,正是"现代"的特殊历史思维对于传统的一次"断裂"之举。

在这个产生了"青年"意识的时代里,文学书写即本节所讨论的中国现代文学才应声而有了一种以"对立"为模式的"父子"现代书写。其意思是,这种所谓以"对立"为基本模式的"父子"书写,并不排斥继中国传统文化而来的朴素的,以描写"连续性",以展示自然人伦中的"亲情"以及后代对于前辈的敬仰、尊重的"父子"书写。只是,至此,两种书写于两种文化符号的意义上,发生了疏离,即中国现代文学中有两种"父子"书写:一种即讲求连续的,并无特殊历史思想寓意的,仅意在表达着某种自然情感的普通书写;另外一种则是从《少年中国说》到"新青年"而后诞生的,以"父子"隐喻着新旧二元,从而通过书写此二元的对立,而表现一种现代家国未来的想象和时代的风貌。有关第一种书写,不是本文讨论的兴趣和内容所在,本文但凡涉及"父子"书写,则大多落在后一种,即在一个现代想象时代中诞生的新的、带有具体的文化寓意和文化对立的现代书写。

这里作为一种对立而诞生的现代意义上的"父子"文化符号书写,其来自从《少年中国说》而起的,晚清自民国以来的"少年想象"和由其而生发的有关"青春"的社会之"希望"象征,以及由此逐渐发展而成的对于"青年"的观念塑造。简而言之,此"父子"书写的价值支撑即"青春象征"。

考察具体的创作,从新文学的第一个十年开始,那么李大钊的《青春》或可作为虚构作品之前的一次对于梁启超《少年中国说》的回应:"彼幽闲贞静之青春,携来无限之希望,无限之兴趣,飘然贡其柔丽之姿于吾前途辽远之青年之前,而默许以独享之权利。嗟吾青年可爱之学子乎,彼美之青春,念子之任重而道远也,子之内美而修能也,怜子之劳,爱子之才也,故而经年一度，展其怡和之颜，饯子于长征迈往之途，冀有以慰子之心也。纵子为尽瘁于子之高尚之理想，圣神之使命，远大之事业，艰巨之责任，而夙兴夜寐，不遑启处，亦当于千忙万迫之中，偷隙一盼，霁颜相向，领彼恋子之殷情，赠子之韶华，俾以青年纯洁之躬，饫尝青春之甘美，涣浴青春之恩泽，永续青春之生涯，致我为青春之我，我之家庭为青春之家庭，我之国家为青春之国家，我之民族为青春之民族。斯青春之我，乃不枉于遥遥百千万劫中，为此一大因缘，与此多情多爱之青春，相邂逅于无尽青春中之一部分空间与时间也。""青年之自觉，一在冲决过去历史之网罗，破坏陈腐学说之囹圄，勿令僵尸枯骨，束缚现在活泼泼地之我，进而纵现在青春之我，扑杀过去青春之我，促今日青春之我，禅让明日青春之我。一在脱绝浮世虚伪之机械生活，以特立独行之我，立于行健不息之大机轴。"[1] 从而，"青春"以更为具体的名义，要求"青年""自觉"以开创明日家国之希望。

而后20世纪20年代则有冰心的《斯人独憔悴》[2] 与《秋风秋雨愁煞人》。这两篇小说一边通过父子两代的冲突，展示当时青年一代的意识觉醒，一边则借人生理想与包办婚姻的对立，提出"出路"的问题。同为冰心的《最后的安息》和《是谁断送了你?》，则是从年轻女子的生存处境出发，展示了旧礼教之下，她们悲凉的人生命运。庐隐的《海滨故人》以几个年轻女生隐秘的内心情感生活，拉开的是年轻女子们对于未来新时代的向往。20年代的新文学观照内容逐渐在扩大，之所以仅仅引述这几篇短小的作品，只意在突出从如李大钊《青春》等开始，"青春"之观念是如何通过具体的文本虚构创作落实到"青年"的生存处境之中，并且形成"社会问题"。

如此问题，在30、40年代变得成熟而激烈。巴金的《家》，用长篇的容量完整描写一代青年从"家"而来的社会困境，通过爱情铺演，展示他们不同的人生选择和相似的人生烦恼。"有着黑漆大门的公馆静寂地并排立在寒风里。两个永远沉默的石狮子蹲在门口。门开着，好象一只怪兽的大

---

[1] 李大钊.青春[J].新青年，1916（3）.

[2] 有意味的是，"斯人独憔悴"恰好出自杜甫《梦李白》中的"冠盖满京华，斯人独憔悴"。尽管在唐代的历史时期中，有关对于"青春"的歌唱之于杜甫时，已经式微，但是在他怀念李白的诗句中，仍有着对那种青春生命阶段的豪迈不羁的一种情愫在内。此处，冰心借其为小说篇名，在具体的语意之外，总令人想起有关"青春"的情感。

口。里面是一个黑洞,这里面有什么东西,谁也望不见。"[1] "一种新的感情渐渐地抓住了他,他并不知道究竟是快乐还是悲伤。但是他清清楚楚地知道他离开家了。他的眼前是连接不断的绿水。这水只是不停地向前流去,它会把他载到一个未知的大城市去。在那里新的一切正在生长。那里有一个新的运动,有广大的群众,还有他的几个通过信而未见面的热情的年轻朋友。"[2] 如此两代人的冲突即是新与旧的鲜明对立,并且彼此互不相容。其中"旧"则代表着中国千百年来那条延续、连绵不绝的生命链条,以及它对于青年人的压抑和束缚,此时在青年人为社会未来希望的时代里,其更意味着对于社会未来希望的拒绝和扼杀。因此正在觉醒的年轻一代通过对旧的大家庭背后所隐藏的专制、封建思想与行为等的发现与揭露,强调他们必须出走,也即出走是这些觉醒了的年轻人的唯一出路。如此两代人的对立,在路翎《财主底儿女们》中是这样的:"年青的人们,是在这种家宅里,感觉到腐烂底尖锐的痛苦的;那些淫秽的、卑污的事物是引诱着年青人,使他们处在苦闷中。当风暴袭来的时候,他们就严肃地站在风暴中,明白了什么是神圣的,甘愿毁灭了。当他们有了寄托,发现广漠的世界与无穷的未来时,他们就有力量走出苦闷,而严肃地宣言了。"[3] 这里,"父子"书写真正铆钉在梁启超《少年中国说》中的"老年"与"少年"之对立,且这种对立不再是静止的,被观望以发现潜在的"对立"势能,而是切实地爆发出互相斗争的行动。"青年"代表着先进的社会力量,寄托作家的希望,其正是要通过斗争,以"出走"而离开落后的"封建"大家庭,去寻找光明。那么,"出走"的这些"青年"走到了哪里?

随着 50 年代的到来,中国现代社会在转型和建设过程中,又一个特殊的历史建制时代开始:新的主流意识形态逐渐以 20 世纪从未有过的强硬干涉态度,影响和干预着文学中那些二元对立思想倾向的表达。以王蒙 1956 年发表的《组织部新来了个年轻人》和杨沫 1958 年出版的《青春之歌》来看,此时曾在"家"的牢笼中斗争和痛苦的青年们,已然悄悄地脱离了"家"的二元对立文化场域,而单独以"青年"为文化符号,展示新时代已脱离"家"模式之新旧对立的年轻人身上所代表着的光明与进步的力量。具体说来,曾经在"父子"二元对立的结构中,代表着旧的、需要被批判

---

[1] 巴金. 巴金全集 [M]. 北京:人民文学出版社,1986:7.
[2] 巴金. 巴金全集 [M]. 北京:人民文学出版社,1986:7.
[3] 路翎. 财主底儿女们 [M]. 北京:人民文学出版社,1985:430.

的"父"在《组织部新来了个年轻人》这里转化为青年人林震所面对的官僚主义者刘世吾等人。模糊朦胧的旧的、不合理的，在这里具化为具体的体制上的官僚主义。那么，观念中的"旧"，在50年代被进一步落实和规定。在30、40年代的文本中，相比"旧"，"新"更是以一种模糊的未来希望存在于青年人的自信中，它几乎没有任何实指，其线索仍然在自《少年中国说》而启的家国未来想象上。而在这一时期的《青春之歌》中，我们终于看到了时代所谓的"新"，也即一种正面的角色和力量：它就是林道静寻找到的"党"。"党"成了这些寻求真理的青年人其真正的思想武器和价值指引。从此，他们为之赴汤蹈火。历史于此，"新旧"二元皆被具体化了。这是中国文学20世纪的一次重要转变。其中叙事模式的转换，即由"家"为靶子的新旧时代对立书写到以青年的进步力量为既定答案的光明书写，寓含了中国现代文学的一个重大问题，即青春之象征意义的再次具化和发展。也就是说，从我们的文学史来看，曾经出走的高觉慧和蒋少祖来到了这里——青年开始被"意识形态"所规训。至此或可作为20世纪中国现代"青春文学"诞生和发展的第一个阶段。

二

第二个阶段则可看作为"青春文学"的被规训时期。在这个时期中，"青年"仍然被视作是社会的希望，也即其"青春"的希望象征意义仍然存在。不同于第一个时期里，有关"青春"的无所目的的未来希望象征，以及青年"出走"的激情书写，此时一批相关作品中的"青年"形象则是以一种既定的社会意识形态里的具体对象为塑造原点，即曾经出走的他们，走到了一个确定的社会"意识形态"中，并且以其"青年"的形象和"青春"的精神为这个"意识形态"展开服务，以呈现此时的"光明"。

将这个问题的时间点，暂时滞后，那么就"青年"这个问题，蔡翔曾在研究1949—1966年间文学时撰文讨论："在1949—1966年的中国当代小说中，我们可以读到大量有关'青年'的描写和叙述，这些描写和叙述构成相关的文学想象。这一想象，当然来自中国革命具体的历史实践，正是由于无数青年的加入甚而献身，中国革命才最终得以获得胜利。因此，在某种意义上，我们甚至可以说，中国革命的历史，实际燃烧的就是青年的激情，而围绕这一历史的叙述和相关的文学想象，也可以说，就是一种'青年'的想象。而在另一方面，正是'青年'这一主体的介入和存在，才构成了这一时期小说强烈的未来主义特征。……这一主体性,既指涉'青年'这一社会群体,同时更是'革命'和'国家'的文学隐喻,因此,这一主体性的诉求,同时也是政治的诉求,也因此,作为主体而被建构起来的'青年',同时即是一政治主体。这一主体,不仅是历史的,同时更是未来的。"[1] 且"因了'少年'的支持,'中国'以及相关的政治和社会运动,却又更多地指涉个人,本身也被自然化、道德化乃至合法化,并形成强大的情感的或者道德的感召力量,甚至一种'青春'形态"[2]。"实际上,许多的小说,无论是柳青的《创业史》,还是赵树理的《三里湾》;无论是周立波的《山乡巨变》,还是王汶石的《黑凤》,都在不同程度上借助于'青年'的这一群体形象,来完成'社会主义改造'的重大叙事。正是在这些小说中,青年被重新定义为未来、希望、创造,而且指涉新的中国,老年也再次被描述为传统、保守、四平八稳,并且和旧有的社会秩序一起,被视为缺乏转变为现代工业国家的内在动力。"[3] 基于以上相关论述,他认为:"一百多年来,梁启超的'少年中国'始终是最为重要的想象中国的方式之一,甚至构成了中国政治的'青春'特征,一种面向未来的激进的叙述乃至行为实践。这一想象方式,乃至表述方式,也同样进入了中国的革命政治以及相应的文学叙述。只是,'革命'在动员青年的同时,也在不间断地规训青年,包括规训青年的爱情和性。"[4]

显然,在蔡翔的考察中,"文革"前"青年"和"青春"的象征仍然在,只是其如本文讨论50年代王蒙等小说时指出的,当时"青年"的象征已经较40年代《财主底儿女们》有重要的不同。在20世纪上半期的中国文学中,"青年"的象征从鲁迅到巴金、路翎再到王蒙、杨沫,具有一个发展的过程。也就是说,在同样的象征未来与希望之下,"青年"从最早的一种坚定但没有具体答案的希望象征,发展为有所"答案"的希望方向,且在这个确定的"答案"中,"青年"受到规约和教育。如梁斌的《红旗谱》中,"运涛、江涛、大贵、二贵等第三代青年,在共产党的引导下,一开始

---

[1] 蔡翔. 革命/叙述 中国社会主义文学——文化想象(1949—1966)[M]. 北京:北京大学出版社,2010:125.

[2] 蔡翔. 革命/叙述 中国社会主义文学——文化想象(1949—1966)[M]. 北京:北京大学出版社,2010:130.

[3] 蔡翔. 革命/叙述 中国社会主义文学——文化想象(1949—1966)[M]. 北京:北京大学出版社,2010:140.

[4] 蔡翔. 革命/叙述 中国社会主义文学——文化想象(1949—1966)[M]. 北京:北京大学出版社,2010:143.

就是觉醒的农民，他们是作为革命的主流力量出现的"[1]。杨沫的《青春之歌》中，对于林道静"作家有意不断地暴露了这位小资产阶级知识女性的弱点，而这正是她之所以需要不断改造的依据，她的心理对这一帮助、引导完全没有疑虑或排斥、反感，恰恰相反，林道静与这些内心崇拜并渴望的人物总是不期而遇，并从他们那里不断地获取思想情感转变的资源与动力。这一情境自然预示并规定了林道静的角色归属，她最后成为共产党员，并因此完成了思想改造的过程，成为凯旋式的英雄"[2]。再如宗璞的《红豆》，它表现的是"革命青年应该坚持正确的政治道路而放弃个人情感。因此，江玫是带着检讨和反省的姿态回忆自己的情感历史的"[3]。这种规约，更明显的则如在严家炎所主编文学史中引用到的对于《红豆》的批判：其"留给我们的主要方面不是江玫的坚强，而是她的软弱，不是成长为革命者后的幸福，而是使我们感到了一种无可奈何的痛苦，仿佛参加了革命以后就一定得把个人的一切都牺牲掉，仿佛个人生活这一部分空虚是永远没有东西填补得了"。

众所周知，抗战改变了20世纪上半期中国文学的格局：解放区、国统区、沦陷区三大板块展示出不同的风貌，其又各有发展的历史渊源。而日后随着国家的统一，解放区文学的意识形态基本上是以强势的力量规约着整个文坛。由此，才有上文蔡翔所讨论的1949—1966年，至于"文革"十年的样板戏和潜在写作则是得其控制而产生的极端表现。我们所看到的50、60年代文学中"青春"象征之于巴金、路翎创作的变化，在40年代的解放区文学中已开始。

且看1942年《在延安文艺座谈会上的讲话》即知：《讲话》以革命仍然面临着艰巨的任务立论，指出在这个前提下，当前文艺工作的中心"基本上是一个为群众与如何为群众的问题"。在"文艺为什么人"这个根本问题上，毛泽东实际上是按照各阶级对于"革命""民族解放"的意义这一逻辑进行排序的："第一是为工人的，这是领导革命的阶级"，"第二是为农民的，他们是革命中最广大最坚决的同盟军"，"第三是为武装起来了的工人农民即八路军、新四军和其他人民武装队伍的，这是革命战争的主力"，"第四是为城市小资产阶级劳动群众和知识分子的，他们也是革命的同盟

---

[1] 严家炎. 二十世纪中国文学史：下册 [M]. 北京：高等教育出版社，2010：79.
[2] 严家炎. 二十世纪中国文学史：下册 [M]. 北京：高等教育出版社，2010：81.
[3] 严家炎. 二十世纪中国文学史：下册 [M]. 北京：高等教育出版社，2010：104.

者,他们是能够长期地和我们合作的"。《讲话》明确了文艺的工作性质和服务性质,规定了它的表现方向和情感取向。曾经写过《莎菲女士日记》的丁玲,此时写出了《在医院中》:相比莎菲女士的大胆人性探索,陆萍是一个有所归属和身份的革命者形象,她有着明确的信仰即"延安"和党,她坚定地为抗战服务,在这个思想"武装"的前提下,她同一切的落后势力展开斗争。"九十年代以来,一些敏锐的批评家注意到,《在医院中》连同《组织部》,显示了'五四'新文学到'当代文学',在蓄势'编码'系统转变上的重要'症候'。进入延安所开启的'当代文学','五四'所界定的文学的社会功能、文学家的社会角色、文学的写作方式等等,势必接受新的历史语境('现代版的农民革命战争')的重新编码。这一编码过程,改变了二十世纪后半叶中国文学的写作方式和发展进程,也重塑了文学家、知识分子'人类灵魂工程师'们的灵魂。"[1] 重现编码的过程,也正如程光炜在研究 80 年代文学时所言的"给出答案"[2],即它给那些出走的诸如高觉慧和蒋少祖们一个明确的答案,或许也可以说,那些一个个离开家的"逆子"们,走到这里来了,于是陆萍的烦恼不再是父亲与家族,而是投身革命事业后具体的不合理、不完美之处。

以上展示了意识形态在这一时期对于"青年"形象的规训,以及对于"青春"的某种"处理"。紧接着这一文学发展的脉络,70 年代末出现的相关作品中,一种新的情感生出,本文将其称为"青春文学"的第三个发展阶段,即衰微期。

三

具体来说,从 80 年代初期,或者更为科学地追溯到"文革"结束以后的 70 年代末,"青年"突然以一种需要"忏悔"的形象出现,如王蒙 1978 年的《最宝贵的》中的蛋蛋。王蒙在 50 年代是以《青春万岁》的长篇,歌咏青春的未来和力量的,而 20 年之后的短篇小说《最宝贵的》,却是以一位中年父亲就其 25 岁儿子十年前的一次政治选择而要求这个青年人进行道德和灵魂上的忏悔。有意思的是,前者青春是以它有力量、无畏风雨和考

---

[1] 洪子诚. "组织部"里的当代文学问题——一个当代短篇的阅读//王德威,陈思和,许子东. 一九四九以后——当代文学六十年 [M]. 上海:上海文艺出版社,2011.

[2] 程光炜. 文学讲稿:"八十年代"作为方法 [M]. 北京:北京大学出版社,2009:311.

验的一面得以歌颂和描写的,而后者,青春却是以它自身的幼稚而需要审视和反思的。左右其间的,当然有一代青春的声音——朦胧诗,如果我们以其为青春本能的一种抒发,那么其青春的诸如社会希望这样的象征,在朦胧诗中,还不能作为讨论的重点。而其后而来的 80 年代的知青文学中,青春和青年的形象则已然不带有 20 世纪上半期那样的象征意义了,除了如朦胧诗一样对于青春的自我书写之外,它更多地带上了对于历史的某种控诉,由此青春和青年这一对社会的象征,被降格为普通却也珍贵的生命阶段。梁晓声算作知青文学中歌颂青春的作家,可是如其在《今夜有暴风雪》等作品中塑造的人物一样,青年只是作为青春的承载者而存在,它没有强烈的社会希望信念在其中。再以卢新华的《伤痕》为例,青年和青春的忏悔如此浓烈,也就是说,在这里青年因青春自带的幼稚、鲁莽和《最宝贵中》蛋蛋自陈的 15 岁的"轻信"所带给亲人的无法弥补的伤痛如出一辙。也正是在这篇小说中,我们可以看到,"五四"所紧张的"父子"维度,在这里变成了让人忏悔的亲情。紧接其后,再以所谓改革小说为例,在这些小说之中,社会可以依靠的角色悄悄地转变为中年人物,如《乔厂长上任记》中的乔光朴,他们身上的利落、果敢、正直和道义,以及强烈的社会责任感使其成为社会的脊梁。我们当然可以在 80 年代的文坛轻松找到对于青春的歌咏和热爱,但是在整个 20 世纪中国文学如此的观照之下,彼时的青春、青年已然被放置在一个比较低的位置了,甚至说它在悄然地回归到一种自然状态中,而非那个自梁启超《少年中国说》而掀起的社会希望之象征。

更有意味的是,就在我们追踪青春书写的转变时,此时主流的对于青春的审视已然在采用一种"中年"的眼光。这种眼光显见的即如卢新华的《上帝原谅他》:"我不能认为他这样的年青人只是简单地受蒙蔽,老实说,我看他就是'四人帮'的社会基础。老李,你想想,咱们象他们十五六岁的时候,已经懂多少事啦,送情报被敌人抓住,打死都不肯透一个字、出卖一个同志,可他倒好,野心家、阴谋家来篡党夺权了,他竟和他们一起里应外合,来革他革过命的老子的命,批判他老子,平常家常话儿,谈点张春桥的问题,被他听到了也抖出去,为他们供应材料,结果我受批判不说,还连累了其他同志。"[1] 尽管小说中也有如此笔墨,如"不过,作为你的老战友,我觉得有必要提醒你,就是家庭问题与社会也是密切联系着的,

---

[1] 卢新华. 上帝原谅他 [J]. 上海文艺, 1978 (11).

要想到，我们这一辈人总是要入土的，中国的前途和未来还是在他们年青人身上，所以，要帮助他们成长，改正错误，而把他们丢在一边总不是个法子"[1]，但是如此语气，在20世纪上半期的相关作品中难以找到。它预示着，此时历史的话语权不仅在于与青年形象相对的一方，且青年落为具体的历史伤痛的现实忏悔者。其中，问题并不在于具体的青年，青年人仍然是希望，只不过，"青春"的强烈社会象征，此时却因其自带的幼稚、鲁莽、轻信而被否定和取消。

这种"青年"的被要求忏悔和自觉忏悔，其在诸多相关的具体作品中，基本上都是围绕当时时代刚刚过去的"文革"事件。那么也就是说在"文革"中，与"青年"和"青春"有关的一些内容，发生了重要的变化。"其实，《班主任》引起的轰动，与其特定的意识形态取向紧密相连。这部以班主任张俊石为正面一方，青年学生宋宝琦、谢惠敏为反面一方的故事，彻底颠覆了'文革'的政治理念。青年的位置与'文革'的政治理念有关。文化革命不是政治革命，也不是经济革命……在文化革命中，革命的主体是一代新人。革命的目标是造就一代新人，来实现共产主义理想。所以在'文革'中，作为旧的政治经济结构依附物的知识分子首当其冲遭受冲击。《班主任》改变了知识分子作为'被改造对象'的身份，知识分子变成了启蒙者，而那些使知识分子蒙难蒙羞的'革命小将'重新变成了受教育者。"[2] 更为有意思的是，"刘心武1975年12月在北京人民出版社出版的中篇小说《睁大你的眼睛》是一部描写少年英雄故事的典型的'文革'小说，讲述了小学五年级学生方旗带领一帮小伙伴以北京胡同为战场与阶级敌人、旧资本家郑传善做斗争的故事。写《睁大你的眼睛》的时候，刘心武对方旗这样人小心红的'革命少将'充满了敬意和赞美，但在不到两年后发表的《班主任》中，方旗却变成了谢惠敏"[3]。

不仅如此，许子东在其研究当代文学的青年文化心态时，也曾就这一当时时代的"青年"自觉忏悔心态，回溯自新中国成立以来的发展轨迹，从而描述为五个阶段："一、1949—1966年，走向'文革'时期。是现代文学中的青年思潮，以歌颂'火红的青春'为主色调，表现青年人都愿意改

---

[1] 卢新华. 上帝原谅他 [J]. 上海文艺, 1978 (11).
[2] 李杨. 重返"新时期文学"的意义∥程光炜. 重返八十年代 [M]. 北京：北京大学出版社, 2009.
[3] 李杨. 重返"新时期文学"的意义∥程光炜. 重返八十年代 [M]. 北京：北京大学出版社, 2009：6.

造自我以追求革命。二、1966—1976 年,'文化大革命'时期。……那些以文学名义出版的政治宣传品既鼓动了青年人的激烈情绪,也在某种程度上记录了红卫兵心态的一些表面痕迹。三、1976 年以后,'伤痕文学'阶段。抗议'革命'对青年人的伤害,哭诉青年一代在'革命'中的委屈痛苦,构成这一时期文学的主要内容。……四、1979 年以后,文学中的青年主题从申诉转向申辩的重要而又微妙的变化,进入了一个青年人追求个性解放同时又苦苦请求社会理解的时期。在青年人焦急请求社会、家长及恋人理解的愿望后面,其实隐含着一种想证明自己无罪的文化动机——本文认为,这种想证明自己无罪的文化心态影响、制约甚至支配着近十年来大部分的青年文学创作。五、1985 年以后,出现了'寻根文学'。'寻根文学'虽然口号含混似乎名大于实,却标志着青年人在'文革'后重新寻找文化自信心的一种努力,标志着年青人以审判怀疑别人来摆脱被审处境的一种文化姿态。"[1]

作品内外透露着:"文革"之后,社会对于青年的看法转变了,慢慢地青年成为因鲁莽和无知、轻信而需要教育的一批人,由是占主流话语的转为中年人,无论是《最宝贵的》中的父亲,还是《上帝原谅他》中的父亲,此时均是第一次获得历史合法性,在中国现代文学有意味的"父子"书写中,以"父"的角色成为时代的正义代表。恰好这代"中年人"的"合法性"源自"文革"。文学史如是解释谌容的《人到中年》:"她坚韧不拔、敬业奉献的精神,凸显了'文革'后一个突出的社会问题——即'中年'问题。由于历史欠债太多,这代知识分子身负重担、超负荷地运转在各自的工作岗位上,她们伟大、坚毅的精神,既是对'文革'浩劫的无声批判,同时也唤起了当时广大读者心灵上的强烈共鸣。"[2] 这种对于中年的肯定和时代抱愧,在以前是闻所未闻的,它背后暗示着时代大风貌的改变。

同时,80 年代青年写作中的青年自我形象具有多重的自由探索意义,在一个没有既定家国未来象征的书写时代,或者说在一个以中年(经历过历史考验和伤痛)为合法性的时代,青年的书写展开了对自我生命阶段的内外审视:无论是顾城 70 年代末的《一代人》,还是陈村灵动、抒情的青春书写。有意味的是,之后所谓的"寻根文学"于那个时期以较为群体的

---

[1] 许子东.当代文学中的青年文化心态——对一个小说人物心路历程的实例分析[J].上海文学,1989(6).

[2] 严家炎.二十世纪中国文学史:下册[M].北京:高等教育出版社,2010:248.

面貌为我们的研究提供了一个新的入口:"为什么写'寻根文学'的都是知青作家,而80年代文坛上影响力唯一可以与知青作家抗衡的'五七族'根本不需要?'五七作家'为什么能够毫无障碍地走向日常生活,走向人性,走向'资本主义',而知青一代人仍然会觉得'生活在别处',在新世界中感到迷茫和绝望——在许多人被这个时代裹挟着前行的时候,仍然有人发觉这不是我们要的世界!?他们要的比这个世界能给予他们的多得多。这与'五七'一代人与'知青'一代人的知识谱系以及他们在80年代不同的政治地位又有什么关系?能否将知青的这些作品视为'精神重建'的一次努力?"[1] 40年代的政治意识形态规约给予了青年象征一个"答案",经过"文革"的巅峰之后,彻底宣告破产,而此时"青春"之于未来的绝对信心显然经过了大半个世纪,已经丢失了。由是,一代青年人开始寻找新的梦。这个梦与青春的自然生命有关,与未来有关,也与当时正在形成的一种因经过浩劫而逐渐建立的中年价值观和眼光有关。即一方面是如许子东所分析的,来自"文革"后的某种莫名压力,以至这一时期年轻人的创作总摆脱不了心理上的要求理解和原谅,另一方面则是青年人在一个所谓"新时期"而展开的对于未来之梦的重现构建。

如果以曾经写过《雨,沙沙沙》和《小鲍庄》的王安忆其1990年的中篇小说《叔叔的故事》作为代表,反观80年代的一代青春写作:"我是和叔叔在同一历史时期内成长起来的另一代写小说的人。我和叔叔的区别在于:当叔叔遭到生活变故的时候,他的信仰、理想、世界观都已完成,而我们则是在完成信仰、理想、世界观之前就遭到了翻天覆地的突变。所以,叔叔是有信仰、有理想、有世界观的,而我们没有。因为叔叔有这一切,所以当这一切粉碎的同时,必定会再产生一系列新的品种……而我们,本来没有,现在没有,将来也不会有。"[2] "我一直以为自己是快乐的孩子,却忽然明白其实不是。"[3] "叔叔的故事的结尾是:叔叔再不会快乐了。我讲完了叔叔的故事后,再不会讲快乐的故事了。"[4] 那么80年代末的一次事件让一代青年人的"梦"醒了,从此他们也陆续在90年代进入开阔、稳健、辩证的中年。90年代开初,与此相关,还有另外一条书写的线索,即

---

[1] 李杨. 重返"新时期文学"的意义//程光炜. 重返八十年代 [M]. 北京:北京大学出版社,2009:6.

[2] 王安忆. 叔叔的故事 酒徒 [M]. 北京:人民文学出版社,2006:31.

[3] 王安忆. 叔叔的故事 酒徒 [M]. 北京:人民文学出版社,2006:2.

[4] 王安忆. 叔叔的故事 酒徒 [M]. 北京:人民文学出版社,2006:85.

韩东、朱文等的书写，在本文的"青年"象征线索上观照，这些创作已经开始放弃人物形象上的"理想性"了。他们对于所谓"个人"的强调，并非是强调人物创造能力所体现的人格高度，而是从日常生活的低地表现庸常人生中的某种安妥。如果在之后的文学史上继续寻找这个线索中青年的影子，那么它即是 90 年代后期卫慧的《上海宝贝》："我叫倪可，朋友们都叫我 CoCo（恰好活到 90 岁的法国名女人可可·夏奈尔 CoCo. Chanel 正是我心目中排名第二的偶像，第一当然是亨利·米勒喽）。每天早晨睁开眼睛，我就想能做点什么惹人注目的了不起的事，想象自己有朝一日如绚烂的烟花噼里啪啦升起在城市上空，几乎成了我的一种生活理想，一种值得活下去的理由。"[1] 当时年轻的写作者，在这部小说里大肆发挥都市的物质气息，而寄居都市中的年轻男女却是以生命本能的贫弱为面貌，他们俨然是一种末世颓败的生物，毫无生命力可言，更无法谈及理想和信念。它没有以堕落去探索堕落，也没有尝试野心和进取，它躲避一切社会关系，而徒去表现日复一日重复而隔绝的生活事实。自此，文坛上的青年象征完全消失了，同时消失的还有 80 年代的青年形象和最后的梦与理想。之后的青年文学中，我们再也没有看到一代欣欣向荣的生命青春。

四

"文革"给了"青年"一个犯错误的时代机会，"青春"自带的鲁莽、幼稚、容易轻信、偏激，在经过 20 世纪 40 到 60 年代的意识形态规训之后，终于在"文革"时期，以其"身体力行"的社会实践行为，上演了一场无理性的盲目疯狂，展示了其生理荷尔蒙的巨大破坏作用。由是，有趣的一幕发生了：历史的合法性从"青年"转移到"中年"。有意味的不仅仅是一种看似新一代青年沦为历史的忏悔者，而是新建立历史合法性的"中年"，恰好是 40 到 60 年代文学中的那代青年，即如《上帝原谅他》中父亲所说的"来革他革过命的老子的命"。也就是说这一代人在其青年时代建立的历史合法性，在经过"文革"的时候，遭受到更年轻一代的历史冲击，而后进入 80 年代，他们重新夺取了其历史的话语，进而批评和教育"文革"中曾经充当"红卫兵"等的年轻人。这才真正是 80 年代文学话语意识形态中的眼光和价值的立足点。

---

[1] 卫慧. 上海宝贝 [M]. 沈阳：春风文艺出版社，1999：1.

所以从"五四"新文学到40年代是"青春文学"发生和发展期；20世纪40到60年代是这种文学精神的一次内在转变，从而其中关于"青春"之希望的精神内核，在特定的意识形态规约下，最终爆发为现实行为上的荷尔蒙的大破坏，使得"青年"的历史使命走向一种极端，最终折射到文学上，造就这种文学的衰微命运；"文革"结束以后，"青年"的历史地位马上发生改变，无论是自觉的还是被动的，此时的一代青年人都在作品中有种欲求理解和认可的精神渴望。

再次回溯中国现代文学在此之前的"父子"书写：作为新文学开路人的鲁迅，其《呐喊》集子并未直接在"父子"的文化意寓书写中大肆发挥，无论是《狂人日记》还是《伤逝》，其中更为明确的意味在于青年的象征书写。即，鲁迅的文学世界中，青年是作为社会明天的希望而存在的。且从他短暂的一生来看，其身边从来不乏年轻人，原因即在于他对于年轻人的厚爱和希望寄寓，这尤以30年代他对奴隶丛书系列的推动为胜。在这种象征的铺垫之下，才有后来文化象征书写中通过"父子"对立，展示年轻一代的成长与觉醒的30年代《激流三部曲》。而从《家》中显见，"父与子"这样一个文化的概念，除了青春象征，或许还与屠格涅夫有着不可不提的直接关系：

> 觉慧也拿着《前夜》坐在墙边一把椅子上。他虽然翻着书页，口里念着：
> 爱情是个伟大的字，伟大的感觉……但是你所说的是什么样的爱情呢？
> 什么样的爱情吗？什么样爱情都可以。我告诉你，照我的意思看来，所有的爱情，没有什么区别。若是你爱恋……
> 一心去爱。
> 觉新和觉民都抬起头带着惊疑的眼光看了他两眼，但是他并不觉得，依旧用同样的调子念下去：
> 爱情的热望，幸福的热望，除此之外，再没有什么了！
> 我们是青年，不是畸人，不是愚人，应当给自己把幸福争过来！
> 一股热气在他的身体内直往上冲，他激动得连手也颤抖起来，

他不能够再念下去，便把书阖上，端起茶碗大大地喝了几口。[1]

小说里觉慧读的是屠格涅夫的《前夜》，在这个问题上，屠格涅夫的另一部著作《父与子》更有意味。尽管《父与子》展示的社会冲突内容是俄国农奴改革法令颁布前后，"各阶级协调一致的幻想已经消散，革命民主主义者同自由主义者两个阵营间的鸿沟"[2]，且"父"与"子"的矛盾也不是发生在家庭中的父、子两代人之间，但其原有题词中有："年轻人对中年人：'你有内涵而没有力量。'中年人对青年人：'你有力量而没有内涵'"[3]。也就是说，屠格涅夫在《父与子》里，提供了一种中年/老年与青年，这种单纯自然生命的不同代际能量背后所包含的社会时代演进的历史象征可能。如"可是在尼克拉，却有一种并不会虚度这一生的感觉，他眼看着儿子长大起来了；在巴威尔，跟这相反，他仍然是一个孤寂的独身者，如今正踏进了暗淡的黄昏时期，也就是那是追悔类似希望、希望类似追悔的时期，这个时候青春已经消逝，而老年还没有到来"[4]。"你父亲是个好人，"巴扎罗夫说，"可是它落后了，他的日子已经过去了。"[5] "这就是我们现在的年轻人！"巴威尔·彼得罗维奇终于开口说，"我们的下一代——他们原来是这样。"[6] 同时，《父与子》也在这个历史演进的过程中，提供出一种文化象征，即青年在社会改革中代表着"新"的力量。

如上这种以"青春象征"为价值支撑的、充满文化二元符号对立的中国自现代文学以来才新出现的"父子"书写，此时伴随着70年代末"青年"忏悔情绪的出现，而逐渐回归到了前文所指出的两种"父子"书写中的、不同于意在展示对立的一种书写的常情中的另一种"父子"书写。但也不纯然是那种只关涉亲情人伦以及相关的感情书写，它毕竟经过了大半

---

[1] 巴金. 巴金全集 [M]. 北京：人民文学出版社，1986：101-102.

[2] 陈燊. 前夜 父与子 译本序∥（俄）屠格涅夫. 前夜 父与子 [M]. 丽尼，巴金，译. 上海：上海译文出版社，2007：7.

[3]（英）以赛亚·柏林. 俄国思想家 [M]. 南京：译林出版社，2001：328.（注释29：此为屠格涅夫原来附加于《父与子》，但它后来割舍的短铭。见 A. Mazon《屠格涅夫的巴黎手稿》[M]. 1930：64-65）.

[4]（俄）屠格涅夫. 前夜 父与子 [M]. 丽尼，巴金，译. 上海：上海译文出版社，2007：217.

[5]（俄）屠格涅夫. 前夜 父与子 [M]. 丽尼，巴金，译. 上海：上海译文出版社，2007：232.

[6]（俄）屠格涅夫. 前夜 父与子 [M]. 丽尼，巴金，译. 上海：上海译文出版社，2007：243.

个世纪的相关文化积淀，故而更近似一种复杂的代际书写，即在亲情的伦理束缚中，有限度地探索两代人不同的思想来源与现实处境。以王蒙的《活动变人形》为例，小说中写作者的"我"其实是以倪藻（1934 年生）的视角对于其父倪吾诚（1910 年生）一生的"审视"。无论是倪吾诚的出生、成长还是留洋、婚姻、教职等等，写作者都不是单纯地将其作为纪念性质的回忆，而是带有了审慎的思考态度，且最后也没有给出明确价值判定。我们在小说中倪吾诚的身上看到了 20 世纪上半期文学中曾经正面书写的那一代风貌，如他宣扬孩子就是明天的希望、相信科学、鼓励年轻人等等，但也同样看到了如此一个崇拜胡适、向往自由恋爱的人在现实家庭里的懦弱和失责。此时，这些曾经的观念和思潮在一个具体的载体即倪吾诚身上被其儿子一代人打量。有意味的地方还在于，倪藻一代人所不同于父辈的重要之处，是其曾经接受过某一种意识的规训，如"倪藻生气了，他与父亲辩论起来，一个有出息的人会这样吗？毛主席说，内因是变化的根据，外因是变化的条件，你怎么永远没完没了地强调客观呢？"[1] 只是王蒙的书写，没有将"打量"和"审视"的眼光与这种意识形态的历史规训结合起来。所以似乎倪藻就是在成长中、于历史中，自然而无意地，但又是有距离地"审视"父亲。甚至某种意义上，其"审视"的目的性也不明显。最后只有这样一段话："这究竟是什么呢？在父亲辞世几年以后，倪藻想起父亲谈起父亲的时候仍能感到那莫名的震颤。一个堂堂的人，一个知识分子，一个既留过洋又去过解放区的人，怎么能是这个样子的？他感到了语言和概念的贫乏。倪藻无法判定父亲的类别归属。知识分子？骗子？疯子？傻子？好人？汉奸？老革命？堂吉诃德？极左派？极右派？民主派？寄生虫？被埋没者？窝囊废？老天真？孔乙己？阿Q？假洋鬼子？罗亭？奥勃洛摩夫？低智商？超高智商？可怜虫？毒蛇？落伍者？超先锋派？享乐主义者？流氓？市侩？书呆子？理想主义者？这样想下去，倪藻急得一身又一身冷汗。"[2] "审视"的背后，面对父亲的离去，一种情感上的思念悄然流露。也就是说，在 80 年代的小说中，即便是"审父"，"父子"之间的冲突对立也已经减弱，二者之间黏稠的文化和血缘关系却在加强，其中激烈的一种"弑父"冲动已然因失去了之前曾高蹈的"青春"希望象征而只剩下荷尔蒙的自然生理冲动。此时"父子"之间的关系，不同于 20 世纪上

---

[1] 王蒙. 活动变人形 [M]. 北京：人民文学出版社，1987：308.
[2] 王蒙. 活动变人形 [M]. 北京：人民文学出版社，1987：315-316.

半期里所谓的承认血缘关系，否定文化关系，而是首先承认着文化关系的现实存在，而在血缘上有所"出走"的"冲动"。

反观"五四"时期而来的"父子"书写，它发展到20世纪末的青年形象，在"父与子"的问题上，其勾勒了一条20世纪现代文学史的线索或者说现代文学的发展轨迹。最早的"父子"现代书写中，父亲于新文学作品中以儿子所反抗的对象出现，父亲的存在全为表现一代觉醒了的年轻人追求个性自由、人生幸福的要求和决心。在对于个体自由和幸福的现代追求中，青年们从思想上走向了现代社会想象性建构中的民主、平等思潮，而面临着国难危机又使他们走向革命，获有了"信仰"。因此，父亲的形象也转换为青年们憧憬的"进步""革命""信仰"的对立面。此时"父与子"的书写并未停止，如在农民的书写中，它以拥有了信仰的一代"子"农民来对比老一代没有思想武装的农民。这条路发展到极端便是"文革"中"红卫兵"狂热躁动的形象，这个形象里，"父子"关系中所有的伦理和血缘纽带都被破除干净。这也在某种根本的意义上，宣告了中国大半个世纪青春崇拜和青年寄予的失败。至此，才有了"文革"结束后，忏悔的青年形象。而这一路走去，经过了80年代一代青年写作者的探索之后，与青春有关的一切在90年代只留在了历史叙述的回忆中。没有了对于青春的肯定和寄予，丧失了在一种先进理念支持下的对于"父"文化符号背后的既定权威和体制的质疑与反抗，所谓"父子"二元象喻中的对立立场，也随之消亡，其隐约还有的，不过是类比意义上，来自青春荷尔蒙的某种对于既成体制的"父法"的零星抗争而已。这种抗争，在没有"青春"的信念之下，显得毫无归属。

于此，当文学进入20世纪90年代的时候，这种曾经的"父子"书写，早已消失，而其中的"青春"价值也几乎完全转换，青春文学最终走向了衰落。

（本文原载《中国现代文学论丛》2012年第2期）

汉语新诗的"百年滋味"
——以来自旧体诗词的责难为讨论背景

朱钦运

一

盛行于晚清的"同光体",常被视为汉语古典诗之夜空最后的耀眼星团。这个群体的诗人们承接宋诗余绪,在汉语诗歌无比庞大而辉煌的历史性累积面前,依然踏出了一条独特的道路。这种独特性,还体现于这群诗人所处的时代。如果说前期多少沾染着所谓"同治中兴"的气象,那么接踵而来的光绪年间的时代变革,足以让所有人猝不及防。那无疑是一个令人惶然的"末世",古典诗造极于斯,宛如熟透了的果实,而又面临着来自新时代的"严霜"的考验——当然,构成这种考验的因素相当复杂,这与大清帝国由盛转衰的一百年间景况,有着极强的同构性。

作为"同光体"殿军,诗人陈曾寿(1878—1949)送给友人的诗《赠石禅》里说:"一夕相思减明月,百年滋味话深灯。"[1] 前一句属于个体友谊的呈现的惯常表达,后一句则未尝不能让我们读出那基于特殊时代氛围的绵长思绪——过去一百年的"滋味"在浓重的灯影下,经由言谈而遭徐徐披露,关乎知识人的忧患愁思及对时代变化所能做出的反应。据陈曾寿诗集的编年,这两句诗的创作时间当在 1919 年前后。他的写作或许与彼时勃兴的"白话诗"运动毫无关涉,却从一个颇有意味的角度,隐喻了未来一百年汉语诗歌的命运。这位古典诗的收梢型人物,根据其生活于此世的时间表来看,已能亲身见证新诗(白话诗)的开端、确立与初步经典化。他可能对此视而不见或嗤之以鼻,但新趋势一往无前,犹如时代盛衰消长的不可控制。

---

[1] 陈曾寿. 苍虬阁诗集 [M]. 上海: 上海古籍出版社, 2009: 120.

陈曾寿在新旧政权更迭之前的一个月离开了人世，彻底将自己的身影保留在了那个"旧的时代"。即便如此，在他生命最后三十年的岁月里，"诗国"并不再如以前那样"普天之下，莫非王土"了。于语言和意识两个方面，"诗"的里头似乎都混入了"杂质"。而历史的吊诡之处在于，它仅凭一个简单的修辞术，就已将过去时代的痕迹一并扫除而"重开天地"：诗叫"新诗"，诗人叫"新诗人"，甚至在他身后建立起的政权，也名为"新中国"而与过去彻底划清了界线。这种修辞术作用的方式，无疑是诗的方式。他不知道的是，又一个百年的到来，能给操持这种修辞术的人们以怎样的心态和方式，来谈论新一轮的自我焦虑与自我确认。

面对古典传统时不断产生的这种自我焦虑与自我确认，贯穿于包括新世纪诗歌在内的汉语新诗"有史以来"的始终。在学界就此问题展开的最新探讨中，冷霜《新诗史与作为一种认识装置的"传统"》贡献了一个新思路——这个思路在小范围的诗人与批评家群体内已是共识，但从更广泛的意义上说，它依然值得被普遍地重视。

冷霜认为，"传统"并非自明性概念，而是一个现代性的"认识装置"，相比横贯在新、旧之间的思维迷障，"更值得考察的问题"应该是"诗人如何在具体实践中征用、转化、改写古典诗歌中的文学、美学和技艺资源"，"新诗在寻求自身出路、方向时，如何借助对新诗与旧诗关系的诠释来展开自我想象"以及"不同时期浮现的对旧诗'传统'的话语利用是在何种文化、社会、历史语境中生成了其效力的"等一系列问题。[1] 本文的任务则是，在认同此文贡献的这一类颇有价值的宏观讨论以及它们提供的认知框架的前提之下，就新诗在其发生期以及新世纪以来，自古典传统与当代旧体诗词创作的两个领域（约定俗成地合称为"旧体诗词"）而来的普遍意义上的责难，进行一种较为宽泛和宏观的"辨认"和"辩护"。

二

诗，从言，寺声，是声音和文字的"寺庙"，有着无比古老的血统、尊贵的出身，支配着语言的祭司。同时，它却自立艰难，哪怕是古典诗自身，从诞生之日起，也面临着来自各方的责难。最大也最原始的对手是哲学——尤其是其中的形而上学、政治哲学和伦理学。希腊大哲柏拉图挑起

---

[1] 冷霜. 新诗史与作为一种认识装置的"传统"[J]. 文艺争鸣, 2017 (8): 71-75.

了这个争端,他在教化和德性养成上,选择了戏剧而丢下了诗。孔子则将先民活泼泼的心声,经过删改和驯服,纳入/收编到自己学说的轨道上来。但诗歌之流依旧奔腾,大家在警惕它对"德性"的败坏的同时,享受着它,或试图改造它。直到16世纪,在欧罗巴大陆,锡德尼以及更为晚近的雪莱都声称要为之辩护。而在稍后的17世纪,东方人叶燮给出了他的"谅解方案",由诗教、诗法而审美,重启了一条诗的"独立"之路。因为无时无刻面临的责难,以及因责难而起的合法性危机,部分人"为诗一辩"的努力,遂成人类文明史的一大景观。这也算得上是"意外收获"——虽然他们辩护的是具有整体意义和文化判断的"诗",而不是"具体的诗"。

这种颇具张力的对峙情况,似乎在近世得到了缓和。旧日被视为"不入流"的小说的地位开始变得显赫,而一直处于危机中、同时又获得了危机间接给予的重要地位的"诗",当然也水涨船高,哪怕有些稍稍的"门庭冷落",却依然犹如一位容颜不老、风韵犹存的名姬。虽然如此,更加残酷的事实犹在:在汉语诗歌的历史上,在诗的内部,一种诗体对另一种诗体的责难从来没有停止过——雅俗之争,正淫之论,高卑之分,古今之别,几乎构成了半部以上的诗学观念史。随后,所有的内部争议又都可以搁置到一边,因为这个半老的"徐娘"居然"无玷受胎",诞下了"新诗"这么一个"宁馨儿"[1]。更严重的是,自一百年前汉语新诗诞生以来,它几乎以一身之力,集结了人类的诗史上所能面临的所有批评和责难。古典诗内部曾经分散了的矛盾调转枪头,开始一致对外。这使得新诗的境遇变得格外诡异:

这个新生儿,只是一个假的"宁馨儿",实际上面临着真正的窘境——缔造艰难,守成不易,合法性危机无时或离。

造成"窘境"的原因,首先是新诗缔造者们"不由自主"又"不得不如此"的判断和选择。欲立必先破,或出于"矫枉必先过正"的考虑,旧世界的"逆子"们搞起"文学革命"或"文学改良",将矛头对准了汉语古典诗。事实上,其间的牵扯非常复杂,用如今的后见之明来看,在面临现代性冲击的古老帝国面前,在承受着新旧观念夹击的汉语内部,新诗的敌人不是古典诗,但又不得不变相地借反对古典诗歌以自立。这就导致了这一百年来,新诗在无形中的"树敌"。

朱自清在1935年间为《中国新文学大系·诗集》撰写的《导言》中,

---

[1] 闻一多就曾期许新诗为"中西艺术结婚后产生的宁馨儿"。闻一多.《女神》之地方色彩//林平兰.闻一多选集(第一、二卷)[M].成都:四川文艺出版社,1987:268.

汉语新诗的"百年滋味"
——以来自旧体诗词的责难为讨论背景

提到过催生新诗的两种影响源,即清末的"诗界革命"于观念上的推动,以及对西方诗歌的译介。[1] 这体现着当时的"新诗人"在新诗自我经典化早期阶段的普遍看法:它固然是舶来之物,却并非与汉语诗的既有传统全无关联,某种程度上而言,它甚至是古典诗内部自我变革的产物。邵洵美则认为,直至徐志摩的作品出现以前,胡适等人的早期白话诗,无非是文化革新潮流——具体到语言上则是白话文运动——的孳息,只是从一个方面辅助了当时的白话文运动,在文学上"不过是尽了提示的责任"而已,并认为新诗的渊源与西方诗的关系更深。[2] 邵洵美的说法正本清源,明确了新诗在"诗体"上的真正出身,是一种从形式到文化基因皆与古典诗截然有别的舶来诗体。那么,从这个角度来看,即使同为"韵文"——自由体诗甚至连传统意义上的"韵文"都不能算,欧美诗在诗体上呈现出的面貌,和汉语古典诗也不可能完全一致。更何况,新诗在西方诗体的基础上又多增加了一道历经"翻译"而需借由现代汉语来呈现的曲折历程——现代汉语本身又混杂着多重的面貌。

笔者曾在一篇旧文中提出过这样一个问题:Poetry 或 Poem 这样的词汇与中国既有传统中的"诗歌"并不完全等同,缘何到了汉语的疆域内,便被自然而然翻译成了"诗歌"而不是其他特殊或专门的名称?为何不该被看作两种不同的文类?将之翻译成"诗歌"的做法一旦成为事实,那么汉语古典传统中"诗歌"以及关于这类诗歌的既有观念和审美系统,便不可能不对之施加干扰。[3] 这种干扰,几乎见之于新诗面临的所有来自旧体诗词领域的攻击。更严重的是,哪怕新诗早期的倡导者和践行者,也难以避免这种干扰的侵蚀,甚至他们未必意识到,这种下意识的参照对新诗的"诗体自立"所存在的负面作用。譬如,胡适给汪静之的诗集写序时,便不自觉说"五六年前提倡作新诗时",众人的作品"远不能比元人的小曲长套,近不能比金冬心的自度曲",并且在评价汪诗之"露"时,拿来参照和举例的也是李商隐和吴文英这两位极具风格性的古典诗人。[4] 这种下意识的比附,难道不正是某种意义上的"自曝其短",不自觉地将之置于古典传统的压力和阴影之下吗?那么,当代旧体诗词的作者将之用来作为攻击新

---

[1] 朱自清. 导言//中国新文学大系·诗集 [M]. 上海:良友图书印刷公司,1935:1-2.
[2] 邵洵美. 诗二十五首 [M]. 上海:时代图书公司,1936:3.
[3] 茱萸. 临渊照影:当代诗的可能//孙文波. 当代诗Ⅱ [M]. 北京:文化艺术出版社,2011:164.
[4] 胡适. 胡序//汪静之. 蕙的风 [M]. 上海:亚东图书馆,1929:5-8.

诗"诗味不足"的口实，不"正也其宜"么？

当然，胡适的贡献本不在新诗的"诗体"建设方面，提倡"白话诗"的深心也并不需要从诗学内部来看。对此，荣光启在其专著《"现代汉诗"的发生：晚清至"五四"》第一章中，提供了一个颇具启发性的解释。荣著认为，胡适之所以提倡"白话诗"，目的在于探索一种新的言说方式，选择从诗这种汉语最坚固的"壁垒"入手，"改变的不仅是诗歌的语言形态，而是突破了汉语的传统的'文法'"，使得这种新的文法能够为"在历史转型期如何接通现代性的思想、文化，成为现代性的便利通道，知识分子言说方式的现代转型"提供契机。[1]

这或许可以视为前文所引的邵洵美说法的更具学理化的表述。从这个意义上来说，胡适本人在新诗创作上的"浅陋"，或者他们那代人在为新诗辩护时，于言说和参照系选择方面的粗疏之处，并不是重点所在。换句话说，来自古典传统/旧体诗词的对新诗的批评，专注胡适们的立场、言论和作品作为切入点，就"击打效果"而言固然颇有奇效，但实在是有点没找准命门。

问题的实质是，虽然存在各种各样的误会和模糊之处，但相对于汉语古典诗歌及富有活力的当代诗词创作而言，新诗是一个独立的艺术门类，不是从旧体诗词中分离出来的支流或"叛逆"——虽然两者之间依旧充满着千丝万缕的联系。将基于古典诗传统的审美和判断系统加之于新诗的创作和批评，看上去固然威猛无俦，事实上不免有点"关公战秦琼"的味道。另外，有了百年间在观念、修辞和风气方面的变化，也并不是所有的新诗作者都如早期的缔造者们那样，将旧体诗词作为一个天然的对立面来看待——虽然并不将它们视为有紧密关联的门类。

众多的批评和误会其实来自双方的不了解和缺乏沟通，来自诸多偏见。就旧体诗词与新诗之间的纠葛而言，闻一多在《文学的历史动向》中的言论虽然不具体针对此话题而发，但未必不能将之解读为对此的一份很好的辩护：

> 但新诗——这几乎是完全重新再做起的新诗，也没有生命吗？
> 对了，除非它真能放弃传统意识，完全洗心革面，重新做起。但那差不多等于说，要把诗做得不像诗了。也对。说得更确点，不

---

[1] 荣光启. "现代汉诗"的发生：从晚清到"五四"[M]. 北京：中国社会科学出版社，2015：52.

像诗，而像小说戏剧，至少让它多像点小说戏剧，少像点诗。……这是新诗之所为"新"的第一也是最主要的理由。[1]

在"要把诗做得不像诗"这句话中，第一个"诗"自然是指闻一多等人为之努力建设与创作的"新诗"体，第二个"诗"则不妨将之视为古典诗或时人依然在创作的旧体诗词。哪怕兼事古典诗的研究，对于闻一多而言，新诗之为"新"，或许类同于邵洵美式的看法，即它从一开始就应被视为和古典诗/旧体诗词不一样的艺术体裁，作为一种新样式来被创作、辨认、鉴赏与批评。这就是所谓"洗心革面，重新做起"的内涵。极端点说，套用闻一多的说法，我们未尝不可将新诗当作一种特殊的戏剧或小说，为什么非得要将之纠葛在传统诗学的框架下呢？

当代不少旧体诗词作者对新诗在这一百年来获得文学的"主流"地位而愤愤不平——用他们的论调来说，这种"地位"的获得，是借由新的权力和话语格局，借由特殊时势而来的。抛去其中明显的偏见不论，就观点论观点的话，这不正是因为他们总是试图让"（新）诗做得像（旧）诗"，下意识地觉得新诗不是古典诗的"逆子"就应是它的"异端"吗？在闻一多式说法的语境下，倘若真要为旧体诗词争主流和地位的话，矛头应该指向在我们这个时代真正占据了"主流"地位的小说甚至电影艺术才对。把新诗当作一个天然的假想敌，和新诗早期的开创者策略性或实质上地把古典诗歌当成"靶子"或"造反对象"一样，未免有点浪费注意力。

新诗面临的第二个"窘境"是，时至今日，它都没有像古典诗那样，造就足够具有说服力的经典。或者干脆就说，新诗要么失之浅陋，要么就是"深奥"得令人费解。类似的质疑，从新诗诞生开始就从未断过——这种质疑本身，以及新诗在质疑中的自立努力，已经成为它的自身小传统的组成部分了。

哪怕是新诗作者，譬如于赓虞这样的早期诗人，也说过"自所谓'新诗'运动以来，我们尚未看到较完美的诗篇"[2] 这样的话。写出《野草》

---

[1] 闻一多. 文学的历史动向 [J]. 当代评论，1943，4（1）.

[2] 于赓虞. 诗之艺术//解志熙，王文金. 于赓虞诗文辑存 [M]. 开封：河南大学出版社，2004：588. 据书内之编者按，此文于1929年间分别以四部分、两部分的方式刊载于《河北民国日报副刊·鸦》和《华严》月刊，而以最精之《华严》刊本为底本校出整理。陈仲义就新诗百年写作的文章中亦曾引用于赓虞这句话作为"新诗人"当时对新诗相对较低的自我评价的例证，不过将"完美"误引作"完整"。陈仲义. 新诗百年，如何接受，怎样评价？[N]. 人民日报，2017—4—18（14）. 事实上，就《诗之艺术》全文而言，及结合作者同集中收录的《诗之净言》等文论来看，于赓虞对新诗在整体上还是采取积极维护态度的。

这样被视为汉语现代性开端的散文诗的鲁迅（正是因为《野草》，他被众多诗人和学者，譬如张枣，视为比胡适更为合适的"新诗鼻祖"），在1936年5月与埃德加·斯诺的访谈中谈及新诗，还对当时已发展了20年的新诗嗤之以鼻[1]，在此前的1934年，他给友人的信中也认为新诗"还是在交倒霉运"[2]。作为"九叶派"成员的诗人郑敏，这位在新诗史上早已被经典化而尚在人世的诗坛"活化石"，对新诗的批评尤为致命。[3]"堡垒"似乎正在从"内部"被攻破，而不及等待"外部"的责难。

作为兼事新旧两种诗体创作，同时从事新诗史和当代诗研究的人，笔者非常理解新诗面临的这种窘迫的状况，明白为何就连新诗领域内的"自己人"，都会发出如此动摇根基的质疑——这其实是民族文化心理模式使然。新诗是一种充满活力而富有开创性的文体，与极具文化向心力的旧体诗词系统有着本质的不同，这种"新而未稳"的艺术形态，并未进入一般的文化层面，亦尚未融入民族文化心理的基本意识中。另外，甫满百年的汉语新诗，还是一个相当年轻的文体，由于现代汉语和近世中国社会的特殊性，从它内部尚未生长出一种高度成熟的意识形态来与整个大的文化系统进行对话，它的作者也难以从中获得依托于大的文化体系的安慰。它可谓是得之于"新"，失之于"新"——富有进取的青年人一旦进入暮年，创造力衰退后，那些精神上守成有余又足以在强大的古典传统中获得慰藉的前辈，如果不能抛弃一种二元对立的视角的话，自然容易倒向旧体诗词的"阵营"。[4]

新诗和旧体诗词两者之间的关系必须如此二元对立吗？一颗曾向最新鲜的文体敞开过的心灵，为何最终依然拜伏于我们的传统之力？一方面，或许是有人停止了对新诗内部更新鲜力量的观察，停止了跟进它的动态，由于缺乏了解、理解而导致误解，从而损伤了自己曾为之努力过的精神事业；另一方面，我们似乎需要换一个角度来理解何谓新诗的"经典作品"

---

[1] 斯诺对鲁迅访谈的相关内容，参阅安危. 埃德加·斯诺采访鲁迅问题单、鲁迅同斯诺谈话整理稿[J]. 新文学史料，1987（3）.

[2] 鲁迅. 致窦隐夫//鲁迅全集：第12卷[M]. 北京：人民文学出版社，1981：556.

[3] 郑敏. 世纪末的回顾：汉语语言变革与中国新诗创作[J]. 文学评论，1993（3）：5-20. 当然，郑敏基于新诗的问题和"问题史"的批评，自有其合理性和复杂性。此处不赘。

[4] 闻一多却是一个反例。他在1925年二十六七岁时，于留学纽约学习美术期间，在新诗革命发生6年后居然发生了"勒马回缰作旧诗"（《废旧诗六年矣复理铅椠纪以绝句》）的新情况。但18年后，发表《文学的历史动向》时，显然比当初这种回趋于保守的情况更为激进，并未因年纪渐长而"倒戈"。

这个问题——它的参照系如果还是古典诗词所缔造的审美标准和样态的话，是不是恰恰可以说明新诗的"新"是不彻底的呢？事实上，至少在20世纪30—40年代、80年代、90年代到新世纪，新诗中都不乏有足够说服力的"经典"作品出现，只不过，这种"经典"并不是既有理解范式下的"经典"，而是配合着新诗之"新"而成就的"经典"。我们为什么不拿拉斐尔前派的标准来衡量抽象主义绘画呢？这之间的道理其实是一样的，觉得新诗尚未有足够说服力的作品出现，不过是因为，大家还是在拿古典传统的美学标准来衡量新诗的成就罢了，或干脆是对新诗领域缺乏真正内行的了解——总不能拿那些司空见惯、被大众接受得最广泛的新诗"代表作"视为它最高成就的代表吧？如果是那样，那么来自当代旧体诗词界的批评，其实和真正内行、专业的新诗现场毫无关系。

对于新诗的创作、阅读、鉴赏和批评，以及因此形成的理解模式，其实和我们对古典传统以及当代人创作的旧体诗词的理解模式，是完全不同的。最好的新诗的创作与批评，已经是一种专业或近乎专业的行为，和对旧体诗词在文化系统中的被接受是不一样的，它并不是一种天然容易适应普通人理解力的艺术样式，而需要专业的训练才能进入。我们现有的教育系统，给予了古典诗最基础的理解训练，我们的民族文化生态对古典诗有着天然的亲和性，但它并没给予新诗足够多的机会，让专业的理解训练得以进入一般的文化生态当中。大众传媒所塑造的当代新诗的形象，往往是歪曲的、话题性的，很多时候是"新诗文化"中的糟粕而非精华。但是外部对新诗的批评往往揪住了它被歪曲的那部分，这也实在够冤枉。人们大概不会因为自己所掌握的高中物理学知识而对最为精深的理论物理嗤之以鼻，认为它不能被理解（因而有问题）吧？我们弄不懂"相对论"，却能对它抱有起码的敬畏，那么又为何总觉得自己有足够的视野和理解力，因着对旧体诗词的专业认识，便足够两相参照，对通过一般领域而非专业了解到的"新诗"发起"致命的"批评呢？

新诗的第三个"窘境"则来自当代文化的刺激。这种刺激，包括大众对新诗的漠视和"费解"的指责，也包括加速变化的当代社会对人类思想（及其产物）所提出的挑战。新诗诞生于汉语世界面临"三千年未有之大变局"的历史拐点，复因其"欧风美雨"的出身，而天然需要面对现代性这个当代世界最为核心的命题——但这也是新诗的历史性契机。借用艾略特在《玄学派诗人》里头的说法：

在我们当今的文化体系中从事创作的诗人们的作品肯定是费解的。我们的文化体系包含极大的多样性和复杂性,这种多样性和复杂性在诗人精细的情感上起了作用,必然产生多样的和复杂的结果。诗人必须变得愈来愈无所不包,愈来愈隐晦,愈来愈间接,以便迫使语言就范,必要时甚至打乱语言的正常秩序来表达意义。[1]

那么,这种对语言本身的复杂作用,是在具有相当稳固性的文言系统中更容易得到匹配,还是在具有无限的可能性与活力的现代汉语中更具实现性呢?是抒情言志、连贯表意和具有说教色彩的古典传统更能具备对这个复杂纪元的理解力,还是一切并无定论、充溢着可能性的新诗更能包容如此异质多元的现代经验呢?阿多诺在《谈谈抒情诗与社会的关系》中,借由评论里尔克的《拜物教》,谈了现代诗(新诗的实质是现代诗)和古典时代诗歌作品的根本不同之处。他提及的过去的诗与现代诗固然都是西方传统中的产物,但"东海西海,心理攸同"毕竟不是一句空话:

> 里尔克的《拜物狂》在审美意义上看是贫弱的,它具有一种诡秘的味道,把宗教与艺术杂糅在一起,但同时它也显示了物化世界的真正压力。没有任何抒情诗的神力能够赞美这种物化世界,使之重新变得有意义。[2]

我们所处的时代,已经不是一个田园牧歌的时代了,而是真正的、比里尔克所处的时代更甚的"物化世界",像旧体诗词那种类型的传统"抒情诗",能够赋予它如它所自处的古典时代所拥有的那种稳固意义吗?遭遇到当代文化的刺激、大众传媒的娱乐图景,荷"诗"之戟而独彷徨时,我们又该如何面对?

---

[1] 艾略特. 艾略特文学论文集 [M]. 李赋宁, 译. 南昌: 百花洲文艺出版社, 1994: 24-25.

[2] 阿多诺. 文学笔记: 第一卷 [M]. 蒋芒据 U. Heise 编《文艺理论读本》1977 年德文版译出.

三

从新诗和旧体诗词面临的当代文化的挑战说开去，实质上我们能看到，两者其实是一对"难兄难弟"。只不过，诗词文化在面对这种时代境况的时候，在态度方面，可能比新诗更为消极一些。这当然和它们所植根的话语形态有关。[1] 传统诗词从精神实质和文化样态的各方面，都与古典时代的社会和人事结成了稳固关联，它们是文化精英的教养的自然延伸，是他们心智流露的产物，而古典时代（尤其是近古）也是以文化精英为核心构建的社会，两者之间体现着法国哲人罗兰·巴尔特所说的那种"语言的统一性"，他说："语言的统一性是古典时期的一个信条"[2]，而旧体诗词所根植的古典语境（哪怕当代社会已不具备这种语境了），正依赖于建立在语言之上的统一性。它所依凭的文言话语，是一个对文化精英开放、对大众进行教化的循环系统，精英内部的审美共识即意味着大众在文化上接受的全面驯化。

但新诗不是这样。它既不是文化精英的文体，也不是大众的话语，类似于当代艺术，它其实是一种"特殊的知识"[3]，俨然如同一种专业话语。当然，这也是一些来自旧体诗词领域的当代作者用以批评新诗的一个口实，认为它占据了学院研究的主流系统，排挤了当代诗词应有的位置。事实上，这是由新诗自身的话语形态所决定的。新诗最好的那部分（同时也是最艰深的那部分）只有在学院中尚得容身之地。因为深厚的民族文化传统，旧体诗词虽然不再居庙堂之高，却依然能处江湖之远，有特定的生态圈子足以构成一个丰富的共同体，而最前沿而又无法为大众文化理解吸收的那部分新诗只能处学院之深，进行一个相对合理的循环。这种"各得其所"的方案，时时遇到"友军"的责难。事实上，当代旧体诗词创作在学院中的不待见，固然有新诗占位的因素，却不是最根本的原因——君不见，小说

---

[1] 在白话文运动背景下诞生的汉语新诗，以及关于它的诸多问题，都可以结合这个背景来理解。对白话文运动及其危机的讨论，可参阅李春阳. 白话文运动的危机 [M]. 北京：生活·读书·新知三联书店, 2017. 该作对此的探讨，也能够为认识新诗自诞生起所面临的处境和远景提供启示。

[2] 罗兰·巴尔特. 符号学原理：结构主义文学理论文选 [M]. 李幼蒸, 译. 北京：生活·读书·新知三联书店, 1988: 85.

[3] 臧棣. 诗歌是一种特殊的知识//王家新, 孙文波. 中国诗歌：90年代备忘录 [M]. 北京：人民文学出版社, 1999.

研究乃至电影艺术,才是这个时代学院系统的真正主流。没有新诗的占位,当代诗词的创作就能从古典诗研究的既有格局中争得一席之地、杀出一条血路?

更进一步讲,就两者在当代文化中所处的境遇而言,新诗和旧体诗词也实在应该惺惺相惜,而不是互相误会。即使在汉语新诗诞生的最初,作为打破旧文学既有格局的角色而出现,它的"白话诗"前身,为现代汉语的转型和解放大众的理解力做出了非常大的贡献,但时至今日,这份使命已经完成,就作为一种艺术形式的汉语新诗而言,其实和旧体诗词一样,并不属于大众文化。从这个意义上来说,植根于精英文化的旧体诗词,和植根于专业话语的新诗,在我们这个属于大众文化的时代,都不可能如大家所愿的那样跻身于真正的"主流",更不可能复制诗歌在过去时代的荣光。所以(无论新旧)诗人们的失落是必然的。但意义自在其中。这也是诗人之所以愿意兢兢业业为之开垦的原因,因为这两种独特的艺术样态都有它相当的迷人之处。譬如旧体诗词,它自始至终便不是一种自外于生命本身的东西,而是个体生命经验的自然延伸,无论言志抒情,还是教养使然,或者涵泳自娱,都无不合适。严肃的现代诗则像悬隔了生命涵泳的受造物,是人类在古典整全性/神性自世上消隐之后,自我确立起来的一个"新神",一个需要人类创造力不断充盈进去、不断灌注意义的外壳。对于汉语新诗在下一个百年的"再出发"而言,它所面临的质疑和危机还将继续下去。不过,有了过去积累的经验——基于这一百年来在新诗文化、批评生态和个体创作等方面营造出的整体阐释情境——,对于新诗这个"无玷受胎的宁馨儿"来说,于赓虞在《诗之艺术》中的另一句话,或许最契合用以期待它的美妙前景:"自来伟大的艺术由受胎至完成都经过长久时间抚育的苦心。"

(本文原载《中国现代文学研究丛刊》2019 年第 8 期)

新诗的"百年孤独"与"万古愁"
——新诗时间尺度与历史视域在新世纪的生成

朱钦运

在 2013 年出版的《中国新诗编年史》的开篇,新诗的"元年"被著者刘福春定格于 1918 年。与前一年在《新青年》上发表的、未脱旧体诗词形式的《白话诗八首》相比,胡适这一次于同一份刊物的第 4 卷第 1 号,与友人刘半农、沈尹默一道刊发的《白话诗九首》,因为挣脱了旧形式的桎梏——如他事后总结的那样,至少初步实现了"诗体的大解放"[1]——并且呈现了多人群起而赞襄的潮流,确实更适合作为汉语新诗诞生的真正标志。当然,关于汉语新诗的开端尚有诸种不同的说法[2],但它所要面对的"百岁"之期,总算是如约而至了。

这是一个极富象征意味的时间节点。在过去数年里,它几乎成了新诗创作界被谈论得最多的话题,诗人们激动于能够参与这个特殊的历史性的时刻,抚今追昔,倾倒于本领域内百年以来的不俗历程。而从 2010 年起的七八年内,研究者和选家则贡献了众多具有总结性质的选本,举其要者,

---

[1] 胡适. 谈新诗——八年来一件大事 [N]. 星期评论,1919-01-10:"双十节"纪念专号.
[2] 傅元峰在《"百年新诗"辨》中总结了关于新诗百年之说的两种提法:一种是随世纪之交"文学研究的嘉年华效应而来的对新诗百年的宽泛指称"("百年"实为概数);另一种是落实到 1917 年,以胡适发表第一批白话诗尤其是《朋友》(后改为《蝴蝶》)为"新诗与旧诗决裂的界碑",但学界"对此时间节点的确定颇有犹疑"。见《南方文坛》2018 年第 1 期。对后一种说法,傅文持质疑态度,并有详细的辨析和引申,本文则倾向以 1918 年为(象征性)起点,但认同傅文的说法:不必纠缠于具体时间点而将"百年"视为约数。

有《中国新诗总系》(10卷)[1]、《中国新诗百年大典》(30卷)[2],以及在作者与作品方面更为优选的《百年新诗选》(上下册)[3],等等——这些规模宏远的选本,着眼于"百年"的大视域,再次推进了新诗在学术建制内的经典化进程。学术期刊对新诗"百岁"之到来的反应亦自不待言,仅举一例:内地颇重要的学术期刊《文艺争鸣》于2017年年底分两期刊出了以"新诗百年研究专辑"为名的两组文章[4],它们皆出自新诗研究领域资深学者或批评家之手,数量不菲,分量颇重。

如此,无论是创作界潮流式的总结、期望与狂欢,还是学界对既往轨迹的整理、辨析与重新塑造,新诗在新世纪的第二个十年里迎来它的"百岁"之期,既不孤独,甚至可谓热闹非凡,何来"百年孤独"与"万古愁"之说?

谈论新诗时引入"百年孤独"与"万古愁"的说辞,并非在这两个词的原始语义层面(或以术语的方式)来使用它们,而是用其象征意义。它们分别出自两位当代诗人的诗作,臧棣(1964—)的《新诗的百年孤独》[5],以及张枣(1962—2010)的十四行组诗《跟茨维塔耶娃的对话》[6]。这是两首与"诗"这个主题本身有关的"元诗",前者"诗意"地谈论了新诗百年以来的命运;后者则借由与茨维塔耶娃(Марина Ивановна Цветаева)进行的"对话",关涉处于汉语新诗进程中的那个"作者"之所

---

[1] 该书由人民文学出版社于2010年出版,谢冕教授总其事,各卷的编选由内地新诗研究领域的资深学者分别担任,诸如北京大学中文系的姜涛、孙玉石、吴晓东、洪子诚,中国人民大学文学院的程光炜,首都师范大学文学院的王光明、张桃洲、吴思敬,以及中国社会科学院文学研究所的刘福春。作品从1917年选起,大致以十年为间隔,各成一卷:1917—1927、1927—1937、1937—1949、1949—1959、1959—1969、1969—1979、1979—1989、1989—2000。另有理论卷与史料卷各一册。

[2] 该书由长江文艺出版社于2013年出版,洪子诚、程光炜两教授总其事,以诗作时期和诗人出生年代为各卷划分的主要依据,兼顾流派、风格、地域(包括港澳台地区)等因素,编选的诗作多达万首。编选工作涉及的学者及批评家较之"总系"则更多、更为广泛。作者的选择,自胡适始,至出生于80年代的内地诗人终,从新诗发轫时期至新世纪,涉及三百余位诗人。

[3] 该书由生活·读书·新知三联书店于2015年出版,洪子诚、奚密两教授总其事,吴晓东、姜涛与冷霜三位学者、批评家(后两者本身也是诗人)参与编选,涉及新诗史百年来大陆及港澳台的百余位诗人。体例上,编选者为每位诗人撰写了简介及导读,并于作品之后附录了其历年出版诗集的目录。

[4] 参见《文艺争鸣》2017年第8期与第9期,两组文章总计有18篇。

[5] 该诗在公开刊物的发表,见于《诗刊》2004年第9期,后收入臧棣的个人诗集及诸如《中国新诗百年大典(第19卷)》之类的总结性质的选本。

[6] 张枣.春秋来信[M].北京:文化艺术出版社,1998:106.

面对的基本精神境遇。换言之，前者关联的是百年来新诗的历史境遇，后者关联的是新诗史上个别优异的作者所要处理的精神主题。

与"百年孤独"的说辞正好相反，前述基于百年之期的到来而于新世纪推行的各式"总结"行为，在效果上来说，使得处于文学现场的新诗被迅速拽入一个历史性的视域：人们要在百年的时间线上，对它的历程及具体出产物，加以审视、总结与辨析；并在这个过程中，进一步经典化部分作家和作品。

从动机上来说，这个正处于"进程"中的、自诞生之时即以"新"来赋名的文体，在类似于百年之期这样的时间节点上，期待获得某种长效的（文学史的或经典化的）确认，恰恰说明了它在自我意识上的"孤独"——借用贺桂梅在《百年新诗选》出版座谈会上的发言："新诗已有百余年的历史，但在现代文学的各种文体中，到今天只有诗歌前面还带着一个'新'字，这说明它有一种自我确认的紧张感。"[1] 那么，新诗的这种可谓"与生俱来"的"自我确认的紧张感"，贯穿于这一百年历史的始终，恰恰是如今对它的纪念的热闹背后，新诗真正的"孤独"。因为，时刻让自己处于一种"常新"的状态，其实意味着在一定程度上拒绝被总结和归纳，或者拒绝在短时间内沉淀出某种适合被纳入现成话语体制内的特质。在这个意义上来说，"新诗的百年孤独"就是新诗对自身使命的担当：朝向未来与未知，朝向可能性而非确定性。这种敞开的可能性首先意味着思想和语言双重的"不安全"。

当然，诉诸诗（而非论述）并不是谈论新诗自身命运的最清晰方式，但或许是最富意味的方式，因为它借助了隐喻——言辞的晦暗，而新诗百年来的命运亦可谓"曲径通幽"——"血脉"先天不足，"革命"未竟全功，"成长"屡经动荡，却最终得益于时代、环境和语言的三重加持，而朝向了更多的可能性。并且，历经80年代的"文化启蒙"时期、90年代的"多元"格局，历经活跃于不同时期的诗人的迭代与共存，在新世纪具有"共享"意味的互联网语境下迎来更为丰富的远景。虽然如此，臧诗的第三节依然直陈了他对新诗历程的理解：

> 它解雇了语言，/理由是语言工作得太认真了。/它扇了服务对象一巴掌。它褪下了/格律的避孕套。它暴露了不可能。

---

[1] 洪子诚，等. 世纪视野中的百年新诗[J]. 读书，2016（3）.

新诗的诞生，与现代中国主体意识的生成与确立可谓同构。这种同构性的表征之一即是，作为一种新的文体或艺术门类，汉语新诗从其受造伊始，即迫切地关切起自身的境遇和地位。中国社会及汉语由前现代朝向现代的艰难转型中，新诗以及最初的一批新诗的作者，都强烈地意识到了那个"自我"的存在，并借由对它的强化，试图确立起一个强悍的主体性。这个主体性在确立的同时，拥有了不依赖既定语言而存在的强力意志。臧诗所谓的"解雇了语言"，正确的理解应该是"解雇了既定的语言"即传统诗歌美学所认定的那种"诗的语言"——它"工作得太认真了"，以致出现了什么能入诗、什么不宜入诗的禁忌，而新诗自诞生起最重要的自我赋权却是"有什么材料，作什么诗；有什么话，说什么话"[1]。

基于通行的说法，汉语新诗始于胡适等文化"新人"的集体"尝试"，他们舶来新诗体，从我国旧有的诗体中突围，标举"新诗"，认为这个"中西艺术结婚后产生的宁馨儿"[2]会面临艰难长成的境遇，要在夹缝中生存和壮大。于是，他们在通过尝试新文体以建立一种新的文化的同时，就分外注意新诗的"自我确认"问题。而这种紧张感的产物之一便是，为了使自己区别于其他，"趋新"便成了新诗生长的根本动力和命定责任。一方面来说，强化作为文体的"新诗"的主体性并通过创作实践与理论论争的"双管齐下"，以期艰难造就；另一方面，鼓吹它与旧有汉语诗体式的不同，将后者这个"假想敌"暂时或策略性地设立为真正的敌人，用"诗体大解放"名义来"不破不立"，明确自身边界和文化使命。

奠定如此基石后，新诗方才初具"日日新"的气象，历经可谓巨变的20世纪，来到了新世纪。这个时间节点让新诗的"从业者"激动不已，无论诗人或批评家，还是研究者或诗歌媒体从业者，仿佛都将它的"百岁"视为值得纪念的特殊时刻，由此生发出对它那值得无限期许的未来的憧憬。《古诗十九首》里说"生年不满百，长怀千岁忧"，在时间与历史的视域内，新诗如今已算生年满百了，除了朝向未来的"趋新"情结——这或许也能算"千秋之忧"的一种表现——，新诗的自我认知与内在辩难要更进一步，因为还有人惦记着"万古愁"——这个被新诗作者用来指代汉语古典诗传统的词，传诵最广的出处来自李白的《将进酒》。

张枣《跟茨维塔耶娃的对话》中涉及这个关键词的有两段：

---

[1] 胡适. 答朱经农 [J]. 新青年, 1918, 5 (2)：通信栏.
[2] 闻一多.《女神》之地方色彩 [J]. 创造周报, 1923 (5).

新诗的"百年孤独"与"万古愁"
——新诗时间尺度与历史视域在新世纪的生成

  我天天梦见万古愁。白云悠悠,/玛琳娜,你煮沸一壶私人咖啡,/方糖迢递地在蓝色近视外愧疚/如一个童仆。他向往大是大非。……//
  ……是的,您瞧,/没在弹钢琴的人,也在弹奏,/无家可归的人,总是在回家:/不多不少,正好应合了万古愁——//呵大人,告诉我,为何没有的桂树/卷入心思,振奋了夜的秩序?

  90年代以来(尤其突出于新世纪)活跃于汉语诗坛的新诗作者,在汉语古典资源(主要是古典诗的资源,以及古典思想作为精神背景的资源)的援引或征用方面,往往会对具体对象作主观性的认定,使得它在被使用的时候,通常溢出原始语境而被赋予了新的象征意义。[1]"万古愁"的使用就是一个显例,在张枣的诗中,它不只是古典诗人笔下需要借酒浇愁、绵延万年的生之愁绪/苦闷,还是现代诗人——一个工业文明笼罩下的现代人兼诗人——用来理解他自身在不同文明中的处境,以及他所用以书写的语言在时间中的处境。

  对于张枣而言,一方面是与茨维塔耶娃的"跨国"对话,两种诗、语言与文明的对话;另一方面是在这种中/西对话中溢出的时间体验——被梦见与被应和的"万古"愁绪,对应的是时间的维度,是古/今的维度。就这首诗的具体语境来说,"万古愁"或有具体所指,譬如"无家可归的人"对归属感、对所谓"夜的秩序"的追求;对于其引申义来说,"万古愁"可以被理解为,新诗对其自身交缠于中/西、古/今这两组对照关系下的命运的观照。

  这种"命运"的纠缠,除了新诗草创时期就其"血统"问题展开的诸多论争外,以及三四十年代一些诗人与理论家建构的诗学理论或体系外[2],于创作实践及理论探讨最热切的阶段,当属90年代以来的新诗的"沉潜"时期,而又以新世纪为甚。从这个意义上来理解的话,"万古愁"恰恰体现了朝向"未来"、因"趋新"而"百年孤独"的汉语新诗于时间尺度上的另一维度:如何处理新诗同"过去"的关系,尤其是基于新诗本位,如何

---

  [1] 诗人方面的例子,包括但不限于柏桦(1956—)、张枣、陈东东(1961—)、陈先发(1967—)、杨键(1967—)、朱朱(1969—)等。涉及以上诗人对汉语古典资源的援引及征用课题的论文不在少数,此处不赘。

  [2] 譬如废名在北大宣讲的新旧诗特质比较,卞之琳的"化欧化古"说,梁宗岱象征主义诗学里对域外资源的辨析,以及袁可嘉的新诗现代化理论,等等。

来理解汉语古典诗数千年来的基本线索——这种理解还不仅仅依赖于单向度的古/今视域，还同时混杂了新诗及身而来的中/西背景。

以上对张枣诗中"万古愁"的理解或许会被视为牵强附会。但臧棣《可能的诗学：得意于万古愁》里谈到对"万古愁"的理解，能为以上的"强作解人"提供某些有益的参证。这是基于作者诗作《万古愁丛书》撰写的创作谈，诗是为纪念张枣而作的。臧棣在文中谈了对张枣诗中"万古愁"这个提法的理解：

> 他敦促我关注，诗歌主要的任务之一，就是对付万古愁。……
> 从万古愁身上，我们应该能梳理出汉语诗的最独特的线索。能不能这样设想，我们的诗学有可能重新被万古愁激活……而对东方的想象力而言，万古愁是可用日常的物品来消除的。但有趣而又诡异的是，这种消除并不是一种彻底的了断，它只是一种短暂的但却高度有效的精神上的自我克服。……
> 万古愁，是汉语诗永远的背景。人生最大的分寸就是"人生得意须尽欢"。[1]

臧棣的如是理解，或许同样与张枣这首诗的原意有悖，但它无疑提供了一个更为积极的线索，譬如，如何来理解"万古愁"这样一个极具古典意味的意象之于现代诗的意义——在它所贯通起的那个"传统"里，古典诗和新诗于精神血脉而言，并无隔阂，甚至前者中的某些元素，譬如"万古愁"，干脆就是"汉语诗永远的背景"。新世纪以来的趋势确实如此——古典传统与新诗小传统之间的隔阂在诗界的理论生产与创作实践中日渐消弭。新诗当初以古典诗学的背叛者形象而得自立的局面，从一开始看就可能是一个"假象"（当时即有不少调和论者，并不认同"文学革命"的姿态，而试图以一种更为温和的文化姿态来处理新诗体与旧诗体之间的关系）——新世纪以来的趋势只不过再次确证了这个事实。

就张枣诗学的荦荦大端而论，"知音"与"对话"或许是两个更为重要的关键词。这两个词甚至还不必加以区分，它们共同构成了张枣诗学的基本面，即所谓"对话知音诗学"。而"知音"作为一个古典文化的概念，在

---

[1] 臧棣. 可能的诗学：得意于万古愁——谈《万古愁丛书》的诗歌动机 [J]. 名作欣赏，2011（15）：11-12.

新诗的"百年孤独"与"万古愁"
——新诗时间尺度与历史视域在新世纪的生成

张枣个人的诗学谱系里已然接受了现代性改造,即所谓"现代人如何在一种独白的绝境中去虚构和寻找对话和交谈的可能性"[1]。初步看来,张枣经常在诗文里显露出遭遇知音的喜悦,而他的人生传奇与友谊也实际上在证成这种精神领域的预期。然而,颜炼军对张枣"对话知音"情结的分析或许更接近张枣言说的真相——诗人在作品与现实世界塑造的"知音"传奇被批评家和读者"视之为孤独的现代诗心塑造的说与听的典范"[2],与此同时,"古典式的知音之难"依然幽灵般影响着这颗现代诗心,以至于"因流亡与孤独而如此沁甜的诗人张枣,在启用该观念时,一定深谙其悲剧性"。正是在这个意义上,张枣诗中对"对话"模式的迷恋,恰恰是知音情结的另一个面向——孤独。

与茨维塔耶娃这样的"古人"对话,表面上看同样是"知音"的一种特殊体现,本质上却是自语的"孤独",因为它的对话模式出于自我设置,是单向度的言说与倾听,而非真正的心灵交互的"沟通"。那么,倘若从这个意义上来理解张枣的话,"万古愁"或可以纳入这样一个知音/孤独的谱系里来理解:所谓"万古愁",就是对"知音"本质的悲剧性的不能释怀。它固然是经过了现代的理解力改造的新诗的一个诗学关键词,其起源性的语境依然不可忽略:"与尔同销万古愁"——"与尔同销"的"与""尔""同",不正是对话与知音?诗人之忧愁要销,只能寄望于有那么一个"尔"能"同",寄望于"知音"和"对话"。

这是作为个体诗人的张枣的"万古愁"。引申到整个百年来的汉语新诗,它同样存在这样的"万古愁"——虽然"盛况空前",它的"百年孤独"中到底"知音何在"?这其实是新诗发展至如今需要面对的核心问题。回到臧棣的说法,我们的诗学要能被这种萦怀于知音问题的"万古愁"所激活,必定面临如何理解新诗的"知音"的话题。这种寻求理解的冲动,是新诗之孤独的体现,也是它的内在动力。那么,在整个汉语文化中,新诗处于一个什么样的位置?它与古典诗传统之间有怎样的更加具体而非笼统的关系?它如何在面临其他文体的责难时自我辩护?在一般文化语境(相较于古典诗或其他艺术门类)中承担什么角色?在传播层面,它该如何像古典诗那样融入普通读者的理解当中?新诗自身(通过诗人的创作实践、批评家的阐述、选本的流通、个人诗集的出版、诗歌教育的推广等)对以

---

[1] 张枣,著;颜炼军,编选. 张枣随笔选 [M]. 北京:人民文学出版社,2012:23.
[2] 颜炼军. 诗歌的好故事——张枣论 [J]. 文艺争鸣,2014(1). 句内引文同此出处,不赘。

上这些问题的回应,构成了这种"寻求理解"行为的基本面。这个基本面在 21 世纪以来,由于传播方式(比如互联网的介入)或出版生态(比如出版模式的变革)等因素的影响,获得了新的推进,深化了更多的可能性。

就新诗在新世纪的整体状况而言,于流行思潮、问题聚焦、诗歌批评、个体写作等多方面,呈现趋势与走向似乎成了新诗史早期面貌的"反转镜像"。新诗早期创作与论争的领域触及、讨论和深入过的某些话题,没有因为时间的流逝和观念的更新而消失,反而"卷土重来",常谈常新。于是,新诗百年的历程呈现为语言、形式和观念的"衔尾蛇"(Ouroboros),绕了一圈,似乎回到了"起点",但诗人与批评家们的劳作和跟进,又使得它拥有了"重新出发"的意味。

(本文原载香港《人文中国学报》2018 年第 2 期)